中山大學中國古文獻研究所 編

全粤詩

第十册

嶺南美術出版社

图书在版编目（CIP）数据

全粤诗. 第10册 / 中山大学中国古文献研究所编. —广州：岭南美术出版社，2010.4
ISBN 978-7-5362-4088-9

Ⅰ.①全…　Ⅱ.①中…　Ⅲ.①古典诗歌—作品集—中国—明代　Ⅳ.①I222.72

中国版本图书馆CIP数据核字(2010)第053375号

出 版 人： 徐南铁
责任编辑： 左　丽
易文翔
徐　凯
王威廉
责任技编： 许骏生
钟智燕
封面设计： 李　颖

全粤诗（第十册）

出版、总发行： 岭南美术出版社
（广州市文德北路170号3楼　邮编：510045）
经　　销： 全国新华书店
印　　刷： 广州市岭美彩印有限公司
版　　次： 2010年4月第1版
2010年4月第1次印刷
开　　本： 889mm×1194mm　1/32
印　　张： 28.625
印　　数： 1-1000册
ISBN 978-7-5362-4088-9

定　　价： 136.00元

主　編：陳永正
副主編：呂永光　楊　權　史洪權
審　校：劉斯翰

出版委員會

主　任：曹利祥　徐南鐵

副主任：辛朝毅　劉斯翰

委　員：曹利祥　徐南鐵　辛朝毅　劉斯翰　左　麗　許駿生

文字録入：韋　燕

本册主编：

鍾　東

主要整理者：

陳　莉　楊　權

史洪權　陳永滔

郭培忠　韋盛年

鍾稚鷗　陳永正

梁基永

凡例

一、本書爲歷代粵人（粵或稱粵東、嶺南、嶺外、嶺表、嶺海等，含今廣東省、海南省、香港、澳門及廣西之欽州、北海地區）詩歌之滙編。

二、本書收錄之詩歌，含古體詩、今體詩及謠諺之合韻者。贊、頌、箴、銘等韻文體，凡詩歌總集、別集收錄者，仍收錄不刪；凡雜於散文中者，不另錄入。

三、歷代粵詩卷帙浩瀚，一時難以搜羅齊全，今且輯其大部爲正編，日後續得者爲補編。

四、本書所謂粵人，指原籍粵地，或生平主要活動於粵而落籍於斯者。粵女外嫁他省、外省女子入嫁粵人或祖籍外省而生於粵者，亦從寬收錄。

五、本書收錄時間以辛亥革命爲下限（含辛亥革命時期），個別影響重大者稍爲從寬。

六、詩人詩作之前，附以詩人小傳。小傳含生卒年、字號、里籍、科第、仕履、生平主要事迹、封贈、著作。文獻不足者則暫闕。

七、本書編次，以生年先後爲序。生年未詳者，參以卒年。卒年仍未詳者，或參以科甲、仕宦、交遊，或據有關文獻、傳聞略推之。全無可考者，另立專卷附於書末。

八、詩人姓名、字號皆可考者，原則上以其姓名立目；本名無考者，則以字號立目。古時女詩人多僅知其姓，而無名或不留名，則沿舊例以『×氏』、『×女』、『×姑』等立目。某些特殊作者，或以歷史上通行最廣之名稱立目。

九、粵詩或有作者姓名失考者，則承沿所錄之書舊稱立目，如『佚名』、『無名氏』、『無名仙』、『清遠道士』、『南海女子』、『七歲女子』等等，不作改動。

一〇、謠諺之屬，作者多已失考，則以『××歌』、『××謠』、『××諺』等名稱立目。

一一、僧尼詩人，一律冠以釋字。

一二、粵人凡有別集（含詩歌專集及詩文合集）傳世者，其詩分卷仍按其舊集。不止一卷者，分別於其姓名下加小寫數目字序次立目分卷。集外佚詩，數量不多者附於其詩末卷，數量較多者，另立卷次附後。凡無別集傳世者，則視其詩之多寡，或一人分爲數卷，或數人合爲一卷，統籌編次。

一三、同一作者，其傳世別集或不止一種者，按其成書先後編次；諸集之詩，或有重出，則後出者僅存目。

一四、粤人之詩，或有僅存殘句者，則殘句附於其整詩之後。以有題、無題分列前後。
一五、聯句之作，並存于諸家名下。
一六、同一詩集，或有不同版本。本書盡可能以原刻本、足本爲底本，並參校其他有價值之版本。若有出校者，則附於當題詩之後。
一七、同一首詩，或互見不同作者名下，難以考定歸屬，則仍存各人名下，後互注又見某人。
一八、本書收錄之詩，均注明出處（含書名、卷次），出處標注於詩後。詩人之詩作或不止一首者，出處注於最末一首詩之後，出處之前加標『以上』二字。
一九、仙鬼等依託之作，作者年代無考者，另立專卷，附於書末。
二〇、謠諺等零篇散帙，作者年代俱無考者，亦另立專卷，附於書末。
二一、本書分爲若干分册，每一分册之前均編本册詩人總目及詩篇細目。全書各册編定之後，另編詩人、篇名及收錄詩集索引。

全粵詩第十冊總目

全粤詩第十册目次

卷三二二

卷三二六

卷三二七

卷三二八

卷三三〇

卷三三一

卷三三二

卷三三三

卷三三四

卷三三六

卷三三七

卷三三八

卷三三九

卷三四〇

卷三四一

卷三四三

陶益八

卷三四四

卷三四六

卷三四七

卷三四九

卷三五〇

卷三五一

卷三五二

卷三五三

全粵詩卷三二一

龐嵩

龐嵩（一五一〇—一五八六），字振卿。南海人。居弼唐鄉，學者稱弼唐先生。明世宗嘉靖十三年（一五三四）舉人。計偕南還，讀書講業羅浮山，從遊者雲集。累試南宮不中。二十三年謁選應天府通判，二十八年晉本府治中，屢攝府尹事。遷南京刑部員外郎，三十年晉郎中。三十五年擢雲南曲靖知府。居二載，爲忌者所擠，以老罷，年僅五十。隆慶初復出。嵩早年從王守仁遊，歸而復從湛若水遊。晚築室西樵大科峰，優遊自適，講學以倡士風。有龐弼唐先生遺言四卷等。明黃佐粵大記卷一四、明史卷二八一、清道光廣東通志卷二八〇等有傳。

龐嵩詩，以清光緒十八年刻本龐弼唐先生遺言卷三爲底本。

龐嵩一

題學覺堂次白沙韻

聖學何學，天靈天覺。睿啓顔愚，勇徵季諾。無知有知，不獲乃獲。虛室白生，澄源觱潑。滿彀其張[一]，虞機自躍。覺覺相承，後先率喝。意以神傳，妙難口說。呼寐而醒，聊以提掇。

[一] 滿彀其張，明張邦翼嶺南文獻卷二六作「引彀方張」。

予所岩在黃龍洞西己亥長至龐子始闢

高山爾名，龍岩爾姓。爾息爾遊，靜定動定。

盤子谷在予所岩下中有八卦臺

據後天後，悟先天前。盤桓盤桓，永矢弗諠。

枕碧岩在黃龍洞東泉澄碧可鑑

欲澄爾心，用照爾面。既識爾污，爾羞自見。

狂風

狂風倐起，埃霾障天。阻我中路，微亦有緣。

狂風且惡，搖搖我衣。我腳則定，豈風動則移。

紀別

煦煦者和，維時之春。物胥以育，于胥海濱。胥斯海濱，榮斯欣欣。物斯欣斯，矧伊人斯。

浩浩者流，曰維珠江。萃彼百川，其沛滂滂。可以濟桴，可以載航。無曰德則小，誰哉子量。麗彼春江，朝陽孔熙。彼山則翠，于江之湄。中有行舟，其鳴咿咿。維鷗鶿則飛，維鴛鷺則飛。鳥之揚矣，江之長矣。鳥之悅矣，江之闊矣。壯哉子觀，目云豁矣。莫予物違，形之脫矣。既載我酒，亦將我殽。酌別春江，其情交交。其情交交，其行逼逼。水岐路分，維子之適。作此好歌，以慰戚戚。

潮平頌爲蔡直指五首

明明天子，嘉靖殷邦。率地普天，萬方來王。北虜晨遁，倭奴夕襄。矧爾廣潮，居國南鄉。而抗車轍，臂若螗螂。

明明天子，赫震厥怒。我有方文，我有召武。桓桓于征，闞如虓虎。殲厥渠魁，仍執醜虜。俾民突有烟，俾民室斯堵。海濤既清，京觀峨峨。潮方既平，厥功孰多。予曰有奔奏，政清人和。予曰有奔奏，先驅震那。

人亦有言，撫制惟烈。以峙其粻，戢寇有截。維我蔡公，炳先作哲。人亦有言，政在元戎。以逭其逋，以餒其鋒。俾獲就擒，實維蔡公。

於惟蔡公，仁而有勇。緩帶輕裘，不戁不竦。大憝既澄，群奸滋恐。誰則剝脂，誰則竊俸。言奏膚功，蕃錫斯寵。爰握政樞，爰司憲總。俾霖雨于八方，華夷一統。

有感

曷云不足，曷云有餘。物有盡時，同歸太虚。獨這點靈根，流行天地，萬古如如。

候不至三首

坐柏之下，晷移八尺。期子不來，誦遍姬易。
槐陰午間，鳥鳴樹間。與鶴者遊，鶴舞翩反。
汝鶴汝鶴，能行且飛。能作我駕，吾將汝依。

語影

欲行欲行，顧子行行。慣與子親，子作吾僕。

隱翠岩在黃龍洞最深處林翠盤鬱徑引泉帶

毋曰隱矣，莫予聞覩。川流斯逝，聲谷傳叩。

達觀岩在黃龍洞前

廣而非曠，高而非迂。仰察俯觀，潑哉鳶魚。

遊白雲洞 洞在魚鳧右二里

洞有鼓鐘，泉奏管籥。況有嘉朋，云胡不樂。以詠以游，載歌載酌。仰視青霄，浮雲野鶴。願言從之，以永佳約。翱翔八虛，誰羈誰縛。

次論學

雲霾淨宿曀，太宇空無垠。昭明乃日月，伸詘爲鬼神。六經豈必作，點畫非有文。真見亦不見，無聞有至聞。摸盤嘆冥瞽，聽擬徒繽紛。我有雙莫邪，奮志凌千軍。同遊者誰子，斬鑰開重闇。

山望

盈盈溝中潦，赴海渾自多。聒聒山澗流，激石揚鳴波。夏蟲難語冰，井蛙寧談河。蠡管恣窺測，潢潒終殊科。達人縱遐視，況陟崇山阿。山高望踰迥，海闊環包羅。玉宇秋氣澄，一色天光和。

贈王陽岡赴召 二首

伊昔歲戊申，而我寓姑孰。送送別梅岡，朱夏月正六。今庚六月閏，三金火旋伏。執手遽言別，曳舄黃山麓。颸颸襲璚樹，泠泠漱湍玉。入火能不炎，即此良自足。聊以把贈君，一洗煩與酷。

康時在長策，會合良所難。霜蹄信奇捷，豈困槽櫪間。君今入承明，驅車出齊山。浮雲斂天末，長風縱飛翰。東南滿瘖痍，願言借神丹。欸語開宸旒，無爲空叩闕。

玉女潭以下八首俱玉女潭佳境

玉女開澄潭，璇房閟枌栱。高閣倚千尋，遐觀目可縱。懸厓有奇樹，似是飛仙種。縹渺架壑橋，臨之神欲恐。淵淵豈無源，伏流藏其用。中有素心人，默與澄潭共。

梅竹隩

矯矯凌寒姿，竹梅並蕭爽。徙倚挹清芬，宴坐絕塵想。佳興動官閣，清陰入書幌。太極天竅露，長歌澳風響。願言肖令德，豈直顏色仿。清時不避地，聊焉托孤往。

虬鼉峽

泉出漱玉軒，奔流迤東首。水石固有所，行遇嗔相偶。天河落萬丈，直出龍門口。砥柱屹不動，壯哉遏湍瀏。乍驚龍馬飲，下破虬鼉走。此可憑觀瀾，君莫笑迂朽。

玉樹湍

曉渡漱玉橋，凝眸立溪涘。中有古璚樹，莫自開天始。磊砢四十圍，經吟獨孤史。樗散每見擲，嘉樂有君子。北山秀豫樟，幾見復同此。君莫悲明堂，空谷良足喜。

瑤臺羅浮有瑤石臺

奮羽淩仙臺，芙蓉最高級。招手期衆仙，二姑闖來集。悠然脱蒼弁，豈爲長纓縶。道旁遇果老，遥下青騾揖。瓊株映雙洞，雲氣互嘘吸。羅浮有佳址，宛宛故相及。

君陽洞

風雨拏小舟，側瞰龍湫洞。中空幻層室，石髓結融湩。跨犀出君陽，佳境誰伯仲。伏水浮盤來，白龍宛迎送。漏石錯蹄股，冰瑤自隆棟。水聲答嘯和，谷神兩茫倊。

回陽洞

六管嘘蘆灰，萬壑動春意。旋整舞雩衫，疑醉蘭亭觶。魯戈如可揮，羲馭當還轡。獨立留仙橋，青鳥忽來異。吾欲鞭石羊，一障狂瀾駛。

佛窟

石竅通玄冥，云是禪僧窟。有時發祥光，影漏西方月。一葉波心度，菩提手中揭。自能滅相火，漸見離白骨。卻笑紅塵隈，有人繫纓笏。

憩雲亭在黄龍洞口

風雷斂太虚，偃臥山中石。雷風動地起，轉澤溝中瘠。捲舒亦何心，暗與通消息。

從甘泉師遊羅浮和韻

千金重一瓢，借我中流度。覺岸倘先登，遊刃與時措。東西南北轅，適國爲大道。行矣慎所之，無惑多岐路。舟次十字滘

時事百憂逼，放下還全休。況兹得歸來，駕言値高秋。羅浮兩股合，猿鶴故悠悠。天末金飆起，嶂外浮雲收。諸生夙同約，四美兼來遒。仰止山愈近，步步從公遊。始入朱明廬，載陟青霞丘。層樓敞明覺，盼遠舒長愁。越宿瞻天華，藻蘋薦前修。四賢可五七，志願剛應酬。仙人煮白石，至堅亦能柔。爲山始一簣，峻極何足憂。宿青霞

龍潭書院落成和甘泉師韻院在增城龍門界

長江縱一葉，颯然御天風。凌晨出層城，信宿龍潭東。崇樓瞻斗岳，匝院長麻蓬。山光四抱合，水勢瀠回冲。邇吞鳳凰臺，遠瞰天華宮。潭深濳海若，雨化乘豐隆。氣類重孚感，雲龍故相從。出門曠于野，入室殊歸同。自然匪人力，大造天爲工。前茅既有作，繼繼當無窮。

克念堂訂會呈岑蒲谷大方伯

皇風泛遐軌，周道叢榛蕪。太羹雜濃胾，澄源變潢污。誰將挽頽流，嶮巇共匡扶。緬懷在西方，美人挹子都。棠蔭弘仁渥，嚶鳴故相呼。華筵敞薇幄，旨酒芬醒壺。鄴中啓寒盟，建安美朋徒。皎皎

玉樹林，而乃容葭莩。八月天氣佳，四美良且俱。豈直馳藝苑，引我康莊塗。康莊在何許，倚衡見中孚。堂顔卓克念，允矣千聖謨。願言各努力，至德恒不孤。

孤根白葵

生來托孤根，滋培得深護。朱夏花殷紅，爾獨守貞素。逢時試一開，沾沾雨和露。曉晴朝暾拔，夜月流光布。清陰能幾何，停停矢自固。本無摘實功，而豈爭妍妒。移根且歸來，植向空齋路[一]。觀生生不窮，趨庭步亦步。舊時冰雪肌，猶向蒼根吐。喜爾瘦且癯，不爲緇塵污。揚州鶴本無，大嚼誰能副。酌水一勸之，清風時自度。清白如可傳，姚魏寧榮慕。

[一] 齋，底本作『齊』，當誤。

聞大成樂

璣臺樹玉表，影遠肖其形[一]。懷哉百世遙[二]，能否見韶英[三]。颯颯聽遺響[四]，所喜集大成[五]。太和運元氣，芳緒垂六經。吾將繪天地，蕩蕩誰能名。

[一] 肖，明張邦翼嶺南文獻卷二六作『覯』。

[二] 明張邦翼嶺南文獻卷二六此句前有『璚園秀嘉植，幹挺揚其聲』等句。

[三] 明張邦翼嶺南文獻卷二六作『幾見韶與英』。

［四］聽，明張邦翼嶺南文獻卷二六作『播』。
［五］所喜集，明張邦翼嶺南文獻卷二六作『喜得聞』。

倦翼二首

精力苦日短，乘閒强登眺。登山陟其頂，倚雲發孤嘯。
有客時扣門，云是商山侣。石鼎旋烹茶，對之共玄語。

勉兒一夔北上二首

送爾今出門，挾策遊帝京。長途慎初步，屋漏通明庭。
送爾今出門，行行守清素。舉足不違親，便是趨庭度。

喜黎楊二年侄與兒聯舟兼寄京邸諸年丈二首

通家二三伴，楚楚同年子。願言升公同，同寅賡喜起。
新劍始出匣，老劍頻濯磨。共斬長橋蛟，於焉息鯨波。

鏡林泛舟

澄渟開一鑒，樹色隱秋光。暑氣晨迎滌，柔飈晚送涼。扁舟盪蘭槳，淼淼蒹葭蒼。美人渾在望，疑隔水中央。

聞鶯

築室遠城市，入山如未深。林坰有黄鳥，爲我貽清音。欲拊來儀石，和之無弦琴。調高不可作，冥然諧素心。

別曹峒峰憲副徙官西粤二首

南國憩棠陰，東人歌九罭。胡不信宿留，而遄西行跡。輪轅相附依，封疆良匪逖。八桂清狼烟，海隅藉肩息。

躡足登崇臺，九級凌雲巔。天高望踰迥，斗極璣環璇。肅肅棲烏署，明明柱史篇。行行重遠適，宛宛參吾前。

題鄭子宗發扇

把握重貞素，真精煥其光。嘘噫氣靡定，瞬息異炎涼。太和吾自有，舒捲亦何常。秋入吾已捐，盛時子相將。持此去酷吏，于以報君王。

贈古林何廷尉北上二首

羅浮薄青霄，掩映西樵峰。百川滙南海，淼淼銀潢通。匪且萃珍貝，清淑人文鍾。前茅駕張崔，奕奕驅長風。
送送登仙舟，珠海晴不波。捲爾天山易，聽我粵社歌。處以同心合，出以同心和。行矣濟時泰，包荒用馮河。

謁濂溪白沙二先生祠

粵秀山南麓，名賢兩廟開。太極披圖蘊，通書啓聖胎。三才兼两立，一要藉深培。誰復渾淪秘，漁歌紫水隈。蒲茵穿釣席，碧玉育英才。道東原有屬，狂簡豈無裁。哲人嗟並遠，瞻仰思悠哉。心靈今古共，筌蹄祇群猜。欲洗從前障，依歸斗與台。

別霍子勉衷召補鄞尹四首

別子粵山隅，送子珠江涘。瞬息萬里行，帆張一何駛。勉哉繩先公，鞅轍故相似。
長才駕大宇，談吐懸長河。到海百折心，不落漩與渦。狂瀾須汝砥，世路慎風波。
玉河夙洞酌，天闕叩堂室。鄞水文獻邦，天真濬源窟。大道不爾孤，同心應超忽。
莫邪剸犀革，嚴鋒畜玭琫。明鏡開煌煌，玉臺戢其用。試看中天輝，昨宵發空洞。

蒙恩再賜致仕時隆慶改元，撫臺吳公薦起

昔年五十三，賜老致所仕。今蒙致仕恩，年光六十二。先致致國猷，再致委家計。天地一閒身，何

物能攖繫。炯炯方寸心，願從子絕四。太虚淨無雲，往來任光霽。

夜坐

床頭微雨過，月光透桐影。徘徊步玉除，徙倚絕人境。灑落三五星，虧蔽微明景。隋珠惜所投，貝葉翻來冷。潤渥已不多，離披孰爲整。感此偶適逢，悠然發深省。陰晴本無常，明晦須臾頃。風雨任時變，太虚自懸迥。刮垢鏡斯晃，去醨酲乃醒。請看蟾蜍光，萬古飛雲嶺。

石鼓書院有懷何吉陽劉仁山二公

蒸湘江口合，古院闢江堧。懸厓挺古木，棟宇撑雲烟。朱張昔嘉會，七日渾何言。昌黎一過耳，勒石仍詩篇。明明湛夫子，鼇頭再騰騫。予齒日以暮，願言執前鞭。嚶鳴和伐木，出谷擬喬遷。吉仁二山長，兩鳳苞文鮮。鳴陽與戢羽，無計遠招延。道左見棣杜，我心良憂煎。且去探天柱，凌風躡其巔。漫與天者遊，默默歸玄玄。

謁南嶽廟

衡岳山本高，豈待奇幻徵。天柱儼顱脊，祝融儲真精。七十二關節，節節含英靈。神潛本無朕，化行互充盈。有時作雲雨，有時鼓風霆。恍然明睿啓，倏忽晦濛鬃。一日三時變，化機曷其停。擴之育萬物，肇資生以成。三廣聯地軸，五嶺交青冥。元氣時磅礴，太和自薰蒸。肅拜輕千里，瓣香曷爲情。吾生素已禱，諒茲格明馨。

謁白沙先生祠

石翁釣江門，所志在衡嶽。擬踏祝融峰，終老恒此樂。云胡菽水羈，神遊夢虚托。厥後甘泉師，黽勉承先覺。白沙建祠亭，此願酬昔昨。聞者有興起，斯道愈弘擴。顧予何人斯，仰述愧前作。瞻拜重躊躇，願言鞭矍鑠。

謁朱張二先生祠院

山深路且長，吾茲扣賢扃。二賢不可作，三匝繞前庭。此地方而廣，人傑地滋靈。方從直内出，廣乃闔中生。惟神無方體，蕩蕩應難名。二賢夙昔講，渺渺云何徵。神交已夙昔，千里還合併。豈在言語間，意氣相薰蒸。時來二三子，深造同此行。心期曠百代，真感詎骸形。

別皮吴唐三丈甘泉師門下，衡山人

宇宙本一家，萬物吾同體。痛癢長相關，豈其隔道里。海濱悵泬寥，翩翩茲焉至。幸是出門交，視我猶同氣。恨不久相依，分攜若割臂。願言永同心，勿予遠遐棄。爲師如爲父，繼志以述事。

答衡尹毛見川論學

衡山始傾蓋，即結同心盟。淵源吉陽翁，單父流政聲。揖予論聖學，援言多明徵。予言學晦久，常覺乃常明。覺豈自外求，良知啓靈扃。浮雲撤重蔽，太虛自流形。仕學豈兩塗，尸居凜明庭。慙予固譾劣，豈足窺微精。一貫垂孔訓，日新誦盤銘。

赤壁道中贈武岡陳守

扁舟駕長風，道遇武岡守。燁燁儼鳳儀，芬芬佩蘭揉。因之銜艫尾，載月馳清溜。細與話同心，傾蓋恍然舊。憶昔赤壁遊，幾人共杯酒。扣舷吹洞簫，水月空明偶。一葦縱所如，豈能事拘紐。霸業歸寒灰，長江賦同久。今古幾人豪，與君重攜手。

自黄龍歸里留贈洞中諸子

黄龍古洞天，舊雨剪新蹊。切磋此幸同，一體真猶台。夜光發長炬，海派涓滴微。看境不在山，挹酒不在卮。天空月如洗，雲淨山偏奇。杖策信所往，高深惟其宜。惓惓不忍別，萬古訂心期。

慎言

天地本無言，萬物自化生。美利利天下，保合歸鴻冥。彌綸六合普，豈大色與聲。造化吾具足，空虛亦何名。所以聖門學，默識闡其精。賜也匪不敏，性道晚斯聆。如愚有顔子，齋心頓忘情。聖衷念念契，萬祀師其貞。多言每多蔽，常晦始常明。戒哉慎爾言，毋徒發盈庭。

登西樵山遍覽諸勝時從甘泉師偕冼子奕倩

夜發汾水陽，凌晨艤樵麓。七十有二峰，矗矗凝雲簇。闢路盱翳門，肩輿涉坂曲。泉師正開先，而我冼子屬。釣石淒寒泉，水簾捲飛瀑。更有壁立巖，天門竅一簇。轉路躋雲門，整衣謁雲谷。緣階入大科，登樓見堂局。萬派一派通，四峰一峰足。周羅俯兒孫，瀟森秀琅玉。洞左迤九龍，蛇蜒亦九曲。鐵泉可濯纓，廣朗迴怡目。仰宸儼威顏，懷沙紹芳躅。悠悠重我思，寤寐耿懷服。願借半席光，嶔岑搆居屋。

闢隘

乾即吾之父，坤即吾之母。性體父母遺，藐然茲下土。民皆吾同胞，物乃吾儕與。天下本一家，兄弟渾散處。顧彼有我私，藩籬隔牴牾。豈不均屬毛，豈不均離裏。大君乃嫡子，約法族所宗。大臣家之相，協力胥寅共。卑弱幼吾幼，高年長吾長。鰥寡殘疾徒，兄弟失所仰。在我宜撫之，我心重養養。賢聖乃克肖，濟惡何不才。害仁與悖德，兄弟良可哀。安得頓革奸，烝乂以不回。有懷日匪懈，無忝餘所生。明發耿不寐，靡靡邁以行。願言顧常棣，骨肉情相親。兄弟樂且孺，以慰予二人。吁嗟釀失德，乾餱不以分。剖柑貴同味，有無安足論。閉門獨腹飽，同室私啼飢。膏粱豈不甘，吾心亦以悲。同室私號寒，吾身獨縕燠。裘帛豈不安，已顰亦以蹙。小忿萌懿親，鬩牆忽相搆。被髮纓我冠，救之尚恐後。況乃手相刃，濺血濡禁庭。田地本易得，同氣何相傾。相彼豆與萁，相煎乃太急。我生念同根，隱憂涕以泣。相彼一尺布，縮縮亦可縫。乃爾弟與兄，云胡不相容。懷哉百忍子，同居睦且久。遵彼李氏謨，錢帛不私有。願作長枕被，寒暄共依依。炙艾以分痛，四海療瘡痍。兄弟各得所，父母當怡怡。百犬均同牢，物我非爾私。

友警

五行橐天地，黃土爲中央。五德鍾人心，惟信爲之綱。所以信屬友，以友經天常。遷鳥求友聲，甡鹿俟且行。何必重踽踽，杕杜無與雙。所貴在擇交，麗益相磨光。不辨菽麥者，疏粺集爲糧。一膜已胡越，肺腑那相將。谷風動遺嘆，下石徒悲傷。頹波豈無源，勢利泊以瀧。飲食共征逐，策賽均亡羊。結好盟骨肉，懋惡摩矛斨。不念松柏枝，風霜何涼涼。蔦蘿一相附，固結不可忘。勿以炙熱趍，貽災焚昆岡。勿以寒谷避，層陰發和陽。天鑒亦孔昭，循轉自相當。安得歸說人，愴怳憂以痒。

玉潭值雨

浣衣惠山泉，回舟訪玉女。飄發東南來，翻然作霖雨。山靈豈妒客，徉徜固相拒。谷口雲空濛，玉潭杳何許。青鳥銜書至，開緘誦細語。玉女不出山，雲震重夙侶。懶散雲鬟裝，採藥時傾筥。聞君突然至，走訝仍卻沮。落莫洗頭盤，莓苔半沮洳。誰爲膏沐資，九天借蘭湑。櫛罷時褰帷，出門重延佇。君行五月蒸，得無憚軒舉。再叱呵雲師，爲君滌煩暑。側徑塵不揚，短葛生涼踽。君莫畏沾濡，重濕裳與黼。我有鶴氅衣，雰雰振零羽。君莫畏泥滑，長橋架河滸。我有九節杖，步步君堪拄。客子劃然笑，長追入雲裏。玉女明且都，凝然快雙睹。莫是登天庭，塵寰隔下土。洗心向澄潭，授我素問譜。攬衣不可留，長揖歸仙府。玉女不可見，再拜玉陽主。洞天何時開，玉虛敞堂宇。周羅布羲畫，群陽互三五。躡足澄觀樓，八窗玲瓏俯。遠山失前峰，近山覺環嶼。地底殷鳴雷，奔湍擊石鼓。晶光澤琪樹，黛色隱靈櫸。花重枝稀垂，竹低笋芽豎。滴滴松虬香，黯黯栗蜂午。稚兒競奔跣，戴笠向莊嫗。摘茶且抱甕，旋汲新泉煮。山翁獻猴果，野虞貢獐脯。畦蔬入蔟肥，石竅分香乳。且倒蓮花樽，共究玄黃理。剪燭話未央，庭樹雞聲曙。

玉陽山房

攜家向玉陽，是處即吾里。砌臺養雲蓍，當門植桐梓。峧谷希足音，寤歌獨永矢。聒聒飛玉泉，聊藉洗塵耳。抱志三十年，日月驚逝矣。周文杳西郊，希夷臥未起。執易登玉虛，無言隱玉几。扣開後天門，直透先天裏。

盤玉隈

望望太湖峰，烟雲杳相阻。縹緲憑孤亭，聊爲散煩暑。左引碧玉盤，雲漿映霞酯。右招衆靈集，鳳麟舞前署。王母西獻桃，仙姑送羞髓。去去凌超然，中天豁眸貯。

金晶巖

晴林漏疏日，下盪巖光連。入觀悟明水，出盼羅諸天。青牛幸一過，百世非無緣。睡法傳希夷，願借憑虛眠。雲笙肅高調，霓裳舞翩躚。翻身入蓬萊，悠然對群仙。

觀音巖

何物觀世音，靈巖重出世。煉性洪悲慈，豈能顧睚眦。玉蓮座下起，珠黍空中繫。本來已無種，誰將擬根柢。善材一撒手，金剛亦失勢。行矣扣獅子，業緣了諸切。

答陳虞山翁都憲，名察

鍾山鬱龍蟠，天闕開牛首。康作承累朝，積養百年後。焕發徽人文，濟士興如雲。探玄窺孔室，奮藻摛皇墳。猗嗟公善鳴，結髮馳上京。一策惋流涕，五規贊綦平。螭蚴昂獨立，牡轡代巡省。破柱狼途衝，遜舄鱷潮境。天王幸聖明，詔許圖終成。貞心矢珉鐵，唾跡隨風萍。棠陰重遺愛，玉筭躋崇班。握符靖閩越，勒蹟旂常間。陰晴知雪晛，急流湍歸餞。虞山舊考槃，種竹傍巍巘。躍渚常觀魚，兢冰重履虎。亹亹未敢荒，休休自適取。小子羅浮阿，藐兆何足多。涓涘翕河嶽，意氣綢蔦蘿。海虞邇行樂，降陟觀泉壑。傍柳移小舟，清風訪莊落。仰止盂巔期，綣復圯橋約。小子誠不聰，勉旃寧自薄。

題東曉

桑榆收暮景，暘谷曙光升。日中盈就昃，既晦當復明。屈伸本循環，欲亨守其貞。

送馬汝礪

完璞日已琢，天性民不虞。豈無煨中燼，六籍空遺書。撫卷發浩嘆，願言見子都。之子在何方，山高水難踰。幸有乘木質，豈徒餙輪輿。招招利載者，曷不吾與俱。悵悵獨云邁，一行一踟躇。前川漸佳境，少樂衆不如。岐端誤失道，適足叢蓁蕪。行矣慎所之，勿使紛憂娛。告汝利載者，與爾良不疏。勉旃覓子睹，窈糾當復舒。

題橋松晚翠卷

青松何鬱鬱，山石何崔嵬。下有皤然翁，煮石丹霞隈。火烘六踰紀，鼎沸初一回。千年搗爲脂，萬年結成胎。皎皎碧玉翰，不以凌風埃。頓息青松根，鼓鼾聲如雷。一息春葉落，再息蟠桃開。起覺陵谷遷，洞口空莓苔。莫是王子喬，拂舄從天來。

贈欣樂丞李德任二首

仰止中離山，欲泛惠江艇。叱僕驅前途，問道豐湖境。東有白鶴峰，西有黃洞嶺。半徑通湖光，雙江蘸雲影。美人宛中央，蒼洲隔芳芊。漱玉流且湍，歸雲日將暝。韶華迅以逝，逍遙復能拯。過客悲郵亭，對子良獨省。

雲漢矯鴻鵠，樛枝集鷦雀。闊視齊物篇，隘跡堪輿博。候人重何戈，擇仕貴擊柝。職稱諒所宜，官卑亦不惡。西湖故佳勝，而子足欣樂。況有說駕賢，未肯封人卻。抗志昂藏間，翻飛向寥廓。

題贈松溪

種松護林麓，引泉出林陬。餴饎煮白石，駕駟騰蒼虬。可以同歲寒，寧知有春秋。

題斗洞

直北三四星，祥光射南極。中有一老人，子孫布雲奕。弧矢馳四方，文章爛奎壁。老人復何事，散髮臥松石。朝汲丹霞漿，莫飲盤露滴。古洞盟千年，雙鳧駕飛舄。

藍澄溪至自潮卒于朱明詩輓之

朝誦湘累篇，夜聞惜顏操。俯仰懷哲人，感慨悲長道。所遇固有窮，餘芬豈同耗。壯哉藍氏子，抗志躋堂奥。千里負琴書，遠向羅浮到。良冶開鑄爐，品物欣洪造。飛雲頂未窮，薤露歌先報。菀結同心言，邈矣將誰告。達人宇爲家，易地皆吾靠。莫更嗟羅浮，朱明有丹竈。

贈別東軒

夙駕迎春來，孰報春歸去。斗酒欲送春，流鶯喚留住。春去來幾時，春光常在樹。寒谷生融輝，枯楊復枝旟。睠此增徘徊，相期本無語。

贈陳三尹之京山

踞榻羅浮峰，曾識博羅簿。遺愛垂貞珉，大道式章甫。委吏尚可爲，況乃民父母。子行適京山，勉旃在師古。

屢擬登牛首未果嘉靖戊申孟冬望前三日始一至值雨賦和壁間韻

五羊奔走地，雙闕空濛隈。臥遊托殷勤，信步空遲回。振衣陟嶙峋，滑履欹莓苔。豈無葛仙骨，已養羅浮胎。何當妒陰雨，隱谷鳴春雷。願言借晴明，極盼窮紘垓。且向虎跑泉，靜洗塵寰埃。菩提識靈種，寶塔凌虚臺。笑呼猿鶴群，對舞歡徘徊。

竹石圖爲張玉屏主人題名峰，正郎

爽籟晴瀟湘，輕綃映寒碧。節高風自清，中虚體常直。何物撑嶙峋，無乃玉屏石。依此盤錯根，砥礪時相益。願得歌衛風，□□□□□。對此圖淇澳，千年仰圭璧。

行役至皖城聞北都報急旋楫夜過蕪湖暴風洶浪幸舟靠岸偶成呈少司空王濱湖

忠誠未格天，大風撼我舟。志仁幸安土，長灘若爲留。柔泥不着石，傲睨登瀛洲。雞鳴黯月色，龍眠聒驚流。滔天玉雪湧，拍拍驅群牛。檣顛楫欲摧，衣袽戒且憂。卻憶淮浦吟，整襟法前修。須臾藉晴曙，長空斂雲浮。青山秀綠樹，沽酒聽漁謳。眷眷側席懷，至德侔商周。干城有元老，克壯咸嘉猷。蠢虜誠匪茹，大邦敢爲仇。風狂不過日，陽出陰旋收。豈爾螳螂資，乃肆當轍遊。直搗向賀蘭，勒石燕然陬。四海瞻皇圖，萬年固金甌。

答黃羅浮兄話別名龍

羅浮亘天地，與子聊相違。冥鴻事高舉，奚必差池飛。居諸遄流邁，起臥觀時幾。適意亦自得，是處真誰非。首陽與莘墅，千古爭巍巍。丘隅鳥所止，民乃同邦畿。

又贈別王陽岡赴召二首

梟梟馳虛車，鍾陵寄檀軸。報國慙匪才，閱人慣迂目。幾見大道周，平陂往還復。曠野棲麟鳳，幽巖足虺蝮。陰晴互態變，暑雨迭寒燠。我愛王陽岡，坦坦夷邊幅。

宰我對問社，誤看周人栗。千載噓遺風，競言淬刀筆。吹疵摘細故，虀韲凌萬物。哀我同胞民，楚鉗剝膚骨。誰將一拯之，春和布窮窟。我愛王陽岡，明刑在欽恤。

宿采石太白祠

朝登采石磯，莫宿采石祠。俯仰百代豪，風流尚依依。解靴挫力士，秉硯輕蛾眉。蕃夷信桀驁，一紙餘麾披。漁陽有鼙鼓，何乃旋致之。才高世難用，寵過忌亦隨。禰生老瞞沮，賈傅文皇師。英轍固同邁，羈靮良所宜。世有萬鎰珍，願我戢光輝。

署滎陽教諭永昌舉人周紹稷連遭二喪歸道遇於滇爲賦此

驅車出滇左，道旁式齊衰。棘攣睠容墨，黯慘令心哀。停車急前步，問子從何來。云是永昌産，奔奔蜀中回。憶昔廼父翁，躡足青雲垓。鳴琴播遺響，振鐸群英才。刑於擬述德，膽丸亦滋開。閔子紹泮渙，接武鞭駑駘。春官棄桃李，滎陽藉深培。青氊席亦暖，白髮顔雙頹。昊天杳何極，北風吹崔嵬。心折道路長，靡靡行且猜。披襟訴明府，淚血傾河隈。予聞轉酸惻，欲語徒邅迴。爲子廢蓼我，且陟阿丘臺。

贈鍾筆洲之任永府長史

人言一日養，不以三公換。況乃桑梓邦，王藩作明宧。祿養既盡歡，承顔復泮奐。禮樂誠嘉猷，河間即東獻。賈傅良足師，臨湘莫重嘆。治安策可陳，早爲明廷贊。

懷隱君

東海驅靈鼇，蓬山駕浮島。千里赴所思，碩人丘中老。釣竿捲周綸，畏塗釋商繳。躍鱗縱深淵，飛鴻信派爪。孔操鳴猗蘭，王孫履芳草。爰有九節根，服之以終老。

望海

太一判元始，百川滙鴻濛。淼淼甲子門，吞吐驪龍宮。鼓入珠江潮，塹隔陀城東。納污本無意，洗日誰言功。憑高寄遐矚，爽豁夷心胸。願言駕一葦，直探瀛與蓬。翻然越長思，感爾良沖沖。昔焉濟商舶，百貨殷成豐。今乃集夷醜，群妖煽其凶。水角天且遙，驅民以從戎。海若固有靈，海濱馘蜺虹。再見波不揚，皞皞成周風。

人日喜晴

歲律更新序，疑當混沌初。冥雲連歲隔，積雨兩旬過。雞犬悽寒晦，牛羊怯陟阿。策馬欲出門，將行復蹉跎。天運有旋轉，陰極當陽和。且喜逢人日，忽忽開雲羅。祥光燭太宇，漏照翹林坡。萬木欣向榮，好鳥鳴且歌。故老相傳語，占年生意多。朝野慶熙皞，海戎息干戈。億載仰大明，重離照山河。

聞大成樂

大音久不作，干羽云潛淍。慨無札觀魯，喜有齊聞韶。獲麟遽窮泣，儀鳳安可招。聊爲語師摯，於焉托顔瓢。苟得行武城，莞爾良逍遥。豈圖千載下，俎豆崇累朝。禮明樂具舉，情備文亦昭。合止諧柷圉，升歌間笙簫。兩階列籥翟，萬武揚飄綃。美善見韶箾，揖遜親唐堯。昔曾儼對越，奏假凝焄蒿。叶今來謁庭廡，鈞天聞青霄。豈徒象刪述，德邁功前超。生民紹物軌，百王式宗標。邈予寄遐想，曠世神交遥。願言繼忘味，豈曰知音寥。

寒食

寒食不寒食，廣與鄰俗殊。感此寒食辰，愴然罷琴書。晉文亦英君，患難與之俱。而乃忘安樂，棄置綿山居。臣心有如石，屹立不可渝。臣心有如火，烈烈誰能濡。吾聞古來相，夢肖築岩壖。亦有勤故交，物色勤劬劬。胡爲烈山澤，虐焰無遺株。抱木以自完，長使行人吁。

有懷九章寄北途濱江諸友九首

江水何茫茫，北風送南寒。攬我幽人懷，極目馳江干。
曲江植芙蓉，大道良不遠。乘風說飛翰，爰葺甘泉館。
此去即梅關，一竅誰鑿之。千秋仰嵯峨，金鑒真人師。

望望青原山，昔侣白鶴仙。杳矣東廓翁，念之成潸然。己未，予從緒山先生適青原。東廓、獅泉二翁操小舟率諸賢赴白鶴觀會講，數日乃別。今東廓翁長逝矣，可傷。

桐江即嚴江，挺挺念庵宅。安得從明齋，於焉永嘉客。念庵翁家桐江，王明齋自太倉來，留館其地。予己未過桐江，擬會二公，適嵩病熱，不果，至今恨之。

新泉濬留都，濟濟濯纓侣。語默本同心，豈以岐出處。

玉女開澄潭，盤盤玉陽洞。養靜時閉關，煮石誰人共。

欲駕揚州鶴，憩息甘泉窩。仰瞻仰宸樓，下盼庭樹柯。

我懷孔多方，道遠莫致之。酩然事高酌，以慰遐相思。

喜崔太冲先生新入社名柏

東北有佳人，獨抱長吟膝。去予尺五天，宛隔中央突。洛社羅襟裾，折簡故相屈。振纓時一來，共嗅芝蘭室。忽然風雨驚，乍走龍蛇筆。莫是左太冲，深衣變君實。

喜陳中閣劉三臺二公入會陳紹文、劉維嵩

石門控沙表，空中見中閣。灑灑遺世氛，勇脱簪纓縛。蜿蜒迤三臺，烏石層城角。一表李密情，肯以三公博。東西各天隅，烏兔自騰躍。夢寐隔蒹葭，中央詎能泊。幸有縮地緣，共赴香山約。九老

聯衣冠，七賢豈遺落。江湖軫憂君，窈窕聊尋壑。出岫雲何心，歸飛鳥自樂。沉吟續騷雅，圖書闡河洛。與之同逍遙，翱翔遍寥廓。

賞蓮

綴補芰荷衣，笑入荷花渚。翠蓋擎珠圓，花嬌似能語。酌酒時勸花，爽袂空中舉。花神爲我賓，我作花神主。豈以顏色諧，通直真吾與。濯濯清漣漪，亭亭出沮洳。芳馨掇其花，嘉實良可茹。世有濂溪徒，共結同心侶。

書平石巷

筦山有奇石，其趾沃以平。雲噓石作潤，雨足郊原青。釋耕餂壟上，刺史誰知名。願言擴同人，與之盟堅貞。

贈友蘭游子宗謙歸閩

大道久蓁蕪，側徑多岐別。子欲適通都，問途意彌切。開門在見山，射虎石可裂。得一流太和，四時自成節。子歸遇龍江，再訂常明說。濯濯星江源，家庭有真訣。會意即傳神，在處通脈血。願借鴛鴦針，爲繡同心結。

寄朱汝政

虯幹高插天，溪水常在地。仙客歸羅浮，飛舄幾人至。酌水餐茯苓，共服先天氣。妙訣有真傳，誰解忘言意。

聞濬城河喜而有述二首

五嶺三江會，星躔應斗牛。越佗分漢治，宮闕奠羊州。白雲崒北鎮，南匯海珠浮。文物馴開拓，衣冠入魯鄒。何年輕作改，城角斜分流。頓令風氣洩，百疹生疵憂。窮極有變通，群公集嘉猷。東西引泉澗，合注城南陬。若臂抱心腹，若襟斂重裘。精淑自此完，禎福交來遒。人和挽地利，天時亦爲謀。景山員維河，商業云孔修。姬周卜洛食，伊瀍亦綢繆。再拜賀吾廣，永言遘鴻休。

哲王重胥宇，山原慎陟降。遠觀陰陽宜，俯察泉流漾。地維缺可補，天工亦人相。吾廣稱名藩，帶海森雲障。世遠桑田遷，撫時偶增愴。濬水交城流，回沙亦盤向。適茲甲子新，人物肇新創。況爾開賢科，繼繼魁名狀。淑氣回海濱，幽谷春融盎。

山茶結實

朱英罕皆實，碩果無麗容。物理固難兼，孰明鈞陶工。獨愛濂溪蓮，乃有君子風。花實既雙美，外直而中通。燦燦叢牡丹，及茲芍藥侶。色盛隨飄風，靡實奚足取。適適君子庭，植盤見山茶。樹高僅踰尺，方春已呈葩。向來本無實，今秋實如瓜。握之頗盈指，菁菁澤瓊華。借問何以然，習遠即成性。栽厚天固培，況乃因人勝。慥慥君子心，華實此相證。

又贈別霍子勉衷應召補鄞縣尹 六首

蚤拔南宮雋，歸臥樵山雲。逢時徵召起，嗣服皆明君。世美良克濟，膴仕安足云。

表表懷先公，舍子蔭其侄。官子亦可輕，何物足吾屈。擴此仁一家，纓冠救同室。

先公利社稷，出境陳所知。況茲有專城，鄰封即慈溪。目中慣夷險，熟路隨所之。

峽廟熄邪妖，江心石徙避。大馬廟前江心有石，舟過必禱。文敏焚其廟，未幾，雷碎其石。峽山刻移文，雷風猛虎斃。峽有虎害，公作文責山神，尋大風雷雨，虎斃流出。動物慎真誠，群邪豈能闕。

士無德舉主，文敏公曾錄戒士語。先公忘己恩。子今酬知己，惟報君與民。向彼滃滃徒，太虛過浮雲。

朝陽有奇鳳，間世時一鳴。雷在地中復，當秋斂其聲。所以不言信，混混原默成。

贈增城掌教林次潯之任河南趙府祀正

我愛龜峰秀，同公陟嶙峋。芳枝蚪欲動，細草翠成裀。化雨時敷足，和風正好人。話入芝蘭室，香交桃李芬。何當遽然別，握手彌殷勤。河間文獻地，喜得相明禋。樂和禮備舉，於以諧人神。行見通河洛，大地回氳氤。

和潁翁鄒公祖署中紀懷四章名善，左轄

愛樹

南國挺奇樹，密葉披華蓋。輝映紫薇樓，青葱護晨靄。星霜閲歲久，雨露從天霈。繼詠甘棠篇，誰能拜剪害。願言培其根，長春物同泰。何以鍾愛深，鄒侯此停旆。清標琴鶴隨，夜告焚香酹。擴此生生仁，覃恩及無外。

剸竹

皎日麗長空，濳幽亦可覯。云胡蔽虧者，繁枝闇未透。造化本至公，賦予因材授。攘剔固有宜，匪意行誅宥。窗牖茲玲瓏，重門敞前後。誰實爲此功，對曰有時茂。堂虚早生白，清風散炎晝。切磋成有斐，七賢非昔舊。有簣金斯純，扶疏月可漏。欲挹伶倫子，截作長笛奏。

聽鳥

粤徼聞啼鳥，恍惚鄉國音。停雲在樹杪，尺五連蒼陰。出門寄遥矚，乃隔庾江岑。乘風欲插羽，安得從飛禽。撫弦重嘆息，聊作蒹葭吟。我有南薰調，可以開煩襟。昔賢異出處，意氣仍盍簪。范老憂時念，且罄平生心。

蒔菜

憶昔長白居，畫粥斷齏菜。此時意可忘，移根種園內。肉食豈不甘，藿食味終在。舉箸踰萬錢，寰中幾人再。欲寡心自恬，風波亦可耐。正己端垂裳，茹草曾躬耒。貌瘦天下肥，惡食良自愛。持此一介嚴，行行陟台鼐。

寄溫于靜名如泉

有美溫婺源，簿政適伊始。三月期可觀，期年政聲起。民方借長惠，云胡遽歸止。斯道廢與興，天乎豈人使。好賦淵明詞，遺經教諸子。豈無燕山桂，跨竈光前趾。

三水

兩江西北來，合流注南海。一六本同根，朝宗永不改。挽舟泝天河，支機石可採。

過胥江

上灘思買篙，防雨思買傘。況乃當危湍，陰雲布微霰。誰爲杞人憂，長歌待明旦。

回岐

日午暫停舟，回岐抱水口。賴汝遏狂瀾，誰從蛟龍走。近水新築城，一角摧湍溜。負薪有反裘，惜爾皮毛朽。

酌定心泉

跏趺瞿曇石，對酌定心泉。中心本自定，豈藉泉涓涓。常感固常寂，順應通自然。豈能作槁木，豈能息無烟。可以納大麓，可以門市廛。雅歌蒞兵甲，端坐波濤顛。靜定動亦定，請誦程子篇。

清溪

君莫棄濁流，湜湜見涇沚。莫謂流本清，揚渭混渣滓。是處有清溪，溪清流亦駛。白石露齒齒，潛鱗照淵底。歌滄浪者誰，千古伯夷子。

甘泉書院新遷

泰山忽東摧，滄海還桑田。人事有廢興，千古理亦然。昔我湛夫子，韶陽艤歸船。振衣帽峰麓，濟濟羅諸賢。爰茲闢院宇，永以開講筵。闡揚六字符，習心俾銷煎。迄今三十載，聖賢有真傳。曲江重徙學，此院乃借遷。讓賢尚云可，讓聖豈爲愆。千仞宮牆在，門深室且玄。升堂集朋侶，仰鑽談高堅。人心解求放，文禮見目前。匪前亦匪後，豈在天與淵。勿忘勿助間，默識同勉旃。

贈鄧默成

予晤默成子，最愛默成義。何以默而成，忠信爲實地。植培真種根，沃以靈泉泚。刪剔去繁枝，含英葆元氣。夜息微初萌，勿俾牛羊恣。自養自得之，誰能說衷秘。太虚本何言，聲臭兩無自。惟翕始有闢，專一爲直遂。是以廣大生，無窮亦無際。古有孔聖師，無言法天地。心齋以坐忘。如愚有顔氏。千載同心盟，吾茲見吾是。

冬至發管鋪覽江邊諸山

宵征達管鋪，曉發如安流。向無峽中鳥，茲焉浮江鷗。一峰兀水滸，宛宛見盤麀。亦有萬仞壁，列卦鋪玄疇。葭灰動六管，山坳指群丘。一陽慶道長，君子朋來求。

平石村換小船入宜章夜宿牛矢巖

平石舟更小，君莫嫌局促。但得心宇寬，山川儘可目。分流入宜章，溪小叢且曲。舟人行亦勞，聊借石巖宿。

過吴公廟

章溪有瀧小，不如昌瀧雄。亦有瀧神廟，問之云吴公。此廟據奇石，真山假山同。進進官陂頭，山平村野通。焚芟闢草埔，預爲事春農。臨溪浣衣婦，汲爨事姑翁。章邑諒不遠，知政占民風。

郴州橋

舠沿郴水北，五虹跨長江。豈無瀧灘迅，險石如宜章。行行出江口，迤東岐桂陽。吾直縱一葦，順流赴衡湘。水濱勿驚鷗，與爾機相忘。

永興沿江石壁

石壁聯江滸，豈石堅且貞。何物幻化工，斬削渾天成。方若磨崖碑，長若張圍屏。微風盪柔波，漾影文章呈。讀之本無字，玩意空群經。誰圖輞川者，萬古留丹青。

耒陽道中

載煤湘船黑，洗錫江水渾。江船體本潔，而乃污泥塵。吾欲挽天河，滌濯回素真。

朱陵洞

衡故多秀峰，源泉止涓涓。乃茲朱明洞，水石兼奇觀。群玉錯湍流，珠簾挂崖端。日晴飛瀑布，風寒谷深盤。枕流堪洗耳，漱石礪齒間。安得駕鐵橋，與朱明往還。

方廣寺

八峰繞蓮瓣，一刹當蓮心。左右夾清流，玉池交前襟。霞光散紫馥，雲蓋擎青陰。亭亭觀鶴立，隱隱聽龍吟。誰據蓮花座，說法開來今。

飛來船

武夷船駕壑，此船曷飛來。神功巧斲削，制度從天裁。船底礪劍脊，倉面長平開。夜深載明月，不怕風波推。

謁甘泉先生祠院擬修

憶予湛夫子，看山酬夙緣。行年八九十，兩陟衡嶽巔。紫雲開講院，丹壑引流泉。背倚南臺峰，天柱聯撑天。左襟岳宇秀，右鄰文定賢。洞深奥復奥，翠屏抱當前。高建白沙祠，低處開井田。更有祝聖臺，祝聖千萬年。重門闢大道，納級升堂軒。鄉約集諸老，青衿開心傳。文風忽丕變，禮樂相交先。遺澤在一方，廟貌肅儼然。嗟予繫天關，三約踰十年。今朝始一到，點檢多遺愆。兩齋已頽圮，門牆頗更遷。岌岌白沙宇，欹斜亦將顛。廼亟鳩衆工，爰方斲且虔。植邪以有立，易腐以爲堅。齋廊且有待，兩垣築環聯。心勤力不違，弱駕誰能鞭。豈無同心者，勖哉成予言。

虎爬泉

衡岳最高峰，泉自山頂出。何以山頂泉，陰陽有呼吸。山澤自通氣，涓流噴觱沸。觀泉觀我生，沛此育萬物。

懷楊桐岡

我愛桐岡翁，桐岡集岐鳳。凌風奮靈羽，千仞翱翔共。庭今産鳳雛，天池日光烘。仰兹繩德輝，甘泉亦增重。

題唐秀林卷

生生自天性，山木昔嘗美。胡乃交斧斤，繼之群牧駛。幸茲日夜息，萌蘖見端倪。栽培滋息之，參天立可擬。吾心有良知，吾性即天理。生生固不息，養之惟在己。息息常存存，聖賢域可抵。唐君自樹名，汝滋乃其字。自養還自滋，進進今未已。雖未登棟梁，亦可遠棘枳。夏日苦炎蒸，涼陰足憩止。隆冬畏沍寒，豈隨衆芳萎。願言永培根，濬源沃清泚。碩果種且蕃，千百傳孫子。於以長秀林，仰之亦興起。

半山亭寺

半山山已高，山頂高幾許。太卑人易凌，太高獨踽踽。吾宅山中央，高下都吾與。

屬唐秀林董治書院

秀林特高致，伴子衡岳遊。窮探絕靈竄，奧旨偕冥搜。祝融觀日出，圓明漱清流。再拜甘泉院，托之重董修。言窮意未已，心期默相求。

書林懷蘭卷

幽谷有奇芳，移來植前庭。天風播天香，惟德與之馨。綣綣不忍採，握之淚盈盈。培根固自昔，豈以旦夕成。手澤今猶在，於以吐含英。紉佩隨鵷行，馨香達明廷。豈不堪瀼露，浥露如沾纓。豈無賢人親，睠此傷我情。願言再培植，沃以流泉清。龍孫日蕃茁，千載承芳名。

衡山曉發

山中已浹旬，郭外仍三宿。剡漕斷行舟，淒雨霏屑玉。知己時邀留，杯盤敘寒燠。賢哉二地主，借棹乘朝旭。

發韶州宿水口

已發清平市，帽峰望漸遠。武溪今古流，長灘幾回轉。俯仰懷昔賢，丰采見遺卷。吾欲泝蒹葭，水口中坻宛。

宿安口

曉霜散晴旭，北風收微寒。轂車見牛轉，綿貝歸舟盤。賴此濟荒歲，可以無飢寒。共聽滄浪曲，知爾百口安。

登石鼓

合江通彬江，僅僅五里許。昨始見暄晴，風寒遽牴牾。風逆水順行，天意豈偏與。上下往來舟，莫更相嗔語。

發川洲過流霞驛

川行發清曉，頃焉日東升。烟清護玉盤，水光淼盈盈。云胡轉霧霾，咫尺舟迷冥。兩岸不見人，市語空聞聲。謾説流霞紫，流霞亦有青。白衣變蒼狗，此理良足徵。

過雷家鋪巡司

舟達三汊河，雷家鋪灘急。一水來茶陵，永新從此入。左江摩空青，衡嶽參前立。衡邑尚幾許，計程里三十。

焦陵灘

蕩蕩焦陵灘，舟人不敢過。問渠怯何爲，下有石坎坷。乃覓長年師，爲之一把柁。履險如履平，人從天上坐。治國如操舟，戒險常安妥。

陸口驛

支流見陸口，云是醴陵河。去去入湘東，袁宜從此過。江湖僅分脊，車輔其如何。

題贈湘潭舟子

此舟即蘭舟，棹拂天香遊。賢人與之俱，如在天上頭。相逢有三老，能辨薰與蕕。世固多賢者，意氣來相求。

泊湘潭

湘潭若富庶，兩水交襟聚。西水寶慶流，東水長沙注。盤檣蔌如蝟，豈直誇樟樹。獨嘆衡山邑，孤舟無覓處。

迎春日即事

日光涵遠山，霞彩蘸波底。柔風帆慢揚，澄江練如洗。暖氣來絪緼，寒衣欲漸委。莫是春初迎，陽和轉新軌。

陽邏覓小舠將如蘄州訪顧日厓桂厓二丈不果

巨艫扼長風，遄予覓小艇。美人在蘄陽，願言一往省。逆風亂中流，浪翻不能竟。幾年馳夢思，咫尺丰顏迥。耿耿飢渴懷，坐看江雲暝。

贈常山中陵子徐延芳士棻

予茲愛中陵，四山環四宅。曉觀東日紅，晚見西月白。北斗近紫微，南箕扇塵陌。吾中集太和，四時春拍拍。不以炎燠蒸，豈爲霜威剝。出門遊泰華，驅車遍恒霍。回旋河洛間，兀然憩中岳。山垤無崇卑，宇宙誰寬窄。芝芷叢芝蘭，危巔挺松柏。坐蔭挹幽香，於以尋顔樂。瓢飲自足甘，蔬食亦不惡。況已饒膏粱，何憂亦何愕。勉之貴及時，堅固我可作。夷惠流高風，清和各有托。伊尹誠天民，耕莘乃先覺。聖偏吾豈居，孔時固願學。

聞常邑諸耆老爲建惺庵弟生祠復有嘖嘖以善政告予者答之

大君即吾父，百姓爲吾兒。天下本一家，愛敬無二歧。盡心盡吾職，豈敢他求知。吾祖耕鹿門，頗識民之依。願推衣與食，忍見啼寒飢。雖有堯舜心，敢謂無其咨。偏反常棣華，愧乏甘棠枝。昔予忝京兆，民乃留生祠。惺弟按全浙，生祠重見之。兹予過常邑，行道傳口碑。見予問同姓，述舊喜以悲。不有按治良，何以安流移。爲建長生位，以繫吾民思。徐氏實倡義，民心同秉彝。民風足徵厚，豈以笑貌私。寄謝諸父老，種德弘鎡基。

答問學

大化旋元根，無聲亦無臭。時行自物生，處處春光漏。人心曷睹聞，豈以形跡覯。一實殊萬分，瀰漫遍宇宙。云無亦無無，云有寧有有。虚實動静間，寂感相參透。來也以此生，歸也以此復。但保勿自虧，豈能强增湊。月窟通天根，時復倏時姤。盈虚本無常，此理原不朽。云胡一偏者，强向玄關叩。觸處固躍如，冥心更何究。嬰兒吾自存，坎離每相遘。若自煮空鐺，於何問火候。老子固猶龍，學之恐差謬。孔聖真時中，天地等高厚。

贈惺庵弟巡撫福建

予本樗櫟資，早遂歸林壑。爰結同心盟，天關亦足樂。獨抱匡時憂，俯仰將誰托。抗宗有奇英，棲前韡花萼。始聘百里車，漸展騏騮腳。四省肅埋輪，清風動山岳。節鉞齊揚間，直馳九邊角。豈獨賢勞，養器需盤錯。今朝重出門，八閩再揮霍。且慰蒼生謠，佇看登臺閣。

送曾簿三首

曾公來幾年，相見時亦稀。今歸云何許，問民民不知。持以問庠序，庠序交贊之。謂公待士禮，謂公愛民慈。明明秉素質，可以民不欺。

吾邑有令長，兼庶政庶獄。職本糧儲司，錢糧非吾屬。才本聽斷能，民訶匪吾鞫。官清有餘閒，藝圃課諸僕。薪俸或缺時，易蔬以自足。

重明洞普照，片雲障其輝。雨露豈不廣，尺蔀遏其滋。矧茲道興廢，實維命所司。尼使或有時，行止非人爲。行矣安所遇，朗賦歸來詞。

竹石圖

玉骨明皎皎，清風涼颼颼。空中矻砥柱，貞姿本無求。碧草如有情，金石遙相投。何以獨愛萱，玩之能忘憂。吾心托太虛，造化原與遊。浮雲我何有，相忘空悠悠。

贈湛生

下帷見董子，三載不窺園。登樓有湛生，誓不出庭軒。鍼成在磨柱，心堅石自穿。由此希往聖，豈徒蓋前愆。人皆可爲舜，勿謂今無賢。

梧桐

嶧陽借根荄，楚宮植堂突。欲製焦尾音，寫此同心調。金井風乍來，深院月中照。感秋若爲悲，放懷且舒嘯。

鹽提舉崔君轉福建副都轉運使贈以詩

吾病笑也歌，放歌三百篇。我歌夫何爲，故人有高遷。驅車出羊城，迢迢適閩壖。嚶鳴起幽谷，鹺政兩當權。輕車就熟道，良造相後先。萬里指顧間，行行復何言。齊人富煮海，周官布流泉。旷農已瘁力，摧商未爲偏。矧茲南北祲，所守在疆邊。士馬願夙飽，日費渾幾千。子行慎足國，常股通車船。務期化斥鹵，萬竈繁朝烟。子行慎足民，生生濬其源。反裘以負薪，皮敝毛亦穿。培根在剔蠹，本固枝葉蕃。和衷乃有濟，仲伯吹篪塤。萬物皆可愛，吾道有正傳。咨彼太極翁，何以獨愛蓮。豈徒羨虛直，出污泥不沾。吾言愧予耄，或可方韋弦。

鷺浴

方塘净雲影，碧水涵天光。鶖粱已潛伏，鷗機亦渾忘。于焉白鷺見，爰浴清漣央。志匪窺魚在，心期附鳳颺。肯以皎玉質，而污青泥湘。澡身事高潔，振羽任徜徉。波搖動素月，粉落凌秋霜。髮梳孤幟白，爪弄雙莖蒼。晞日忻回照，乘風納晚涼。沚荇回疏葉，汀蘭襲異香。自得盤渦性，寧飢蟥蛭腸。一水中分地，群飛太劇忙。擬向西雝渡，還從駜乘翔。馮夷欣擊鼓，瀛女罷吹簧。但希離蚌禍，敢復戀鴳行。我有舊氅衣，復製新荷裳。浴沂集童冠，濯纓歌滄浪。豈知歲月老，同適水雲鄉。

松下觀鶴舞

龍光轉遲軌，蚪影布清陰。涼颸落高樹，側翠分遙岑。爰言徙幽几，于以開煩襟。九臯有奇羽，幾歲伴鳴琴。開籠悅客到，拍手諧主心。初飛薄穹漢，再戢下疏林。晴濤乍激發，寂籟何蕭森。樂奏雲和曲，旛移寶蓋臨。振奮霜翎展，蹁躚玉爪侵。丹砂回九轉，輪轂匝千尋。臨霞衣擬彩，映日背橫金。星轉雙晴麗，簪垂獨啄沉。八風羞祝態，九舞協韶音。闔闢随伸縮，低昂類縱擒。雲翔原應節，子和識知音。憶昔成胎化，昂藏異衆禽。燕鷹摩太液，鳳翼浣清潯。紫蓋翺翔舊，青田預養深。豈羡乘軒貴，還期入帳欽。舒遲方得所，真樂豈能禁。

澄心樓春眺

芳春萬卉蒼烟稠，鳴鳥伐木聲相求。粵山徙倚何公囿，振衣一上澄心樓。洞門斷隔市塵跡，澄心樓高幾千尺。本無竹肉奏新聲，止有圖書環四壁。香烟忽起爐中蛇，話到羲皇日未斜。素琴欲和高深調，猗蘭太息知音遐。憑欄且縱元龍目，白雲控抱珠江曲。靈洲西引樵雲巔，天華東峙羅浮麓。城頭棟宇翬如飛，朝漢臺荒霸業隳。風幡法性今何在，穗石真仙跡亦微。乾坤尚屬浮漚沫，今古虛名能不沒。縱然蒼狗浮雲遮，萬里虛空原自闊。澄心常澄冥心期，萬有何存衆妄非。胸中至樂是誰知，胸中至樂是誰知。

瞻甘泉先師遺像

山頹木萎幾星紀，日抱遺經臥蓬累。敢將己物並蘧廬，黃鳥丘隅難共止。昔云見聖未克由，前參衡倚誰真修。光明洞見瑤臺燭，須臾仿佛爐烟浮。精華日月空顱首，兩耳之傍南北斗。衣冠儼雅紆紳垂，隱隱太公猶在手。高風已遠不可攀，遺像依希千仞間。追隨再拜諸公後，俯仰前瞻祇汗顏。師面黑子具有日月南北斗之異。

壽蒲洞陽封君

洞陽本是純陽侶，慣向洞庭弄烟渚。藥洲穗圃時來過，塊然薜荔叢間處。胸中在昔富明經，眼底英才沐時雨。贏得康民濟世方，授與庭趨肇光緒。玉皇眷寵來自天，鳳詔龍章旌汝賢。黄堂遠寄南山頌，紫府今開北海筵。麟凰之脯蟠桃鮮，珮環趨蹌並島仙。雅歌投壺洽貞素，肯煩舞袖薦嬋娟。慚予躡履香山後，乍聽鈞天樂始奏。清商一曲薄太清，疊轉薰風民物阜。仰視榴花燃，俯挹芝蘭臭，美景芳晨婉相湊。主人樂意欣陶陶，嘉賓式燕何妨又。酒酣試問今何時，冲年天子神堯資。八埏九土皆恬熙，衆星環繞紫垣微，炯炯南極當南離。丈人孫子常相依，誰云七十稱古稀。遠拉籛鏗子，近與安期期。蒲澗菖蒲至今在，洞陽考卜共逶迤。千秋萬秋究遺易，觀無始而寤皇羲。

福船行爲俞總戎 名大猷

去年六月終風惡，賊舟駛向河南泊。凶渠逆豎戈紛横，飛腥濺血嚴城角。今年六月風氣好，閩帥直向潮陽島。鳴鉦伐鼓總天聲，凶殘魂魄戈前倒。一戰玄鍾再柘林，艨艟應擊皆成沉。三戰長驅向蓮澳，如山樓櫓失高深。虐焰消磨十八九，長奔潛望馬耳走。廣兵犄角隨火攻，渠魁竟縛俞君手。俞君故是方叔儔，騏驥豈與駘駑侔。浙閩伊昔么麽起，斬蛟竄鱷功名遒。東隅莫問昨朝事，桑榆人識魯陽轡。向誓此賊不俱生，三捷居然副初志。老將料敵真訏謨，太平永鞏帝皇圖。先張之矢後脫弧，福兵福船云豈徒，福兵福船云豈徒。

壽席太公八十四安南人，席司理公之父

天章銀漢夜的爍，亘漢祥光耀南極。個中原有老人星，丈人子孫相對明。幾元幾會幾運世，曆數綿延渾莫計。帝庭有命下南陬，安南鬱翠山川綢。憲皇乙未昇平日，稅駕轅門繫麟紱。籙中瑞慶懸桑弧，年年二月二十一。春和景媚暄長天，當歌對酒花正妍。嫦娥仙樂虛空下，朱顏粉黛總當前。王母桃，安期棗，龍羞雜薦蓬壺島。鹿鳴鶴舞天風和，長伴仙真同不老。膝下有子爲李官，不論小，不論尊。斑衣晝錦都成歡，況有善養兼賢孫。今年八十四，明年八十五，百歲千秋從此數。洋洋海屋時添籌，南山常蒼日常午。從教彩鳳銜丹圖，希夷穩臥空山廬。但祝明皇萬萬祀，康平四海皆無虞。行握杖，倦枕書，靜觀日月澄太虛。擲卻瓠瓢無聒耳，康衢里巷亦得聞都俞。

倫母黎貞節詩忠義鄉倫孝思之母

廣南婦節幾垂芬，倫門節婦黎爲真。百年伉儷僅數月，藁砧一喪何酸辛。撫摩遺腹摧肝腑，誓言甘作九泉人。屆期天遣生男子，夫有男子夫不死。遺田二畝何足供，忍餓凌寒執麻枲。斗横夜永風凄涼，衡門破屋天爲霜。剔燈顧影煢煢在，紉針細補兒衣裳。課兒晝遣從師讀，歸向窗前共饘粥。更期學作一等人，勉從爾舅羅浮麓。莫言遠去膝下悲，吾心已慣閨門獨。黃龍講席春風深，阿母聞之亦慰心。藍衣隨換班衣舊，青雲有路仍須尋。阿母年來踰六秩，綱常鑄就丹衷鐵。霜臺御史偶知

聞，特耀褒章厲高節。

讀三生文志喜

壯哉何黄李氏子，厲志三餘了經史。閉門對榻膝欲穿，孰爲龍頭孰腹尾。英華吐出胸中藏，斗牛氣貫虹霓光。天馬行空擬聯步，青錢萬選誰爭長。朅來快覩醒塵目，璀璨珠璣千百斛。同人意氣樂已深，舊遊况是通家族。通家自昔愛後生，慶有賢嗣光前躅。願言繼孔跡伊周，譾譾爾一芥之功名豈以爲諸君足。

採蓮曲[一]

送春歸，短葛换羅衣，城南城北花正飛。尋芳直探若耶浦，欸乃歌長雜鳴櫓。渚蓮葉緑花殷紅，欲采不采心徒苦。心徒苦，去去頻回駐。憶昔相期花信風，花開頓覺年遲暮。年光遲暮祇驚花，馨香那得似儂家。外直中通塵不染，橓英肯與鬥繁華。橓英朝暮間，轉盼紛成雪。儂獨抱貞姿，流丹霞滿頰。何兹卻違兹，相逢知幾時。玉臂花根藕，百折惜連絲。白月不常好，白露不常滋。明日有花重可採，何事流連歸去遲。啼鴂催佳節，倦翼莫須歇。畢星好雨箕好風，牛女年年會且逢。夫君之裘今蒙茸，屈指歸期在信宿，豈隔溪山千萬重。

[一] 此詩張邦翼嶺南文獻卷三二作：『送春歸，短葛换羅衣，城南城北花正飛。尋芳直探若耶浦，欸乃歌

長雜尋櫓。渚蓮葉緑花復紅，欲采不采心徒苦。心徒苦，去去還遲駐。憶昔相期花信風，蓮開今隔天涯暮。獨看花芳馨，那得似儂家。外直中通塵不染，肯逐朝英夕舜花。朝英夕舜花，點地紛成疊。儂獨抱貞姿，獨浣丹霞頰。何兹故違兹，相逢知幾時。既從托根藕，百折尚連絲。娟月不常好，浥露難延滋。蓮花復得幾時待，何事愛蓮歸尚遲。鳴鵙催辰節，倦翼投林歇。月畢好雨箕好風，漢濱牛女終相逢。夫君去裘今蒙茸，屈指歸期在信宿，豈隔溪山千萬重。』

別三水尹陶望沙判應天

白下江連古石城，三山雲聳天外青。淮淝草木空聞鶴，楊孽舟艫已剪鯨。偏安霸業隨流圮，駿德神功掀日起。即看禹鼎奠堯疆，載詠周文豐有芑。芃芃禾黍江之湄，郇伯陰霖澤已稀。公恕堂高傳石匾，雨花臺畔遺生祠。治中王公恕有堂，府尹王南渠有生祠。嗟予獨愧鳳雛祖，治中別駕翻成駑。蒼梧彩鳳別有真，九苞七德翔天府。憶昔初鳴水國時，衝繁路口摩瘡痍。廉循赫赫追前史，惠愛洋洋溢口碑。君今別去吾何祝，潤入皇都花正蔟。和風甘雨晝溟濛，萬紫千紅春馥鬱。興高時探鍾陵山，鳴鹿呦呦蒼翠間。可以歌民阜，可以瞻帝顏。天威咫尺天衢近，躡足層霄自不難。煩君試問秣陵道，畝畲能勿彌芳草。閒時再過新泉宮，絃誦有無繼昏早。秣陵，予開荒處；新泉，則舊會講學之地。

孤志吟

王藩守國惟典章，小臣奉法釐封疆。分符邈邑能幾許，愛民即是尊天皇。皇恩浩蕩涓埃竭，錚錚不改衷腸鐵。民窮豈令污吏横，民柔豈忍淫威軼。抗言誓欲挽狂河，死生富貴奚足多。堯天怒霽輕垂罰，謫官猶寄番禺阿。番禺阿，史可典簿領，低徊愆尤免。孤臣矢志祇自知，詎計芳名常不殄。君不見梁傅賈，流涕至死悲墮馬。又不見汲黯憂，戇忠直寢淮南謀。千古萬古將誰仇，千古萬古將誰仇。

元江諸山曉行

白雲在山腰，青山出雲頂。出入山之間，俄別人天境。山下人指雲爲天，山上更有山相連。白雲無盡山無盡，瞬轉雲隨山頂遁。延緣九疊即九霄，天門萬里原非遥。勸君更着竿頭力，翺遊八極同逍遥。

周繳妻陳氏貞節

陳家有女珍瑯璆，時年十六歸哉周。齊眉舉案踰九秋，拆鸞破鏡嗟莫留。城隅哭倒天爲愁，淒霜黯日風颼颼。鐵心祇與夫君謀，百年塚穴誓相求。誰云孀年二十四，綱常一醮終天地。身未即亡姑不俟，勉拊猶兒即吾嗣。訓之遠執甘泉贄，已分侄存家可替。何知多難罄簪揥，祇今貧食踰古稀，屋漏可對天可知。鄉評月旦交相推，士林拂拭生光輝。君不見葛岸水，中流白石清泉洗。又不見桂林埃，貞枝獨柏霜猶翠。千年女訓婦之箴，付與觀風載筆采入彤庭史。

爲巖窩上人題

越臺西麓城西阿，琪宮寶塔高嵯峨。中有菩提幾千歲，瓊枝貝葉霄雲摩。風旛無意隨舒捲，佛日相輪幾回轉。昔年衣鉢今屬誰，曇花落地和□軟。欲緣繡黼問金針，且喜山門幽更深。巖窩正在蒼巖畔，密竹叢中路可尋。蓽門甕牖天光闢，蝸文蠹跡生苔壁。連袪六七同素心，共息巖窩究羲易。主人茶果城中回，道說東君消息來。相忘靜對蒲團坐，欲去不去長徘徊。年來欲結棲霞侶，況值山門今得主。蘇公留帶分已深，我亦留題作筌語。

贈何木山需還南還

一元淑氣回磅礴，陽光布暖先暘壑。群材長養年復年，大可棟梁小榱桷。明王治舉開明堂，偏遺求材羅四方。寸長寸短亦兼取，千山萬卉無留良。古來效用均爲貴，低昂豈必分洪細。方虔斫削固自天，莫怨工師與匠藝。君不見孔氏師，乘田委吏何曾卑。又不見趙中令，始從記室匡時政。君行三載期有爲，功成巨室原同歸。

題壁畫

嶧陽之桐兮太古遺聲，鼓南薰兮寄衷情。曲終忘言兮樂正深，知不知兮何庸心。

題濟川錢寅長榮思卷名兌

我生六齡君八歲，東吳南越殊天際。淒風早晚落桐秋，幽萱兩地交零瘁。哀哀襁負離幾時，出門許追群兒。歸來喚母母不應，就床口食猶含悲。手書讀學開蒙瞽，舊裳欲破針停補。隔鄰偶聽斷機聲，不必丸熊自荼苦。我今生已四十年，與君同仕佐應天。皇恩浩蕩真如海，龍章共賁重九泉。翟冠歷錄珍珠粒，捧起欲焚轉酸泣。目前鐘鼎豈不甘，願言追養將何及。松楸萬里烏夜號，忍聽南山風拂拂。我爲君且作榮思篇，君報我可無蓼莪什。

旋鶴亭

君不見咸陽宮廣容屯騎，翻然炬燼叢蓁地。又不見齊雲峻彩連落星，高岸爲谷深爲陵。古人麗美崇相夸，今人吊古重咨嗟。相公廳事僅旋馬，千年敝屋生光華。涼涼踽踽真誰踐，碧江江側重相見。茫茫俯仰天地寬，新亭小小空中建。石階樸桷數椽楹，素欄粉檻窗瓏玲。斗方物外無餘長，可以容鶴旋修翎。冰壺月朗天氣肅，洞簫裊裊天外聲。主人拍手鶴亦舞，悠悠物我俱忘形。翩躚舞罷歌聲歇，援琴更湊雙清節。慣聞老鶴如知音，依依欲作同心結。玉爐夜久香雲銷，起視疏星半明滅。須臾澥渤騰羊角，埃氛萬里清寥郭。主人跨鶴凌風巔，遨遊四海將安泊。瀛洲別是小壺天，獨與諸仙作朋儔。瀛洲好景何時歸，環亭綠草空萋萋。日中亭午朱輪皎，翻壁夕照生斜暉。流光苦不惜，歲月與我違。適意欲及時，營營復何爲。主人有亭一非小，胸襟活潑青天齊。泌水能忘飢，衡門亦可棲。願君永矢豐亨戒，任是瓊樓玉宇千門萬戶，永與此亭不相違。

雙鹿應期歌

璇璣夜斡窺窮冥，斗樞下洩搖光精。千年異質傳蒼種，七星炯炯毫間明。昔乘老子扶雲下，龍輿鳳旆爭驂跨。風鑣六馬不可追，卻向衡陽說仙駕。有時泛水游荊門，靈蹤托秘棲薇垣。公來岳麓時相植，追隨挾轂欣盤桓。年年四月旦十一，公始懸弧繫麟紱。芳樽再倒瓊筵開，慶見雙麑兆嘉茀。三公粉畫未足多，呦鳴濯養皆修和。銅牌歲歲記壽考，錫環疊疊紛雲羅。滿堂朱履青霄客，歌舞歡聲雜彈拍。引杯再酌呼盧盧，卻問幾時變玄白。任他滄海成桑田，獨與龜鶴長相旋。天無際，地無邊，一十二萬踰八千，運窮貞下還起元。君不見飛梟子，曳朝赤舄凌風起。又不見賣藥翁，青囊掉臂東海東。帝師已佐興劉業，韜光亦自遊赤松。願公功成早歸洛，行且會耆英結九老，相與聯四駕，遊八極，遍蓬島之諸峰。

望白雲山

矗矗連天萬馬奔，垂韁直出羊城會。中峰疊疊起白雲，白雲飛去青山在。青山玉骨來幾時，芙蓉削出天邊奇。九龍泉引西來佛，鶴舒展翼騰安期。安期已去惠能老，秋風落地淒寒草。白衣蒼狗時變更，閒雲翠壁云誰掃。龍泉突出甘泉居，鶴舒今已爲著書。臺名白雲三變亭名亭臺異，太虚萬古終如如。本來面目誰能識，雲去雲來俱塵跡。丹梯躡上五層樓，飄然四顧真無極。欲將插羽凌天風，翱遊八表無何中，萬有萬劫都成空。

洗兵馬行

頻年嶺海風塵惡，陰霾白晝常漠漠。蜂屯石寨擁干戈，蝟集風檣鳴鼓角。向時三五陵孤村，今來千數掃村落。向時伏火驚入來，今來掩取勒贖博。峻宇層樓已毀壁，華門蔀屋空災連。生人血肉尚堪走，枯骨原泉忍發遷。民苦躍地號叩天，蒼天有耳應可憐。吾皇赫震雷霆怒，簡書特下揚威武。壯猷指畫有方公，洸旅經營屬召虎。貔貅百萬降自天，旌旗閃閃飛雲烟。淵淵鼓動鉦鐃奏，止如山立行如川。先鋒幸有元戎奮，鐵馬金戈突馳陣。搗巢破竹勢莫當，爨釜游魚倏成困。凱歌獻馘歸仍仍，崇朝夙曀開清明。急書露布報天子，長挽銀河洗甲兵。

慈節歌有引

予初至浙靈芝寺，意甚寥寂。比移館天真，邑士瑞峰丁君大道行首過訪。予與語，蓋嘗沐師門良知之教，篤信而向上者也。予喜之。間出其母岑孺人慈節傳相示，予讀之惻焉掩涕，情不容已，爲作哀歌。

丁家有母身姓岑，母慈婦節令人欽。嗟哉逢時生不辰，于歸方慶諧瑟琴。二十三載成商參，兩孤一襁一懷衿。霜天雪月照我心，事姑冀紹前徽音。云胡降割天重陰，姑亡叔夭雙淚淋。苦持麻枲縫金針，教兒豈惜貧捐簪。傷哉復喪長子任，愛鍾季子行獨深。豈於行也偏愛深，吾夫一脈踰千金。萬年血食將渠歆，豈期海島騰妖祲。母子播遁棲叢林，行也遇賊翻成擒。母痛急出號喑喑，但希救子存夫身。寧知斷臂魂淒沉，百年此恨誰能禁。有子籲訴懇且諶，惡賊聞之亦沾襟。俾得葬母從父嶔，九原雙穴聯瓊琛。慈節芳名傳古今，山與齊高喬木森。我來浙西湖之潯，廼子倒屣時趨臨。論心問道意且勤。斷機畫荻之源遙可尋，子賢母教那能堙。問之細得原來因，予亦感慨酸且辛。嗚呼子賢母教那能堙，愧無史筆揚幽芬，爲之哀歌三嘆聊長吟。

聞官軍平倭

明皇馭寓綏群邦，海隅萬里來越裳。蠢爾倭奴不自茹，敢窺惠涘連潮陽。況乃橫戈縱深鷔，莞東內瞰羅浮麓。九江水陷鐵場摧，殺人如麻滿蹊谷。官軍始戰向源頭，帷幄誰者誠疏謀。狼兵一敗四千死，可憐蔽海僵屍流。倭奴得志揚揚去，聲聯廣海群倭駐。橫侵突劫踰幾旬，帝怒赫然孰能恕。握戎幸有王將軍，剪擒曾寇先聲聞。倭奴竟落將軍手，馘俘百級餘宵奔。一時渤海風波息，共說王戎功最碩。源頭之恥聊刷之，舊地創殘今衽席。將軍樹下休言功，濱濱京觀未全封。備倭再整先朝略，浪靜須防忽起風。

策勳鯨海冊爲來潮推名經濟

羲皇畫易開天地，訟師協濟隨成比。蠻夷賊宄內外殊，虞廷總屬臯陶士。才堪平理能治兵，禁非正義原同行。萊兵遠卻惟司寇，泮宮獻馘歸明刑。聖賢矩度遺芳軌，古人亦可今人擬。淵泉濬養時之出，左宜右有皆相似。來公本是浙中英，少年甲第騰蜚聲。龍光初奮鏌鋣匣，十二屠牛立解鉶。潮邦正值風濤惡，橫奔毒噬棼鯨鰐。惟公戢暴在安民，聲色刑威本無作。冰清玉潤陽春旋，期年民自以不冤。馳驅願效同仇志，荷戈執梃爭相先[一]。曾賊渠魁已擒掊，黨孽倭奴亦授首。贊猷輯士公居多，讓德讓功公不有。口碑載道謳歌頻，譽聲上徹通蒼旻。康侯晉錫從天下，補袞行應入紫宸。乘風巨翮今未已，九萬圖南從此始。姬朝方吉承周公，壯猷共贊宣王理。有文謨，有武備，出將入相皆吾事。竚見勒績燕然收功銅柱，紀萬年之青史。

[一] 梃，底本作『挺』，误。

賀朱碧山贊畫成羅旁功都閫朱東湖侄

君不見康樂翁，淮淝有侄成膚功。又不見記室史，宋家平定由茲始。天生傑士濟時難，豈與樗櫟甘投閒。老驥伏櫪志千里，況在青春鬢未斑。桑弧蓬矢懸門冀，請纓投筆吾人事。文謨武略張弛間，俎豆戎行非有二。憶公初試閫幕時，讀書讀律弘兼資。致君堯舜已有術，俗格拘攣未盡施。滄溟正刷鵬摶羽，碧漢秋風待時舉。三尺干將重淬磨，搴旗伐鼓陳師旅。可以閫，可以開，九天震動鳴風雷。可以進，可以退，蛟龍伸屈誰能會。胸中數萬藏甲兵，蕭曹伊呂相崢嶸。指揮匆浪徒誇評，神機默運真難名。向年已奏牂牁績，今茲淥水波澄碧。干戈載戢牛馬歸，率土普天皆版籍。皇明一統渾爲家，誰哉銅柱分茅石。

雲谷陪謁白沙祠

慣蠟登山屐，春山伴客遊。宛見江門釣，疑登碧玉樓。浩氣乾坤薄，閒情雪月謀。兩生存禮樂，三代可伊周。爲戀圭峰日，頻旋燕邸舟。尼封誰復待，畫出豈能留。紫陛揮金馬，滄江狎玉鷗。功名超帝霸，軒冕傲公侯。花柳東風曉，藤蓑北國秋。漁歌聽自足，鴻造句偏酬。問道來燕楚，摳衣遍越歐。嗟予生獨晚，仰止亦何求。沙貝慚遺缽，天關泝末流。歲供蘋藻禴，時接鼎烟浮。去住踪難定，羹牆夢豈休。空中虛立木，安得足巔頭。

喜袁少參入賀再至

雙舄下楓宸，炎蒸渡海垠。蔽芾頻懷召，東南喜借恂。衣冠仍夙範，雨露渥新仁。樂國清狐鼠，中原見鳳麟。□□□□□，□□□□□。令甲遺鐫在，倉箱稔粟陳。天涯重戴日，海國又逢春。何幸康衢裏，歌同擊壤民。

寄題都春館

地與人俱傑，千年淑氣回。生成知帝造，樓閣倚天開。簾捲雲霞宅，花明錦繡堆。鳥喧時到枕，蜃氣自成臺。翠入階前草，陽生嶺上梅。蒼雲天外變，紫氣日邊來。水勢環雙玉，山光秀列臺。疏鐘晴報寺，好月夜浮盃。華國書香遠，名家宦業恢。迎仙徒縹緲，望省已崔嵬。桃李當門盛，同聲詠有萊。

登硯山亭次顔魯公聯句韻謝方寅所名亮工

地啓南山勝，春開北海樽。論鄉知誼厚，縮席見溫存。兀石雲黏護，磨崖字剝痕。山腰籠古樹，巘側敞晴軒。烟火孤城隱，蠶桑舊俗敦。迎陽花欲舞，悅客鳥能言。納履躋雲頂，攢衣坐石根。薜窗牽蔓薜，藥圃長芽蓀。河洛開疇畫，麟凰見野原。逢時欣舜日，浪跡寄山門。問奕吾生拙，焚香且細論。憑虛觀太始，見水覓真源。機息鷗鄰席，烹茶鶴避烟。橐樞歸造化，裘葛付寒暄。自得山林寂，寧知朝市喧。搏鵬窮日表，瞿蝶托宵魂。天闊眸踰迴，山幽俗避繁。荷衣随瀉適，繡紱敢攀援。虛引山涵澤，弘含地勢坤。花封琴靜鼓，蘿徑約同捫。玉浸晶光合，屏聯翠色屯。錦髫舒泳躍，仙羽出籠樊。鳳去淩霄翥，龍來蜿地蟠。春融千里邑，風動萬家村。雞犬鳴朝接，牛羊下夕昏。燎紅人未散，舉白酒頻溫。何幸投簪客，金龜藉渥恩。

送梁宗文親家

萬里音書迴，千峰障雨秋。多君越國步，慰我入鄉愁。縮席期宵話，鳴和曉發騶。愧無瓊玖在，何以寄綢繆。

寄梁年兄公履

路馬金臺別，江魚尺素多。夢魂徒想像，肥瘠近如何。日暖迎陽石，風晴珠海波。相攜定何日，樽酒對長歌。

寄徐南閬

面締人群易，心符古道難。猶期雙鳳起，未惜一龍蟠。綠樹羅山合，緇塵薊北寒。春來知有寄，能不付飛翰。

錢濟川奏最北上

霜蹄趨冀北，玉殿迥天開。六善躬敷奏，重瞳首屢回。鄉關曾不念，國本藉深培。細酌杯中物，稱詩詠有萊。

贈東湖

百川吳越會，千頃自回環。浴日浮金暈，乘風湧雪山。扁舟饒蠡趣，隻鶴伴逋閒。獨有先憂思，臨流亦淚潸。

石瀾陳司徒出守都勻

九轉登崇秩，分符尚遠陬。明王孚化外，賴爾洽民遒。問俗垂朱紱，論心接素秋。甘棠南國頌，應作裔甿謳。

登文游臺

野色蒼茫合，湖光隱映開。永懷千古傑，遙上四賢臺。繞壁看題句，臨風數舉杯。醉歸明燭夜，金炬愧非才。

將給由北上次壁間韻

乾坤渾逆旅，信宿又行期。浪跡成何事，虛名愧自縻。春藏杉柏古，月朗鶴琴隨。明發燕臺路，芳樽且對時。

贈蘇森儕

喬木千章古，叢林一徑通。亭依蒼障立，人在翠華中。逸興朝隨鹿，冥心晚托鴻。小坡偏憶汝，吾欲駕長風。

新春社會諸公見懷奉答

洛社開春會，江船向晚移。停雲天尺五，隔水月微熹。夢切飛鳧舄，懷多採葛詩。百年珍重意，何以答吹篪。

和何古林聞報述懷二首

斕彩階前舞，綸音日表來。周邦良翰喜，鐵面繡衣回。孝重光前烈，猷需濟世才。獨憐狂簡在，吾黨向誰裁。

昌期千載會，聖政一時新。訪落追遺詔，耕莘起逸民。生成天共遠，優渥海重仁。宿學欣逢展，龍顏日見親。

偕戴公祖遊白雲洞次韻[一]名科

峭壁開靈洞，春山杖短藜。花光霞掩映，泉溜石爭奇。洗盞侵龍沫，捫蘿躡鳥逵。追歡情不極，揮翰共裁詩。

〔二〕明張邦翼嶺南文獻卷二七題作『追隨戴筠臺公祖遊白雲洞次韻』。

四峰書院懷文敏公

渭濱人去遠，嶽嶽斗邊看。入室思追步，乘風愧刷翰。綱常千古重，膽氣萬奸寒。孰揭擎天柱，頽波一障瀾。

上封寺次林擇之韻

四峰初雪霽，孤頂擁銀城。返照天光入，禪燈月並明。簡書封禪古，松竹歲寒盟。欲作擎天漢，毋爲虛此生。

發都石

凌晨發都石，薄曉抵焦陵。雲暗樹疑暝，風號灘有聲。雙眸懸岳色，一夢賚鄉情。歲律忽云暮，扁舟湘水行。

兒德生辰

念女懸弧日，從予適楚行。靈椿長在侍，宿草若爲情。冷祲連雲谷，晴曛隔穗城。感今傷往事，能不重沾纓。

和何吉陽贈別七首名遷，侍郎

嶺海傷離索，湖郎故遠來。路從花徑入，門傍水洲開。秉燭驚看面，随裾愧短才。夜深宵露冷，且得煦春臺。

皎月開雲際，和風盪柳邊。逢春應倍喜，敍舊總堪憐。葭水盈坻址，星霜閱歲年。特攜二三子，端的問心傳。

湖海天同迴，居諸日並修。傳燈慚太乙，採藥自羅浮。郊野聯嘉會，江山借勝遊。多君醫國手，藥圃叵旬留。爲周明府坦。

猶羨郎陽水，源通粵浦沙。成人方涸酌，穉子詎當家。海若從今識，蹄涔敢自誇。預愁退省日，漂泊竟無涯。爲兒德。

剪燭夜殊永，論心席每前。絕塵偏我後，登岸喜公先。珠櫝應兼在，金針是此傳。六年空築室，一唯獨曾賢。

白首耆英會，青雲偉器多。德星聯的爍，沂點意如何。傍柳尋幽賞，臨流發浩歌。韶光容易過，同趁肯蹉跎。

放舟辭楚澤，擊楫向吳宮。五嶺牽愁杳，三山入望中。一天俱着月，何地再逢公。漢北江南夜，相思意未窮。

過訪呂巾石翁值其大耋壽用韻三首名懷，太僕卿

靈山鍾地脈，古洞隱雲臺。路引千松入，門臨一鑒開。振衣憐晚步，倒屣漫相催。會合天應定，披蹊擬剪萊。

廿年違縮地，千里慶登臺。蟾桂叢叢發，綏桃歲歲開[一]。稱觴霞共割[二]，覓句雨初來[三]。欲纘南山什，賡歌愧有萊。[四]

[一] 綏桃，明張邦翼嶺南文獻卷二七作『仙葩』。

[二] 霞，明張邦翼嶺南文獻卷二七作『欲』。

[三] 來，明張邦翼嶺南文獻卷二七作『催』。

[四] 此首明張邦翼嶺南文獻卷二七題作『和韻呂巾石翁太史』。

沙貝留芳躅，江門峙釣臺。萬年洙泗澤，一派石塘開。不老朱顏在，寧因白髮催。況多沂點伴，信足是蓬萊。

和題暈泉巖壁

絕壁開靈竅，飛湍落翠微。坐來塵鞅寂，聽徹太音稀。霧濕棲玄豹，霞光映彩翬。乘槎天上事，何

必問支機。

遊羅浮和鄒右轄四首[一] 名善，號穎泉

朱明洞

古道夾長松，高賢不易逢[二]。干旌今日見[三]，玉簡舊時封。紫府三千界，青螺四百峰。談經初隱地，曾叩午時鐘。

青霞洞

磵路倚天斜，穿林破曉霞。空中樓閣見，階左藥苗賒。入室慚窺奥，開門喜到家。幸逢傳道叟，相對碧桃花。

黄龍洞

石室寒仙跡，離宫沒草痕。偶依華蓋麓，真闢洞天門。九曲清歌合，諸賢過化存。重來薇省轍，山嶽此踰尊。

飛雲嶺

下瞰疑無地，翹瞻别有天。飛雲登此日，浮島自何年。歲事開元始，春光溢海堧。默從觀化坐，休

更問言詮。

［一］鄒右轄，明張邦翼嶺南文獻卷二七作『右轄鄒穎泉老公祖』。

［二］此句明張邦翼嶺南文獻卷二七作『遊人歲歲逢』。

［三］干旌，明張邦翼嶺南文獻卷二七作『碧幢』。

玩秀亭待月

草色環幽砌，花光悅賞眸。酒添春日興，賓爲主人留。石壁方回照，銀燈欲上樓。相期今夜月，還與細賡酬。

穀日喜晴

已知生計薄，戛釜待豐年。運轉三陽泰，晴占八日天。秋租方半賜，斗米欲三錢。早办菑塗耒，勤耕北廓田。

陫陀巖次鍾梅村

久負龍江約，俄鞭鶴駕行。金蘭聯舊會，玉宇肅秋清。寺隱巖扉合，香浮石磬鳴。共歌天保頌，千載祝皇明。

和趙瀫陽遊羅浮六首名志臯，太史

宿冲虚觀

古洞藏勾漏，琪宮挹太清。執鞭瀛島客，飛舄紫芝城。燭底流金液，雲中起玉笙。廿年塵鞅外，時得寄幽情。

過青霞谷

路引朱明宅，樓高倚翠霞。江門曾授鉢，沙貝此移家。坐榻光風遠，敲詩到日斜。玉梢梅吐白，端可記年華。

訪葉子石洞

騎牛仙子遠，卜築隱人居。閣有匡時策，亭庋問字書。雲烟随杖屨，霖雨入耕鋤。客至冠裳倒，休嫌禮數疏。

宿黄龍洞

耽山偏我僻，閲世總雲浮。屋角遊絲静，庭空積翠稠。出門迎道侶，入室愧前修。五百乾坤會，今經到幾秋。

望玉女峰

頗厭英皇宅，偏宜冷翠間。綃烟籠月臉，膏雨洗雲鬟。瘦骨卑春態，真丹駐老顏。瑤池疑有約，翹首玉門關。

登飛雲嶺

四百撑天柱，孤高是此峰。霄中紅日絢，巘半白雲封。控引滄溟闊，衡分岱嶽宗。微茫歸路晚，應聽定禪鐘。

送何懷雲明府入覲

懷雲賢邑宰，意氣若予謀。琴鶴初來郡，圖書一去舟。浹時新雨露，問俗見歌謳。海甸殷民瘼，仍期疏衮旒。

陟飛雲嶺

躍出飛雲嶺，人從天上行。八埏歸一撮，千嶽洞雙明。有物都觀我，還誰博愛生。欲乘雲雨施，枯槁盡流形。

送霍清汾謁選

伊洛淵源遠，人推伯子賢。奇文應擬古，卓行允開先。會意三山月，知音一素弦。江湖夙昔念，去去廟廊宣。

送蔡兼峰歸同安

五百乾坤會，千流脈派明。光風連半席，寒雨話分更。廣譽瞻喬嶽，真誠動帝京。不禁遊子夢，偏自速歸程。

寄冼少汾主政名桂奇

買醉分春道，憑高憶少汾。洞中長愛日，樹杪幾懷人。叱馭青牛出，移書白鹿新。倘然雙燕在，遙借日同論。

寄李棲霞道士

爲語棲霞子，朱明石閣中。象棋柯斧爛，龍鼎汞丹烘。醉枕麻姑秘，閒房仙女東。客從人世去，飛錫又誰同。

題贈慕蘭

松菊歆陶徑，芝蘭憶謝家。暖風鳴劍葉，春雨長瓊芽。入室香隨化，同心味更加。丈人能識取，徽軫共年華。

登南雄塔

玉笋凌千仞，虹輪跨九霄。拂衣紅日近，回首白雲遥。樹色通闤闠，山光入畫描。暫同登眺樂，心已在明朝。

寄黄默齋

一氊憐獨冷，九載尚儒官。過雨兼時洽，看春易地寬。樹深雲外葉，丹老鼎中丸。萬里風初厚，天池翮正摶。

寄元岡諸老暨子弟

憶别愁多緒，臨箋愧懶予。椿荊宜肖舊，蘭桂近何如。鼓棹千江月，傳家萬卷書。紫霄别平地，随意各怡愉。

贈張都閫征安南

簡書專閫外，節鉞出天涯。八陣驤龍虎，三驅殪兕豝。金甌元已固，銅柱績非遐。從此安南地，車書大一家。

登文遊臺

郭野蒼茫合，湖山隱映開。永懷千古傑，翹上四賢臺。繞碧看題句，臨風數舉杯。醉歸明燭夜，金炬愧非才。

貢院中秋

爽籟金飆發，明河玉輦過。秋光憐爾獨，古照閲人多。筆戰猶金鼓，笙歌憶綺羅。有人桐影下，笑笑問嫦娥。

十六夜貢院

棘闈夜寂寂，涼月秋涓涓。影動三千界，光盈二八前。較材歸藝圃，聚彩燭金躔。皓魄知人好，今宵覺倍圓。

雙鹿應期

嶽伯分符日，湘江祝壽時。兩辰開夙燕，雙鹿産新兒。挾轂占嘉茀，懸銅紀秀眉。世南原有賦，誰爲纘騷詞。

贈何檗樵年兄賫表入賀二首。名孟倫

青衫還憶舊，白下更依然。解識馳驅範，寧分尺五天。雪寒征旆道，日近袞衣前。壽粒靈丹在，東南肯借憐。

淑景開元旦，祥光護玉宸。陛墀千丈曉，海宇萬年春。舊愛惟金鑒，孤忠有棘臣。爐烟回合處，喜氣正鮮新。

訪喜庵偶憶章斗陽

署判南京兆，遙思章斗陽。蜀高山月白，吳闊樹雲蒼。陋巷時方樂，過門心正忙。何當風雨夜，蘭剎復聯床。

遊寺

洞僻烟蘿古，山回澗竹幽。小橋雙島合，深徑落霞收。玉井蓮長夏，金飆樹早秋。梧空潭影靜，身世亦虛舟。

遊上溫泉次李白夫韻同汪通泉，在元江東南十里

溫泉移舊地，高賞復同君。野曲乘流渡，空簫隔洞聞。韶光將到律，暝色欲留雲。斗酒欣良夕，何妨更論文。

遊白雲洞洞在魚梟右二里

路旁吼獅子，洞門隱伽佛。既登崇明臺，直探玄虛窟。滴溜懸黍珠，玉田養丹粒。試問喬與松，如

何永呼吸。

遊青蓮洞洞在魚梟埸對山。同汪東泉、楊雙泉

紫府隔人寰，青蓮偶共扳。魚梟歸瞬睫，烏兔迭雙圜。仰眺天通窟，窮探洞轉灣。達摩猶面壁，何日錫飛還。

爲與崖題

絕壁孤根起，中天積翠浮。看春誰是伴，伐木故相求。路入寒雲濕，窗涵晚壑秋。耽山吾有癖，還爾共遨浮。

秋郊喜稼

出郭凌風眺，沿郊趁晚涼。淒楓驚落葉，彧稌游成行。溉釜需燎急，催租走檄忙。萬方今有喜，逋待得新償。

寄陳右洲

我愛右洲子，相懷隔曲湄。汀葭秋水合，郵樹晚雲移。硯榻交情在，琴樽逸興馳。何當頻縮地，細與話心期。

觀魚

觀生觀我得，適意且觀魚。泳躍心何有，浮沉體自虛。忘機常罷釣，到倦總抛書。一曲滄浪調，聞之亦起余。

有所思

攬衾起中夜，抱膝故沉吟。未了心頭話，誰拈指上琴。去雲天共遠，來月夜同深。何物憑消遣，惟應酒自斟。

靜院聞鶯

城隅真隱地，掃跡遠逃名。坐到囂塵寂，忽聞鶯鳥鳴。金梭随柳轉，玉律細風迎。宛奏咸和曲，渾疑廣莫行。

久旱

八月已無雨，冬來尚熯雲。碩苗含稿穗，遐土盡焦焚。作旱疑凶寇，荒年豈大軍。時二源大征後。欲賡雲漢什，何以慰民勤。

端陽後二日

龍門江中息，漁歌澤上蘇。盤堆仍角黍，杯瀝帶菖蒲。月向將絃上，風從隔竹呼。池亭欣避暑，誰復吊湘無。

躍魚二首

檻外閒窺沼，水深多縱鱗。升沉原自性，游躍故相親。洗硯吞吐墨，忘機罷釣綸。畏途風已靜，吾亦水雲身。

入境諸天寂，躍魚時在津。豈因琴出聽，應罷釣來馴。鬣破龍門錦，波翻禹浪銀。濟時雲雨具，應與後生論。

正月十一日山中見月

元宵開此夕，里社始懸燈。豈識常明照，還當最上層。清光瞻兔腹，梵語淨伽楞。適意歸吟弄，逍遥寄大鵬。

白泉詩爲戴知事

瑤池分玉液，流出績溪東。月漱晶光滿，山涵鏡彩融。建庵遺竹圃，啓院有花封。一派淵源遠，盈科與海通。

登樓對雨

四峰雷送雨，短袷怯春寒。遣興偏宜酒，憑虛共倚欄。泉聲和澗底，樹色隱雲端。喜得看山伴，陰晴總壯觀。

過小金山登妙高臺

自惜馳驅地，遨遊今獨閒。不因筵祖道，已破利名關。適意鳶魚外，忘形天地間。德雲蘇老逝，休更問回環。

兜率庵題宦林天聚亭壁

高山盤鬱處，兜率古禪庵。兩壁懸清溜，諸峰擁翠嵐。德星人幾聚，奇跡我幽探。繾綣欲留帶，高僧誰共談。

南臺寺

石徑緣兜率，肩輿憩此臺。南軒遺句在，北斗暮雲開。百級階前迴，千峰嶺後摧。登臨無限意，天霽約重來。

泊漢川鎮

漢左雲連岸，郞陽月到船。棹歌聊勸酒，燈夕此開筵。綺閣輝銀燭，瓊樓沸玉弦。五羊東一望，淒況泬寥天。

和雲洞即事

舞雩多夙伴，半月共雲林。遠眺天空眼，長吟月在襟。百年真此樂，千里祇同心。不有知音者，誰爲浪鼓琴。

爲黎東湖

震澤波翻定，層軒敞戶楹。春來先着暖，日出早生明。地勝人同傑，孫賢祖有聲。千年遺澤在，新沐振朝纓。

番山秋色二首

雄藩羅嶺海，突兀建宮墻。首善同文地，殊方會極場。闕林連拱秀，台斗煥文光。引步看秋色，庭槐已報黃。

百粵風光麗，三城秋倍妍。祥雲連粉堞，皎月耀晴天。水播鯤翎變，花明驥足先。河南原有讖，重見輅生鞭。

三約鄺五嶺丈不至

美人違去久，杳杳隔芙南。青鳥豈無信，白鵝空有潭。樽開三度醉，賦輟幾玄談。樹色秋光暮，臨風意每含。

洞賓圖

野服囊孤劍，飄蕭世外遊。浮名幾欲悞，初服返真修。已蜕蒼龍骨，時登黄鶴樓。洞庭明月夜，一嘯碧天秋。

贈林次潯祀正

天朝崇禮樂，藩國借高賢。昔仰遊能學，今推赤也先。庭趨嚴對越，琫捧慣周旋。獨恨增江士，依歸遠舊傳。

送林鳳野之感恩代作

八閩空驥足，百粵啓鱣堂。咫尺瞻韓範，云胡跨海邦。師嚴應道重，化遠覺天長。詩禮趨庭地，仍公授秘方。

賀何訥皋冠帶

啓後嘉詒穀，觀風重表賢。慶增籌海裏，光動太微前。彩服近珠履，清尊薦玉筵。漫從歌祝列，猶續杞萊篇。

清泉汲古

鴻濛分地脈，一六啓淵泉。譜重清泉里，名誇越國天。萬家懸兔轆，九竅引龍涎。倘際明王會，功收勿幕全。

夏日天關納涼

院深疑洞府，地僻寄城闉。九曲天湖裊，千章古木屯。丹竈尚伏火，粉蝶碾冰輪。短葛飄輕袂，何妨酒數巡。（以上龐弼唐先生遺言卷三）

全粵詩卷三三二

龐嵩二

麻姑峰示諸生

泰山山外又東山，意象分明在此間[一]。化雨年長慚孔孟，春風裾後幾曾顏。談空說有嗟時謬[二]，識我觀心盡日閒。南北路歧千里別，欲行先與認三關。

[一]『意象分』原缺，據清溫汝能粵東詩海卷二三補。

[二]『談空』原缺，據清溫汝能粵東詩海卷二三補。

贈白農休長官賀聖誕

暫從棘省集飛翰，尚憶銓曹舊宰官。過眼片雲從幻變，放懷大宇本來寬。嵩呼禁籞瞻龍袞，班綴蟬貂擬鳳摶。願祝萬年天保固，四郊塵靜玉寰安。

贈周荊山長卿使山東選射兵

萬年鍾簴奠山河，抗轍螳螂敢奈何。干羽莫言虞室遠，腹心贏見野逵多。暫分虎帳飛符竹，即跨龍江渡使舸。東海盡收弧矢利，普天應復遍弦歌。

忠節祠用韻孫、許諸公死宸濠之難

格天功業起淮梁，嫡緒山河萬古常。已見鳳鳴儀宇宙，敢誰龍戰血玄黃。忠臣自義身前死，朽骨焉圖殞後香。愧殺滿城冠珮者，國恩深處利名場。

遊錫山二泉偕素峰葉長官

贏得看山共勝遊，漫攜斗酒放仙舟。石龍噓沫香雲濕，鐵馬敲風古寺幽。葵蕊向陽初到夏[一]，竹陰籠午頗疑秋。腳跟擺脫塵緣外，俯仰飛潛總自由。

［一］蕊，明張邦翼嶺南文獻卷二八作「蕾」。

西署牡丹盛開顧戒亭何宜山王寄山劉兩江梁定齋徐陽濱蔡澹塘諸長官次第招賞漫賦

海宇衣冠會已奇，爲逢花節又銜巵。簿書幸了公家務，樂意偏於春事宜。異色肯輸姚魏種，榮觀應擬洛陽時。東風歲歲渾誰伴，芍藥階前是素知。

得共看花且看花，賞心贏並酒杯賒。低枝過雨紛擎錦，密葉迎風碎剪霞。鏡裏凝妝渾欲語，玉容緩步不須遮。東園醉向西園醉，況復鶯聲處處嘉。

雲谷書院得東字

泉瀑雙飛掛玉虹，巍岑曲抱雲門東。天開勝地塵寰別，人入賢關正路同。水石坐忘形跡外，藥苗時養息存中。乘風欲駕凌雲艇，細訪江門把釣翁。

過碧江表兄夜談次韻

衡門依舊小溪環，一别重逢十載看。宦轍莫疑輕去住，世情更歷幾寒酸。出場戲裏真成戲，着力難時未是難。對酒莫辭今夜醉，碧天明月又闌干。

吴門别舅氏林斗江長道州教

廿年學易依樵麓，萬里攜書向楚州。鷁首正乘江水便，江亭猶爲舅甥留。圖書定向圈中得，彖象遥應畫外求。披拂滿庭春草緑，可無吟弄繼前修。

南洞

絕壁撐雲聳翠崖，空同一室亦奇哉。虚傳白馬懸崖出，贏見蒼龍帶雨來。石鼓漫隨僧梵定，隙窗旋傍日光開。津頭擬欲乘槎度，牛渚高尋幾日回。

遊南明洞用韻洞在臨安

荒山誰闢小壺天，玉乳累垂萬疊連。已見巖崖玄虎伏，忽驚晴雨白龍懸。忘飢爲有瑤池液，卻老還憑太華蓮。雙舄飄蕭從去住，獨留仙境自年年。

立春史州守白江攜酒招同諸僚佐城樓共酌月下漫賦

新年人日始開春，萬家和氣都鮮新。巍峰西來引弦月，曲海東望無纖塵。正喜青絲行白玉，況有賢主聯嘉賓。興發長歌連素袂，便賡時夏立烝民。

戊午春督濬滇河繼有清查之役寓五華山白雲窩五閲月二首

丹山碧水映蒼洲，臥榻褰簾總勝遊。天際鶩霞歸一覽，雨餘烟黛瀉千愁。五華亂玉空中峙，寶印晴雲坐底收。去去即窮溟海勝，由來身世本虛舟。

花間緑暗已紅稀，日日登臨傍翠微。得意時開金谷酒，弄寒猶試舞雩衣。憑欄曲塢雙鳩語，拍掌招提獨鶴飛。是處總堪吾托宇，出門休訝久忘歸。

喜歸吟二首

五十年來漸覺衰，煉磨筋骨強撐持。空懷盡瘁功猶拙，頗解知非過每滋。執法有時偏自信，論心千古更誰欺。論者云：『以講學欺人，以執法自信。』國恩深處慚無報，贏向朱明慰所思。

七洞從今適所歸，山光物色舊依依。雲收雨歇黃龍洞名伏，天霽樊開白鶴洞名飛。漱石齒沾玄酒淡，括囊弦静太音稀。仙群定合饒予懶，得振衣時且振衣。

出張家灣

半束琴書隻鶴隨，沿堤烟柳正絲絲。瞻天漸覺庭墀遠，出郭寧知道路遲。湛露有恩偏我負，浮雲隨改更休疑。草廬會葺前人舊，早養庭槐緑蔭垂。

江東問津

盍歸尼父還思魯，三宿鄒興也去齊。反手功名成底事，問津行路欲奚爲。烟蘿洞口醒莊鹿，得喪關前聽舜雞。最好飛雲峰頂望，五更朝日散群迷。

擬謁緒山錢先生於懷玉隨晤於洪都偕至白鷺青原會鄒東郭諸公次韻

江左翹瞻白下逢，青原白鷺得追從。岐分草長頻尋路，寺迴雲深但聽鐘。憂國幾回慚孟浪，入山此日快疏慵。時來指點巖前話，猶是東山老臥龍。

遊龍池寺

一山聳出龍峰頂，峰側龍池此度躋。烟霽玉陽擎日近，岫連張洞覺雲低。太湖縹渺天根白，雪嶺蒼茫谷口迷。莫問刀圭生羽翰，凌空吾欲駕虹霓。

和泉師元旦韻

泰宇光澄玉燭妍，庚申堯曆正當天。慣占伍位飛龍會，正值初元合朔年。大業千年歸太宰，遐齡七洞儲真仙。鹿門授有遺安訣，寸土堪耕亦甫田。

洪覺山赴泉師武夷之約趨五羊而師已蓋棺痛哭兩旬辭去庚申歲五月也

義重雲霄一羽輕，千山飛度集仙城。忽驚南極星芒墜，重閲南天海浦清。掩淚有情傷望道，歸舟無計駐行旌。白雲斷隔齊雲路，安得長依月共明。

登白雲次陳蘇山年兄韻

鎮北山高南海深，微茫烟翠幻晴陰。九龍奮迅添新沫，雙鶴拚飛有舊林。浮島還誰留玉舄，層樓暮日想鯨音。丈人濟勝俱筋力，肯負當年致遠心。

爲倫孝思黎母孀節兼謝唐司訓

數月初諧結髮成，誰堪孀守得今名。芳心不與青山競，苦節從教白髮生。漏室慶全冰玉質，巫峰羞殺雨雲情。斗山況借韓文範，一道霜風也共清。

九日偕譚永明鍾昌父林培之鍾彦理登石樓[一]

氣肅風高萬壑秋，振衣千仞陟羅浮。金砂東去遺丹竈，玉液西來醉石樓。萬里蓬瀛俱浪跡，百年天地祇虚舟。蕭疏短鬢從吹帽，卻笑牛山空淚流。

[一] 明張邦翼嶺南文獻卷二八題後有「得秋字」三字。

朱明書館閲予談經處

並合雙山古博羅，山椒曾此結行窩。真丹謾説九回轉，短劍曾經廿載磨。翠羽不來梅欲老，黄龍穩卧草偏多。舊時童冠追隨伴，幾得風雩共笑歌。

中秋夜同諸生玩月次韻

萬古中秋又到今，幾人文字酒同斟。青衿滿座多新益，白髮緹袍祇舊心。入眼秋光虚半度，是誰駒隙愛分陰。高天幾見今宵月，晤對虚庭思倍深。

錦巖得時字

仙山仙侣莫春時，短袷長筇信所之。峰引大科丹穴古，閣聯廣朗白雲垂。葦航覺岸誰登早，玉帶空門愧解遲。欲語無窮千古意，枕流聊復傲皇羲。

偕周仲履王美中葉韡夫任希唐遊惠州西湖

白鶴峰高嶺插天，坡山騎鶴歸何年。雲霄一羽自千古，風月兩肩更幾賢。共喜鉦鼙息嶺表，且饒杯酒話燈前。雙江水抱山光合，恍在錢塘蒼翠巔。

白雲山和答王虞相譚永明施惟澤祁在德袁天章

歸雲門名已掃飛凫跡，伐木忽聞嚶鳥聲。三變亭名推移從此定，九龍泉名流出本來清。憑高氣宇南溟淺，染翰文章北斗傾。珍重聖朝方側席，金臺新築舊燕京。

吳制臺招燕鎮海樓賦此

功成幕府錦筵開，建節東南間世材。雜虜已收前箸畫，憬夷應有獻琛來。王風自鎬人千古，帝樂鈞天曲幾回。蕭露已深良夜靜，炬光猶帶彩雲回。

大忠祠集熊張周李四郡守論學

番山引出清溪源，粵國城南舊有園。詩社昔曾推五子，道傳今更話諸尊。殊方冠蓋同心會，異代英雄浩氣存。要得江湖堅老臥，尚煩台鼎重調元。

發江滸留別古林丈並呈同社諸公

蒼生已切臺端望，白髮誰憐嶺外遊。三教正迷趨聖路，一肩同負救時憂。粵山社集諸英會，珠海蓬飄一葉舟。肯爲分攜悵岐路，萬山同峙水同流。

過東林寺有懷洪代巡

覺山廿宿東林寺，共對庚申六月時。鬱水黿洲傳學譜，天蠶沙貝寄銘碑。雙翻棠棣齊雲秀，十載音書託雁遲。今日招提重過棹，好音先折野梅枝。

謁韓昌黎祠用韻

瀧口瀧頭路舊通，千年山斗仰高風。衡雲已見孤忠動，佛骨難回一疏雄。國是巖廊顛李相，廟碑潮海有蘇公。驅車一過人心在，旅客香烟祀未窮。

祝融絶頂次杜韻

南嶽炎方推獨尊，烟綃雲錦羅天孫。七十二峰祝融最，九千百丈五嶺盤。日月東西懸兩目，陰陽闔闢爲之門。洞庭萬頃豈無自，絶頂四壁紛靈泉。

元旦洞庭湖

長風淨洗舊污塵，喜訝新年景色新。寶曆千回俱大統，玉繩一昔又壬申。岳陽入望湖光盪，衡洞回瞻嶽翠春。此去王孫信行步，寰區誰是異鄉人。

登岳陽樓

江上巍城城上樓，洞庭淼淼接天浮。勢吞吳楚千山碧，匯引巴湘萬派流。閣道每懸辰斗望，江湖誰抱廟堂憂。東南萬艘輸將困，安得師干總壯猷。

登黃鶴樓

黃鶴巍樓破紫烟，武昌天接漢陽天。開樽且縱登樓目，說劍休論駕鶴年。隻鹿覆蕉真亦夢，五湖放舸骨疑仙。無端好景難成詠，猶羨崔公筆似椽。

憩何司寇水洲亭

別築城東闢鑒湖，天光澄碧浸菰蒲。聽琴檻底魚爭躍，求友枝頭鳥對呼。柳葉翠含珠露藹，桃花紅趁玉霞鋪。亭中會取生生意，天地安排定有無。

何氏見聖樓

花邊高閣水雲東，邙野春回淑氣通。大宇陽和都聖範，滿庭光霽藹儒風。心精會領圖書外，面目寧歸影響中。五百年來今此會，見聞知處得無同。

別吉陽丈

光風庭院逢新歲，半月心期共此論。悟著物時難體物，識忘言處是知言。步趨邇向行裾得，神采猶憑畫手存。恨是溪橋成遠別，相逢安得更源源。

德安贈諸同志

秀色晴光媚遠天，堂開凝道集諸賢。百年義重徵同樂，千里神交信有緣。微隱本來通見顯，禮文原不在高堅。請看水國名園景，飛泳天喬總自然。

與蔡高岡舟中聯枕夜話

相逢重對話新泉，瞬息流光十四年。千里懸眸雲夢樹，兩宵聯枕楚江船。真誠路脈惟宗孔，寂靜機關已破禪。末派頹波憑砥柱，西山之後得公賢。

方烏程寅所邀飲於峴山同集徐少府石瀨曾博士甲山門人仲履諸同鄉暨兒一德

梓里江山隔去年，峴山始得話諸賢。湖光遠瞰三吳郡，樹色平連百越天。闓澤盡推今單父，流風應續老坡仙。東坡曾爲湖守。鼎鐺手燮他年事，一任黃龍嘯紫烟。

天真上院酈玄厓分韻[一]

凌空飛舄逐雲遊，直跨龍山最上頭。北斗世瞻新建蹟，南洲人倚仲宣樓。巖披宿霧驚玄豹，座瞰春潮起白鷗。蓬島碧涵天外闊[二]，恍疑烟景亦羅浮。

[一] 明張邦翼嶺南文獻卷二八「天真」前有「登」字。

[二] 蓬，明張邦翼嶺南文獻卷二八作「瑤」。

粵秀山

登臨正值春之半，萬仞振衣千慮休。珠海雲移蒼壁動，丹巖仙去紫烟浮。花光掩映呼鸞道，蜃氣迢遙鎮海樓。霸業不須傷往事，一樽聊爾共淹留。

題何石川一葦所如卷次韻

柳色晴分綠蘸川，風輕雲淡雨餘天。馮夷狎對空明槳，賦客時開錦繡筵。縹緲洞簫舷外度，翩躚皐羽夢中緣。目窮烟島扶胥路，肯遜蘇家赤壁船。

入西樵

碧空流火已沉西，西入樵山秋草萋。路轉翳門瑣烟洞，境開雲谷有天梯。千尋尚憶來儀鳳，五夜誰醒夢覺雞。木石舊鄰盟約在，況逢冠履日招攜。

壽陳唐山七十一

玉人丰骨島中仙，七十籌添又一年。心矩已先從孔得，畫爻深自了羲傳。勤過洛社衣冠會，懶結華山石室緣。桂子欲承鐘鼎養，蘭孫能誦杞萊篇。

送劉甥于倬之南寧同府

端嶺夜深山月明，隔船風送洞簫聲。相聯客主挑燈話，無限舅甥留別情。問稼笑予今日拙，懸魚知爾舊時清。樽前咫尺東西辨，要作南天萬里城。

天山草堂復投壺禮

投壺盤辟短長歌，貍首風猷渾未磨。奏鼓已曾宗魯薛，奉觴猶自洽中和。高天煥揭榑桑日，巨海源通星宿河。要識三千皆峻極，覺來宗往是誰多。

別麒山羅督學于小金山用韻

東風蘭蕙已抽簪，雨遍天涯綠滿林。共惜仙舟頻鼓枻，暫留禪閣細論心。太虛蒼白浮雲轉，泗水淵源到海深。鹿洞鵝湖原有約，短筇應擬重相尋。

壽劉素予七十一

天香堂上壽筵開，環珮諸仙沓沓來。麟脯乍分蓬島味，蟻樽方進紫霞杯。交修如爾同金錫，賡詠遲予繼杞萊。獨喜天關鄰菊地，年年勝賞得追陪。

次古林先生懷粤社韻

祥雲五色護金臺，遠映仙城粤水隈。補袞共瞻新繡手，埋輪人仰舊風裁。偏反棣蕚春雙麗，戲舞班斕日幾回。洛社有詩頻欲寄，太微猶恐動文台。

譽七峰邀同蕭龍石葡萄園共飲子姓並侍

揚子江心直北船，青燈寒雪是何年。二難誼分猶今日，三益賡歌是舊緣。膝下孫枝聯父子，林中酬獻亦神仙。名園勝會君須記，一架葡萄閏五天。

張制臺平饒寇用韻

海堧崇朝氛祲蠲，日依行度宿依躔。鼎鐺薄試調和手，節鉞偏推掃蕩賢。盟府彤弓昭異錫，樂郊沉竈起炊烟。雅歌采芑應誰續，願祝皇圖萬萬年。

偕梁蘭溪謁白雲師祠

絕磴攀緣盡日同，白雲遞遞出空濛。驚心傑閣宫牆迴，着腳當門石路通。滿地漁樵饒我老，半空梟鳥屬誰雄。驅車且勿論遲早，萬里天衢咫尺中。

陳唐山先生攜壽觴邀同羅容所鄺五嶺何古林林艾陵四先生東山寺談易

出郭幽尋過野寺，小車沓沓往來輕。東山幄繞彤雲合，北海樽傾紫氣横。大藥故應調火汞，塵編聊復究虚盈。相隨獨愧風雩詠，適意雙禽也伴鳴。

鎮海樓避暑[一]二首

山上巍城城上樓，俯吞珠海挹丹丘。曉分若水三更日，雨送桄榔六月秋。庫聳雲端擎寶黛，印浮江面浣清流。漫從直北論鄒魯，且看天南別有洲。

危樓百尺倚天開，粤國誰分重鎮來[二]。萬里山光庾嶺合，千年海氣虎門回。北郊翠引呼鸞道，西浦平連朝漢臺。最喜登臨無限意，弦歌隱隱桑麻限[三]。

[一] 明張邦翼嶺南文獻卷二八題作『五層樓避暑次韻』。

[二] 重鎮，明張邦翼嶺南文獻卷二八題作『勝地』。

[三] 此二句明張邦翼嶺南文獻卷二八作『便欲乘風歌一曲，憑高空愧大夫才』。

寧德李大華死倭難

梓里人豪入史評，攖城遺烈太常旌。光華浮世誰無死，忠藎如公不浪生。寧泮早占池盡赤，學宮水溢如血。番山長羨月孤明。紛綸節概應千古，結草先傳抗杜兵。

元夜立春

鳳曆重標甲子年，龍飛長在九重天。春藏擊壤謳歌域，人醉觀燈玳瑁筵。花影光搖銀兔窟，柳風和動土牛鞭。賞心不逐兒童伴，一曲吹豳歌甫田。

憂寇有懷寄新泉諸丈

壺中取醉且高歌，世事無端奈爾何。四野金戈戎起伏，千年銅柱跡消磨。馳驅總仗空群俊，老大何禪雙鬢皤。寄語新泉舊遊伴，闔門駒隙莫蹉跎。

壬申暮春緒山先生管南坪孫蒙泉徐水南鄺仲玉餞別于天真用韻

萬象森然未朕時，敢云根外別尋枝。心從動處方徵默，身到恒行始透知。大小本來天與備，會通應自性生隨。功夫體用無差別，細把精微再問師。

南坪蒙泉二丈論王湛學旨

欲識東皇面目時，真根靈幹長新枝。虛言妙訣終虛見，致著躬行是致知。遠有疑時焉自信，近如通處不妨隨。中空日日懸雙鑒，肯把成心卻自師。

玉山南望飄然羅浮之懷

懶散黃龍別洞賓，飄瀟鶴氅一綸巾。出山不爲逢年計，適國疑隨避世人。天上夔龍饒袞職，海濱箕潁屬閒身。腳頭風月非無伴，鹿豕深山舊結鄰。

將如廣信會呂巾石翁

二十餘年此再經，青山白髮若爲盟。縱橫世路偏驚眼，幻變烟花不問名。浙水昨來逢故老，信陽今喜邇耆英。同心海內知能幾，萬里追趨無限情。

路出南雄次川譚丈枉顧惠粟

東山高臥閉關時，濯足龍門未易窺。不謂一枝鷦借宿，卻瞻千仞鳳來儀。伯夷樹粟殷勤餽，管子分金特達知。世態波頽東逝遠，真憑砥柱障瀾陂。

偕黎瑤石鄭時齋登沙貝釣臺

到處江山是舊遊，太虛無礙片雲浮。釣臺夙臥江間月，春水誰同天上舟。萬丈絲綸横渤澥，兩涯花柳匝汀洲。欲求真樂知何地，直向空中立木求。

眺順德新城

粉堞晴雲結曉停，猶憐夙雨夜冥冥。金湯喜見千年險，恩怨寧論百口熒。漫對酒杯同舉白，漸看農穀已抽青。太平薄海流芳澤，願祝堯天億萬齡。

訪玉泉有懷方嵩翁

幽奇誰解擅青山，漫拉諸賢共往還。石蹬潛通盤谷路，玉泉逗出洞雲間。三秋老鶴空懷主，七疏歸轅忽閉關。卻笑韓彭甘葅醢，幾人赢得此身閒。

粵秀山阻雨還集黎氏園亭

賞春卻怕春归去，策馬出門休問晴。不向峰頭穿險滑，直從園館坐淒清。疏雲漏日花移影，密樹鳴飂鳥和聲。對境可無佳客伴，鄴中才子洛中英。

中秋偕同志海珠寺賞月

萬里江山雨後晴，碧天涼月趁潮生。回瀾砥柱中流穩，出海驪珠徹夜明。烟火已憐城市隔，酒杯安得世塵攖。況逢海國多耆哲，相對今宵話更清。

客有劇談三教同異者折之用韻

闔闢乾坤陰復晴，動根原向靜中生。腔含一掬諸天闊，印落千川孤月明。掌上指南應有準，耳邊詖說更誰攖。問津擬欲乘槎去，共浣銀河一派清。

登拂水巖次韻

青山隨地托幽緣，況有登山具且便。台石雪乾梅送臘，劍門烟暖草迎年。鐘聲見日憑觀海，亭名。玉屑凌風動拂泉。千古斷碑遺薦福，磨崖今擬爲誰鎸。

包一山舊同僚擢守葭州遽致仕歸賦此致贈

蓋世勳名總羽毛，誰將羈靮絆英豪。道堪行處志隨決，身可歸時心漫勞。京府有懷瞻北極，野疇無事嘯東皐。蒼松翠竹年來伴，酒醉堯夫詩詠陶。

送人官廣西

天書飛下金雞鳴，五更天使趨王程。門通鬱水樓船遠，節度蒼梧竹馬迎。萬里由來宣上德，一官誰謂寄身輕。書紳爾解存三事，會見芳猷達聖明。

送梁節齋表兄掌教靈川

清江已解觀瀾意，又向靈川看逝流。正派本來渾一脈，光風在處正相求。蒼連嶺表千山樹，爽引江東百尺樓。夜合有懷天共遠，幾時樽酒續綢繆。

歸自羅浮訪黎碧江表兄論舊

半空飛舄來過此，物態悲歡取次看。新雨室蘭隨地長，故園風木各天寒。江魚潑剌音書少，路馬驅馳駐足難。明發扁舟又言別，酒旗愁見動江干。

入羅浮宿黃龍洞

黃龍出山今十年，吳江雨色聊歸旋。驚看舊種青梧在，漸聽時來黃鳥綿。振衣吟弄據兀石，引流康濟通新泉。無邊四百峰頭月，且伴天華此夜眠。

從甘泉師登白雲山

白雲古洞經三變，變入尼山亦快哉。坐玉江樓移舊榻，白沙有『坐忘碧玉』之句。著書雲路有新臺。甘泉師築。九龍混混源頭出，雙蝶翻翻天際來。何幸小生隨杖屨，傍蹊贏得剪蒿萊。九龍，泉名。雙蝶，峰名。

送金公子還鄉惠州金太守子

白鶴峰高東插天，鑒湖光彩西相連。三年到郡春風藹，萬里歸舟秋水便。大道本來隨處見，餘師猶自接家傳。相期欲到忘言地，洗耳長江直棄筌。

湞陽舟中別弟兼寄諸族戚

拂曙千旌向北行，何因桑梓重馳情。寒暄我尚憐諸族，聚散能無念衆甥。努力雙肩期遠到，凌風六翮看秋橫。古來豐芑光詒業，總在憂勤惕厲成。

職方蔣東川闢東山爲東營偕陳敬亭偶登東川留酌賦此紀懷

謝公老榻千年夢，蔣部開山若與盟。削屐愧無攜妓興，對壺偏藉雅歌情。八公草木先驅□〔虜〕，一雨東南已洗兵。山下顛培三徑竹，東山佳賞傲東營。

贈戴龍臺之任惠州二守

水月江天萬里清，浣江攜月送君行。遐封惠渥新沾沐，對榻經綸舊講明。白鶴忽看峰自在，青霞猶記洞中横。長安草色分岐路，聊付東風寄此情。

訪史燕峰時練鄉兵防倭名際

剡溪豈漫攜詩舫，風雨相期話對床。嘉義當年開講院，救荒千古記名莊。宣樓逸興人同五，國士訏謨老復強。願得東南洗塵障，賡歌熙皞揖虞唐。

過曲江用韻

百折溪流赴此江，遠山巍聳近山降。花光夾道仍侵旆，酒氣迎風漫啓缸。礦寨每勤三度計，疲顛誰仗一肩扛。治中況已專城任，老鳳丹雛尚愧龐。

遊萬象洞洞接南明二里

萬仞丹崖紫府開，瓊宫玉棟幾縈回。一陽雷自地中出，時律轉黃鐘。隻鶴人從天上來。到底直須明炬燭，鐫題偏自刷荒苔。豪狂量窄應如海，醉後何妨金谷杯。

春日飲史通府白江宅次韻奉壽

萬里風烟淨百蠻，祥光南極開南山。天皇命駕賚籌籙，仙子凌空下珮環。繡錦衣回明晝里，紫霞杯進映春顏。鼎中鉛汞尋常事，不用丹書覓九還。

登西梁山天門洞

倚天巖洞有靈棲，四顧群峰孰與齊。咫尺瞻顏違禁極，藴隆憂旱望雲霓。江通烟樹晴偏闊，鳥逐風帆遠漸迷。忽憶美人天上路，欲憑雙翼寄新題。

西梁山玉女祠

廣寒宫殿逼清虚，飛跨西梁最上嵎。一水中分涵石壁，兩儀高下亦圖書。湖光早幸饒歸范，驥足誰希重展徐。拂拂天風到吟腋，恍疑身度雪霜餘。

丁家樓上喜雨呈顧箬溪翁大司寇

夾路橋邊看黛色，丁家樓上對黄昏。到窗風雨光摇燭，拍岸蘆波響聒門。桔槔野農群腹鼓，柤歸遊子亦眉掀。短蓑欲理江門釣，箬老溪頭一問源。

登鳳凰臺

阿閣久虚天上瑞，鳳雛今見日邊回。維舟暫阻三江路，振羽忽登千仞臺。薰吹頓收炎暑去，清尊偏對晚涼開。槐陰借有眠雲榻，枕石何妨日幾回。

荻港真武祠避暑次壁間韻

枕江闤市隱仙家，洞口通幽石徑斜。金闕劍光旋斗極，玉墀珠蕊點槐花。交加木石侵雲碧，曲抱江山引界賒。避暑卻疑天上坐，廣寒分映落烟霞。

露筋祠二首

誰謂乾坤正氣無，碧筠蒼柏歲寒孤。強羞孰與甘蛟喙，節老何妨任骨枯。烟裊春風晴俎豆，冰清明月照菰蒲。移舟暫過瞻祠貌，且把新題續舊圖。

惡草凶蛟世果無，嫂行憐汝一身孤。遺衣血化筋猶在，泣蚌愁深淚欲枯。汗竹幾行光史冊，濁泥千古浣青蒲。塵埃笑殺長安道，曾寫昭君出漢圖。

和文麓來韻答謝

有腳陽春到處催，小車叨逐傍花來。東君煮酒頻燒葉，稚子迎門靜掃苔。豐草未將晞露報，汙樽聊向晚晴開。何因得借雙鳧履，共對南山歌有臺。

小孤山

遠吞巴楚會歐吳，震動三江盪五湖。砥柱波心饒獨立，隻身峰腳更誰扶。過天風雨隨翻覆，滿眼波濤自有無。深夜露涼仙籟寂，寒光千里月輪孤。

題松谷

年來佛隱山居寂，日對髯翁石凹深。已過翻濤鳴陣雨，忽來飛錫度跫音。空中有色咸歸相，竅裏通神本即心。解識定時無出入，不妨坐臥更沉吟。

贈少參袁中山考績北上

久旱初逢四月雨，萬郊禾黍總欣欣。誰將隻鶴圖書舸，遽別五羊珠海濱。報國葵忠饒捧日，匝江樹色悵停雲。天涯萬里多民瘼，啓皂遙知有疏聞。

雲谷偕馮鷲洲鄧仰尼諸賢夜話次白沙先生韻

自有樵山古到今，中秋誰共此論斟。七賢聚會來諸路，千里源流話一心。秋老兔光懸舊窟，時來駒隙愛分陰。空庭漏卻松梢影，坐到無言意自深。

月中流别湛華樵

萬里溪山一瞬中，别離何必嘆萍蓬。芳樽對月懷成闊，短句催雲愧未工。陰谷鶴鳴堪唱和，雪泥鴻爪任西東。直將渣滓從前盡，便是顏生一化融。

表忠卷爲寧德李太華死倭難次韻三首

百里郎官正屬賢，閩山漳浦遘烽烟。攖城厲劍思酬主，裹革旋纏誓死邊。林木夜寒歸宿燕，野郊春盡忍聞鵑。浮名敢擬垂身後，獨秉丹心一寸全。

義重生輕一羽塵，顛危猶切拯時屯。未論勝敗兵家算，空付綱常社稷身。烽火門福寧備倭處虛應有日，將垣星隕此何辰。乾坤浩氣剛風在，汗簡還令照古人。

間關原不避艱難，瘴海霜風陣陣寒。壁壘奇才驚憶葛，敵人凶膽怖傾韓。糧空矢盡猶拳手，纓絕鋒橫未解冠。千載寧陽遺血食，俎盤蕉荔薦黃丹。

喜何菊亭來顧用韻奉答

釣竿持老濟川舟，翠竹沙堤一矴留。坐看汐潮隨日長，聽從風雨過雲收。憂時總白雙蓬鬢，閱世還青此巨眸。樽酒幸逢今日話，天關重約幾時遊。

見梅花

萬仞飛雲鎖鐵橋，玉容冰骨老孤標。黃龍別去空遺跡，白鶴歸來今見招。墻角早春先得信，枝頭殘雪未全消。試看漸結纍纍實，太鼎和羹待爾調。

山家書事酬箕仙

地僻偏宜老地仙，養真玄訣向誰傳。藥還九轉惟烹汞，酒造逡巡共對筵。翠雨濕流芳草軟，紫霞香動野花妍。乘除不記人間曆，枕爛樵柯海變田。

久雨喜晴二首

癸亥之臘甲子春，積雨連陰已九旬。滑路價增銀齒屐，暗厨烟起桂枝薪。垂天忽見收鵬翼，出地方驚碾火輪。千載重離今再會，負暄長作太平民。

噎噎層陰虺虺雷，崇朝雲斂日光回。十寒樹杪新迎暴，一徑蹊門乍剪萊。土脈引膏隨地長，綺疏流白向陽開。太虛解識從來面，長掃氛霾淨野埃。

寒食

一熖綿山見未能，至今聞說總堪矜。堯庭自合棲巢父，漢室何妨傲子陵。肉食土茅遺割股，蟄蛇風雨憤龍升。君臣義分嗟何及，禁火千山俗尚仍。

送司訓聶少泉歸上高

白鹿青原路幾許，上高中據萬山雄。乾坤總布陽和脈，朱陸誰多與仲功。一貫賴君傳道藝，三城分席啓愚蒙。康年早賜扶鳩杖，絕頂還應泝上風。

謝宗室洪山寄琴札

東闞六脈通渠水，南海孤蓬老釣磯。豈謂天潢垂渥潤，特來坡石漭吟衣。文昭武穆源真遠，流水高山意不違。遙矚鶩霞洪浦外，玉爐烟裊弄金徽。

送鄧三生歸省

翩躚藤水來三鳳，灑落珠江去一舟。遠道定期堅足踝，浮名誰爲介心頭。烟霞洞裏懷沙近，詩禮庭前裕聖修。到得俗緣全放下，豈無騎鶴跨揚州。

登雨青樓

九天遺渥粵江湄，幾度光風萬樹春。躡級浪隨趨相府，登樓猶自見楓宸。衣冠想仰四朝盛，風度懷瞻百代淳。檻外晴雲滄海闊，中峰瀾柱起嶙峋。

中元酌月

月光謾説中秋好，且喜中元月漸佳。鑠火流金隨伏盡，商飆涼露洗新懷。蘭盤幡蓋誰曾飾，花果尊醪共笑諧。拜囑嫦娥頻見面，早移芳桂到庭階。

續林允薦表弟夢中詩話

日印春光上短牆，枝頭寒柳不勝芳。兩句，夢中語。莫言幽谷遲回暖，正喜層陰今見陽。巨室棟梁當爾用，接雲橋梓愧連蒼。允薦又夢與余父子並坐。相期更着磋磨力，轉眼槐花急報黃。

迂岡堂午坐

南方間氣旋貞會，北闕英標動聖顔。傳臚時，當宁見其儀表，深喜狀元得人。雙手已占擎日月，先，會試，夫人有夢。三元仍見重江山。堡名魁岡。堂空篆裊人千古，榻靜陰濃客半閒。共倚竹松賡唱罷，峰高天外水潺潺。

謁甘泉先師墓

坐分更漏亟開先，日揭中天水在川。封草忽愁春露濕，碑臺重見暮雲連。坐超與子虚顔卓，反築於埸劣賜賢。賴有彬彬陪俎豆，豈無洙泗得真傳。

葡萄燈

誰分大宛天邊種，移向中堂火畔栽。馬乳滴垂青貝合，龍鬚還裊紫烟回。人爲競賽天工巧，一盞寧吝十寶財。蟻酒笙歌歡勝會，須臾五夜盡成灰。

盍簪樓落成霍進士勉衷建爲會所

江門烟暝藏嘉會，粤秀峰陽起盍簪。九老衣冠聯舊伴，百年詩易此幽尋。憑觀曲檻迂吟目，坐對方池靜洗心。卻憶高堂文敏度，清風啼鳥尚遺音。文敏，霍尚書謚。

新春粵山社會又喜海嶼初度鄒可張

相逢粵社開春會，又喜鄒君祝壽期。微醉幾行真率酒，雅歌三疊杞萊詩。論心是處年來洽，往事非時今始知。南國東疇膏土潤，欲攜鳩杖看畬菑。

社會粵山阻雨還集靜虛堂

粵山雨積沉花塢，詩社雲侵泛蟻樽。草閣便尋揚子宅，竹笻偏到謝公墩。瞻依八座天將近，俯瞰三城日未昏。卻笑俗塵門外客，靜虛堂上友金昆。

天香草堂見梅

丹桂叢中綠野堂，一枝寒玉透東牆。天心乍轉今驚復，海國從來先得陽。老鶴新詩和靖子，玉容仙骨小劉郎。和羹欲試調元手，漸引嫦娥不斷香。

遊南華

千山環玉抱中峰，曲引曹溪一水溶。天與空門留福地，佛傳西國此南宗。登臨客慣東山屐，入定僧歸晚寺鐘。揮壁莫論因果事，亞先[一]遺址墓苔封。亞先，姓陳，原捨地主，墓逼塔下。

［一］亞先，據曹溪通志應爲『亞仙』。

贈曾元山賜還臨川二首名鈞

問關世事知何日，一十三年鬢漸霜。祇爲東宮留疏草，豈論南海竄炎荒。投戈已荷完環賜，側席仍需補衮裳。再拜天關從此別，石門烟樹悵蒼蒼。

捲盡浮雲見太空，肯將湖海嘆飄蓬。水從東向千回折，金到南兼百煉功。鹿洞有規遺舊跡，象山無語贅塵聰。天關共探從前路，萬里天衢咫尺通。

承恩追感爲梁白齋題

衛署清勤結主知，寵章晨捧出天墀。馳封已副雙親願，負米猶懷百里悲。曉露汪瀼沾宿草，長風淅瀝動寒枝。求忠當宁心如海，移孝酬恩慰所思。

次韻別仰尼夢樵二先生並東沙涌羅村沙貝鄧羅湛諸君時在西樵

曉霽看山眼更明，太虛無礙見真情。開樽廣朗地名憑高閣，拂袖烟霞洞名是舊盟。一笑相逢俱夙伴，芳蹤還憶幾名卿。蓋居山，湛、方、霍遺跡。休嗟白髮年華暮，歲歲東風擬聽鶯。

贈司鹺陳太湖課最北上兼寄廼弟紹虞參軍父琴山，祭酒。伯虞山，都憲。紹虞，即虞山公之子

尊翁翰苑宗文史，令伯虞臺肅憲綱。奕世清風原有範，百年交誼未相忘。書香重擬增華國，鹺政今

看頌惠商。翹首紹虞高萬丈，太湖千頃共汪洋。

雙麟獻瑞爲三水鄭尹二子歸赴閩試並完親

徐卿二子閩中傑，單父三年膝下隨。早解詩書傳赤紱，夜來燈火度青藜。即看去轍追騰驥，且擬登龍叶夢羆。故國若絢花縣績，爲言歌頌有民碑。

贈霍勉衷應召赴浙鄞任時乘月送至小金山，乃別

紫府横簫越客歌，月明江水若情何。送君浙路飛仙棹，饒我江門老釣簑。撫劍再看龍出匣，負圖今見馬騰河。箕山汭水匡堯略，一笑誰分與仲多。

偕諸同志遊西樵至四峰懷霍勉衷步唐人韻

插天瑤壁倚長松，仙子何因覓去蹤。竈隱茶烟休避鶴，雲移商雨駕飛龍。懷人總是衣冠舊，縮席誰云萍水逢。欲寄鄞江千里信，盡憑聲遠樓名，在白雲一聲鐘。

又次唐山韻二首

小陽猶自見秋花，到處春光未有涯。桃李肯輸連惠圃，紫黄休數魏姚家。金鸞一榜名同盛，時有狀元紅、榜眼黄、探花白三種。玉爵三杯寵並賒。況有書香傳萬卷，樂隨詩酒對年華。萬卷書亦菊名。

一陣香風幾樣花，潤添珠雨灑江涯。英標並賽紅黃白，異種原分閣第家。自沙灣丞相李忠簡公宅。客子效顰詩獨苦，主人舒笑酒仍賒。南山莫說東籬近，更上高樓望翠華。

同觀劉素予所惠萬卷書菊致勉唐山令子以足三魁之誼

草玄觀罷子雲墟，淑氣歸根木葉除。子夜試從探剝復，隙光還共愛居諸。三魁李氏貽新範，萬卷劉郎惠聖書。向上直尋雲路去，古來嘉慶善應餘。

送文崖林郡博擢國子

鱣堂廿載番山月，兩照先生自此征。柳面和風隨去棹，壁池新雨對長檠。貞心老柏猶撐古，雅操寒梅獨著清。都下本來文物盛，好從先進育群英。

小金山送別高象峰名袠

天風飛舃妙高臺，縹緲天花落酒杯。青瑣豈無行客過，紫宸端重使君來。千秋吾道當空日，萬里歸程接斗台。不盡江干留別意，幾時憑寄嶺南梅。

贈番禺林司訓擢感恩掌教

番禺校北天關院，振鐸聲高四野聞。入室芝蘭同臭味，向陽花木總榮欣。道行瓊島堪浮海，洽化人心重採芹。一點頓融顔巷雪，直將陶冶策奇勳。

同登青霞明覺樓得登字

高閣頻來復一登，青霞環映碧山層。子雲已古羞玄草，太乙當年憶杖燈。明覺有知人自具，追趨前哲我何能。同遊總是高明彦，共擴中天眼界弘。

遊九龍巖分韻得山字

浪隨仙履日躋扳，不盡奇觀是此山。雲影九龍疑出洞，澗沿雙壁幾成灣。紅光花影飛觴滴，翠色茵連拄錫還。似喜知音人作伴，高山流水互潺潺。

遊七星得閒字

春風推入翳門關，在處青山得借閒。二妙樓空簾草合，七星巖古石苔班。酒逢知己何妨醉，句有豪吟亦破慳。翹首三垣天咫尺，少微光彩動雲間。

賀穗石倫翁七十一壽名以詵

得意長安好看花，考槃開徑獨成家。徵書不爲臨門動，散屐時隨玩物華。三桂今看黄石老，五常公擅白眉誇。誰同洛社香山會，共扣金聲餌晚霞。

下山父老喜戴公祖再至饋蜜醪酌于白雲洞

四郊春雨忽開晴，洞擁寒雲沁骨清。飛瀑遠從銀漢下，夕陽斜照鐵峰明。袞衣東土懷千里，紫氣函關喜再迎。三老相攜遙送酒，棠陰猶有白衣情。

壽唐母定江太守妻

氣肅秋高天宇清，丹楓遥映彩霞明。蟠虬幹長寒能勁，老鶴臯鳴日正晴。錦帔昔曾沾渥露，膽丸仍見樹家聲。承乾欲問前朝績，牧守司徒有令名。

七月八日邀徐愛潭話於青霞洞適其五十六壽辰

花甲十年慚我長，壽筵今日爲君開。欲分東海安期棗，且薦瑶池王母杯。朱草紫芝從地出，彩雲黄鶴自天來。昨宵牛女雙星會，疑是銀河駕鶴回。

翠微書舍爲徐七山

襲葛金風乍到秋，碧山雲徑小窗幽。圖書對榻惟周孔，冠蓋臨軒有牧裘。五嶺嵐光連越嶠，七山烟翠擁羅浮。鐵橋自有通霄路，躍足應須到上頭。

獨悟齋爲徐牛山次白沙韻

撥盡浮雲即太清，杳無聲臭更何聽。洗心齋戒惟周易，玩意危微自壁經。逐外萬般俱幻妄，静中孤竅出虛靈。太陽洞揭中天照，頓失螢光與衆星。

羅容所憲**年兄邀予偕劉嶺陽格丈泛舟園池因得觀奕詩以紀興**

地僻天分太液池，兩涯寒碧蘸漣漪。浮雲萬里歸青瑣，列巘三城展翠眉。疊磬急呼鄰市酒，彩高仍喝勝兟棋。橘中剩有商山奕，勿剪橫斜蔽芾枝。

天山堂避暑

六月炎荒疑凍雪，天山池館枕幽城。已無酷吏階前擁，時有故人天上迎。竹葉影侵詩骨瘦，柳梢柔颺葛衣輕。出門咫尺驅馳地，便有炎涼幾世情。

題玉川盧先生祠令弟四園封君建

正氣如公生豈徒，綱常宇宙賴公扶。堯天義膊希前有，廷式高風曠世無。矯矯鵬圖翔漢迥，瞿瞿蝶夢向誰呼。水濱香火千年在，行道人瞻是此夫。

訪南昌別業有懷古林先生

柚子環堤屋後松，南陽今見此遺蹤。入門看竹驚眠犬，步涸瞻雲憶見龍。時天久旱。漉酒不妨同伴酌，彈冠休猜笑相逢。天闕夜夜天山夢，欲叩同人大覺鐘。

秋日白雲山

玉宇秋澄總巨觀，冠童相伴老懷寬。登高漫借東山屐，對泣偏羞南楚冠。芋碗茶香詩吻潤，菊杯雲浸酒脾寒。傳心有訣鐫臺石，淨掃莓苔一再開。

題陳中閣山人號

四百峰頭舊結茅，望懸中閣翠雲交。鐵橋有路通仙窟，丹竈無烟任鶴巢。指點篆符遺竹葉，索吟春意上梅梢。與君共陟飛雲頂，淨洗塵氛萬慮淆。

訂約又十月過訪南昌別業

臥龍舊屋知何地，豹隱南山是此居。十里隔河應不遠，一年屢約可宜虛。開冬屈指逢添閏，下榻論心好借餘。早辦青錢勤買棹，倘遲猶恐礙徵書。

張子爵偕侄鑒送予層城之野贈之子爵乃伯春岡翁

多君叔侄青雲器，遠送江亭白髮翁。嚶鳥數聲塵境異，策騮千里壯心同。泰山北斗明誠書院名地，別墅東山康樂風。師訓家傳總遺範，卓前功業寄無窮。

賀林在心生男和來韻二首

暖風吹動小陽天，大地誰云雨露偏。喜有善根培舊圃，慶來嘉玉長新田。詞賡白雪慚巴調，酒引甘霞映錦鮮。萬事足時何所事，與君同舞樂堯年。
春光如火百花然，羡爾松筠晚節堅。生意便從根上起，翠容應伴雪中鮮。寧馨已兆香孩室，穀似仍澆種玉田。佇看崢嶸隨日長，照人功業是光前。

同樂園宴同社諸公用韻

桃花流水覓桃源，問入同人同樂園。潦倒烟霞迂我老，巍峨山斗仰公尊。盟心共抱芝蘭臭，成性長須瞬息存。千古典謨三百後，直從羲畫見初元。

和箕仙

碧天如洗月華開，紫府驂虬下玉臺。清路蹕傳仙佩迴，隔雲聲裊洞簫哀。篤貽志國慙公識，詩禮傳家任後來。山館豈堪留夜話，漫同詩酒且徘徊。

壽喜逢元爲鄺五嶺元樂二首

與君丁卯共懸弧，出處同心道未孤。最羡三州留趙鶴，早辭雙闕對張鱸。朱明入夏新開籙，隆慶當乾始握符。十二萬年交世會，便從初曆紀皇圖。
南海衣冠奕世賢，春風棠棣總翩翩。繡衣遺範傳康樂，柳絮高才翕惠連。令德自宜歌壽喜，醉懷仍解鼓喧闐。俗緣不上心頭累，扶水雲根老地仙。

雲谷雅會用程伯子韻

金風和露長秋容，蒼染兼葭楓葉紅。雲谷宫牆千古在，玉臺冠舄幾人同。登樓步月層霄近，入室升堂此徑中。悟小歇時原不歇，直前撑柱是英雄。

遠遊出郭

平生不作臨行淚，今日出門偏灑纓。荒塚樵雲回注目，季兒燈火重關情。百年道計三冬路，兩地心期萬里程。人事天心若留意，滿江風雨忽開晴。

謁胡文定先生祠院

隱居卜築衡山趾，百世聲猷見宇垣。進講昔曾虚玉陛，傳心猶自有金昆。先幾□夏春秋辨，獨玩神明中夜存。仰止高山雲物重，一門香火並乾坤。

望岳麓書院

衡陽岳麓仍方廣，到處朱張有院祠。豈爲遊蹤當日重，祇緣經訓後人師。長沙不爲長江改，聖學偏憂末學岐。義利分明真實踐，卻誰虚見議當時。

賈傅祠

涕哭咨嗟動衰旒，先生先爲漢文憂。火薪不作終朝備，髏髀空遲七國謀。瘴雨戎烟空北望，惡風狂浪直東流。治安誰是經綸手，臥釣滄江一葉舟。

過湘陰吊屈原

清流佳客艤湘湖，千古清風仰大夫。如矢本來如汝直，徉狂何不學爲奴。棲烟古澤三閭盡，落木寒枝一鳥呼。再展離騷不成誦，畹蘭汀芷總愁予。

臘二十八日

九十寒冬二日餘，飛馳烏兔任居諸。皇王帝伯今何在，雪月風花且自如。物到歸根時共翕，律當窮臘氣還舒。循環不老天心轉，肯嘆時光乘又除。

除夕二首

駒隙馳風奈爾何，年光六十五回過。懸眸北闕恩光舊，回首南荒感慨多。雲谷去年埋碧玉，天關今日憶行窩。無情最是風回雁，欲寄音書恁付那。

宇宙吾家本自寬，誰將三廣隔籬看。偏饒父子同舟話，況有師生伴歲寒。豈必送窮貽鬼笑，向來隨分覺吾安。目中伎倆年年在，流水時光惜去湍。

人日

天開人日此從新，六十六年春復春。霜鬢日添新樣子，鐵心空作舊時人。千年授受慚鄒魯，三氏依違嘆越秦。我欲擴摧麾赤幟，屬誰帷幄共參論。

泊蔡店

武昌江滸晚風晴，漢口西馳擊楫行。勇邁豈妨流迅急，浩歌偏趁月華明。賚香羽客燈常伴，宿驛官槎柝有聲[一]。醉醒鸕鷀觥酌後，卻疑黃鶴紫霄鳴。

［一］柝，底本作『析』，誤。

過須口

數千里路一舟輕，豈冀神休利與名。沿途行者，皆進香仕賈。予獨不然。越楚江山尋舊約，泗洙今古結同盟。年光臘去梅欹岸，春信時來柳瞰城。江水鶩霞天外闊，此行應得慰予情。

望德安

殘冬仲月趨郎楚，隔歲初春望吉山。樹杪淡雲欣着目，溪邊明月笑開顏。金牛荷鍤須通路，鐵馬掀旗直破關。肯把韶光虛一擲，貞元嘉會幾循環。

立春二首

三陽纔出地冲融，南北東西暖氣同。化化豈將求宇外，生生原在此腔中。沿畔碧草自呈色，纖手青絲枉費工。復頃天心從復起，擴無窮處用無窮。

青皇出震春光路，碧眼窺人柳色鮮。欲把新知驗新得，且將殘見洗殘年。化通天地方成聖，跡脱形骸卻是仙。揭出真元憑指點，了無聲臭落言筌。

登三洲樓

三洲樓兀水中央，四面山光樹色蒼。曲徑暗穿松塢入，扁舟悠傍柳堤颺。春深碧玉吟誰共，興入青霞喜欲狂。帝伯功名灰已盡，風花隨步寄行藏。

答嚴豁軒

着腳江山處處幽，百年吾道寄滄洲。天光靜室常生白，世態虛雲半點浮。涉海汪洋先到岸，斬關釘鐵舊焚舟。詠歸之後渾何事，默默溪橋漢水流。

贈吴七坡

蝸角功名信渺冥，直於心竅識虛靈。八年石洞專磨杵，三月春風幾坐庭。水到通渠常潑潑，時來群物總青青。不須更着安排力，撥去雲霾見日星。

盱湛樓

洙泗淵源迤落水，江門流衍注甘泉。高樓獨上三洲望，真派同歸一目全。悟到如斯橋自度，詠從歸後榻應懸。千年衣鉢今傳北，獨愧南宗一線天。

來繡亭

三楚江山淑氣鍾，水亭環翠寄孤峰。岳靈已降人寰傑，地竦長增紫氣重。梧閣曉來鳴翽鳳，草廬春動起蟠龍。四元勿浪誇前哲，策馬源源躡後蹤。

喜會歸安二尹徐石瀨鄉丈賦贈並謝二首

震澤無波風正晴，扁舟蘭槳透湖城。數千里路逢知己，三十餘年話舊情。丹壑滄洲饒我老，清時黃紱羨君榮。希天聖學參天業，珍重平生是此誠。

巨鎮湖濱古郡城，歸安雄邑並烏程。人言此地應難治，今喜吾君獨擅名。春盎羅浮敷雨潤，秋涵石瀨湛冰清。湖邦已見真誠動，指日徵書下帝京。

贈講學諸同志

性命文章自一源，真根培養葉華繁。三重有晝原無晝，六籍昌言在未言。卻笑支離分內外，漫從聞見苦囂煩。肯將塵態消磨盡，渾渾還看到海奔。

贈鼇峰殷春元

挾策飛黃入帝京，天章雲藻振蜚聲。漢陽濯暴方懷孔，風月搔吟暫到程。幾對登樓舒曉望，還同隨柳探春行。外王內聖無差別，祇向危微認至精。

贈吳小溪七坡昆仲

二難今古幾人全，愛爾兄賢弟也賢。早向芹宮辭廩祿，老同齏粥對茅椽。田家荊樹惟真廣，謝砌芝蘭有惠連。和氣禎祥從此召，碧梧三鳳看騰騫。

贈別高笥峰象峰碧峰黃峰並令郎侄孫諸彥

天曹舊識東床面，嶺海重勞北使車。千里交情從此厚，百年高誼更誰如。乘風舟楫趨湞楚，入室芝蘭滿砌除。並駕五常休獨羨，八龍端的嗣簪裾。

賀蔡高岡七十三壽辰二首

七十三年嶽降祥，遠從南海薦霞觴。豈緣吸養仙丹壽，且喜真傳道脈長。雲夢春風時對育，天關晴日倍輝光。貞元再見清寧會，翩翩高岡有鳳凰。

春轉堯天舜日熙，心傳堯舜幾聞知。物生本與時行會，萬化都從一畫窺。天霽翕雲觀妙用，岸容舒柳亦何私。千年欛柄歸吾手，便是乾坤不老時。

贈別樂霽野

四郊雨色開新霽，捲盡浮雲見太虛。肯倩菊邊人送酒，且饒花下客來車。公少飲，所交多賢士。青衫夢遠甕宫舊，白髮心從矩度餘。鐵腳路岐行獨穩，簞瓢陋巷渾如如。

過武昌縣謁鏡湖熊公故居有感

誤國誰人昔主和，捲天冥雨沸鯨波。廣閩邊海創殘盡，廊廟憑公得算多。六月功成歸戰舸，薰風民阜聽弦歌。出師已遂平生抱，志決身殲謂若何。

登小孤山南岸巖頭寺

狂風忽阻江山舟，據石坐看江水流。天際雪花動地舞，波心石笋凌空浮。鄱陽一炬漢艫燼，鐵柱半臥寒巖幽。山僧解説前朝事，滄海桑田更幾籌。太祖討陳友諒，祈北得風，焚其舟。又前此小孤山與南岸山東隘湍急，疊鐵柱絞船逆上。弘治間，韓都御史過此，夢神靈。次日雷雨衝通北岸，江須乃平。鐵柱雷折，今不用，存臥巖側。

至安慶謁忠宣余公祠

風雨雞鳴徹曉晨，一門忠義見斯人。攖城報主終殉國，爲父從夫盡殺身。天地綱常應爾係，家庭模範豈無因。憑高幾閲江河變，水自清流山自峋。

道出溧水遇雨借宿計圖長家留贈

麥郊春潤布甘霖，短袷迎風冷透襟。喜有高門新榻下，愧無南國舊棠陰。何因瓊玖情偏厚，漸引杯盤樂更深。蹴踖趨庭知有子，豈無叔夏素傳心。

贈湖洲郡博曾甲山鄉丈

文章疇昔仰湖郡，實履誰將復古誠。琢玉定須原抱璞，鑄顔端喜獲蜚聲。兩齋拆養惟安定，一樂尋真是伯程。庭下三鱣原有兆，先生從此道彌亨。

贈烏程簿朱池竹

一鑒方塘浸緑漪，琅玕千樹翠交披。波搖日影龍蛇動，風引韶聲鳥鳳儀。行聽滄浪歌舊曲，坐看淇澳寫新詩。直將有斐敷民澤，不諼流芳百世思。

觀音閣

層厓絶壁臨無地，飛閣危棲落半岑。潮勢擁雲連佛頂，波光涵玉照禪心。雉因避客投丹穴，鵲喜遊人噪碧林。獨悵扁舟頻解纜，隔江猶自聽鯨音。

望匡廬

匡廬山麓南康軍，道脈紫陽夙有聞。五老峰前環白鹿，九經天上降彤雲。江船廿載經過近，塵鞅多違感慨勤。俎豆駿屏羅講院，幾從班末炙爐薰。

三山

青山夾下栗山横，又見三山兩度迎。滚滚龍盤金鳳闕，巍巍虎踞石頭城。六朝誰數偏安跡，一統今看帝業成。天設兩都雄鼎壯，山河千古鞏皇明。

贈北吉

玉振金聲推大聖，卻從詩禮詔趨庭。三千峻極敷時育，四始中和盡性靈。南國古風旋大雅，横渠先入到西銘。格天功業無窮在，濟美還看世德馨。

贈李子暢

憲臺霜淨月華天，羡汝功成最少年。三尺案前知素慎，九霄雲外看騰騫。剪刀製錦隨時用，詩禮傳家自昔傳。當宁虚懷急圖治，各途登俊總多賢。

訪院右來一無汝剛丈次韻

倚天長嘯拂干將，遠訪幽人古佛堂。歸洞老龍嘘沫濕，避烟孤鶴下回翔。坐移短榻隨陰轉，論到投機話柄長。更上高樓頻縱目，雪山堆白樹雲蒼。登樓觀潮，真見雪山景，故云。

過玉山憩楊五一先月樓賦謝

常山朝趁玉山程，攬轡東風雨正晴。烟樹半開籠月影，石梁湍湃隱雷聲。新城關鎮知安樂，鎮名。

浪跡江湖笑草萍。驛名，即鎮名。偵報不須勞候吏，道旁東主解相迎。

南安贈主東朱秀才

四十年來幾度過，向時青鬢已成皤。風雲天上都歸幻，歲月人間浪擲梭。故舊交遊經眼改，彭主東文樂父子、彭知縣父子俱逝。新知投話覺情多。清尊又作長亭別，指點梅關共嘯歌。

次泌泉蔡親家贈行韻

蔦松桑梓豈應忘，況值霜添兩鬢行。廿載鵝湖千里約，一挑鳩杖百錢裝。北風乍捲潮頭急，南海方瞻雨腳藏。此去再期歌伐木，翩反人邇在常棠。

浴日亭步蘇長公韻

萬里蒼茫一色天，憑空亭樹俯前灣。龍光曉盪扶桑樹，蜃氣氤連越國山。捧日未衰歸老志，惜陰虛負少年顏。長繩早繫羲和馭，勿待揮戈暮靄間。

過順德羅京兆別業

碧水遙分銀漢長，夾城連抱水雲鄉。層崖怪石晴空出，古木蒼藤晚吹涼。京兆宅聯丹桂藹，水仙宮裊紫檀香。憑高欲罄衷腸話，金谷何妨酒百觴。

贈林鳳野之任感恩

從來海外稱奇甸，聖世同倫遠借賢。萬里珠崖飛彩鷁，一春花雨潤青氈。潮通星漢風初度，秋冷魚龍渡正便。再拜相期無限意，依依岐路亦潸然。

送晏龍山掌教瀘溪兼寄聶少泉

上高自昔多文獻，振鐸番山得兩賢。聶老庭前歸一鶴，晏公堂上兆三鱣。星依鶉野時瞻斗，路入桃溪好扣舷。會識文章通性道，萬年洙泗此真傳。

除夕

冷落天闕一草廬，沒尋歲月又成虛。銀燈坐剔三更候，竹爆偏驚一歲除。環堵豈應誇原憲，長門寧復賦相如。祇餘漏室元無愧，明暗何須爲卜漁。

壽盛東園八十一

春水南來太乙船，偶逢南極會諸仙。丹回龍鼎三三轉，數衍龜疇九九年。舉案齊眉諧健老，稱觴環膝舞翩蹮。白雲遠隔紅塵路，一枕華山自在眠。

夢遊海珠寺憑虛亭

海上明珠隔幾何，邇年平地亦風波。高歌未擊中流楫，半醉獨眠安樂窩。出世神疑登佛界，憑虛身已跨天河。曹騰擬叩安時界，再拜文溪問菊坡。

花間鶴舞爲何石川作

昂藏萬里冲霄志，靜息孤園刷羽時。會意且從佳客舞，惜春猶恐礙花枝。風初動處矜香媚，樂到生時祇自知。卻憶孤山一琴伴，通仙今老趙郎隨。

新春自然堂宴集

天關舊宇開新搆，嘉會逢春入自然。杯酒豈徒文字飲，勒碑原自了心傳。草生庭外花侵户，魚躍淵時鳶唳天。指點物華俱有象，欲從天地契玄玄。

送葉韡夫應貢北上名蕚

散髮扁舟傲五湖，祖生鞭動適皇都。今宵且共三城月，指日俄經兩浙塗。學抱濟時應晚用，德鄰隨地肯疑孤。金針授與無多訣，一線中空是範模。

偕蕭節庵諸昆季夜話子侄侍

駕雲飛舄躡仙蹤，鶴氅蹁躚雪鬢蓬。蕭史玉簫聲正合，乙藜燈火話相同。蘭亭玉筍清森立，竹院茶爐次第供。千古鵝湖連白鹿，幾人相對月明中。

壽馮鷺洲七十一

溟渤絲綸一釣航，蓼汀蒲渚寄行藏。孤飛野鷺意同適，近對海鷗機自忘。座上白眉推獨長，鏡中黃髮羨誰康。撑持吾道千年力，縱到從心也自強。

鎮海樓九日

側帽風高百粤秋，倚欄人在五層樓。元龍氣宇吞湖海，孟老風情蔓野丘。對菊自宜樽酒樂，感時誰獨抒嫠憂。妖氛幸廓天如洗，一羽逍遥十二洲。

送何司訓擢宜山諭

廣文先生匹馬來，嫩李夭桃花爛開。粤海羽翰奮秋翥，禹門鱗甲殷春雷。清時斗岳名方重，梓里河山看屢回。明到宜城非久借，三鱣原已兆三台。

遠寺聞鐘

禪林幽更幽，寒燈常皎皎。隔溪人未醒，枕上鐘聲曉。

題扇面小景四首

弦月發皎光，空波獨澄碧。欲從素心人，共究無言易。

對君君不言，坐我語不語。浮雲斂太空，相看衹如許。
江天渺茫茫，知音在何處。落指不成聲，抱琴且歸去。
世路競棼逐，末學多支離。生意本無言，春風上綠枝。

白葵

皎皎冰玉姿，挺挺蒼翠質。精白一寸心，常捧中天日。

甘泉師病中有詩分付依韻奉答

仰之已彌高，行亦無跡轍。默識尼父心，敢肆豐干舌。

贈月池上人

寒冬木葉落，大空淨無塵。蟾光湛中沼，仿佛見吾真。

知魚亭下四首，俱吉陽書院景物

觀魚日觀水，見魚見吾性。魚水渾非觀，與天共游泳。

三一亭

人與天地參，一誠貫樞紐。會到得一時，造化在予手。

盱湛樓

一碧涵天光，八牖開玲瓏。觀水觀其源，千古在目中。

如斯橋

夫子在川上，示以逝如斯。法天以行健，見易時見之。

羅浮山和鄒方伯四首

鐵橋

萬仞懸湍厓，長虹跨天表。我有雙飛舄，仙路諒非杳。

丹竈

古竈棲霞隈，不見煉丹叟。真丹自玄玄，還覓爐中不。

石樓

兀兀擎雙樓，南天望不極。枕石批霞餐，豈羨黃粱粒。

水簾

絕壁開雲扃，飛湍作簾掛。因風時捲舒，巧入詩人畫。

龍池寺四首

白雲崖

雲來山有衣，雲去山呈骨。白雲自有無，萬古山常兀。

後龍頂

蝘蜓蒼龍蟠，此是龍之首。迅雷晝日翻，列缺雲中吼。

避暑窟

山中無甲子，地窟疑長秋。夏日人登覽，仍添集翠裘。

雞冠石

午夜漏虹光，出巖觀海日。天雞渾未鳴，已見雞冠出。

方塘四景

春景

春雨夜初歇，源泉曉發時。無風塵欲靜，水面見玻璃。

夏景

暑翳雲中斂，寒光鏡面開。冰霜涵六月，疑渡水晶來。

秋景

蒹葭淒隔沚，玉露滴孤桐。太宇連空碧，秋毫一瞰中。

冬景

涓流歸宿坎，暖氣動寒泉。影浸梅花月，相看太極圓[一]。

[一] 圓，底本誤作『圖』。

贈賈參戎

胸中飽龍韜，口外探虎窟。養晦且待時，中天見明月。

贈東橋臺官

星斗夜夜光，風雲日日改。動靜識玄機，泰山見東海。

贈霍邇樵韶

廿載交遊舊，殊方會晤新。將心托明月，千里共佳人。

贈潘半徑維藩

東望白鶴峰，西引澄虛臺。幾時釋塵鞅，與子終徘徊。

贈徐南閬邦仕

兩峰祇一峰，千里共一里。長憶同心盟，時行與時止。

有所思二首

鴛鴦停繡黼，魚雁杳來書。斂鬢窺明月，愁魂亦愴予。

當窗寒露滴，繞砌草蟲鳴。細語風前祝，那因得寄聲。

別吉水張涑泉

縮席此相逢，攝衣遽然別。何以把贈君，清風及明月。

濛瀼

叢木翳重岑，幽人在濛瀼。疑是葛天民，混沌猶未死。

水西塔

砥柱中流起，千秋障頹波。我欲據其巔，浣手探銀河。

遊艮巖

山麓竅靈巖，巖底流玉液。至人常洗心，空飛了無跡。

會仙橋

我有王喬履，飛過會仙橋。相約純陽侶，洞庭夜吹簫。

講經臺

兀石寬且平，識哉此談經。默識渾無語，千原春草生。

見聖樓

人人欲見聖，豈以面目求。由之乃克見，真見惟真修。

涵春亭

春水來方塘，群芳散疏牖。獨坐亭中央，微醺數盃酒。

寒翠亭

本無媚春態，豈與群世爭。貞心對此石，寒歲結真盟。

愛蓮亭

春荷夏見花，實成斂青蓋。剝盡還藕根，生生本常在。

凝道堂

性道本無二，心一道自一。性上非有加，至德是何物。

詠歸亭

四時都是春，佳興與人共。灑灑風月懷，一行一吟弄。

道士

碧山逢羽客，寶鼎爇琪林。爾欲傳丹訣，吾將語道心。

和暈泉巖漫興

丹穴朝出雲，赤日晴仍雨。拉爾盟寒歲，與之同避暑。

謾書爲醉者

餔糟同啜醨，醉倒横路多。誰是獨醒者，聽唱銅鞮歌。

遊釣魚石

六鼇爲屬任公子，盡日絲綸捲釣竿。江畔漱流無一事，逍遥天地看鵬摶。

贈劉生熗炳歸廣右

千里羅浮一度過，二難今古路如何。宫針爾欲成文繡，鐵杵何妨用力磨。

卜築黄龍洞時六月廿日乃予生之日也

懸弧已卜分龍日，卜築黄龍古洞天。蝴蝶深深頻入夢，此山遺鉢定前緣。

送陳梁洪三生歸試新興

雨餘歸路淨朝塵，草色新州又一新。飛舄我攜聊贈子，好乘霽日步嶙峋。

與歸田者

長江萬里鯨濤險，絕壁千峰鳥道微。十畝桑田原可樂，月明牽犢荷犁歸。

山亭

絕壁馮虛竹牖開，草椽爲搆木爲臺。冰霜六月渾無暑，疑是廣寒宫裏來。

題扇勉林年侄培

揮扇豈徒清汗暑，驗時應自惜分陰。試看春過渾無幾，已見炎蒸入葛襟。

送張松陵太守任瓊州

雙飛彩鷁大江頭，解纜欲行行且留[一]。葭水玉人天漸遠，海瓊芳沚是南州。

[一] 此句明張邦翼嶺南文獻卷三一作『解纜行行且暫留』。

遊青蓮洞 洞在魚梟場對山

宿瘴妖氛淨八垓，古厓仙洞石蓮開。凌風欲駕飛梟去，直脫塵凡舊骨胎。

舊吏楊時哲王憲相從久入京時復一至執軸乞詩書往事分題各四首予之

初入納樓天氣冷，黑鴉白嶮信躋攀。追隨賴爾驅馳力，肯任勞時亦是閒。納樓，司名。黑鴉、白嶮，洞名。

路透元江夾兩壁，渡經三百八縈回。逢人若問魚鳧事，象背曾騎出洞來。元江府經一百八渡。魚鳧，洞名。

木密林中出鳳梧，相年臘味稱提壺。尋幽更着東瓜步，羨爾能從亦壯夫。木密、鳳梧，所名。相年、腊味、東瓜，嶺名。

五華山聳接滇池，繞郭龍盤總綠漪。殘牘尚慚經刷手，且看河洛續遺碑。時查盤開河

右與楊時哲時哲曾相從踏礦查盤開河

政府幾年仍陋室，官居今見有高樓。和衷幸借同寅力，亦汝殷勤解董修。衙宇爲二府潘坤泉所闢。

水濬滇河導百川，柳陰凝綠試樓船。金剛山外雲津畔，爲看記文片石懸。地藏寺重修石塔。

廿年殘牘苦頻盈，夙蠹誰將一日清。賴有舊遊三五伴，白雲窩裏夜燈明。

萬里京華帶雪行，眼中寒暖識真情。風沙何者堅懷舊，短屐長裾見此生。

右與王憲憲修衙宇有功

遊羅浮和同年李孺徵四首

青霞

木落秋高古洞寒，夢欹孤枕倚樓看。夜深月出天如洗，疑有飛仙掠縞翰。

稚川丹竈

洞隱朱明翠靄浮，火寒丹竈半虛丘。千年過客猶丸粒，可當青囊藥裏否。

黃龍洞

石徑重門剖舊籬，大開龍洞大家居。四賢祠後甘泉院，半席光庭小子帷。

康濟泉

何處飛虹落晚天，鐵橋分沫灑嵐烟。風瓢一歃沉痾洗，莫是仙人種玉田。

龍潭書院

雙龍蜒蝘抱珠迎，講院天開屬地生。頓使衣冠成揖讓，閭閻千載息頑爭。

玉龍岡詩寄白雲次韻

試看陰伏有陽還，來往無端是此關。到得心齋無一事，縱教門市亦清閒。

母舅石泉林翁九十六冠帶府召鄉飲

四代翁孫晚共堂，崇齡華髮正相將。小甥願效封人祝，束帶長稱萬歲觴。

偕洪覺山登沙貝釣臺次韻二首

夫子九原何可作，滿江風葉動悲吟。最是當年傳鉢意，萬尋江水不如深。
不見溪翁坐石年，釣臺雲暮眼空穿。持竿欲學任公子，志大無功漫費錢。

得月樓四景分題爲梁徵君

宿雨初晴汾水頭，月光先到水邊樓。看春莫待春來暮，花正開時是勝遊。
簾捲交疏夏晝長，炎天冰雪自生涼。荷風香動前溪月，短弄高歌興欲狂。
玉宇風高秋氣清，鈞天靈籟靜中鳴。東籬已辨淵明菊，酣飲何妨到月明。
朔風吹雪上南枝，東閣官梅欲放時。對酒幸逢騷客伴，醉高明月榻初移。

宿大徑夢中得詩後二句足前寄弟玄圃

初秋涼動暑全消，路入端溪徑水遥。棣萼有懷情不盡，片雲將月過西樵。

喜惺庵弟得歸

春草池塘拂釣磯，九邊吾弟自西歸。金針欲補明皇袞，且得斑斕舞舊衣。

月夜步韻

井梧初滴露光寒，喜見仙娥捧玉盤。淨洗浮雲無點翳，中宵留與萬人看。

清溪靈泉

靈泉湧出山之腰，澎湃如雷日應潮。湛老濬源歸去後，幾人克量汲顏瓢。

宜章寄玄圃弟

萬青排漢擁屏門，山內孤城郭外邨。百曲溪流開線路，忽聞雞犬訝桃源。

望嶽步湛先師韻

一臥天關已十年，出門三札信虛傳。今朝得覯衡雲面，七十二峰都眼前。
定腳撐天天柱峰，雲翻雨覆自孤蹤。誰同絕巘躋雲頂，共坐空濛紫翠重。

衡山追和[一]

支策羅浮七洞天[二]，祝融絕頂訪棲禪。天空籟息鐘初定，獨掃雲根枕月眠。

[一] 明張邦翼嶺南文獻卷三一題作『遊衡山追和甘泉先師韻』。
[二] 支策，明張邦翼嶺南文獻卷三一作『振錫』。

予偕周明府暨仲兒一德遍謁衡岳方廣諸院有懷文定致堂五峰晦庵南軒擇之諸賢

胡氏隱居同父子，朱張遊屐有師生。衡山千載遺芳躅，父子師生幾共行。

重登燕子磯

燕子磯頭老燕飛，閱窮金舄與緋衣。幾人解紱歸山後，白髮重來上翠微。

答巾石翁贈別

千里遊遨得再同，共看新月坐光風。有言話到無言處，歸棹嬉遊自在中。

勉諸生

千秋絕學歸尼父，志學原基十五時。謾向六經尋口訣，直從當下認良知。

高淳民芮首忠得心疾予一言藥之而瘳茲來見詩以贈歸

羡爾南來路四千，此心原可對青天。翳門關外羅浮月，滿照珠江歸去船。

詒隱者

甲子週天週復旋，人間爾亦小神仙。兒孫曉舞仍環膝，郭野春深又種田。

贈廖生文亮歸廣右

子來漸識觀山意，步轉朱明已石樓。高處卻從平地起，莫忘披徑繼重遊。

贈林生滯歸高吳

看山未陟飛雲嶺，漫說飛雲第一峰。踏上飛雲峰嶺望，飛雲天外又重重。

題壁畫龍

滚滚江波萬頃寒，老龍騰躍出江干。鞭霆叱雨凌雲駕，留得圖形萬古看。

壽沈母

仙子凌空跨鶴來，碧桃香薦紫霞杯。不須海上論籌算，衹看梅花歲歲開。

勉諸子

亂雪凌空半擁衾，揭題呵筆凍難禁。江山畫裏看描跡，要識良工苦用心。

題蘭臺號

採芳遊覽遍湖山，萬翠庭中獨種蘭。但得有人常入室，坐忘香裏意相關。

寄黄斗南名正色

慈母東歸赤子寒，峴山飛淚灑江干。驄蹄擬借天風便，懊惱關前路雪漫。

贈蘇陰陽

送客碧桃花欲語，帝城春暖玉樓天。憑君會領陰陽意，直透乾坤未畫前。

遊社渚塌山四首

出門平地縱登山，著脚今經第幾關。坐上峰頭聽仙籟，恍疑笙鶴半空還。
得到山時且到山，竹寮松徑薜蘿關。野僧欲問清涼偈，直是凌空一錫還。
鐘聲憑閣起名山，喚醒塵寰夢覺關。入定有人能出定，豈無攜櫝載珠還。
百里攜書向此山，紫塵門外碧雲關。夾川花草尋常伴，捧月長歌帶月還。

寄林誠伯

蘇泉別去今經久，鐵硯磨堅志若何。欲識道行真勝會，日晴東海已無波。

贈霍爾樵分教上林

老劍獨磨知歲久，短檠相對憶更深。東風物色年來異，又喜看春到上林。

送孫白峰掌教鄱陽

高風鹿洞流千古，勁氣康山塞兩儀。舟過落星湖口路，望中雲翠是吾師。

送人

洛陽冠蓋稱仁里，司馬歸來兩鬢疏。回首十年天上夢，數行鵷鷺近何如。

題扇寄艾陵年兄

天上故人應漸遠，門前炎火卻當爐。大和斡轉云何術[一]，一握清風且自蘇。

[一] 斡，底本誤作「幹」。

贈林瀘江案兄還南

並轡殷勤廿六年，白蓮池上景依然。送君別去東南路，老翮相看萬里天。

寄沈梅岡四首

乾坤邂逅識同心，孤鶴橫霄度好音。影透碧雲勞仰探，令人不語獨沉吟。

百年天地幾同心，偶識焦桐共此音。歸去獨看明月上，括囊聊爾付長吟。

靜時觀物動觀心，酒到方玄樂太音。安樂小窩人未睡，更從花下共沉吟。

萬象原來衹一心，目中成色耳成音。到頭會領無言意，拍手光風自在吟。

寄新興諸子二首

縹緲羅浮紫翠巔，新州騰步憶諸賢。分攜莫論當時事，記取黃龍古洞天。

四百羅浮想舊遊，共隨飛舄幾新州。道交本與神交合，爲寄仙風道骨流。

贈黄月坡入賀

火輪漫碾三山路，彩鷁何妨六月行。敬祝堯天同永覆，海濱黎赤賴長生。

飲湖山勝覽樓賦呈同燕諸公

中天積翠擁巍樓，碧草平連白鷺洲。敝篚有書來鹿駕，釣竿無餌付魚舟。

水原高子攜無錫邵母貞節卷至留都示予援筆書之

耿耿柏舟明髡髦，絲絲蓬鬢撫遺孤。百年但保貞心在，豈論浮名定有無。

奉答宗室瑞昌府虛白殿下次來韻

燕謀豐芑此邦畿，帝座千年仰紫微。報國有心無可效，獨憐身瘦得民肥。

遊下溫泉泉在元江東南五里

誰道魯沂非此地，溫泉臘月浣春衣。龍吟不盡笙歌調，象背詩成亦詠歸。水行乘舟，有笙歌。陸行乘象，與汪通泉詠答。

寄親舊

一入滇南萬里程，鄉園親舊總關情。相逢樽酒論何日，得遇飛鴻且寄聲。

元旦夜夢屋後盛産靈芝既報得長孫又聞國醫活泉療兒婦有再生之力喜而賦贈

五色靈芝屋後生，奇根仙種自天成。調元賴爾資坤力，歡動滇南萬里聲。

別林冬嶺二首

甘霖已見三春洽，仗劍何當伏暑行。天上浮雲隨去住，獨憐碑淚滴蒼生。

幾年南國鄉心合，萬里滇池轡首聯。祖帳暫留樽酒話，世情覷破復何言。

送席銘泉行

握手滇陽忍送行，玉人金馬雪蹄輕。狂風過雨晴波後，萬里天衢路正平。

薛萬鍾由生員改充從予入朝將歸攜軸乞詩爰書勉之二首

五車何必窮經典，半部猶堪佐太平。試問當年中令子，是何心訣掌中明。

出門便是有風波，忠信平生奈爾何。操柁正時舟自正，漫從箕斗泛銀河。

甘泉師得佳夢次韻奉賀二首

丹峰突出鴻濛外，瑞靄氤騰紫翠間。太乙老翁盘石坐，萬年臺杞祝南山。

岱岳每瞻台極北，和風人在慶雲間。摳衣尚愧升堂步，何日崇登絕巚山。

坐安期次蘇山韻

花老春深燕子飛，越王宫闕總熹微。青囊赤柬今何在，贏得丹巖舊草衣。

爲蔡默修題

乾初美利都歸寂，聖德淵成自不言。世態每難開口道，且澆新水種心田。

書王大尹騰歡冊

單父政成原有象，康衢民詠本無心。未論化雨留苗犢，且看中庭伴鶴琴。

修白雲書院閏五月二十九颶風越日乃霽

何處颶風滚滚翻，撼山狂雨迷朝昏。從教惡態波濤覆，不動蒼山老石根。

偕馮鶩洲登白雲柬同遊諸子用舊韻

拄錫凌空夾日飛，入紘蒼宇望中微。諸君欲得逍遥術，且向清流浣舊衣。

汲達摩泉

曹溪未演傳衣法，越井何因卓錫來。山下有泉應自汲，静而清處是靈胎。

題捕魚圖

滿目風波滚滚來，釣絲收捲放歌回。沽魚買醉垂楊下，一枕南薰掃石臺。

飛來寺次覺山韻題壁

月有流光萬古傳，是明明處亦玄玄。請君試看諸江上，萬個圓從一個圓。

贈劉虛谷

飄搖宦海風波日，且喜歸航穩泊時。但得故園松菊在，醒攜鳩杖醉哦詩。

送西洲朱君之灌陽幕

有志英豪事竟成，浩歌長劍向西行。經綸得借風雲會，半部猶堪佐太平。

詠荔二首

貝葉瓊枝萬顆丹，纍垂當戶壓雕欄。炎天冰碗漿沉玉，相對浮瓜午共閒。

一騎紅塵博笑餘，馬嵬歸後故宮墟。吾皇不入南人貢，留得蒼陰火萬株。

庭草

坐到無心入太虛，眼中騰植總如如。若將好惡輕關念，便有應除卻未除。

竹二首

春到姚黃魏紫家，自甘疏節對交加。九成未奏伶倫律，拂拂天門鳳羽斜。

春水池塘護短欄，幾根雪外倚琅玕。颸颸忽動雲和籟，又捲疏簾對月看。

約同志諸公天關會講

一暴那堪勝十寒，況連陰雨夜漫漫。明朝旭日春花麗，好約天關負曝看。

張文獻公祠

白鷴飛上搆猪兒，鼙鼓漁陽舋已基。金鑒早孤先見慮，卻憐風度憶他時。

別太冲兼懷同社諸公

紫霄回首白雲蒙，粵社天關在望中。此去江長天漸遠，論文盃酒幾時同。

再步甘泉師韻

紫雲開院已多年，衣鉢衡陽得幾傳。千里我來江上望，恍如真境忽參前。

登天台寺

紫薇天北有三台，此寺天台天與來。我與天遊空一望，萬山蒼翠總低回。

維舟石鼓訪別駕林懷蘭丈炳章**未遇尋邂逅于衡山江滸次韻奉答**二首

一笑浮雲世已輕，每從山水寄幽情。山僧何處供茶果，浪報人間得姓名。

孤鶴每希和靖節，三春空老鹿門耕。隴頭相對如賓饁，豈料荊州誤識名。

有感示兒德

昔年侍母暫違父，嚴侍今朝長背母。彬湘兩度皆冬寒，手線遊衣今獨苦。

關公廟

江濤滾滾沸天風，一障回瀾砥柱雄。東去六朝流水盡，威靈惟見武安宮。

書自然上人卷

面壁荒山廿載餘，靜中端的見真如。從今信腳無拘束，一任行雲過太虛。

書太初僧卷

一畫原來未畫先，色空空色兩茫然。若教會領真空趣，籟息山幽月在天。

爲常山陳君荻洲題扇

露湛蒹葭秋水深，美人家住水雲陰。懷賢知有崇賢意，欲向知音一鼓琴。

未見渾如曾識面，素心寧爲俗塵緇。故人天上來千里，正是清風拂面時。

贈友

過雨長安洗舊塵，新泉活水幾添新。八溟剩有連鼇手，共整長竿理釣綸。

和巾石翁鍾靈即事

看山欲識真山面，會到鍾靈山始見。靈元默運成胚胎，化化生生形萬變。（以上龐弼唐先生遺言卷三）

（陳莉整理）

登小金山望斗南弟不至

石徑無塵古刹幽，僧開方丈傍丹邱。曇花階下和雲落，山色波間抱日流。出洞烟霞封寶殿，懸庢星斗護靈洲。宦情羈思添離恨，驄馬不來獨倚樓。

海上仙都紫翠堆，壯遊今夕復登臺。金鉤露拔星河轉，玉麈斜揮瘴癘開。石壁藤蘿留宿雨，雲巖鐘鼓沒浮埃。憑高一望風濤息，不見官船蕩月來。（明郭棐、清陳蘭芝嶺海名勝記卷四）

越王臺

山上巍城城上樓，俯吞珠海挹丹丘。曉分若木三更日，雨送桄榔六月秋。庫聳雲端擎寶黛，印浮江面浣清流。漫從直北論鄒魯，且看天南别有洲。（清康熙南海縣志卷一六）

（陈永正整理）

峽山飛來寺

幾載飛來慣夢遊，飛來今喜艤行舟。笑看世界浮雲夢，坐定禪心百慮休。猿返玉環烟漠漠，犀沉金鎖水悠悠。等閒擬約聽僧偈，招手天風丹桂秋。（明郭棐、清陳蘭芝嶺海名勝記卷八）

（陈永滔整理）

送曹峒峰擢廣西憲副五首

皇初世彌遠，大樸日已漓。蒙泉到西湖，溢載箏與絲。挺挺蒼玉質，矯矯逵羽儀。願言紹于邁，攬轡追黃羲。

老翮冲圖南，睠集瓊海北。虎門扇艚么，聊借干羽格。慚余藐太丘，惡少苦群迫。欃槍落旄頭，東陽見生白。

神堯馭疆宇，傑俊羅四方。章縫集佳士，韎韐呈素長。薦書效奇策，燁燁明天章。因之騖遐軌，永以馳康莊。

南國憩棠陰，東人歌九罭。胡不信信留，而遄西行跡。車轍相附依，歐越良匪逖。八桂清狼烟，海隅藉肩息。

躡足登崇臺，九級凌雲巔。天高望踰迥，斗極環璣璇。肅肅楓宸度，明明柱史篇。行行重遠適，宛宛參吾前。（以上明張邦翼嶺南文獻卷二六）

送松陵太守之任瓊州

玉井金風拂素臺，心星西下暑初回。送君去去梅關路，正有芙蓉江上開。

遊衡山追和甘泉先師韻

萬仞峰頭一振衣，雪晴烟樹半霏微。祝融捧出南天日，紫蓋平連赤帝畿。（以上明張邦翼嶺南文獻卷三一）

（楊權整理）

臥仙巖

壺中別有天，谷口渾無事。一枕八百秋，風雨轟雷鼻。（清雍正歸善縣志卷二一）

（史洪權整理）

全粤詩卷三二三

毛紹齡

毛紹齡，海陽（今潮州市）人。明世宗嘉靖十三年（一五三四）舉人，官知縣。事見清光緒海陽縣志卷一四。

題畫

秋風白露荻花鮮，萬頃波光接遠天。悵望伊人何處是，孤舟蕩漾夕陽邊。

武陵道中

小艇溪頭楊柳深，高飛獨鶴伴孤琴。落花流水桃源洞，知有秦人何處尋。

舟泊斷籐峽

風色蕭蕭月影殘，長湍深夜聽潺湲。青山列戟無人處，笑有孤舟一枕寒。

聞鷓鴣

落霞片片夕陽天，寂寂孤城草樹連。倦客未歸秋又盡，鷓鴣啼破隔江烟。

三月三日劉肯齋以詩約登金山遊賞次韻答之

翠擁山亭漠漠烟，曉聯飛蓋共翩然。可堪烽火年年是，酒戶河橋減昔年。

憶昔

憶昔金堤十里長，榕陰倒影欲分江。如今破後無人築，野草荒沙弄夕陽。

秋日效古有所思

曉妝誰與畫雙蛾，湘浦秋風雁影過。江上不傳芳信到，可堪明月夜來多。

愛民碑

車馬經過何處頻，豐碑片片驛邊新。貧民但賣山頭石，不是襄陽墮淚人。（以上明張邦翼嶺南文獻卷三一）

（楊權整理）

陳道

陳道，字蘇山。南海人。明世宗嘉靖十三年（一五三四）舉人。事見清道光廣東通志卷七四。

遊小金山

怪石繁榕斷暑埃，玉屏如水逐秋來。波間日月輪邊轉，海上風雲鏡裏迴。傍晚鼋鼉窺席罷，占沙鸂鵝背人開。浮名愧爾汀邊鷺，湛湛長江起暮哀。

寶地珠林映遠空，銀沙細浪影溶溶。穿門葉散清江朗，入院風光醉興濃。梵塔曲盤當落日，欄杆百尺送飛鴻。長生習傍雲巖轉，仄徑漁樵忽謾逢。

砥柱鯨波迴不群，曉光春色隔溪分。長公日月黄扉晚，陀院秋風白髮紛。山閣晴峰雲欲冷，帆檣迷望水空沄。遺蹤不逐風烟散，隨處天涯可借君。（明郭棐、清陳蘭芝嶺海名勝記卷四）

（陈永正整理）

過沛有感

沛水停橈幾問津，扁舟曾憶此中身。村醪鄰火空孤客，帝子秋風欲傍人。猛士不來臺閴寂，龍蛇猶見漢嶙峋。滄江未即南垂釣，飛羽年年報虜塵。（明張邦翼嶺南文獻卷二八）

（楊權整理）

孫勳

孫勳，號次薇。南海人。明世宗嘉靖十三年（一五三四）舉人。官同知。事見清道光廣東通志卷七四。

元旦早朝

絳闕雙瞻碧玉空，袞衣遥拜紫宸宫。瑞光總映千門曙，淑氣同看萬國豐。禁柳厚籠仙掌露，爐烟輕散御簾風。幸隨簪笏稱華祝，忽覩雲車駕六龍。

登粤秀山

尉佗山閣枕飛屏，石碣依然似魯靈。夕照倒隨松檜落，晚田遥帶稻粱馨。三城鷄犬填闤闠，萬里牙檣接海溟。淳樸舊憐吾土勝，未堪群盜日縱横。

負郭青山策杖來，暮林紅葉雜莓苔。天涯王氣盤桓入，世上雄圖指點開。烟霧直饒眠豹澤，風雲疑是畫麟臺。憑君好藉金閨質，换取銀魚早續杯。

登鎮海樓

嶺嶠飛岑百尺樓，下窺寰際渺浮邱。鬱蒼天地千年氣，盤薄東南萬壑秋。城闕晚雲低隴樹，海溟烟浪泝江流。霸圖自昔多餘勝，一覽還雄舊粤州。

秋興

翠竹修篁近滿林，建牙排戟日蕭森。玄蟬不受槐間暑，鐵馬時嘶院外陰。一榻羲皇高枕夢，數弦周孔對琴心。蒲葵葛袂尋常月，閒卻秦娥搗素砧。

噴庭榴火散炎暉，清晝槐風入篆微。蟬度綠窗人正困，蝶遊朱幌夢初飛。煩襟自愛乘流滌，懶性從交與世違。琴詠不堪留客久，獨饒新雨笋偏肥。

朱夏閒銷一局棋，戰情輸勝未堪悲。應憐泌水棲遲日，無復長沙感慨時。函谷舊經饒注讀，冀門歸馬謝馳驅。薰風喜戴重華閣，頻向南來鼓阜思。（以上清溫汝能粵東詩海卷二三）

（楊權整理）

涂麟

涂麟，字于敏。番禺人。明世宗嘉靖十三年（一五三四）舉人。官廣西柳州知府。事見清道光廣東通志卷七四。

登小金山

尋幽直上妙高臺，雲鎖禪堂晝不開。古徑有松棲老鶴，斷碑無字翳蒼苔。水拖秋色連天去，風捲潮聲動地來。我亦九霄雲外客，隔花啼鳥莫相催。（清溫汝能粵東詩海卷二三）

（楊權整理）

黄持衡

黄持衡，字小素。番禺人。明世宗嘉靖十三年（一五三四）舉人。官郎中。事見清道光廣東通志卷七四。

夏日珠江宴集

雁翅城邊小雨垂，高臺面面海風吹。潮奔健馬排金刹，雲駕殘虹吸玉池。鮫室鳴機勞素女，龍宮聽法舞馮夷。酒闌僧定禪關暮，鼓柁洪濤縱所之。（明郭棐、清陳蘭芝嶺海名勝記卷三）

（陳永正整理）

招于莘

招于莘，字鶴巖。番禺人。明世宗嘉靖十三年（一五三四）舉人，官江西玉山知縣。事見清道光廣東通志卷七四。

遊小金山

登臺再拜東坡老，醉眼睜看北斗標。未信瘴鄉生白髮，獨憐天下苦青苗。寒雲島外橫孤鶴，明月船

頭憶洞簫。幾度登臨重懷古，清風吹送海邊潮。（明郭棐、清陳蘭芝嶺海名勝記卷四）

（陈永正整理）

峽山飛來寺

十年一到飛來寺，百粤重開蓬島天。石磴拂雲羈坐客，虬松歸鶴舞遊仙。桃花洞口犬不吠，明月門前僧自眠。金鎖玉環成往事，淡烟荒草秖年年。（明郭棐、清陳蘭芝嶺海名勝記卷八）

（陈永滔整理）

梁可夫

梁可夫，南海人。明世宗嘉靖十三年（一五三四）舉人。官通判。事見清道光廣東通志卷七四。

峽山飛來寺

獨上飛來自一天，更於何地覓神仙。石臺局面留棋跡，雲洞環歸帶玉懸。入定禪僧尋定處，明心行者悟心泉。沙門法界輪迴轉，中有靈巖獨峭然。（明郭棐、清陳蘭芝嶺海名勝記卷八）

（陈永滔整理）

林烈

林烈（？—一五六六），字孔承，號艾陵。東莞人。明世宗嘉靖十三年（一五三四）舉人。官至戶部郎中、同知福建鹽運司事。有卧雲洞詩文、青山紀聞。清道光廣東通志二七九有傳。

望小金山

望望靈洲景，迢迢過石門。壯懷覩上國，離思憶家園。鳥語前山樹，人烟遠岸村。扁舟追李郭，佳句落芳尊。（明郭棐、清陳蘭芝嶺海名勝記卷四）

峽山飛來寺

浪跡遨遊類轉蓬，又維孤舫翠微中。江流環繞魚舠穩，石磴參差鳥道通。千里壯遊霄漢近，萬年全盛帝王風。清歌欲奏霓裳曲，桂影扶疏月出東。（明郭棐、清陳蘭芝嶺海名勝記卷八）

（陈永滔整理）

侯國治

侯國治，字平裕。南海人。明世宗嘉靖十三年（一五三四）舉人，授應天江浦令，官至廣西右參政。年九十卒。清道光廣東通志卷二七九有傳。

謁李忠簡公祠

江上蕊珠宮，前修曾卜築。重瞻祠像新，間氣鍾南服。鼎甲早致身，正言清輦谷。引裾去奸回，排難全郡牧。縋城散群凶，萬家再造福。趨闕屢抗章，拂衣返嵩谷。心與秋鶴飛，節並凌霜竹。奕奕紹家聲，振振蕃公族。遺廟敞雲根，故國存喬木。環宇曉峰青，映階烟水綠。千祀仰高風，流峙長清淑。（明郭棐、清陳蘭芝嶺海名勝記卷三）

（陳永正整理）

翟中立

翟中立，字孔卓。東莞人。明世宗嘉靖十二年（一五三三）貢生。官光澤教諭。事見民國東莞縣志卷四五。

過青陽望廬山

青陽令尹南康守，到處為官有異才。廟食四時奠蘋藻，碑銘千古不莓苔。九華山頂虎巢塞，五老峰頭鹿洞開。在在經過非偶爾，祖孫緣卻自天來。（民國張其淦東莞詩錄卷一二）

（楊權整理）

黎錦

黎錦，高要人。安孫。明世宗嘉靖十三年（一五三四）任霍山縣訓導。事見民國清遠縣志卷一〇。

飛來寺

凌空梵刹定何年，風景分明別有天。素練瀠迴涵碧落，翠屏環合裊晴烟。碧桃冉冉春千樹，瑤草霏霏屋數椽。指顧蓬萊天咫尺，更於何處覓神仙。（明郭棐、清陳蘭芝嶺海名勝記卷八）

（陈永滔整理）

鄭一統

鄭一統，字朝慶，號紫坡、碧河。揭陽人。明世宗嘉靖十四年（一五三五）進士，選翰林院庶吉士，授編修。以父喪歸，嘉靖二十一年起復，尋卒。清康熙潮州府志卷九上有傳。

仙橋渡

金碧叢中芳未歇，天風淅淅東井冽。道人一醉紫霞歸，雙眼玲瓏弄秋月。雙眼玲瓏弄秋月，漁聲何處施罛濊。便將野渡作星槎，直泛銀河訪機織，一水盈盈異悲悅。我欲萬丈駕雲梁，無勞太史虛饒舌。

題城東見山亭

平郊迤邐面水城，古樹蓊鬱羅園亭。夕煙朝霞遞起滅，錦畫石屏紛隱明。玩芳憑欄眼自醉，挹秀捫苔他不營。何須別向覓方外，這裏卻是真蓬瀛。（以上清康熙潮州府志卷一六）

玉堂對菊

簇簇金叢向彩欄，二林偏喜壯奇觀。新枝卻帶三秋露，晚節那驚九月寒。盈把任從陶令醉，落英何但楚人餐。托根還是清華地，畢竟芬芳到玉鑾。

京邸中秋翫月

楚天爽氣滿神州，今夕人間半度秋。玉露幾團初欲滴，冰輪一點向空流。浮煙掃去星河靜，素影飛來几榻幽。共醉清華眠碧落，此身不覺在瀛洲。

題茂林

洪波撼石響琳瑯，細雨淒林色鬱蒼。林密有溪穿水洞，石平隨意作魚梁。桐江竟繫炎光鼎，清渭全

甦楨尾魴。心跡未須論出處，一簑風月想餘芳。（以上清乾隆揭陽縣志卷八）

（呂永光、張玲整理）

趙崇信

趙崇信，字繼周，一字仲履。順德人。明世宗嘉靖十四年（一五三五）進士，官至貴州按察司副使。著有東臺集。清温汝能粤東詩海卷二三有傳。

遇雨

戍角聲悲已十年，客心聞戰益凄然。小溪積雨傾溢下，不為蠻方洗瘴烟。（清梁善長廣東詩粹卷四）

挹泉亭

舊遊隨處足堪誇，兩度飛來興轉嘉。搗藥老僧忘入定，吠泉仙犬祇眠花。洞巖幾處風烟古，樓閣諸天薜荔斜。一水紅塵填不滿，千秋長泛利名槎。

遊海珠寺

紅槿黄蓮開渡頭，烟花不減到瀛洲。人間勝地風塵隔，石上長江歲月流。時事不關僧對語，瀟湘無

夢夜乘舟。蒹葭泛泛生寒溜，紅日遠天鐘鼓浮。（以上清溫汝能粵東詩海卷二三）

光孝寺訪奇峰上人

靜愛沙門老歲華，河陽歸客住山家。聽來鐘罷僧還定，縹緲鐘聲隔紫霞。（清乾隆光孝寺志卷一二）

（楊權整理）

何彥

何彥，字善充。順德人。明世宗嘉靖十四年（一五三五）進士。授行人，擢南京戶科給事中，出守荊、淮兩府，官至太僕寺卿。晚築定性、澄心二樓，於其間講學賦詩。年九十卒，有石川集。清溫汝能粵東詩海卷二三、清道光廣東通志卷二七八等有傳。

湘陰道中

迢迢南望又長沙，竟日驅車到海涯。雲暝溪橋迷去馬，雪寒枯木點啼鴉。村春市店遊人道，烟火疏籬野老家。幾度觀風獨惆悵，咨諏今已愧皇華。

九日偕兵憲周獅峰同年譙湫賓山遊

淡淡秋容點葛衣，追遊不負此佳期。雲移石洞蘿陰合，風靜寒江樹影微。擲甲山留終古恨，磨旗人憶往時悲。興亡自是尋常事，漫向樽前索舊題。

晚憩龍山此日行，荒臺寂寂傍孤城。人歸古岸寒烟斷，鳥弄深溪夕照明。幾度登臨還勝會，一時賓佐有餘情。風流故態今何在，空記當年落帽名。

登嶽宿上封寺

攀緣直上最高峰，五老山尊讓祝融。南去香爐插天柱，東回紫蓋擁芙蓉。入雲鷄犬通仙界，出洞蒼虬隱怪松。風送梵音人語靜，爐烟裊裊傍疏鐘。

三城秋望

三城引望思依依，秋入衡陽雁始歸。共酌花邊風物麗，忽聞江上鼓鼙希。蒼茫樹色連烟火，澹蕩山光接翠微。但願海波長自定，白頭吟弄老漁磯。（以上明張邦翼嶺南文獻卷二八）

蘇應旻

蘇應旻，字見江，一字萃貞。順德人。明世宗嘉靖十四年（一五三五）進士，官給事中。有都諫稿。事見清溫汝能纂粵東詩海卷二三、清道光廣東通志卷六九。

登小金山

十年塵夢笑中過，此日相攜上寶陀。莫訝山僧非佛印，也能傾倒醉東坡。（明郭棐、清陳蘭芝嶺海名勝記卷四）

（陈永正整理）

葛仙亭

層雲森古寺，返照静漁磯。山色水傳去，溪聲松助之。聽經孤鶴舞，採藥一僧歸。安得如來者，高談慰所思。（清溫汝能粤東詩海卷二三）

（楊權整理）

冼桂奇

冼桂奇，字奕倩，號少汾，一號秋白。南海人。明世宗嘉靖十四年（一五三五）成進士。授工部主事，以忤權貴，改南京刑部。不久告歸，奉母隱居羅浮山，日與名士遊息歌詠。有廣居稿、鶴園稿。清溫汝能粤東詩海卷二三、清道光廣東通志卷二七九有傳。

初入朱明洞東方子王子

野木千章合，朱明一洞深。廿年空夢寐，此日正登臨。流水窗前繞，青山戶外陰。興來同二子，長嘯入雲岑。

初侍講于青霞洞

野洞初開勝，風烟稱一家。人爭言白鹿，我道是青霞。怪石千重險，飛泉百道斜。千秋傳盛事，分講到天華。

杳杳青霞洞，山門石自成。林深多野鹿，地僻斷秋蠅。竹裏聞樵唱，松根看道經。山人慣來往，險絕不須矜。

初謁四賢祠

白日懸孤廟，青山儼四賢。香蘋初采澗，異世本同天。神爽窗前月，風流洞口烟。山源久湮沒，重此浥淵泉。

朱明洞和韻

飛雲縹緲路如線，此日登臨憶四賢。喜向青霞開後洞，謾從丹竈覓先天。即看石壁新題刻，還上江

（陈永滔整理）

門舊釣船。同是羅浮尋勝客，獨誇驄馬最先鞭。（以上明郭棐、清陳蘭芝嶺海名勝記卷一三）

飛雲頂

振衣千仞上，渺渺御天風。道遇餐霞子，山回採藥翁。石樓晴復雨，野徑斷還通。榻古荒苔沒，庵殘亂草封。秋雲半嶺白，海日五更紅。恍惚聞仙樂，依稀駕彩虹。麻姑分竹葉，玉女獻芙蓉。從此忘歸路，優遊四百峰。（清梁善長廣東詩粹卷四）

訪石泉虛館有感

草閣風烟舊，重遊感慨深。石泉何寂寞，松竹自蕭森。春入蟠龍老，門懸瀑布陰。隔林啼鳥亂，如喜故人臨。

汾溪

清溪萬里接河汾，洙泗源流一脈分。風罷舞雩歸去晚，直從濂洛起斯文。

鶴園

老鶴將雛起萬松，碧桃初熟荔枝紅。芳園景色流風遠，獨念當年友鶴翁。

古洛釣臺

古洛新成一釣臺，石橋流水幾人來。相逢莫問行藏事，且看沙鷗日往回。（以上清溫汝能粵東詩海卷二三）

（楊權整理）

飛雲峰

三春夢入鐵橋西，縹緲飛雲樹欲齊。幾處斷碑苔蘚合，半空殘塔紫烟迷。丹崖碧澗宜真隱，玉樹瓊芝足品題。我欲凌虛遊八極，月明山館忽聞雞。（清光緒惠州府志卷二五）

（戴武軍整理）

何維柏

何維柏（一五一〇—一五八七），字喬仲，號吉林。南海人。明世宗嘉靖十四年（一五三五）進士，選庶吉士，改監察御史，謝病歸。復入西樵，研白沙之學，從學者衆。既補任，出按閩，以坐劾嚴嵩，廷杖免官歸。隆慶改元，詔復原官，擢大理寺少卿，遷左僉都御史，歷左副都御史，遷吏部侍郎。以忤張居正，出為南京禮部尚書。旋致仕，歸居草堂。卒年七十七，謚曰『端恪』。有天山草堂存稿。明郭棐粵大記卷一四、明史卷二一〇、清道光廣東通志卷二七九等有傳。

菩提壇待月

清齋飯罷暮鐘時，塔里傳燈樹影稀。僧在上方秋寂寂，月生東海夜遲遲。風旛著相心先動，明鏡非臺性自知。卻笑黃梅留偈別，三更衣鉢使人疑。

見塔 塔在淨慧寺，即六榕

西來衣鉢肇南宗，預見浮屠立海東。光照菩提七寶裏，竅生鄞鄂五明中。相輪有相原無相，空洞如空未必空。欲識本來真面目，須從元始契參同。（以上明郭棐、清陳蘭芝嶺海名勝記卷一）

遊小金山

月白玄鳥歸，山空松子落。知心千載人，神交付溟漠。空空未必空，有事本無事。差失毫釐間，作用迴不似。（明郭棐、清陳蘭芝嶺海名勝記卷四）

（陈永正整理）

夜坐

虛亭面芳沼，好月散遙林。坐觀群動息，時聞蟋蟀吟。氣機無停晷，萬化自升沉。晦冥迭晝夜，往來成古今。物理各自適，茲理會予心。虛明生夜景，清風灑吾襟。整衣起巡簷，遲遲步花陰。呼童瀉青尊。對影自酌斟。爇香旋中庭，鳴我花間琴。緬懷千載下，希聆疏越音。高梧發孤籟，契予天機深。對此不能寐，待旦夙所歆。

夏日看雲

晴空澹虛碧，寥廓淨氛埃。倏忽彌綸合，珠光漫昭回。杳靄丹青迴，參差圖畫開。巃嵸屼層巘，縹緲疊樓臺。花葩駐華蓋，鸞鶴翥蓬萊。虞廷和歌遠，王母香車迴。舒捲蒼梧野，薈蔚南山限。翔鳳銜五色，從龍澤九垓。氤氳騰鬱鬱，宇宙何恢恢。杖藜無不可，古往同今來。須臾紛變幻，蜉蝣萬劫灰。太虛一片度，堯舜何有哉。睇此無心物，我姑酌金罍。閒情寄遙漢，行歌獨徘徊。（以上明張邦翼嶺南文獻卷二六）

登金山覽舊遊書懷

南北中流迥，乾坤砥柱成。江襟彭蠡澤，山拱石頭城。往蹟千年在，歸舟一劍橫。狂瀾不可禦，感嘆幾時平。

月下酌別贈陳洛南方伯入京

逸思閒雲外，清尊皓月中。回看十載別，老作一漁翁。梧影澹寒水，桂香浮遠風。明年何處會，能記此宵同。

香山寺晚眺

翠積香山迥，烟深草徑迷。傍橋尋谷口，緣磴躡招提。孤鳥連雲遠，平原入望低。回瞻雙鳳闕，高峙玉河西。

度大庾嶺

梅嶺山色舊，蒲石未寒盟。古木堪垂釣，江門好濯纓。片雲浮世界，孤月澹滄溟。八極神遊遠，悠悠得此生。（以上明張邦翼嶺南文獻卷二七）

遊白雲山

登林地迥三城盡[一]，紫翠烟深一徑微。雲淨九龍依洞出，臺空孤鶴向人飛。千山佳氣平臨目，萬壑涼飆故拂衣。悵望清秋情不極，皓歌回首月斜暉。

［一］林，清黃登嶺南五朝詩選卷四作「臨」。

遊西樵山

採芳猶及暮春前，路入桃源洞裏天。幾片落花臨釣石，數聲鳴鳥破朝烟。回看世界真如幻，每到林

泉似有緣。欲識舞雩童冠樂，且隨花柳過前川。（以上明張邦翼嶺南文獻卷二八）

水澳橫舟

官山山下水西頭，楊柳津前綠蔭舟。海內風濤多不定，未應長嘯獨臨流。

春日南昌山中遊覽貽諸友二首

城市紛紛逐歲華，不知春色滿天涯。雲深古洞無人到，開遍桃源幾樹花。

二月黃鸝枝上啼，桃花流出武陵溪。仙源此去無多路，獨自尋芳信馬蹄。

天山草堂與楊貞復論白沙先生學兼貽同會諸友四首

柳塘竹塢睹風輕，日午黃鸝深處鳴。讀罷草堂無一事，尊前同對水雲清。

天山洞裏徑森森，白日青尊對綠陰。雲影山光看不厭，幾人知道洞天深。

江門風月此尊前，吟弄俄經五十年。少壯光陰莫虛擲，好從端默契心傳。

杖藜隨處是天台，更喜劉郎此地來。共訪仙源莫歸去，山城今有楚雲臺。（以上明張邦翼嶺南文獻卷三一）

早朝祀典

千官清曉集彤墀，三殿高居映紫微。鵷列森嚴慚補衮，龍顏淵穆正垂衣。明明帝德光中夏，濟濟賢

才佐萬幾。自幸暮年叨際會，敢攄忠悃答恩輝。（清屈大均廣東文選卷三四）

遊南華

南華路口別多時，尚逐塵勞覺已非。野寺蒼松虛鶴夢，洞門芳草待人歸。傳燈塔裏留僧偈，說法堂前有佛衣。日暮肩輿獨乘興，曇花琪樹正依依。（清黃登嶺南五朝詩選卷四）

去婦嘆贈三溪包公

少小崇姆儀，不解學蛾眉。自知粗拙性，效顰欲何為。
入門敬事姑，辛苦挈孩稚。不得娣姒意，傷哉中讒忌。
驅車晨出門，四顧呱呱泣。豈不念煢孑，去矣吾何及。
吾去不足惜，睠彼後來人。後人鑒吾轍，誰復念酸辛。
直木無繁柯，安能附蔦蘿。托身苟得所，時命如吾何。
黯黯度寒雲，皎皎淡明月。貞心無改移，明月有圓缺。（清梁善長廣東詩粹卷四）

亭菊

亭亭寒菊，灼灼其英。芝蘭和之，有美斯馨。松竹友之，盈於中庭。靜言對之，實獲我情。
明月鑒之，如玉之屑。嚴霜厲之，如冰斯潔。靜言對之，君子之節。

菊之華兮，皜衣黄裳。菊之色兮，金玉其相。靜言晤兮，曷能其忘。北風號林，萬卉具凋。幽香玉秀，靜正不恌。我思古人，中心迢迢。迢迢我思，遠莫致之。三閭餐英，宏放厥詞。卜居之什，其心孔悲。柴桑三徑，作德是宜。允矣君子，百世之師。

瞻彼萱草

瞻彼萱草，植於北堂。怡顔養志，嘉樂允臧。我思古人，百順是將。循省内歆，寢食靡遑。心之憂矣，曷其能忘。

瞻彼萱草，其葉四垂。顧諟晤對，秩秩其儀。我思古人，跬步弗遺。先意承志，念兹在兹。不見是圖，毋敢斁斯。

瞻彼萱草，灼灼其華。兄弟具在，宜爾室家。孫曾嬉戲，慈顔孔嘉。和德致祥，善慶詎涯。天倫至樂，大行何加。

瞻彼萱草，維其時矣。朝躋於西，邈難及矣。維日不足，心乎憂矣。遲遲春暉，云何報矣。終身之思，曷維其已。悠悠我心，以告吾子。

遊飛來寺

寺古老於樹，雲深鳥道微。鐘鳴群獸走，風送片帆飛。拄杖青崖抹，丹心白日馳。登臺千載思，雙鬢任風吹。

曲澗瀉春泉，寒松帶晚烟。半雲侵客座，斜日落漁船。風細巖花靜，月明山色鮮。酣歌迷去路，倚榻欲棲禪。

白髮閒無事，招攜峽上游。友生千古意，吾道一孤舟。雲靜僧歸洞，山空月滿樓。探幽情不極，隨處是丹邱。

西樵月夜感舊

萬丈松風吹客衣，月明山色望霏微。石泉洞古春長在，雲谷天空鳥自飛。此日登臨仙犬吠，十年蹤蹟主人非。巖花似領無言意，且向樽前一詠歸。

西樵道中

勝日尋芳上翠岑，鳥啼花落總春心。杖藜到處有真樂，松嶺招雲一徑深。

經方少保西樵山居

五龍深處相公家，樓閣連空鎖暮霞。門外久荒車馬蹟，庭前猶放木樨花。

夜坐西樵百尺樓，忽驚風雨起春愁。十年回首論心地，寂寞寒燈數舊遊。（以上清溫汝能粵東詩海卷二三）

（楊權整理）

紫雲樓雨夜書懷

北江別親友

孤舟萬里迅宵征，細雨深更寢復興。別岸數聲傳野柝，前灣幾點落漁燈。非才捧檄成何事，多病匡時愧未能。倚枕不勝懷土夢，白雲回首幾千層。

三溪印月

扁舟晚向三溪宿，獨坐遙看秋水生。明月澄江天共遠，雙松孤鶴夜同清。眼中滾滾俱塵夢，海上悠悠非世情。更欲乘槎何處所，扶桑東去即蓬瀛。

昆都聳翠

昆都，邑山名，在對河，舊有斥堠

孤峰立霄漢，萬木森青蒼。振衣時一登，流盼睞大荒。昆都自昆侖，岧嶤宗衡陽。屏山亘横石，白雲秀東方。西樵挹我前，大雁列我旁。靈鬱合湞武，迢迢浮大江。羅浮指顧間，滄海東茫茫。廣土萬餘里，惟茲奠中央。衆山互聯絡，奇勝獨昂揚。靈竅發天籟，花名吐异香。下有千仞淵，蛟龍時潛藏。上有千年枝，可以棲鳳凰。吾坐二十載，躡足探孤芳。結茅山南麓，勝事日徜徉。竹門度幽禽，松風韵清商。門戶事探討，默坐澄心腔。冰壺鏡杜溪，翠草交周窗。緬然景前哲，亦有崔與張。崔張日以遠，江門浩湯湯。泰山入青徐，嘆彼道路長。決策時及早，驅車歷周行。今人亦古人，後生當自强。壯行在初學，時發貴含章。從龍雲致雨，起鳳天際翔。他年紀勝迹，兹山詎能忘。

文昌宫壁漫題

森森古樹鳥頻聲，静唤春深入勝形。漫覺憂時孤夢遠，敢云去國一身輕。半生事業卑題柱，一曲滄浪有濯纓。萬里瞻依天北極，五雲晴絢日邊明。（清嘉慶三水縣志卷一五）

（史洪權整理）

贈陳允卿

光嶽氣完通海嶠，綱常任重屬膠庠。珠州勿謂非沂水，芹泮誰憐遠廟堂。模範已知師仲節，英才行見出文莊。故園晝錦休遲戀，化雨春風好播揚。（明方尚祖修、清胡璿續修康熙封川縣志卷一八）

（吕永光整理）

偶山

閒向江門放釣舟，偶從此地識丹丘。雙峰遠在波間出，一水平分檻外流。風遞濤聲迴砥柱，樹含秋色護瀛洲。憑高未盡登臨興，揮筆題詩最上頭。（清黎春曦九江鄉志卷一）

（李永新整理）

陳天資

陳天資，號石岡。饒平人。明世宗嘉靖十四年（一五三五）進士。官湖廣布政使。致政歸。留心搜輯地方文獻，有東里志。清康熙潮州府志卷九上有傳。

九日遊普陀巖

海國秋深樂事稀，普陀巖下扣禪扉。寺經歲月幾僧在，木落山空一鳥飛[一]。欲覓黃花迷故徑，暫從玄圃問真機。題糕忽憶當年事，插遍茱萸酩酊歸。（清康熙潮州府志卷一六）

[一] 山空，清乾隆修潮州府志卷四二作「空山」。

遊陰那寺

聞說那山古道場，遲遲馬策此羊腸。眠雲嫩草時承坐，飛澗松花半送香。曇館風清禪寂寂，芸窗月

上夜央央。數聲鐘磬雞鳴徹，攲枕閒聽講梵王。（清康熙埔陽志卷五）

河西務錢郎中邀飲歌以贈

大夫為人崇謙抑，舟中枉顧始相識。同年張願是同鄉，邀我登堂候顏色。虎丘禹穴聚奇偉，龍漢延津在胸臆。斯文相識即相親，談論無方亦無極。平生尚友顏平原，臨是平原真墨刻。高吟朗誦好文章，鬬采投瓊令行亟。君舉空杯我舉滿，主人怯飲客不管。風霜何事苦生寒，談笑忘懷各自煖。臺人來報更已深，相辭上馬月如浣。歸到舟中睡不成，但有台斗相陪伴。

偶成

尋風步入海塘西，山草山花逕路迷。野叟不知天已老，猶拖筇杖過江湄。

廬溪謁周濂溪祠

庭草青青照昔年，圖書千載發幽傳。幾回獨上萍江望，風定光生月滿川。

途中有感漫紀

披霧蒙煙散曉行，蕭蕭疋馬引雙旌。老僧掃榻日當午，笑破機關三兩聲。

石寶寺阻雪

僻寺藏荒谷，空庭落葉稠。雪侵虛殿冷，松冥曲廊幽。江逐濛煙闊，山迎宿靄浮。褰帷亭夕駐，對境若爲愁。

萍鄉道中和楓潭韻

飄泊天涯路，孤伶客裏身。雲山常作伴，琴鶴舊相親。歷慣風霜苦，空驚歲月頻。廿年馳部檄，不換此身貧。

憇桃川宫和韻

秋入桃源路，煙霏淑景深。雲廻千嶂合，風動萬松吟。古洞留仙蹟，孤舟繫客心。漁郎不再遇，空自費登臨。

良鄉夜雪

五夜窗冰白，推窗見雪明。羣鴉噤不語，畫鼓寂無聲。銀塔聯瑤樹，瓊宫隱玉城。獨憐天際客，孤枕夢難成。

雪晴過庾嶺

逢人盡說庾關險，此日閑登絕頂來。遠近紫梧巢鶴睡，清虚樓閣倚雲開。摩空日映雙旌過，鳴澗風生萬壑哀。極目千山一澄霽，許身今已在瑤臺。

除夕

遼左維車滯異鄉，再逢除夕動悲傷。一身繫國三更夢，萬里思親九斷腸。雲物觸膺驚歲月，霜風和淚灑衣裳。竚看海上蒼茫外，即是悲人卜築場。

絶塞逢春歲欲新，天涯稚子轉相親。千家未撤三城戍，孤枕猶羈一病身。北警頻來魂亦怒，南書不至淚交侵。巡簷散步青雲下，苦憶霜鬢守歲人。（以上清康熙饒平縣志卷二三）

（吕永光、張玲整理）

車邦佑

車邦佑，字翊卿。博羅人。明世宗嘉靖十四年（一五三五）進士，官浙江道監察御史。清乾隆博羅縣志卷一三有傳。

峽山飛來寺

曉入翠微寺，迢遙上半空。雲藏帝子閣，日射梵王宮。已覺塵囂遠，恍如霄漢通。天開奇勝地，偏鎮十洲雄。（明郭棐、清陳蘭芝嶺海名勝記卷八）

（陈永滔整理）

李兆龍

李兆龍，南海人。明世宗嘉靖十四年（一五三五）進士，官僉事。事見清道光廣東通志卷六九。

峽山飛來寺

昔人傳有白猿洞，此地空遺碧玉環。白猿不知何日去，玉環早已出人間。長松百尺跨短壑，飛鷺幾點起前灣。借問山人何年往，雲生谷口欲忘還。

峽山飛來寺

珠宮畫閣俯江陂，借靜尋幽歷翠微。石壁有天窺色相，松林來月照禪衣。雲間琪樹經年艷，竹裏玄蟬向晚悲。一自飛來傳語後，玉環金鎖盡堪疑。（以上明郭棐、清陳蘭芝嶺海名勝記卷八）

（陈永滔整理）

全粤詩卷三二四

饒相

饒相（一五一二—一五九一），字志尹，號三溪。大埔人。明世宗嘉靖十四年（一五三五）進士，授中書舍人。晉户部員外郎，監山東、河南漕運。二十二年，以詿誤謫無為州判官，署州事。二十四年調任兗州判官，遷淮陽郡丞。二十八年，擢南昌知府。三十二年，陞饒州兵備、江西按察副使。尋乞歸養，家居三十餘年，卒。著有三溪先生文集。清康熙潮州府志卷九上、清乾隆修潮州府志卷二八有傳。

饒相詩，以收入民國九年（一九一〇）汕頭鉛印本椿桂集之三溪詩草爲底本。

捧詔書出長安門 時官中書

紫鳳啣書降九天，禁城花木發春妍。丹墀百職翔雲下，青瑣孤臣去日邊。鴻績已鐫清廟鼎，龍文光映彩霞牋。遭逢愧玷絲綸地，重作皇華應宿纏。

鎮遠道中有懷嚴太守

絕壁懸崖路不平，雙旌縹緲霧中行。恩臨遠地嗟嶇險，時奉敕至。威被遐方喜肅清。雨浥烟花多艷郁，天連雲樹少晴明。良宵展讀溪亭賦，照夜隋珠映彩燈。

登關索嶺

嵯峨古廟碧山巔，香火由來不計年。忠烈本存興漢志，艱危肯負托孤虔。威清南服夷方地，名著中原敵國邊。獨有吳王猶穩臥，知君遺恨尚綿綿。

夏日讌集沈氏莊次王遵巖韻

昔讀古人書，夙抱先憂志。心源未澄徹，每爲外物累。因循度歲時，齷齪牽俗事。邇來反諸身，頗覺有真意。吾氣大且剛，浩然塞天地。一爲物所役，四海無容袂。鬼神啓我衷，吾道今有契。鴻雁落河皐，遠自天邊致。蹤跡風塵内，議論雲霄際。啓心輸忠赤，矚目覽蒼翠。天闊雲烟斂，波光魚鳥戲。觀物悟道機，觸景發人思。浮生惜寸陰，飲食須知味。誤幾三十載，不飲長如醉。

夏日與石蒙泉長官對奕於花園中

地僻喧嘩少，人閒草木幽。花枝藏宿蝶，柳樹隱鳴鳩。酌酒消餘興，圍碁較夙籌。客愁無處着，聊此樂優游。

秋日同諸寅丈次韻中秋夜月

秋波浸月海天搖，落葉翻空逐舞飆。幽興獨憑詩可遣，閒愁惟有酒能消。欲攀玉宇憂寒迫，擬向蓬萊怯路遙。南北關情暫排遣，嫦娥莫惜舉杯邀。

次王遵嚴大參韻憶別

衡儲計重乏良籌，忝奉宸章督兩州。恩詔憫荒寬國賦，私心藉解爲民憂。自憐弱植多離索，幸接時髦共晏游。四教未遑頻請益，萍蹤又逐水東流。

杏樹

一株文杏當庭心，綠葉層層滿院陰。隱卻青蟲無覓處，時招黃鳥弄佳音。風來靜聽多清響，雨過閒看自豁襟。顧盼此君增雅興，祇憂秋色暗相侵。

小園對景

小院餘花草，春深引興濃。芳枝來啄雀，殘蕊惹游蜂。觸景知時令，隔牆聆夕舂。公餘閒對此，生意與之同。

題福泉寺溫湯

百沸溫湯寺，一泓清可憐。體明無遁照，用廣不論錢。避俗潛邊谷，從僧傍野禪。誰當鑽地脈，試看孰爲燃。

薊州公署遇雨久陰奉懷王亭臯寅丈

積雨園林潤，鳴鳩處處聞。撥愁開卷讀，避濕炷香焚。傍砌花應瘦，歸巢鳥失群。閉陰誰有術，推日出層雲。

寄吴潛渠窗兄

秉鐸珠崖去，迎親報母慈。子材徵善教，家立見能持。日月懸雙念，邱塋抱獨悲。一官成禄養，忠孝兩兼之。

送林質軒先生之文昌司訓

之子吾鄉彦，明經邃古今。玉堂曾品第，瓊海拜儒林。出處關垂教，榮枯少絆心。春風無限好，須耐歲寒侵。

鄭州除夕

連年奔走長安路，骨肉音疏僕從親。馳逐漸消髀裹肉，摩挲渾是鬢邊塵。豈無盃酒供詩興，爲有鄉愁入夢頻。萬里孤身猶似昔，歲華來日又更新。

臨湘道中

連月征長路，經年别故園。高飛無過雁，清嘯有哀猿。谷轉蘿偏密，山深木愈繁。天涯行欲遍，何日慰椿萱。

春日江行

發棹趨南郡，春江兩岸平。風帆隨去鳥，人跡逐浮萍。釣艇山腰繫，舟檣樹杪行。離家方信宿，浩蕩似遙征。時值浹流泛漲，故云。

紅梅紗帳

十幅輕綃懸臥榻，銀鈎高挂隔纖塵。晝掀寢客魂偏爽，夜罩幽人夢不驚。縝密難教蚊蚋近，玲瓏能逗月華明。誰將上苑紅梅樹，彩筆描來無限清。

懷林秋崖別駕

嶺表知名士，年來始識荊。憂時多確論，居室重鄉評。旅邸論交日，滄州憶別情。停雲空悵望，遙隔幾長亭。

清秋夜坐

露髮坐清夕，商飆生夜涼。窮愁衣帶緩，假寐夢魂長。宇下鳴蟲聒，天邊歸雁忙。孤雲傍南斗，永夜一相望。

秋日閒居雜詠

綠樹鳴蟬盡日聞，爐香繞篆氣氤氳。羈懷多少關心事，遙隔天南萬里雲。

吳方伯蘇原先生見寄佳作次韻酬答

負譴南州宦況寥，喜君湖上每相邀。柳陰對景如看畫，竹外聞歌似聽韶。燕石自呈慚趙璧，木瓜何幸報瓊瑤。時僕先有短章濱呈，蘇原以佳章見酬故也。風騷動我滄州興，安望冥鴻附碧霄。

癸卯歲江南北大旱黎民饑饉秋行即事

田野蕭條處處同，斷蓬枯草逐秋風。愁聞富屋倉庾罄，忍見貧家杼軸空。啜泣嘆乾嗟莫及，孰籌拯救計安從。逢人便說閭閻苦，惆悵長吟大小東。

中秋泗川對月

去年過此重陽後，今歲還來月半秋。微跡總如萍梗寄，壯心寧爲稻粱謀。嬋娟正好將誰共，歌笑遙聞亦喚愁。安得庾樓清興客，相攜譚道暫忘憂。

秋日同杜刺史遊百萬湖因芙蓉盛開艤舟湖中主翁蘇原山人攜尊以賞之散後蘇原贈以佳章遂次韻以答謝云

秋菊盈盈九月天，木蓮湖上亦呈鮮。飄如西子纏綃舞，艷似真妃帶酒眠。偶對芳姿呼二妙，卻逢具眼號雙賢。從今作古風流遠，未遇知音莫漫傳。

公餘並轡之東郭，興發停驂泛柏舟。卻喜簿書無廢閣，可堪尊酒俯清流。蕭條時事渾忘樂，蕩漾湖光亦散愁。爲愛秋芳西照暝，從容笑語未能休。

節逢寒露風初凜，景入秋深山色臞。欲就閭閻訪隱逸，恐驚村巷罷傳呼。叢花作伴堪乘興，斗酒相須不用沽。借問東君誰得似，賢哉廣受漢農夫。

賢哉廣受漢農夫，幸識荊州樂與娛。對榻劇談真曠達，同舟共酌復何拘。風來聽竹如琴奏，醉後攀花似杖扶。安得江淹傳彩筆，爲君題景比西湖。

甲辰歲仲冬再過高井驛重次壁間韻

邊城暫喜靜胡笳，奎宿文明照海涯。時北虜稍戢，文教盛行，故云。劍氣幾時光射斗，筆峰何日夢生花。慚予無能，獨與時違。九天雨露恩如許，下國雲烟路獨賒。勳業無聞頻對鏡，腐儒空嘆歲華加。

寄鄭澹泉和州別駕

鄭虔自昔稱三絕，海內於今識令名。砥柱臨流終屹立，古松凌雪不彫零。此時淮右攀轅軸，他日天邊聽履聲。休羡東山風景好，會須霖雨爲蒼生。時鄭公有乞休之舉。

悵望和陽隔翠屏，江天遙見少微星。彙征本學山公啓，左試翻爲賈傳行。烟樹蒼蒼徒極目，歲華冉冉若爲情。知君終作商霖雨，愧我蓬蒿負此生。

除夕

明發更新歲，殘年獨此宵。榮枯猶默默，勳業嘆寥寥。坐久爐香息，眠遲絳蠟銷。繞床還覽鏡，縻祿愧清朝。

守歲南州夜，離愁倍愴然。淒風吹細雨，明燭照遺編。夢繞椿萱下，神馳棠棣邊。萍蹤長苦別，荏苒度華年。

乙丑歲新正五日同杜司寇李別駕郭郡博登郡譙樓眺望且小酌手談次郭洧上韻

高閣持盃滿泛霞，佳賓勝景興偏賒。賈生憂國何時召，王粲還鄉未有涯。簾下奕棋真樂事，風中聞笛是誰家。偶然身外無塵累，共倚闌干醉物華。

層樓縹緲可餐霞，歷歷江山入望賒。路遠烟村真似畫，天連雲樹浩無涯。重重接宇餘千戶，裊裊炊烟見幾家。暫喜登高舒遠眺，卻憐憔悴度年華。

下皐途中偶成

杳杳分歧路，蒼山四面圍。馬蹄恣遠騁，鳥翼趁高飛。感物傷心切，思親宦況微。春行長苦雨，今日喜晴暉。

再疊前韻

十載勞塵鞅，羞看華帶圍。巨鱗無淺躍，健翅總高飛。北署遺矜細，南州嘆式微。蟾光今久蝕，何夕更重暉。

暮春行夾山道中

一爲遷客滯濡須，課最無聞歲月徂。報主尚懷葵藿志，思親每憶竹林居。山花濺淚休相向，野鳥驚心莫漫呼。宦業浮雲終似夢，茫茫貪睡竟何如。

和陽道中即事

菡萏初開夏日長，垂楊修竹儼成行。綠陰處處如飛蓋，卻愛征途似故鄉。

有懷金白嶼大學次韻奉答

晝長池館度薰風，荏苒韶華四月中。離索總緣山水隔，起居猶喜雁魚通。逢人爲誦詩篇好，憶面何當尊酒同。獨有清宵蝴蝶夢，頻隨殘月過江東。

惠安公署次毛白泉僉憲韻

男兒須作一完人，錯節盤根可立身。自信榮枯原有數，備嘗艱窘不言貧。休明幸矣遭虞世，盡瘁還應學漢臣。擬效涓埃裨海嶽，卻披簑笠出風塵。

仲春日晚行南旺湖堤即事

魯北湖光水接天，長堤百里斷還連。夾河多少垂楊柳，無限春絲鎖暮烟。

感懷

司馬江州未得歸，可堪綠暗又紅稀。暮雲江岸漁歌遠，春日樓臺燕子飛。壯志有懷空自許，清時不遇此生微。塵根難斷如流水，枉受東風滿面吹。

夏日晚發夏津至清平公署阻雨賦五言長排十八韻

南邁清平道，長途畏日炎。青衾方斂篋，紅影已穿簾。命僕催供饌，呼童早束襜。登輿馳古道，捲幔見殘蟾。清景環蒼翠，宜人屢顧瞻。須臾雲氣布，漸覺太陽潛。策馬穿楊去，鳴鳩作雨占。潑墨中天滿，流膏四野霑。飛來盈漠漠，灑後更纖纖。品彙皆生色，炎威已解嚴。弛擔憩行署，倚檻獨掀髯。無客供清話，横氈且黑甜。片時成夢寐，一枕覺安恬。隊隊雲猶作，霏霏雨未厭。空濛迷近甸，點滴落前簷。僕馬交愁濕，旌旄暫此淹。有年方慰望，竟日更無嫌。雨後偏多興，題詩走筆尖。

汶上道中即事

千里黃雲千頃麥，幾叢桑柘幾人家。烏鴉自在棲牛背，白屋微收任鼠牙。

題貞庵望雲圖

微雲天際駐輕陰，晝省仙郎故國心。祿養江湖霑雨露，孝思廊廟憶山林。杳杳飛鴻空外沒，依依遠岫望中深。徘徊目斷南園路，卻立長風宮漏沉。

秋日行含山道中少憩清溪館偶成

高柳鳴蟬日未斜，古亭深處暫停車。征途遲速看人面，客況淒涼感物華。歸興逢秋心更切，孝思愛日路從賒。行行且止難如許，安得天河八月槎。

秋夜宿太湖縣大雨通宵不輟因賦此以述懷

太湖旅宿秋宵永，簷溜潺潺徹夜鳴。薄劣早衰慚領郡，泥淹艱阻滯歸程。賈生憂國空流涕，王粲登樓無限情。細數更殘心百折，隣雞猶未報天明。

夏夜舟行邵伯湖中

盛夏良宵浮彩鷁，湖光夜氣頗宜人。風穿簾幙涼侵骨，月布瓊瑤景逼真。何處棹歌蘆渚外，誰家燈火柳橋濱。今宵應作遊仙夢，忘卻扁舟是逐臣。

遣興

自信愚蒙甘草野，偶因章句廁儒紳。昔居省署叨司計，今佐州軍忝牧民。學不干人違世態，仕非爲己任吾真。久知竊祿慚無補，敢謂淹留嘆積薪。

月夜泛舟赴天津鎮

秋宵月色明如畫，客子兼程夜泛舟。檣影高低横水面，笛聲嘹亮徹雲頭。仰看星宿隨天轉，遥望樓臺與地浮。坐久不知風露冷，行行喜近帝王州。

江行即事書懷

天際遥山出斷雲，隔江伐鼓不相聞。連朝風色來三界，徹夜濤聲抵萬軍。一葉孤舟長是客，三年佐郡久離群。微茫烟浪生鄉思，强酌村醪到醉醺。

丁未冬初到家偶成

鵲噪門庭喜氣揚，天涯遊子拜高堂。雙親已慰倚閭望，諸弟應欣接雁行。兒女牽衣開口笑，賓朋移席話情長。燈前對影猶疑夢，且舉寒暄一敘觴。

過長汀書懷

秋深辭闕下，冬半入閩中。計日經三月，過山幾萬重。巢林隨宿鳥，遵渚逐歸鴻。幾度看人面，孤蹤嘆轉蓬。

謫官出京有懷二親

馬度燕關細雨侵，青山萬里白雲深。思親有負過庭訓，顧我真慚題柱心。十載班行成幻夢，一生身世任浮沉。南行未遂南歸志，目斷歸鴻淚不禁。

懷祖母

重闈白髮慈母老，八十春光少二年。策杖扶孫聞尚健，採蘋供祀恐非前。歸心愛日增淒切，別況遭屯倍愴然。苦縛微官難解脱，陳情有表更誰憐。

夏日舟中有懷諸弟

瀟瀟風雨送行舟，一別庭荊踰五秋。鴻雁失群依北渚，鶺鴒飛處傍南洲。天涯月夜長相憶，江草山花總是愁。言面每從春夢接，夢回仍舊思悠悠。

風塵久客心如醉，江海遊人鬢已疏。薄宦苦無閒日月，清時長爲惜居諸。須從壯齒勤修業，莫以貧囊廢讀書。眷彼連枝松與柏，凌霄耐歲蔭吾廬。

潞河停舟避風

鬱鬱倦遊客，飄飄泊岸舟。狂飆成晝晦，暝色動鄉愁。日月雙輪轉，身名一葉浮。細看川上逝，此意共悠悠。

舟中即事五言絶句

挂席向南征，風微細浪生。捲簾烟樹渺，何處棹歌聲。

舟行未泊岸，月色已徘徊。遠浦漁燈現，天涯暮色催。

真州謁文山大忠祠

欲挽斜陽留晚照，卻從家食拜平章。手扶天柱多雄略[一]，身歷江關幾戰場[二]。炳矣精忠昭日月，浩然正氣塞穹蒼。文章節義兼雙美，廟貌英聲萬古芳。

[一] 多雄略，民國溫廷敬潮州詩萃卷三作『心彌壯』。

[二] 場，民國溫廷敬潮州詩萃甲編卷三作『忙』。

過烏江謁項王祠

當筵不決猶留玉，骨肉翻爲反間臣。草具聽讒謀已拙，鴻溝許割計非真。韓彭舊屬皆歸漢，龍范先殂孰與親。縱過江東重捲土，也應還作問津人。

巢縣公署次龔少東韻

漁磯石磴碧苔封，天際微青露遠峰。風過草花香馥馥，日斜松竹影重重。雲烟鎖處藏文豹，雷雨行時起蟄龍。庭樹蒼蒼門寂寂，蕙幃愁聽五更鐘。

秋夜宿天長公館

旅館寒燈夜，西風枕簟秋。遠鐘驚客夢，細雨動鄉愁。定性無良術，匡時乏妙籌。擁衾常待旦，自勗企前修。

宿江浦驛

風塵淪落嘆孤蹤，暗想天涯思萬重。奔走十年成底事，摩挲雙鬢等飛蓬。羈懷久厭聞啼雁，拙術何能學釣龍。夜厭寒衾常不寐，樓頭又報五更鐘。

少憩大雄寺偶懷鍾班田正郎

孤忠許國總忘家，蹤跡羈棲遍海涯。晝省久瞻人似玉，書窗未夢筆生花。情深燕邸知心少，目斷彬陽去路賒。遷逐忽驚青鬢改，追維往事淚交加。

秋日寄友人吴才甫兄弟

當年曾共臥風烟，今日分氊各一天。惟有山頭舊時月，夜深隨隙到君邊。

宿豐稔公館即事漫興

清溪如練碧沙村，白晝人閒半掩門。山館日長堪駐馬，解鞍欹枕未黄昏。

再憩畬心公館

十年六度過畬心，松竹知名喜見尋。老鶴摶霄空有志，碧桃和露久成陰。爲馳長路春光盡，虚負明時歲月臨。擬效涓埃渾碌碌，感兹撫景一沉吟。

聞報出守南昌述懷

南北爲郎餘十載，忽聞馳檄守洪州。分應犬馬誰青眼，猶喜春秋未白頭。麥秀兩歧嘉往績，棠陰滿郡企前修。心存止水惟澄定，名等浮雲任去留。

元宵讌集既白藩君園亭隔池觀燈偶成

江城雨後作春寒，讌賞梁園夜未闌。妙曲喜從花外聽，彩燈遥隔水邊看。王孫佳技千般巧，客子相過一笑難。况復陳思多好句，不妨秉燭聳奇觀。

夏日同方少府龐節推游金山寺

真宰留奇跡，銀盤擁翠岑。龍宫環法水，鳳藻集詞林。僧慣風濤景，魚嫺鐘磬音。攜尊一登眺，空闊蕩煩襟。

上杭别郭龍川先生

握手論心十載餘，緬懷離索積居諸。清宵共話香銷篆，白日開尊酒滿壺。靄靄停雲生遠岫，依依翠竹護前除。相看欲别還惆悵，好把新詩寄雁魚。

七月八日午憩圓通寺偶成

肩輿偶憩圓通寺，始識廬山面面奇。古木懸崖從後擁，小橋流水向東之。白雲常鎖禪關路，翠竹偏招俗駕移。欲就空門問真訣，空門真訣本無辭。

冬日薄暮李景山憲伯招遊浮洲寺次王樂湖年兄韻

並轡追隨遊勝地，隆冬雪後半陰晴。寺碑頻看憐佳句，尊酒相逢話舊情。何處笙簧歌白雪，誰家燈火照朱楹。湖光山色涵佳景，況復清宵對月明。

甲寅殘臈余將以家難南歸鄱湖别王樂湖年兄兼呈李景山先生

人世關情惟聚散，宦途無復計浮沉。投杼此日來讒口，嘗膽何時白苦心。風浪撼天終有定，重雲蔽日豈長陰。廿年交誼類陳厚，分手江頭思不禁。

春日別饒陽官舍

東風淅淅到饒陽，春草離離返故鄉。整飭未閒魚鳥陣，乞歸思著芰荷裳。親闈罹難愁如擣，宦業無成秪自忙。世路坎坷偏我遇，臨歧惆悵倍心傷。

甲寅除夕書懷

分備慚無補，淹留忽歲殘。淒風催短景，臈雪作凝寒。世路人心險，他鄉客鬢單。親闈千里夢，旅舍百憂攢。萬感悲歡集，孤蹤進退難。防危身佩劍，罹枉髮衝冠。衰鬢驚年換，幽懷坐夜闌。畫堂燒絳蠟，對影共盤桓。

雩都官舍次壁間韻

世路風霜幾度禁，孤蹤此日駐江潯。浮沉秪似三春夢，補報空懷萬里心。薄劣忤時甘畎畝，幽棲揣分合山林。思親更有終天恨，欲起胥魂與共吟。

九月望日陪吴困宇大尹陳曲江邑博登樓作

山城霽景重陽後，與客攜尊共賞秋。高棟落成來燕雀，戍樓重起擁貔貅。飛空瀑布明如練，環列群峰翠欲浮。滿目桑麻沾雨露，憑欄傾耳聽民謳。

秋日同沈我舟鄭鄒山遊盛初陽芙蓉亭夜闌方散即事偶成

名園依勝地，綺榭俯方塘。錦綻芙蓉色，金飄月桂香。倚欄仍展畫，對弈更傳觴。不盡蘭亭興，渾忘秋夜長。

秋深愁似海，撥悶到仙家。蓬島分春色，平章賞物華。澄波遊畫艇，疏竹映名花。觸處皆勝景，徘徊日已斜。

三河嘆

三水殊源此合流，水濱無數木蘭舟。山川厄運遭時變，邑里蕭條動客愁。夜靜不聞雞犬吠，村空惟有虎狼遊。[一]保釐南服知誰是，坐食何曾爲國謀。

［一］此兩句清康熙埔陽志卷五作『飛鵲依依空繞樹，哀鴻肅肅更悲秋』。

世變江河去不回，江村無復舊樓臺。豺狼競出人何在，荊棘成叢屋已灰。法令幾時驅鬼魅，恩波何日潤蒿萊。救民水火應須急，調度全憑濟世才。

賀鍾鯉山參戎勦平小靖埔坪山寇

將軍冒險跨征鞍，劍戟森嚴五月寒。肅肅貔貅羅萬竈，悠悠旌旆度千巒。指麾小靖殲蛇戮，淨掃埔坪魚鳥安。勝算祇今成偉績，應標銅柱與人看。

贈賀少龍僉憲督兵勦平清遠山寇

嶺表荒村古萬川，偶來使節應星躔。山環水繞仍前代，物换人稀異昔年。討罪東巡宣德意，監兵南伐運機權。廓清粤徼妖氛息，佇看恩綸下九天。

邑中自壬戌七月朔至癸亥三月之望亢暘不雨民咸憂懼賴邑侯張潮山先生積誠虔禱遂獲靈應連雨三日衆心感悦謹賦五言排律一首用紀盛美且代述邑民歌頌之意云

南州師旅後，復值亢陽天。恒霽將朞月，屯膏已隔年。深林無潤澤，平地欲生烟。東作皆停罷，祈求衆望懸。雷車渾寂寞，風伯苦縈牽。明府恩如海，丹心徹上玄。積誠堪對越，齋戒絶腥羶。瑞氣由人感，靈雲應畢躔。悠悠離遠岫，漠漠蔽前川。霡霂初霑土，滂沱佈滿田。連宵聲不斷，三日勢延綿。枯槁回生意，迂儒得穩眠。園林增勝概，阡陌表春妍。天意旌仁政，農歌載道傳。爲霖真慰望，布澤頌侯賢。安得坡翁筆，重裁喜雨篇。

秋夜飲陳年兄宅

百里經年别，心知相見疏。秋高天氣爽，風細夜涼初。展席壺觴滿，論交意氣孚。願言介繁祉，晚節共歡娱。

讌盛初陽憲副池亭

山居寡知己，秋杪憶親情。挂席趨潮郡，聊爲訪舊行。盍簪欣雅會，尊酒敘平生。盃到無停飲，歸鞍已二更。

旋家後有懷陳年兄再成一律

憶昔鄉書領薦時，雷陳意氣重相期。壯年事業成春夢，晚節交情溢故知。聚首不妨開口笑，索居無耐盍簪稀。老逢佳節思親友，安得花前共酒卮。

甲子端午蒙邑侯張潮山見召與郡博朱觀閒春元黄筆陽貢元邱二山邑幕周龍山同讌印山亭賦二律以識勝遊云

節屆端陽逢勝日，印亭讌集展華筵。北臨斷岸溪流合，南眺孤城棟宇連。旗鼓聲喧觀競渡，笙歌人擁樂豐年。太平盛事今重見，擬向薰風作醉仙。

劍蒲呈綠火榴紅，佳節登臨與衆同。山水縈回圖畫裏，賓朋笑語翠微中。懸蒲插艾從今俗，觀渡哦騷慨古風。尊酒興闌人散後，半鉤新月照晴空。

贈醫士黄以敦

肘繫青囊處處家，隨緣種德是生涯。相逢喜共談軒岐，況隔雲山路不賒。

三河

解纜靖溪頭，泊舟三河鎮。秋風冷透衣，夜月明如鏡。訪舊半存没，處喧惟静定。感兹兵火餘，生齒猶繁盛。

過湖寮訪窗兄[一]　吴潛渠伯軒二昆仲

幾年締舊好，今日始登堂。共訝顔非昔，相看鬢有霜。篝燈憐夜短，尊酒話情長。試誦雷陳傳，丹心永不忘。

[一] 民國温廷敬潮州詩萃甲編卷三無「窗兄」二字。

夏日廣林舟中阻雨

解綬歸來十六春，扁舟野渡漫垂綸。眼看魚鳥情偏適，足履田園意每親。翠靄陰中行處樂，白雲堆裏任吾真。無端阻雨連三日，遊興蕭然信客貧。

病起

解綬歸來餘一紀，明農學圃分相宜。登庸省署浮雲過，笑傲林泉白日移。有病始知無病好，老年方羡少年時。忘情誰似陶彭澤，縱浪乾坤每自怡。

六十三初度偶成

流年駒隙影，屈指六旬三。景物今猶昔，人情北似南。勳名嗟落落，鬚鬢已鬖鬖。村酒聊爲樂，爐香手自拈。願祈堯日永，共祝壽星添。野老依林下，寧忘雨露沾。

和州道中見隱者山居有感載縣志

曉發和陽城，飛輿度平陸。遠眺翠微中，晴空鎖秋綠。漸近見炊烟，乃知非空谷。竹木翠交加，深藏數椽屋。棟宇覆茅茨，周遭環樸樕。屋後插青峰，門前流碧玉。懸簷挂薜蘿，隔籬栽苜蓿。我來憩其下，幽徑何紆曲。隱者無懷氏，胸次豈齷齪。興來酌郫醪，閒居友松竹。力勤苦耕耘，薄田頻收熟。農圃畢餘生，輸官堆芻粟。場廩無多餘，自供聊亦足。嗟我事軒冕，郎署慚微祿。四牡即騑騑，半生空碌碌。何以效涓埃，急須反初服。長揖青雲客，躬耕南山麓。

登陰那山[一]

山高已上白雲間，問是登天經幾彎。佛在絕窩藏聖骨，人從烟窟叩禪關[二]。數來殿閣今千載，名萃東南此一山。我亦歸休林下久，直將心事付潺潺。

［一］明李士淳等編陰那山志卷三錄此詩，有序：『予地接那山，而遊興未結，茲泊舟蓬辣二十里，得一登焉。景勝快絕，尋來過遲，因記。』

〔二〕叩，清康熙埔陽志卷五作『訪』。

重九日吳邑侯招遊天印山載縣志

端午印山曾共飲，重陽佳節又登臨。蒼苔白石寒潭靜，紅葉黃花僻徑深。落帽從教秋色冷，班荊應待月華侵。不須細把茱萸看，後會還同舊盍簪。

奉使次通州公館時官戶部員外。載縣志

孤臣仗節日邊來，攬轡思澄天下埃。任重若臨千丈谷，登高須上百層臺。長途細雨沾輕幔，華館幽花對酒杯。奉布皇恩憂未遍，何時霄漢放春回。

聞報轉官偶成時陞江西臬副

解纜滄州日，風塵猶帝鄉。蕩漾河中鳥，驚舟忽飛翔。鵲噪高柳巔，繞樹低復昂。有客日邊來，疾呼招余航。九天饒雨露，擢憲肅風霜。犬馬沐恩私，喜懼集中腸。行年始強仕，鬢髮忽既蒼。薄劣慚昔賢，勳業殊渺茫。礪此金石貞，挹彼芝蘭芳。涓流赴東海，積簣培大行。無裨高與深，冀以道自臧。願言志無違，行矣濯滄浪。

暮春日同賓別駕洪郡博遊槎墩載縣志

春光欲暮春服成，高歌伐木求友生。暫輟簿書出東城，攜朋聊為送春行。春花熳爛溪橋畔，飛絮遊

絲相縈絆。新荷出水簇旗鎗，乳燕啣泥度簾幔。青蔥隱隱有槎墩，水繞烟横何處郵。近郊負郭翠微裏，漢使尋源到幾番。墩翁本是經綸手，斂卻神功居谷口。柳下長敲一局棋，花陰更有盈樽酒。好客呼童掃落花，解鞍展布弄烟霞[一]。山肴野蔌相寵加，百珍羅列薦胡麻。有酒如泉不用賒，酣歌興發上湖槎。湖槎簫鼓震中流，弦管相催散百憂。忽有梨園歌一曲，陽春白雪調難酬。颼颼風起浪悠悠，翻將行樂作悲秋。人生聚散如浮雲，舒卷隨風任去留。今日賞春同聚首，明朝分手各登舟。烟花此地渾依舊，萍梗相逢人不同。丈夫適意須行樂，憂樂常存感慨中。聚散古來皆如此，窮通得喪亦如之。清歌燕君君莫悲，有酒勸君君莫辭。勸君百杯贈別離，燕君一曲長相思。歌闌燕罷頹然臥，便是華胥入夢時[二]。（以上椿桂集之三溪詩草）

[一] 布，清康熙埔陽志卷五作「席」。

[二] 華胥入夢，清康熙埔陽志卷五作「夢遊華胥」。

（楊權整理）

述懷

雞鳴天未曙，愁人悲夜長。越鳥戀南枝，倦客思故鄉。十載遊京洛，淄塵染素裳。黽勉異同心，中道遽參商。千金市駿馬，一旦棄道旁。糟糠辱奴隸，悲鳴淚琳琅。東臨千里波，欲濟川無梁。北阻千層巒，翅短飛不揚。中曲鬱以紆，四顧空彷徨。

雪夜□□齋館

松柏有本性，歲寒亦不移。焉能學女蘿，嬝娜託高枝。策蹇向前途，夷險難預期。握芳抱孤貞，自信亦自怡。苟能歷長道，勿謂知者誰。乘流還遇坎，用舍各有時。嗟彼誇毗子，便捷亦何爲。

九日宴杜氏莊

客裏逢佳節，登高集野亭。帽欹須用□，杯倒不教停。細雨滋黃菊，孤雲掩翠屏。此回開口笑，何日又重經。

潞河途中感懷

策騎出塵寰，飛花點醉顔。十年成幻夢，一夕落清班。宦海風濤險，仙山日月閒。何當拂衣去，高臥白雲間。

真州□□龍江沈少坡二使君

野外來仙□，城西啓別筵。江山摩詰畫，花月少陵篇。始結芝蘭契，終期金石堅。秋風折楊柳，遠道思緜緜。

贈賈直峰先生解職歸

四載濡須郡，三秋冀北行。風塵長作客，冰蘖不求名。去後思何武，歸來學邵平。江村沙竹裏，應訂白鷗盟。（以上潮雅拾存）

（史洪權整理）

白堠永濟渡詩三首

河之水，其流洋洋。維昔臨流，無舟無梁。深厲淺揭，我心聿傷。

河之水，其流泄泄。維今臨流，乘舟利涉。載詠載歌，我心則悦。

河之水，其逝悠悠。臨流鼓檝，雨夜弗憂。維百千年，感德無休。（清康熙埔陽志卷五）

（呂永光、張玲整理）

全粤詩卷三二五

翟珠

翟珠，字景珍。東莞人。明世宗嘉靖十四年（一五三五）貢生，授湖廣沅州學正。以忤權要歸里，居五十餘年而卒。民國張其淦輯東莞詩録卷一三有傳。

山居

一區郊外最幽偏，野草山花滿砌前。懶甚難拋書過目，病多全仗藥延年。不來富貴何須待，無恙烟波自有緣。此意不從通顯會，道情誰向尚溪傳。（民國張其淦東莞詩録卷一三）

（楊權整理）

陳紹文

陳紹文，字公載，自號中閣山人。南海人。錫子。明世宗嘉靖十六年（一五三七）舉人，官通判。與梁公實、歐楨伯、黎瑤石、吳而待結詩社，又同遊黄才伯之門。著有中閣集。清梁善長廣東詩粹卷四、清溫汝能粵東詩海卷二四有傳。

初冬過訶林寺淨隱禪房

山城冬日映澄江，古佛樓開八面窗。貝葉經翻玄鹿聽，曇花鉢動光龍降。風傳寶鐸和金鐸，霜落菩提覆石幢。共喜遠公能覓句，不妨深夜剔銀釭。（明郭棐、清陳蘭芝嶺海名勝記卷一）

（陈永正整理）

遊小金山

舍舟投淨域，振錫禮空林，日月龍宫古，烟霞鹿苑深。慧禽傳谷韻，覺路轉花陰。何事蘇公宇，巍然控紫岑。（明郭棐、清陳蘭芝嶺海名勝記卷四）

（陈永滔整理）

峽山飛來寺

花龕搖峽水，蓮宇印霞峰。寶月天香滿，靈飆夜梵空。候禪棲樹鶴，護法隱池龍。莫讀高僧傳，真乘不可窮。（明郭棐、清陳蘭芝嶺海名勝記卷八）

銅雀妓[一]

高築鄴城臺，遥望西陵木。霸業已成塵，歡娱猶未足。繐帳冒秋霜，美人閉金屋。舞筵映月偏，歌梁倚風續。翠華杳不來，仙容枉如玉。豈不惜羅襦，半接垂珠哭。妾身本是輕，無乃君恩促。逝水何時迴，惆悵漳河曲。

〔一〕清梁善長廣東詩粹卷四題有詩注：『古詩所云，魏武帝建安十五年築臺最高，上有屋一百二十間，鑄大銅雀置於樓顛，因名銅雀臺。武帝遺命，死後葬於鄴之西岡。臺上設帳，諸子時率諸妓女吹笙奏樂，眺望西陵墓田。』

荊軻

六國互合從，强秦屹虎視。南襟涇渭流，北控甘谷峙。蕞爾一燕壤，曷厭貪饕志。田光構奇謀，幸鼓荊卿氣。殞身明勿疑，直走咸陽市。左授於期函，右獻督亢志。斷袖環柱餘，秦鼎一絲繫。吁嗟高漸離，尚置筑中器。為術良已疏，秉節終弗易。壯士貴喪元，成僨非所計。逆命帝函殲，於昭秦二世。千秋易水歌，慷慨滿天地。

九日與歐彦楨黎惟敬諸公遊蒲澗

披蓁曷知劬，抗策信所詣。疏甸印花明，層皐擁霞麗。遠瞻樵徑微，近矚鹿町翳。豈伊仙府臨，復此禪駕税。法相垂永欽，毫光燭無際。給林戒鼓淵，淨宇慈香細。身將六塵殊，心與七覺契。秋氣自蕭森，暝色轉佳霽。巖端素練懸，松表朱紘遞。盈盈潔鷺翔，褭褭玄蟬曳。一謳匪自怡，聊用發靈秘。

長安道

遙瞻帝宅崤函裏，上應乾樞下坤紀。險設秦關百二重，紆蟠漢甸三千里。金殿玲瓏日下開，玉樓縹緲空中起。武將紛垂列土纓，文臣習曳朝天履。三月烟花滿帝城，王孫公子重横行。紫騮飛電過槐市，朱轂揚塵度柳營。吳鉤乍拂光含鶻，隋彈初抨巧落鶯。驕奢喜結蕭朱綬，豪俠爭馳孟解衡。五侯苑囿紅塵絶，疊嶂回塘互明滅。花榭斜開碧玉欄，柳亭細轉黄金埒。投轄重淹紫紱遊，揮金詎惜華筵設。翠釜交騰海錯馨，雕盤雜進山珍潔。落日誰能一挽戈，更看璧月懸東阿。燭霞掩映摇珠戶，香霧空濛隱絳羅。吳姬羽節迴鸞舞，趙女鵾絃學鳳歌。勢移山嶽猶嫌小，利截江河未覺多。浮榮過眼如雲散，壯士悲歌徒慨嘆。泂水焉容縱壑鱗，空霄竟戢凌風翰。梁殿秦宮花裏摧，石崇越魄樓邊斷。萬事不如歸去來，南山白石終難爛。（以上明張邦翼嶺南文獻卷二六）

秋日度彭蠡湖

歸客快登艫，乘風度蠡湖。斷虹垂晚島，數雁下秋菰。葦匝魚梁暗，峰懸水廟孤。松門頻入望，惆悵謝公徂。

登鷄鳴寺

陳王追獵候，山寺表鷄鳴。步輦曇花合，行宮忍草平。塔凝鍾阜氣，樓控海門聲。為訊林中偈，彌敦出世情。

遊黎惟和北園

地迥揚雄宅，烟深向秀園。泉光分洞口，山翠濕籬根。選樹安棋局，臨花設酒樽。莫愁歸路晚，明月映柴門。

聽陳山人彈琴

憐君乘月訪，露几拂孤琴。乍覺泉分壁，翻疑鶴在陰。涼飆侵燕幙，暝色變幽林。語及希聲處，悠然太古心。

秋日宿玉巖寺

千巖攢古刹，一徑入松微。磬雜猿聲嘯，雲先鶴暮歸。翻經花蔭席，入定瀑侵衣。回首風塵外，誰能頓息機。

送不二禪師歸五臺山

五臺連朔漠，師住最高峰。塞角先寒磬，龕燈徹曉烽。胡兒瞻法座，武士謁金容。及夏開禪室，涼飆起壑松。

夜泊靈洲

畏途趨落日，孤棹倚靈洲。水月蒹葭夜，山風松檜秋。漁傳隔浦調，客引異鄉愁。不盡憑高興，狂歌向北陬。

晚次洸口逢梁濟甫

孤戍依巖隱，停橈日暮時。沙窺雙鷺立，澗飲百猿垂。野市蠻歌合，津梁旅販馳。偶逢故山使，樽酒慰相思。

辛亥除夕感懷

江城催節雨，入暮轉霏微。春逼梅先放，寒欺燕未飛。誰能同禹惜，吾始覺蘧非。明發成何計，青山斸故薇。

甲寅守歲

斜雨暮霏霏，孤城西月微。花應先暖動，燕似逼冬歸。北土多戎馬，南山空蕨薇。草玄猶未就，垂老掩雙扉。

南征詞奉和泰泉先生

不矯南巡詔，徐看出九霄。五花邊將馬，七葉禁臣貂。帝子馳金輅，神人造石橋。康衢應有頌，誰為采風謠。

隋帝故宮

隋皇行樂處，空有斷碑留。夢破瓊花月，歌殘玉樹秋。溝楊春馬繫，苑草夕螢遊。淮水滔滔去，安知失國愁。

留都雜詠用黎惟敬韻[一]

山川連北固，曲抱雨花臺。紫氣成龍去，瑤音引鳳來。調元三相手，禦侮總戎才。陋彼周王駿，徒興黃竹哀。

攬結東南勝，烟花縹緲間。重城縈八水，大內擁三山。學士圖書富，材官陣略閒。千秋臺上月，猶照鳳輿還。

南服開佳麗，皇靈靖八蠻。梵輪藏舍利，芝觀長琅玕。海嶽黃中迴，風霜白下寒。祥光連北極，長得倚樓看。（以上明張邦翼嶺南文獻卷二七）

留都建天府，控引萬方遙。日月通黃道，星辰麗絳霄。禁闈三島隔，御扆五雲飄。一協堯年瑞，歡聲動市朝。（清黃登嶺南五朝詩選卷四）

[一] 雜，清黃登嶺南五朝詩選卷四題作『八』。

內苑十首

陽回禁苑雪初消，豈羨蓬壺駕六鰲。堤散相風千柳動，壑懸卿月萬松高。紫鱗泳日穿銀藻，青鳥傳春下碧桃。自是臣鄰歡頌地，故應皇澤沛如膏。萬歲山[一]

芙蓉臨沼露淒清，輦道遙看接岸平。千疊曉山排落雁，一泓秋水吸長鯨。烟光倒射功臣閣，蝀勢斜拖學士瀛。不是子雲才妙絕，摛詞爭遺紫宸驚。太液池[二]

西苑群峰結翠鬟，六龍常御五雲端。彩毫有客題員嶠，金鈿何人宿廣寒。花近聖躬烟色艷，桂臨仙掌露華漙。宸遊至此多真境，豈事簫聲引紫鸞。瓊華島[三]

玉箔雕欄俯禁池，君王曾此駐雲螭。南薰殿迴傳鈞樂，北斗城高閃羽旗。千仞暫翔靈鳳翼，萬年長拂古松枝。從來天語多嚴密，祇許當時扈從知。承光殿[四]

極浦山光遠近連，汾風遙憶漢皇船。翠華五鳳扶行日，錦纜雙龍夾渡年。花覆簾櫳明落照，柳搖旌旆度輕烟。侍臣盡喜同遊衍，應有才堪作濟川。龍舟浦[五]

懸崖鬱樹古嵯岈，一入芭蕉路轉斜。宸閣翠含燕市柳，御溝紅泛漢宮花。洞巖窈窕凝雲氣，芝草琅玕閬歲華。想得詞臣焚草罷，好邀明月醉流霞。芭蕉園[六]

禁園南向帶疇平，更有瑤宮隔水明。行樂坐看松月轉，躬耕行挹稻風輕。島中錦繡千層蜃，堤外笙簧百囀鶯。共說吾王遊豫地，豈知農業已垂成。樂成殿[七]

荒村茅屋繞方塘，殿揭昭和隔御牆。睥睨迴連山色秀，轆轤高轉水聲涼。幾翻紅雨飛桃杏，千頃黃雲布稻粱。莫訝此中風景美，新豐原是帝皇鄉。南臺[八]

兔園西面築瑤宮，複道迴廊勢欲通。珠樹萬年棲舞鶴，石梁千尺跨飛虹。陰蘿轉向懸天上，瀑布翻從出地中。誰信九重恩似海，解將遊樂與民同。兔園[九]

先皇神武掃邊埃，朝散常登閱射臺。仙珮聲隨三殿轉，御爐香逼九關開。上林羽箭穿鴻落，馳道金鍬走馬來。欲作獵書獻明主，不知誰是漢臣才。平臺[一〇]

［一］清黃登嶺南五朝詩選卷四有題注：『此和文翁十咏也。山在子城東北玄武門外，蓋大內之鎮山。其上林木蓊翳，多珍果。一名百果園。』

［二］清黄登嶺南五朝詩選卷四有題注：『在子城西乾明門外，周凡數里，環以林木亭榭，林東西跨以石梁，璚華島在其中。』

［三］清黄登嶺南五朝詩選卷四有題注：『在太液池中，上有廣寒宫殿。相傳遼太后遊息之所。』

［四］清黄登嶺南五朝詩選卷四有題注：『在太液池上，圍以甃城，殿御環轉如蓋，一名圓殿，中有古松。』

［五］清黄登嶺南五朝詩選卷四有題注：『在璚華島東。』

［六］清黄登嶺南五朝詩選卷四有題注：『在太液池東，崇台複殿，古木珍石參錯其中，每實錄成，於此奏稿。』

［七］清黄登嶺南五朝詩選卷四有題注：『在邑蕉園南，引水爲池，中連三亭，左石爲九島。東有别殿，鑿澗汲水，以轉碓磨。南田治，故云樂成。』

［八］清黄登嶺南五朝詩選卷四有題注：『在太液池南，上有昭和殿，下有水田村舍。』

［九］清黄登嶺南五朝詩選卷四有題注：『在太液池西，崇山複殿，林木蔽布。山下小池，石龍漱水池中，轉出龍吻。』

［一〇］清黄登嶺南五朝詩選卷四有題注：『在兔園之北，東臨太液，西面苑牆，臺下爲馳道，可以走馬，武皇帝常於此閲射。』

聞笛同梁公實賦

空山孤館夜悠悠，月底風飄笛韻流。楊柳折來隋苑暮，梅花落處敬亭秋。霜欺玉勒征夫泣，雲遏朱樓别婦愁。醉倚青萍聽不盡，數聲邊雁度寒洲。

與梁公實登鎮海樓

疊疊危樓面面通，登臨醉與美人同。飛甍回度浮雲碧，列檻斜翻落照紅。蒲劍暗藏仙子宅，塔鈴空語梵王宫。飄然欲撚長髯去，笑御鴻蒙萬里風。

送洛南舍弟按襄鄖

奏罷離絃酒半醒，雁群分影拂蒼冥。山開二華迎衡嶽，水帶三湘入洞庭。捫薛暮傷羊祜碣，紉蘭秋擬屈原經。清時動業歸仙吏，莫負名峰繞郭青。

乙卯李三洲都憲訊予北上之期賦此答之

向來閉閤討玄思，往事空羸兩鬢絲。老豈敢應西苑召，病惟深愧北山移。三茅道士餐松賦，五柳先生采菊詩。六六洞天何處所，撥雲飛舄任吾之。（以上明張邦翼嶺南文獻卷二八）

黎惟敬北館分韻

曲洞不設扉，烟霞幾度鎖。白日萬籟沉，空林墜殘果。

野老放歌行，翛然馴一鶴。欲識山中時，但看花間落。

秋日與梁公實過黎氏山房次韻

梧桐覆金井，一葉下西風。不忍聽鴻雁，秋聲萬壑中。

久不陟巖扃，秋光宛如昨。白雲滿地流，忽聽松子落。

詠釣舟答黃太史休沐

風動輕綸月照蓑，醉翻漁唱答樵歌。曉來獨倚孤篷看，湖上奇峰雪後多。

賞菊送陳肖溪北行

解舞腰肢列萬行，風前搖曳紫羅裳。何當解贈朝天去，散作君王滿殿香。

峽中曲

白地狂風倒峽吹，奔濤折木影交馳。飄零一夜孤舟客，不聽猿聲亦淚垂。

楓葉蕭蕭峽氣寒，漁舟多在洑流安。酒醒向月吹蘆笛，驚起鸕鷀過別灘。（以上明張邦翼嶺南文獻卷三二）

贈棲霞山人歌

君不見黃河急繞昆侖逝，驀地空騰赤水氣。白日欲出蒸成霞，萬里山川盡明霽。又不見圓嶠乃在渤澥中，鯨鯢噴激淩蒼穹。春晴轉變霞細麗，片片照耀金銀宫。中有仙人識天趣，一生好入飛霞住。臥處光從蕙帳含，飲時灩向蓮觴注。成綺能吟謝客詩，舒丹解作公孫賦。合散終然無定蹤，世人安得知其故。無乃天孫發巧思，織成五色光陸離。越江愁殺浣紗女，蜀峽驚回濯錦姬。紫殿珠幃穿彩鳳，華樓藻井蟠青螭。始覺化機妙如此，頃刻萬象何參差。仙人本自非凡質，歲久餐霞成痼疾。胸中萬丈吐虹蜺，倚馬文章皆俊逸。金帔縹緲乘風輕，朝遊碧落暮赤城。回首滚滚黄塵客，何以超然出世情。

宛轉歌

月斜侵，鈎簾鳴玉琴。金杯送曲移蘭檝，山情水意何幽深。歌宛轉，宛轉歡未足。願為雁與鳧，秋浦永同宿。

曉將暾，銀河澹没痕。金鳳翠鬟乍分拆，縷襦香玉誰為温。歌宛轉，宛轉傷別離。願為鱅與鰈，進退恒相隨。（明張邦翼嶺南文獻卷三二）

東飛伯勞歌

寒烏夜啼雉朝飛，洛娥巫妾乍相依。誰家傾城出朱户，搖璫曳帶香風度。珠綴瓊窗碧霧濃，緗帷綺帳隱芙蓉。女兒年幾十六七，艷舞嬌歌映春日。花枝欲動彩雲飄，空留可憐待誰招。

遊羅浮阻風宿大唐田家

羅浮渺何處，風雨暮蕭蕭。暫阻仙人約，來親田父邀。山雲低度屋，江水曲通橋。夢覺朱明路，雙鳧興欲飄。

捨舟投草屋，質樸有唐風。禾黍寒原外，牛羊深巷中。提壺孤市遠，更燭幾宵同。明逐黃龍去，仙源不可窮。

泛金川憶吳而待

掛席紫楓前，寒江清可憐。歸樵遺野燒，販客逐墟烟。山筍迎霜出，沙鳧背日眠。美人棹歌遠，誰與續殘篇。

春日遊太泉得流字

早春風日弄輕柔，野服從師作勝遊。到郭龍岡松十里，入河虹澗水雙流。洞封玉檢烟霞古，臺隱金書日月幽。堯韭禹糧俱可掇，結茅期遂此生謀。

梁公實黎惟敬過心遠亭探梅得風字

西墅尋梅路幾重，竭來詩興滿幽叢。水邊斜掛窺尊月，簾外輕飄斷角風。雪羽仙人遊玉苑，冰肌神女步珠宮。分明一片春消息，祇在孤烟峭石中。

送客泛珠江宿憑虛閣聽潮分得洲字〔一〕

江亭青簟月華流，永夜潮生水國秋。萬馬急追風磧戰，六鰲初戴雪山遊。歸漁暫失殘荷浦，落雁應迷亂荻洲。料得此時天際客，不勝離思滿扁舟。

〔一〕清溫汝能粵東詩海卷二四題作『送別比部梁公實宿海珠憑虛閣聽潮聲分得洲字』。

安南凱歌

戟矛千里戰危艘，鯨立蛟飜海若愁。須臾一閃東風炬，頓覺黃麾據上流。

占斷山川列陣形，龍鱗鳳翼應天星。翻嫌戰染諸羌血，欲挽銀河洗甲兵。（以上清黃登嶺南五朝詩選卷四）

擬虞世南直弘文館貽諸同志

鬱鬱萬年枝，蘭臺接紫墀。禁城連睥睨，御殿繞罘罳。列署星辰麗，三階雨露垂。藜從太乙照，石是五丁移。要秩絲綸托，榮名翰墨司。淪書汲冢出，絕簡羽陵披。籤軸方盈閣，緗綈更累輜。芸薰深落蠹，鉛槧細分疑。史法宗班馬，經情繹孔姬。璇題霞薄采，金掌露華茲。初旭籠鷄樹，微颸捲鳳池。仙瀛叨並陟，藝苑喜同馳。玉笋神趨早，金蓮夜賜遲。承麻宣帝澤，侍幄啟宸思。已近珪璋

挹，終知玄素睽。擊蒙如有賴，庶仰罄吾私。（以上清溫汝能粵東詩海卷二四）

（楊權整理）

偶山

九江總坤維，雙崤兀中奠。初暾薄傾岑，迴嵐麗遙甸。鬱鬱町蕙蕿，洶洶堅濤濺。柔翰眷亭林，纖鱗媚空汧。君子崇真詮，垂帷事肥戰。遐睇豁紆襟，危談罥塵弁。振谷永懷登，握石聿飲衍。寤言紫府約，亦類玄都宴。肆予御鴻蒙，齊物答清遣。清黎春曦九江鄉志卷一）

（李永新整理）

吳旦

吳旦，字而待，號蘭皋。南海人。少時師事黃佐。明世宗嘉靖十六年（一五二〇）舉人。官歸州知州，以治行第一，擢山西按察司僉事。为後南園五子之一。著有蘭皋集。清溫汝能粵東詩海卷二四、清道光廣東通志卷二八〇等有傳。

遊小金山

碧水流無極，蒼山望不窮。寶花飄象駕，珠樹繞龍宫。二梵何年續，三車此地雄。心猿坐來刊，知在惠門中。

返照到蘭舲，龍宫喜暫停。竹邊山氣紫，蘋外水烟青。乍逆喧林鳥，低飛出草螢。高齋夜無寐，聽誦法華經。（明郭棐、清陳蘭芝嶺海名勝記卷四）

（陈永正整理）

峽山飛來寺

招提幽絕處，千壑捧珠宫。山勢懸疑墜，川流曲似窮。黄鐘仙管寂，碧玉怪環空。忍草棲靈霧，曇花落慧風。竈殘坭尚濕，丹化井猶通。夙昔登臨地，題詩憶遠公。（明郭棐、清陳蘭芝嶺海名勝記卷八）

曹溪觀蕩水石還遇滄師邀酌

山路少蹊徑，行吟隨所之。偶然閒坐處，便是會心時。石墜分泉口，雲過桂樹枝。野僧邀共酌，不覺忘還期。

宿南華

滿天涼露淨微飈，向夜疏簾手自披。明月故人千里共，白雲禪室九秋期。齋鐘乍斷啼猿續，塔火初燃落雁知。一與遠公談諦義，欲投蓮社戀真師。（以上明郭棐、清陳蘭芝嶺海名勝記卷一一）

（陈永滔整理）

玉峽夜泊聞歌吹聲

江潭日欲上，汀洲露未重。趙女歌正揚，越客魂先動。玉柱應離鸞，瑤笙學調鳳。窈窕子夜聲，悽惻江南弄。繁音逐水流，哀響因風送。曲罷夜蒼蒼，踟躇人如夢。

登虎頭巖[一]

日觀擅東岱，朱陵揭南霍。惟茲襄二美，巑然拔窮壑。龍驚矯以鼿，鳥駭翔而矍。雲陣中合離，水軍乍前卻。碨如樹懷瘦，駮若笋摧籜。干雲兩耽耽，燭坤雙齶齶。誇秦偉崤函，論蜀雄劍閣。履險令志疑[二]，乘危俾魂愕。窺谷轉層深，眺野增遼廓。神庭富棫滕，仙府多扃鑰。清泥代不枯，石髓春踰爍。願言寄考槃，孤高擷靈蘂。

［一］明張邦翼嶺南文獻卷二六題後有注：『有二巖相去丈所。』

〔二〕志，原作『忘』，據清梁九圖、吳炳南嶺表詩傳改。

月溪

玉洞敻無門，珠簾不可捲。梯峰陟窮瀆，剗石臻遙峴。蹊參灌木入，行並修篁轉。禪界稍歇堙，靈泉猶清淺。花凋龍女臺，草積象王輦。二梵行當已，三車誰能演。籍草停曠蹤，撫柏豁英眄。翠岫類滴，雲抹林疑翦。感運心所懷，浩歌興粗遣。

無人〔一〕

朔月無弦殺氣多〔二〕，胡兒策馬如擲梭。朝射雙狼暮射虎，彎弧百萬窺黃河。李陵戰沒貳師走，一夜關門驚失守。臨洮堅壁待天兵，將軍十道出長平。觧弓羽箭照天地，聯翻轉戰不留行。麾下曉遮當戶騎，先鋒夜撥骨都營。蚩尤入昴胡當滅，胡騎散亂胡兵折。邊風颯獵騮馬驕，萬里長嘶飲胡血。陣略閒收虎豹韜，笛聲細弄關山月。朝那之北胡塵清，捷書旁午報承明。十年塞下操戈客，白首無勞事戰征。

〔一〕明張邦翼嶺南文獻卷二六題作『胡無人』。
〔二〕無，明張邦翼嶺南文獻卷二六作『平』。

翠峰草堂

對君何處問，迢遞草堂深。獨坐寡塵慮，微吟生隱心。孤峰留晚照，平野帶秋陰。庭下栽松樹，蒼蒼已滿林。

海珠遊覽

地控鮫人室，天回象帝宫。寶花紛映水，香閣迥臨空。刹影江鴻觸，鐘聲海霧籠。戒珠長不滅，靈景夜昭融。

劉仙巖

裹舄去何勤，靈蹤在白雲。穿林樵徑逗，過壟石泉分。古溜空春色，孤根剝玉紋。嵐霏行處薄，花氣坐來熏。谷靜聲相答，天低語可聞。怪猿垂木末，高鳥出人群。未究丹光跡，誰探綠字文。寄書招隱士，此地絕塵氛。

姑蘇道中

川途紆曲有餘情，水國湖田曳槳行。震澤蒹葭寒外委，洞庭包橘望中明。烟波尚載扁舟影，露葉虚傳響屧聲。唯有舊時春草色，年年生繞闔閭城。

秋夕城闉納涼

同遊冠蓋晚相招，澤國山川正泬寥。官閣迴臨秦代壘，女牆斜帶越江潮。流螢草短風先入，繞鵲枝長露易飄。多少高樓人不寐，碧天涼月夜吹簫。

崖門吊古三首

輿圖盡屬一行宫，忍見妖星墮海中。陽厄九時胡有運，數逢奇處士無功。山藏戰血應為碧，水出遊魂半是虹。欲吊英靈何限恨，蕭蕭松柏起淒風。

羌管胡琴一曲歌，南人漸少北人多。空聞杞女齊城哭，不見昭王漢水過。寶冊有靈浮海島，珠襦無主寄烟蘿。千年留得孤忠在，成敗休論奈爾何。

誤國由來一字間，上方無劍討神奸。虞淵日入誰能取，滄海龍遊遂不還。夜後蜀禽猶迸血，秋來湘竹總成斑。丹青俎豆休明事，一簇祟祠幾仞山。

九成臺

碧玉闌干壓故基，虞王曾此駐旌旗。風泉尚帶絃琴曲，谷鳥猶呈羽鳳儀。二女不來雲黯黯，重華何處草離離。郡城北望山如戟，落日微茫似九疑。

心遠亭探梅

聊移杖屨探芳魂，翠羽飛時在兔園。玉屑帶烟微有態，粉香隨水半無痕。新妝巧向簷前得，舊曲愁從笛裏翻。遥想溪橋春雪後，幾枝疏影傍柴門。

貴幸篇二首

常陪車駕幸甘泉，少小偏承漢主憐。日暮羽林傳警蹕，花驄嘶過禁輿前。

全家歷葉事金門，詔改黄山作賜園。任選禁兵隨出獵，九重深邃有誰言。

文衡山山水畫

路入雲林一徑斜，紅塵飛斷即烟霞。江南小隱無多地，楊柳陰中衹數家。

百丈帶[一]

細草烟蘿鬱不分，玉泉飛下坐間聞。幽花莫覆巖前石，留與僧來看白雲[二]。（南園後五先生詩卷一九）

[一] 帶，清羅学鵬廣東文獻初集卷一八蘭皋集作『泉』。

[二] 與，清梁九圖、吳炳南嶺表詩傳作『得』。

（楊權整理）

陳遷

陳遷，字二山。番禺人。明世宗嘉靖十六年（一五三七）舉人。官廣西潯州知府。事見清道光廣東通志卷七四。

謁李忠簡公祠

名賢祠傍海東湄，尸祝分明奕世思。抗疏昔曾留御榻，詔歸猶有贈行詩。遺編尚遺流風護，麗藻重鐫舊勣碑。旭日當窗光凜烈，還如端笏立朝時。（明郭棐、清陳蘭芝嶺海名勝記卷三）

（陈永正整理）

和趙瀫陽太史答黎瑤石内史偕遊浮邱之作

岧嶢高閣倚雲中，下有丹泉一竅通。曉起登臺飛翠入，夜來看月碧山空。天邊紫氣歸神鼎，世上玄機悞塞翁。笑被松蘿迷出處，坐窮今古見鴻濛。

一自驂鸞出上都，南來蹤跡遠塵區。山中舊有千年藥，石上新栽九節蒲。直向宸居回劍履，豈因靈地滯江湖。君王此日虛前席，莫更尋仙傍玉壺。

遊浮邱呈趙太史

幾回托乘赤松遊，南國才名羨倚樓。川嶽尚留宮錦色，烟光長帶玉堂秋。天連紫閣三山近，水接瑤池一葉浮。此日金鑾徵太史，白雲芳草臥羊裘。

浮邱景珊瑚井

鈴鈴金策下人寰，密竹繁花掩映間。坐客詩題金谷勝，江津龍臥野雲閒。邱中猿鶴隨車蓋，天際笙歌雜佩環。丹井尚留當日汞，銀床風雨長苔班。

浮邱景大雅堂

曾持憲節訪諸天，綴玉聯珠詩百篇。喜得邱中同白首，莫因桑落怨長年。功成獨上三層閣，仙去空遺五色烟。風雅舊傳金馬客，相思多在斗牛邊。

浮邱景朱明館

採藥閒來住白雲，瑯琊消息隔囂氛。遠尋丹竈金銀色，誤入仙家雞犬群。月落九霄聞鶴唳，春深五鬣長龍文。烟霞滿地無人掃，共托芳尊對夕曛。（以上明郭棐、清陳蘭芝嶺海名勝記卷五）

（陈永滔整理）

春日遊潯州西山

晨起出西郭，飛蓋恣歡遊。芳林喜新霽，倚馬聽鳴鳩。瀑布千峰潤，穿雲一徑幽。崇蘭被峻坂，灌木蔭丹丘。背巖花落盡，粵客動春愁。幾欲策高足，棲跡復何求。飢餐石上芝，渴飲澗中流。無由棄簪紱，徒自羨留侯。良辰不易得，莫惜酒盈缶。歸途日已暝，躋攀興未休。獨有天邊月，相隨到郡樓。

自述

吁嗟陳人七十餘，蓬頭跣足依敝廬。門無車馬多榛莽，本為窮愁日著書。憶昔十五二十時，結交海內豪俠兒。至今撫膺長嘆息，安得憑陵百萬雌。擊筑微吟不辭醉，朱樓紅粉恣歡愛。桃花零亂春復春，回盼佳人今安在。仗劍飄飄事遠遊，濯纓直溯千丈流。狂來倚天天祇尺，日月西沉紫氣浮。自謂樊籠羈不住，三山五嶽憑虛度。可憐釋蹻入承明，卻被儒冠反相誤。銜橛在前徒苦辛，韶光轉眼如飄塵。覽鏡須臾成醜老，思心綣結難具陳。君不見漢家豪右歌牢石，一代繁華易消歇。又不見金谷園中草色芳，樓臺寂寞風蕭索。何須握粟問窮通，但願雲眠萬慮空。自昔達人張仲蔚，階前寂寞長蒿蓬。莊生老去思鳶食，枕上誰能生八翼。甘心貧賤復何求，且向東籬呼五白。（以上明張邦翼《嶺南文獻》卷二六）

（楊權整理）

端陽弔古

姱節垂青史，遺風徧海隅。榴花空笑日，楚客尚飛符。艾葉杯中蛀，龍文水上鳧。靈均呼不起，愁思落菰蒲。

遊陳封君石橋莊次盧方伯韻

西林有閒客，溪館夕陽幽。草色多秋意，年光逐水流。雲連雙雁度，月帶片帆收。為報山中伴，酣歌任白頭。

遊雲帽西莊次盧星野韻

結茅臨曲岸，祇恐海鷗知。明月空懸榻，芳樽欲待誰。白雲留石枕，紅槿護東籬。大隱歸朝市，君恩豈有涯。

艷舞團金屋，清歌近笛床。相攜雲外去，直向酒中藏。月榭留仙侶，春庭湛露光。詞林有閒客，作賦擬長楊。

有客迷幽徑，披香宿靄霏。山中歸計早，日下故人稀。海闊星河近，秋深橘柚肥。幾宵烟水夢，猶向帝城飛。

昔日青袍舊，來尋鄭子真。燒丹思卻老，種樹欲藏春。釣客非輕漢，花源豈避秦。天邊帆影杳，猶

有未歸人。（以上明張邦翼《嶺南文獻》卷二七）

（郑舒茵整理）

秋夕

故山迢遞思悠悠，坐對滄溟月一鉤。萬壑新涼摧落木，幾宵歸雁喚深愁。舉杯莫負陶潛菊，稱興重登庾亮樓。自笑飄蓬空浪跡，白蘋寒渚愧眠鷗。

金陵燈夕

十二重城夜不扃，遥聞深院踏歌聲。仙臺寶扇翻鰲影，繡閣珠簾捲月明。千炬花光浮玉几，九天春色度雲屏。燈前莫問昆侖事，四海昇平已罷兵。

何計部粵橋召宴淮上

十年京洛風塵客，此日津前獨泛舟。淮海魚龍春夢暖，楚天烟雨雁聲愁。坐邀明月臨仙署，醉把殘英感素秋。傾蓋不知歸路暝，停雲芳樹獨淹留。

秋日燕臺旅次

宦邸情深獨倚樓，背人燕雁幾聲愁。月臨睥睨憐孤客，風落梧桐報早秋。覽鏡忽驚玄鬢改，片帆長被白雲留。百年歸計何時定，北去南来愧海鷗。

秋日遊燕子磯得埃字

忽看海岳淨氛埃，與客攀懽上釣臺。水到溢城帆影没，月横淮甸雁聲哀。烟籠遠樹留殘照，石漱寒潮長緑苔。六代繁華猶未歇，白雲芳草共徘回。

病起寄錢午江太守

三春多病倦登臺，負此天涯濁酒杯。客路佳辰誰共賞，粤山明月夢頻回。蕭條短鬢愁中白，寂寞寒花雨後開。何日芳郊漫乘興，不妨車馬破蒼苔。

何尚書祀河神召飲河上

新辭黄閣近臣班，駐馬長堤春思閒。八座風雲連北極，三城烟樹擁南山。丹梯萬丈塵區外，緑水孤帆夕照間。促席遠招嚴下客，吟餘白雪出松關。

送夷山陳將軍遊五岳

十年憂國問邊籌，獨請長纓繫虜酋。劍氣未寒霜鍔出，雲臺終古將星浮。仙人共醉金莖露，嶽色遥分玉樹秋。本為封侯投筆早，功成翻向赤松遊。

曉行聞鷓鴣

曉月西沉烟樹微，青山迢遞鷓鴣飛。詞林莫奏秦人曲，翠羽堪裁粵女衣。老去樽前知己在，路迷花下賞心違。數聲芳草萋萋處，惆悵江南倦客歸。

厓門

粵徼空聞鼓角喧，不堪戎馬寇中原。樓船不是興王地，溟海難招死士魂。萬乘鑾輿疲戰鬥，兩厓風雨自朝昏。野花蠻草愁無語，唯有寒潮帶淚痕。

秋日集鄧山人館

蕭條短鬢卧郊園，樹裹秋聲落酒尊。自我乞身歸五岳，可誰並轡走中原。美人只在青谿曲，過鴈堪悲黄葉村。明月關山千里夢，野花蠻草憶王孫。

賦得乘風萬里送潘惟遷丈北上

聖主臨軒訪茂才，何人倚劍白雲隈。古來郭隗名先著，此去孫弘閣正開。八月帆檣湖海夢，三城烟雨別離杯。甘泉獻賦憐詞客，悵望秋風百尺臺。

白雲訪鶴舒臺

采藥南來住白雲，瑯琊消息隔囂氛。遠尋丹竈金銀色，誤入仙家雞犬尋。月落九霄聞鶴唳，春深五鬣長龍文。烟霞蒲地無人掃，共把芳尊對夕曛。

聞邊

萬里黃雲凍不開，榆林秋早鴈聲哀。玉門不見降王款，羽檄翻從絕域來。北地風霜凌漢節，中原將帥列雲臺。何人更獻平胡頌，重上燕然掃綠苔。

得呂山人報

忽聞消息百憂攢，書到飛郵不忍看。鑾土豈終埋俠骨，白頭何事泣南冠。呼朋問酒心先醉，垂死憐君膽未寒。莫向詞林賦鸚鵡，妬人風雪易凋殘。（以上明張邦翼嶺南文獻卷二八）

（劉娟整理）

王弼

王弼，海陽（今潮州）人。明世宗嘉靖十六年（一五三七）舉人。官沭陽知縣。事見清道光廣東通志卷七四。

題太子樓

疊石為樓雲與平，樓荒空有石崢嶸。殘基草長陰狐嘯，幽壑人稀野燐明。少主羈魂悲海島，孤臣忠

憤殪燕京。只今樓下潺湲水，似為當年作怨聲。（清康熙潮州府志卷一六）

（呂永光、張玲整理）

黄行著

黄行著，高要人。明世宗嘉靖十六年（一五三七）舉人。官上高知縣。事見清道光廣東通志卷七四。

遊七星巖

潦倒歸來憶石蓮，喜隨仙侶入壺天。塵心半落飛雲外，道氣遙瞻北斗前。丹竈伏蟬虛候火，洞門鳴鶴破晴烟。野花莫笑遊人醉，一別山溪四十年。（明郭棐、清陳蘭芝嶺海名勝記卷一四）

答衡南寄題石室山

怪石通靈竅，丹梯控碧霄。坡仙留篆古，衡客寄詩遙。水月多光景，烟霞久寂寥。何當凌絕頂，清興慰相招。（明崇禎肇慶府志卷四六）

（陳永滔整理）

馮繼科

馮繼科，字斗山。番禺人。嘉靖十六年（一五三七）举人。官福建建陽知縣。事見清道光廣東通志卷七四。

遊小金山

振衣重上妙高臺，山鳥山花滿碧隈。千古海雲成夢幻，一天明月送潮回。曾聞勁氣凌中嶽，始見文星耀上台。笑我萍蹤渾未定，百年此地去還來。（明郭棐、清陳蘭芝嶺海名勝記卷四）

（陈永正整理）

陳元謙

陳元謙，惠來人。明世宗嘉靖十六年（一五三七）貢生。官萍鄉知縣。事見清雍正惠來縣志卷六、清乾隆修潮州府志卷二六。

與客問答即事

忽有故鄉客，長跪授素書。云自故鄉來，意氣若躊躕。顏面帶風霜，坐立轉籧篨。再拜問鄉人，故鄉今何如。請言親戚故，田里幾萊污。丘壟何人守，族屬寧有無。桴歌今鳴否，徵求苛與紓。鄉人發長歎，置茶坐之隅。再拜復主人，故鄉不可居。墳隴既蕪沒，寧復識廛區。鄰巷鮮故人，族里半丘墟。昔時游廣寮，今為官路衢。御史按行部，停午無藜蔬。羽檄流星至，闔城點兵夫。樓堞排門守，跬步焉敢踰。或然點不到，罰金盡錙銖。春燕巢林木，狼虎吼故廬。富室髡城旦，耕農廢犂鋤。主人聆客言，涕泗交漣洳。離鄉十餘載，陸沉何須臾。族戚悲零落，交親日以疏。歸鳥無寧翼，遊鬣將安舒。慇懃謝鄉人，勿復更欷歔。

逍遙巖

連峯積古鐵，芳草戴層嶺。巖洞入窈窕，階磴上寅緣。回飆蕩林氣，石竇分暗煙。絕頂見長江，山翠蒼蒼然。伊人去我久，千載有遺筌。廓若四壁居，或坐列几筵。誰無堂宇謀，終愁風雨穿。人事豈不足，所勝曷以天。何當卜于茲，養此龜鶴年。聊為汗漫遊，託之逍遙篇。

長命草二首

河源二月春色好，綠卉紅英花滿道。美人不愛河陽花，只愛青青河畔草。為言風霜搖落時，和羲律轉榮還早。盈盈珠露綴湘裙，折來輕向蛾眉掃。君不見萋菲成錦易棄擲，玉帳佳人坐中老。瑤琪貝葉謾棲塵，靈根翠匐聊相保。

新豐女兒顏色好，上郭下郭踏青道。鬢後橫挑金鬱釵，耳邊斜插長命草。美人愛草但宜春，陌頭嘗畏清霜早。況值茂陵薄倖郎，白頭有恨不堪掃。君不見楚姬流血墓冢青，嬌寵何曾及年老。東風雨晴日杲杲，與君百歲願相保。

聞擒劇盜曾一本登五層樓眺望

少年作賦記登臺，今日重登又快哉。五穗仙人雲縹緲，萬家城郭鳥飛廻。越王故壘麒麟臥，賈客危檣玳瑁來。海上捷書連日報，煙銷一望見蓬萊。（以上清雍正惠來縣志卷一八）

（呂永光、張玲整理）

倫以誂

倫以誂（約一五〇二——一五八二），字彥群，別號穗石。南海人，文敘季子。明世宗嘉靖十七年（一五三八）進士。授禮部儀制司主事，尋轉南京兵部武選司郎中，力請歸養。嘗從湛甘泉遊。宗陳白沙主靜之學。年八十卒。著有穗石集。清黃登嶺南五朝詩選卷四、清道光廣東通志卷二八〇等有傳。

鎮海樓

井幹麗譙寧復云，齊雲落星空爾聞。粤中佳麗此重見，宇內樓臺應少群。畫棟迢迢上霄漢，雕梁隱隱棲烟雲。我來登眺發孤詠，撫今懷昔情繽紛。丹霄清切接朱甍，緩步俄躋最上層。淼淼鯨波抱河漢，重重龍臥擁岡陵。雙旌載止成修復，萬事依然有廢興。從此靈光終古在，八方冠蓋幾同登。曲曲欄干近斗杓，凌雲爽氣自飄飄。八區玄覽歸雙睫，五歷丹梯到九霄。南紀每思雄緊地，北辰長仰聖明朝。占祥望氣存周制，豈但登臨逸思饒。（明郭棐、清陳蘭芝嶺海名勝記卷一）

遊海珠寺

神人驅石立，湧出水晶宫。弱水無人到，蓬山有路通。潮聲喧極浦，海色淨遥空。解障頹瀾勢，江流一柱中。

天作南州鎮，蓬山第一宫。玄珠窺象罔，滄海澹鴻蒙。佛法魚龍聽，禪心水月空。滿前風景勝，盡入倚闌中。

客游維桂楫，僧定掩柴扃。倚檻看雲起，登樓待月明。弄珠逢漢女，投璧禮玄冥。歲歲送人處，無端離思生。

樓閣重重麗，雲扉間霧扃。南來連紫水，東去渺朱明。過客探奇勝，山僧話窈冥。何人識道者，此地學無生。

雄扼長江勢，千年鎖更扃。海兼天共湧，珠與月爭明。岸草連雲遠，汀花雜樹冥。維舟莫歸去，坐待晚潮生。

海上芙蓉國，空門夜不扃。異人驅石古，神女弄珠明。跨鶴真凌漢，燃犀肯照冥。雲根終古在，豈是島中生。（以上明郭棐、清陳蘭芝嶺海名勝記卷三）

小金山話別

古刹靈洲勝，逢春景俗多。共憐登眺樂，無奈別離何。細草兼花隱，輕雲帶雨過。參禪非我事，命酒一高歌。

獨上妙高臺，臺空孤鶴回。江山自今古，英俊豈塵埃。天樂松濤迴，雲屏露障開。坡仙有遺墨，讀罷意徘徊。（明郭棐、清陳蘭芝嶺海名勝記卷四）

題東林餞別圖

美人家住增江曲，叢桂森森繞草堂。若土天高先得月，扶桑地遠易逢場。談玄日過揚雄宅，舉酒時斟杜子觴。江海未應憂魏闕，東華曾挹軟塵香。（中國古代書畫圖目一三）

（陈永正整理）

峽山飛來寺

飛來千古寺，緩步踏平蕪。繞徑蒼苔合，凌空翠壁孤。花深頻眺望，晝淺罷傳呼。卻愛山僧靜，蕭然一事無。

峽山飛來寺

寺下清江不盡流，縈迴百折壯南州。草當茵席烟當戶，雲作亭臺石作樓。客路風高長似暝，佛堂花發可憐秋。空門尚有飛來日，莫怪南沿北溯舟。

奔濤日夜向東流，江勢雄吞百二州。雲際輝煌開古刹，林邊縹緲出飛樓。滿堤楊柳汀洲暮，夾岸芙蓉澤國秋。夜半忽驚塵世夢，上方鐘磬落孤舟。（以上明郭棐、清陳蘭芝嶺海名勝記卷八）

（陈永滔整理）

野望

野望杳無際，蕭然塵慮微。山光搖客舫，水色上人衣。潮帶清風至，雲兼白鳥飛。鄉關雖咫尺，客思轉依依。（清黃登嶺南五朝詩選卷四）

憶留都官舍

三年卜築傍城隅，幽思依然吏隱居。魏闕天光憑檻里，鍾陵山色捲簾餘。花深曲徑催攜酒，月下閒庭伴讀書。惆悵別來無限意，鳳臺回首獨愁予。（清溫汝能粵東詩海卷二四）

夏日玩陶仲子樾墩集

晝永閒無事，長歌外翰詩。龍珠寧易得，駿足實難羈。搖落騷人意，清新幼婦辭。江墩不可即，撫卷寄吾思。（陶益樾墩集卷首附）

（楊權整理）

陳紹儒

陳紹儒，字師孔，一字君仲，號洛南。南海人。紹文從弟。明世宗嘉靖十七年（一五三八）進士。授戶部主事，尋晉員外郎，歷官至南京工部尚書。以遭毀謗，致仕歸。卒年七十六。著有洛南集、留餘遺稿等。清溫汝能粤東詩海卷二四、清道光廣東通志卷二八〇有傳。

春暮南樓會酌次王大參韻

乾坤雲海眼中賒，渺渺煙村樹影斜。冠蓋倚闌輝雉堞，酒杯邀座惜鶯花。青霄晝靄開孤嶼，紫陌春暉滿萬家。獨抱丹心空感戀，不勝清思繞京華。（明萬曆賓州志卷一三）

（呂永光整理）

經石門山

韶石鳴弦不記年，南佗遺事夕陽前。樓船直下湞江水，城郭重關越樹烟。碧倚寒江沉戟壘，山分涼雨漲貪泉。我家住傍秦尋陘，來此行歌共少連。（明萬曆廣東通志卷六五）

（陳永正整理）

趙太史招遊浮邱山和韻尚書

珥筆司存籍漢宮，祝融春望幾歸鴻。金蓮正待蘇知穎，珠樹猶攀葛稚翁。日色琪壇仍瑞鶴，江光瑢圃帶晴虹。憑闌謾道天南北，玄極輝輝紫氣葱。

珠浦人歸亦鑒湖，玄亭猶傍赤城孤。雲根共指維蘭鷁，井幹同看載玉壺。滄海環潮寒吐納，朱明佳氣入虛無。仙靈皎皎多詞賦，誰似文園蜀大夫。（明郭棐、清陳蘭芝嶺海名勝記卷五）

峽山飛來寺

峽山名勝地，遙憶李公題。引杖天低北，揚帆月掛西。僧鐘江浪隱，漁笛浦烟迷。去去懷京洛，春風度楚齊。

峽山飛來寺

英雄諸州江水渾，東流百折歸峽門。人從絶壁窺天險，余愛名山覺道尊。風雨魚龍喧白晝，藤蘿猿狖笑黄昏。天南海嶽經行處，北望川原黯斷魂。（以上明郭棐、清陳蘭芝嶺海名勝記卷八）

渡梅嶺

入望山門迥，長征日月遥。雄城臨百粤，嶺路鑿前朝。古洞猶猿嘯，遺松但鳥嬌。不堪行役意，歸夢武溪橋。

河洲辭返棹，嶺路候征鞍。地以横分險，山從直北寒。野梅香可嗅，猿洞杳難攀。惟有賢祠鶴，千秋明羽翰。

謁文獻張公祠

何代關山今相祠，丹青歷歷表南陲。開元人物多文獻，庾塞風雲幾夢思。疏刺胡雛宗社計，詩題海燕哲臣悲。夔龍寂寞金胎舊，臺榭輝輝鶴樹枝。（以上明郭棐、清陳蘭芝嶺海名勝記卷一〇）

（陈永滔整理）

登鎮海樓

青山隱隱畫樓雄，衡雁飛飛玉宇空。雲水流商初變律，關河哀角已鳴弓。寒驚思婦紅樓暮，涼送詞人白苧工。回首鑾烟銅柱隔，幾時重紀伏波功。

送吴中丞悟齋巡江

青霄纁斧出郊行，春水樓船壓浪平。聖朝王會自江左，才子風流今舊京。城隅黄柳色轉度，湖上碧桃花欲明。正好芳辰無那別，勞勞亭畔不勝情。（清梁善長廣東詩粹卷五）

（楊權整理）

盧夢陽

盧夢陽，字少明，别號星野。順德人。明世宗嘉靖十七年（一五三八）進士。官至福建右布政使。著有煥初堂集。清道光廣東通志卷二八〇有傳。

峽山飛來寺

七十二峰環古臺，至今人説是飛來。重重石磴諸天盡，細細松笙萬壑哀。翠竹蒼藤懸日月，水聲山

色變雲雷。老僧為道歸猿事，空見殘碑生綠苔。（明郭棐、清陳蘭芝嶺海名勝記卷八）

（陈永滔整理）

破鏡行

爾缺似難圓，爾晦依然明。形相半虧精彩在，普照萬物皆容成。記憶當年如滿月，悞鬭堅剛成破缺。由來鑒別本無私，節解支分光不滅。閨媛宮娥不爾留，幾回抛擲墜青樓。願藏寶匣重磨洗，長與衰翁照白頭。

小圃殘臘飲諸公

不知年已盡，已報早春回。暗葉因風換，繁花待雨催。陳遵當日酒，張翰此時杯。相對成真率，誰非洛社才。

飲陳尚書年兄蓮水園

白蓮池上水溶溶，秋晚籬花放幾重。黑髮還家誰更早，清尊留客獨相從。城邊第宅開三徑，竹裏烟雲露一峰。十載追陪難間濶，深杯時聽月明鐘。

舟望

青松樹樹帶斜陽，又見生公説法堂。鼓棹不須論遠近，但離瓜地即他鄉。（以上清黄登嶺南五朝詩選卷四）

卧遊羅浮和白沙先生

高高上飛雲，行行度鐵橋。鐵橋尚可度，飛雲不可招。鷄鳴吐初日，起浴滄海潮。舉目盡見之，何必摶扶搖。（清梁善長廣東詩粹卷五）

（楊權整理）

林晃

林晃，番禺人。明世宗嘉靖十七年（一五三八）進士。官員外郎，擢知府。清温汝能粵東詩海卷二四有傳。

秋杪登朝漢臺

尉佗城外樹含烟，朝漢臺荒雉堞連。寂寂了無興王氣，累累空有化人眠。霸圖自昔疑開粵，帝業如今已在燕。愁殺鷓鴣啼落日，不知興廢遞推遷。

九日偕陳洛南盧星野二年丈登鎮海樓

宦海參商各遠遊，相逢此日共登樓。萸囊菊酒酬佳節，鴻雁丹楓報晚秋。天上白榆占象緯，朝端青瑣重名流。憑高徙倚聯飛蓋，不數龍山落帽儔。（以上明張邦翼嶺南文獻卷二九）

（楊權整理）

譚大初

譚大初，字宗元，號次川。始興人。明世宗嘉靖十七年（一五三八）進士。初授工部主事，歷官至南京戶部尚書。嘗力薦海瑞。卒年七十五。著有次州存稿。明史卷二〇一、清溫汝能粵東詩海卷二四等有傳。

次遊可齋見贈韻

拙直抱沉痾，得請歸林泉。至道愧不聞，光景悲流年。既無適俗韻，琴書且盤旋。詎意遲莫入，不為長者捐。高軒過敝廬，謂我聲名全。異哉滄海鯤，誤落江魚筌。余行既不迷，勿論白與玄。會看宣室詔，冰玉本來矚。

吊丘忠臣[一]

宋家末造國不競，景炎祥興皆寄生。腥羶躪轢閩廣間，五嶺以南無堅城。當日守臣多愛死，往往全軀保妻子。楚囚趙虜走且僵，誰似平原顏御史。狼烟驀驀薄韶陽，北門鎖鑰已鋃鐺。封疆之臣誠捍禦，江淮復生真源張。義士見危當授命，存亡誓與孤城並。黄塵蔽日雲漫漫，公服拜天惟自靖。委身誰不為良臣，匪躬之故非徇名。問甚鴻毛與泰山，綱常為重身為輕。誰道韶城為虜圮，更有金城長萬里。誰道公死非全歸，高節清風樹人紀。遺容儼雅非公神，地為河嶽天星辰。烹鮐鰥猗溉鬵釜，吊公忠兮懷好音。（以上明張邦翼嶺南文獻卷二六）

［一］清溫汝能粵東詩海卷二四題下有序：『次致子方宅憂，有父老踵門而言曰：惟我祖判韶之節，惟子聞。惟撫臣褒忠之典，惟子聞。祠成，士大夫之播之聲詩者哀帙矣，子盍識之。次致子曰：記以昭遠，非名筆不傳。余末之學也，矧宅憂乎。父老曰：忠臣孝子，義無獨殊，考名論世，邦之人與有榮也，幸昌言之，無靳詞。嗚呼，吾因之重有感矣：昔汲内史在漢直節，寢淮南之謀，使公居宋要地，必能陰折奸回不軌之心。使守圉之臣咸若公，亦能挫其鋒而奪之魄，至於不屈而死。公之忠可嘉，公之志可哀也。吾嘗悲公不得酬其謀國之志，而壯公殉國之貞也。於其請，為之賦吊忠。』

會試過釣臺同年陳于喬馮少登彭子豫夜月聯舟步韻

功名奕葉羡雲臺，且向桐江一釣來。雷雨已成天子業，絲綸何必故人才。弓旌物色春長富，蓑笠衡門午未開。枉教客星占太史，雲山端不負初懷。（明張邦翼嶺南文獻卷二八）

題墨江手卷

始興江水色如墨，幽人卜築江之側。臨流染翰幾經年，洗耳濯纓聊自適。牛刀小試非吾心，拂袖歸來頭尚黑。得鮮呼酒發浩歌，長嘯一聲江月白。

送彭石塘詩

伯良彭君，別號石塘，某老友也。久別重晤，又當別去，後會難期，詩以贈之。

不見石塘子，於今十六年。趨蹌非往昔，談笑尚依然。有子光前烈，無營愜晝眠。鹿門人已遠，誰道德公賢。

幽居即事

淨几明窗拙逸軒，閒來真覺日如年。小山叢竹皆成趣，霽月光風不用錢。謾把琴書消永晝，敢將花柳學前賢。飢餐渴飲無拘礙，誰信塵寰有洞天。

和馬鍾陽見懷

山名丹鳳未應虛，為有高人始結廬。種菊經年堪自老，味蘭如昔肯忘予。緘來開視驚時久，夢裏相逢嘆日疏。無耐鳳雛亦飛去，從今誰寄造門書。

答李牛山

紫垣昔日愧金魚，青瑣當年負諫書。雅淡祇宜三徑菊，疏狂不羨故鄉鱸。匡時有志師君實，投老無心賦子虛。借問牛山棲鳳竹，萬竿烟雨近何如。

遊葉樂山山莊

誰卜幽居水竹間，衡門無事晝常關。尋芳不逐春風舞，採藥長隨夜月還。精舍陰陰修竹裏，佳城鬱鬱小溪灣。多君領得林泉趣，名利無心夢亦閒。

懶從紫陌逐塵紅，卻愛山莊一水通。藥圃三春肥穀雨，杏林六月飽松風。竹陰深處詩懷逸，酒興濃時俗慮空。自古鹿門真大隱，年來誰解覓遺蹤。（以上清溫汝能粵東詩海卷二四）

（楊權整理）

全粵詩卷三二一六

鄭廷鵠

鄭廷鵠，字元侍，號一鵬，瓊山人。明世宗嘉靖十七年（一五三八）探花。授工部主事，調儀制郎，陞吏科給事中，晉工科左給事，擢江西提學，遷江西參政。以母老乞歸，築室石湖，著書自娛，累薦不起。祀鄉賢。著有藿膾集、蘭省集、掖垣集、學臺集、石湖集。明郭棐粵大記卷一九、清雍正廣東通志卷四六、清道光廣東通志卷三〇二等有傳。

鄭廷鵠詩，以明陳是集編溟南詩選（民國二十年海口海南書局印行）卷二所收鄭詩爲底本，參校同年海口海南書局印行海南叢書第六冊所收之石湖遺集。集外詩附於後。

海天勝遊歌贈金臺田衛使

十載逢君神武營，君能走馬塵不驚。腰下金鐺還自惜，匣中寶劍常有聲。十載逢君瓊海上，衣冠扮作神仙相。旅泊徒嗟過隙駒，雄飛空逐滔天浪。浪花聲裏問歸程，天北天南無限情。武功坊下逍遥夢[一]，奇甸街前快樂行。此行真入蓬萊島，十月梅花覺春早。雲邊笻竹面似人，石上胡麻大如棗。

莫道長安繁且華，海上奇怪尤堪誇。冬殘不必黄芽菜，寒具何須白貝花。嗟君遨遊七十載，椰酒椰漿君自解。海鷗相狎無機關，塞馬由來有真宰。勸君長醉且徘徊，乾坤何處非春臺。今夜白黿纔入夢，明日金雞放赦來。噫欷歔，天南天北無彼界，堯仁象天如倚盖。君不從軍萬里行，那識皇輿如此大。

〔一〕下，石湖遺集作『上』。

中流自在圖歌爲譚次川年兄題〔一〕

秋水瀰烟谷，川光入畫圖。遠山横黛色，林樹正扶蘇。是誰椠礴丹青手，驅雲掣電龍蛇走。青冥浩蕩不可窮，萬頃玻璃當戶牖。絶壁崩崖雨後新，驚濤日日伴遊人。人間草舍依村樹，水上雲深隔比鄰〔二〕。江頭牙檣如櫛密，奔波愈下無回日。誰知中有扣舷者，緩楫安流心自逸。慷慨中流發浩歌，天地萬物如渠何。馮夷擊鼓鼉爲導，靈胥水面空婆娑。君不見湘山大風不得渡，刑徒三千亦何怒。又不見灧澦堆前爭喧豗，矢盡劍折夫何爲。乃知畫師有深意，頹波漲裏藏其智。一棹孤舟尺素中，洗盡人間名與利。名與利，如輕蘋，風波逐逐徒傷神。所以高明仗忠信，濟川有術通玄津。速不足喜，遲何足嗔，彼岸登時同是到，穩作中流自在人。

〔一〕川，石湖遺集作『以』。

[二] 僯，石湖遺集作『隣』。

宿承恩寺

何處梁王寺，豐碑勒帝章。烟花浮翠幄，月影上華堂。物外何須競，塵中秖自忙。老僧參不透，猶爾念金剛[一]。

[一] 爾，石湖遺集作『且』。

春日偕周一陽攜酒過福寺訪黃暾江春元二首選一

載酒尋芳境，聞鐘入梵筵。松門禪影落，花境鐸聲傳。席上懸空偈，窗中漫草玄。果非貪佛性，還爲惜華年。

種宜男[一]

我愛宜男草，紉香久自珍。樹之南海曲，戀此北堂春。白璧初含雨，青裳逈出塵。托根良不淺，長對合歡人。

[一] 石湖遺集男後多『草』字。

蒼屹山

玉龍出盤谷，翹首對新城。水帶環橋綠，風鈴觸石鳴。回翔本無意，屈曲尚多情。鳥跡留仙讖[一]，識云：盤龍屈曲，自何起伏，回翔幾里。[二]誰人識姓名。

〔一〕仙，石湖遺集作『山』。

〔二〕石湖遺集無此注。

仙人崗

仙人乘鶴去，空崗獨巋然。法草山山綠，題痕日日鮮。兩巖門未掩，七里事何玄。有碑題云：『遠七里，近七里，不遠不近在七里。』欲問希夷子，楓林隔紫烟。

微雨

雲度青山雨，霏霏送弱絲。逐風輕柳絮，舞檻濕花枝。海燕春巢早，城烏夜宿遲。客愁不自整，相對草離離。

與白省吾遊宴姚蛟峯大尹園林

名園通遠郭，三徑有遺踪。醉日花容媚，隨風竹影重。清歌回獨鳥，香袖趁餘蜂。舞罷酣春閣，悠然對喜峯。園中有峯名喜峯[一]。

〔一〕石湖遺集注作『園中有喜峰』。

散步

散步長安邸，蕭然景物殊。海雲千里白，燕月一身孤[一]。尺素迷秋雁，南枝引夜烏。鄉園何處是，終日費支吾。

［一］身，石湖遺集作『輪』。

司空直宿

直宿尚書省，瀟瀟帶月過。冬官寒更早，水部夜如何。柝向風聲近，簾開燭影多。少陵官不薄，醉後且長歌。

栽蓮

濯藕换新池，深根永不移。赤心清可鑑，綠葉宛相宜。細雨新蘋動，微風弱蔓知。朱華常在念，擎蓋是何時。

贈家與金濟朝還家

雲落青山暮，溪聲送夕扉。月光回客夢，柳色映征衣。酒醉何時別，詩成作驢歸。漫歌留彩鷁，明日未應飛。

壬辰下第寄所知姚思孟

漢柳秦溝潞水春，長安依舊小郎新。風雲漫屬僧繇壁，蹊徑空回季路津。陌上標旂斜度雨，里中車馬暗生塵。羈懷未問劉蕡事，且向中原寄此身。

壬辰自慰呈李年兄雙翠

春晴昨日赴花期，妬雨狂風負所私。白塔祠前雲影斂，黄金臺上鳥聲悲。客愁不散西山雪，鄉夢虚鑽北海龜。壯志憑君堅似石，十年獻賦未應遲。

謁景賢祠祠祀蘇文忠公、丘文莊公[一]

石楔縈回落木陰，朝朝雲擁舊祠林。金蓮朱橘千年事，綺閣丹楹萬古心。載酒誰知春夢杳，登堂徒見野花深。眉山瓊海今還在，烟外秋風鳥自吟。金蓮，東坡蹈海時事；朱橘，深翁入相時事；載酒堂、春夢婆，東坡崕州時事；野花亭，深翁學士莊事，在祠前。[二]

〔一〕石湖遺集注作『祀蘇文忠、丘文莊二公』。

〔二〕石湖遺集無此注。

妙高臺

巖樹崚嶒起石臺[一]，臨流飛檻向人開。青蘿垂蔓雲間出，彩鷁摶風江上回。醉後黄昏瞻斗色，夢回清夜識珠胎。呼僧細問東坡事，漫道浮生有去來[二]。

[一] 崚原作『稜』，據石湖遺集改。

[二] 生原作『由』，據石湖遺集改。

呂仙祠

邯鄲道上呂公堂，古木蕭蕭秋氣涼。葛藟有人歌白紵，叢臺無事說黃粱。物情祇作遊談柄，世路空悲傀儡場。清晝夢中慚未醒，鳳樓雞店正茫茫。

朝天巖有序

巖舊名齋陀巖[一]。予赴京，道經靈山，衛當使志剛請予遊其上[二]，且請更其名[三]，予見其去天咫尺也，因名之朝天巖云[四]。

攜酒中峯不厭高，騰空直與白雲翱。諸天腳下皆蘿薜，四海眶中一羽毛[五]。谷靜巖虛心轉寂，鳥啼人醉興偏豪。蓬萊可到今能到，鼉鼓西風起六鼇。

[一] 石湖遺集無第一個『巖』字。

[二] 石湖遺集無『當』字。

[三] 石湖遺集無『其』字。

〔四〕之，石湖遺集作『爲』。

〔五〕眶，石湖遺集作『眼』。

三海巖在靈山六峯門外

層巖細雨嵐光散〔一〕，空洞微風草木幽。滄海浪痕生紫蘚，青山蜃氣結朱樓。千年陵谷何多改，此日登臨且共酬。黄鶴不知芳樹晚，雙雙猶傍舊磯頭。

〔一〕光，石湖遺集作『先』。

偶過臨高澹菴堂李石城大尹枉顧即行途中口占爲謝

看山不厭到臨溪，忽枉仙鳧爲指迷。千里桑麻方復業，百年桃李已成蹊。胡公祠下鶯聲囀，陸令堂前柳色齊。行客怱怱未能紀，林花處處自爲題。

石經洞

千年石洞空苔蘚〔一〕，不見當時洞裏人。百尺巖花搖碧落，幾條烟柳絶紅塵。已知世上獨醒少，莫怪山中打睡頻。細檢斷碑愁注目，貞元徒識守藩臣。

〔一〕苔蘚，石湖遺集作『陳跡』。

送鍾玉川廉州分教

四月河臺草樹閒，遥遥青鸛向廉山。鍾興萬里新承命，何遜當時已抗顔。去歲予同年進士何藍泉先往廉州掌教[一]。帳影瞻回明月浦，鐸聲飛度綠溪灣。唐人石室今何在，桃李盈盈滿目斑。

[一] 先往廉州掌教，石湖遺集作「先生掌教廉州」。

和蔡都憲征黎韻

秋風高節駐邊城，開府躬臨百萬兵[一]。隔水樓船雲外出，彌天草樹雨中生[二]。伏波萬里螭碑在[三]，横海千年羽檄清。五指從今霄漢裏，巖花歷歷共知名。

[一] 百，石湖遺集作「十」。

[二] 彌，石湖遺集作「炎」。

[三] 螭，石湖遺集作「豊」。

送郡象峯崖守赴調北上

白日黃濤海上州，隼旂飛動宿烟收。嵐開錦纜湖聲曉[一]，路入青山草色秋。南浦雙龍瞻斗極，西風孤鶴夢神州。邯鄲往事何須問，且醉長安謾倚樓。

[一] 嵐，石湖遺集作「風」；湖，石湖遺集作「潮」。

梟山候潮

落日孤峯短角催，西風江上暮雲開。三秋月色千尋浪，半夜潮聲萬壑雷。彩鷁忽驚瓊島夢，金鰲遥送雪山杯。雞鳴津吏初相候，細向船頭問去來[一]。

[一] 細，石湖遺集作『齊』。

西莊六景有序

莊在吴興東南境上，後臨杏塢，前擁鳳山[一]。篁溪引其東，鍾溪環其右，亦山水之勝也。内有亭曰白雲之亭[二]，徑曰花徑之徑[三]。四時風景，可玩可歌，爲賦。選三。

紅杏芳林

滿樹紅霞點絳衣，山門處處襲餘暉。董仙堂下烟初散，司馬祠前雨正霏[四]。啼鳥遠從旗市轉，疏鐘偏逐藥船歸。北鄰喜見南枝早，共引牙盤酌翠微。

篁溪曉渡

露下危檣曙色開，吴歌遥傍櫓聲來。疏鐘淡月孤舟曉，遠水幽篁獨鳥催。人語渡頭喧羽楫，龍吟風外助霞杯。濟川未問商巖事，且趁風清過曲隈。

〔一〕『後臨杏塢，前擁鳳山』兩句石湖遺集顛倒。
〔二〕石湖遺集無『之亭』。
〔三〕石湖遺集無『之徑』。
〔四〕霏原作『霖』，據石湖遺集改。

七星寒秀

天外芙蓉曉嶂開，七峯蒼翠擁仙臺。紫垣珠斗空中落，白馬瑤圖海上來。雲斂高秋回五嶺，月明清夜近三台。心懸北極堯天迥，何羨東封薄漢才〔一〕。

〔一〕薄，石湖遺集作『博』。

渡江道行江堤上

細雨江堤暝色黄，寺鐘漁火雁聲長。客心似水中流急，驛路如年盡日忙。隔岸風沙催短角，極天雲樹度危檣。叢林十里寒城夜，又上公安肅政堂。

佛手崖小憩見一滴泉

幽洞涵虚鬱紫清，碧巖如手覆仙蘅。空中香樹浮珠閣，象外烟花擁玉屏。倦鳥未忘常梵語，寒泉那識下方情。西風古木嵐光暮，何處人間有磬聲。

書堂講罷示諸生講義

紫陽壇上靜焚香，石洞風來夏閣涼[一]。出谷世情暄自暖，横經吾分説偏長。數年孔易竟何學，終日回言衹此堂。指所講不違學易二章[二]。爲語舜徒休孟浪，指所講雞鳴章[三]。明明仁義是周行。指所講親敬長章[四]。

[一] 石，石湖遺集作『原』。

[二] 石湖遺集此句作『講學易不違二章』。

[三] 石湖遺集此句作『講雞章』。

[四] 石湖遺集此句作『講愛新敬長章』，詩後並有注文：『案：此先生提學江西時，親到白鹿洞書院講書，故有此作，以示諸生，並有學規。』

十月望後過東林望廬山和韻

廬山相見已銷愁，入眼青葱總舊遊。草色尚留三峽雨，雁聲猶送九江秋。連天霞樹層層出，落澗寒泉滾滾流。遥問錦厓何處見[一]，題痕應在白雲頭。

[一] 見，石湖遺集作『是』。

李東泉明府得予圭墨以詩來謝因以聯答和韻

金龍初試墨池新，凍雨濃雲細可論[一]。筆底風雷渾未散，尊前珠玉豈應貧。呼嵩道士增聲價，濡鬚仙郎識急真[二]。遙想赤虯蟠結地，懸知不負草玄人。

［一］細可論，石湖遺集作『共細論』。

［二］急，石湖遺集作『性』。

三月六日雲雨大作和蔡隱者韻

三月雷聲撼太空，海雲送雨入牆東。黃芽畦上鷩雞黍，白縷籬邊覆宛童。冒水詩郵如有意，衝泥門巷可能通。君公若爲三農喜，何惜春心兩頰紅。宛童，女蘿也。

九月客至齊雲山登高用東泉韻二首

客至披雲攬石龍，乘風飛度最高峯。尊前日出甘同醉，眼下天空信可容。叢菊有緣還對面，文霓何意獨摩胸。憑誰記取留題處，千古磨崖是筆蹤。

十里招尋湖上行，湖光山色近人明。到來雲谷花頻插，莫厭龍池酒數傾。木杪寒猿窺舊窟，甕頭秋蕨露新莖。哨壺枉矢能娛客，潦倒誰知更解醒[一]。

［一］解原作『鮮』，據石湖遺集改。

青燈獨誓詩爲黎門烈婦邢氏作

東坑茅舍薄斜陽，少婦含冤祇自傷。兩虎在門空吼吼，孤燈終夕獨煌煌。換油未了餘生積，別室誰憐掩淚汪。裂帛聲中人已散[一]，海桃何處問綱常。

[一] 帛，石湖遺集作「布」。

載酒堂

梛花烟裏釣池前，逐客風流尚儼然。青海甕雲嗟往事，玉堂春夢慨當年。問奇卓有淵明句，漉酒獨傳真一篇[一]。千載瞻依竟何處，綠陰祠下草芊芊。

[一] 漉，石湖遺集作「灑」。

報恩莊小憩林掌教陳別駕枉顧謝之

路轉長林小徑深，客車門外送來音。乘風野鶴雲間落，對橘仙翁日下臨。掛月未忘千乘事，採芝猶動縉雲心。獨慚社酒非琪品，空使山花笑盍簪。

五指山

五峯峻削拱炎州，探日批風迥未休。石磴共看黃鶴度，松門直與白雲浮。長安北望空秦觀，吳會東來越楚丘。捧日自當登絕頂，君平休道犯牽牛。

送張南川春元省覲北還因上春官

春晴海上錦帆開，萬丈龍濤轉曲隈[一]。日下鯨波飛綺縠，鏡中仙嶼出樓臺。彩衣尚戀黃堂夢，蘭省新招白鳳才。獻賦他年回首處，五峯雲外是蓬萊。

〔一〕龍，石湖遺集作『洪』。

撥悶

不須半滴雲安酒，一日一吟工部詩。纔自沾唇動顔色，何妨破量盡酴醾。風來人醉樓堪倚，日落雲横盞亦攲。大笑也應忘俗慮，夜來何以謝良醫。

乘涼至夜分聞笛聲

獨坐方亭海月孤，東風樓上報更壺。香銷人定涼初至，露下天高暑若無。何處落梅吹緑水，幾回高枕就青奴。嶺壖五月空惆悵，半夜雞聲起壯圖。

題問道橋碑陰在藿林精舍東

彌年荊棘叢，芟除始成路。若自識道心，請從此橋度。

買盈村

洋洋一掬水，紆石自爲堤。洞識盈虛理，高山是指迷。

遊慈感寺戲答僧問姓名少作

來路不須長老問，小車休着野猿驚。好聽法鼓毗盧閣，三月春雷卜姓名。

省中見鶴二首

怪爾高飛出蔚林，雲霄終日惜佳音。祇今寥落秋風裏，誰識當年萬里心。

月下翩翩舞且歌，省中盡日細婆娑[一]。羽毛自信不相染[二]，縱有風塵奈若何。

［一］細，石湖遺集作『自』。

［二］自信，石湖遺集作『高潔』。

栽柳園亭

三尺纖盈已自妍，垂絲風外繫流年。祇愁修幹亭亭日，聽得鶯聲不忍眠。

鳳凰子移自石中

椰葉椰枝結翠楹，每因巖石不知名。從今植向池亭上，好對春風作鳳聲。

蔡隱君送苦瓜並詩和韻謝之

沈約躭詩太瘦生，青門又作苦瓜行。誰知谷口酸相似，反恨蜂飴不世情。（以上溟南詩選卷二）

白虎亭新成二首

窈窕見深谷，山門鬱穹窿。高臺何崔嵬，翠壁增長松。攀蘿一登眺，新亭報成功。嗟余始行役，夙心寄雕龍。徘徊詠高調，千載聞清風。

綺構青雲上，烟光動窗戶。萬籟生陰谷，孤禽隱深樹。亭亭百尺喜，松聲自朝暮。誰識元化理，究此無言趣。悠悠千古心，端居有良悟。

白鹿洞

石洞藹晴暉，高臺碧翠微。松蘿常向榻，花蘚細沾衣。不厭談經久，深慚訪舊稀。長歌動林麓，山鳥傍人飛。

獨對亭

彩亭遥積翠，清景向人開。奇石階前出，飛泉樹杪來。劇談挹五老，高調詠孤臺。獨怪山橋晚，春風到草萊。

釣臺亭

淺澗漾清波，晨光侵綠蘿。石鳴魚自躍，山靜鳥還過。不用投竿起，相尋樂趣多。臨流吾亦羡，得意寫高歌。

六合亭

飛步回流頂，青窗徹上空。烟花亭樹外，海樹酒巵中。徙倚群芳異，回環四望同。悠然心賞處，天路更何窮。

雁塔三元峯

孤峯浮水外，對面送青來。石色蒸霞出，湖光映日開。人當韋肇榜，名寄粤王臺。危亭碑尚在，歷歷見群才。

石山

馬嶺開屏嶂，崚嶒出萬山。石田薄雲際，丹竈在人寰。白玉飛仙去，金牛何日還。清風巖下樹，空對鳥關關。

東坡雙泉

東坡留勝跡，故老識雙泉。洞酌常如舊，澠淄各自妍。參公應是主，牧守正須賢。興復何年事，長歌豈弟篇。

惠通泉

誰料三山下，浮珠有惠泉。洗盃如作凭，卓錫自忘禪。地是神仙境，名因衲子傳。追言昊天觀，罷驛是何年。

雁塔薰風

山藟高捲石橋瀆，紫塔幢幢拂五雲。雁影昔年還北渚，龍吟此日動南薰。歌鐘清徹流風轉，舞扇瞻回落日曛。衣錦題名思往事，杏花亭上正氤氲。

海門秋月

秋嶼潮生月正懸，天高海闊夜娟娟。龍沙萬里蟾光動，珠浦三更蚌影圓。風捲浪花驚宿鶴，水鳴霜葉觸啼鵑。真遊那得乘槎夢，直泛銀河學閬仙。

陶公福地

五嶺迢迢擁福山，陶公盤鬱海雲間。寒潭夜雨蒼龍吼，曲水春風彩鳳還。竹徑石邊看獨塔，草亭峯外送雙鬟。仙臺不秘長生藥，蒲節松花可駐顏。

玉龍泉

玉龍回首碧池前，空谷泠泠啓大川。石砌初通蘋藻雪，錦題新掛蔦蘿烟。仙源別是通秦島，古峙何

常問漢年。要識山靈有神應，商霖今日傅巖篇。（以上石湖遺集）

（韋盛年整理）

全粵詩卷三二七

歐陽建

歐陽建（一五〇一—？）字參可，別號篁濱。新會人。明武宗正德十四年（一五一九）举人，明世宗嘉靖十七年（一五三八）進士，授福建清流知縣。遷禮部郎中。有鍾佳草、篁莊遺稿。事見清道光廣東通志卷六九。

歐陽建詩，以清咸豐三年刊本篁莊遺稿爲底本。

十二歲自省

自古聖狂兩路歧，算來原是錯毫釐。群居博奕有誰省，終日遨遊衹自癡。孔孟曾顏皆可法，關閩濂洛總當期。如今身入宮牆裏，盡改前愆與往非。

十四歲自省

義利兩歧千里隔，算來原是差毫釐。百千倍力今須盡，十四年前頓覺非。事業光明皆地步，身心修省是男兒。從今識破賢愚路，明道希文好自期。

十六歲與督學張公聯吟

酒了瓷甌局了棋，竹床風靜打眠遲。漏聲到耳更三點，梅影橫窗月一枝。四海萍蹤今夜定，半生事業兩心期。憑誰為剪鄰雞舌，更與從容話片時。

十九歲贈星士梁月溪

平星玄妙月溪多，算我名標己卯科。今日果然科己卯，天機無亦奈公何。

京行別宗族

一自摳衣拜廣庠，粵城城下肆文章。卯年始幸登科第，辰歲還期飲御香。好唱驪歌辭族老，敢將行旆久篁莊。遙思飛報宫花日，父老應知喜氣揚。

赴春闈

睡起篁莊日已紅，方知鞅掌是途中。帆飛荻港江河闊，馬度梅關霜雪濃。未盡風光行且北，祇因流派別於東。丈夫不與匏瓜伍，湖海奔波魚化龍。

京都聞砧

砧杵聲聲過短籬，一聲高處一聲低。畫蛇幾許慚添足，夢蝶多時苦弄衣。黄菊有花非我里，青山無恙待人歸。行行爭奈千千舍，欲學天門八翼飛。

京都懷父生誕

秋風八月利如刀，收拾先冬舊緼袍。卻憶嚴君初度慶，應嗟遊子遠方勞。兩回慚負三春夢，萬里空瞻五嶺高。甘旨他年何處是，欲從天表覓仙桃。

京都懷母生誕

無情歲月又中秋，天色蒼蒼月色幽。今日佳辰思母老，兩年何事住皇州。稚妻解進茱萸未，諸妹能供苦茗不。想極夜深憑几臥，夢魂飛到粵山頭。

京都懷雙親誕

賺我平生識一丁，故園動隔八千程。四時恰好中秋景，二老方逢此際生。春酒介眉慚古意，秋花盈眼蕩金城。蟠桃欲仗西王母，青鳥殷勤為寄聲。

客廚向晚菜羹甜，細細風來淡月兼。南極星輝何處野，北堂人捲此窗簾。霞杯酒愧斯今酌，海屋籌將幾度添。假寐夢魂繚繞去，羅浮天外萬峰尖。

春闈下第托漁父吟

秋風颯颯浪飄飄，蓑笠慣披坐不憂。一意自懷魚可得，三更誰想餌空投。且撐禿艇灣沙嘴，暫把漁竿插灘頭。直待江回春水暖，巨鼇無信不吞鈎。

下第閒題

十年辛苦未曾閒，笑指青雲咫尺間。富貴不從人所願，功名卻與命相關。詩書再把從頭讀，論策還將著意删。料想廣寒丹桂在，高枝留待我來攀。

贈聶龍靈歸

乾坤汗漫達人遊，入望神京豈憚勞。燈火芸窗皆地步，馬蹄槐市足英豪。三秋月照黄花艷，五嶺雲飛白氣高。我欲留君君欲去，半更棋局半揮毫。

題畫鵲

何處人工奪化工，描將雙鵲入梨楓。羽毛成矣無今古，遠近看之有淡濃。欲頡欲頏宜化印，從天從地不羈籠。主人有喜君知否，都在無言頰舌中。

和叔虚所

丹崖赤壁石巖巖，明月梅花結此龕。諸葛廬中龍待雨，淵明門外柳堆嵐。清溪煉法還堪伍，白酒傳杯已過三。多少謝情吟不盡，松梢千丈聳山南。

送邑侯陳肖鶴

圭峰千丈聳岡城，令尹三霜振政聲。淑氣轉鈞鄉華暖，瑤池滴露邑桃榮。風吹旗斾龍蛇動，日映劍芒海嶽明。無計可攀青雀軸，夜看台斗到三更。

送肖鶴陳邑侯五首

郎官拜日我瞻星，曾見祥光動禁城。琴韞春風千古照，劍磨秋水十年瑩。單車到處能綏寇，一德孚時不用兵。憲眷有言榮袞冕，黄雲何計久飛鴒。

吩咐兒童好種花，春風可是遍天涯。賈琮作郡祇如此，龔遂為官已到家。綠樹丹霞飛老鶴，深山窮谷蟄妖蛇。等閒欲繼餙饎詠，卻愧安能手八叉。

圭江南下水粼粼，蕩滌岡州十載塵。墉隼自潛安用武，釜魚翻活肯忘恩。霾雲飛去山頭露，皓月照來天骨真。千古循良應有傳，翁鄉之後更何人。

人心有感自和平，應是潢池已寢兵。村徑春深無犬吠，稻田烟暖有牛耕。朱弦坐鼓南薰調，白簡過朝北闕城。何處相思情不盡，夜看台斗到天明。

十年燈火曳南鴻，最喜今朝卻大同。豹變可能成革武，兔爰誰復賦王風。柏臺論定三台白，花縣春深萬樹紅。預卜燕山山下月，綠衣炫耀馬青驄。

送何邑侯

官船欲發鼓鼕鼕，一載何因得謝公。日出梧岡鳴老鳳，雨來桃浪起真龍。劍光凌亂台星動，琴調清高玉宇風。他日相逢何處是，東華門外馬青驄。

諸弟啟館

古木森森喜鵲鳴，延師啟館習儒經。吹開桃李春風暖，遍照江山午日明。魯酒對君頭未白，芳鄰接我眼常青。叮嚀諸弟須勤學，好夢池塘春草生。

讀書無油詩以自嘆

嗟爾邊孝先，胡為坦腹眠。囊螢無腐草，映雪豈霜天。鑿壁鄰尤遠，燃藜木更堅。邇來風雨夜，驚枕亦徒然。

贈少年甄姓

五百年來住此村，梅花妝點雪芳芬。柴門舊少賢人掃，太極分經孺子論。曾子大賢還儆省，周公元聖亦憂勤。從今再勉三年力，四海人應識得甄。

望弟省行未歸

應束擔頭幾卷書，歸來燈火共三餘。名揚宦海皆文字，錦出吳宮盡紫朱。春草池塘生夜夢，珠江雲樹動朝旰。家園未必無松薤，欲學當年董仲舒。

京都端午夜坐

欲睡欲醒睡又醒，天風吹鼓兩三聲。碧桃紅杏何時沃，紫水黄雲想處清。病臥衹看岐伯論，僑居何減杜公情。誰家吹笛仍撩我，五月梅花落滿城。

送馬拯同年歸娶

江樹青青江水長，錦帆南望試新涼。黄麻映日肩頭寵，丹桂飄風袖表香。重慶堂前呈彩舞，三周輪上隱瑤妝。與君且飲金華酒，到得雲山橘欲黄。

送盧夢揚同年歸娶

風捲長空積雨收，青天白日送行舟。虬龍萬里騰虹劍，蘋蓼千花映彩斿。金屋貯將春晝暖，銀河濟渡夜光浮。緣知青瑣重遊地，槐棘陰濃景未秋。

登第歸泊清溪

少留歸棹清溪酒，輕送松琴元日風。岸上衣冠紛拜節，行邊書劍任飄篷。群雞吚喔茅簷午，孤鶴翱翔海氣通。笑指吾廬應咫尺，而今不被白雲籠。

喜棠下宗族來

篁莊初泊下溪船，木念遺根水念源。六一風聲還我舊，三千禮樂又誰門。豪雄都內曾何族，喬木人間衹故園。又喜藩籬今剖破，山亭百拜謝諸尊。

和林邑侯夢乘槎遊侯為科給事，得此夢，被貶本縣尹

良宵一枕夢奇遊，踏上槎頭上下流。青雀黃龍仙子樣，白蘋紅蓼道人秋。朝廷有道清炎海，造化無私蕩不周。知是我公還有夢，乘槎旬日到天頭。

送北上

風捲長空宿霧晴，天高海闊送君行。人多到底方如意，事得向前好寄聲。瓜葛情深難作別，蒹葭秋老不移情。相思兩地無言處，坐數山城長短更。

送別

聖道無涯誰得之，循循上達老天知。千年脈絡英賢續，百折江河砥柱支。今日共吟依韻句，移時誰掇打頭枝。笑看世事無憑處，且步陽關遞酒卮。

哭莫萃庵

我哭夫君哭不哀，夫君舍我入泉臺。傳家有子真賢也，負郭田園亦盛哉。甕底飲餘當日秫，牆頭吟

剩隔年梅。鳴蟬不解遊人意，還自聲聲送咽來。

元旦

玉爐香嫋筆毛濡，元旦詩騷鼓角催。十載未穿維翰硯，一壺得中步兵廚。雪並殘臈歸芻狗，風引韶光到草廬。翹首白雲三千里，江公多似郭公愚。

苦雨

城頭鼓角漫無聲，城裏康莊小艇行。河伯欲吞山作澤，龍兒無亦蠢非靈。盆蓮開待羲皇白，庭草翻愁茂叔青。想是陰晴天有意，五雲光處見分明。

贈雙壽卷

北天遥祝八千里，南極騰光七十年。椿樹撑雲常鬱鬱，萱花迎日自妍妍。閒來白日相依在，老去朱顔尚未遷。鄉里不慳行葦賦，賢郎將買渡江船。

謝清愛五首

節壽堂深百堵旋，摩挲尺五是青天。狂生躑躅尋常路，舅氏孤高七十年。錦繡看花堆檻外，弦歌聞鳥和簷前。道中盡有無窮趣，惟見桃源洞裏仙。

滿徑松花雙鳥旋，魂香烟冷入壺天。琴音清亮亭纔午，棋局縱横日亦年。魚泳鳥飛雲外物，金漿玉醴畫圖前。洛陽自是將三八，袖有青蛇欲學仙。

勝遊錦里眼花旋，世外文章物外天。望壓東亭真長者，時瞻南極祝華年。名田負郭科從薄，釣艇横江棹向前。乘鶴駕龍多浪語，諸郎駟馬即群仙。

春風次第向人旋，笑指文昌問老天。雲賦逢楊應有日，窮途哭阮亦多年。久翻禹浪魚高奮，暫到秦關馬欲前。會看蒙山得仙訣，羡門開口便成仙。

白酒新篘向客旋，東君豪放是誰天。沙搏宦海三千界，香洶泥塗十六年。北斗光騰雲漢表，西山壁立棟樑前。瀛洲早許投雙足，願作排來第九仙。

贊節壽五首

旁搜列女漫周旋，路出城西別有天。三五綱常皆步步，依稀龜鶴自年年。已推粉黛還身外，卻見斕斑舞膝前。臍有紫霞杯玉案，華陰何事覓神仙。

飽看熹微斗柄旋，玉冠高頂是皇天。婦人自笑嗤男子，造化從渠派歲年。金女曾來如有約，共姜之外更無前。也應跳入蟠桃會，學得雲笙和月仙。

時光流轉玉衡旋，母壽千籌子二天。菊水和甘堪此泊，梅花香冷是何年。芳名皓日留身後，世事浮雲頓目前。試問綠華能此否，半為賢母半為仙。

不管世情似磨旋，丹心剛有不移天。松筠凌雪三千丈，房闥流芳五百年。日會烏衣翔臂上，時看青鳥舞階前。塵埃謝絕春長在，疑是蓬萊第一仙。

春雨秋花共轉旋，玉爐香裊拜青天。浮生有志皆隨夢，中壺無書不記年。賢母未應居孟後，詩人安敢列盧前。賀筵當日龍觥處，滾滾還誰作醉仙。

赴任清流晚泊寧都河

舉目望天東，故園隔萬重。來行數百里，作伴兩三童。月暗河波白，電騰林彩紅。清寧離不遠，願借滿帆風。

福建巡按儹入秋闈試士

行行奉命儹催程，漁父無知問姓名。數日未應親舍遠，百年惟愛太階平。天風大闢千人扇，海嶽長懸萬里燈。舟子不知行客計，閩城桃李向誰青。

贈主簿

秋水蒹葭老，晚晴流更清。蘭舟向淮海，花縣滌琴聲。一命堪沾物，三年定顯名。有時看瀏鷟，個個浴河汀。

贊榮壽匾額

嶺表昭垂阿母名，壽筵時震管弦聲。地曹有善休祥遠，天道無私雨露零。桃笑三偷金屋藹，酒浮千日玉船輕。喜看香篆烟蛇裊，裊入斑斕舞袖馨。

贊存耕毛君號文瑛，浙江人，時僑居篁莊。後二子俱登進士，一子列賢書。

臥老青山五十年，稻田不種種心田。誰云寸地少生計，須信仁人多福緣。用盡機關嫌俗子，等閒瀟灑似神仙。從今門閈還高大，好看兒郎駟馬鞭。

贊我橋號

山澗涓涓不斷流，一橋風月肺肝收。梅花點句春和我，竹葉陶情老到頭。管甚陰符授圯上，欲緣石柱過羅浮。知君不放虹雲臥，生怕欄杆礙斗牛。

贊蓮所周君號

長夏蓮生且漸舒，是誰向此獨恬愉。孤根鬱鬱何神也，半畝青青最妙歟。紅瓣飛時忙粉蝶，綠波皺處戲金魚。花神最愛周夫子，五百年前兩度俱。

贊西圃號

何處清幽圃築西，一簾風月四山低。梅花戲雪春模樣，酒興撩詩道範圍。青眼闢從天外放，白雲輕傍帽檐齊。高齋獨抱焦琴坐，漫聽松聲百鳥啼。

贊龍所號

龍所芳名祇羨君，雲端物表自精神。韜光認作池中物，點眼愁驚壁下人。韓愈門前唐室夢，孔明廬暖漢家春。祇因解負庖羲畫，說到於今剩得親。

清虛一所臥人龍，寄傲人龍邁古風。懶向雲霄布霖雨，樂從山水覓仙蹤。當年諸葛還承召，今日歐陽不受封。深得三槐王祐趣，欲留來裔作三公。

中秋次韻

水為月之精，月迺天之鏡。除卻春夏節，惟秋得金令。金水相生焉，光輝故井井。一年幾中秋，達人所以興。家釀浮玉壺，山芋烹鐵鼎。金谷詩將成，彭澤醉欲醒。最愛趙知微，識破天形影。共登天柱山，不愁僕馬病。出門無復礙，綽綽任所騁。玄鶴一聲過，此機誰與領。天上有圓光，人間無窮境。耳聽霓裳歌，手握玉麈柄。五百負元回，三萬乾坤迥。因此良月夜，浩然生萬景。

賀希周得子

今朝橫棹溪南下，偶值三兄產玉兒。欲識箇兒到底處，五雲呈色我來時。

和溪南

溪南老大興何如，散誕琴書樂海涯。多病幾時堪策馬，風花吟遍始還家。

書舍詠

秋蕚春開是所期，湖山精舍讀書時。舉頭折桂今年事，試看誰簪第一枝。

送別次韻三首

萬仞雲衢擬子登，一鞭歸馬激誰膺。今宵肯歇歸與興，還看中秋月色明。

權力當年笑呂登，皇王事業系予膺。與君飲到堪期處，尚有廬中坐孔明。

如天斯道豈難登，有孔鑄顏便服膺。今日與君須盡醉，藤蘿石上月將明。

題扇面畫

春柳舞江干，春水彌江岸。孤舟坐釣翁，舉目南天雁。

除夕彙詩

一杯頻酌酹詩魔，月夕風晨賴汝多。吸取雲烟藏玉匣，憑誰書就換籠鵝。

花朝懷同社兄弟載岡州遺稿

相思憔悴到花朝，留滯天涯問渡遙。飛夢半隨千里月，離情長逐一江潮。鶯聲宛轉翻金縷，燕語凄清近玉簫。觸景不堪增悵望，垂絲烟柳鎖河橋。

伯子與美人對奕得於竊見拈得知字

連環劈破兩情癡，敵手那容隔眼知。幾劫鴛鴦情不盡，燕飛還待落花時。

不染上人齋中留宿載岡州遺稿

十載談玄愧未真，何如今夕倍通神。坐殘石上三更月，證盡人間兩世因。茶熟正須棋局穩，香銷猶愛竹床新。隨緣處處心皆佛，破衲原來不染塵。

七夕感懷

臥病忽驚秋，剖瓜滿彩樓。有懷情不寐，新月曲如鈎。

勉諸弟學

汝兄舊學在羊城，深夜咿唔不徹聲。一舉成名非易得，諸生對卷好求精。也知天爵來人爵，須信身耕讓筆耕。北極洪瀾深著眼，憑將脩舉步南溟。

眼病承友詔談詩答之

病來旬日負新緣，青白雙眸任倒顛。聞道新詩誇郢調，何人賡和百花前。

眼病調藥

誰分石火到床頭，甘草空憐手自抽。怪底半生青白眼，一朝炙熱枉相投。

送別

珠淚紛紛欲斷猿，貧交無事祇多言。相思若此蘼蕪草，一路隨君到故園。

春興詩卷次韻四首

風光此夜與誰同，剔盡銀燈照眼紅。之子莫辭玄石醉，酒錢已付隔鄰翁。

投機議論我君同，座上何須一點紅。竟夕能為文字飲，似泥誰敢笑仙翁。

羊裘兩袖拂花莊，肯著人間等輩裳。酒後形骸都不記，卻疑今日有嚴光。

東南笑話向梅莊，舞破春風是此裳。酒興尋常行處遣，人生容易度時光。（以上篁莊遺稿卷一）

（鍾稚鷗整理）

全粤詩卷三一八

唐穆

唐穆，字養吾。胄長子。瓊山人。明世宗嘉靖十七年（一五三九）進士。官至禮部員外郎。有餘學錄。傳附康熙瓊山縣志卷七唐胄傳。

唐穆詩以民國二十四年海南書局印海南叢書第三集傳芳集（唐胄、唐穆、唐秩父子三人詩文合集）所收唐穆詩為底本，參校明陳是集溟南詩選（民國二十四年海南書局印行）。

送周清溪先生福州司訓從員山周家譜採入

廣文官冷未為貧，木鐸聲高道自尊。二載煙塵辭九陌，一襟風月占三山。久甘苜蓿寒牙嚼，肯厭蟲魚白首刪[一]。濟濟英才星斗望，古風遠矣看追還。

名公紀遇于時予與許太尹時泉蓋新知也[一]

長雲不離天，森林不去地。俯仰斯人徒，天地同氣誼。千里亦匪遙，並駕歌戾止[二]。人生重相知，何論疎皆異[三]。一蓋孔程傾，杯酒元黃懿。誰云此襟期，古今乃殊致[四]。緬茲良晤難，好懷安可寘。莫惜攜手遲，但願斷金利。仰首思停雲，元亮有同志[五]。世路崎嶮多，轉盼忽如棄。贈子寫綢繆，永慰旅中意。

[一] 明陳是集溟南詩選卷二題作『名公紀遇五言長律于時予與許太尹時泉蓋新知也』。
[二] 此句明陳是集溟南詩選卷二作『并周豈為比』。
[三] 皆異，明陳是集溟南詩選卷二作『與亟』。
[四] 殊致，明陳是集溟南詩選卷二作『差異』。
[五] 此句明陳是集溟南詩選卷二作『對陰看株被』。

題張鶴野鳴鶴圖

鬱鬱望青野[一]，昂藏有仙姿[二]。衆鳥不比儔，孤高自幽奇[三]。嘎然向空嘯[四]，慷慨舒光儀。零零祥露降，臯臯清風隨。凜凜寒威鬪，蕭蕭夜氣吹。睠茲靈耿性，豈似浪喔咿。孤琴亦難宣，千載空中詞。清晨入雷鼓，洛陽遠聞之。何況凌雲岡，鈞奏迭笙箎。誌公颺林麓，庾子唳孝思。何況托王土，寧忍噤明時。徽音不多得，一鳴震天逵。鶢鶋既屏跡[五]，鸞鳳應相期[六]。但作盛世鳴[七]，不為塵網羈。緊彼啄群鳥[八]，終日受拘縻。含聲樊篋中[九]，低俛徒淒其。悠哉九皋情，舉世誰能知[一〇]。

[一] 此句明陳是集溟南詩選卷二作『葳鬱蒼綠野』。

［二］姿，明陳是集溟南詩選卷二作『騏』。

［三］高，明陳是集溟南詩選卷二作『姿』。

［四］空，明陳是集溟南詩選卷二作『高』。

［五］鷃鳩，明陳是集溟南詩選卷二作『虵蝼』。

［六］鸞鳳應，明陳是集溟南詩選卷二作『鶩鷥從』。

［七］此句明陳是集溟南詩選卷二作『但慰太平報』。

［八］鳥，明陳是集溟南詩選卷二作『者』。

［九］篏，明陳是集溟南詩選卷二作『奴』。

［一〇］舉世，明陳是集溟南詩選卷二作『紛紛』。

初二夕報南川遠行終夜思之追送至白沙又戀戀至暮［一］

日暮驚傳鴈，更闌未帳牙。榻前千種思，燈裡數團花［二］。迅去南川馬，輕追白水沙。情知難作別，遲落晚天霞。

［一］明陳是集溟南詩選卷二題作『初二夜報南川行終夕思抱至追送白沙又戀戀至暮』。

［二］數，明陳是集溟南詩選卷二作『萬』。

贈王指峯司教定安[一]

職清終是貴，路近即為家。鴈報千金易，雲瞻一路賒[二]。座開新幕客，錦爛故園花。長晝閑蓬枕，春風自放衙。

［一］明陳是集溟南詩選卷二無『司』。
［二］路，明陳是集溟南詩選卷二作『眼』。

和鄭篁溪不寐韻 名廷鵠，進士，時官御史。

坐久臨更寂，歌濃伴月明。旅懷頻戀目，殘籟苦吹聲。燈信花前結，春容酒後生。遙思寰海客[一]，休戚幾關情。

［一］遙，明陳是集溟南詩選卷二作『從』。

贈符澄溪子赴南雍[一]

金縷春縈樹，鶯啼曉破煙[二]。泮池觀海近，雲砥淬鋒先。萬卷書橫架[三]，三秋榜麗天。燕臺杯送劍[四]，不是蕩離筵。

［一］雍，明陳是集溟南詩選卷二作『雄』。
［二］鶯，明陳是集溟南詩選卷二作『馬』。

〔三〕架，明陳是集滇南詩選卷二作「玉」。
〔四〕劍，明陳是集滇南詩選卷二作「别」。

過庾嶺有感

雲嶺何年闢，揮鞭此日行〔一〕。步高天轉近，眼闊景常清〔二〕。勳業空前古〔三〕，乾坤著大名〔四〕。太平有幾相，屈指溯前生。

〔一〕揮，明陳是集滇南詩選卷二作「驄」。
〔二〕眼，明陳是集滇南詩選卷二作「眸」。
〔三〕空前古，明陳是集滇南詩選卷二作「層空柱」。
〔四〕著大，明陳是集滇南詩選卷二作「一笑」。

甲辰仲夏八日寓黄塘憶洞元吴子歸南海予至此已半月餘矣詩云渡海蓋遙度之也〔一〕

剛别重山外，相逢漸面非。片雲浮目遠，孤月照形稀。渡海舟應到，朝天馬正飛。萱庭春晝永，囑與報歸期〔二〕。

〔一〕八日，明陳是集滇南詩選卷二作「八月」。
〔二〕囑，明陳是集滇南詩選卷二作「謾」。

送彭密淵別歸

白雲天上密淵子，滄海人間此日來。踏遍塵寰萬萬里，回首四望忘崔嵬。主人留子一年好，見子欲別心如摧。去去仙風何處約，眼前金馬亦蓬萊。

送彭密淵談仙適弟存吾以詩約彭赴羅浮武夷予不能赴賦此

欲向鴻濛問路遲，海天相遇欲何之[一]。黄金丹訣原非幻，白首禪緣亦自疑。天地幾人能不朽[二]，靈丸一點本相隨。與君話到無窮處，不説羅浮即武夷。

〔一〕欲何，明陳是集溟南詩選卷二作『喜如』。

〔二〕朽，明陳是集溟南詩選卷二作『住』。

自吴季明飲歸有感[一]

百歲纔驚三日别，寸心卻似千里違。吾懷不盡燈前酒，君意猶加雨後衣。聞於歸時遇雨，季明惜無雨衣。欲托雁魚書尺素[二]，還疑形影到柴扉。人生最惜銷魂事[三]，幾度相思夢裏依。

〔一〕季明，明陳是集溟南詩選卷二作『知者』。

〔二〕書尺素，明陳是集溟南詩選卷二作『寫肝肺』。

〔三〕最惜，明陳是集溟南詩選卷二作『怕煞』。

甲辰仲秋同內齋至姑蘇江口因東暘年兄抶臺佐守之報遂別去臺約明春訪予於金臺然內齋於東暘舅甥至懿也予於內齋乃白首知己也思其別憶其來情自無已詩以將之[一]

仗劍遙同萍水遊，那堪江柳又分舟。知音人去絲桐冷，倚玉筵開叢桂留[二]。白首行藏緣我定，青天肝膽許誰酬[三]。相思獨望在秋月[四]，猶憶春光共上樓。

[一] 抶，明陳是集溟南詩選卷二作「擢」。

[二] 叢桂留，明陳是集溟南詩選卷二作「牡味稠」。

[三] 膽，明陳是集溟南詩選卷二作「肺」。

[四] 在，明陳是集溟南詩選卷二作「孤」。

舟中探珠子贈陳獨庵

興來相賞景何如[一]，渺渺青天數一珠[二]。日朏初看偏隙白，月低還眺半湖虛[三]。輕圓留點穿來好[四]，有孔含光照遠無[五]。何處得公高世見，相逢驚訝各胡盧[六]。

[一] 興來相賞，明陳是集溟南詩選卷二作「眼公來顧」。

[二] 渺渺，明陳是集溟南詩選卷二作「漫漫」。

[三] 虛，明陳是集溟南詩選卷二作「蘆」。

［四］此句明陳是集滇南詩選卷二作『點稜留獨龍帷李』。

［五］此句明陳是集滇南詩選卷二作『糊孔傳千肉不朱』。

［六］胡廬明陳是集滇南詩選卷二作『相逢驚訝各廬胡』。

謝人見惠香品

軟着絲羅絀裹丸[一]，香風欻欻透心肝[二]。人間何物傳來異，掌上開封墨未乾。一水紅梅憑落葉，百年仙遇喜乘鸞。前生蟾桂今宵月[三]，漫抱陽臺作夢看[四]。

［一］絀裹，明陳是集滇南詩選卷二作『細裸』。

［二］心，明陳是集滇南詩選卷二作『靈』。

［三］蟾，明陳是集滇南詩選卷二作『娥』。

［四］抱，明陳是集滇南詩選卷二作『把』。

題陳南陽樂園

已伴光風五十春，興來此日復清芬。劇憐蓬島宜仙侶[一]，未信金門有散人[二]。笑對花間還坐晚[三]，醉忘甕口更開新。南陽勝景看無盡，留取琅玕贈好因。

［一］劇，明陳是集滇南詩選卷二作『前』。

〔二〕人，明陳是集滇南詩選卷二作「臣」。

〔三〕間，明陳是集滇南詩選卷二作「天」。

寓石頭城七夕借與〔一〕

謾說莫愁臺已古，更看秋夕鵲橋新。驚心牛女何時約，乍眼姮娥此地親。經歲燈花剛過漏，隔溪煙柳又逢春。無端斟酌天家事，不道人間亦寫真。

〔一〕與，明陳是集滇南詩選卷二作「興」。

和閻聚奎子遊學萬軍

丈夫到處是豪遊，萬卷生涯此擔頭。道大渾忘天地老，心閒那解利名休。巖封去去黎侯勝，桃李森森狄圃收。一枕詩成君正別，錦囊端副友生求〔一〕。

〔一〕錦，明陳是集滇南詩選卷二作「春」。

贈王指峰教諭得宸字韻

文翰曾經品玉宸，綵毫搖映泮池春。杏壇化雨賞心遠，水暖江清寄興頻。官近故鄉風習熟，堂登大雅廣陶甄。諸生謾笑阮囊澀，游詠偏多得句新。〔一〕

〔一〕此首明陳是集滇南詩選卷二作「摭宸字韻贈王指峰教諭　繡翰曾經品玉宸，飛毫搖映泮池鱗。春深杏雨翻龍鯉，波暖江空飽泗津。宦密鄉關風熟鐸，帳新文藻彩生蘋。秋花謾笑青囊澀，槐月籠舟鮮壽人』。

元宵與閻天秀老友賞月

一杯喜趂月明酬，如此春光肯負不[一]。燦燦銀冰垂綺席，盈盈珠玉映雲樓。景好多開陳世笑[二]，花狂還上老人頭。相逢莫浪尊前放，白首今宵幾處遊。

〔一〕肯負不，明陳是集滇南詩選卷二作「得此優」。

〔二〕陳，明陳是集滇南詩選卷二作「塵」。

送廣信吳醫士

業傳三世丹初熟，藥轉千爐效更奇。喜我有緣逢葛老，令人到處說盧醫。一身無病懷常勝，四國多瘢夢未稀[一]。我技非醫心卻是，蒼穹何日慰烝黎[二]。

〔一〕「瘢」原缺，據明陳是集滇南詩選卷二補。

〔二〕烝黎，據明陳是集滇南詩選卷二作「蒸藜」，當誤。

補題曹叔岡鐵拐仙圖

眼開白日空今古，手把輕雲任指揮。寥落生涯壺口外[一]，渾忘天地是雙扉。

〔一〕落，據明陳是集滇南詩選卷二作「闊」。

答螺岡寄韻

天涯那得此離言，寄到羊城九曲軒。我有深情隨逝水[一]，願從南海送涓涓。

[一] 深情隨，據明陳是集溟南詩選卷二作『心丸憑』。

詠梅[一]

不顧冬殘自在妍，笑將疎影鬥嬋娟[二]。小軒不用垂簾幕，吟到花香句欲仙[三]。

[一] 明陳是集溟南詩選卷二題作『梅』。

[二] 鬥，據明陳是集溟南詩選卷二作『羨』。

[三] 此句明陳是集溟南詩選卷二作『爛漫花香亦浪仙』。

贊文邑韓機訓妻朱氏守節氏

金石為心鐵作肝，備嘗艱苦不辭難。相隨淪歿孫和子，獨抱松貞耐歲寒。（以上傳芳集·唐穆）

（梁基永、楊權整理）

全粤詩卷三二九

李一夔

李一夔，字應教，號毅軒。東莞人。德修子。明世宗嘉靖十七年（一五三八）貢生。官海豐、瓊山訓導。民國張其淦東莞詩錄卷一二、民國東莞縣志卷四五有傳。

寓白沙公館阻海寇四日風利渡海次日抵英利遇陳自所同宿驛西偏

懷歸每恨到家遲，遲速乾坤自有期。孤館天留三日榻，片時風利一帆飛。長途有分從羸馬，薄酒無錢任典衣。舊話喜逢賢太守，不妨萍跡驛前扉。

懷王韋軒

劍氣騰冲孔孟津，風光何事久羈人。騷壇酌月頻更主，旅館看花又過春。老病自憐青眼舊，交遊誰信白頭新。錦天迎養真天樂，爭奈停雲粤海濱。

春日金臺懷鍾黄山

青衫兩載染京塵，懷抱迂疏敢對人。飛雁南天來札少，流鶯喬木感懷新。勳名芳遠君青史，富貴緣

輕我白雲。薄擬一樽談肺腑，百年顛倒是何辰。（以上民國張其淦東莞詩錄卷一二）

（楊權整理）

李一契

李一契，字應弼，號省軒。東莞人。德修子。明世宗嘉靖十八年（一五三九）貢生。事見民國東莞縣志卷四五。

贈林艾陵

白日不再媚，黃花無終期。美人入我懷，援琴寫寸私。明月流丹楹，照見金玻璃。杯空明月在，對此重悽其。

小金山謁蘇文忠公祠

水帶環窗綠，山屏隔岸青。仰高來古寺，覽勝歷幽亭。九死孤忠在，三生舊夢醒。念親久延佇，擁棹下前汀。

送毅軒兄分教瓊山次韻

淵源家學舊名科，出處還誰得惠和。官冷作人應有道，時清航海迴無波。光聲拜接文莊範，客況隨安邵老窩。鄉國化行無彼我，榔枒雲樹即松蘿。

和黃恪齋月夜泛舟

誰將光景謝留連，好月隨波落客邊。九曲調高夷水棹，一篷風細剡溪船。消磨塵鞅三山杳，粧點春光兩岸妍。想到忘形花柳外，有懷多是在前川。

過安慶懷先兄帽山嘗宰懷寧名宦今祀

絃歌聲歇幾週星，香火千年寄皖城。善治未題明道墓，瓣香聊識惠連情。

拜淮陰侯廟

忍辱屠門未可非，河邊一飯跡尤奇。三分若決蒯通策，中尉黃金總浪施。（以上民國張其淦東莞詩錄卷一二）

（楊權整理）

郭鳳舉

郭鳳舉，揭陽人。明世宗嘉靖十八年（一五三九）貢生。事見清乾隆修潮州府志卷二六。

見山亭

亭不在山，無山景俗。山不在見，無見景虛。俗則滯有，有非真有。虛則淪無，無非真無。滯有跡粗，術數權謀。淪無夢幻，黄老達麼。有無相感，保合太和。山亭静對，養真如何。（清乾隆修潮州府志卷一七）

南溪精舍

誰把南溪作勝遊，未須此外覓瀛洲。山含曉氣明如洗，樹映波光翠欲浮。碧水有天開洞府，白雲無夢繞王侯。我來漫作滄浪詠，一曲歌殘古渡頭。（清乾隆揭陽縣志卷八）

（吕永光、張玲整理）

謝憲

謝憲，字汝慎，號惕齋。歸善人。明世宗嘉靖十八年（一五三九）貢生。事見清雍正歸善縣志卷一七。

罩紗

行值風塵更可嗟，群兒當路弄泥沙。先生自有垂簾計，那得閒錢買罩紗。

和明道詩

矜持未敢説從容，起坐清宵待日紅。物理未融思則得，人情難一擴之同。散殊不落無形外，飛躍都歸有事中。何以不淫何以樂，人能無欲是豪雄。（以上清雍正歸善縣志卷一七）

（史洪權整理）

題丹竈土

丹成竈冷烟火息，青草黄沙雜瓦礫。相傳有病可能醫，此土何妨當飯食。（清宋廣業羅浮山志會編）

（陳永正整理）

袁永伸

袁永伸，字道夫，號九梧。東莞人。明世宗嘉靖十九年（一五四〇）舉人。民國張其淦東莞詩録卷一二有傳。

旅懷

巖楸落盡雁來稀，旅邸琴書鎖翠微。秋色夜隨明月入，鄉心時伴白雲飛。袁安嶂裏惟耽酒，王粲樓前未拂衣。南粤樓臺何處是，牡丹亭上暫忘機。

遊飛來寺

十年一到飛來寺，百粤重開蓬島天。石磴拂雲羈坐客，虯松歸鶴舞遊仙。桃花洞口犬不吠，明月門前僧自眠。金鎖玉環成往事，淡烟芳草祇年年。

漁家樂

飄泊江天不繫舟，斷橋紅雨漲春流。酒醒斜月滄浪外，笑倚東風看白鷗。（以上民國張其淦東莞詩録卷一二）

（楊權整理）

區益

區益，字叔謙。高明人。明世宗嘉靖十九年（一五四〇）舉人。初授都昌知縣，以討賊功遷慶遠府同知，尋轉滬州。以忤當路歸。著有溪草堂集。子大樞、大相、大倫俱有名。清溫汝能粤東詩海卷二四、清道光廣東通志卷二九七有傳。

海珠同章崑岡節推宴分賦

碧海珠光日夜浮，百年天地此奇遊。花宫遠映三山樹，水國寒凝四序秋。雨過欲明雲外岫，蜃來忽結海中樓。為耽佳勝依仙侶，向晚還淹島上舟。（明郭棐、清陳蘭芝嶺海名勝記卷三）

（陳永正整理）

遊七星巖

靈巖隱隱背城開，覽勝何勞慕九陔。溪是武陵看進艇，花疑少室故停杯。吹簫應使鸞鳳下，解佩深期猿鶴來。良會有時難屢得，碧山欲暮更徘徊。（明郭棐、清陳蘭芝嶺海名勝記卷一四）

初夏過瀖川上高明

暑雨彌初夏，衰遲過半生。豹姿聊隱霧，梟性自依蘅。動業羞看鏡，行藏笑拂纓。溪山開舊業，藉此寄幽情。

荒徑無人掃，經年長薜蘿。時侵愁毒熱，老去苦沉痾。雲水隨漁釣，鶯花對笑歌。何來軒冕繫，歲月枉蹉跎。（明崇禎肇慶府志卷四六）

九日瀶川莊登高高明

衡門秋颯絕囂塵，三徑瀟瀟舊隱淪。老去菊萸猶自媚，節臨兄弟轉相親。插花欲滿參軍帽，漉酒慚非處士巾。莫問明年誰更健，陶然一醉臥松筠。（明崇禎肇慶府志卷四九）

（陳永滔整理）

雜詩

陶令歸柴桑，種菊滿東園。累累故侯瓜，五色耀青門。物暢乃適志，身約道彌存。世路浩漫漫，是處有波瀾。變故在須臾，憂來原無端。朝為雲中龍，暮為阱中猿。黃雀豈不高，挾彈有王孫。遺榮如敝屣，棄置寧足論。

踏青四首

習習原上風，青青河畔柳。風來吹吾衣，柳飛撲吾酒。自吾返初服，逍遙樂畎畝。去春住城市，今春耕谷口。所遇無故物，結心惟逸叟。豈不念芳辰，其如少良友。鳥緣求匹鳴，獸為索群走。感物傷我心，我心獨懷舊。芳草滿道旁，拾以貽知厚。

驅車出里閭，行行步岡隴。四顧何蕭條，但見丘與塚。杳杳泉原間，一往如長夢。前人不復作，後人更追送。遺羹空墮淚，灑飯興長慟。誰云去者疏，來者實總總。悠悠代謝理，天地元終共。達人齊死生，不惑復何恐。

踏青過中野，秧葉時復齊。農父秉犁鋤，各自向田畦。晨出事東作，日夕未遑棲。荒村烟火遲，過午始蒸藜。饁餉鮮及時，風雨復淒迷。一農為我言，妻孥向人啼。上山憂豺虎，入水畏鯨鯢。盜賊縱橫行，誅求徹骨皮。不見石壕吏，聞之空酸嘶。

端居厭局促，散髮步郊坰。綠楊夾道垂，飛鳥向人鳴。天地憐物色，昨雨今日晴。乘此恣閒遊，豁我懷春情。生年不滿百，寧求千歲名。藜藿足自充，焉用鼎鐘烹。春華不再揚，皓月無終盈。物理從乃爾，戚戚竟何營。寄謝世間人，有酒且盡傾。

聞梁彥國別築西山賦此寄懷四首

涉舟羅旁口，如過五盤溪。履險方在茲，白晝聞猿啼。去去還登陸，改轍淩丹梯。垠堮入扳陟，烟靄仍淒迷。歷覽隨適意，得句憑軾題。薄採山中薇，足以充提攜。道入西寧縣，眼中皆蒸藜。官儀初覩漢，夷俗遂宗齊。四民各就業，郊壘無鼓鼙。詞客時即次，羈旅成幽棲。

美人心跡素，儼若龐德儔。本具巖壑姿，復躭鹿豕遊。乘軒躡岡隴，意氣薄林丘。膏壤一以開，耒耜日相求。有時耕雲畢，倚岫思夷猶。荒穢追前昔，清平感此秋。藏書大壑中，應爲再來謀。長揖謝耕者，挾策上皇州。

聞君構書屋，乃在栗里陽。榛莽既芟闢，巖竇自輝光。編荊足倚籍，白雲窺我牆。鳥雀不離側，藤蘿夾舍旁。主人理綠綺，清響協宮商。一彈傷舊染，再彈樂時康。孰意魍魎區，今為文物場。修竹不受暑，野花時撲觴。子雲本玄客，兀然開草堂。

瑤鑾既蕩滅，兩山淨如掃。是處禾黍場，無復豺狼道。奕奕司馬公，殫猷贊鴻造。風景古來無，吾蹟恨不到。美人恣遨遊，於此事幽討。幾度賦登高，與誰尋瑤草。白髮予垂耳，性癡慕高蹈。杖策苦無力，安得從所好。扁舟泊嵩臺，待君歌浩浩。（以上明張邦翼嶺南文獻卷二六）

送中丞古林何公應召還朝

古來獻納重蘭臺，五色花箋日下裁。地切西清分雨露，文從北斗仰昭回。銅龍曉闢黃封入，金馬朝回錦帙開。滿袖爐烟隨染翰，恍如雲氣下蓬萊。

卜居

已向清山作隱淪，何隨城市問比鄰。浮生但覺江湖遠，懶性終宜鹿豖馴。青桂援來還有客，紫芝歌罷更懷人。結廬隨處堪棲老，未必桃源是避秦。

漫興

綠楊芳草滿江皋，春色熹微入敝袍。官罷欲開彭澤徑，病餘誰賦廣陵濤。但知遇酒便當醉，堪信無名不待逃。牢落有同吳市卒，空將白雪向人操。

病起

杜門伏枕夏初時，殘夏猶然理朮芝。日月似私猿鶴侶，溪山不妒柏松姿。還從逐鹿看人世，或與持螯對酒卮。欲制頹齡惟有菊，秋風應與長東籬。

夜泊東洲寺

落日江天起暮飈，烟汀寒色莽蕭條。塵心欲向空門盡，世界翻憐苦海飄。歲月驅人容易過，蒹葭牽夢不知遙。子山舊是哀時客，晚得詩名慰寂寥。

梁彥國邂逅崧臺賦贈

燕臺購馬重黃金，往事悠悠總陸沉。霄漢久疏鴻雁影，江湖空老薜蘿心。同時客尚青雲色，一曲誰操白雪音。天地不孤山水意，與君還擬共瑤琴。

江上贈王參戎

搖落天涯報國身，干將龍氣老踰神。若為勳業開麟閣，徒使蠻荒服虎臣。赤日扣閽誰悟主，清時建節更通津。相逢欲折蕢茅贈，握手深憐意氣人。

答鍾穗坡太僕見贈

當年司駕近黃扉，苜蓿春深宛馬肥。雲錦久辭仙闕綬，薜蘿空戀故人衣。月明穗圃應添桂，春滿羅浮定長薇。一曲高深千古意，孤琴易奏子期稀。

飲鄺王理羅光祿席鄺次韻

平臺酒進石榴低，光祿廚分太乙藜。玄鳥似能迎客舞，黃鸝偏欲近人啼。乘槎使者干星渚，垂釣幽人戀錦溪。轉眼風烟殊去住，一樽酒盡暮雲西。

將赴補書懷

臨岐意緒轉紛紛，為戀青山與白雲。盛世不聞歌鳳德，壯懷何事狎鷗群。公車此去隨流輩，汗竹他年更策勳。一臥滄江驚再出，可能免勒北山文。（以上明張邦翼嶺南文獻卷二八）

解官抵家口號

百年寵辱兩無驚，東去扶桑近海瀛。四百芙蓉看倚劍，白雲飛斷世間情。

自解朝紳閒桂壇，秋風搖落切雲冠。荒塗久矣横今古，莫道人間隱不難。（明張邦翼嶺南文獻卷三一）

芝田曲送張憲副歸維揚

桂櫂橫江鼓闐闐，公旌節兮臨芝田。清波樓上少留連，攀公轅兮扣公舷。西施醜兮嫫母妍，莫耶鈍兮鉛刀銛。叶　茝蘅棄置蕭艾懸，鸞鳳退卻鶵雉先。吁嗟乎，時論倒顛。巢由溷濁蹻跖賢，使我聞之涕潸然。白日不照伏波船，薏苡翻作明珠傳，公今去兮我將旋。芝田之水清漣漣，須臾明月出巨川。括山甌海光娟娟，照公心事如青天。

續芝田曲

芝田昔為張翁歌，張翁之去無幾何。余亦揚舲向此過，望故國兮涕滂沱。思美人兮心煩疴，湘潭往矣續長沙。叶　屈原賈誼豈殊科，疇昔之夢同病魔。蒼蠅一玷難為磨，眼前清醒相遭羅。悔不啜醨與揚波，嗟彼有來疾如梭。丈夫落落嘆蹉跎。璞玉不逢楚卞和，誰為辨證別真訛。蚌珠翠羽殃禍多，古來志士常坎坷。眄彼芝田水，廣不及漢，深不及河，胡為五月之間屢見解鳴珂。祥鸞逸鵠騰其渦，世途不用久婆娑。余將辭彼芝田，佩蘭採菊山之阿。四皓不可作，商山空嵯峨。廢有命，止非人，余將誦法尼與軻。（以上明張邦翼嶺南文獻卷三二）

贈中丞惺庵龐公巡撫閩中

南海光芒處，人間識太微。為龍終布澤，是鳳竟呈輝。賦役當年法，兵戎此日機。廟謨公等在，天子自垂衣。

楊柳莊上曉起

早旭照寒塘，晨風灑薜裳。巖林喧鳥雀，村巷出牛羊。櫛髮悲明鏡，繙經閲古方。菊花採已盡，何物繼餱糧。

何地無芳草，朝來攜杖尋。雲羅俱勝蹟，山水有佳音。可怪泣岐者，寧知遁世心。鹿門如可作，還與共瑤琴。

春日遊仙巖次僚長張虛山韻

五馬乘春豫，看山更躡雲。旌旗沿樹入，鐘磬隔林聞。瀑落山飛白，烟消氣結文。題詩青壁勒，人擬鮑參軍。（以上清温汝能粵東詩海卷二四）

（楊權整理）

東遊詩有引

羅旁既平，建邑東安，屬今令尹蕭公始治。天開泰運，翊以豪傑，自有宇宙以來則然矣。益初至境上，感時觀政，慨然興懷，漫賦二律。

氛祲初銷議止戈，共將圖籍問蕭何。山開百雉連雲起，地控層巒積翠多。王氣欲通周貢賦，提封不改漢關河。也知制錦風流令，化得人間有綺羅。

嶺嶠新開百里堂，桃花多種似河陽。琴聲為變東山俗，宿影遙含北極光。金甲未能忘細柳，閭閻先已頌甘棠。政成早晚來優詔，佇看飛舄入建章。（清康熙東安縣志卷一〇）

（呂永光整理）

何其厚

何其厚，字應坤。南海人。明世宗嘉靖十九年（一五四〇）舉人。初授南京刑部司務，尋進戶部郎中。以忤同官歸。清溫汝能粤東詩海卷二四、清吳道鎔廣東文徵作者考卷三有傳。

聞張江陵訃

聖主朝儀罷，師臣晝翣新。冰山消麗日，玉樹瘞清塵。星滅三秋彗，天回萬象春。茂陵如有草，疑是禪封文。

送金生入太學

去去漳河遠，遲遲璧水長。修途無日月，逆旅自風霜。折柳魂方黯，看花氣踰揚。三春好消息，應寄隴頭芳。

寄友人

十年曾裕國，三載已懸車。官拙難經世，家貧好著書。窺園通水灌，治圃帶雲鋤。自矢羞庭謁，遺肝莫問予。（以上明張邦翼嶺南文獻卷二七）

送胡肖玄令義寧

附驥髫年里塾遊，已瞻頭角邁吾儔。每憐荊玉堪奇遇，竟擬隋珠惜暗投。花縣鳴琴矜臥理，梓鄉歸棹漫夷猶。臨觴且展逢辰樂，春暖飛鳧入帝州。

省闈休訝未成名，曾試為郎應宿明。文鐸乍喧陶象郡，銅章新綰出羊城。蘭芽足雨三秋茁，椿樹凌霜萬曆青。昭代循良終不棄，菟裘池館未須營。

寄瓊陽學博茗陵從父

年來歸計已成空，雲樹千山路轉窮。自擬朋簪聯柱下，誰憐敵國寓舟中。登樓漫起王生興，掛劍難追季子風。堪笑為郎留滯客，無緣飛奮出江東。

柬羅聞野侍御

繡斧何來款竹扉，霜嚴三徑滿寒威。野人臥雪驚驄馬，太史占星聚翠微。諫草已清南海瘴，移文休訶北山識。東門二疏甘投老，早構菟裘問息機。

盧星野方伯别墅

聞君卜地剪蒿萊，水竹渠荷繞戶裁。心遠不嫌城市近，機忘猶喜鷺鷗來。蓬扉散帙看雲臥，花塢鳴榛泛月回。休自題門矜獨樂，耆英嘉會此中開。

贈胡明府肖元舉孫

春早誰家繫矢蓬，充閭佳氣陪融融。花封解綬初辭宦，梓里回軺已作翁。派引靈注誇逸駿，波恬清渭臥非熊。何當繼展華封祝，珠樹瓊枝亢爾宗。

張曲江祠

廟貌森嚴紫翠間，猶餘風度照庾關。卻封不懼寒仙客，計叛空憐走祿山。金鏡千秋披赤膽，玉環萬古鎖愁顔。峨眉山上看啼鳥，始信開元可召還。

寄白下同寅丁計部

憶從京國侍臺端，顛著衣裳倒著冠。漢署夜回鶯鶴起，晉陵春麗過駒看。一麾敢擬能分竹，三褫隨加罷握蘭。搖落未須吟澤畔，故園松菊尚堪觀。

春日閒居

春風吾自愛吾廬，不逐紅塵問卜居。門可張羅回俗駕，室如懸磬有殘書。攜兒就塾分陰裹，課僕澆池隙地餘。懸憶含香披對日，何如棲蹟混樵漁。

壽茗陵從父

柳葉森森暗馬頭，歸來洛社自風流。壺中醉醒三千界，局上輸贏七十秋。居僻子雲能擬易，月明庾亮健登樓。興來琢句髯應斷，歲歲春光次第收。

詠懷

小摘園蔬雅自供，官閒無祿好明農。巢林自分鳩營拙，度谷誰憐鼠技窮。抗蹟烟霞任放浪，全生天地荷優容。蕭蕭四壁寒如水，贏得休亭少過從。（以上明張邦翼嶺南文獻卷二八）

（楊權整理）

黄城

黄城，曲江人。明世宗嘉靖十九年（一五四〇）舉人，官清江知縣。事見清道光廣東通志卷七四。

再謁六祖

黄梅衍派已多時，誰向風播論是非。坐具初從仙里展，香烟竟指寶林歸。三更月色皆心印，萬古山靈護法衣。幾度玄參期接引，西風一葦得皈依。（明張邦翼嶺南文獻卷二八）

（楊權整理）

賀一弘

賀一弘，一名一泓，字毅甫，號新溪。大埔人。明世宗嘉靖十九年（一五四〇）舉人。授龍巖教諭，陞萍鄉知縣。擢萍鄉令。以疾致仕。有壁墩詩集。清康熙潮州府志卷九上有傳

睡起

睡起日當樓，微風生簾幕。遠樹鳴乳鳩，虚庭下馴雀。人閒境亦静，事省心不惡。彈琴展素書，聊以尋吾樂。賢哉陋巷人，生平所願學。

公車臥病

北風吹征衣，颯颯雙蓬鬢。神京萬里遥，烟塵未全淨。馳驅趁晨夕，筋骨已瘦病。青雲雖可躋，造

物尸其柄。思之重思之，虛名累真性。何如早回車，素位而安命。

山村鳥夜啼，遊子夢初曉。凌晨復驅車，寒風搖樹杪。回首一天涯，孤飛雲縹緲。將以思古人，令我心如擣。一養輕三公，胡為涉遠道。歸去娱北堂，菽水堪終老。

秋興

西風動高林，竦然驚非昨。時序迫相催，朱顔日銷鑠。素心將謂何，而今乃落落。進不躋雲霄，退不遁丘壑。棲棲度年華，何時償宿約。閒且一登樓，對景引杯酌。

晚發蘄州

薄暮度蘄陽，泛泛楚天涯。白蘋起秋風，新月下江湄。星象碧潭映，清夜如何其。自揣非鑒衡，何以酬相知。楚材洵多傑，所憐貴真奇。誓將殫心力，搜羅不遐遺。獻之明天子，濟濟輔昌期。

青閨

妾有緑綺琴，結髮已能鼓。曲奏古遺音，宫商按新譜。攜之嫁良人，永期偕鳳侶。焉知一別離，十載不復顧。園林花自春，青眼何時覷。我欲操離鸞，一以幽懷訴。殷勤托東風，吹上長安去。

憶昔初嫁時，恩愛兩不乖。別來幾十年，空閣對妝臺。朝聞鵲聲頻，果有尺素來。長跪啟重緘，愁顔忽然開。既云長相思，肯棄妾浮埃。感此秉心堅，中夜卻徘徊。願言效黄鳥，銜珠投君懷。

遊子出門庭，意氣輕離别。男兒志四方，棄捐何足説。但願登青雲，曳裾黄金闕。誓莫負生平，遠慰薄命妾。洛陽洵多花，寄言莫攀折。韶姿娱目前，經時欲消歇。何如歲寒松，蒼蒼不改節。

龍巖謁朱文公祠

晴日巖光滿，登臺謁晦翁。大成千載學，小試一州功。禮範家家俗，文流世世風。山蒼溪又碧，凝眺思何窮。

重謁文公祠

重謁巖祠曉，山雲淡欲收。門庭森竹柏，俎豆肅春秋。道際明時重，人知正學求。疏慵虚典教，俯仰益含羞。

應聘分校楚闈

星殘天欲曙，早已出南關。白現横塘水，青藏遠靄山。掄才膺重寄，典禮特榮頒。八月文闈集，須多拔鳳鸞。

登聚奎樓

簾捲晴花雨，登樓一振衣。千家山郭静，萬里海雲微。天上來秋色，人間欲夕暉。鄉關何處是，飄泊幾時歸。

發適中驛

悄悄山鐘晚，行行石徑幽。霞光流野暝，樹影入溪秋。鷺起横塘口，馬嘶古渡頭。道旁值野叟，因與訪龍湫。

宿平南驛

霧生山漸暮，涼氣襲衣裾。坐嘯孤燈下，行歌數盞餘。灘聲喧夜静，月色入庭虚。處世渾如夢，飄蓬總任渠。

過隱溪

小溪誰隱跡，曲水碧潺潺。流去終歸海，源來總自山。石生蒼蘚潤，沙睡白鷗閒。愧抱山林志，頻年此往還。

寄潘樸齋

半載萍鄉令，南歸滿路悲。勤勞原自分，凋敝竟何裨。淚感攀轅日，緣慳伏枕時。深慚無惠政，去後莫遐思。

思歸

歸築山中屋，躬耕擬鹿門。稻田三澗水，茅屋數家村。蘗草薰書幌，松花落酒樽。世間無限事，隴上莫來論。

秋夕

日落秋空淡，烟銷夜色清。書燈分近舍，官鼓起高城。螢亂池星影，蛩和澗水聲。幽人渾不寐，坐待月華生。

近晚到潮

江轉鼉湖闊，中流自在行。秋潭涵岸静，晚靄隔山生。海月人千里，雲天鶴一聲。弦歌何處鬧，舟抵鳳凰城。

漫述

世情垂老淡，天氣入秋清。墜葉隨風轉，浮雲逆水行。酒酣狂態出，詩苦瘦形生。不受人拘束，從他孟浪評。

刻鵠形猶類，屠龍用不成。風塵雙鬢短，湖海一身輕。舉世都談道，皇天亦忌名。好歸築山舍，棲息任陰晴。

壁墩居

卜築依山麓，幽居近水涯。琴無弦掛壁，酒有斗藏家。夜皎池中月，春延樹底花。為園剛半畝，懶種邵平瓜。

抱璞全吾性，林居舊俗存。池塘橋畔路，竹樹水邊村。酒熟頻邀客，詩成略課孫。晚來風雨急，落日閉柴門。

訪吴東溪黄土莊

莊開黄土磜，屋築碧山巔。坐看江船渡，行攀石磴懸。千峰環紫翠，一徑鎖蒼烟。最愛此亭好，偏宜醉客眠。

山深雲滿洞，水曲竹當門。禾黍連高隴，松杉翳遠村。牛眠芳草軟，鹿過小溪喧。為問林丘臥，何如世路奔。

烟蘿一洞深，清景足遊尋。樹色連雲暝，泉聲度石沉。鳴鳩溪竹午，睡犢潤松陰。縱步凌山頂，狂歌信野心。

黄竹磯

磯古名黄竹，蘆生間白蒿。懸崖泉亂落，疊障樹爭高。雲密藏龍窟，林疏露鳥巢。平生恬淡性，不惹世人嘲。

閒步

歸來棲澗谷，出入在丘樊。水漲池痕闊，春深柳色繁。雨花欹半落，風燕劇雙翻。屬目聊成適，從心不作煩。

饒三溪翁邀飲

溪翁愛野客，邀賞擷芳園。竹下憩瑤砌，花開開玉樽[一]。襟懷舒涑水，氣象逼桃源。欲和陽春曲，應慚大雅言。

徑曲花盈塢，池通水繞門。白雲簾外岫，綠樹郭邊村。撫景閒觀化，棲心靜避喧。微臣閒更樂，總荷聖明恩。

［一］前一個『開』字當爲『間』。

九日客福城用杜韻

登臺一眺海天寬，獨酌高亭未盡歡。九日陰晴常客邸，百年俯仰祇儒冠。雲生鳥石金城迴，月上鼇峰玉宇寒。來歲風光應更好，不知何處醉中看。

威惠廟成次郡侯玉田盧公韻

廟新威惠忻今日，像肅清高仰此方。戎馬當時分草澤，將軍建節啟封疆。業垂海國千年烈，名並漳江一水長。高閣重興應有數，神靈陟降白雲鄉。

觀海

南來一望豁雙眸，空水冥濛象外幽。萬古乾坤開混沌，兩輪日月祇沉浮。誰能飛羽凌洲島，我欲乘槎訪斗牛。近說波恬蠻國服，會看白雉貢成周。

廖韓泉擬俞敬堂內寄次韻以和

滿園紅紫又芳春，三載音書那得聞。折柳當時魂欲斷，看花此日淚長紛。心同浩月輝千里，身似寒梅瘦幾分。一種幽懷無處訴，蘭房寂寞對殘曛。

登黃鶴樓

危樓登覽楚天涯，城郭千家日色遲。黃鶴已歸江浩渺，白雲長在路參差。亭開石鏡呂仙笛，壁立珉碑崔顥詩。對景揮觴舒一笑，斜陽兩岸草離離。

適中驛得報虜寇通州次西山勢獗京師戒嚴不勝憤惋

京國河山百二重，無端烽火入雲中。胡笳關内吹邊月，漢幟城頭捲塞風。驚報朝廷憂近輔，恨因鎖鑰失元戎。孤臣耿耿心如刺，投筆何當立戰功。

欲將長劍倚空揮，淨掃胡氣振國威。六月尚歌征玁狁，八公何算勝淮淝。華夷無限那容越，忠義人心詎盡微。報主此生應不惜，請纓無路祇空悲。

九日南歸途次用杜牧之韻

風葉蕭蕭竹隊飛，整冠塵外世情微。江山萬古人空老，鄉國重陽客正歸。佳菊不須懷舊徑，冥鴻幾見度斜暉。一樽自辦從遊賞，何事籬根待白衣。

九日偕張以賢戴允修游吳文瑞黄土莊

秋山風起野雲飛，雁度空江影漸微。高處乾坤雙眼盡，閒邊丘壑幾人歸。漫教白髮凌寒色，還伴黄花對晚暉。撫景且同拚一醉，年來誰復問緇衣。

登三河鎮新城

一上高城四望寬，老逢佳節半悲歡。莫談鼙鼓驚馳檄，且對壺觴笑整冠。沙市紛囂仍鬧晚，烟村掩映尚凝寒。後人若問當年事，碑刻流傳墜淚看。

訪吴東溪黄土莊

愛君茅屋半山隈[一]，一徑縈紆客少來[二]。澗草野花春不斷，巖烟林藹午方開[三]。憑欄池上觀魚戲，曳杖籬根叱犢回[四]。閒看江船帆上下[五]，卻疑身在小蓬萊。

[一] 潮州詩萃新校本原校：『半，古瀛詩苑作「倚」。』
[二] 潮州詩萃新校本原校：『紆，順治潮州府志與古瀛詩苑作「回」。』
[三] 潮州詩萃新校本原校：『藹，順治潮州府志與古瀛詩苑作「霧」。』
[四] 潮州詩萃新校本原校：『曳、叱，順治潮州府志與古瀛詩苑分別作「倚」、「數」。』
[五] 潮州詩萃新校本原校：『帆上下，順治潮州府志與古瀛詩苑作「來又往」。』

山莊即事

蒼巖碧澗白沙田，黄竹磯頭小洞天。鳥隱晴林歌自在，犢歸晚野劇爭先。江山望處渾成畫，風月呼來不用錢。茅屋荊扉雲樹裏，更堪投謁醉時眠。

送陳曲江掌教歸杭州

秋晚河橋漠漠烟，離歌疊唱轉淒然。才名未信鄭虔後，風韻猶疑張翰前。閒訪孤山君有日，蹤游五嶽我何年。江亭回首天涯暮，空想蒲團話學仙。

九日壁墩和杜牧之韻[一]

近野高林鳥倦飛[二]，遠村烟火隔川微。隨風霜葉飄還墮[三]，映水巖雲靜自歸。濁酒登臺憐子美，澄江如練憶玄暉。何人早出樊籠外，千仞岡頭獨振衣[四]。

城上層樓勢欲飛，憑欄一眺萬峰微。高秋鶻擊雲間下，薄暮漁歌浦口歸。千古風流惟舊跡，百年節候幾清暉[五]。祇因共盡登臨興[六]，醉插黃花弄舞衣[七]。

［一］潮州詩萃新校本原校：『古瀛詩苑題作「九日壁墩和韻」。』

［二］潮州詩萃新校本原校：『野，古瀛詩苑作「晚」。』

［三］潮州詩萃新校本原校：『霜，順治潮州府志和古瀛詩苑作「木」；墮，古瀛詩苑作「駐」。』

［四］潮州詩萃新校本原校：『岡，古瀛詩苑作「峰」。』

［五］潮州詩萃新校本原校：『候，古瀛詩苑作「景」。』

［六］潮州詩萃新校本原校：『因，古瀛詩苑作「應」。』

［七］潮州詩萃新校本原校：『黃，古瀛詩苑作「菊」。』

壁墩山居

蒼壁墩頭野老家，一池雲水一籬花。高林雨過柴關晚，鼓吹眠聽兩部蛙。

日高臥穩不開門，時向花前笑弄孫。懶出自緣人事簡，何曾裏面草玄言。

懶

自笑懶翁今轉懶，柴門近午未開關。道經半卷翻三日，衹向簷前臥看山。

送吴隱岩自巖回潮

隱跡龍巖數十秋，歸心常掛鳳城頭。西橋杯酒今朝别，好向塘湖看白鷗。

志懷

松擎翠蓋竹含斑，卜得巖居近碧山。採藥任從雲外去，尋梅曾向月中還。
投簪兩鬢未曾斑，占斷蓮花第一山。養得西湖雙鶴在，雲間飛去又飛還。
風花片片落衣斑，獨倚蕭牆看晚山。遠渚睡鷗閒自穩，高林飛鳥倦方還。
落花苔徑點蒼斑，水静池平影倒山。笑指白雲誰管領，峰頭放出復收還。

感興

出處關頭莫浪談，歸收便合老雲巖。掛冠卻怪陶真隱，猶帶山中宰相銜。
等閒勘破利名關，贏得伸腰免汗顔。若問好懷何處放，無過風月與溪山。

登黄鶴樓

黄鶴仙人去不還，層樓高湧入雲端。江天風景應無限，好寫圖歸取自看。

訪吴東溪黄土莊

閒邀吟侶訪巖棲，霧樹雲山望處迷。澗水不流花片出，未須疑作武陵溪。
興盡流連倒緑樽，山中風景不勝論。半巖斜日樵歌近，好躡雲根出洞門。

舟中遇雨

蓼花舟泊釣魚船，鎮日瀟瀟雨滿天。獨酌幾杯篷底睡，不知江漲没平田。

旅懷

秋來搖落最堪悲，寂寞羈懷入夢歸。一曲誰家樓上笛，惱人偏向月中吹。

閒眺

白蘋兩岸起秋風，十里蒼烟夕照中。簫鼓江干來復往，橋南獨立看冥鴻。（以上民國温廷敬潮州詩萃中編卷四）

絶筆詩

領來生了合還渠，遺世聲名亦贅餘。七十三年無述處，一朝含笑上清虚。（滙山遺雅卷一）

（楊權整理）

劉格

劉格（一五一八—一五七七），字豫誠，號嶺陽。番禺人。明世宗嘉靖十九年（一五四〇）舉人。六合縣令。歸鄉，講學於天鄉書院。清道光廣東通志卷二八〇有傳。

遊海珠寺

赤水玄珠在，乾坤此蚌胎。五羊餘王氣，萬蜃息氛埃。檀海真源在，慈雲佛殿開。白鷗看不厭，爭拂釣船來。（明郭棐、清陳蘭芝嶺海名勝記卷三）

（陳永正整理）

詹世龍

詹世龍，字見卿。海康人。明世宗嘉靖中由選貢授桂林府訓導，十九年（一五四〇）領廣西鄉薦，轉文昌縣教諭，後遷平樂縣令，復擢上思知州。清道光廣東通志卷三〇〇有傳。

石茆嶺

宇宙滄桑變，乾坤浩劫灰。神工開混沌，靈斧鑿崔嵬。絕壁凌霄起，雙峰跨海來。洞中涵太極，鰲背擁蓬萊。窈窕瓊为闕，嶙峋玉作臺。煙霞真景象，風月净塵埃。篆久無人識，林深有鶴回。石牀虛夕照，丹灶冷秋槐。松蓋摩蒼靄，虹橋鎖碧苔。泉從銀漢落，芝傍素雲栽。客醉孤亭暮，猿啼萬壑哀。曇花香拂袖，瑤草色侵杯。玄覽窮三島，流觀暢九垓。興隨天籟發，詩就雨聲催。鐵笛憑虛弄，仙笻躡磴廻。杳然迷出處，仿佛入天台。

題西湖

自笑平生野趣多，结茆聊傍白鷗波。淵明斗酒花三徑，范蠡扁舟雨一蓑。石潑泉聲穿砌落，天連雁影帶雲過。晴霄洗耳橋邊月，嘯詠沧浪濯足歌。（以上清康熙雷州府志卷一〇。）

（李永新整理）

容朝望

容朝望，字幾石，號他山。新會人。明世宗嘉靖十九年（一五四二）舉人。嘉靖四十四年授四川崇慶知州，晉保寧府同知，授長蘆運同，左遷知陝西商州，二年告歸，卒年八十一。有睡厭集。清顧嗣協岡州遺稿卷四有傳。

厓門奇石

壯哉波心之石生絕奇，凌空屹立勢如飛。鸞翔鳳翥不足數，白龍躍出昆明池。溟濛烟霧驚波裏，巨鼇鼓鬣參差起。中流隱隱障狂瀾，馮夷卻掃三千里。銀車駕馬呼天來，坐令屏息如銜枚。長鯨俯首不敢動，空餘蜃氣成樓臺。飄風暴雨何迅速，深谷為陵陵為谷。惟有厓門兩岸邊，鷺渚鷗沙接平陸。朝朝暮暮變桑田，青山綠水自年年。漁舟賈舶閒來往，帆檣不斷行人烟。洪濤巨浸今千載，潮落潮生長不改。毋乃龍宮推出鐵崑崙，來與乾坤鎮滄海。鎮滄海，何嶙峋，若比朝中是直臣。

蒲葵扇

首夏忽炎熱，悠悠落日長。山林起蒸烟，四野散斜陽。上有火雲升，畏此如猖狂。願為朔漠鳥，奮翮隨冰霜。豈知神物奇，握手交可常。披襟呼侍兒，薰風滿衣裳。居者憩林下，行者息路傍。持此團團月，習習生微涼。未待梧桐飄，殘暑已相忘。毋乃以使君，翩翩求炎方。解慍阜民財，清風殊未央。莫作班姬棄，當為謝傅揚。還如鴻鵠翼，從子以翱翔。（以上清顧嗣協《岡州遺稿》卷四）

（楊權整理）

張溥

張溥，字景大。順德人。明世宗嘉靖十九年（一五四〇）舉人。歷官山東青城知縣。事見清康熙順德縣志卷五、民國溫肅龍山詩錄卷上。

清源舟中別羅荔城

逆旅相逢意惘然，十年魂夢一燈前。雖教乍見相分手，猶勝山陰夜雪船。

勉齋號

黄子留芳揭海東，今人心事古人同。乾坤性分須當盡，濂洛誠明可著功。璞玉精神憑石板，兼金顔色寄鑪紅。相逢莫道無參术，都在梁公藥篋中。

懷人

江鯉應難制，冥鴻不可招。落梅歌一曲，風雨夜瀟瀟。

登金紫閣訪上人次韻

石壁青宜賞，松臺迴可尋。客飛亭午烏，鐘落上方音。色相巖花瘦，依微野樹陰。無緣莫扣扣，留詠覺蕭森。（以上民國溫肅輯龍山詩錄卷上）

（陳永滔整理）

（李永新整理）

舟中秋夜

天籟中宵寂，星槎獨夜回。蓬櫳秋色近，落木自江隈。（清嘉慶龍山鄉志卷一二）

黎元熙

黎元熙（一五〇八——一五六一），字雍孺。增城人。補邑博士弟子，試輒優等。曾參修邑志，凡署當道所撰，多出其手。嘉靖四十年（一五六一）年五十四卒。有水簾洞存稿。清康熙增城縣志卷九有傳。

夢歸水簾洞

流落人間幾十春，夢回驚闊淚盈巾。白雲似向愁無主，黃野忙來笑故人。月色松聲渾是舊，石床丹竈半生塵。丁寧莫遣移文勒，谷口終須屬子真。（清康熙增城縣志卷九）

豸山清眺

萬里烟收五嶺巔，四郊明媚艷陽天。山開蓬島鼇頭上，樹鎖璚樓蜃氣邊。風景已非秦世代，關河猶是漢山川。獨憐此地江湖遠，日月淹留物外懸。

登文昌閣

山庭幽敞野烟微，有客移尊共息機。松竹倚崖陰鎖徑，薜蘿懸磴翠成圍。風前雨過聲偏急，海上帆輕去似飛。招隱卜居還此地，不知何日更同歸。（以上清康熙增城縣志卷一三）

（楊權整理）

全粵詩卷三三〇

李時行

李時行（一五一四—一五六九），字少偕。番禺（今廣州）人。少時曾讀書于羅浮山青霞谷，自號青霞子。湛若水、黄佐倡學于東南，時行先後及其門。明世宗嘉靖二十年（一五四一）中進士第，知浙江嘉興縣，敘績擢南京兵部車駕主事。後因同官蜚語攻訐而辭官，遍遊吴、越、燕、齊、楚、豫，與海内人豪結社聯吟，抒心中峭拔激昂之氣。南歸後於廣州西郊築浮邱草堂讀書，又於北城開小雲林别業以托棲隱。卒年五十六。著有駕部集、青霞漫稿、天求子、雲巢子、癯痡子等。其文章法漢魏，古詩法顔謝，歌行法李杜，絶律取裁于沈宋王孟等諸大家。爲南園後五先生之一。清道光廣東通志卷二八〇有傳。

李時行詩，以清宣宗道光二十年（一八四〇）南海吴氏詩雪軒刊本李駕部前集、李駕部後集、青霞漫稿爲底本，參校清同治南海陳氏樵山草堂本南園後五先生詩。

李時行一

伏覩西苑諸勝有作

天都藴靈奇，帝闕儼蓬島。瓊華列綺疏，太液涵蒼昊。玉蝀駕飛梁，金鼇夾馳道。風恬鳥去遲，華發春歸早。宫垣燦金蕉，湍水舂秋稻。縹緲兔園山，穴洞靚如掃。雲梯古石盤，霧壑春流抱[一]。垂崖下猿蘿，碧沼翻鳬藻。迤邐度平臺，歷覽周靈造。萬億鞏皇圖，願言歌豐鎬。

［一］霧，南園後五先生詩卷二〇作『露』。

遊西山

龍軸開天甸，靈嶽表皇畿。氤氲靄佳氣，窅邈飛丹梯。仰瞻出九穹，俯視盡八維。日宫憑漢構，星觀接雲棲。香泉下�壑，輦道迴松谿。玲瓏信天造，合沓駭神迷。伊余欣獨往，攀陟閱多奇。千巖盤福地，百卉濯仙姿。綺麗駕洛中，雄赫卑闕西。鴻圖允鞏固，靈長億萬斯。

登虎邱山

年光屬澄霽，柔陽麗芳甸。藻池魚始躍，楊園鳥初囀。驅馬挾徒侶，林邱恣登踐。近矚館娃宫，遐眺長洲苑。千門甲第開，中有闔閭殿。臺荒麋鹿遊，茲來野花炫。尋幽得往蹤，追古失新忭。去去物外遊，盈虛理能遣。

春遊效謝玄暉

葳蕤耀西郭，蒼翠盈東疇。景物方熙豫，駕言出遨遊。晛睆聽黃鳥，夷游眄白鷗。壺觴美璀璨，歌管紛啁啾。朋簪綣幽勝，歌詠賡勸酬。玄談間文言，妙奧恣冥搜。煩襟一以滌，怡悅忘百憂。

贈潘時乘內翰

霜風被原隰，山流含夕清。散躅眺林莽，寒鳥相交鳴。圓景不可駐，榮華安足憑。衆夫何遑遑，志士貴徇名。令名苟不立，碌碌忝浮生。緬懷吳中彥，珥筆侍承明。青藜照中祕，藝藻絢文英。高蹤渺難企，高鷃慕雲鵬。屢枉瓊瑤什，卓哉誠可矜。終期策駑蹇，庶以協同聲。

蘂室詠[一]

我昔遊玉京，行歌采三秀。蘂宮何崔嵬，層城互延袤。道逢羡門子，龍嶠相都授。石室祕玄文，素書多篆籕。拜領契神符，金丹煉垂就。粉霜白如飴，服食輕肌腠。乘鴻遍八遐，羽蓋高馳驟。自持青毛節，笑向天門扣。稽顙禮玉皇，詫我來何後。舉手謝時人，誰參兩塵透。

[一] 南園後五先生詩卷二〇題作『蕊宮詠』。

爲園效陶淵明

晨興荷鋤出，迤邐至東皐。土曠力已疲，四野生蓬蒿。俛首事耘耔，髮短風蕭騷。引泉入畦徑，爲力勝桔槔。百卉今具腓，灌滋寧憚勞。日遲風惟和，衆鳥相與嘈。萬物既有託，人生苦營忉。蔣詡亦何人，千載聲名高。不用浮營累，所懽在濁醪。偃息東軒下，琴書聊自陶。

詠懷五首

涉世寡所諧，雅志在邱壑。投簪歸青山，守拙甘寂寞。稍擬漢陰釣，還尋鹿門樂。當春理東畬，及秋事躬穫。暇日呼友朋，烟蘿成野酌。巨觥交勸酬，清謳間諧謔。忘形穹壤間，矯首同飛躍。黄鵠摩青霄，陋彼燕與雀。永結逍遥遊，已矣謝羈縛。

林居忽不愜，理篋事行遊。名奇夙所慕，誓將八極週。泰岱寄萍跡，河淮漾蘭舟。宇宙何寥廓，心曠乃良謀。爲樂苦不早，歲月去我遒。豈伊向平問，婚嫁畢已否。雲鵬有奇翼，九萬何悠悠。不學夸毗子，終日懷百憂。

皇虞道已遠，班馬競馳騖。賈董揚頹波，揚枚逞芳度。茲渠日云沒，新聲混韶濩。商鼎與周彝，所貴在真素。雕飾豈不華，本實惜先蠹。蹇予事鉛槧，謬希作者路。穎宏寄餘閒，聊以展幽趣。所憂在駑駘，恐失天馬步。

東周布遺種，香色錯然陳。漢魏接餘芳，枝幹猶足珍。流風入建安，畦徑漸荊榛。六代競豪華，翦彩以炫真。生意日萎蘙，華蔓徒紛繽。偉哉伯玉子，培根歸渾淪。開元與天寶，花實相鮮新。物盛則必反，繼者難其人。蹇予寡且昧，頹風竟何振。眷茲性情理，追逐疲心神。

芝蘭生幽谷，不隨衆草芳。日暮天風吹，清芬自飄揚。何如桃李華，灼灼弄春光。驚風一披拂，繁華委道傍。人生非金石，百歲乃其常。苟不事令名，奄忽何足傷。所以君子心，秉義日遑遑。安能甘逸豫，歲晚徒慨慷。

春日徐氏東園讌集

行遊策輕車，逍遙入仙家。江流抱層城，三市溢繁華。修風扇微和，東皐被丹霞。好鳥鳴芳叢，流聲一何喈。嘉賓諧夙晤，張筵蔟奇葩。雜沓促飛觴，妙曲間清笳。勝會豈有常，且復樂無涯。謔浪歡既醉，言歸日云斜。

遠遊篇

束髮事遠遊，遠遊抵燕趙。發軔越水湄，弭節匡山嶠。天目暫夷猶，句曲恣睇眺。南瞻泰岱崇，北涉黄河渺。太行正鬱紆，濟源深窈窱。遺風想悲歌，舊俗多質蹻。舞雩趾尚存，望海蹤未杳。城古有開元，柱在知華表。馳驅歷名奇，自覺寰區小。終作神霄遊，超然謝羈繞。

宿湖南淨寺

攬勝投名山，信跡遵玄境。興隨覺路遙，心與空門淨[一]。雲樹澹蕭疏，水月相輝映。天寒夕梵微，木落霜鐘應。倦鳥下松林，歸僧掩蘿徑。景眺遐想舒，物討幽懷罄。揮琴鶴共娛，講法龍爭聽。祇樹鳴山風，雨花落湖鏡。於焉結芳桂，聊以祛塵病。睠此碧巖棲，因之定吾性。

[一]淨，南園後五先生詩卷二〇作「靜」。

遊東林寺度虎溪橋竟諸峰登覽止宿遠公房

飛甍敞雲際，朝攀鬱玲瓏。瀑泉噴石瀨，驚飈回遠空。嵐光隱雙樹，霽色澄千峰。湛湛竹響露，淒淒松外風。白蓮尋舊社，紫閣聽鳴鐘。入谷窺鶴室，穿林步虎蹤。玄覽八極隘，達觀萬化從。神抜願自協，慮澹道彌通。倦返緣歸術，日落群山空。小憩璇房下，焚香懷遠公。

贈黄司勳汝霖

靈山洩玄祕，神澤見龍光。菁華萃令哲，鬱爲東南望。屬情羲皇際，秉志班馬場。飛談捲秋雲，敷藻發春光。魚鳥浹流觀，山水足徜徉。伊余弄柔翰，縱横靡所匡。願以一枝棲，希彼千仞岡。圓機齊物類，達觀等彭殤。申交誼則殷，引領企來章。

貽雲間高士吴次一朱克溫兄弟

習習條風生，吹我嘉樹林。嘉樹何菁葱，上有諧鳴禽。嚶嚶願求友，惻惻傷我心。單居慕儔侶，契闊若飛沉。良晨渺難偕，會晤邈無因。珉玞貴礱礫。百煉成兼金。麗澤苟無從，虛此年歲侵。已矣伯生嘆，千載有遺音。

登吴興城樓

嚴霜肅原野，落葉菰城隈。危樓一以眺，佳麗紛悠哉。日華映仙掌，光生浮玉堆。神居正葱蒨，天日鬱崔嵬。水向苕霅轉，江從淞泖回。遙瞻沈約宅，俯眺子胥臺。懷古意方愜，感時心獨摧。烽火西北警，輸餉東南催。悲笳生隱憂，徒自罄深杯。鄉關望不極，離思杳難裁。

贈田豫陽先生

神龍矯雲穹，澍霖沛中野。纖纖衆草姿，濯濯受沾灑。靡靡掇遺芳，熒熒照光冶。豈惟矜昏贖，將以開來者。群流趨廣洋，黄潦無廢捨。願言策疲馬，遊戲山泉下。會景吐奇葩，臨流命清斝。逸武敢追攀，所愧知音寡。邀此瓊瑤報，沈衷用申寫。

雲間留別諸同志

衹役出郊圻，惄焉傷離抱。焉知懷苦辛，念我同心好。相攜未浹旬，睽違一何早。人生聚散期，宛如浮萍草。忽復因風會，須臾各遠道。征車何彭彭，緑楊何裊裊。春氣正鬱蔥，況茲間關鳥。川塗限南北，恒慮音徽少。共勉令德圖，崇修以爲寶。

夜坐

良夜何悠悠，北風何颼颼。玄雲翳微月，河漢西南流。攬衣步高堂，顧念遠林邱。川塗漫浩浩，歲月忽如遒。壎篪有遺嘆，陟岵多離憂。居人惜婉孌，遊子在道周。豈無相娱樂，沉思未能休。

振衣堂夜集别孫貢甫歸新安

高高羅桂籍，良朋鬱蘭襟。忘疲坐元夜，婉孌娱宿心。賡唱互有節，陋彼繁絃音。瑶觴散霞彩，寶月流清音。商飈戒寒服，宿鳥鳴前林。仰視列星光，明河間淺深。圓象亦何爲，東西有商參。而況浮生歡，詎得恒若今。晤懷如不樂，别思徒難禁。

俠客行

長安俠少年，結束事行邊。珠瓔絡戰馬，白羽控飛弦。流盼萬人靡，光彩何翩翩。暮宿歸燕市，朝遊出甘泉。黄金買死士，白璧奉高賢。倜儻負奇氣，談笑兵圍間。所歡在知己，軀命乃易捐。

彭城道中

秣馬肅徒侶，晨征越郊邑。林莽何蕭條，颯颯陰風集。云是古戰場，殺氣餘慘惻。伊昔楚漢交，兩雄正相厄。亘野捲旌麾，摩空耀戈戟。朱火赫以飛，白龍自奔匿。恃力亦何爲，鬬智終靡益。英雄等物化，勞勞竟陳跡。空嗟耕隴間，黃沙亂白骨。

經徐孺子墓

漢道日隤頽，皇綱弛難收。群小握機要，李杜墮奸謀。耿耿徐夫子，端居識其由。飭躬事溫清，斂志遵園邱。秉操瑩不磨，浮榮安足尤。生芻致踰元，下榻望彌修。可否夷惠間，溷世揚清流。嗟余遠行役，飄搖入南州。凄其枳棘叢，斷碣標荒陬。芳蹤隨化滅，高風邈難求。千秋徒景切，驅馬重遲留。

長門怨

涼飈送朱火，庭樹下微霜。娟娟素明月，照妾羅衣裳。遲回循廣除，蟪蛄鳴北堂。感物思鬱紆，況茲夜未央。故恩坐搖落，新歡詎可量。音徽渺難接，婉孌不能忘。昔爲雙飛鸞，今作單鴛鴦。容華安足恃，顧影徒自傷。保君金石軀，千秋樂景光。

情詩

曖曖雲間月，圓缺自有時。翩翩梁上燕，猶傍故巢歸。如何遠遊子，去去無返期。别時春葩芳，今見秋葉飛。洞房夜凄其，寂歷生塵絲。流螢入孤幔，蟋蟀鳴坐隅。精誠感宵夢，會晤空斯須。寧作清流源，不作濁水泥。冰霜諒自保，茲懷君詎知。

卧病峴山精舍

養痾吳山下，扃戶謝來客。惟有山中僧，閒時每相適。一見兩無言，境宇何岑寂。萬慮不入心，頓悟此空色。微風動疏簾，坐移西窗日。翻嫌小鳥聲，樹杪徒唧唧。

涔陽女

涔陽溪上女，兩兩傍舟行。乍見頻低首，佯羞如有情。摘花入浦去，笑語香風生。踟躕空悵望，遙聽棹歌聲。

廬山歌

匡廬之山何峛㠇，洪崖奔甃凌空起。靈源萬古自天成，福地紆盤三百里。群峰嵒嶤近日邊，元宮下與十洲連。猿梯鳥道不可度，仰攀絕頂空雲烟。虎溪斜接朱霞島，更向雲端尋五老。碧草攢生不記年，琪華半落無人掃。碧草琪華處處逢，祥烟時繞香爐峰。石鏡光中回日月，錦屏影裏出芙蓉。逶迤瀑布飛寒玉，窈窕陰崖藏石屋。閒隨野客採青芝，靜對仙人調白鹿。萬丈飛虹跨石潭，天池龍去水流丹。九江風雨凝朝靄，七澤波濤起暮寒。竹林梵宇知何處，空華自映娑羅樹。神僧飛錫人不聞，惟有仙禽自來去。登臨回首值新秋，自愛名山覽勝遊。此去會應逢石髓，重來沐鶴住丹邱。

姑蘇曲

三月三江口，垂楊復垂柳。朝看燕引雛，暮聽鶯求友。此時花鳥競妖妍，此際風光正可憐。錦轡分飛爭道路，朱輪合沓出郊廛。千門簫管聲如沸，公子豪華多意氣。雕戟雲凝故相家，玉闌花覆將軍第。春衣製紫絨，劍珮拂猩紅。暫醉專諸宅，還宿館娃宮。館娃宮裏飛花滿，姑蘇臺上遊絲軟。吳姬二八笑當壚，能向春風歌宛轉。宛轉歌正微，朱顏世復稀。分明不是陽臺路，祇愁化作彩雲飛。

醉歌

仰看雲間月，清光圓復缺。俯見枝上花，朝榮暮還歇。人生少壯能幾時，朱顏忽改鬢成絲。如澠之酒且相勸，莫使空留異代悲。韓彭功成身已醢，金張許史今何在。子雲才高翻墮閣，相如臥病文園內。文章富貴亦何有，古往今來同一慨。勸君莫惜千黃金，且向醉鄉斟復斟。臨邛壚頭香且美，醉來擊劍歌古今。飛瓊小玉嬌相向，琵琶細和江南音。人生適意忘憂辱，刀錐世上徒碌碌。觥籌歷亂襟抱開，軒冕銖視誰拘束。君不見章華銅雀今埃塵，粧樓空鎖青蛾人。酒星不照夜臺魄，杜鵑叫斷空山春。又不見雍門泣罷田文朽，霍家門外狐兔走。黃金滿籯不肯醉，月落花殘成皓首。

贈王郎

王郎膽氣欲吞海，縱酒高陽三十載。千金不惜贈荊卿，雙璧持將結朱亥。去年烽火警榆州，慷慨辭家赴遠遊。倒捲黄沙擒頡利，輕飛白羽落旄頭。縱橫豪氣誰能惜，百戰功高不收籍。貂裘弊盡還復來，卻向秦樓夜吹笛。我勸王郎休嘆嗟，應知人世有張華。吳鈎本是連城價，莫使光芒蝕土花。

舞劍篇贈王叔廉

王生倜儻人，自佩雙神劍。拂衣舞低迴，流光若馳電。吾聞此物出豐城，歐冶造自越王庭。紫氣上干斗牛域，虯光夜夜騰太清。靈異化去已千載，兩龍久卧延平海。問君何從復得之，龜文蝟理曾無改。左揮錯落七星垂，右指光芒霜雪飛。倖佞顧之心膽碎，百妖一觸咸凄而。有時突作青龍陣，聲響鏗然奮兵刃。始知防身大有靈，横行自覺威名振。琉璃匣裏暫埋光，時吐蓮花繞座香。龍吟虎嘯那能久，會當持此獻君王。君不見純鈎湛盧昔在越，星流波溢稱奇絶。一朝適楚登城麾，士卒俱迷野流血。祗今四海尚風塵，煩君早晚拂星文。除災拯難多奇勳，萬里封侯早致身。

送蕭公弼南歸

北風吹雪行人絶，繫馬長亭與君別。燕姬歌曲易銷魂，觸得離人轉愁切。一觴滿引不須辭，湖海重逢未有期。君看南國花開日，便是長安相憶時。

贈梁山人歸羅浮山

昔在羅浮兩石樓，逢君身著紫雲裘。憑虚共對烟霞酌，握手相期訪十洲。一從歸卧丹邱裏，滄桑幾度更寒暑。碧山昨日事遨遊，豈知復值同心侶。承語青霞舊洞天，藥欄丹井尚依然。稚川遥寄滄芝訣，飽覩兼傳紫誥篇。君今東向羅浮去，乘空直上飛雲住。爲報蒲仙桂父翁，待予共採三花樹。

曉起

山窗鳥喚春，驚醒獨眠人。起看落來花，飛紅滿苔茵。簾前落花不須掃，祇怨春深花易老，殷勤寄語看花人，把酒尋春須及早。

長相思

良人家住燕山陽，春花爲顔玉爲裳。别來不覺已十霜，兩地相思空斷腸。腸斷斷兮愁欲絶，倚闌共對天邊月。月圓仍缺缺仍圓，相思相見還相别。别來消息不曾聞，幾見梅花長夢君。君意悠悠川上水，妾心脈脈隴頭雲。隴頭雲，川上水，歲歲年年祇如此。水流雲散自有時，惟有此情無日已。

若耶溪泛舟

溪頭碧樹掛晴霞，一帶溪流映落花。落花渺渺隨流去，蕩漾春光未有涯。沿溪錯雜莓苔色，尚有西施浣紗石。溪邊兒女踏歌來，坐見莓苔空嘆息。泛泛蘭橈得自由，少年春日恣遨遊。鸞簫鳳笛遥相和，共倒金樽醉不休。此時風物真堪羨，過眼韶光疾於電[一]。明朝攜酒擬重來，莫遣楊花亂如霰。

[一] 於，南園後五先生詩卷二一作『如』。

駕出西山

蓋擁千官出，鳴鑾歷上都。清塗驅海若，飛馭役天吳。雲樹張仙幄，山花薦御廚。恩光遍巖穴，中谷動嵩呼。

過崔駙馬山亭

主第開新徑，仙源處處通。曉雲低拂樹，春鳥靜吟風。水帶天湖碧，花分御苑紅。鳳簫聲縹緲，疑隔玉樓東。

送溫尚書還蜀

承恩歸舊里，祖帳滿都城。戀闕丹心在，憂時雪鬢生。錦江秋月白，劍閣暮雲横。佇看平津詔，蒼生望老成。

登匡廬絕頂

匡廬最高處，迥與碧空齊。下見衆山小，回看落日低。松間調野鶴，雲裹聽天雞。晚逐鐘聲去，相將度虎溪。

別吳山人廣[一]

客中仍送客，離思渺難任。歧路一尊酒，故人千里心。歸雲銜落雁，寒角亂秋砧。湖海風塵裹，前期何處尋。

［一］廣，明張邦翼嶺南文獻卷二七作『擴』。

送友人之夷陵

搖落楚山頭，嗟君歲晏遊。相看歧路別，翻動異鄉愁。雁影湘江月，猿聲巫峽秋。仲宣懷古地，乘興好登樓。

遊峽山寺

飛來江上寺，幽勝絕塵氛。樹老皆黃葉，山高多白雲。雨花長日下，仙梵半空聞。頓起安禪想，同參猿鶴群。

宿歸雲庵贈敬上人

烟蘿小徑通，一室掛雲中。樹影暗浮水，秋聲半在空。疏鐘山際月，孤榻竹邊風。竟夜渾無寐，清談對遠公。

宿小金山

獨坐雙峰暮，超然遠俗氛。林疏微露月，石峭暗藏雲。清梵連漁唱，飛鷗混鶴群。茫茫天水際，秋色迴難分。

遊紫雲觀

方外愜幽尋，清虚長道心。閒門芳草合，古徑白雲深。帶雨龍歸洞，銜花鳥出林。時聞笙鶴侶，天際下空音。

喜劉德夫攜姪用明入社

千載山陽會，竹林今復開。步兵時愛客，自領阿咸來。石上題詩去，花邊載酒回[一]。嵇生雖好懶，猶得數追陪。

[一] 載，南園後五先生詩卷二二作「醉」。

巖居僧

一鉢寄巖石，塵喧迥不聞。小厨分澗水，短榻卧松雲。衣借枯藤補，香收野菵焚。晚來趺坐處，猿鶴自爲群。

行樂過西莊

行樂莫遲徊，流光暗裏催。雁隨春燕去，老逐少年來。花影移歌席，鶯聲促酒杯。幽懷兼笑口，一日幾回開。

遊楊園四首

夙有滄洲好，言尋雲水鄉。入門麋鹿狎，穿徑薜蘿長。物外情偏洽，尊前興更狂。此身任泉石，寧復記他鄉。

海鷗馴野性，瑤草寄玄思。但愛青林好，安知白日移。薄霜沾小徑，寒月隱高枝。綣此幽棲處，簪纓非所知。

曲沼通松島，虛窗傍竹扉。萍開魚競躍，花落鳥驚飛。扳磴雲隨履，穿林露溼衣。沙鷗莫相忌，吾已解忘機。

此日躋扳地，逍遙情自多。看雲漫矯首，對酒一狂歌。放棹娛沙鳥，紉衣尋芰荷。片心不繫處，時見冥鴻過。

秋日懷諸弟

經年滄海別，客思怯風波。嶺外寄書少，夢中相見多。秋聲落寒竹，雨意澹烟蘿。忍聽鶺鴒語，雙雙奈爾何。

過沈道士山居

高遯愛山深，仙蹤詎可尋。遍行芳草路，方到白雲林。石設巖邊榻，泉鳴澗下琴[二]。不聞朝市事，應見出塵心。

［一］下，南園後五先生集卷二二作『上』。

客堂夜坐

獨對蕪城菊，凝寒未著花。幾回驚歲暮，猶自客天涯。月下砧聲急，風前雁影斜。歸心將別夢，夜夜不離家。

酬方山人訪東山舊隱見寄

君向東山去，懷予舊賞蹤。移舟經剡水，開榻對稽峰。夜色溪邊月，秋聲澗底松。清談支許會，何日更相從。

遊石屋洞

深谷天藏景，耽幽客共遊。雲移山不動，石在水長流。竹露晞初日，松風報早秋。塵心消欲盡，彷若住丹邱。

送張少府之天台

君才堪吏隱，佐牧近青山。經歲逢迎少，終朝案牘閒。鳥啼官樹裏，草長訟庭間。莫學南昌尉，尋仙去不還。

聽張使君美人彈琴

玉指理瑤琴，含情不自任。一彈一惆悵，豈是爲知音。夜靜月在水，秋高風滿林。相如方燕好，莫奏白頭吟。

漫興

世事如蕉鹿，悠悠那可憑。徉徜自有適，疏懶任無能。酒貰東鄰老，書來北嶽僧。身同猿狖侶，長嘯向烟藤。

晚步

晚步荒村外，橋通古岸斜。數聲牛背笛，幾片日邊霞。雲暗歸鴉樹，潮回落雁沙。隔江人語亂，燈火見漁家。

遊碧巖

境僻稀人跡，尋幽方獨行。泉從樹杪落，雲向石邊生。斜日見山影，隔花聞鳥聲。悠然任所適，真愜薜蘿情。

出塞行

辭家赴國難，萬里向金微。寒日明朱戟，秋霜帶鐵衣。黃雲隨陣落，白雁傍人飛。不斬樓蘭將，長驅誓不歸。

吴中雜興

人家臨澤國，疏柳畫樓邊。野嶼烟藏寺，湖田水接天。蓴鱸時入饌，簫鼓晚歸船。詩酒留連地，風光易歲年。

懷徐伯臣宋子明王亮卿宣允則諸君

不見故人書，故人情轉疏。相看一别後，今已十年餘。水國寒雲渺，山窗夜月虚。可堪秋欲半，落葉遍庭除。

吴淞晚行

驛路晚悠悠，行人促去舟。鄉心懸落雁，客夢入新秋。澤氣蒸雲起，江聲帶雨流。松陵看欲近，沽酒慰離憂。

遊靈隱寺

清梵落諸天，香臺覆紫烟。飛蘿懸曲徑，亂石漱寒泉。象座金蓮古，龍潭寶月圓。三生緣已解，隨地可棲禪。

金陵别施平叔秋官

知己難爲別，相攜白下門。斜陽江上樹，野水驛邊村。舊業歸心在，清時直道存。淒淒霜月夜，尊酒共誰論。

明妃曲

一自辭金屋，誰憐度玉門。沾衣今日淚，奉帚舊時恩。見月空凝思，聞笳欲斷魂。早遂安邊願，妾身寧足論。

訪康蕩山人

結屋翠微間，蓬門晝不關。宿雲長在樹，倦鳥自歸山。境爲虚偏勝[一]，心於靜始閒。逍遥弄泉石，盡日竟忘還。

[一] 虚，南園後五先生詩卷二二作「幽」。

諸社丈攜酒過訪

詞流多逸興，命酌過山堂。野水秋踰淨，林花寒更香。共知閒裏適，寧記醉中狂。萬事浮雲外，當歌且盡觴。

觀天目山瀑布

誰將千尺練，挂向碧峰頭。晴灑長空雨，寒生六月秋。褰風銀浪湧，閃日雪花浮。不作涓涓滴，陰崖袛暗流。

秋夜宿殊勝寺

看竹過山寺，開樽值素秋。風清衆籟寂，水落寒巖幽。僧定月當戶，鶴歸雲滿樓。醉來臥松石，天地等浮漚。

秋夜宿海珠寺

島嶼中流出，憑空結蜃樓，浪翻沙際月，楓落海門秋。照水禪燈寂，棲雲衹樹幽。坐看神女見，清夜弄珠遊。

曉行

客行寧畏早，殘夜度關城。野店月猶在，孤村雞未鳴。烟深疑路失，寒重覺裘輕。去去明河沒，東方白漸生。

遊錢塘紫陽宫

桂宇開三島，蘭宫列九仙。雲霞塵外境，日月洞中天。寒溜披澄練，晴峰擁碧蓮。磵虹朝散綺，松吹夜鳴絃。藥圃芝凝露，丹田玉吐烟。函關牛度日，華表鶴歸年。未授黄庭訣，先參紫氣篇。杯將金液泛，鼎以寶香燃。身陟凡區表，心遊太古先。靜探玄妙理，茲意竟誰傳。

送張職方赴邊

鳳詔銜新命，魚書急使旌。黄雲浮殺氣，白草動笳聲。仗劍交河冷，登車易水清。朔風羌節慘，積雪絮裘輕。金勒裝騂馬，雕弓列戰鞾。祈連涵落日，瀚海接邊城。卻狄紆周策，和戎陋漢盟。摛文頻握槧，學武喜談兵。省署推賢俊，華夷仰聖明。麒麟儲駿烈，虚席待公卿。

泛彭蠡湖

浩蕩湖光迥，虚涵河漢明。萬峰朝靄淨，一葦客帆輕。地跨三吳勝，江連七澤平。魚龍時隱見，舟楫互縱横。日月浮金暈，風波激玉聲。方壺晴掩映，圓嶠遠崢嶸。陽鳥寒依渚，殘虹夕抱城。感時思擊楫，俯念愧登瀛。塞北猶防□（虜），江東未解兵。艱危堪涕淚，回首憶神京。

秋日遊道場山伏虎寺酬信上人

伏虎何年寺，閒來偶一登。乍隨攲徑入，還向曲欄憑。山晚烟光澹，天寒水氣澄。斜陽雙去鳥，野渡一歸僧。馴鴿棲祇樹，清猿嘯古藤。飛樓風外笛，孤墖月中燈。已悟西來意，因參最上乘。欣陪支遁語，聊此滌塵膺。

春日陳光祿見過

冠蓋何年別，軒車此日來。故人千里合，綠野一尊開。鳥弄當歌席，花明近酒杯。激昂看俠氣，磊落見雄才。越嶠題應遍，衡陽轍屢迴。高情出雲漢，逸想絕氛埃。戶牖臨青嶂，琴書傍綠苔。子雲元寂寞，仲蔚自蒿萊。僻地紆玄覽，深懷寓薄醅。相看當盡醉，莫遣二毛催。

遊三洲巖

靈源標勝概，碧洞祕瑤華。曠野千峰出，橫橋一水斜。松蘿迷客徑，雞犬隔人家。石室雲常暗，山樓樹半遮。巖巔垂玉乳，泉際引金沙。仙樂和啼鳥，天香散落花。開樽留晚照，揮袂駐飛霞。延眺娛心賞，追遊興未涯。

酬徐伯臣見寄

孺子南州彥，新詩海內傳。因風奏金石，使我挹蘭荃。鸞嘯蘇門隱，梟飛漢代仙。襟期同白社，人物似斜川。登陟盧敖杖，浮游范蠡船。閒居知有賦，習靜久懷玄。綠綺烟霞外，青山几席邊。黃初窺製作，墨綬謝塵緣。草聖誇前代，萍蹤憶往年。關河看咫尺，吳粵隔風烟。服氣神符妙，修真寶訣全。懸知千載後，石室祕瑤篇。

山莊月夜

別墅少塵蹤，清溪澹晚容。千峰霜月白，萬樹野烟濃。碧漢回孤鶩，空林鳴暗蛩。山鐘秋更徹，雲碓夜仍舂。澗底泉聲細，窗前竹影重。幽棲聊短榻，散步任疏筇。雅致思玄度，風流羨戴顒。悠然忘坐久，寒露滴青松。

贈陳道吾

彼美清修士，幽居屏俗喧。藏名棲白社，托跡寄青門。湖海情偏切，風雲思獨存。玄談珠灑落，麗藻鳳飛翻。案上書千卷，床頭酒一尊。虛窗鳴翠篠，曲徑長荒蓀。王粲才何逸，袁安道自尊。四愁今已賦，七啓更須論。污血終難困，龍光豈受昏。天衢去不遠，抒翼任高騫。

遊雲居寺

地偏開勝跡，俗遠愜幽尋。路接三台近，山羅萬象深。香臺籠古樹，碧澗繞危岑。草露當階綠，蘿烟覆徑陰。天花寒拂座，法雨細沾襟。淨界疑南嶽，毫光儼道林。竹泉澄累劫，松石長禪心。雲蓋珠旛影，風飄玉磬音。物情翻爽豁，客思縱登臨。浮世多消歇，空門無古今。三生如可學，於此合抽簪。（以上李駕部前集卷一）

全粤詩卷三三一

李時行二

奉和李奉常天壇候駕即事

紫垣烟柳晝陰陰，花滿仙壇春正深。風外時聞瓊珮響，雲端遥望翠華臨。龍盤瑞氣開行殿，鶯囀清歌出上林。江海微臣亦何幸，叨陪鴛鷺列朝簪。

春日寄直閣林員外

仙郎散珮侍彤闈，候吏焚香護賜衣。親捧紫泥傳禁語，時登青瑣沐恩輝。飄花細傍宫牆出，乳燕斜穿御路飛。退食省中無一事，晚來信馬柳邊歸。

石亭館與友人夜坐

客裏逢君屬暮秋，别情歸思共悠悠。燈前細雨催黄葉，海内知心半白頭。露氣暗浮冰簟冷，蛩聲偏助草堂幽。欲期後會應難定，且對青尊一暫留。

憶昔八首

一别蓬萊奉紫宸，金門通籍寵光新。清宵曳履趨仙闕，薄暮鳴珂出禁闉。萬户笙歌連落日，五陵車馬動飛塵。江湖此際瞻依切，清夢猶馳漢苑春。

秣陵佳麗艷流霞，晉苑吴宫昔所誇。北固青山雄帝宅，長江一水渺仙槎。荒墩已没江淹夢，古巷猶傳謝傅家。唯有青樓烟柳地，年年歌舞競繁華。

夾谷陶山汶水西，泰寧形勝幾扳躋。東臨日觀三峰近，南望天門五嶽低。太白樓荒銷俠氣，右軍池古剩留題。江湖十載曾遊地，乘興何時還杖藜。

甘泉獵火接天齊，塞路天寒雨雪迷。李廣封侯慚射虎，劉琨報主憶聞雞。關河殺氣催楊柳，沙漠烽烟困馬蹄。爲報嫖姚寬北顧，元功先遣拜瓊圭。

憶昔吴門秋可憐，澹烟疏柳夕陽天。青山易得芳時樂，白雪難逢寡和篇。茂苑舊遊孤月外，横塘新曲晚風前。秖今卧病雲山隔，野水蘆花一釣船。

兵戈滿地壯心驚，極目中原感慨生。西北轉輸嗟絡繹，東南寇盗苦縱横。單車多壘誰堪使，百税窮簷願息征。日暮憑軒增涕淚，江湖空抱賈生情。

水落天空溽氣收[一]，微茫烟渚隔沙邱。寒催砧杵千家月，霜到關河幾樹秋。聲斷塞雲聞雁過，光侵池草見螢流。感時王粲心徒切，獨倚荊南萬里樓。

雲蘿露草徑西東，塵世幽緣不易逢。招隱尚憐叢桂在，問奇誰負酒杯空。青山日暮雲隨杖，碧海秋清月滿篷。一自烟霞拌懶散，弋人寧復慕飛鴻。

〔一〕氣，清黄登嶺南五朝詩選卷四作「暑」。

新秋感懷

酒罷高歌清夜闌，年來猶自滯長安。片雲將雨消殘暑，斷雁迎風動早寒。鄉國渺茫勞夢遠，江湖飄泊識交難。欲歸未定緣何事，短鋏無心向客彈。

贈陸郎中歸隱林屋

石林幽勝遠人群，清隱於今獨有君〔一〕。暑去未消巖下雪，風來猶帶澗邊雲。半窗月色留僧話〔二〕，一徑松陰共鶴分。遙想北山著書處，他年應不愧移文。

〔一〕有，南園後五先生詩卷二三作「見」。

〔二〕色，南園後五先生詩卷二三作「出」。

西苑即事

沉沉晝漏不聞喧，緩步聽鶯出禁垣。風送飛花來上苑，烟含細草繞長門。日邊鳳闕攢雲氣，柳外龍池積雨痕。滿路金貂賓從過，共傳許史近承恩。

清明日思家

紫陌新烟出漢宮，柔桑遍綠杏枝紅。樓臺半落梨花雨，簾幕斜吹燕子風。物候漸隨時思改，酒杯猶喜故人同。朝來亦有還家夢，無那鶯聲到枕中[一]。

［一］枕，南園後五先生詩卷二三作『此』。

題蕉邱王逸人隱居

買斷蕉邱事藥欄，臨窗靜對竹千竿。床頭綠酒應長滿，屋外青山空自看。澗水流雲時作雨，林花帶露暗生寒。柴門寂寂逢迎少，隱几焚香懶著冠。

巫山雲

十二峰頭映晚暉，非烟非霧轉霏微。因風吹入襄王夢，帶雨亂飄神女衣。野樹影中寒不散，啼猿聲裏溼還飛。不知秋去天如洗，萬里悠悠何處歸。

酬陳鳴野見寄

千里勞君問索居，江空歲晚獨愁予。祇緣嶺外無來雁，莫道天涯少寄書。草徑秋深吟蟋蟀，石池霜冷落芙蕖。關河迢遞風塵隔，兩地同看月色虛。

錢塘經宋故宮

瓦礫重重半草萊，前朝宮闕總浮埃。已無輦路鳴珂入，空有春風燕子來。陰砌覆烟眠斷柳，殘碑含雨長荒苔。江山不管興亡恨，依舊寒潮自往迴。

客中逢暮春

江上春歸客未歸，一春多恨賞心違。破巢新燕穿簾去，帶雨桃花逐絮飛。薄酒易醒孤枕夢，長途猶著別家衣。風塵冉冉年華改，腸斷江湖消息稀。

送吴國博還金陵

樓頭霜落角聲殘，曉度關城匹馬寒。歲晚交遊知己少，天涯烽火別君難。馮驩何用空彈鋏，梅福惟應早挂冠。歸去蔣陵尋舊隱，著書寧復下長安。

送徐子明書記赴邊

赤塞塵沙迥未平，多君意氣喜論兵。已經楚上三年別，還作雲中萬里行。霽雪射雕青海岸，秋風走馬白狼城。即隨驃騎承恩澤，猶勝芸窗老此生。

春草

搖動輕烟展翠茵，萋萋長是傍幽人。沿階遍雜莓苔色，近水不沾車馬塵。濃緑映花南浦晚，柔香帶雨曲江春。無端一夜相思發，幾處池塘入夢頻。

中秋夜對月懷吳之仲

玉笛淒清隔院聞，楓林霜葉落紛紛。人間月色此時好，天上秋期今夜分。幾處遠山凝暮靄，一聲孤雁起寒雲。相思迢遞天南北，坐對清光長憶君。

厓山弔古 三首

風吹錦艦覆江濱，回首神京半已塵。蘇武豈能臣羯□（虜）[一]，仲連寧肯帝嬴秦。天邊星隕妖先見，海上龍興識未真。父老祇今猶抱恨，每逢寒食薦芳蘋。

中原戰血灑晴烟[二]，末祚逢厓事可憐。禍勝六宮南渡日，仇深二帝北歸年。奸諛誤國情堪憤，閫廣圖安勢已偏。千古忠魂消不得，怒濤長咽海門天。

野樹雲垂古廟陰[三]，愁翻白浪衆山沉。捐身萬里孤臣淚，誓死三軍戀主心。日照乾坤餘正氣，寒生風雨助哀吟。茫茫滄海深如許，不似行人恨更深。

［一］羯□（虜），南園後五先生詩卷二三作「異國」。

［二］「晴烟」二字原缺，據南園後五先生詩卷二三補。

［三］垂，南園後五先生詩卷二三作「連」。

贈丁戊山人還閩中

海內名山已遍遊，西風歸臥幔亭秋。有時見月頻呼酒，盡日看雲獨倚樓。採藥不辭松徑遠，題詩偏愛石巖幽，拂衣我欲從君去，九曲溪邊泛釣舟。

晉興道中

水接湘江深復深，楚山迢遞映楓林。四時不斷烟嵐色，兩岸唯聞猿鳥音。帝子廟荒霜竹冷，伏波臺古暮潮侵。蒼梧回首浮雲渺，明月清砧動客心。

遊南屏寺憶孫太初

太白山人竟不回，風流爭羨謫仙才。雲遊五嶽還詞賦，豹隱三吳自草萊。習靜著書常閉戶，狂歌散髮獨登臺。鸞驂一去無消息，花滿西湖空自開。

渡楊揚子江

千里揚帆破浪遊，長江浩浩漭生秋。城頭樹沒青山小，天際濤翻白雪流。吳楚地形分北固，乾坤王氣自中州。晴空入望風烟迥，萬頃波光日月浮。

秋日寄懷異上人

憶昔曾同慧遠遊，東林幾度漫淹留。鶴翻露滴松房冷，鹿過苔深竹院幽。卓錫白雲生澗底，步虛明月上峰頭。卻從一別清宵話，已悟三生總是浮。

亂後書懷

頻年烽火遍郊墟，到處逢人問卜居。荒後田廬渾是累，亂來親友漸相疏。銷憂獨憶中山酒，閉戶惟看鄴架書。徑草瀟瀟秋雨外，文園空自卧相如。

夏日同姚子玉費子文遊雲居寺

蒼烟白石滿空山，野寺深藏亂竹間。遊客漫隨清磬入，老僧長對落花閒。潭邊宿雨從龍去，樹底殘雲伴鶴還。盡日臨流恣幽賞，披襟坐遍石苔斑。

春日吳山遊宴

千載吳宮已劫灰，吳山依舊客重來。子胥臺迥空明月，范蠡湖堙長綠苔。往事但隨流水去，春風又見野花開。登臨一笑忘今古，莫負歌前酩酊杯。

小浮邱閒居

門巷春深晝不關，階前蝸跡雜苔斑。鄰沽任可長留客，市隱何須更買山。有興獨尋芳草去，無機惟愛白雲閒。坐臨磐石看流水，日暮空隨倦鳥還。

十八夜對月別友人

出餞河梁月上時，半輪清影泛金卮。由來天上多圓缺，何況人間無別離。夜靜魚龍浮遠水，露寒烏鵲聚高枝。空山歲晚還相憶，惟有梅花寄所思。

贈上高葉廣文

憐君十載論文地[一]，嶽麓匡山共結鄰。官樹鳥啼飛絮雨，講壇烟鎖落花春。諸生重道元推魯，博士專經共羨秦。獨坐寒氊對清晝，身閒且莫厭官貧。

［一］文，南園後五先生詩卷二三作「交」。

月下送客歸湓浦

蒹葭洲上月如霜，楚客歸心益渺茫。湖海十年交誼重，關山萬里別愁長。碧梧半落秋將杪，銀漢西流夜未央。莫惜音書寄來雁，湓城咫尺是衡陽。

山居吟

草作巖居雲作扉，耽幽簡出澹忘歸。村童解煮白石飯，野老自製青荷衣。得食山雞去復返，近人仙鶴鳴還飛。有時獨坐對花落，醉擊瓿甀歌採薇。

登宣武城樓時有北□（虜）之報[一]

嗚嗚畫角語城頭，四野風烟動客愁。露下星河雙闕曙，月中砧杵萬家秋。上書自愧馮唐老，去國空懷賈誼憂。賴有北門諸將在，早將戈甲護神州。

[一] 南園後五先生詩卷二三無『時有北□（虜）之報』六字。

渡河

千里關山客裏過，北來征旆渡黄河。天低野樹寒雲盡，日落平原戰馬多。草獵陰風啼虎豹，沙飛白浪舞蛟鼉。驚看漢業俱塵土，莫唱高臺猛士歌。

九日客淮上有懷朱箴[一]

返棹東吴未有期，風塵湖海尚驅馳。黄花已負三秋興，明月空懸千里思。露冷袁郎江口樹，雲深漂母驛邊祠。夜闌一曲西樓笛，何處征人怨别離。

[一] 朱，南園後五先生詩卷二三作『宋』。

即事

羽幟頻經塞上過[二]，驚心時事幾風波。空山日落行人少，茅屋秋高野燒多。漢室少年悲賈誼，雲中老將憶廉頗。一竿欲買扁舟去，税及漁樵可奈何。

［一］幟，南園後五先生詩卷二三作『騎』。

初春宴沈氏園亭

春苑春光溢露臺，緗簾綺閣水中開。鶯醺遲日將歌度，燕掠輕烟學舞來。幽草穿階侵客路，晴霞浮樹落仙杯。習池未必能勝此，縱賞寧知玉漏催。

秋夜與子伯話舊

石榻留君坐夜深，蕭蕭秋意動霜林。西風隔水誰家笛，明月滿庭何處砧。燈下一尊黄菊酒，天涯十載故人心。别來知抱憂時念，握手驚看雪滿簪。

訪天壇劉羽士

乘春遥訪上仙家，蘿薜陰陰石徑斜。風静鳴琴俯流水，月明吹笛入桃花。林中雞犬無烟火，洞裏松筠自歲華。一别丹元塵路渺，相看回首隔雲霞。

隱居

隱居何必向山林，松徑行歌散素襟。門外蒼苔來客少，雨中啼鳥落花深[一]。談玄喜就高僧坐，對酒長呼孺子吟。身似閒雲隨所適，悠悠出入本無心。

〔一〕雨，南園後五先生詩卷二三作『山』。

山中聞蘇松之變有作

荒榛引蔓上山扉，村巷蕭條列郡非。沙苑月寒笳吹動，關城風急羽書飛。征輸到處疑應盡，戍卒經秋尚未歸。見説漢廷思頗牧，中原何日解重圍。

經易州界〔一〕

塞北時聞鐵馬嘶，薊門霜柳漸淒淒。天邊野燒連烽火，城下寒砧雜鼓鼙。陰磧草荒狐隊出，平原風急雁行低。尊前不見悲歌客，易水東流何日西。

〔一〕州，南園後五先生詩卷二三作『水』。

江南曲二首

蕩槳越江邊，烟深江水緑。不見採蓮人，空聞採蓮曲。

採蓮擘蓮實，一半是空房。折得同心藕，牽絲何太長。

春曉

枕上雨初歇，庭前花亂開。春風在高樹，啼鳥去還來。

旅思二首

北地風霜早，秋來已不禁。客衣猶未換，愁聽隔鄰砧。
寒月下疏桐，清霜醉晚楓。客心元自冷，不是爲秋風。

題廬山人屋壁

流水繞孤松，清風動疏竹。俗客不到門，莓苔長新綠。

少年行二首

鬬雞金作距，戲馬玉爲鞭。薄暮誰家宿，青樓大道邊。
結客千金少，防身一劍輕。酒酣雙耳熱，塞北任橫行。

尋無外上人幽居

行盡禪房路，虚窗忽見山。老僧相對坐，不語又空還。

古鏡詞

古鏡明如月，珍藏玉匣深。羞將照妾影，留取照郎心。

登天目山

雪積深林暑氣微，山僧六月著寒衣。片雲天外因風至，白日巖前作雨飛。

江亭夜讌

倒捲長風烟霧開，青天送月海門來。高歌起舞瑶臺上，直挽銀河落酒杯。

塞下曲

白草連天散馬群，黄沙磧裹盡黄雲。風前朔雁年年度，月下胡笳處處聞。

過李用晦岣嶁山房

白雲悠悠祗在山，流水下山不復還。興來掃石坐終日，花落花開人自閒。

春日獨酌

柳花飄白桃花紅，風送花香落酒中。爛醉春光不歸去，閒愁萬縷總成空。

别山僧

飛錫飄飄隨所之，白雲來去本無時。今朝暫向空門别，世路相逢未可期。

送司馬朝卿還蜀

相如仗節茂陵歸，春日春花照客衣。萬里巴江天際落，錦帆一片去如飛。

廣陵與孟十七酌

高樓花撲玉缸香，愛客吴姬歌興長。沉醉不知君别去，醒來猶卧酒壚傍。

有感

三輔頻年説募兵，黄龍□□〔胡虜〕幾時平。兒童月下吹蘆管，半是秋風塞上聲。

續曲歌

日射紅粧映水光，踏歌蕩槳過秋塘。蓮衣落盡蓮房老，猶有西風蓮葉香。

酌酒與蔡圻

陌上青樓春酒香，與君不惜醉千場。江湖萬里逢知己，忘卻今朝在異鄉。

白下别宗秀才

逢君忽復送君行，客路悠悠江海情[一]。且盡殷勤花下酒，由來醉裏別離輕。

〔一〕情，南園後五先生詩卷二三作「晴」。

山中

野館蕭條傍緑陰，幽禽盡日對孤吟。紅塵十丈隨車馬，不到巖前嘉樹林。

秋懷

葉落吳門一夜霜，悠悠離思海天長。殊方不爲無知己，自是人心戀故鄉。

遊泰山五首

驅日鞭雲騎赤龍，三生石上採芙蓉。振衣直躡仙人掌，拄杖時攀玉女峰[一]。

路入天門眇九州，三山隱約海東頭。此身迴在雲霄上，俯視黄河一線流。

明堂最上接天池，封禪靈墟跡尚遺。漢碣半留千古字，秦松高偃萬年枝。

日觀平臨滄海東[二]，天雞啼處夜方中。遥看金暈扶桑起，照見峰頭萬樹紅。

重重雲闕鬭嶙峋，白晝風雷走百神。石室春深人不到，空餘玉簡照乾坤。雲闕、玉簡俱峰名

［一］杖，南園後五先生詩卷二五作『上』。

［二］臨，南園後五先生詩卷二五作『林』。

北地花朝

出郭看花寒尚催[一]，花朝猶未見花開。空餘樹上如花雪，片片隨風送客回。

［一］尚，南園後五先生詩卷二五作『獨』。

花前對酒

尊中有酒未爲貧，階下有花長是春。把酒看花須盡醉，百年能見幾閒人。（以上李駕部前集卷二）

全粤詩卷三三二

李時行三

朝會詩

日月焕重輪，車書混方軌。翼翼敞彤廷，雝雝會群玉。環珮何瓓珊，冠裳亦奔屬。斂聽候鳴鐘，凝際瞻華燭。空裏笙簫擁，班中禮數肅。至人儼無爲，端己拱雍穆。風雲麗皇圖，烟花繞仙域。微臣亦何幸，忝荷鴻鈞覆。追隨鵷鷺行，齊呼萬年祝。

出自薊北門行

十五學擊劍，豪雄寡爲儔。裂眥報仇家，高視蔑王侯。一旦羽書至，願言分國憂。揮手去鄉邑，振奮出邊州。白馬疾如飛，楛矢剽若流。左貫烏丸腹，右飲月支頭。重圍既已解，談笑任行遊。功成拂衣去，爵賞非所求。

讀離騷經

物性畏剽刭，人情忌孤蹇。蘭以香就焚，膏因明自滅[一]。潔躬能取尤，高才終見遠。鄭衛登中堂，韶英聽斯緩。溷流趨靡靡，誰復察區款。靈均多遺悲，漁父有先見。皎皎明月珠，湓矣沈湘沅。至人執元樞，俛仰能自遣。無爲以爲寶，隨時任舒捲。

〔一〕滅，南園後五先生詩卷二〇題作「滅」。

感詠二十首

默坐觀元化，泰初本鴻濛。人文既開朗，元和乃漸通。世事有盛衰，治亂互相從。消息斡其權，厥運始復終。氣機本自然，太始不施功。至人秉無爲，端拱無極中。下觀蟻子群，蝸角競豪雄。萬劫終委壞，浮雲歸太空。得喪虛欣戚，胸次徒憧憧。

孔子五十齡，欣然常讀易。讀至損益時，喟然自歎息。益者終必損，損者必見益。持盈在守謙，履盛當自抑。盛衰互相倚，達者貴先識。易理本元元，聖心相合一。

吾愛陶彭澤，達觀忘俗筌。一官但適意，不爲生產牽。飢時出門去，乞食向人前。有則喜留客，雞黍長開筵。故人或見惠，悉付酒家錢。遇飲即求醉，且了一日緣。萬事不著念，平生任自然。清風在五柳，今古慕高賢。

揚雄老執戟，劉向終秘書。白首不再遷，著述猶勤渠。草玄在芸閣，青藜照夜廚。立言志不朽，歲月忘居諸。同時炫赫者，燼滅竟何如。千古仰芳蹤，名與天壤俱。

天地本缺陷，世事安得全。時人自迷惑，求全反見僭。河清能幾見，明月不長圓。物理忌太盛，行者戒爭先。孔子觀攲器，製作羨前賢。遇滿必傾覆，持平無跛偏。達人常委運，素履順自然。知止免殆辱，寧居不足焉。

秦王東望海，漢武求蓬萊。志在延年藥，異術四方來。夜浥金莖露，高築通天臺。齋宮祀碧雞，神光爭取猜。糜費經數載，飛傳無停埃。生死理之常，輕舉終無媒。少翁既殂沒，徐福去不回。空聞輪臺詔，車載鮑魚回。神仙渺何處，徒貽萬世哀。

我有一寶劍，千金價無比。霜鍔可吹毛，獨抱未嘗試。幾欲報明恩，殺仇向燕市。出入少年場，所恨無知己。攜向咸陽去，杯酒徒爲爾。歲晚復歸來，深藏應有俟。終遇同心人，一騁遊俠志。

孫龐事兵法，同時師鬼谷。縱横挾其術，自謂遂所欲。甘言誓死生，交親同骨肉。一朝言別去，兩國競爭逐。戾性秉殺機，彼此相傾覆。一意在功利，焉知禍與福。矢甲本殊技，同是一人蓄。大道互相酬，後先蒙顯戮。

戚戚復戚戚，出門空嘆息。嘆息此何因，世情非往昔。昔也歲常稔，今也半飢瘠。昔也無氛祲，今也競鋒鏑。壯丁赴召募，半死無回役。將裨相容與，歲月糜兵食。無地可安居，殍夫盈道側。賈生當此際，流涕無虛日。仰首問穹蒼，何時見寧一。

赤鷚與黄雀，竊食隴邊禾。恣情相飲啄，暮去朝還過。虞人日窺伺，將身罹網羅。所需在一飽，安能遠俗苛。黄鵠摩青霄，四海任婆娑。冥鴻能萬里，孤飛入無涯。志意既高遠，虞羅奈爾何。俯視鷚雀侶，啾啾安足多。

隆寒擁裘坐，誰肯念無衣。膏粱已充腹，寧恤他人飢。富忘昔日貧，貴棄賤交知。自古皆如然，非今獨有之。唯愛鮑叔賢，讓金無所疑。綈袍戀戀者，尚繫故人思。古道日已遠，世情轉堪悲。在生不欺死，延陵掛劍時。

毁譽理之常，何須與辨别。安静以俟之，百毁自消滅。聲華赫赫者，反被青蠅涅。明珠莫暗投，按劍機先設。不疑信潔己，盗金謗盈帙。馬援南征返，薏苡冤莫雪。唯有塞上翁，失馬忘言説。見定物不摇，無憂亦無悦。

干將鑄劍時，神物從傍泣。劍成獻吴宫，瑞氣環椒室。祕之未及試，崇質長飛逸。吴伯與干將，徐遭刑戮厄。始知希世寶，反爲禍所及。古來神武王，靖亂在仁德。冶鐵本精靈，用之亦何益。虞階舞干羽，有苗自來格。

神龍本陽精，變化不可測。有時潛深淵，弄珠明月窟。小則如毫毛，須臾入金石。大則駕風雲，長空沛霖澤。勢捲江海流，移山走沙礫。丈夫負奇氣，靈瑞本龍質。窮居乃自修，深棲晦其跡。達則大有爲，安邦拯民厄。窮達自隨時，隱顯誰能識。

靈王初失國，避難楚澤中。偶逢鋗人恐，飢臥泣途窮。申亥感王恩，圖報亡其躬。事之以二女，王死乃殉從。亥本田夫耳，尚效小臣忠。何事管夷吾，甘心相桓公。王魏輔建成[二]，貪生昧其衷。三子雖冒寵，忍心競難容。大義已棄捐，愧彼田舍翁。

浮榮衆所慕，詰旦趨朝市。群兒爭一餅，得者每自喜。有時稍失意，懊惱由中起。豈惟自懊惱，殆辱從茲始。所以高蹈人，視之如敝屣。鹿門自躬耕，谷口窮靜理。倦鳥棲茂林，遊魚隱深沚。終身長避喧，至樂應無比。

連年事兵革，繼之以凶荒。十戶九蕭索，貧者焉能全。口腹既不充，蔽體常不完。京租輸未足，加派復臨門。吏胥下窮鄉，欲避無處藏。伐木通山壟，死者不得安。白日豈無光，詎肯照覆盆。官家政愈急，催科寧暫寬。欲訴誰相憐，吞聲不敢言。

計然抱十策，上干越王庭。句踐用其三，富國逞雄兵。范蠡往師之，佐越破吳城。功成泛湖去，拂衣且辭榮。隱居齊魯間，遂著陶朱名。然也誠智囊，而蠡術亦精。保身全明哲，千載垂英聲。

禰衡與楊修，秉性俱狡鷙。負才多太露，遇事逞其智。鸚鵡賦雖奇，漁陽撾且戲。雞肋幾先發，讀碑行且忌。曹公猜刻輩，豈是容人器。不自戮才賢，嫁禍肆凶伎。可憐蘭玉姿，同被崑山熾。古來保身者，皆歸明哲士。

龍虎爭雄地，中原當戰場。所貴依上游，一任制八方。秦兵百萬衆，世業都咸陽。開關迎六國，驅之如犬羊。諸葛輔玄德，三分居蜀邦。失守在荊州，偏安空自防。關張負精勇，八陣徒鷹揚。阿瞞老奸諛，西北恣陸梁。彈壓吳蜀師，禍心已先藏。可憐漢祚衰，赤火漸無光。割據既失策，混一終難忘。

［一］王，南園後五先生詩卷二〇題作『三』。

河嶽翁歌

河嶽翁，朱顏綠髮明方瞳。來自鴻濛之世弱水之東，飄颻八極騎雙龍。騎雙龍，朝遊三山巔，莫憩五嶽峰。身被白鶴氅，手握青藜筇。自言逢羨門於華頂，揖軒轅於空峒。陵谷桑田看幾劫，瑤池屢宴群真從。劫來偶向人間住，長安市上寄仙蹤。詎浪那知天子貴，醉來笑傲輕王公。雲心浩蕩終難馭，隘視塵世如禪中。忽駕雲車指雙闕，清歌回首送冥鴻。送冥鴻，入烟空。鏘鏘環珮搖天風，望之不見心無窮。我亦明朝攜笈去，三花石室定相逢。

長安道

帝京三月時，香塵暗天起。遊絲捲落花，飛入千門裏。甘泉繞建章，大道覆垂楊。雕闌錦樹遙相望，鶯歌燕舞斷人腸。斷人腸，復那許，愁殺娼家女。粧成起立看紅雨，斜倚銀屏黯不語。

四憶詩有叙

夫輔車資轍，鵬翮因風，故能致千里、運九天，相須而成，有以哉。友道不復，我思古人，作詞憶□[一]。

岱宗峩兮鬱層標，天門敞兮日觀高，徑盤紆兮逼穹霄。嵾磧礫兮莽蓬蒿，欲往遊兮無輕軺。我所思兮汶之上，有美人兮金玉相。

衡霍矗兮幾千尺，虎豹棲兮神鬼宅，炎氣蒸兮瘴嵐塞。路迷漫兮江水隔，欲往遊兮無雙翼。我所思兮桐之洲，有美人兮被羊裘。

泰華巍巍峰簇簇，帶羌□兮控巴蜀[二]，行路難兮阪屈曲。劍閣高兮巴水綠，欲往遊兮無飛騄。我所思兮龍之岡，有美人兮臥南陽。

龍荒曠兮氣淒冽，剛風吹兮地欲裂，黄沙捲兮山出獮。人勇捷兮馬輕瞥，欲往遊兮無尺鐵。我所思兮在邊域，有美人兮志投筆。

［一］『作詞憶□』，南園後五先生詩卷二一作『作四憶』。
［二］『兮』前所缺字南園後五先生詩卷二一作『胡』。

別友人入京

春風送暖入春杯，越客相攜上越臺。柳絮盈盈依袖舞，桃花點點向人開。君去都門期射策，縱馬東城復西陌。沽酒宜寻燕市豪，裁詩莫向秦樓夕。吹徹瓊簫不見君，相思無那惜離群。忽聞江上帆開遠，悵望天南日暮雲。

七夕篇

澄秋寂歷涼風裊，河漢無雲天露湑。楓葉初飄銀井床，露華欲濕蘼蕪草。此時織女獨含情，停梭罷織思盈盈。祇愁會促歡難盡，不道離多歲已更。重開寶匣蟠龍鏡，更理新妝巧相映。候將靈鵲欲填河，雲際俄驚鳳輦過。層樓疊榭透迤入，飄姿流態嬌非一。誰憐昨日怨相望，誰解今宵坐相惜。相惜相望不自由，凝膠凝漆兩相投。謾取歡娛酬契闊，併將哀怨作風流。祇憐天上相逢少，無那天雞將報曉。宴席闌珊星霧飛，遙看前路結驂歸。流光瞬息成遐別，少逢和樂多悽咽。翻訝姮娥在廣寒，歲歲年年守孤闕。

天上謠

襄星爍爍過西樓，珠斗半落銀河流。月邊桂子香未發，井上梧桐葉已秋。仙娥採芳榆水次，翠轂先傳青鳥使。湘嬰鼓瑟曳龍裾，太乙吹笙調鶴馭。瑤草香銷玉砌封，緗裾猶帶石榴紅。空中吹落瓊花鈿，玉輦須臾看不見。天外唯聞環珮聲，白雲飛去海風生。

西湖遊效曹子建體

結蘅軺，鼓蘭舟，邀朋嘯侶西湖遊。日華鮮，春氣柔，恬風小浪光如油。倚莎墟，循若洲，仰瞻靈鷲俯龍湫。夾飛虹，繯廣疇，桃花的爍柳條稠。謠丹宮，�朱樓，十二緗簾雙玉鈎。吐吳歈，發越謳，和鳴簫管雜箜篌。奉芳醪，薦時羞，主前獻壽賓拜酬。會難逢，别易遒，于斯不樂欲何求。

春堤行

茸茸碧草曲江春，相逢儘是採芳人。簇簇綺羅嬌緑水，紛紛車馬逐香塵。嬉遊共訝烟光好，疊榭層臺類仙島。弦聲疑雜鳥聲喧，酒氣偏隨花氣繞。此時上客正淹留，揚鞭挾彈過長楸。遥看蹴踘東郊外，戲罷鞦韆南陌頭。東郊南陌垂楊緑，拂袖遊絲斷仍續。桃李叢中競笑歌，錦屏羅扇香風逐。日暖沙暄燕子飛，新裁白苧换春衣。春堤到處堪行樂，春色娱人不忍歸。

贈錢祠部兄弟

二妙新承寵，同登漢省郎。聯鑣趨建禮，散珮出文昌。道協夔龍會，名齊翰墨場。退朝賓從列，門第有輝光。

酬張符臺秋夜直閣見寄

禁苑含香入，高秋複道平。疏星移鳳闕，明月映龍城。夜半聞天語，風前遲漏聲。思君在霄漢，清夢隔蓬瀛。

遊雞鳴山寺

不入招提境，安知白日閒。懶雲長臥石，殘雨不歸山。鳥逐空花落，僧隨飛錫還。開窗見城闕，應似出人間。

宴張氏園亭

疊石開花徑，疏泉過竹林。雲披臺榭迥，烟密薜蘿深。猿下頻窺果，魚浮欲聽琴。山翁不解醉，乘興復招尋。

過留城謁張子房廟

報仇仍佐漢，昔志已能酬。廟豈鄉人祀，功將太史收。一編黃石略，萬里赤松遊。永謝韓彭累，高風千古流。

過呂梁洪

呂梁遺禹跡，怪石尚崔嵬。不雨飛晴瀑，無風響夜雷。逆流看砥柱，濟險賴群才。何事勞勞客，衝波日往來。

送張朝使使朝鮮便道還浙

丹命辞仙闕，緋衣返故鄉。九天持漢節，萬里拜夷王。舟撼波濤壯，旌摇日月光。遥看諸屬國，奔走使車傍。

送竹冠道人遊天都山

驅雞別仙婦，萬里訪天都。囊祕長生藥，身藏五嶽圖。閒心憐水石，浪跡滿江湖。鶴背千峰冷，西風劍氣孤。

贈大同梁總戎

大將獨專征，轅門夜不驚。君王新授律，戎狄素知名。馬放雲中野，人閒谷口營。先聲銷敵氣，隱隱一長城。

贈嶧山不食翁

伏氣無烟火，經年長獨眠。半窗倚危石，一榻臨清泉。不問歲華改[二]，那知陵谷遷，白頭雙眼碧，童貌尚依然。

〔一〕歲，南園後五先生詩卷二二作『年』。

九日與張古松登嶧山

高秋逢令節，空值客中身。纵有登高興，知無送酒人。霜催南浦雁，烟黯隔江蘋。莫折黃花看，羞君白髮新。

濟上逢劉望陽夜酌言別

相逢萬里外，相憶十年前。良晤還能幾，高情總自憐。杯深那覺醉，坐久竟忘眠。借問清霄月，何時缺復圓。

贈方太古先生

道在名方重，幽居常晏如。眼前無長物，牀上有殘書。素抱黔婁操，頻空原憲儲。文侯如見禮，應自式君廬。

雪夜友人過訪

江天風雪夜，有客過林邱。稍似孤山興，渾如剡水遊。鳴琴開竹榻，命酌泛虛舟。共坐寒梅下，泠然思轉幽。

賦得閒心江上月

惟愛江邊月，閒情坐夜深。水流長不極，雲去任無心。拂石開新酌，臨風鳴素琴。秋聲蘋末起，涼思助幽襟。

挽草衣道人

先生何處去，應駕赤虯飛。石榻雲初冷，丹爐火欲微。苔痕封蛻骨，松子落仙衣。化鶴遼陽外，千秋更一歸。

不出

不出幾經旬，幽棲廢櫛巾。鳥啼方覺曙，花發始知春。懶性豈宜俗，浮名空累身。祇便來客少，麋鹿自相親。

送萬見湖謫官之武岡

同君俱失意，惜別向江干。悵念前途遠，方知直道難。春山當雪霽，古木入雲寒。樽酒聊相慰，風塵且自寬。

潞河夜飲別帥從事南還[一]

送客猶爲客，歸期未有期。一尊今夜酒，千里故園思。蛩響寒更候，烏啼落月時。忽聞江上笛，別緒益淒其。

[一] 還，南園後五先生詩卷二二作『遷』。

寺居

讀書向山寺，习靜寡將迎。雲去窗猶溼，風來琴自鳴。鋤苓供藥物，採蕨薦盤羹。閒過鄰僧語，塵心一以清。

少婦詞

少小嬌無力，行行仗侍兒。自矜花貌好，偏喜淡妝宜。阿姥傅金粉，郎君畫翠眉。春朝風尚惡，獨坐下羅幃。

宿五層樓

危樓凌碧落，俯眺萬山秋。明月樽前過，銀河檻外流。高歌振林木，清夢落滄洲。夜半聞笙鶴，翻疑霄漢遊。

新安程汝立歸自遼西攜酒慰之

爲客三十載，故園今始歸。鄉音猶未改，霜鬢覺全稀。童稚驚相問，親朋半已非。唯餘骨肉意，戀別尚依依。

劉生

身居燕趙北，鞍馬是平生。射獵秋常出，防胡夜獨行。弓彎新月影，劍拂早霜明。不受將軍令，横行細柳營。

泊星子口望五老諸峰

維舟落星渚，遥望匡廬峰。未陟雲邊寺，先聞月下鐘。疎楓積暮靄[一]，碧水澹秋容。明朝恣登覽，去去任孤筇。

［一］楓，南園後五先生詩卷二二作『風』。

社日過東阿

長途猶旅食，誰與换春衣。榆社人初散，茅簷燕已歸。河流經岸斷，壠樹入烟微。忽見南來雁，鄉心相逐飛。

解官歸至洪都逢殷武北上

白頭君始仕，壯歲我歸田。來去俱爲客，窮通一任天。深杯秋雨外，細語夜燈前。後會知何日，分攜各愴然。

駕出南天門親睹龍顔作

六龍扶輦自天來，九陌香風淨御埃。荷戟驅途皆上將，垂簪護蹕盡仙才。珮聲遠導鴛行亂，旆影徐麾雉尾開。塵世幾人霄漢上，自憐親睹聖顔回。

五月十五夜駕詣南郊

祈壇瑞氣碧氤氳，合殿松杉絢彩雲。繚繞霓旌迴北斗，悠揚仙樂度南薰。龍飛玉帛群靈會，雁列衣冠萬國分。愧比揚雄侍清蹕，擬将詞賦獻明君。

獻歲逢春日

鳳曆風光開令節，龍池春色動初陽。辛盤露滴和珍膳，蘭碗香浮瀉玉漿。弱草引堦新綴綠，嬌鶯出谷未調簧。欲歌萬壽酬佳序，還祝三農望歲康。

長安見雪

積素凝寒透瑣闈，亂鋪風片轉輝輝。祥占太史春偏早，曲奏仙郎和更稀。色映瑤臺迷鶴舞，光摇銀樹失花飛。玉河隄畔人歸晚，帶得瓊珠滿客衣。

長安春日

拂曙條風應律回，欣逢堯日耀三台。流澌欲向金隄出，淑氣先從御苑來。青閣椒花呈美頌，朱門綵勝競新裁。人間正沐雍熙樂，天上應傳萬壽杯。

寄南昌朱子深

搖落千峰獨閉關，避名偏覺此身閒。交情歲晚思田叔，世事年來怨子山。節序漸消杯裏物，烽烟空老鏡中顏。故人家住瀟湘曲，不見西風鴻雁還。

寄殷秋溟周密庵二同年

與君躍馬曲江頭，京洛相違二十秋。北海樽罍花底宴，西園冠蓋月中游。甘泉獻賦趨三禮，戚里聽歌過五侯。樗櫟一麾甘落莫，竄身空自向菟裘。

度薊門關贈李參戎

千盤磴道涉嫣濆，今古華彝向此分。雪嶺有天行赤日，玉關無地不黃雲。郊墟漸熄諸烽堠，野澤閒歸萬馬群。無數王師守邊郡，胡兒空識李將軍。

思歸吟

故園東望路迢迢，關塞浮雲迥未消。遠樹涼飇天際落，連空秋色雁邊遙。年來事業慚青鏡，客久風塵上敝貂。無那倦遊歸思切，已拌生計付漁樵。

經徐州數千里盡爲水患淤塞進舟之難賦此

沙漲桓山汶水東，南來舟楫若爲通。丁夫已厭新河苦，野老仍嗟歲計空。旅枕孤城聞夜柝，褐衣長路嘆秋風。千村遍沒人家少，滿目川原感慨中。

夜登徐州城北樓

山城夜色滿危樓，地設雄關控九州。明月迥隨銀漢轉，青天倒映黄河流。已無羽檄來邊使，喜見龍標在上游。獵馬不歸村巷靜，時平端慰聖明憂。

同劉望陽諸丈登濟上太白樓

憑高懷古興翩翩，此日登樓憶謫仙。遥望蓬萊浮紫氣，還瞻泰岱隱蒼烟。酒星天上光長在，詩句人間世共傳。笑逐群公呼月飲，風流誰復繼前賢。

任城别鄭十四歸江東

釃酒旗亭濕别衣，客情如舊世情非。雲山渺渺望不極，烟鳥悠悠何處歸。老去故人能有幾，亂來後會轉應稀。愁心已寄南征雁，千里隨君一路飛。

送沈員外謫官湖南

仙郎謫宦遠辭家，千里飄零莫怨嗟。誰念風波經世路，獨將書劍客天涯。夢回北闕心猶壯，坐對西風鬢欲華。共道漢文恩不薄，肯令才子滯長沙。

沛上逢劉望陽欲竟齊魯之遊賦此志別

別爾東行訪古邱，飄飄俠氣正凌秋。聞歌定過雍門里，載酒須登太白樓。目極黃河天際落，身從泰嶽月中游。尋仙若眺蓬萊閣，应有詩篇在上頭。

寄劉珠江陳中閣黎瑤石諸社丈

莫向塵氛嘆路歧，百年心事故人知。感時潘岳餘雙鬢，出塞梁鴻賦五噫。洲渚月明潮落早，蒹葭霜冷月來遲[一]。悲笳近報邊聲急，鄉國東歸未可期。

[一]月，南園後五先生詩卷二三作「雁」。

登慈雲嶺

裊裊丹梯一徑懸，石門草色鬥芳鮮。諸天磬落重林外，六月寒生疊嶂前。雲擁翠蘿翻劍壁，雷喧白晝瀉龍泉。回看天際飛濤捲，碧海茫茫起暮烟。

洛陽夜泊懷故園朱虛亭熊兩谷諸丈雲屏華原兩弟

江邊踈竹帶寒沙，客裏開樽感歲華。詩酒故人同海內，風塵諸弟隔天涯。鄉心迢遞頻看月，秋夜分明数到家。幾處吹笳戎馬後，不聞商女弄琵琶。

偕姚唯之宿甘露寺[一]

城頭山勢隱樓臺，千古禪宫向水開。帆帶暮雲歸海去[二]，風吹明月過江來。數宵清話分僧榻，一片閒情付酒杯。世事悠悠君莫問，寒潮東下幾時回。

[一] 甘，南園後五先生詩卷二三作「山」。

[二] 暮，南園後五先生詩卷二三作「春」。

秋夜泛舟石虹湖

幽林月出淨風烟，舟汎蒹葭水半川。清露乍含欹徑竹，紅衣初落曲池蓮。魚翻波影浮杯外，雁帶秋聲起樹邊。沉醉扣舷歌白苧，不知今夕是何年。

山東方伯李西谷年丈邀飲趵突泉

在郡城西。景甚幽致，泉自地坎中直射出，如玉柱者三。又珍珠泉數片，亦自地噴出，有灌溉功，冠七十二泉云。

濼水亭前共濯纓，美人開宴洽高情。齊翻玉蝀池中見，倒捲銀河地底生。雪色隔簾含樹色，濤聲繞檻雜歌聲。坐來自覺消煩暑，閒向冰壺待月明。

春日與客對酌

壯歲逢春倍惜春，春來行樂勿辭頻。花邊啼鳥長留客，鏡裏流光不待人。天地與君皆逆旅，江湖容我一閒身。放歌對酒須沉醉，莫問秋風白髮新。

遠遊別傅循十

仗劍出門君莫留，從來達士不身謀。尋仙定訪三山去，覽勝聊爲五嶽遊。江上放舟明月夜，樓前吹笛白雲秋。逍遥豈逐蓬蒿輩，空向菟裘老故邱。

少年行贈李都尉

翩翩俠氣五陵豪，幾過屠沽問寶刀。坐控金羈馳騕褭，笑傾玉椀醉葡萄。聽鶯樂處春風滿，獵兔歸時夜月高。還向紅樓試歌舞，不知酒污錦宮袍。

寄廣陵高子通徐伯可

憶昔逢君客帝京，留連詩酒十年情。看花並醉長干里，走馬同過白下城。春入吳宮芳草色，月明蕭寺暮鐘聲。別來迢遞天南北，一望江湖感慨生。

吳興寄龐鎮卿京兆

燕郊斗酒憶論文，白下音書久未聞。海色暗浮吳苑樹，星光虚映霅川雲。心隨北極瞻龍馭，目斷西風數雁群。一自山中叢桂發，秋來無日不思君。

遊小金山

靈峰獨立海中洲，千古珠宮在上頭。幾杵疎鐘深院靜，一聲啼鳥碧山幽。風搖草色映磐石，雲帶松陰冷澗流。謾啓竹扉清坐久，閒心空自對沙鷗。

送嚴五避亂之楚

避地移家向楚城，憐君飄泊見平生。亂離祇益傷秋思，衰病那堪遠別情。孤劍鳴風餘俠氣，寒笳吹月動邊聲。愁心已逐衡陽雁，一路低飛送客行。

亂後友人過草堂答朗山

城上秋風動鼓鼙，江鄉殘破不勝悲。青尊忽漫同朋舊，白首相看過亂離。社燕欲歸非故壘，野棠空發半無枝。年來縱有歡娛興，景物那堪異昔時。

壽親

太母年登百歲期，老親八袠亦龐眉。開筵正值黄花候，倚杖重看白髮垂。膝下曾玄欣笑舞，尊前兄弟奏塤篪。寒門共慶天倫樂，富貴人間總未知。

登樓

海門搖落動新秋，覽勝同登江上樓。十里蒹葭黄葉渡，幾家烟火白蘋洲。遠山歷歷數可盡，野水盈盈寒不流。自愧馮高強能賦，且將罇酒坐銷憂。

燕京懷友

客愁不爲食無魚，倚劍臨風嘆索居。燕地雪深寒獨早，衡陽雁遠信應疎。狂來阮籍惟耽酒，病去虞卿祗著書。滿目烽烟關塞隔，故人消息近何如。

海珠寺登眺

花宫寂寂俯中流，四望風烟入早秋。赤日浮光搖海樹，青山倒影射江樓。梵鐘漁笛時相和，去鳥歸雲各自由。清興每從方外得，不因尊酒重淹留。

得家書寄雲屏弟

粤南燕北轉逶迆，水闊天高雁到遲[一]。夢裏生涯元是幻，塵中世路本多歧。幾回駐馬瞻雲舍，忽謾題詩憶草池。王事關心渾未已，危樓一上一相思。

[一] 水，南園後五先生詩卷二三作『地』。

秋夜滕王閣登眺答林舍人見寄

滕王高閣入虚清，萬里銀河倚檻横。七澤風烟秋澹澹，九江波浪夜冥冥[一]。斗間不見龍驂影，雲外空聞鳳吹聲。千載獨留歌舞地，西山月色向人明。

［一］冥冥，南園後五先生詩卷二三作「溟溟」。

與徐長谷談秦中山水

終南少室敞遥天，曲徑斜盤萬壑烟。春煖三花香靄合，雲開二華翠微連。金光夜映瑤臺草，珠露朝含玉井蓮。擬採流霞泛丹液，雙飛鳧舄下秦川。

送何員外之南都

金陵自古帝王城，此去仙帆幾日程。鳷鵲觀前秋水綠，鳳凰臺上晚風清。身歸省署新承寵，道在河汾舊著名。惜别天涯驚歲暮，隴雲江樹總含情。

夜坐

松風敲劍壁，花露滴琴床。坐對前峰月，空山叢桂香。

江上送客

君家隔江□，别舸乘潮去。明日潮復來，還應望君至。

伊州歌

聞道移軍去，音書誰爲傳。漁陽萬里道，一夢到君前。

商婦吟二首

自君客淮水，十載歇歡愛。如何牛女星，猶得年年會。

露壓樹枝低，門前烏夜啼。烏啼因甚惡，嗟爾亦雙棲。

詠美人

纖月生眉黛，香風出舞衣。乍疑湘水見，還似洛川歸。

江南曲二首

蕩舟若耶渚，日午不知暑。隔湖風雨來，槳入荷花裏。

采采玉蓮花，莫採池中藕。採藕藕絲長，採花香在手。

古意

花落春愁暗，鶯啼曉夢醒。柳絲長若許，難繫别離情。

對酒

花落還再春，人老無復少。高歌對美酒，且向花前笑。

雜詠

芳草怨王孫，竹枝悲楚客。唯有堦下萱，忘憂自朝夕。

春山

春山殊氣候，十里半陰晴，山下三更雨，山頭月正明。

山中飲

山鳥喚客遊，山花勸客飲。醉來石上眠，瑤琴當高枕。

訪山僧

山僧愛留客，閒坐開竹扉，爲辦青精飯，春盤笋蕨肥。

深谷草

最愛深谷草，領取風光遲。直待春將半，青青發嫩絲。

江南樂四首

人言江南樂，江南信不惡。冬杪宛如春，寒花發新蕚。

五月荔子紅，香味勝如蜜。有時泛小舟，雪藕採菱實。

江南多海味，異品四時有。秋風紫蟹肥，呼朋酌新酒。
生居炎暖地，不見雪霜飛。一冬看欲盡，猶未著寒衣。

彈琴

竹下彈素琴，空山秋意深。竹聲雜琴韻，泠然太古音。

照鏡

青鏡不容絲，妍媸照自知。朱顏與白髮，相去不多時。

有感

交遊傾海內，何如骨肉親。悠悠行路者，誰是素心人。

臺夜

登臺不見月，空有列星光。北斗湧地出，西風吹衆芳。

邯鄲行

陌上經過俠少年，邀予一飲錢十千。醉來馬上揚鞭去，還向紅樓高處眠。
風吹大雪似花飛，飛花亂撲沾人衣。燕姬當壚勸客飲，興劇那能不醉歸。

邯鄲新酒香馥馥，邯鄲佳人美如玉。琵琶亂撥霜月高，醉倚胡床歌一曲。
相逢意氣輕王侯，笑把金鞭當酒籌。露坐呼盧浮大白，不知風雪滿貂裘。

風

北風吹沙地欲裂，遶樹寒鴉驚落葉。閉門醉卧客不來，窗外飛霜白如雪。

觀潮

白浪如山拍岸鳴，錢唐六月看潮生。朝來無限扁舟渡，莫謂風波不可行。

舟中逢張石川通參

我向金陵訪古邱，君從天姥石梁遊。共看一道吳江水，分作東西兩地流。

姑蘇别仲弟雲屏南歸

水闊三江路渺茫，蒹葭含露月蒼蒼。同來未得同歸去，愁對西風鴻雁行。

歸雲菴

四壁蒼烟覆古藤，佛龕長照萬年燈。閉門盡日聞啼鳥，閒殺山中飽睡僧。

題女道士院

曉汲雲泉灌藥畦，仙家宛似武陵谿。春來兩岸桃花發，莫把劉郎歸路迷。

郵門觀別

郵亭官柳亂啼鶯，幾處笙歌送客行。歧路東西不同去，春風一樣別離情。

閨情

女蘿飄綠上窗紗，牆角東風燕子斜。遶遍空庭春寂寂，半簾疎雨落梨花[一]。

[一] 簾，南園後五先生詩卷二五作『簾』。

俠客行

壯志平生鄙貳師，酒酣彈劍復揚眉。堂中養就三千士，白日報仇人不知。

古邊詞

萬里龍沙戰未休，年年烽火爲防秋。功成不受封侯賞，諸將相看盡白頭。

得家書

一紙鄉書來萬里，獨憐遊子客天涯。書中縱有千言語，總是丁寧早到家。

題西湖石壁

花映樓臺日日春，湖中烟景世無鄰。千年惟有青山在，見盡無窮歌舞人。

相逢行

相逢杯酒罄交歡，轉眼真成按劍看。千古相知推管鮑，同心直到白頭難。

賞花

山童昨報花正開，攜酒看花日日來。酒亦愛花花愛客，醉眠花下不知回。

訪王景甫峴山草堂

與君共醉峴山春，千樹萬樹桃花新。幾度攜琴下山去，山中猿鶴解留人。

贈張書記出大同

白面書生爲國憂，奮隨驃騎出邊頭。此行不羡封侯樂，但願輕身雪□仇。

匡南府夜宴

瑤堦飛雪隔簾看，錦帳藏春夜未闌。醉倚小屏聽艷曲，綺羅香暖不知寒。

低回舞袖座生風，弦管聲沉玉漏中。不用待兒相促勸，金杯到手盡成空。

乘興移尊傍翠蘿，美人秉燭對花歌。蕊宫自與人間異，春色偏於夜裏多。

漁父詞

半醉漁翁臥短蓑，大兒吹笛小兒歌。月明更向蘆灣宿，世上風波奈爾何。

贈廬山老僧

不下匡山七十年，衲衣空挂碧巖烟。相逢不問人間事，頭白眉長已過肩。

遊仙詞

一上瑤臺露氣濃，參差萬朵綠芙蓉。鼎烹石髓調玄鶴，劍拂雲衣跨玉龍。

訪羅浮道士不遇

石床丹竈紫烟消，萬玉峰頭是鐵橋。開遍碧桃人不見，隔林時有彩霞飄。

贈朱箴

鼎裏黄金何日成，尊中綠酒且須傾。忘機惟有沙鷗鳥，流水浮雲亦世情。

贈别王舍人化

紫騮雕控入燕雲，金馬門前鳳作群。千里相思蔣陵夜，幾番清夢更逢君。

别劉吉卿

黄木灣頭灣水平，朱明洞裏鷓鴣聲。春江二月仙帆去，倚劍看雲無限情。（以上李駕部後集卷一）

全粵詩卷三三三

李時行四

奉天

紫禁輕寒積翠深，上方宫殿故陰陰。千門草霽春光早，九陌風清晝漏沉。劍珮但隨鵷鷺列，雲霄常捧戰兢心。聖明此日多封詔，遥向天池候玉音。

烏啼曲

十月十日嚴風嘶，四野無雲天外淒。捲簾步堦見新月，輝輝静與銀潢齊。銀潢渺渺不可接，美人隔我河梁西。褰裳豈謝舟車阻，烟霧横江江水迷。玉樓佇立明星燦，曲里停砧天宇低。霜寒露冷悲鼓角，思君愁聽夜烏啼。

遊天壇贈劉澹菴羽士

天上仙人白玉裳，青門路入水雲鄉。神州地僻烟霞迥，祕府春深日月長。露滿碧梧鸞起舞，風清黄道鶴迴翔。披圖盡日窮玄覽，飛舄期君出尚方。

送友人赴邊

烽火照祁連，三軍復駐邊。寒笳悲漢月，塞草接胡烟。按甲秋□□，□□□□□。□□應獻捷，刻石繼燕然。

慈恩寺

梵王宮闕枕江流，勝地遙連漢苑秋。十里波光搖合浦，四圍山色落晴洲。靈花散後諸天靜，慧鳥啼時小洞幽。更就遠公談妙法，令人心賞更淹留。

冬夜期友人不至

今夕風色寒，月白虚庭敞。美人來何遲，芳興期同賞。落葉下林皋，流螢度珠網。遥望碧雲浮，渺懸遐想。

秋日登山有感

龍山天畔獨登臨，觸目中原動壯心。落日松篁生紫氣，高秋雲物送清陰。東南波浪迴天地，西北關河自古今。已見王師收上郡，將軍莫遣姓名沈。

早秋

簾捲輕風生午涼，槿花半落野棠香。山深白日柴門静，松外烟消鶴夢長。

九日

與客同登薊北臺，菊花元傍晚陽開。風迴陌上燕雲起，木落霜前朔雁來。最愛孟嘉能落帽，不妨陶令重銜杯。欣逢佳節須乘興，隴笛胡笳暮更催。

泰泉山中觀泉

江南佳勝地，簾泉擅幽奇。危岑懸萬仞，徑石迴參差。巖端藹瑞露，澗底生靈芝。陰崖寒逼袂，回峰翠成圍。班荊俯流水，坐石看殘碑。鸞歌襍樵語，賓從相諧嬉。十年注幽想，茲辰慰所思。顧瞻還躑躅，遊盤下逶迤。禪關昔宏敞，接目空遺基。□□理所幹，往事安足疑。惟有遨遊侶，千秋長若斯。

寄徐子

窮愛南州徐孺子，風流文采向人高。十年嶺海雙龍劍，千里雲霄一布袍。醉後有詩題竹葉，枕邊無夢聽松濤。拂衣我欲滄浪去，回首清歌羡汝曹。

與蕭龍石夜坐[一]

客地相逢日，孤燈夜話時[二]。看花頻拂麈，對酒重論詩。月落烏聲切，天寒雁影遲。無何成遠別，應此繫吾思。

[一] 坐，南園後五先生詩卷三二作「話」。
[二] 話，南園後五先生詩卷三二作「靜」。

宿小金山

香閣臨湞水，靈山控粤城。雨深青蘚合，潮長白雲平。野鶴依人舞，巖花對客清。禪房獨欹枕，惟有暮鐘聲。

宗豐城侯

曾趨東閣拜平津，滿座圖書萬象新。日映彤墀儀鳳鳥，風高窗省列麒麟。清尊錦瑟招賢地，鐵券金貂報主身。千載皇圖磐石固，好將忠赤侍楓宸。

風光樓

風光樓上望鄉關，樹杪雲開見遠山。目極長江渺無際，落霞天外鳥空還。

雨中懷友

客裏秋風嘆索居，況兼旬雨更愁余。故園正值黃花候，京國偏逢落雁初。袁紹未收襄北盜，相如猶對茂陵書。風塵荏苒歸何日，無限羈懷祇自紓。

遊上天竺遂登諸峰絕頂

二儀肇開闢，山水相摩融。南洲峭奇削，仙界敞神宮。雲端列蓮座，竹外聆疎鐘。高僧皆馭鶴，金鼎盡蟠龍。懷芳事幽討，巇嶮相追窮。捫蘿迴石徑，披霧凌蒼空。身被翠雲服，手握青藜笻。縹緲仙源接，紆縈雲路通。躡足攀絕頂，群真杳來從。振衣劃然笑，鸞聲落長松。仰窺天闕近，象緯橫西東。俯瞰坤輿狹，巇崿紛嵷巃。眺遠雲爲地，乘虛步隨空。璚杖挺虛谷，玉蕊燦春叢。璚津芬可挹，石髓會應逢。近閱安期舄，遙企王喬蹤。玄機如可度，學煉此山中。

送東崖李都閫入覲還楚

十年楚國馳驅日，此夕京華邂逅間。素向幙中窮虎略，遠從天上覲龍顏。九疑木葉飛紅雨，七澤波濤湧雪山。惆悵相逢又相別，幾時重聽珮聲還。

舟中見月

江靜波光練，天空月色孤。崇林烟外密，遠岫靄中無。流螢依露草，旅雁宿秋蒲。坐覺良宵永，悠然逸興俱。

楚江遇雪感懷

彭澤波濤壯，潯陽雨雪飄。揚帆衝暮靄，擊枻趁春潮。柳暗章臺路，花深海市橋。追遊懷宋玉，魂去竟誰招。

秋夜懷舍弟少芬

露滴疎松月在梧，三更飛夢到西湖。秋深漸覺南雲遠，澤國空嗟雁影孤。

聽琴

幾曲高流清客心，恍疑風雨夜龍吟。子期一去無人會，寂寞誰傳太古音。

陡門見雪寄吳南曾方伯[一]

肅穆膠客飲，杯端氣初結。靡靡玉帶凝，皜皜銀塘潔。飛空類散花，虛映瑤臺月。胡爲乘興來，獨鼓山陰楫。

[一]『曾』字原缺，據南園後五先生詩卷二〇補。

金山寺

重樓餘蜃氣，雙塔鎖鰲峰。振錫歸林鶴，揮雲起鉢龍。梵影涵秋月，潮聲送暮鐘。淨緣如可結，於此臥寒松。

小金山夜宴別親友

珠江維別舸，鬱水敞離觴。錦瑟翻新調，春花發暗香。開襟情不極，攜手意難忘。今夕同看月，明朝各異鄉。

秋詞

淅淅天風吹女蘿，感時懷抱入秋多。音書望斷南來雁，心思虛隨東逝波。

中秋

秋高雲靜渺烟霏，璧月澄空瀉素輝。萬里關河應入望，九霄風露覺沾衣。巢邊烏雀方棲穩，水底魚龍合奮飛。遙憶故山知己在，每逢佳節便思歸。

贈王沂川

愛汝詞華俊，才名人所聞。高風齊孺子，逸思過參軍。劍氣藏珠斗，丹光拂紫雲。招攜吾豈敢，端坐慕清芬。

朝天宮聽笙

碧殿高臨太乙壇，壇前羽客紫霞冠。仙童解奏霓裳曲，引得雙飛月下鸞。

宿月溪黄山人山房

山静四宇幽，松濤半空落[一]。採藥夜歸來，黄雲引孤鶴。

[一] 空，南園後五先生詩卷二四作『室』。

望湖亭

紫邏通玄圃，珠林抱鏡湖。機忘鷗鳥狎，心静水雲孤。地擁三吴勝，天開七寶圖。何時容卜築，攜鶴擬仙逋。

早朝日寄所知

漢家樓閣倚天開，紫禁烟花錦作堆。太液池邊雲隱現[一]，玉河隄畔水縈迴。天臨綵仗龍旂動[二]，月引丹輿鳳管催。隨舞霓裳歌白雪，月痕尚印蔭三才[三]。

[一] 現，南園後五先生詩卷二三作『約』。

[二] 綵，南園後五先生詩卷二三作『緑』。

[三] 印，原为『即』，據南園後五先生詩卷二三改。

遊三過堂贈徐鶴山

永日延清暇，山亭嘯傲時。諸峰留晚照，一水湛清漪。静倚青藜杖，狂吟白苧詞。滄洲吾道在，瀟

灑任吾之。（以上青霞漫稿卷一）

（楊權整理）

有所思

長安少年纔十六，小可軀材愛裝束。紫袷偏垂金錯囊，繡鞢斜約玲瓏玉。此時相見即相憐，駐馬回車問歲年。朱戶乍開雲母帳，雕欄不捲水晶簾。水晶雲母風光早，細柳夭桃覺春好。芳渚雙浮躍藻鱗，嬌枝對坐啼花鳥。春來物色總難禁，況逢春鳥感春心。乍可花間成並蒂，那能陌上受黃金。花開大道聯芳薊，陌上高臺雲外舉。不將錦瑟向君王，願把鸞簫學秦女。曾聞投漆不分離，曾聞比目戲漣漪。可憐邂逅情非一，持此殷勤兩不疑。輕雨輕雲過綠瑣，看花看柳爭婀娜。碧筒朝泛合歡巵，金蓮夜結雙頭朵。自謂歡娛盡百年，自矜嬌小得人憐。調絲忽斷離前曲，望月飜成別處圓。妾住崤函君向洛，鏡裏簫邊兩疏索。花發初憐春正芳，春歸不待花零落。悠悠長路阻雲風，望望雲山知幾重。去雁千回空有問，來驂百過詎能從。來驂去雁情無已，暮暮朝朝鉛色委。衹擬纏綿比兔絲，相依那得長松樹。妾心願作高唐雲，飛來飛去不見君。君身豈是豐城劍，那有長光天上見。錦字虛將洛水湄，玉容空鎖梨花院。傳聞金谷麗妖娃，更道銅駝好物華。練影時飛千里轡，香塵慣逐五侯車。別有青樓照南陌，瑤牕繡栱玻瓈色。深深灯火出蛾眉，款款笙歌留上客。上客春遊春未央，賤妾空房空自傷。初言別去方三月，誰解憂來歷九霜。昨日嬌癡今老醜，滄海桑田詎能又。寄語今時遊冶郎，須憐舊日章臺柳。柳色青青河水濵，柳絲縷縷戀芳辰。耐將枝葉留君折，莫待摧殘空復春。

月下觀潮同王叔廉賦

啼鳥啞啞日初沒，金甌欲空捲瑤席。醉中招卻五陵豪，走馬出城觀海汐。此時八月天氣高，霜華暗落風蕭騷。俄惊片月出海底，白璧一輪騰泬寥。波明月皎相輝炫，月色波光杳難辨。掩映如臨雲母堆，清泠疑在玻瓈殿。初聞隱隱復隤隤，旋搖地軸殷鳴雷。三軍縞素聲闐湧，白馬來奔怒未回。須臾噴沫亂如雨，洪濤激空雪山豎。秦岡乍裂起千蛟，梁堰忽崩喧百里。灝氣虛涵若水山，天聲直擣子胥灣。吐吞擊搏不可禦，高塘巨石愁摧黐。靈祇變幻在俄頃，諸豪抵掌嘆奇警。頓使雄襟去垢氛，三百金杯一時醒。我亦飄飄湖海身，翛然對此瑩心神。遙聞天上銀潢接，直欲乘槎去問津。（以上明張邦翼嶺南文獻卷三二）

鎮海樓

縹緲飛樓高接天，窗臨星斗望中懸。浮空雪浪三江口，映樹晴霞五嶺前。草長越台連野色，花深藥

圃暗春烟。倚欄極北頻回首，遥指長安在日邊。（清羅学鵬廣東文獻初集卷一七）

寄嵇南川太史

叔夜擅風流，陶情水石幽。一春多中酒，幾日不梳頭。對月移歌席，披烟弄釣舟。何時理棹去，同爾竹林遊。（清梁善長廣東詩粹卷五）

（史洪權整理）

全粤詩卷三三四

何孟倫

何孟倫，字慎明。新會人。明世宗嘉靖二十年（一五四一）探花。初授鄞縣令，改知建寧縣。復令新昌，擢戶部主事，轉郎中。後擢浙江督學副使，未赴卒。著有五代文選注、八代文彙、餘閒剩語等。清道光廣東通志卷二七九有傳。

遊小金山

十二欄干俯碧流，偶來乘興此追遊。靈巖環瞰千山迴，鬱水遙分一派收。雲共曇花閒梵缽，月將潭影納虛舟。江涵竹樹蒼烟合，海氣山嵐不斷秋。（明郭棐、清陳蘭芝嶺海名勝記卷四）

（陈永滔整理）

厓山吊古

航海東南計已窮，逢厓今日運將終。楓林魂散千山黑，瘴海龍歸百戰空。慘結玄黃迷極浦，淚隨寒雨隕霜風。悠悠今古興亡恨，落日啼烏古殿鐘。

亂雲斜日隱荒宫，王氣消沈向此中。窮野腥膻俱犬彘，海門風雨泣魚龍。誓心報國英雄盡，起義勤王事業空。多少冤魂招不得，至今長恨水流東。（明黄淳厓山志卷五）

（陳永正整理）

長相思[一]

洞庭天闊雁來遲，迢遞江南秋暮時。新題錦字光陸離，欲寄幽情無所之。長相思，心惻惻，楚水吴山杳相隔。青楓搖落夜烏啼，風露泠泠遠空碧。

[一] 清梁善長廣東詩粹卷五有題注：『雜曲歌，言行人久役而有所思也。』

雨夜

涼風入窗户，翻我讀殘書。葉落苔階寂，春閒木榻虚。陰晴看異局，伎倆笑迂儒。搔首獨長嘯，幡懷太古初。

泊飛來寺

扁舟重過峽山寺，老衲相迎停夕曛。寶刹雲深人不到，玉環塵寂事空聞。諸山對峙雙門迥，一水中流兩岸分。千古依依名勝地，斷崖枯木護閒雲。

江門舟夜

前村烟樹落微茫，待月聽潮夜未央。沽酒人家在何處，竹燈明滅隔滄浪。（以上清顧嗣協岡州遺稿卷四）

遊海珠寺

玻璃蕩漾浴晴空，突出中流見梵宮。綠蔭周遭烟樹杳，黄彎迢遞海潮通。光涵南極搖星緯，影動波心起臥龍。回首滄江明月上，滿天秋色磬聲中。

招提古樹隔江城，江上潮聲雜櫓聲。弦月乍窺潭底見，微風不動鏡中行。雲連琪樹青蕪合，雨逗春江綠漲平。萬頃瑤光漫無際，水天涵映夜珠明。

乘月誰將獨夜舟，偶尋幽勝得芳洲。青連溟樹四時景，綠泛微風兩岸秋。地隔飛塵無俗客，僧閒作伴有盟鷗。何時更遂滄洲約，山色湖光共白頭。

綠樹微遮兩岸分，樓臺隱映隔江津。機心自息鷗盟我，俗客難尋老是賓。臨水清秋開罨畫，濯纓深夜動星辰。文溪逝水東流遠，猶有餘波屬後人。（以上清溫汝能粵東詩海卷二六）

（楊權整理）

蕭端蒙

（？—一五五四），字曰啟，號同野。潮陽人。與成子。明世宗嘉靖二十年（一五四一）進士，選庶吉士。出為貴州道御史。秩滿歸，復爲浙江道御史。廷議欲遷廷尉，會病卒。著有同野集。清乾隆修潮州府志卷二八、清道光廣東通志卷二九四有傳。

旅館秋日懷舊隱

青山真與故人違，萬里相思共落暉。忽見飆風生客幌，遥知秋色度柴扉。江雲嶺樹情無限，翠壁丹梯事已非。南望征鴻憑寄語，張翰應是未能歸。

此日東籬菊放時，故人懷我正裁詩。玄暉疑有春池夢，潘岳應多秋興詞。汐落滄洲鯧鱖晚，霜寒梅嶺橘橙遲。遥思清夜山陽會，玉笛聲殘月未移。（明隆慶潮陽縣志卷一五）

（呂永光、張玲整理）

出自薊北門

薊門何蒼蒼，漁水何湲湲。壯夫身在邊，那能復生還。千金買駿馬，百金飾刀環。相邀曉出塞，誓擣賀蘭山。

飲馬長城窟，回首望家鄉。家鄉日以遠，朔風日以長。風吹遊子衣，涕淚忽滂滂。豈不懷歸來，匈奴在邊疆。（以上明張邦翼嶺南文獻卷二六）

宮詞四首

良家初入未承恩，謾著羅襦錦鳳紋。獨向深宮倍蕭瑟，不知何處望春雲。

長信宮中日影稀，終南山外白雲微。閒情不買相如賦，泉水歌殘又綠衣。

參差宮樹亂啼鶯，後院沉沉坐月明。玉輦不來春已半，遙聞鳳吹隔霞聲。

繡簾終日祇低垂，伴女相邀看奕棋。細說羊車消息遠，謾傳秋後冊昭儀。（以上明張邦翼嶺南文獻卷三一）

陽涇為同年袁定山尊甫作

別業薄菰浦，漁磯映橘洲。晚罾鱸鱠細，秋隴稻花稠。涇匝長文宅，烟生魯望舟。年來疏散趣，雅足稱風流。

送香山郭使君

春日發雲端，東風畫旆寒。符分南粵島，舟度鬱孤灘。海郡驚仇覽，鄉閭壯郭丹。才淪君莫嘆，此地暫棲鸞。

夏日

上苑春應去，西昆日正長。薰風回錦瑟，暖氣散雕梁。池靜荷花白，臺空杏子黃。悠悠感時變，朱火忽微茫。

明妃曲

朔雪胡沙拂羽旌，君王命重妾身輕。和戎本為蒼生計，敢憚焉支萬里行。
繡輦東來琛騎馳，蛾眉亦自繫安危。如今塞上無遺鏃，不說軍中有貳師。
羌塞翩翩三十春，毳裘湩酪亦甘溫。自從馮傅紛紛後，始悟餘生是主恩。
秋葉萎黃思不禁，灞川荊峽兩幽沉。遊魂不逐胡笳散，塚草青青見妾心。（以上清溫汝能粵東詩海卷二六）

（楊權整理）

郭廷序

郭廷序，字循夫，号介齋。潮陽人。嘗師事黃佐。明世宗嘉靖二十年（一五四一）進士。官貴溪知縣。著有郭循夫集。明隆慶潮陽縣志卷一二、明郭棐粵大記卷二〇有傳。

九日登韓山

松風滿袖覺身輕，躡屩登臨逸興生。夾路野花迎客笑，隔林幽鳥向人鳴。愛閒愁向塵中老，弔古能無物外情。百歲重陽逢有幾，浩歌歸去月華明。

上巳遊西湖山次石上韻

采蘭人競出湖西，騄駬蹄輕去若飛。酒聽鳥聲傳不住，席移樹影坐忘歸。煙花過雨枝枝瘦，霜竹穿雲筍筍肥。隔岸遙山是何處，綠圍紅擁望中微。（以上清康熙潮州府志卷一六）

古別離

自少不出門，豈識天涯阻。郎欲上青霄，舟繫江之滸。從容對我言，慷慨無多語。妾亦不知愁，率爾聊相許。風雨近深更，聞雞還起舞。酌酒壯行裝，薄勸三杯住。執手問歸期，笑指相如柱。忽忽分袂間，對面無分付。上馬出門行，馬首猶一顧。歸來心始憂，此別何倉遽。孤燈耿蘭房，滾滾流光度。記得別君初，黃花冒寒露。此日又春回，綠柳陰如霧。登堂拜問姑，郎行何久處。姑愁顏強笑，神京八千路。聞語暗心驚，低頭淚如雨。那知大丈夫，一別輕如羽。妾欲寄新衣，肥瘦應如故。消息兩茫然，鵲語空相誤。欲上望夫山，愁心不成步。清宵欲望之，東西忽迷路。何敢怨歸遲，願接夔龍武。仗劍向南面，風光應未暮。卻恐鳳書嚴，致身歸聖主。草色上空階，衡門疏舊

屨。郎兮歸去來，毋為功名苦。（民國潮州府志畧）

（呂永光、張玲整理）

招隱

逍遥出城郭，步入西山阿。斷橋芳草合，幽徑落花多。捫蘿躋絕壁，牽裳涉清波。閒雲自舒捲，綠絮鬱婆娑。禽鳥巢叢竹，猿猱嘯高柯。飛泉下巖竇，聲如琴瑟和。中有巢由徒，歲寒心靡他。朝吟考槃詩，夕誦採薇歌。我欲往從之，雅志成蹉跎。遲回惢歲月，如此美人何。（清溫汝能粵東詩海卷二六）

（楊權整理）

何派行

何派行（一五一〇—一五七七），字應充，一字方洲。明世宗嘉靖二十年（一五四一）進士，官至太僕寺卿。明郭棐粵大記卷一八有傳。

蕭烈女

西風吹血濺戎衣，負骨山頭忍淚時。青塚月明啼杜宇，綠楊烟淨囀黄鸝。百年俎豆嗟殊土，千古綱常耀短碑。望盡岡州雲没處，墓門芳草正離離。（清道光新會縣志卷七）

（陳永正整理）

黄顯

黄顯，字仁叔，海南瓊山人。明世宗嘉靖二十年（一五四一）進士。官刑部主事，出守撫州，後擢湖廣副使。嚴嵩用事，乞休歸。卒祀鄉賢。明陳是集溟南詩選卷二有傳。

讀水程

太廟應禪峽，終朝近梵宫。往来均履順，動靜各懸空。舟楫資人力，波濤擅帝功。夜夢莫須有，天機將無同。（明陳是集溟南詩選卷二）

（楊權整理）

潘光統

潘光統，字少承，號滋蘭。順德人。明世宗嘉靖二十年（一五四一）貢生，入太學。授光祿寺署丞，遷京府通判。著有滋蘭集。明郭棐粵大記卷二四、清康熙順德縣志卷七、清道光廣東通志卷二七九有傳。

羊城吊古

南國川原幾變更，三杯長嘯不勝情。蓬蒿半掩劉王塢，山水猶盤陸賈城。海寺晚風傳梵唄，石門斜日送江聲。登臨不用嗟殊代，翡翠明珠屬漢京。（明郭棐、清陳蘭芝嶺海名勝記卷一）

海珠寺別歐楨伯

龍宮開海上，獨客晚經過。老衲寒初破，靈花雨後多。心空無色相，院靜有檀那。玄度期將至，臨風聽棹歌。

蘭槳乘流泛，偏憐萍梗蹤。鴻鳴寒磧月，霜送夜船鐘。交豈時情改，年驚伏臘逢。分襟在明發，何地更相從。（以上明郭棐、清陳蘭芝嶺海名勝記卷三）

（陳永滔整理）

人日侍家慈過南園

家園歡賞處，卉木正欣然。節序逢人日，生全荷母天。賃舂非廡下，戲綵且堂前。豈薄毛生檄，兒孫解種田。（清康熙順德縣志卷一一）

署中對月憶家慈

山月揚清光，照我芙蓉裳。娟娟如故國，遊子滯他鄉。他鄉見月心獨苦，正是家人望遊子。衡岳峰頭斷雁群，扶胥浦口沉雙鯉。庭前老母白髮稀，日日倚門望子歸。燕京九月嚴霜候，應念羈人未授衣。

小金山送別啟猷弟會試

鼇峯重訪長公祠，離思深憑酒一巵。臺上千金招駿足，雲邊五色映龍池。梅關傳舍聞鷄早，彭蠡秋風過鴈遲。別後草堂應入夢，音書何日慰吾思。

次和黃宮詹泰泉先生喜家伯父羅江公以尚書郎乞休南歸

洲邊新築釣魚臺，菡萏蒹葭兩岸迴。一自松楸承雨露，即從廷陛乞歸來。竹林清詠憐余後，菊徑芳罇待客開。自昔江湖多戀闕，好從北極望蓬萊。

出京時乞休侍養

獻書此日出神州，殘雪飛花滿敝裘。萬里歸心懸白髮，三年離恨憶滄洲。驅馳南北成多病，感慨烽煙欲倦遊。何處買山堪寄傲，丹砂吾擬問羅浮。

和蘇給事厓山之作

厓門峭削半侵天，亡國遺蹤倍可憐。雲樹尚疑宫扇影，海氛猶似御罏煙。珠襦埋沒空山裏，玉殿荒涼逝水前。一自翠華流落後，至今陵木怨啼鵑。

鳳城秋夜柬陳士鵠郡丞

搖落離群思不勝，美人遙隔暮雲層。夢廻雙杵孤城月，愁入寒窗獨夜燈。黄菊秋深應送酒，白蓮何處共尋僧。龍山此日重陽近，杖屨從君更一登。

感秋

高樓獨上海天長，楓葉蘆花自水方。一夜新涼催白鴈，幾家殘杵隱清霜。才名落落心難繫，世事悠悠鬢易蒼。南國只今頻羽檄，可堪鼙鼓滿漁陽。（以上清康熙順德縣志卷一二）

（李君明整理）

厓山吊古

辛苦驅馳瘴海濱，逢厓遺恨欲沾巾。田家義士甯臣漢，魯仲高風不帝秦。井澳旌旗空落日，平章波浪尚愁人。千秋噴薄淩霄漢，猶是英雄氣未申。祥興國脈僅奄奄，海上奔亡自景炎。萬里何人歸馬革，九淵無地挽龍髯。心存死難應千折，事去焚香更一拈。盡瘁共憐三相國，慈元依舊對宸嚴。（清趙允閒等重修厓山志卷七）

（陳永正整理）

寄文德承

岝崿高且長，雲霞帶修陸。聞有神仙人，悠然在空谷。高視轢今古，修詞媲墳竹。中年結冥契，遐音贈金玉。側身日長望，戚戚轉蹩躠。興言欲奮飛，沉吟徒躑躅。庭前有芳蘭，綠葉散清馥。白露已成霜，灼灼黃金菊。采之遺所思，將以寫心曲。路遠莫能致，馨香自結束。軒車不可驅，四顧成局促。出門見飛鴻，掩涕緘尺牘。願爲雲端月，流照入君屋。

燕京俠客吟[一]

長安俠客重遨游，玉勒金羈控紫騮。寶劍腰間馳柳市，狂歌日暮醉青樓。齊驅并轡皆七貴，繡戶朱簾連甲第。百萬須臾盡一揮，揚眉吐氣無韓魏。王孫公子競喧闐，海錯山珍璹瑁筵。翻笑珊瑚亡梓澤，可憐榛莽滿平泉。千金駿骨今何代，郭隗高臺不復在。日月西馳水向東，韶光荏苒朱顔改。深紅淺紫一春榮，今古廻看鴻羽輕。金虎銅駝秋後柳，鐘鳴鼎食雨中萍。人生快意旋亦失，不保今朝如昨日。昨日侯門似市朝，今朝邸第張羅罻。世情薄惡行路難，交態反覆令心寒。破除萬事無過酒，願君一飲輒盡歡。冥冥太虛有真宰，誰復長生與久視。志何高而死綿上山，怨何深而投汨羅水。沆瀣不須餐，金石不須餌，被紈飲酒以終始。俠客耳熱嘯且歌，聲振林木激頑鄙。

〔一〕一説歐大任作。

七夕陳忠甫見過夜話

天涯驚巧夕，鄉國興情增。旅食同僧飯，翻經借佛燈。高梧初索莫，西嶺轉峻嶒。羞澀囊空盡，何堪在五陵。

物候催殘暑，飄零得舊游。雙星河漢夕，一葉薊門秋。繕性依禪室，歸心憶釣舟。綺紈非所好，寧敢傲王侯。

和黎職方冬至日别梁舍人還朝

歲晏離心苦，含情對綺筵。尊開南至日，帆送北征船。鴻雁江天杳，梅花驛路妍。分襟從此去，心折五雲邊。

黎惟敬攜酒見過遲董述夫張來聘諸子不至

延益開軒待，清歌愛客聽。餘寒猶臘雪，疏樹帶春星。世事堪長嘯，才名忌獨醒。美人期不至，明月自中庭。

洪光寺

桂薪憐上國，瓢笠訪東林。閱樹知僧臘，拈花見佛心。素書猶未授，白髮忽相侵。已悟無生理，微官任陸沉。

初夏同黃益作從叔幹周舍弟肇恩兒豫集梁仲登別館得稠字

愁病思朋好，言從河朔游。閉門煙水闊，遠樹暮雲稠。岸幘初逢夏，披襟恍似秋。著書窮亦得，豈爲賃春留。

秋望

粵王樓閣引飛巒，別苑離宮草樹殘。正朔已非秦日月，朝臺猶憶漢衣冠。風生禾黍樵歌歇，秋入關河夜柝寒。閒倚青萍時極目，不知何處是長安。

冬日同歐楨伯過訶林訪鄧毓元梁彥國

嚴霜昨夜掩蒼苔，竹院蕭然一徑開。持律欲尋支遁去，談禪真爲戴顒來。花宮日落催寒磬，蓮社人歸問酒杯。吟眺已忘山路遠，興隨煙月放歌迴。

夜過海珠寺

雪殘江上水如天，重過空門一繫船。小隱欲尋中閣去，閒身先借上方眠。裁詩夜乞繙經火，煮茗寒分供佛泉。滿眼風塵欺短鬢，無如初地學參禪。

和張山人蘇給事厓山十詠

厓門峭削半侵天，亡國遺蹤倍可憐。雲樹尚疑宮扇影，海氛猶似御爐煙。珠襦埋沒空山裏，玉殿荒涼逝水前。一自翠華流落後，至今陵木怨啼鵑。

游蒲澗因過鶴舒臺

丹灶煙銷掩綠苔，求仙何處訪蓬萊。阜鄉亭下空遺舄，蒲澗泉邊尚有臺。鶴馭已隨龍駟去，青山還倚白雲開。衰顏最憶神樓散，一匕誰分入酒杯。

暮春同鄧君肅陳垣卿黃幼章陳士鵠梁仲登集黎惟仁山樓[一]

晴窗閒共躡丹梯，一覽諸峰萬木低。孤磬響聞天井外，殘鶯聲送夕陽西。泉分石澗聊堪煮，酒有鄰家不用攜[二]。十載青藜曾共對，故人今已直金閨。

［一］清康熙順德縣志卷一三，此詩題爲暮春同歐禎伯陳士鵠集黎惟敬山樓。
［二］攜，清康熙順德縣志卷一三作「提」。

餞叔寶約游羅浮答詩促之

蕭條無地散離憂，何處風煙是虎丘。遠道莫酬青玉案，尺書猶到白蘋洲。雲停嶺樹頻翹首，月滿江城各倚樓。聞說南來求大藥，山靈先已候羅浮。

梅花賦別贈黎惟仁之京

離亭歌罷促征鞍，白首交情作別難。詞賦人推題柱客，江湖天遠釣魚竿。尊中竹葉三冬暮，嶺外梅花一騎寒。卻笑清時招駿晚，高臺今始築長安。

同楊祠部懋功游摩訶庵

紅塵十萬入招提，花木陰陰可杖藜。三徑風煙人世外，五陵秋色帝城西。青山欲共深公買，翠竹多逢阮籍迷。一臥雲房心便息，更從何處覓丹梯。

除夕過黎惟敬宅守歲

風塵冉冉歲華徂，傲吏歸心寄五湖。舊社曾同開竹徑，異鄉猶得共屠蘇。杜陵三禮年遲暮，燕市千金事有無。洛涘已知成拙宦，李膺元自憶蓴鱸。

集梁思伯宅送黎惟敬得空字

北岳雲山望不窮，離心何處託飛鴻。金莖氣色緋煙外，碣石旌旗落日中。前席舊承宣室召，出關今值虜塵空。即看萬國來包匭，不羨葡萄入漢宮。

盧允傳同過舍弟肇恩野人廬

烽煙何處散幽忡，共向幽居訪桂叢。繁影階移青竹日，微涼池泛緑荷風。閒看世事浮雲外，老寄詩名濁酒中，試問當筵詞賦客，清才誰復似盧鴻。

重陽前一日過歐崙山館中談西樵之勝分韻得風字

華館淹留歌伐木，孤城砧杵度新鴻。客談半夜當筵月，誰共明朝落帽風。雲谷秋深泉更白，天湖霜冷葉初紅。煙霞十里期難赴，雅約何年得再同。

傷春

物候半春色，飛花帶雨愁。重楊千葉密，獨鳥一聲幽。簡出緣多病，忘機久狎鷗。十年空落落，萬事只悠悠。身賤誰青眼，時危自白頭。干戈横郡郭，生計且漁舟。偃蹇功名薄，蹉跎歲月流。朋游多赤牘，吾道合滄洲。價遠黃金駿，歌還白石牛。言尋商嶺曲，行問富春裘。雪調偏難和，明珠恥暗投。泥塗寧久辱，晚歲感能收。

閨怨

幽人畏人知，深閨獨閉時。莫令秋月入，照見妾空帷。

登樓望海上戰艦[一]

旌旗海上颭寒煙，南北傷心有歲年。莫道少陵多涕淚，鼓鼙今日是秦川。

[一] 清康熙順德縣志卷一三，題末有『感賦』二字。

小除夕郭樂周小酌舟中

簌簌寒風霜滿林，數株疏柳暮煙沉。黃河日夜波聲急，不似思鄉一片心。（以上清溫汝能粵東詩海卷三五）

（鍾東整理）

葉春芳

葉春芳，字應元。歸善人。明世宗嘉靖十一年（一五三二）貢生，授福建古田縣丞。清雍正歸善縣志卷一七、道光廣東通志卷二九〇有傳。

横槎小隱和潘西疇韻

野色映湖芳，行藏付一航。按琴看鶴舞，把酒對鷗嘗。景外塵寰遠，吟邊島嶼長。昔人曾市隱，誰道是真狂。

登謝惕齋處處臺

清時誰信有遺才，卜築幽居處處臺。變態風雲難點綴，忘機鷗鳥任徘徊。詩從象嶺千峰出，花向豐湖十里開。堪笑西湖老居士，談玄講易也時來。（以上清雍正歸善縣志卷二一）

（史洪權整理）

古田幽巖寺

萬疊風光冷滴衣，清泉白石鎖煙扉。半山落日樵相語，一徑寒松僧獨歸。葉墜乍驚山鳥去，林空不礙暮雲飛。懸崖峭壁疑無路，忽有鐘聲出翠微。（鄒慶時、屈向邦合編廣東詩彙卷二一）

（李永新整理）

黄龔

黄龔，字金卿。新會人。明世宗嘉靖二十二年（一五四三）舉人，選普安知州，晉廣西慶遠同知，後改知雲南和曲州。有津庵集。清道光新会縣志卷八有傳。

端午夕宿峽江飲同舟諸子

客路憐佳節。鳥飛留篆沙。茅柴扣野店，笑語驚林鵶。拚醉心猶醒，放歌帽欲斜。莫言蒲饌惡，星斗落孤槎。

舟次七級

春水何消牐令為，柳邊幸有酒家旗。呼童甫買他鄉醉，又被東風當面吹。（以上清顧嗣協岡州遺稿卷四）

（楊權整理）

蕭敬德

蕭敬德，潮陽人。明世宗嘉靖二十二年（一五四三）經魁。官韓府左長史。事見清道光廣東通志卷七四。

入陜憶故園

曉發孤帆暮未收，微風吹度隴西頭。山含韋曲連村靜，水繞函關泛月流。蝶夢夜頻歸故國，鴻聲時

復報新秋。聞道潮陽正征戰，捷書何日到商州。（明隆慶潮陽縣志卷一五）

（呂永光、張玲整理）

黎天啟

黎天啟，字允聰，號抑庵。順德人。明世宗嘉靖二十二年（一五四三）舉人，官南寧知府。清溫汝能粵東詩海卷二六有傳。

村行

初離青荔浦，即到綠蘋濱。緩屐隨群鳥，閒亭得主人。松陰抽野菜，竹葉膾江鱗。風俗猶餘古，雲中擬結鄰。

於村路尋得江岸幽處

石繞村坳一徑斜，又沿芳草出江涯。烟生積水欲為雨，風到閒枝亦作花。僧帶野雲歸古寺，鳥啣山翠落人家。川源有路皆仙隱，好向漁翁買釣槎。（以上清溫汝能粵東詩海卷二六）

（楊權整理）

林大章

林大章，字文經，號虛岩。新會人。明世宗嘉靖二十二年（一五四三）舉人。授江西東鄉令。以見嫉罷歸。清溫汝能粵東詩海卷二六有傳。

和茅少溪寓會城次杜憲使韻

單車南海駐江城，景色行邊水月明。幾處樓臺三島迴，萬家楊柳一川平。長安日近鸞書煥，粵嶺天高鶚影横。翹首朗寧瞻郡政，謳歌應似此方情。

廓然樓和次峰韻

孤嶼樓高峙碧天，人間風景正堪憐。山開翠壁排千嶂，水引長江注百川。駐馬曾留刺史節，夢槎重繫使君船。仙蹤石上今猶古，一度登臨一紀年。

春遊即事

閒攜鳩杖出林皐，幾伴同穿鶴氅袍。野興爲躭山水趣，道情猶帶酒詩豪。禪關僧結緣中果，仙路人看洞口桃。邂逅更逢流水客，弦聲松下瀉春濤。

和伍抑齋用韻

半幅寒衾一卷氈，昔年挑過嶺雲顛。亦知悃愊非時好，難作脂韋取世憐。回首烟霞逢道侶，寄情水月伴吟仙。與君采采南山蕨，勝卻當時愧俸錢。

秋夕寫懷

園林昨夜拂清飆，銀漢秋高玉宇寥。月下有懷詩共約，山中無事俗全消。金風自與群芳遍，玉露還將百卉凋。聞說西郊仙境近，杖藜應去一逍遥。（以上明張邦翼嶺南文獻卷二九）

和白沙先生菊花

紫艷初移自澗濱，幽懷更對白綸巾。楚雲別去遥相憶，欲折寒香寄遠人。（明張邦翼嶺南文獻卷三一）

和白沙先生菊花

重陽菊綻九江濱，彭澤風清獨岸巾。千載又開廬阜徑，秋英還遇古今人。

廓然樓和次峰韻

勝遊正擬暮春天，清興猶堪點也憐。祇爲古今同樂事，便攜朋輩到晴川。登樓望處雲連樹，倚棹歌時月滿船。仿佛舞雩風韻在，不知今夕是何年。

和白沙先生梅花

寂寂山齋遠俗塵，疏梅時對靜中人。無言已解天機妙，況露春痕幾點新。

題樾墩書屋

白鷺洲前碧水灣，誰開風景異人間。江心地夾雙喬樹，海上波浮一點山。天設畫圖堪賞勝，書儲今古足怡顏[一]。扁舟嘉會無多路，正屬江門第一關。（以上清言良鈺增岡州遺稿）

［一］顏，清温汝能粵東詩海卷二六作『閒』。

（楊權整理）

羅見麟

羅見麟，番禺人。明世宗嘉靖二十二年（一五四三）舉人，官沛縣知縣。事見清道光廣東通志卷七四。

擬蔡琰北歸

寥落中郎後，殘生竄殛餘。驚看南過雁，羞逐北旋車。莫按胡奴拍，猶傳魏主書。身名終莫贖，千載恨單于。（明張邦翼嶺南文獻卷二七）

漂母祠

一飯相憐良不易，千金為報更何難。天生豪傑終扶漢，誰在塵埃豫識韓。阿母淮陽祠貌古，王孫雲夢主恩殘。登臺一掬傷心淚，灑向西風木葉乾。（明張邦翼嶺南文獻卷二九）

（楊權整理）

梁以衡

梁以衡，字仲房，號南塘。新會人。明世宗嘉靖二十二年（一五四三）舉人。弱冠以貢授賓州訓導，中式後轉廬陵教諭，歷紹興府教授，尋擢連城令。卒年四十九。有南塘詩集。清顧嗣協岡州遺稿卷四有傳。

寄兄

兄弟此為別，江山幾度愁。猿啼千里夕，雁叫一聲秋。顏色何因覓，音書仍未收。天涯共多難，惡思更悠悠[一]。（明張邦翼嶺南文獻卷二七）

[一] 惡思，清溫汝能粵東詩海卷二六作『昨夢』。

次韻自詠

一徑縈回上翠微，瓊樓高擁萬山圍。攜琴客去常懸榻，問字人來或叩扉。山靜依稀聞葉落，天空迢遞見鴻飛。長安車馬多岐路，倦鳥投林且自歸。

晚至平望驛欲行阻風有懷吳中所知

江雲漠漠水迢迢，去越孤舟逐浪搖。微月尚堪乘晚棹，回風故遣息寒橈。正思吳地人方邇，為問楓

橋路豈遙。此夜客腸翻欲結，高棲幾處莫吹簫。（以上明張邦翼嶺南文獻卷二九）

新結小茅亭

新結小茅亭，彷若在空翠。闃寂為柴門，竟日無人至。篁葉風蕭蕭，日夕更森邃。道經時一展，澹泊饒古意。野人性疏闊，頗與世人異。聊此避塵俗，亦是時共棄。

和陳少參春日郊遊

野老從西挈榼來，山餚村酒一時開。也知此具元非惡，相對共成一醉回。

答林南江二首

徙倚欞軒前，蕭散更悽惻。涼風入我戶，促織居我壁。時節忽變遷，感此意何極。嗟我同心友，千里會一夕。握手初論交，不辨主與客。雅志慕古人，歷歷見肝膈。鮑叔歡在今，平仲何必昔。常恐大鵬飛，一朝復離析。

世人競多策，所挾皆九九。吾策良未售，遭時宜禁口。所得雖邱山，浮雲竟奚有。胡然事干謁，自同臺廝走。反性非自然，吾寧貧賤守。立德固有端，存誠真戶牖。誰能秉孤貞，勉爾操持久。一為利所驅，彫喪先榆柳。

遣懷

十年雅意少相如，堪笑乾坤共索居。行樂忽逢歡有酒，彈歌休道食無魚。天涯會見揚雄宅，案上惟餘老氏書。小檻涼風此時入，故園楊柳憶蕭疏。

新春訪馬蒿高草亭留飲

步履尋春訪草亭，東園嘉樹藹青青。忽聞席上嬌歌發，時有枝頭好鳥鳴。自是陶潛偏愛飲，何妨阮籍未全醒。即看日暖和風至，近擬提壺出近坰[一]。

［一］近，清溫汝能粵東詩海卷二六作『更』。

秋夜雜詠三首

久立候月出，有雨東南來。須臾天一碧，望見浮雲開。

玉露滴泠泠，竹竿垂裊裊。萬籟空中寂，孤鶴雲間矯。

樹影落新池，魚行動碧樹。有鶴掠人來，忽然乘風去。

春日同諸子蘭亭讌集

勝會不可常，良時恥幽獨。今日天氣佳，相與上林麓。歷磵黃鳥鳴，隨風幽蘭馥。雨餘曲水流，泉聲韻絲竹。念彼千載人，曠然遺高躅。今茲揮一觴，欣對亦自足。

感秋和錢紫山[一]。

病客獨吟江上山，臥看紅葉對柴關。風來已覺桃笙冷，雨過惟餘苔蘚閒。堂上蟲聲喧坐榻，城頭月色照沙灣。少年許國心猶在，感嘆於今鬢欲斑。

[一] 清温汝能粵東詩海卷二六題作『盛秋』。

雨晴過小圃

園林旬始涉，秋徑水潺湲。積雨欣初霽，涼風吹遠天。寒山含夕照，孤竹靄餘烟。暫息茅亭下，醉吟疏柳前。

寄東郭子

日出泛南塘，悵然望東郭。天長一鳥飛，金陵樹漠漠。（以上清顧嗣協岡州遺稿卷四）

題黎氏隱居

聞道幽人臥草廬，衣冠曾是昔賢居。閉門已有潛夫論，負郭寧無長者車。靜掃落花隨晚徑，閒看流水傍秋渠。蘭臺金匱幽求盡，還覓人間未見書。

（楊權整理）

吳廣

吳廣，南海人。明世宗嘉靖二十二年（一五四三）舉人。事見清道光廣東通志卷七四。

遊小金山

飛崖突立鬱中洲，四壁霞光擁玉流。須信業林真別島，始知塵世總浮漚。魚因聽偈頻依藻，鳥為忘機故近舟。自笑烟霞終有分，將誰騎鶴共遨遊。（明郭棐、清陳蘭芝嶺海名勝記卷四）

（陈永正整理）

陳仕俊

陳仕俊，字哲卿，號雲顛。東莞人。五以儒士應舉，明世宗嘉靖二十二年（一五四三）佹而復失。遂隐居不出，大放於文詞。晚讀書於旗峰書舍，莫知所終。著有雪顛集。民國東莞縣志卷五八有傳。

弔達奚司空次蘇應機原韻

豈知流落送生涯，腸斷歸帆去轉賒。曉望可堪迷舊國，夜臺誰信是真家。精魂已化三生石，幽恨還成百結花。並與胥濤同積忿，海門朝夕自聲嗟。

海國東南自一涯，故鄉何處夢中賒。祇應腸斷無歸路，卻有遊魂得到家。仙骨已看成槁木，世緣真信是空花。惟餘手植波羅樹，葉葉風吹自怨嗟。

真成芳草落天涯，誰念王孫信息賒。狐首自難忘故國，猿腸空斷憶還家。遊魂縹緲隨風葉，冷淚斕斑散雨花。千載越裳重譯使，摩挲誰不為興嗟。（以上民國張其淦東莞詩錄卷一一）

（楊權整理）

章熙

章熙，字世曜。海陽人。明世宗嘉靖二十三年（一五四四）進士，授行人，歷官廣西按察司僉事。清道光廣東通志卷二九四、清吴道鎔廣東文徵作者考卷四有傳。

送陳六溪之江右臬

粉署含鷄舌，新恩易豸衣。風花春正好，樽俎重相違。岐路蒼烟漠，江干碧草菲。知君滕閣上，北斗指皇畿。（明張邦翼嶺南文獻卷二七）

東林間雲處士

白雲深處寄蹤孤，一竈秋烟煮石蒲。門掩月明花自落，野亭樽酒憶林逋。

名宦吳隱之新祠

孤村修竹藹芳陰，古岸新祠傍水濱。過客莫煩沽酒奠，使君原是飲泉人。（以上清溫汝能粵東詩海卷二六）

（楊權整理）

曾楚

曾楚，字羅江。南海人。明世宗嘉靖二十三年（一五四四）進士，官主事，知府。事見清康熙南海縣志卷五。

峽山飛來寺

步上飛來亂石巔，丹崖翠壁不知年。雲蘿半捲千山定，草樹遙遮一水連。古刹飛花來野鶴，老僧說法起啼猿。憑高未盡遊觀興，擊劍高歌思渺然。（明郭棐、清陳蘭芝嶺海名勝記卷八）

（陈永滔整理）

全粵詩卷三三五

盧宁

盧宁（一五〇三—一五六一），字忠獻，别號冠巖。南海人。博學而工文，嘗受業於黄佐，而以不得及陽明之門爲憾。明世宗嘉靖十九年（一五四〇）舉人，二十三年（一五四四）進士。授昆山知縣，旋移知贛州興國縣事。二十九年擢守潼川。三十三年遷南京户部員外郎，尋改刑部，後爲南京刑部郎中。三十八年任登州知府，卒於官。著有五鵲臺集、五鵲别集等。清鄧淳廣東名儒言行録卷一九有傳。

盧宁詩，以明嘉靖三十八年劉珙重刻本五鵲别集爲底本。

東山霽望

霽景滿崆峒，攀蘿入碧空。霞飛平野赤，曙拂亂雲紅。似近紫微座，還參青帝宫。蓬萊何處是，羽翰欲乘風。

復民部何三柳遺廷對策二首

一翰飛三策，東萊貺草廬。捧持情故故，拜喜意于于。花巷無司馬，燈帷有仲舒。美人隔烟島，秋水濯芙蕖。

殿上奎章煥，軒前雲陣馳。白欄終日對，青簡萬年垂。國士歌飛燕，司徒示夢龜。從今識花樣，旖旎桂林枝。

大林洞天

雲墅千章綠，蕭然謝客齋。捲簾看烟雨，坐竹委形骸。樫鳥啼山谷，仙芝接海崖。秋高期散步，紅葉藉青鞋。

鄰山館中

土屋幽宜獨，春山深幾重。窗含金玉氣，庭落兔猿蹤。高步瞻星近，清歌坐蔭穠。芳樽開晚霽，新月上長松。

會城春遊得空字

遲日春臺上，花枝白間紅。彤欄回淑氣，瑤草覆東風。麗藻懸吳市，明妝出漢宮。錦城三月半，樽斝莫教空。

宿清遠飛來寺二首

綠淨峽江潯，懸崖自俯臨。雲連山欲合，水逼晝常陰。飛閣羽翰戢，沉犀鎖鑰深。寂寥風雨夜，欹枕聽龍吟。

三經江上寺，此度扣仙靈。一水中分緑，兩崖相對青。烏棲山瘴暝，水落露華零。夜色猶堪戀，猿啼不忍聽。

送汪儀制柏亭陞南尚卿

龍篆頒成命，鴻才列尚卿。備官慚倚玉，别意悵流萍。夜月秦淮水，春風建業城。樽空人欲去，日暮禁烟生。

遊雲臺四首

時在蜀，柱史王横水，舉子周萬峰、歐盤岡同遊。

塞峽連朝雨，登山此日晴。高危偏自在，光景更分明。二水流珠沫，重巒聳玉城。恣遊清俗慮，兼得問蒼生。

勝地多年選，芳春挾伴遊。鶯歌將緑轡，狐跡淨丹丘。峰列少微座，臺乘太乙舟。欲窮窮妙處，明上上清樓。初至口占。

望氣入雲端，披雲得靜觀。流丹諸界麗，步玉上方寒。香篆拚青鳥，梵簫下紫鸞。呼僮攜酒具，隨意坐琅玕。

禮拜玄皇殿，瞻言太武身。功傳威二異，術會授三真。貝葉裁天女，芝盤薦帝臣。梓州儲福地，遊客好乘春。遍歷諸觀。

金陵與宗瓠川夜話有懷金臺舊雅次韻五首

絳幘罷晨雞，聽鐘紫閣西。烟浮金爵暝，柳拂翠繩低。舊學懸河瀉，新詩倚馬題。時危忠簡疏，多爲故人攜。

昔年陳玉陛，見子侶金魚。制奉阿衡簡，箋呈泰畤書。人皆誦招隱，爾獨賦閒居。安得飛風息，君王爲破輿。

鍾阜對長歌，瞻天意若何。帝衢嚴露柝，寢廟起雲蘿。國士時堪屬，詩名忌更多。平原求使楚，穎脱似君那。

憶爾上金臺，初酣落魄杯。英名通館閣，仙制應蓬萊。法從天中見，旗常日下來。甘泉如欲賦，今有子雲才。

一別已十載，相逢驚二毛。西山殘雪霽，南國彩雲高。白句揮清罕，玄文擅紫毫。君當留此館，無使夢思勞。

贈王蓮渚主簿醴陵

嶺北名州彦，湘南判縣官。十年勞擇木，一旦見棲鸞。秋月看湘竹，春風歌澧蘭。甘泉如再湧，崖谷盡含歡。

朝陵二首

鍾嶠烟霄裏，高陵氣象中。衣冠遊鳳輦，寢廟泣烏弓。萬國尊寅正，千官走肅雍。翠華何處想，縹緲五雲東。

雨露橋山在，風烟隧道通。三元兹旦始，合敬百工同。王氣參天外，威靈儼殿中。新軍增羽衛，千載護巃嵸。時因倭警，增軍五千守護。

留都元旦瞻天三首

星換銅龍次，官嚴金馬儀。玄躬同道泰，睿澤與時熙。陳瑞多箋奏，頒春荷寵私。視朝今正始，端笏待朝曦。

春燎明閶闔，宵衣肅建章。玉衡占改陸，斧扆慶乘陽。委佩欹宫草，熏爐襲殿鴦。雲官離照下，遥祝聖神皇。

肅肅千門曉，融融萬國春。臺瞻雲五色，樂奏月重輪。仙仗天蓂秀，王章歲事新。命龍諮岳牧，次第下絲綸。

四月涖部事

孟月康辰正，司農載啓符。案行承八座，財用計三都。營宿虚昏舍，妖氛淨海嵎。璽書隨鳳曆，蠲復動吳歈。

贈曾源泉布衣擢兩浙都閫和萬史部兩溪

兩承詹白下，一見識班生。北望紆籌策，東行洗甲兵。廟堂分外閫，吳越倚長城。後夜秦淮月，依稀細柳營。

鍾山高望

昔年慚霸氣，此日紀皇墳。地坼東吳月，江呑西楚雲。帝宫懸法象，天印耀台文。秋霽登臨好，霞光徹海澮。

暮登雞鳴山寺

西曹雞寺近，日暮亦登臨。倒景懸秋壁，疏鐘度晚林。樹高山閣暝，路僻野雲深。引月看僧定，因之諳靜心。

謁大忠祠次韻

宋室踰河日，厓門避曆辰。委裘懸百戰，殉國有三仁。朗節明雲漢，悲風凜縉紳。萬年瞻廟貌，誰不弔貞珉。

別友

與子暫言別，相攜出海涯。淺泥青蕙草，細雨白蘋花。意氣交雙臂，文章洗百家。館扃玄鶴觀，留待爾江槎。

追書張方伯封君平湖號卷二首

梓庭遺澤恨，姜渡野芳情。春晏長蘭媚，風徐一鷺輕。恩波天上蕩，光嶽檻邊明。夜半洲前笛，如聞咽瀨聲。

湖翁閒白晝，雲榭寄清觴。流水琴聲遠，寒潭釣餌芳。廟堂新鶴髮，璽誥舊龍章。對景添懷抱，扁舟繫夕陽。

靜軒壁上

地僻人經少，臺階蝕蘚斑。幾隨春夢去，兼得性天還。門閉花枝舞，窗虛燕子閒。年豐免憂國，黃髮老青山。

過渭川次韻

潏滁瀉天精，相形不待涇。浮雲何處影，釣石舊時銘。欲造西周業，能修東海齡。後車人不見，停棹悵流萍。

送申我泉同年尹分宜

天榜群仙侶，春城戀物華。銀臺秋夜月，琼苑漢宮花。星宿窗中列，風烟塞上沙。他時霜露白，還聽詠蒹葭。

送邵槐東教會昌

儒秩新承檄，都門故飾輪。金尊行底意，紅杏雨中春。學古心爲主，忘言教是真。子當馳逸駕，從此養經綸。

壽劉羅陽尊公年伯

兩命讞臺史，廿年歸馬翁。仙蒲巖畔綠，春李日邊紅。玉斝流雲液，瑤笙動景風。蓬萊三萬里，青鳥欲凌空。

送蘇粵峰同年池州節推

青襟同旅食，白首得心朋。並馬春林玉，連床夜雨燈。讞疑新有命，委印舊稱能。公暇齊山上，琴樽好健登。

遊盧巖道中遇雨恐有期而不至口占促之

冒雨尋幽勝，芳懷太率真。影連衡嶽暗，清滌泰寰新。峰展青蓮面，亭芬金谷春。雖知勤羽蓋，無以棄松�。

盧巖上次韻二首巖在興國縣金斗山中

法門長不二，仙洞窈藏真。顧影依池潔，洗心期日新。巖有顧影池、洗心泉。雲明虛閣午，林霽故山春。幽賞兼良會，清樽酌綠筠。

福巖遙附姓，惠祖舊傳真。宮闕風旛杳，臺池色相新。雨簾垂永晝，斗柄酌和春。廢景今題揭，車回舞翠筠。

與友人登齊山分得茶字

挈伴尋幽境，探僧出早茶。綠霞拖澗水，朱鳥落山家。池漫長三月，峰聯小九華。遊人心會景，何用煉丹砂。

暮春遣僕歸省

旅愁春又晚，歸計歲初分。林薄經紅雨，家鄉空白雲。食少疑瞿貌，憂多見亂紋。行年過七十，銀鬢自棼棼。

懷兩泉諸父忠啓諸弟

遥知良叔季，清苦故依然。晝粥甘長白，藏燈詠太玄。素懷寧自負，華髮羨人憐。翻憶同書硯，深慚助俸錢。

朱華塔成三首有記

豎塔障江漣，吾民種福田。孤高周石室，明遠漢通天。金紫千家麗，儀章六代賢。平川成樂土，長世祝皇年。

伏見星辰駕，崚嶒雲漢梯。圖開千地會，寶積四天齊。光射薇垣北，影參蓮嶽西。磨崖來俊彥，名姓雁行題。

秩晉文翁郡，臺崇卓筆峰。炎荒金翡翠，秋宁玉芙蓉。化俗知無策，覃恩賴九重。登臨慚竹使，題染別花封。

謝節婦

矢死執聯巾，空閨積淚痕。冷添風絮夜，香溢露蘭春。有兩非初意，遺孤是後身。此情誰會得，霜月淨隨人。

贈陳石岡太守歸壽尊封君

巡巴旋皂蓋，異氣望青牛。鳥報山中節，人添海上籌。冰桃懸古澗，琅葉覆芳丘。每到群仙會，頻瞻五馬遊。

登潼川郡南樓

郡勝經時遠，臺高望處疏。水流通楚沔，山引接岷峨。漢壘重聞表，唐封再戢戈。專城千里寄，才愧古人多。

登三台山是日横水延饮

仙臺近西郭，香霧湧珠林。翠竹風長軟，碧桃春自深。中天龍虎會，永夜斗星臨。珍重王喬宴，丹筵色色金。

聞興國縣建生祠書報六鄉里下又私立祠，雖曾經訊罪者，亦捐金助築云。

臘去相睽忍，秋殘得報遲。山城循吏傳，香火令公祠。陋跡污青簡，瞿顏愧紫芝。況聞環野外，人各爲吾私。

鮮我終來譽，勞民搆去思。有懷空隠惻，何範可光垂。出境滋慚負，傳書起夢疑。甘棠歌召伯，方稱後賢師。

洞門寺偶題二首

流水石橋路，仙凡自此分。洞門雙掩月，山木獨棲雲。城市喧何在，衣冠會更殷。齋廚香國衆，金馬碧雞群。

蘭若開毗域，曇光射漢分。門臨千地水，臺護五天雲。問藥客懷惡，登樓鄉思殷。郡人稱吏隠，相與鹿麋群。

題暮松圖

忍望長松下，喬喬蒼翠森。蒿萊三尺土，雨露百年心。幕府銜恩重，泉臺飲恨深。聖明推贈典，光滿大夫林。

盧龍觀與興國呂子選秀才話别

赤縣三年愛，玄談午夜悰。來詹初及夏，歸計擬延冬。清飲秦淮月，高尋潁上封。再遊渾熟路，金馬過盧龍。子選既詹予，又謁叔主靜於潁州。

燕子磯與興國吕子龍秀才話别

遺愛慚仙宰，懸情入帝畿。有懷何耿耿，長路故依依。再宿玄湖省，高酣紫燕磯。大鵬風欲起，聊且伴秋歸。

送歐鑒齋省郎養病

採藥匡廬去，逢人便説休。案留金玉判，臺紀鳳凰遊。霜浸陶潛徑，風高張翰秋。幸毋鄉土戀，征戍遍南州。

登東山

卜日開青閣，攜壺上翠岡。林巒架王氣，崖谷吐春光。妓子污仙界，儒生小魯疆。秦皇封石處，高興已飛翔。

宿後湖讀揚子

玄經玄渚夜，白首白雲司。時已報轉刑曹。火熄皇圖府，星環仙署陂。官如滄水使，吏訝北山移。一夢新秦事，令人遠注思。

挽廬陵胡坦翁配張孺人爲同僚胡别駕桂泉題

逸老螺川上，平夷高隱心。平拖黄石履，高詠白頭吟。别駕駒聲咽，空庭槐影森。瀧岡鄰近處，弔古一懷音。

藉藉荊揚彥，猶聞坦丈夫。義捐青玉案，恩贈執金吾。蘭蕙春俱秀，芙蓉蒂並需。片雲迷五老，何以慰匡廬。

登迎翠樓次韻

虛欞疏箔曉蒼蒼，炎昊冰霜冷布裳。泛月酒杯秋艷艷，遏雲歌管夜琅琅。山横竹岸綠屏合，風度蘭汀紫玉香。仙館瓊樓何處好，待來桃熟問東方。

具瞻圖 爲顧少參題畫，山石立鷹，下環以群鳥。

偶解青絛出禁宮，劍翎鐵石儼升中。高虛已脫斯人網，搏擊真稱蓋世雄。衆小未須干氣象，群分聊得望巃嵸。奮身電掣晴霄上，披拂紅霞凌景風。

鷹

獨立高秋削玉巔，豎翎精彩出風烟。決雲白日山前蕩，濯雪玄冬塞上騫。清絕有聲調大呂，威嚴一顧淨長天。此生疾惡知無敵，肯惜奇毛負老拳。

與友人坐忽風雨大作得单字走筆

鳴雨飄風草閣寒，秋生五月布衣单。山精出壑亂啼嘯，海燕乘空翻羽翰。階砌落花浮別院，坳塘泛梗倚長欄。呼童南市買船去，臥聽灘頭急夜湍。

喬松主人

托足青山形自逸，鼎爐時復飛黄金。舉頭漢楚有成敗，側身天地無古今。白雲半枕清都晚，玉液千行紫霧深。此去仙郎家不遠，碧桃溪岸欲成林。

送林次厓先生欽州考績二首

直道抗顔辭北闕，聖王懸念滿南州。官浮海島一身眇，地接華夷萬里秋。惠政自隨行部著，封章誰爲遠臣收。漢恩欲報須流涕，贾傅當年已熟籌。

極海六年圖臥治，孤忠千結獨成狂。一州民瘼春同煦，萬里君門夜未央。搜輯地輿成國史，隱憂戎馬疏蠻荒。何時宣室來前席，迅策奇動在衮裳。公先督學吾廣，後脩省志，中分校讎，又疏征交南事宜，甚周悉。

與僧月厓

雲界碧樓玄鶴杳，桂宫銀篆午天長。二名不避自圓妙，萬象同歸誰慧光。手出黄金通化羽，夢回青棘比明璫。木犀香動天無隐，真悟應輸老晦堂。

雪鴻池上月夜別友人二首

江閣蕭蕭吹朔風，平皐翻雪飛冥鴻。玄談深夜忍謀別，明日芳樽誰與同。斷岸暝烟青雀舫，疏蓬魚股赤羆弓。空帷細憶襟期話，凄切銀床一葉桐。

澄心共藻芳池水，浪跡看君真泛鳧。阿閣望隨雲外遠，小亭愁與月同孤。莫聽風笛傷南浦，且繫蘭舟傾玉壺。後夜有懷何處寄，一藜寒影對河圖。

舟次邳州元旦望闕二首

聖皇嗣曆題辛丑，萬國衣冠慶舜年。壽域齊天瞻北極，文光連璧耀東躔。夕郎金鑰龍樓啓，太宰彝章象魏懸。亦有元和玄德賦，願呼嵩祝入瑤編。

行客觀光當正始，蓬萊宫殿物華鮮。黼屏寶扇開仙仗，雲液冰桃進御筵。四海大明忘帝力，小臣三策叩堯天。康衢獻納兼收採，王燭和春億萬年。

題金門待漏圖

寒烟濛密五城低，獨立端門紫閣西。赤甲猶聞傳禁虎，朱冠將起報晨鷄。九天瑞藹團龍衮，雙闕星回集馬蹄。叩仗豈無經國疏，春風楊柳滿金堤。

和蔡半洲司馬中丞平黎韻二首

威靈南曜亘長城，小范蟠胸盡甲兵。孽虜負恩當萬死，牙旗揮電拯群生。瓊山月霽蠻烟淨，炎海風高宿霧清。此日功成匡四國，堯天蕩蕩孰能名。

一島週環四郡城，除兇赫怒下天兵。陣驅雲鳥風霆迅，民樂村原烟火生。直使夷荒知紀度，重看海嶼録澄清。自今文治應熙洽，龍鉞非叨真將名。

送同年馮改溪水部分司寧陽二首

委折漕渠達帝闕，源流疏節令新頒。大明水闊春潮蕩，鉅野波深夜溜潺。足國功勞收太史，濟川才望秩清班。等閒試借觀泉眼，樽俎東山與泰山。

臨濟仙源濬遠岑，八荒王貢此侵尋。天培社稷根基厚，帝簡忠賢倚注深。國是頓忘航海策，杞憂空費廣田心。公餘爲念東南力，一寸泉流一寸金。

挽趙中丞載二首

轅門方擬起熊羆，典冊哀榮叩玉墀。雄劍曾寒西賊膽，碧幢猶繫業人思。龍歸滄海川原涸，鳳去丹崖草木衰。對景重添懷古恨，朔風蕭瑟冷雲垂。

經國謨謀仗老成，兩朝勳業子干旌。人懸北極三台象，天奪中原萬里城。雨暗新亭淒夜柝，雲迷細柳輟春耕。英標曷不歸圖畫，黄閣麒麟次第名。

部檄餉軍乙卯七月，倭寇俶擾留都，予爲戶部郎，故有是委

一劄倉皇下度支，輜車畿外飼熊羆。旌旗影裏三軍悴，鼙鼓聲中萬馬馳。餉道滿憂林莽伏，居民仍促室家移。干城會食朝懸切，敢避狼鋒赴後期。

餉軍

麒麟門上擁旌麾，分布貔貅靖島夷。國計實煩唐節使，軍容寧比漢官儀。策功自釋袁安憤，緣數誰逢李廣奇。二百年來勞養士，選鋒今正答恩時。

與林冬嶺省丈憩暑靈谷寺時有倭寇之警

旱雨空齋疑夏冰，天花飄處雪猶凝。清聞寶鐸傳靈籟，静檢金籤講慧僧。高廟衣冠遊鳳輦，寢園桂桓繞龍陵。海氛何用干玄佑，王氣晴看與日升。鍾山龍盤，故謂龍陵。

壽英州崔樓溪僉憲樓谿長闕，旦至留都索取

西蜀官階執法身，掛冠無忝錦江春。霜清越嶲思原吏，雲白蓬萊有主人。試馬尚宜勤漢節，杖鳩端合作虞賓。莫言東海堪投釣，祇恐徵車下渭濱。

留都除夕有懷二首

海天問省書難到，京國風光歲又加。小院無樽喧櫪馬，西鄰有炬散林鴉。彤樓隐現仙莖杳，青瑣陰深御柳斜。相守不堪鄉土異，一杯岑寂草玄家。

芳懷剩欲元朝發，短景猶憐歲暮催。惱客病教隨臘去，賞心詩已逐春來。雲邊白髮添雙筭，勝裏瑤花獨厭裁。自是椒盤堪媚遠，可因風操過年回。

高廟六首次宗瓠川韻，繼萬履庵省郎作

恭憶龍飛淮甸年，雄雄神武更無先。風雲已協鴻鈞運，日月重開泰始天。九牧貢金形盡鑄，盈庭屈軼草長翩。阿難河上烏猶在，啼斷明元朽骨羶。

胡運何曾及百年，篤生真主炳幾先。威加四海功成聖，治復中華道繼天。鴻起商山歸漢從，鳳飛丹穴向岐翩。神謨自是高千古，掃逐羱群萬種羶。

三尺横興一旅年，孰爲湯武肇基先。擬陳鴻業知無極，欲贊黃圖衹有天。寢殿初開宮雉列，櫻桃欲薦禁鶯翩。神孫時憲嚴崇報，萬祀焚膋達臭羶。

肇自河清五百年，聖人出御武爲先。閭閻盡復唐封俗，書軌皆同禹貢天。桃野放牛還吒吒，華陽歸馬正翩翩。小臣卻鄙莊生語，成聚成都蟻慕羶。

初從豐沛釁旗年，爲漢驅除夥涉先。豈識真人翔灞水，遂成王事得民天。萬方執玉臣工肅，千載朝陵法從翩。禴祀幸隨殷薦後，西曹七日戒葷羶。

再睹周家過曆年，貞符早協鳳麟先。陵多複道三千戶，塹有長江百二天。今上厲精龍德震，東吳奏捷羽書翩。朝廷事事皆繩祖，何有南髡與北羶。

次韻答倫右溪銀臺贈行詩二首

詔從海上訪安期，君在滄洲世自知。柏府有人曾避馬，松門無寺不題詩。丹山碧水江聲暮，花落雲流鳥哢遲。未許便隨坡老逸，心灰黃紙與紅旗。

羅浮清夢愜襟期，每到梅花憶故知。燭翦西窗增客思，月明南國咏君詩。艱難蜀道分符晚，寂寞馮唐入署遲。爭說右溪經略手，待平番船建牙旗。

次友人金山贈行韻四首答鄧金川豊泉、梁穗灣兄暨雲臺姪

金山一瞬又三年，猶記僧歸月下船。千丈浪中浮綠樹，五州山外落青天。風前秀句勞清夢，神裏瑤華生紫烟。同學故人才更絕，蓬萊東觀待群仙。

金石交情見百年，馮唐署憶釣魚船。飛觴臺畔流孤月，浮玉筵前接遠天。金山，一名浮玉山。滄海笑談通肺腑，秋江寤寐隔風烟。諸君合作瓊林客，況有新詩似謫仙。

英豪忘食不知年，才似雲帆萬斛船。還把文章凌白日，爲將時命問蒼天。黄花遇節悲風雨，碧草回春悵晚烟。自是積功千百後，丹臺遲久盡成仙。

羅浮夢寐已多年，何日逍遥泛海船。懷友翩翩黄鳥雨，思親望望白雲天。楊花落盡鮒魚浪，蕙草鳴來鶺鴒烟。不識四君能挈我，盧敖同作五羊仙。

溪翁詩壽家君次韻答之二首

溪翁長把溪上杯，坐對溪花滿眼開。棣萼並懸天下望，蒲輪會見日邊來。西臺諫疏留宫禁，南國文章賁草萊。夜夜思公瞻海月，詩聯珠影照三台。

白下官閒漫舉杯，白雲司裏紅藥開。花深鳷鵲臺前咏，風動鶢鶋海上來。無日不懸南極夢，有懷同翦北山萊。便圖戲彩招仙逸，肯信人間重鼎台。

題南城新苑贈周主政縝庵

南城盤鬱小瀛洲，芳圃鮮池兩世脩。庭館舊爲娱老計，菊松今作引年謀。神仙何處有三島，木石閒身傲五侯。况是海氛平靖後，廟堂無用借前籌。

棲霞寺留雲谷和尚

太平門外玄雲合，望裏棲霞休上人。野鹿堦前眠佛日，臘梅庭下報王春。諸峰盡斵如來像，七火都離無量身。但得簿書閒半夕，便尋蘭若説三真。

齋居夜坐次堂翁夢山尚書韻三首

仙闈空豁月流光，齋沐爐熏漢署香。霜肅九逵星正會，葭吹六管氣偏涼。制嚴禋祀聯臣寀，精附雲霾達帝鄉。令節天顔知有喜，冕旒端拱焕朝章。

幸陪齋宿傍龍光，共沐氤氲滿眼香。象輅泰壇儀秩秩，汾陰星尾蹟涼涼。檢書燒燭悲前事，迓節逢陽憶故鄉。擬賦甘泉才恨拙，敢言華國有文章。

來宵大路肅明光，南國風飄晝省香。淨案膽瓶看漸暝，法宫玄服覺加涼。龍斿應拂金燈上，鳳曆還踰銅鼓鄉。顯相有懷渾不寐，手披雲漢裂天章。

輓少司寇葛兩溪公二首

蘭臺曾奏弼違書，直氣英聲衆不如。此日有舟藏夜壑，當時解印賦閒居。尚方請劍朱槐令，棘寺祥刑漢尉于。麟趾祇餘繼簪紱，向人猶自悼輀車。

兩溪環玉照高闉，隔世猶聞直道身。抗節一生馳駿足，上書瀕死逆龍鱗。蒼松鬱鬱封雲鬣，宿草凄凄護石麟。地下脩文知信否，祇留芳譽誦斯人。

暮春鳳凰臺讌集是日觴許石城太常、薛方山督學、何柘湖内翰，各以杯中字爲韻，得臺字二首

芳春名苑一樽開，準備高軒卜晝來。風翕鳥聲依翠幕，情薰花氣襲瑤臺。詩筒問柳頻移舄，舞袖當筵謾舉杯。高論洗心聆不盡，税簷浮緑照星台。

相隨賓從古儀臺，況是新晴麗景開。城闕萬家斜照裏，鄉關極目嶺雲限。六朝詞客供文藻，百代王孫閟草萊。空翠暮來渾欲滴，穿林騎馬意遲回。

次韻贈何柘湖内翰春首得請之作二首

文采翩翩艶舊京，瀛洲鸞鳳骨猶清。不耽石室紬書粟，元是金門避世情。上苑衆芳來鶗鴂，建章百囀繞流鶯。從今無復中朝夢，北客休相問火城。

詞林蓄積富如京，翰墨官休似箇清。冠蓋世途殊少味，靡蕪春雨更多情。蓬山東路終留舄，淮水西窗暫对鶯。吏問金軀還玉署，謫仙持當酒家城。

孫季泉尚書蔡鶴日臺長用韻賀何内翰得請之作再贈

二老文章壓漢京，瑶篇春映日華清。蔡邕東觀琴中韻，孫綽天台賦裏情。芳草滿洲分白鷺，雜花生樹亂黄鶯。漆園司馬仙風别，十二樓中詠五城。

懷瓠川宗子伯昭

桐水盈盈別一天，伊人宛在赤山巔。尋春有杖拄不倒，倚閣無言私自憐。狗監未稱司馬賦，侯芭欲問子雲玄。何年月白風清夜，掃葉同烹第一泉。

古江上吟

西分茅嶺桂江潯，映帶磐山歲月深。日出曾浮蘇子雪，魚潛應有趙胡金。通渠引綠行蔬圃，返照流光入晚林。便欲移舟尋釣石，夜闌風雨聽龍吟。

送黃參軍署篆順德還

小借冰壺文苑妙，共傳幕府惠風清。雪亭花影移春晝，雲陸鳥聲歌午晴。興好他山旋憩鶴，化行何地不專城。鄉村在處歌來暮，去馬離人無限情。

送何宗舜西粵省乃翁完齋二首

江上朔風潮欲生，白雲飛動雙眸明。玉杯錦席高秋餞，斑管青帷貴從行。百粵薇垣開左府，陸郎橘井浚東城。壽康過去蒼梧路，合愛天然父子情。宗舜時從吾遊，以病完齋迎就醫。

江上一杯雲浪晴，赤裘黃卷擁朱舲。棹移島嶼三洲麗，秋入樓臺八桂青。勿藥不妨前戲彩，執經何得比趨庭。承顔爲進南征算，仗鉞軍中早震霆。時交南不庭而國内弑亂，宁有進征策於兩廣諸當道執事者。

菊泉二首粵有種菊臨溪名菊泉者

僻徑戎戎千樹霜，清臨流水注秋光。黄金淨躍潭中影，青眼倒窺涯上芳。彭澤灩波滋晚節，崀山寒日浴殘妝。長源到海無窮盡，添試曹溪一勺香。

九後同歌傲歲雄，重沿甘谷壽諸翁。花開飽沃金田澤，魚泳驚參玉蕊宫。艷比桃源憐間白，馥疑蘭渚別浮紅。寒芳色色呈秋富，何處錦江籬落東。

賞菊次韻二首

薄戰西風血點衣，天教陽質迓寒威。曾陪烈士歌金甲，還待幽人上翠微。獻歲謾疑遲節序，賞心贏得殿芳菲。相看醉此貞元會，又到梅花帶臘歸。

飲水餐英作壽基，满庭霜集副襟期。樽前朱履踏紅葉，頭上金錢蘸綠巵。秋色已拚今夕醉，朔風何急向籬吹。自知根蒂從來固，誓不飄零滿砌墀。

雲洲草堂爲姚柱史澤山乃祖題二首

天雲繚繞款郊坰，大老臨流結野亭。十畝蕙蘭添曉翠，幾灣鷗鷺占前汀。慣興霖雨深區夏，更起虬螭奮性靈。紫氣不隨函谷去，樂群漁父臥滄溟。

高岸層軒早避名，直東何處問蓬瀛。鯉湖隱隱氤氳布，蝌穴盈盈雾霧生。一點太虛閒自障，半潭寒影照心明。風雲已附龍孫去，老聽滄浪歌濯纓。

德慶城上高望二首錄似州守吳管峰

遲日危樓閃絳幖，憑高縹緲見龍橋。青山隔座横屏嶂，緑峽迴瀾納海潮。五馬神清孤月皎，兩岐春煦四郊饒。蓬萊東隔滄溟遠，夜半如聞玉女簫。

舟楫西行款政聲，晏遊酣下壽康城。春林帶霧樓臺隱，疊嶂藏風松桂生。陸里耕桑連萬井，戍樓烽火熄諸營。長官杯斝疑投水，漱玉寒泉到海清。

興國村畝曉歷蓮花諸峰最高處

徑路縈紆接太清，早隨弓丈闢僧扃。振衣直向天頭立，彌月都從雲上行。紅溢桑墟先見日，白分牛漢易瞻星。肯因險峻辭勞瘁，祈共吾民樂賦平。

引路松此下興國靈山二十景和前令唐子侯氏

鳳蓋高團午蔭連，岧嶤蒼翠上青天。交枝樹底雲長濕，拂霧巖前鶴正翩。客誤引車掀緑幘，僧閒卓錫聽冰絃。清時不植東巡怨，風節依稀挺萬年。

雲關亭

古寺長林懷葛鄉，白雲關上睆晴光。繞欄朝暎陽臺紫，出岫秋粼栗里芳。信節便成遊物外，停驂猶自縶名韁。願鞭黄困攜仙逸，共和卿歌補舜裳。

鉢盂峰

團峰如鑄奠雲端，大器何爲用世難。封植已聞崇肉案，清齋還取尚經壇。華夷青玉花同馥，霄漢金莖露自寒。擬借四輪輸上國，君王豐積壽民丹。

石笋峰

崒玉抽靈森遠嶠，清苞簇陣鋭先鋒。不須枝附皆成竹，纔出陂來便是龍。雨過蒼玗凌上漢，雪殘紫籜挺嚴冬。江城慈母山搖落，誰爲移歸孝子峰。

伏虎石

地踞虓靈境自豪，威嚴隱隱震平皐。霧迷東海赤刀祟，寒滿南山白雪毛。颯颯霜風如助嘯，凄凄烟樹若愁號。金陵肯紀安邦勣，請檄邊城鎮静勞。

仙女潭

玄渚渟渟泛瑞蓮，三神山果駕澄淵。相傳盡道顔如玉，欲到祇愁風引船。解珮淨依清漢藻，褰裳輕漾紫蒲漣。何當洧水多春意，觸忤詩人作衛篇。

香爐峰

寶臺神器聳蘼蕪，仿佛廬山秋雨餘。勢入紫微承玉座，影連黃道拂祥車。清芬靜想蒸槐火，紺氣晴看薄桂虛。欲炷心齋效華祝，帝閽玄默正愁予。

化僧亭

白日芬蒶度法乘，蜕形西望紫空凌。平生會解三真術，投老終傳四遠燈。香革履孤憐達祖，青蓮花巧憶圖澄。相看慧景無虛過，留取蕭齋紀舊曾。

象鼻峰

仰沿文祖揖山神，愛爾聰聞獨引伸。但把羲圖占世道，肯隨周鼎夢王人。半捲玉醴天心露，一噴香雲佛面春。在處不妨韜大美，可防終老勿焚身。

水月亭

層軒高枕太陰愁，顥影漫漫兩象浮。通白與心成氣合，空明隨處共神謀。雲濤魚兔多時幻，晝夜乾坤萬里秋。便擬焚香來晏坐，一江寒練浸銀鉤。

獅子峰

平川不作河東吼，神嶽如從西土還。已見錦衣雄虎帳，共賢彤陛犯龍顏。銅顱獨舉寒威重，金斗高懸正氣殷。猛獸盡潛清兔夜，妖貍無跳白狼山。

玉珠泉

銀河一派瀉松風，飛瀑傾瀧日激舂。寒潔細噓和露屑，輕圓難定落盤蹤。甘分曩竹饒春席，澤淨平疇慰旱農。淺淺磻溪寧濬得，終歸滄海媚驪龍。

觀音巖

普濟慈宗廣利門，芝崖彤穴尚陰尊。波心水藻媞青鯉，雲背珠翬駐玉鵷。靈曜金宮流日月，寶陀香篆自朝昏。興亡一慨齊梁事，夜雨寒山愁唳猿。

碧環亭

短草崇蘭挹霧扉，東風隨處綠依依。一灣淨遶天光發，八疊芳圍曇影晞。涓淨深偏宜鷺浴，平連高不礙鴻飛。坐疑遠外無春色，青帝相攜上翠微。

白蓮池

絕塵獨有么荷性，尚潔無如大覺仁。石井素培千葉種，金沙香繞四全身。信門慧植皆成果，化國靈根不待春。聞説濂溪花更好，得知愛菊是誰貞。

方竹林

數分天地懸常體，清到琅玕有異儀。知是古人遺絜矩，非因時物厭循規。虛心自信義長植，危行終爲節所奇。歲晚他山寧得此，直須栽向鳳凰池。

歸一門

葶藶須彌無是宗，業緣明覺性靈衝。幻烟未滅苦群障，心月當懸色盡空。四梵賓從捐赤火，七華玄闔挹光風。長羅到此還何事，恨不形骸都自融。

芭蕉洞

石室陰深草木鮮，更栽涼質養玄烟。新心捲露抽鸞軸，舊葉摧風舞鳳翩。一瓣擬供無量佛，千章堪寫白雲篇。何年選勝眈諸翠，就此移居了太玄。

月池

半畝溶光綠映盈，柳堤蘅岸藹芳晴。窗臨石鏡天長曉，影湛銀蟾氣倍清。萬象虛涵呈太素，一圈無極自天精。江湖景色多如此，惟是遊人不用情。

釣橋

野岸迂迴紫陌通，石桥流水一絲風。静看名利驅馳外，早定浮沉物理中。熊夢協占師已載，羊裘雖著漢無功。夕陽瀲灩江光動，清對垂楊綰玉虹。

摘花錄寄方寒溪文衡山宗瓠川諸舊遊

掠袖籠冠啓綠扉，樹頭紅紫簇朝暉。高攀萬葉榮隨手，斜插一枝香滿緋。淺甲潤沾鶯宿露，斷芳晴與蝶晞衣。叮嚀莫把春狼藉，留表江南信息稀。

次韻寄友人何瑞壇二首瑞壇書至虔，詞極精到。繫以二詩，義尤縝密，兩答之

故人書信報蘇州，改邑虔南始拜收。青鳥翩翩烟島去，明星燦燦夜窗浮。寄懷崐玉塹非寶，拭目池珠鶩寡儔。便借秋風傳半牘，直隨雲雁送雙眸。

伐木篇中尚友求，和平今見古風流。綺羅俗態一時洗，金石芳心百歲酬。意遠白華歌大雅，調高玄鶴唳清秋。爲言寶曆文章宴，絕倒元稹還上頭。

天然亭爲西蜀王横水柱史作，有記

摩詰川中景物晞，不煩栽植自芳菲。蘭臺心遠青山待，草閣月明驄馬歸。坐竹静看流水過，移樽閒

數落花飛。主翁慣得天然趣，直道庸知與世違。

東嶽醉眺是日横水柱史延飲

蒼帝祠前開錦席，青玕樹底讀碑文。深杯自可寬懷土，一飯誰能忘報君。地遠祇應瞻紫氣，山高贏得望紅雲。朱花瑤草春風媚，對飲何辭落日曛。

壬子冬北上陸行遇風

自揲囊箱買轡鞍，朔風吹岸翦眉酸。行行呼急征鴻暮，片片飛浮落木乾。竹葉淺黄憐力薄，蘆花輕白覺衣單。笑從吏計囊貂領，十載官資換尚難。

錦城高望分得疇字。是歲大比，予從事外簾。

濯錦江前萬里秋，登臨端不限梁丘。黑泉白草長年備，朔雪炎風無日休。天府文章明梓木，星橋氛祲淨靈州。即看多士楨王國，肯負玄龜錫禹疇。禹，蜀人。

來宭亭高望

來宭孤峰象太微，千家井邑應星暉。城邊二水龍雙會，樓外諸山王四圍。鴻雁西來何落落，雲霞南下故飛飛。一方黎庶知何濟，獨對朱幡愁不歸。

登東山寺

梓州東寺涪江外，駐馬先題大字碑。花木陣陽誼翡翠，亭臺臨水躍罘罳。塔酣靈露生朱草，鶴戀曇雲復故枝。太守散衙無一事，不妨拂石輒盟詩。

東山寺留别限韻走筆

彩鷁欲發涪江涯，攀翻再折青楊枝。青楊千縷數不盡，彩鷁一去來何時。吴宫花飛鶯語切，蜀嶺雪滯雁聲遲。須知丈夫多意氣，豈爲中年難别離。

出蜀曉行野望

曉起驅車控大堤，殘星落落風凄凄。水聲東去滄溟遠，山勢西來雲嶽低。行路説夷雙刃捷，將軍避虜選鋒齊。綠林何處白蓮教，北望青徐烟霧迷。

憶飲西蜀王横水天然亭次韻寄之

綠野融融春日晞，茂林脩竹朮苗肥。峨眉月照清樽酒，巫峽雲連白板扉。王褒金馬詩初就，揚子玄經客正稀。東嶽山前南國夢，何時重採蜀中薇。

送章小山擢南雄太守

從容幕府孟嘉才，笑傲桓公酒一杯。行色未離江上柳，風光先到嶺頭梅。分符横帶黄金重，除道遥迎皂蓋來。他日定徵龔遂問，水衡應有議曹陪。

秋早出太平堤時官刑曹

城外長堤散九皐，西風跨馬看鴻毛。玄湖日破浪花出，鍾阜烟晞氣彩高。緑擁雙林迷冊府，清分三路入秋曹。化深南國無多訟，按轡逍遥拽錦袍。

遍覽牛首山洪覺寺諸勝

盡日雙峰大覺前，摩崖同飲太虚泉。洞深怕犯曇雲合，閣閉驚看塔影懸。步引健僧凌倒景，目隨飛雁散江天。桂梅諸嶺重重見，無奈鄉懷入酒邊。

宿天界寺留半峰上人

深巷虚齋草露溥，高僧淨戒夜忘寒。編籬擬畜白麋鹿，種竹盡長青琅玕。山谷七言雲裏和，楞伽四卷月中看。閒來夢覺游禪去，愧爾彌天釋道安。

天界寺草堂落成後名冠巖行窩

爲闢雲窩附法壇，斬除惡竹可千竿。黄金有地還兹布，明鏡無臺何處安。避俗頻來依佛榻，論心贏得聚儒冠。從前七火都灰末，更向人天一静觀。

楊鷗海臺幕邀賞梅花是日朱射陂駕部、張水庵中秘同賦梅字二首

幕府寒蘤冒雪開，賞心共醉凌風臺。紅芳如約年華在，白髮無情歲月催。門對漢宫看半額，地鄰東閣憶多才。疏枝欲折酬楊炯，慙向孤山歌八梅。

绛唇紫頷陣蒼苔，笑向樽前慰客來。限令不遺姑射侣，陳詩還到柏梁臺。有懷南國將春寄，入夜誰家吹笛催。一自商王收採去，至今同仰濟時材。

懷友寒溪逸史二首

江左十年别，儒冠載道身。芙蓉峰上月，蘭芷意中春。

聚首憶郎水，賡歌想瓠川。金華秋嶂晚，人在白雲巔。

秋蟬

蜕落驚形别，風梢苦自吟。似憐失故我，故我在芳心。

苍蠅

枳棘載飛鳴，屯雲過子城。花朝當席面，添得蝶蜂清。

張羅莫深入

張羅莫深入，迴巖虎豹嗔。一苑博一飽，爾亦被羅人。

江鴻莫耽睡

江鴻莫耽睡，狡獵夜施罛。阿奴曩告急，畏海不敢呼。

伍生小景三首

林光浮遠媚，春色小平分。郎在丹青裏，朱衣點綠雲。

靜會圖書意，匡廬溪水濂。山僧橫杖去，一卷破華嚴。

鳴躍林頭鳥，相呼並欲飛。羽毛聊自試，不覺遠藩籬。

蘭所二首

曉碧上欄干，暖風乍颺扇。春臺雨露深，如對君王面。

芬馥溢階除，倚簷更不語。東風時度簾，線玉抽春雨。

寄何檗樵二首

暑謝秋氣高，鳥鳴山院晚。握手杳金雲，遺經籍誰闞。

玉人隔沙渚，朱箔垂銀虹。所思欲謂之，紫江淼無窮。

懷文衡山待詔二首

數雁來山外，聽鶯立柳邊。黃麻金馬詔，青史玉堂仙。

自爾姑蘇亂，機坊無錦章。人皆矜墨妙，吾獨愛圭芳。

送友人遊國學六首

杳杳清江去鷁，娟娟白帝流霞。東壁文星炳曜，玉堂金馬誰家。

月曉烟分六館，天空寒入疏槐。青鳥影垂碧沼，綠芹香遶蘭臺。

帷褰髦弁雲從，筆落魚龍角抵。金風午夜長號，東溟一浪千里。

影環厢館泉清，瑞滿蓬萊天曉。敻敻彩鳳樓高，隱隱青雲梯峭。

渟渟綠水黌宫，艷艷丹香玉宇。一肩鳳閣論思，可是兔園册子。

淮濟逶迤路邈，帳帷燁耀燈孤。臺閣文章藻麗，月明人在冰壺。

小景二首

石徑雲林幽靜，翠巖碧嶂崔嵬。坐久謾尋花去，喜逢問訊人來。

高壑蒼厓遠道，輕烟綠樹前村。緩步呼僮問訊，度林可是桃源。

雪鴻池上送友人三首

山明林色平分，窗静花枝當午。無端落木蕭疏，驚斷連床風雨。

結義朋鸞樹下，同文並蒂花前。半畝秋容湛璧，一囊林際横烟。

江上風檣桂棹，城南雪案韋編。道阻望憐洄泝，亭孤坐悵清漣。

百鳥圖次韻

南山萬木薦瓊芳，映帶重輪出海光。百羽𪆟翩自高下，似來歡和鳳鳴陽。

渭川張生歸應試

薊北湘南四往通，水濱慣濯連錢驄。這回得路先鞭去，千里塵隨一晝風。

贈友人歸九江

冷月晴窗客下帷，孟軻賢母樂羊機。當年獨解觀興廢，惆悵堂前遊子歸。

春齋漫興三首

紅綠扶春上檻忙，澹烟籠玉度簷芳。佳人不用陳珠釧，高剪朝霞當早粧。

一度春回一度香，是誰遺我紫明璫。扁舟擬入洛陽去，折盡寒瓊二月芳。

花枝瘦軟不禁雨，春日自晴還自陰。隔水竹林上新色，幾竿輕裊助長吟。

泛洞庭

萬里寒光一客舟，漫漫何處問巴丘。楚狂宋聖今都盡，雲浪猶含小范憂。

登泰山

天門高處一躋攀，兩袖牛龍石霧班。曉渡三溪歷三觀，已參青帝非人間。

遊洛陽

黎水安知非澗瀍，龜書曾憶賜當年。金龍綠野春花好，純正兩生時放船。

歷劍閣

兩崖壁削勢相嵚，巴蜀重關未可侵。地險終輸天一着，君王何用五牛金。

題畫幅四首

天籟本來鳴氣序，指頭應解撥心源。絃聲未數鍾期遇，要得春和理性元。琴

多算自能臨敵決，先幾終墮有心裁。且須下氣輸贏上，李廣當年亦將才。棋

架上牙籤賢未觸，壁中科斗典誰刪。要知六籍傳心者，不在區區行墨間。書

雲樹幾重樓外景，江山千里意中行。誰能點破龍睛去，筆底天然弄化生。畫

贈龍門湯劉二生別二首

龍門一派禹門來，龍起何須青草堆。家近南溟春浩蕩，九天雲影欲成雷。

龍門千仞粵江頭，欲起未起浮蒼虬。無端一夜春雲合，洶湧春濤帶雨流。

宮柳

弱線千條拂建章，染成深綠與輕黄。年年白帝勤收取，紉付天孫製錦裳。

苑杏

生香喜色挹朝曦，春滿瓊林錦滿埤。露赤傾丹成底事，倚雲應有太陽知。

觀妓次韻三首

自擅仙都第一花，玉樓珠翠泛彤霞。春風舞亂臨粧鏡，載整嬌紅倚綠紗。

霧縠烟羅玉一枝，明璫斜佩下瑤池。遶筵含笑舉歌扇，苒苒芙蕖進酒卮。

歌徹清詞倚畫闌，名花凝露帶香寒。當時若與梨園會，應訝新粧妬牡丹。

大孤山

江心崛起勢懸浮，獨障狂瀾占上流。可是三山分海外，當年隨浪下南州。

小孤山

亭亭前島戰湃瀧，繼作崢嶸是有雙。爭奈灌波雄萬馬，恨無林立滿長江。

女港

仙嬌溪畔戲蓮時，水作菱花霓作脂。吹斷玉簫人不見，青青洲渚蹙蛾眉。

鞋山

錦漲青璆踏已穿，中江遺下紫金蓮。若非着腳從來穩，禁得風濤幾夜顛。

冬月徑菊盡開

無數金錢籬落堆，賣殘寒綠贖春魁。不將苦骨霜中戰，那得千紅萬紫來。

次韻復湛泉翁寄讀興國生祠碑詩四首

廉吏誰云不可爲，慚非羊祜淚前碑。惟公獨起圖書學，窗草同春茂叔祠。

利民事要實心爲，石泣山頭怕作碑。豈有桐鄉朱邑愛，奉嘗不愧郭西祠。

此心無慮亦無爲，四海同春壽域碑。欲問先生何寂感，自然堂對白沙祠。

名公聞道本天爲，心性圖傳太極碑。立德立言皆不朽，萬年王澤萬年祠。

萬松庵口占二首

新松雜立遍山隈，舊松彷彿連天台。喬柯老蓋堪棲息，時有仙人騎鶴來。

雲根一翠蔽山阿，盡是寒標不改柯。草閣惠風靈籟發，天然秋宇泛笙歌。

贈別

相逢日日畏邊疆，欲去休辭酒滿觴。屋角一株垂線柳，春來如謂遠行長。

元老生孫次韻

相門出相早承休，又見孫詒協燕謀。謾道生兒多跨竈，冶麟長是架烟樓。

丁巳臘月獻績二首

冒雪銜霜入帝京，微勞隨制試承明。七回趨走俱寒月，挨傍春風出禁城。

藹藹東風合曉鶯，陽回應見莢蓂生。九重宮殿曈曈日，梅柳芬芬拂御屏。

白雲山松口占四首山近書屋

鎮郭玉嶙峋，松陰覆欲遍。移我鳳庭吟，看爾龍髯捲。高榮誰與培，芳黛亘不變。本擬避秦人，迫斯可以見。

霜根徹九土，雪幹掀重冥。鱗芬春不蝕，骨老冬還青。棟梁壯鉅室，琥珀延仙齡。世人寶勁節，所重非絲苓。

萬帚卓碧空，林列壓高峙。拔地一千尺，蔽天三百紀。不貴大夫封，寧令御史恥。陡然風雨聲，蕭瑟清心耳。喬松種何時，壽應與山期。風起鸞鶴唳，月舞龍蛇馳。烈士摧擊氣，高人貞秀姿。卧雲此中老，應抱南陽琦。

談元翼舉子擬拉泛江走筆促之三首

聞欲川上去，虚舟櫂明月。筆床卧紫霜，茶爐擎絳雪。雁陣度衡雲，落霞挂天乙。夢魂已奮飛，始興難獨發。初促

蕩滌竹漪秋，翺翔松岸月。青萍抽紫蕖，紅菱披白雪。詩句藻江山，觥籌分甲乙。一片水雲心，擬向空明發。再促

久許解蘭舟，出載羅浮月。晴波風涣文，塵襟天濯雪。卜往經旬時，興來即庚乙。君病未能瘳，滄江有七發。三促

友人别十四韻

悵望清江浦，遊子忽遠辭。咄唶羞舉筆，爲子長相思。子行白日暮，珠光泫江湄。遠送青郊外，秋色黄金卮。丈夫豪志意，百折非所疑。屈伸自有數，前途詎能期。振衣秦日觀，奮翊雲夢陂。豈能

効鶺鴒，回翔百里枝。子年正英妙，浩氣淩雲霓。雪案宿燈火，錦素澄玻瓈。射策君門去，和凝良子師。仰建公傳業，心印登庸奇。涼月千山皜，丹梧一葉垂。感此重悽悄，命駕俱西馳。

小閣碧梧

懸巖深雨露，芳根足春訛。莑莑屯雲霧，幽幽交蔦蘿。高挺嶧陽幹，秀發終南柯。夜月合清影，秋飆揚素波。圭璋啓唐胤，琴瑟成楚歌。直宜寘廊廟，何當肆薪蒭。旭日炯若木，苞鳳翻靈窠。振羽一調節，天地旋融和。

雪堂十二韻

萬翠凍欲折，六霙連八垓。天葩舞奇皦，子夜淩風臺。遶筵摛玉屑，戰齒翻銀盃。豐年兆三白，宛轉封莓苔。羡君構寒潔，取象飛瓊皚。純素表心性，堅忍輸松梅。立門多俊選，乘興舟時來。紅爐點霣化，銀海光昭回。引鶴跨玄圃，披氅行天台。願得四時雪，布地襄崔嵬。天地迴一色，原隰無污萊。矢作高堂主，瞻眺重徘徊。

紫霄社送友人十八韻

短短珊瑚枝，小小瓊瑛硯。論心紫社壇，執卷梯雲巘。東壁奎文呈，西嶼風聲剪。蘼蕪山色連，杜若秋江淺。義重別良難，盟深語自顯。君行白日暮，山色畫圖展。重載良紛紛，征車多嘽嘽。里巷筭師徒，國邑升蔄蘚。白首荷犁鋤，皂夫習村犬。農歸告公急，妻啼鬻鏄錢。虺馮鞭不揚，黃鳥音何謇。嗟彼行路人，論事窮袒跣。秋雨不時至，平壤困蝘蜓。鴻飛遠欲沒，鳳革希以毨。明王寶訓圖，清廟登瑚璉。植彼無告黎，挈此有常典。丈夫志匡世，何能終偃蹇。良會未有期，春華當自勉。

石塘

石塘仰天造，徹底無渟污。崑崙引一線，冰壺注盆盂。晝轉火龍轍，夜吞牛女墟。波湧雷雨作，雲起蛟螭俱。沛然決江河，聊能躍寰區。

己酉入覲夜過鄱陽湖三十二韻

月黑鄱龍湖，無風不可渡。況復金颷鳴，搴帷逆浪泝。舟淺行篋單，不任波濤吼。乾坤蕩欲浮，蛟蜃紛以怖。野靄蔽匡廬，玄雲雜蒼霧。彭澤隱無依，吳城渺難據。橫烟浩淼茫，惡少潛招聚。萬境滅行蹤，百丈迷牽步。青島無前期，黃灣宜早住。長年懶被嗔，晚宿畏逢怒。翺翔課海歌，黽勉不敢訴。長庚沒已深，七宿橫空遡。試險三十里，驚問生煩怖。天地一孤舟，進止渾無厝。擊楫矢中流，必濟勿疑顧。況復覲天顏，遲我惇成裕。戒徒罔復睡，束縛厚衣袽。望氣備風妖，登樓理戰具。橈揮六鷁翰，箭耀九龍韝。旌轉風忽條，星揚光乍露。帆高開水鳴，舟順奔電赴。暖浪濯清蒲，晴洲儼芳杜。鞋島已脱塵，妝臺若流婺。五鼓下龍城，馬當報晨寤。舟子賀同安，推窗慰鷗鷺。吏喜稱再生，僕忻廢朝哺。君子仗皇靈，况復脩候度。海嶽胥護持，忠信天所祚。居常即甚榮，遇變亦孔固。不被鬼神猜，寧令蝄蜽忤。所貴明達賢，抱正履夷素。珍重父母軀，無以河冰故。

終慕圖詩十四韻爲蔣東川正郎題

先民垂大訓，孝思當永言。叔世人心訛，此道猶歌傳。君子崇令德，至性能獨全。披圖見君心，愛慕宜終天。恨不及祿養，涕淚揮松泉。趨庭失音問，入室憐杯棬。仲由列鼎悲，君心所同然。緬懷劬勞恩，廢彼蓼莪篇。我昔聞大孝，所賴有後賢。厥考爰堂構，丹雘疇勤劬。羨君善繼述，顯揚光於前。奏績被恩命，龍翰飛雲箋。宰木發華滋，遂路生蒼烟。錫類刑家邦，庶幾慰百年。

池軒壁上

誰開幽徑窺魚鳥，素椽掩暎芙蓉沼。傍欄錦鯉鏡中遊，渡岸紫烟屏下遶。冷灔高涵翡翠明，清漣淨濯琅玕島。高人澡雪池沼中，芳心與水同紆皦。平以不流隱約多，靜自無波冥會少。百年福澤付兒孫，兩膊經綸歸杖篠。激魚炊黍會親鄰，開軒一醉都了了。醒來子夜月中天，水色山光長是曉。

居所次韻

兀兀一室林石間，風埃不動天地閒。半起半臥白雲榻，欲開不開朱明關。我來學居居未得，南轅北轍牽心顔。中原豺虎踉白日，邊塵澒洞迷陰山。惟願借館蓬萊島，憑仗玉帝分金丹。

答友人惠茉莉花三十四韻

君稱玉主開雲扃，深潭水沃奇花精。短牆曲架就陰濕，長條翠葉舒光榮。蒼竿引入鞦韆院，寶盆徙寘玻璨屏。綠髭抱擁真珠粒，彩雲盤轉南箕星。虚心素性可比德，苾芬顯樸朱紗櫺。君翦冰蕤納芳潔，身自攜贈春風庭。登庭肆祝瓊林彥，芳名直壓蘭蕙馨。白麻一束横綵袖，手擘驚示珠玗晶。數回散瀉怪六出，隆寒雪碎陰山霙。一白已絶天下色，奇香四海無雙清。臨風嗅翻心肺腹，蒲插鬢綠雲流形。伏枕可清莊子夢，烹茶預寘鵶山瓶。寒梅豈得專標韻，暗麝欲比非倫併。間關引載出西土，胡商飄舶何伶仃。漢唐賦客皆不遇，朔方索種無所營。恬風淑氣到嶺海，上品乍出先蜚聲。西樵荒圃久不業，客帷得此連歡盈。鄰家繼酒助清賞，倒裳席地風檐楹。共君舉杯向花語，花神爲惜春林鶯。紅顔綠樹能幾何，單杯難與花爲情。直是長醉花枝下，仰招康節呼劉伶。文章汗漫成何是，春花灼灼朝陽明。物生所貴在世用，仙芝靈草無顯成。君是太華峰上蓮，青幹十丈干蒼冥。醴泉甘露日澆沃，天孫王子挹琪瑛。虞衡冬夏不敢近，採摘豈與凡手攖。我生新甫與徂徠，十圍千尺連山城。上圑鳳蓋偃龍臂，下伏琥珀參霜苓。清廟明堂有興建，當虔榱桷歸蓬瀛。乃移蓮峰奠南郭，人人仰止君子莖。禮箕道隱時未至，花開花落飄風生。酒盡爲君賦長句，高歌且和雝鳩鳴。君酣別去堂室寂，撚花衝夜循溪行。

贈王減刑還京

棘垣竹梧春晝森，使君別去留清陰。祥雲撩啖坡山色，惠風拔拂珠江潯。謾論叔世興三辟，鐸聲不揚徵科亟。減刑歸去言路開，黄麻詔減千萬石。

飲陳氏別墅走筆

芳池鄰淥浮芙蓉，銀絲膾鯉冰漿醲。枌榆落實披唇紅，林森日薄陰交濃。良朋逸興翻蒼穹，共醉波面漣漪風。白相公侯可自封，阮郎誤卻悲途窮。富貴貧賤如飛蓬，時至風雨起虬龍。朱絲自直鐘自洪，梅開豈墮桃李中。清歌且樂一樽仝，水明雲淨天流虹。

雲洲草堂二首杜史澤山令祖號冊

青門雲掩臨江藪，莆陽福海徵黄耇。燕子排空廈屋重，龍孫破浪祥麟九。彤墀紫誥蕩恩波，金花玉葉叢台斗。年年分至盡黄豐，洲人萬戶酣春酒。老翁晏坐澹忘機，長與江山供白首。彩樓珠箔春林晝，崇蘭滿渚輕雲覆。波心日破金花搖，潭底星移縞衣走。觀魚偶濕朱檻裳，聽鶯誤認青溪柳。等閒堤畔坐忘歸，幾船秋秫來郊藪。太平天子億萬年，五色祥光臨户牖。

燕山行樂圖歌

燕山高士情于于，身騎赤馬遊天衢。歌童追逐緊五七，担頭自俎青琅蔬。手裂松關開洞府，彩鸞白鹿群仙子。杯浮綠蟻帶月吞，茗汲冰漿和露煮。人生百事須驅馳，採山釣海無縶羈。緇塵不點白綸幘，短藜自飽黃金芝。日高未起待僧喚，盥櫛出門日將半。剪霞續賦句還工，撥霧尋花春是伴。休哉五季竇十郎，勳庸付兒身居康。大椿上擬八千歲，小酌時倒三百觴。梧臺寶玉心未了，宋狂端冕終詒笑。貳師疲頓覆三軍，勒石幾能稱漢詔。古來功利真夢酣，太行騁轡航風潭。但留底事在人世，暮陶烟谷朝雲巖。嗟嗟燕山亦何有，白石青松兩不朽。惟見高人日往還，蒼顏白石長相守。

江浯溪別歸祁門惜陰院三十四韻

浯溪道人潔且脩，祁山未琢青環璆。手持道錄湖海遊，褒衣博帶澄雙眸。不說羲軒與文周，洙泗濂洛俱浮漚。陽明倡道跨東甌，良知獨致樹旌斿。心性主張與動謀，知行齊舉聖域優。南峻江門嘉會樓，心無忘助得千休。新泉正派江漢流，石城遙訪横扁舟。今賢豈不古聖侔，道本一致無薰蕕。要知博約浚源頭，虞夏咨命垂魯鄒。請君祖述古尼丘，泰山滄海難比猶。鞭農駕昊凌千秋，汗顏哀定走嬴劉。何聞董葛到韓歐，宿病元從寡欲瘳。師心持志回萬牛，照乘明珠肯暗投。君行把袂重綢繆，新都暇日辨龍虬。惜陰院宇清以幽，何年建此追前脩。憂勤當是禹王儔，再來示我莫大猷。聽調天鼓帝樂御玄洲，那數窮簷委巷彈箜篌。

落木語

一葉初落萬葉輕，苦被霜洌風不停。歲歲秋來盡如此，春光又發一番青。一番青，且莫矜，幾能脩幹挺千載，一朝摧剝横岡陵。

歸雁語

一雁南飛千雁隨，洞庭洲外雲夢陂。往年經宿蘆花渚，今來盡長鹿角枝。鹿角枝，無定期，有時黄沙積海島，看爾埋沒水中坻。

乙巳初春午門待漏

密旨傳朱燎，朝儀蹙錦璋。紫垣星乍爛，瓊苑炬爭光。馳道沿無逸，閽人俟未央。縉雲千笏正，朝日一竿強。宫暖遊鳷鵲，池溫浴鳳凰。雪消墀草緑，晴映閣烟黄。恍見端龍衮，俄宣罷鷺行。大夫歸畫省，聖主覽彈章。

留都元旦瞻天排律四十句

寶曆尊王正，天門布憲章。九衢歌作極，四海仰垂裳。待漏趨青瑣，匡時上皂囊。六圖紛獻籍，八彩獨當陽。梐枑彤鋪麗，昭容紫袖長。和風間雉尾，瑞靄覆鵷行。日繞雙龍衮，雲扶兩鳳翔。天顔瞻舜表，春色醉堯漿。蒼玉儀初佩，黄鐘聲正揚。問鼇前御席，受計坐明堂。拊髀情何切，推心道自將。孝思親廟藻，公籍擁郊桑。倏見櫻桃薦，旋歌杕杜章。近臣知霽喜，陪省愛蕃康。意懌周京燕，身熏漢署香。辰猷惭黼黻，國度俯勗勷。買宅依東闕，分幡儼未央。簾櫳通御氣，花木被宸光。歲事饒三禮，農祥足萬廂。臨朝崇粟陸，敷治邁虞唐。

留邸春齋即事

卜居密邇雙龍闕，舉目瞻依五鳳樓。風靜宫雲連粉署，日遲粱燕掠金溝。銜恩剩似沾春宴，入夢頻驚報曉籌。遠近山河環帝輦，方隅文軌會宸猷。陵園葱鬱閒貔虎，閶闔清虚憶冕旒。北極綱維稱大備，南畿儀典絕相侔。赤心補衮惟天老，靖節安邊仗世侯。領部直司錢穀計，憂時還悉甲兵謀。聖明謨烈全超漢，宗社靈長準配周。何用聞鷄狂午夜，更煩擊楫矢中流。

螺西小景

買宅古來求遠俗，近山今得賦閒居。松椽石磴封晴霧，野鹿巖雞馴砌除。紫蕨漫隨黄秫種，金芝還共白雲鋤。月臨樽底騰騰上，氣繞闌前焰焰舒。風雅直宗陶靖節，文章都學馬相如。百年英俊賺唐制，半世功名付賈閭。華髮蕭蕭秋自縞，素懷拍拍谷同虚。長歌謝朓驚人句，高讀柴桑隱士書。此

日霞瞻追去鵠，是誰株守愧飛鸞。驅車擬入螺西境，繫馬先尋班固廬。（以上五鵠別集卷上）

（楊權整理）

全粤詩卷三三六

陶益

陶益（一五二〇？—一六〇〇？），字允謙，號練江居士、江門迂客。其祖本為鬱林人，附籍新會。明世宗嘉靖三十五年（一五五六）以明經授江西永新訓導。博学強記，精易通理。嘗日集諸生，講白沙之學於明倫堂；又構樾墩書屋，讀書其中。撫按交薦，以目疾辭歸，年八十卒。著有練江子樾墩集。清顧嗣協岡州遺稿卷五、清溫汝能粤東詩海卷二一有傳。

陶益詩，以國家圖書館藏明嘉靖四十三年（一五六四）王子充等刻樾墩集為底本。

陶益一

大觀橋泛舟

野曠望無窮，清江對落楓。客船銜浪白，漁火入波紅。擊楫驚沙鳥，題橋愧海翁。因思龐處士，便卧鹿門東。

宴楊子宅觀太史文衡山詩草

芳樽錦席對羊欣，彷佛如瞻白練裙。摛藻縱横攢鳥跡，揮毫燦爛簇星文。金門玉漏憐方朔，識字愁貧薄子雲。太史才華誰得似，每言吳下即慇懃。

江邊送客二首

潮長江邊已放船，離情猶繫柳條烟。倚樓客子今何在，南浦歌殘益惘然。

青蛇出袖尚依依，忽看仙舟一葉飛。簫鼓不聞人已遠，暮雲烟樹正熹微。

秋夕與宋石坡賦別

罷讀悲秋賦，分攜出古城。江山離別地，燈火弟兄情。日暮砧聲急，雲寒雁陣驚。匆匆言不盡，鬱悒對長庚。

江門晚渡

薄暮扁舟出釣沙，數林毛竹護烟霞。濯纓一路隨明月，恍見廬山舊隱家。

有懷不寐作三子詩

三子於予，并世而相顯者也，離合不常，意氣罔間。

唐子定江

憶昔赴選場，與君俱少小。同心畹中蘭，比翼雲中鳥。作賦擬太冲，學書兼王趙。唐音近若何，懷哉山中曉。

關子鶴門

蕭岡關上路，望之阻且長。眷言念良友，輾轉熱中腸。文駕驂兩漢，標格自昂昂。氣象庶相似，瀟灑賀知章。

鄭子濬泉

谷口有佳人，才華席上珍。至理多妙悟，麗藻罕其倫。昔年同筆硯，今日隔江津。念之不可即，夢寐徒相親。

哭王默齋先生

駕駐羊城日，筵開雀舫時。披襟增慷慨，晞髮笑支離。業慕夔龍盛，才追賈董奇。哲人胡遽逝，吾道重堪悲。灑淚聞蒿里，羞蘋奠楚辭。楓林遙引望，三嘆有餘思。

湖上曲

蕩槳横塘裏，尋芳薄暮時。荷花明結子，藕孔暗成絲。

與陳錫泉舅氏泛舟

背郭囂塵寂，開船景物遙。鷗飛閒白晝，鶴叫徹青霄，剛說潮通岸，俄驚水漫橋。臨流同擊楫，幽興未全消。

多病苦雨奉答鄭濬泉

看雲遷，看雨眠。菜甲衝寒出，蜂房背濕懸。多病音書誰為寄，舊游蹤跡爾堪憐。

三水夜別兵憲莫葵山公是公宴留草書因賦

駐節江山靜，開船蠟炬明。樽前方染翰，樓上已深更。月吐朱旗閃，風生畫角鳴。酒酣還起舞，況復聽雞聲。

送李中岡入京

祖帳三城路，春風萬里程。王孫俄已別，芳草若為情。麗日生書劍，垂楊拂旆旌。長安憐得意，遮莫馬蹄輕。

厭雨寄梁仲房二首

簷前日夜紛紛雨，檻外園林處處螢。徙倚獨憐詞客遠，滿途蘭若為誰馨。

深霧籠雲飛石燕，半晴又雨弄蒲蓑。山齋亦有銜泥望，青鳥不來思正多。

過白沙里

湖空鶴散幾經春，惟有青山戀舊人。廬阜荒涼還作伴，楚臺岑寂故相親。紫芝地逈浮烟靄，碧玉樓虛對海濱。悵念昔賢心欲折，莫言憂道更憂貧。

過秫坡釣臺二首得清字

都會江邊望，荒涼舊秫秔。樹瓢藏野色，風笠混秋聲。夜夜烟空暝，年年水自清。羊裘如尚在，期與共逃名。

獨步荒臺上，應憐瀉瀨清。坐來消俗慮[一]，釣罷濯塵纓。水咽石相語，波漂魚不驚。仰看今夜月，還此為誰明。

[一] 來，清康熙新修廣州府志卷一二作『餘』。

秋夜懷譚步鉉

昔年曾共聽秋聲，高閣藜燈一樣明。今夜獨含懸榻愧，紫微空照月華清。

夜坐聞笛

與客談玄坐林樾，見童烹茗薦薇蕨。笛聲何處風送來，文園盡遶關山月。

避喧樾墩得關鶴門所寄京回途中見懷之作用韻奉答

隔海歸來渡晚流，冥冥細雨霎然收。居人同對屋梁月，游子獨棲何處洲。遠樹停雲仍在望，幽懷逸興未曾休。五湖大隱如相訪，鶴氅綸巾定買舟。

送李春官尊翁還家二首

班餞臨流酒半醺，棹歌漁笛謾相聞。懸知此後蘭臺客，時向飛鴻望白雲。

鳳誥樓船秋氣清，蘋花推纜出江明。還家若羨蓴鱸美，須記仙郎祿養情。

與王青蘿先生江門阻風二首

翠竹江村古渡邊，冥鴻數點沒寒烟。濛濛浦口漁燈亂，風急舟横只醉眠。

終風帶雨摧舟楫，逆浪通潮漲海波。信宿江門如有待，昔賢曾此釣烟簑。

命子篇戲呈岳丈張太守

明我曾祖，謚忠烈臣。飛霜兩浙，祀典彬彬。至於大父，藩臬時陳。以勞定國，廟食維新。及爾斯祖，緒纘孝純。簪纓世業，創自其身。嗟予寡昧，博褐綦巾。亦既抱子，聞道未真。命名期爾，令德顯親。爾其勉之，庶幾能人。

游陸熙齋莫鶴巖莊次楊天泉韻

萬竹青青擁釣臺，遙聞雞犬隔雲隈。樹籠日色凉衣袂，風送潮聲入酒杯。新舊比鄰須共好，迂踈野客擬重來。桃花莫鎖通幽處，三徑還應取次開。

書梁浮山扇景夢中作

舟泊黄蘆草，風零白雁霜。此時閒悵望，何處是家鄉。

奉答歐大侖見懷之作

絕俗侖山上，離群紫水東。長年遙念汝，竟日望來鴻。野菊籬邊艷，霜楓郭外紅。可憐秋色好，樽酒與誰同。

春夜别孫小渠歸南都二首得懸字

迢遞金陵道，蒼茫二月天。還家應有樂，送客最堪憐。舞劍星光動，張燈榻影懸。驪歌未終竟，揮手各風烟。

輕風來浦口，弱柳動江邊，客舫帆初繫，歸心月共懸。分攜惟此夜，慶會在何年。獨有雕龍約，長安贈馬鞭。

送何善山先生赴工部

別路攀留切，離筵鼓吹雄。此時沾化雨，何日坐春風。鶴擾行臺下，梟飛畫省中。仰懷良夜月，千里幸相同。

喜内弟張蒙泉惠鶴四首

眷此青田鳥，來居小樾林。欲鳴先顧影，誰識九霄心。
眷此青田鳥，相看意未歡。共期齊六翮，大叫出雲端。
眷此青田鳥，猶含碧落情。不能為若主，深愧九皋聲。
眷此青田鳥，丹砂頂亦奇。他時詞客訪，遲爾報吾知。

暮春迓琴士出廣

貪賞珠江寺，快登鎮海樓。攜琴臨水岸，待客上蘭舟。春色濃於酒，烟光遠接流。願諧修禊伴，促膝傍林丘。

與李逸士留別二首分韻得舟字

行酒賦詩興未休，謫仙臨別又相留。棋聲不斷江村晚，風折蘆花傍客舟。

別路寒生欲暮秋，蓼蘋紅白亂汀洲。江門此夕華燈望，疑是當年李郭舟。

送友入京兼寄姻親倫禮部

祖帳對芙蕖，清樽綠蟻虚。風烟凌島嶼，瞻眺欲蕭疏。怕别渾無語，臨行願有書。因思倫穗石，辭賦漢相如。

俞一木先生高尚乞休别後補贈

解組貪泉石，抽簪戀釣筒。白蓮懷社内，黄菊想籬中。廊廟情雖篤，江湖夢已通。乞歸如邴溴，招隱羡梁鴻。桃李瞻依切，冠裳出餞同。遺榮名愈重，拜送意何窮。桂楫搖波碧，蒲帆背日紅。離顔搔短鬢，去思結深衷。一木飛霞迴，三鱣宿霧籠。追攀不可及，翹首仰高風。

陳北溪赴任省親臨别有贈

白沙翠竹古岡州，羡爾衣冠向此遊。入境喜迎仙籍彦，趨庭應見海陵侯。龍光出匣星河動，鷁影搖波日夜浮。慷慨共期千萬里，壯懷休倚仲宣樓。

許吾野觀競渡詩二首索和為次之

龍船出海競相催，擊楫中流亦壯哉。猛氣已隨飛浪急，雄心爭喜奪標回。投湘角黍仍堪具，吊屈辭章未易裁。江畔往來人擾擾，不知誰負洛陽才。

乍雨初收潮欲平，遙聞隔浦有歌聲。湖邊過客依依望，橋上遊人故故驚。忽見鵁浮波浪出，俄喧龍躍海濤生。酒闌盡日不歸去，采采芙蓉還濯纓。

謁林梧窗先生祠

不見林宗面，先摳孺子衣。名祠瞻俎豆，絳帳想光輝。洗硯池空在，藏書室已非。蘚碑摩讀罷，悽惻欲歸依。

展墓歸哀感

歲時瞻拜倍傷神，回首中庭淚滿巾。斯道未聞緣底事，直慚溫飽負吾親。

賀陸熙齋先生令弟新居

結廬偏喜近山城，中有幽棲若畫成。花影不隨流水去，月痕依舊浸溪明。壺觴杖履渾堪樂，琴瑟塤箎亦並清。莫訝趨庭年最少，陸機吳下早知名。

蕭侍御母李夫人貞節

慨息夫人節，冰壺一樣清。鳳幃雖乍合，鸞鏡永孤明。錦誥承天寵，朱衣共子榮。台烏時哽咽，風木重含情。

蕭母陳節婦

誓從相國彦，節比共姜賢。束髮憐中路，孤燈憶盛年。一經勞自授，三徙豈徒然。此母信難得，還應青史編。

夢白沙先生與予外祖陳洪齋翁至授予數言覺賦二首

洪翁領鄉薦，不仕，享年九十六，先生門人也。

二老因何夢裏逢，虬髯鶴髮盡仙容。至言餐後猶如見，月白堂虛五夜鐘。

紫芝眉宇共依依，手示青囊意已微。夢破自知還自愧，屋梁空見月斜輝。

江中曉泛有懷二首

晴光浮野外，曙色滿江中。不見西方月，空瞻北斗鴻。魚龍迎伏浪，舟楫擊長風。有美家何在，瀰茫一水通。

已閱通津路，猶聞報曙鐘。閒情方欲遣，別興轉加濃。鮫室潭涎斂，蜃樓海市重。美人知不遠，惆悵隔芙蓉。

遊宋皇陵二首

郊原望望皆禾黍，寢廟蕭蕭哭杜宇。薜碑讀罷俯閒階，月明初照青楓樹。

門掩藤蘿歲月老，寂寞龍宫長青草。野人不解悲前朝，行歌互答松陰道。

過三忠祠

白浪浮孤國，青山托古祠。英雄今尚爾，胡虜竟何之。殘壘荒烟斷，寒雲野徑垂。因思岳武穆，心事愈凄其。

題蔡先生旌獎卷

共學西山蔡子家，執經吾已愧侯芭。魚龍夜雨爭聞鐸，桃李春風解作花。白髮青氈推宦況，蘭臺柏府重聲華。逢人且莫嗟遲暮，會拜鸞書慶末涯。

戊戌秋譚少鉉與諸賢父兄為予祈嗣大雁山賦此奉謝時予受室幾四載矣

酌酒風前禱，敷文壁上留。山靈如有識，玉燕定相投。桂菊香將發，雲霞翠欲流。辛勤謝使者，欣記此清秋。

僻居得關曼貞遠寄用韻以迓之

莊家竹埤遠近訶，沽酒樹下對漁蓑。覺坐班荊市井隔，聞歌子夜離違多。書札昔負幾回約，旆旌今能千里過。褰幃散帙喜不寐，月白紛紛懸薜蘿。

重陽與諸友遊圭峰二首時聞邊報

招攜九日上圭峰，雲擁禪關鳥道通。石室有僧談桂父，玉臺無地訪芝童。黄花帶露垂幽徑，白雁鳴霜翼疾風。愁憶邊塵秋又暮，獨彈孤劍倚長空。

峭壁巑峰石徑斜，玉臺風致小南華。相逢且試登山屐，有興還期泛海槎。爭説六師隆漢節，厭聞千里動胡笳。彤雲極目忘歸路，野菊離離無數花。

聞雁

船上三更後，天邊一雁過。遠聲聞浦口，清影落漁蓑。故國猶憐汝，他鄉更奈何。因之感同氣，惆悵向烟波。

小金山風雨阻舟越二日喜晴

秋風掀野寺，秋雨暝山城。信宿舟仍滯，羈危夢亦驚。花魁紅葉定，羽客縞衣明。天色今將好，江潮莫待平。

題四皓圖

路入商山幾度春，棋聲隱隱隔紅塵。科頭箕踞者誰子，恐惹儲皇入問津。

重陽雅集次韻答黃矅庵譚天池二先生

滿徑秋風動藥欄，菊花何事故開難。不緣九日頻催句，那得詩人會掃壇。睡鴨吐烟浮小篆，飛鴻排陣破輕寒。山齋酒熟長宜醉，莫把茱萸着意看。

念行客

悠悠江上水，軋軋江心櫓。櫓去遠不聞，水青長自睹。感此傷離别，凄凄對南浦。行客將焉如，官河楊柳舞。

棗林聞除夕

雪消遥望五雲深，萬里尋春到棗林。今夜獨添遊子淚，明朝應是隔年心。

走馬即事

凌晨走馬心如火，到處看花跡似鴻。鐙上日抽金箭羽，腰間時擊寶刀雄。風生袂薄嗟何及，野曠天連望不窮。鳷鵲蓬萊遥問訊，五雲繚繞是龍宫。（以上樾墩集卷一）

全粤詩卷三三七

陶益二

寄南塘山人梁仲房四首

仲房解組，屬意横山故廬，聞有灌園之趣，作詩以寄之。

南塘風物近如何，白鳥青山向緑波。開徑欲聯羊仲侣，不妨城市一相過。

最愛南塘水竹居，野人時共摘園蔬。興來不剩郫筒酒，架上惟餘玄晏書。

見説横山即翠微，更聞茅屋製荷衣。林園日晚無人到，阿對尋源不記歸。

比鄰莫肯話桑麻，旋對横山學種瓜。遥憶舊時彭澤令，抽簪疑衹為黄花。

偷閒

步入林園已暮春，白雲流水最宜人。日長臺榭渾無事，惟有黄鸝相對親。

雨霽接唐户部定江翰墨棋子漢文賦以答謝

殷勤來遠翰，文采對紅蕖。水面浮烟斂，泉聲積雨餘。觀棋推子静，讀賦憶相如。三謝仙郎惠，離懷何以舒。

席中與表弟聶惟化留別時將赴春闈

海內弟兄燈火夜，天涯風雨芰荷花。酒酣按劍心千里，莫唱驪駒易憶家。

歲晏送客

張帆嗟歲暮，逗浦候潮平。酒醉離歌響，風高落木鳴。求仙虛作計，訪戴實多情。他雨維舟地，勞君一寄聲。

江門行送何檗樵入京

送君出江門，江荇牽蒲藻。上有仲宣之危樓，下有王孫之芳草。我向行人問路遥，云有盧溝之古道。古道青青楊柳生，粉署仙郎赴玉京。樽前此別未足惜，丈夫從來事遠征。

遠征曲

拔釵買長劍，甘吞馬上雪。不斬樓蘭回，愧此閨中鐵。

泰和胡仰齋先生以詩謁先大夫祠行矣猶遠寄相期用韻奉答

使君勞顧盼，先廟藉輝光。彩筆留佳句，奎星照短牆。相思人已遠，入夜夢空長。欲往從之子，蒹葭白露蒼。

贈安山人出粵

山人學老子有得者，出粵，以詩贈之。他日馭風騎氣，尚相俟於五嶽云。

雅知安期子，蹤跡寄人間。紫氣浮空嶠，青牛出故關。圍棋消白日，靈藥駐朱顏。一旦生新羽，飄然何處山。

秋江憶别

九月授衣憐此日，長途遊子憶前秋。曲終江上人何在，腸斷芙蓉不繫舟。

詠劉子春臺

劉郎洞裏築春臺，百囀流鶯任往來。文檻露凝楊柳合，翠幃風動薜蘿開。荊花恍似田家見，玉樹渾如謝氏栽。此景獨憐便逸興，幾時招隱白雲隈。

登小金山用東坡韻

流水桃花笑客來，步虛重上妙高臺。尋僧傍柳纜方繫，打鼓鳴榔潮又回。遠近坡山渾入望，蕭條庾賦莫興哀。春風擬寄江南信，定折梅關積翠梅。

遊飛來寺

兩年三度過飛來，識面攢眉祇古臺。商舶不聞鐘梵去，漁燈仍傍鷺洲回。功名絆跡心彌淡，兒女關情夢亦哀。悼洵子 遙望白雲何處所，獨憐新月照青梅。

夢洵子覺而傷之

愛爾故懸今夜夢，見予猶似昔年時。醒來意氣俱寥索，涕集寒衾有所思。

夜過雪浪閣懷羅念庵先生

廬峰飛錫曾虛負，雪夜乘舟亦浪圖。遙憶石蓮難覓處，奎星空見照江湖。

訪雞鳴山知友舊館

金陵浦口繫行舟，又向名山作勝遊。鐘磬近聞知上界，烟霞遙望覓前修。清虛別館春長在，燈火重門曉未休。偏憶故人三太息，雞鳴深處重夷猶。

過儀真憶何善山先生

先生昔按部儀真，期予計偕一會，不果。今來，先生已矣。臨河憶之。

千里相期意氣深，廣陵曾寄隔年音。今來埧上看流水，暗憶當時悟道心。

寄子

丈夫志壯將行日，遊子顔增已別時。風土異人驚遠夢，烟波牽纜結長思。承家有賴箕裘業，愛爾無為輕薄兒。萬里寄書書未盡，願言常取昔賢師。

泗亭懷古次碑刻韻呈同年高淳陳活泉

沽酒維舟沛上回，泗亭躑躅更銜杯。共傳此處瞻王氣，不謂清時陋漢才。禾黍漫荒戲馬地，烟雲長護歌風臺。金輿玉輦無消息，瓦落垣摧燕雀哀。

過邳北望有感次韻答同年吉水王畏齋

邳驛路邊催棹發，中官船上聽雞鳴。天涯異跡悲萍梗，海内同心敘弟兄。飛鳳翔鸞趨禁苑，紫垣黄屋認重城。嗟予世世承恩重，敢向清時負此生。

識夢

昨夜三更夢故鄉，分明記得舊橋莊。窗兒隔水千花合，亭子迎風八桂香。理客釣絲情共適，宜人棋局興偏長。醒來又在江湖上，吹劍樽前漫舉觴。

濟南途中背馬有感

昔年抱膝幽懷遠，今日乘鞍猛氣多。時事不同應悵念，風塵無賴欲如何。莊家矮坑炊新黍，官柳垂條匝舊坡。極目紅雲還吹劍，長安花好待人過。

寓金臺答東道蔣十二秀才

離居忘澹泊，對酒肯蹉跎。客裏春光異，京中世味多。不辭惟藥物，難遣衹詩魔。薏苡行吟失，羞稱馬伏波。

送朱梅南作教南谿

蘭溪、湯溪，俱廟食予曾大父忠烈公。茲因朱君行，重有感焉。

都門追餞小光庭，萬里遥占有聚星。爭說青氈惟樂道，肯嬿絳帳但傳經。泉尋瀫水淵源遠，路過蘭溪紉佩馨。作别因思忠烈廟，黯然含意向郵亭。

廷試日自述

五鳳樓高畫棟輝，祥雲瞻望自依依。金鰲日焰螭頭動，玉蝀風和燕子飛。上苑花陰臨複道，中台柳色入簾幃。微臣短策誠何補，愧對丹墀向晚歸。

過太液橋

太液雙橋鋪碧波，仙壇黄蓋結紅羅。堆雲倒影湖中見，積翠流光雨後多。日照紫垣花色艷，風生青瑣鳥聲和。九衢瑞氣瞻依近，恍惚驚如夢裏過。

觀王右軍則帖二首

舊帖新裝出戶庭，書家尤喜認蘭亭。畫沙我懶將成癖，一任楞伽混道經。

萬丈雲烟掃碧空，縱横揮劍截長虹。居然悟得真書法，果信籠鵝筆最工。

與復侄錦衣赴宴天壇樂觀

晴雲爽氣滿高臺，碧瓦雕闌接上台。卻喜當筵聞玉磬，不妨竟日覆金杯。垂楊宛轉鶯初語，細草留連騎欲回。萬里烽烟憐小阮，可無佳興擬重來。

會賞朝天宮牡丹

相逢都下豪華客，盡愛人間富貴春。忽憶舊時姚魏宅，憑闌為爾一傷神。

秣陵行

秣陵自昔稱豪華，五侯七貴萬人家。通衢鱗集陳珠玉，紛紛遊騎盡堪誇。紅粉樓頭明媚色，偷眼憑闌嬌無力。清歌妙舞艷陽天，玳席瓊筵歡無極。朱簾繡幕攢晴烟，銀樹瑤林花爭妍。拾翠涂黃日將午，金鴨香銷春可憐。燕子飛飛解秦苑，桃花片片笑劉阮。時聞蕭寺禮鐘聲，恍惚歛吟亦經卷。幽軋移舟上新河，平市三山路轉多。呼朋挈榼背驢去，流鶯聲滑薰風和。我生性僻好奇古，牛首雞鳴偏欲睹。凌虛一望揚子江，魚龍變化鼉鼉舞。振衣回來向柳濱，柳濱蛾眉裝束新。翠袖紅裙拖白練，三三兩兩動香塵。自言兒家好門戶，夫婿前年作大賈。大賈射利久未歸，口脂面藥皆黄土。仙郎仙郎何處來，如曾相識無相猜。恐是十洲三島客，翻疑泛海濟川才。世間爭說奇男子，鞭霆逐電走千里。鶱翮遠翥辭故鄉，慷慨悲歌燕趙裏。嗟我聞之不能聲，千愁萬恨難為情。衹今感爾重離別，何況春風萬里程。因思莊家有至樂，酒熟稻香坐田角。生平少讀幾行書，蚤眠晏起隨意覺。因此回頭語深閨，女兒莫作賈人妻。更推一語自相囑，男兒莫與賈人齊。富貴榮華何足道，古言在家貧亦好。囊琴籠鶴賦歸與，笑殺王孫怨芳草。

胡姬曲二首書蘇武別歸圖

漢子辭歸跨塞騮，飛塵沙磧淚難留。依依望斷南天雁，羞澀愁添獨倚樓。

海邊持節已乘騮，鴻跡分明雪上留。今夜不知何處去，斷腸纖月照妝樓。

同雲都何龍川至南京會令叔紫壇宴留敘舊別後有懷

二阮幸逢豈偶然，通家還羨爾多賢。離杯滿酌南雍酒，別路俄驚北薊烟。奔走直疑青鬢改，風塵長賴故人憐。相思入夜不成寐，何處秋聲來遠天。

望西山

期一友同遊不果，聞其出京，悵然念之。

門對西山喜結鄰，那知爽氣忌遊人。雙鳧不見空留舄，吟望停雲獨愴神。

閨辭贈遠次韻效唐

細語郎前覺黯然，離筵況是菊花天。杯盤有淚還偷眼，楊柳無枝不贈鞭。去路風晨遲可起，回舟雪夜早宜眠。春來喜鵲檐前噪，妾定倉忙理翠鈿。

九日白塔寺讌集戲呈黄年兄廣臺

瑟瑟蒹葭白露蒼，燕京佳節又重陽。黄花未吐籬邊艷，赤實先臨掌上香。石塔影斜參轉語，風箏聲斷聽伊涼。酒闌擊劍心踰壯，不為蓴鱸憶故鄉。

衡凌南還杜韻

樓船風急傍疏林，霜葉含烟影尚森。雪絮霏霏侵薄暮，冰凌片片積輕陰。村家欲借衡篙力，客子仍多戀闕心。江上偶晴天氣好，棹歌齊發亂寒砧。

返樾墩書屋

京國初歸啟舊扉，文園門巷柳陰肥。靜看鳥雀巡書案，閒釣菰蒲坐石磯。容易衹沽鄰媪酒，疏庸聊著野人衣。素心久已如禪定，不是年來始息機。

春日讀姻親瑤石黎內翰與傅丁戊山人詩因並奉懷

太史清才誰可擬，山人麗藻世同珍。文園久切瞻台斗，蓮社長懸夢葛巾。海內交遊稀見面，天涯吟望可憐春。夭桃樹下暗相憶，何事流鶯啼更頻。

寄姻親浮山梁中舍

君回我去南天遠，君去我回北望頻。萬里風烟憐別夢，長年奔走憶清塵。鑾臺早識承恩舊，鳳沼多傳染翰新。何日梁園重載酒，問奇拚飲道吾真。

重九戲答當路諸君

正當重九與詩會，何況白衣送酒來。上客不須催羯鼓，菊花元為野人開。

十日賞菊二首

重陽風雨，次日入社補會，拾得看字。

重陽風雨會應難，隔夜秋香興莫闌。記得先人詩句好，菊花還擬臘前看。

十日初收宿雨寒，詞人攜酒快登壇。黃花解放應重醉，好向籬根取次看。

識夢

夢方山人適粤，與予同遊，過石門，入白沙，無愛於道路也。未幾，聞山人果寓羅浮矣。作識夢一首以寄之。

多年空擬卜芳鄰，此夜奇逢夢即真。公甫宅前如共醉，隱之祠下恍相親。曾知衡岳棲高士，未必羅浮厭異人。望望飛雲烟鎖斷，可誰跨鶴越通津。

坐月聞歌

白苧初成夜氣清，竹枝裊裊壓雲生。自慚默坐澄心客，辜負玲瓏月下聲。

開歲復入京寄答梁南塘

湖海歸來一歲除，春風相送出吾廬。昔曾悵望南天雁，今又驚臨上國車。懷土易增遊子夢，問津難覓故人書。何時共釣江門月，散髮扁舟賞自如。

夜聽閘河裹號歌

沿河舟盡發，牽纜號齊鳴。客夢驚初覺，離愁怕此聲。行雲中夜遇，折柳幾時生。頓識長安近，茫然感慨并。

沙河煮蜆憶館中諸友

沙河屬兗州。一日阻淺，諸童僕下水，拾得蜆子甚眾。羹成，氣味與吾省無異。觸物興思，能不依依哉。賦詩以志之。

啖蜆論文二十春，蜆多時共結交親。今來煮蜆遥相憶，誰識江南海味真。

喜王瓜

路入東昌停客棹，時逢長夏覓王瓜。縈藤摘去初懸實，並蒂持來尚帶花。即見雪梨差可擬，因知冰藕未全誇。炎途得爾心偏喜，欲學青門老圃家。

夜雨泛河

掠柁驚檣燕，花泥濕欲流。獨疑今夜雨，偏灑泛河舟。易識歸來路，難尋舊倚樓。含情一長嘯，羈思轉悠悠。

懷溥侄

昨年同爾住京師，被月對花長話時。今日與誰歸粵海，月明花發倍離思。

懷幼子

澥子近何如，長途頗念渠。昨聞來者說，知認大人書。梨栗真能覓，聰明似不虛。何時攜薄宦，就我草玄居。

楓橋夜泊

姑蘇船上月溶溶，獨繫楓橋客思濃。雁影又微江又永，寒山寥寂但聞鐘。

錢塘江夜泊

夜泊錢塘酒半醒，驚聞潮長漏聲停。舟人寤説江頭路，蘇小門前楊柳青。

訪西湖憶太白山人二首

西湖昔隱太初時，月下詩多幼婦辭。今夜自尋湖上路，沉吟對月費相思。

不見山人孫太初，詩囊空落舊閒居。湖中籠鶴知何在，蒼柳長條春自舒。

遊觀音山

山屬韶州，巖洞奇絶，殆人間罕見也。

觀音山下暫停舟，鴻跡依然憶舊遊。俠客倚欄延眺望，篙人喧語莫淹留。爐烟出洞鐘聲杳，瓶水涵花梵宇幽。笑我江湖多孟浪，十年奔走剩離憂。

別鄉人入永新河

島影盤河出，灘聲竟日懸。漫尋多士里，聊上永新船。魚雁空分去，圖書自渺然。奚奴忙料理，催棹截長烟。

四相書院夜坐有感

青藜燈火照書幃，上相堂虚月并輝。深夜乘閒還打坐，侍童怕冷盡求歸。懷尊久客情偏重，縮地非仙願獨違。心折此時聞蟋蟀，更堪聲雁又南飛[一]。

[一] 飛，原作『歸』，據清顧嗣協岡州遺稿卷五改。

次永新冬至

鯉魚風起過禾川，僑寄俄將臈月天。籬落有花淩白雪，葫蘆無酒任蒼烟。思歸未作陶潛賦，入夢空驚范蠡船。至日又增明發念，頓令簪組祝堯年。（以上樾墩集卷二）

全粵詩卷三三八

陶益三

題雪景

幾度尋梅出帝京，冒寒驢背句偏成。霜飛澗道瑤華潔，霰集雲根玉屑清。

涼風至

何處涼飆發，庭前落木知。初秋爭淅瀝，薄暮轉凄其。感舊心千里，迎寒酒一卮。霜花搖未見，吹帽接疏籬。

觀飛奴

愛爾飛奴翥翮輕，憑虛遥望轉關情。日邊似露奎星影，雲裏如移玉珮聲。

乙丑秋喜家賞月二首

憶昔中秋客異鄉，自憐形影倍凄涼。今宵對月庭前拜，喜見兒孫學雁行。

還家最喜過中秋，塔影闌階菓亂投。老大恐妨少小樂，自邀明月上高樓。

承諸公約赴丞廳之筵賦此辭謝

閉戶何曾一著書，吾惟守拙愛田廬。疏慵易就比鄰榻，貧病難參長者車。白鳥江干隨早暮，紅蓮浦口對清虛。愁來益厲躬耕志，欲學龐公恐未如。

館中書懷二首

昔曾結客少年場，此日南窗納曉涼。非為浮名難繫縛，祇緣多病切江鄉。靜觀水鳥機心息，閒笑時人局面忙。我欲朱明詩作社，長吟採藥跨青羊。

蝴蝶雙飛出館中，夢回空憶舊行蹤[一]。茂陵病去思偏遠，彭澤歸來興培濃。瓜地半開紅蘂盡，菜園全破綠陰重。何時定取羅浮約，一榻橫加四百峰。

[一] 憶，清顧嗣協岡州遺稿卷五作「記」。

鶴門關念齋見寄所作朱明詩帖書法並佳因以懷之

朱明棲別駕，劍氣發長虹。忽睹詞章麗，還驚翰墨工。鳳毛元自異，驥足竟誰同。幾度遥相憶，停雲入望中。

秋夜撥悶

斗轉河明夜未央，新涼移奪芰荷裳。蕭條作賦疑盤谷，老大悲秋憶醉鄉。月色滿林窺竹牖，砧聲何處到山房。浮雲目斷心如水，習靜時燃安息香。

別道人

白面長髯云有道，餐霞吸露好居樓。須臾一別秋山暮，月色微明松桂幽。

寄道人

偶讀黄庭欲寄音，聞君今已戀琪林。誅茅結屋雲山裏，衹恐雲山不住心。

聽里中諸談

鄉園昔别已多年，月旦今評孰最賢。老我但知閒是好，絲瓜藤下枕書眠。

聞寇擬呈吳督捕

寇至鄉村多廢宅，人憂離亂半投城。龍旂即應羽書急，雉堞隨消烽火明。緩帶輕裘揮遠戍，圍棋别墅繫長纓，知君不數將家種，豈向轅門漫詰兵。

寄吉安顔山農

念昔青蓮舫，逢君白鷺洲。行藏雖各遇，氣義實相投。畎畝躬耕樂，雲山力學優。衹今成闊别，千里思悠悠。

寄永新諸同志

昔入鰲城路，居連君子鄉。襟懷皆道器，文采悉天章。卞璧終知遇，隋珠莫韞藏。相期如霽月，千里共清光。

訪避居

聞君避寇北郭中，蓬户繩樞孰與同。澤霧有天空隱豹，樓臺無地自清風。經書滿腹堪行義，宰木關心欲即戎。回首舊遊增感慨，可憐世故轉忡忡。

即景

風暖蜂房放晚衙，芰荷香氣度窗紗。誰延入夜新來月，照見池塘遠近花。

贈江光明二首

忽憶淮揚萬里船，俄遭目病苦經年。長安市上多靈藥，誰似進賢江二川。

江子來從金馬門，原機妙處絕塵奔。這回海上龍睛活，不謂醫人不姓孫。

悼黎蒼字

奕世鳴珂盛，多君結綬榮。參藩新駐節，選部舊蜚聲。豈料星空隕，翻憐墓已成。松楸聞鶴唳，掛劍不勝情。

悼宋石坡及逝去諸良友

惜共雕龍日，懷同並馬年。別離今隔世，愁望亙長天。宿草萌哀念，生蒭結奠緣。所嗟二三子，才藻總堪憐。

憶先兄

青春伯子先捐館，白首慈親舊倚門。泣向紫荊疑是夢，愁聞孤雁欲銷魂。棄繻偶得燈前認，遺事堪於月下論。三十年來多涕淚，鶺鴒相急在中原。

窺園有感

數株桃樹小園中，結子飛花花欲空。惟有柳條生意別，遶池終日媚東風。

秋興

攜舊醅，步荒臺。臂鷹人不見，題鳳客還來。野酌莫將文字飲，幽懷先向菊花開。

書待漏圖

玉宇晴光發，金橋曙色明。傾葵今在念，炙背舊多情。

大鴻臚蘇州吴葵陽寄來詩札中及麻城劉思雲杭州夏靜郊二錦衣雅意因次韻並以答之

遠客下庭除，遺予隔歲書。中言多藥石，北望憶襟裾。入直推公寺，承恩宿帝廬。江湖客病吏，頭白賦閒居。

代躬答謝陳邑宰

側身湖海犯風波，皮骨空存可奈何。推德一生全未有，引年三族愧猶多。虞鄉久病虚書籍，梅福幽棲戀薜蘿。岸幘野袍難見令，為言吾已聽絃歌。

禪庭夜坐

尋幽養病惟依寺，心了身閒祇愛僧。幻界夜來窺色相，杳然空見佛前燈。

別行客

儂門復幽閉，即車臨遠道。隱見雖頓殊，一生同懷抱。懷抱人不知，結以長相思。

寒夜有懷

半夜長空風乍生，茫然四壁盡濤聲。綈袍不改寒涼色，雪舫徒含舊故情。偶記蠡湖驚感發，曾依漁火傲凄清。祇今病癖便幽逸，喜聽簷前鐵馬鳴。

吳部院使人問疾醫來既辭謝自詠二首

上客姓名臨草莽，山人貧薄欸蔬筵。烟霞痼疾知難療，任說南華第幾篇。

攢眉不作白蓮人，泉石膏肓病已真。竟日閉門惟謝客，祇餘鷗鷺自相親。

甌臺譚少鉉閫中書來問疾賦此答謝

歸病久蕭條，聞君位獨超。威名唐李郭，節鉞漢嫖姚。千里題書到，片時積熱消。交情勝藥餌，持以報漁樵。

病間閒行二首

曾聞傲吏懶梳頭，我插黃花喜病瘳。努力餐餘無一事，過橋穿出水邊樓。

梧桐葉盡冷秋光，乍出驚看鬢有霜。回首烟霞高閣裏，空山無恙任相羊。

訪僧玄虛未面題壁

招提烟霧暝，古刹迷幽徑。參禪不見僧，翻疑僧入定。踟躅山門中，梵劫總虛空。

看春

臘月迎春天氣和，翠眉半已著輕羅。柳條舒眼青樓上，惟有詞人幽興多。

人日過漁家曉酌

曉從漁父訪新年，觴至杯傾任自然。旭日未消紅杏雨，薰風先散綠楊烟。攢茅作字都飛白，削竹談經祇太玄。征蓋豈堪頻接引，醉懷疏曠落江邊。

春詞

蠶齊忙著採桑行，隱隱春雷作磨聲。枝葉揀殘歸未得，惱人風雨不時生。

紀春遊

淡淡春風管歲華，尋芳青野水雲賒。賓寅坐對忘憂草，餞照行臨銷恨花。謝豹夜啼驚客夢，江豚晴躍動仙槎。幾回欲盡黃金飲，祇少前村大酒家。

元夜經過象岡書院

書院街前聞柝聲，寂寥燈火□□明。所嗟室邇人何遠，欲就棠陰悵獨行。

丁卯春偶述

爾來醜虜不攻營，細柳殘條分外生。里閈剛逢春事好，又聞人說虎縱橫。

新正謁陳白沙先生祠

東尋祠下路，一徑入丘原。地僻烟蘿合，亭虛鳥雀喧。哲人云已遠，心事可誰論。拜罷碑前立，春風空掩門。

書織錦圖

姊妹渡雲海，遥窺夜織顏。報章誰鬥巧，容易落人間。

識夢

夢向天邊折玉蓮，玉蓮化作一髯仙。人間此夢誠何夢，疑是濂溪託舊緣。

期宿象岡書院不果因懷善山先生

象嶺曾懸想像歌，今期一宿未能過。星辰果似何時見，爝火空疑此夜多。表碣蘚苔迷翰墨，鄉坊烟月憩松蘿。懷賢又切西江路，惆悵東風向逝波。

海棠

賁園心遠不聞喧，淺白深紅繞砌繁。睡足窗前殘蝶舞，翩翩猶戀太真魂。

櫻粟

清風不棄野人家，裊裊紅妝柳外斜。長日憑欄貪看汝，無人知道米囊花。

見乞食

淵明乞食，東坡哀之，為其言大類丐者口頰也。予於斯人，若加賞焉。豈坐迂癖而不近人情哉！無亦莊子取無人生百役之累意耳，故領聯並舉，以發其旨。

緩步低聲訪我頻，知懷一飯故來親。莊生尚取骷髏語，陶令常存飢餓身。短錨行隨還似樂，浮雲看到不如貧。因嗟世路皇皇者，惟有伊人是任真。

答閩陳梧岡年丈時聞其仲子被圍得釋故末聯及之

京華作客常為侶，嶺表還誰事遠遊。三島鳳簫嗟已隔，五雲梟舄憶同留。横經館閣君何雅，短髪江湖我獨憂。次復征求戎馬急，白眉乘月嘯登樓。

寄答大郡博雷曹山先生兼令姪禮部郎潤溪先生

送客上河梁，裁詩寄異鄉。青箱懷外翰，皂蓋仰中郎。嶺海魚書渺，湖天雁字長。春風回首處，梅柳又蒼蒼。

登讀書嶺

鷲嶺連雲擁翠屏，讀書人去鳥空鳴。捫蘿登覽無烟火，瀑布猶懸打麥聲。

遊幻化巖

白鶴峰前躑躅紅，何人蟬蜕此巖中。劫灰臺上一懷古，回望長吟天地空。

春莊雜興四首

池塘芳草足歡娱，次對南山日已晡。懶散不知春意鬧，灌園猶倩一長鬚。
門前車馬不相聞，定息焚香坐白雲。遠近鄰莊無曆日，種瓜常擬待蜂分。
垂楊臨水復臨堤，烟鎖青蕪石徑迷。虚閣草玄時一望，對巢燕嘴落芹泥。
邇來芳信總無憑，花茊蜂房日欲增。春水又生溪上緑，榕陰破暇設魚罾。

修禊二首分韻示罰

上巳攜壺出翠微，興來猶欲典春衣。十千美酒誰家有，遙指青帘不忍歸。
嵐烟收雨日初長，花鳥吟餘泛曲觴。安得川流通作酒，與君判飲潤詩腸。

織婦吟二首

歲歉望蠶熟，絲成當粟看。殘機聲欲斷，又得夜春寒。
繭箔誰收斂，機絲自忖量。祇愁繒帛少，無褐奉姑嫜。

莊次暑雨

歸去柴桑嬾折腰，田家雞黍坐相邀。密雲晼上蒸蘭甲，疏雨籬前灑蘗苗。病體近增新傲慢，紛心遥憶舊班僚[一]。昨非今是誰看破，旋著藤蓑暑氣消。

[一] 紛，清顧嗣協岡州遺稿卷五作「僝」。

寄綠筠社諸君

綠筠結屋半層陰，暑氣嵐烟散古林。淇澳月明留鳳影，瀟湘風動化龍吟。聚星已卜來賢路，漉酒猶懸入社心。何日招攜同削竹，漫題花鳥一披襟。

送贈詞客

相送出河梁，麗日照行色。手扨楊柳枝，離懷長惻惻。春水漲潮流，春風吹樸樕。步景答贈言，敏捷幾曹植。最忌是才名，願子常玄默。此意老聃知，師之良有得。

涉江採芙蓉

美人隔千里，四德齊鳳凰。聲韻諧律呂，文綺動輝光。梧葉飄金井，遊子之何方。十書不一到，情如針刺傷。（以上樾墩集卷三）

全粵詩卷三三九

陶益四

戊辰春如練江奉懷�社諸友四首

改歲餘寒寂寂春，況於江畔少相親。自題綠竹貽君子，誰把青芹念野人。欲向社閭歌樂土，還依漁榜隔囂塵。清談倘及鴟夷處，試與乘槎一問津。

春風裊裊想淇坡[一]，獨倚江樓感慨多。鷺浴碧波翻玉宇，鶯穿絲柳度金梭。高賢有約聯詩社，野老無能綴釣蓑。欲倒海杯同一醉[二]，不知芳興近如何。

臨流吟望意何其，欲寄王猷逸興詩[三]。翠實弄陰移嶰谷，紫筠流影掃員池。湘妃樂奏疑簫管，雲母歌傳似竹枝。竟日相思不相見，濛濛烟雨澹江湄。

如練之江潮漸回，輕舟移繫釣魚臺。林間酒伴何時合，海上詩囊盡日開。思有白鷗隨客住，恨無青鳥共春來。含情欲作瀟湘曲，腸斷關山憶俊才。

〔一〕淇，清顧嗣協岡州遺稿卷五作「洪」。
〔二〕杯，清顧嗣協岡州遺稿卷五作「罍」。
〔三〕王，原作「三」，據清顧嗣協岡州遺稿卷五改。

當春即事

帶雨開荒徑，臨風護竹垣。江山長作伴，旦暮共忘言。路濘妨車過，門深隔市喧。破寒應是酒，潦倒對清樽。

墩上遣興

長吟依林樾，大隱不姓名。心遠鄰猶闊，性狂世亦輕。幽花故故作，好鳥關關鳴。苦思成詩癖，誰憐太瘦生。

風雨

瀟瀟風雨過山房，獨對瑤琴未解囊。楊柳隔江遙鬥舞，芝蘭出谷暗流芳。浮雲捲幔須臾變，細草零階日夜長。老我醉眠人事少，伊誰車馬自家忙。

順德劉生惠鶴即教扎竹以闌之越月馴戲而賦此

忽見仙禽頂漸紅，一聲清叫徹長空。卻憐萬里穿雲翼，暫落人間圈套中。

聽琴

召客焦桐入夜鳴，虚疑猶有捕蟬聲。當筵漸覺水雲起，坐月遥臨猿鶴清。

書報黄廣臺附録二首

聞君作宦向長沙，念我貽書到釣槎。估客不知詞藻重，茫茫喧報鬻魚蝦。

不見多才鄙吝萌，緘情寄興恨還生。無端昨夢湘潭路，黄鶴樓前月正明。

春末憶關念齋五閒亭

君歸新築五閒亭，象緯曾占此聚星。萬里烟波渾是夢，百年臺榭獨為醒。柳風淡淡鶯聲滑，梅雨絲絲草色青。安得奮飛同夜集，稱心燈火照疏欞。

次韻答王太史見憶

昔侍禁林静，曾趨曉漏寒。木天嚴視草，蘭省慎傳餐。興劇先吟杜，情欣已識韓。江湖今落魄，繫雁寄長安。

喜省中王秀才至

入港趨潮急，隨風覺棹輕。乍疑諸客舫，欣見一儒生。劍氣妝殘雨，書囊推畫城。豈徒通世務，還有下帷情。

月皎歌二首

月皎皎兮路茫茫，遙望美人兮天一方，安得假翼兮飛在旁。

月皎皎兮樹蒼蒼，遙思美人兮不能忘，安得假寐兮夢容光。

飲酒憶太白

昔年過采石，明燭拜先生。斷岸空留月，長江不見鯨。憐才皆未已，學醉愧無成。何事金龜老，人間得並名。

聞彭西橋投筆用兵席中有懷

漫道辭家久，因嗟報國勤。兵麾雲外見，戰角夜中聞。入幕推為客，封侯擬是君。誰憐張仲侶，對酒借離群。

和李子扶箕詩

池邊傾蓋青蓮士，竹杪凌雲白鶴仙。呼酒未來人已醉，狂吟延佇月空懸。

雨中聞吳外翰解任因賦贈別

夢殘鼓角雨濛濛，何事青衿怨別同。罷卜三鱣一相送，春風回首綠陰叢。

題鯉化圖

曝腮見角靈光發，簸浪揚雲變化生。江側五花難繫戀，望霖天下正多情。

湖中避暑

投閒避暑猶耽酒，挐榼潛行不告家。無客解尋湖上路，有誰同泛柳邊槎。鼉鼉驟雨浮空浪，菡萏微風觸落花。冰水未調蕭颯甚，獨便幽興向天涯。

莊居漫興次何水部韻

釣罷林塘退食餘，彈歌不羨武昌魚。歸來癖病惟尋藥，老去窮愁衹著書。得意青山如好友，無心到處是閒居。何因喚到桑麻長，出見門臨上客車。

聞錫泉舅氏欲解官歸先此奉迓

十年作客分歧路，千里裁詩寄嶺梅。難和陽春憐隔闊，有緣燈火望歸來。扁舟已許浮珠海，卓錫應攜訪玉臺。懷古思鄉情不少，愧無似舅一清才。

觀鳳草此本昔自洪都移植于家

異卉毿毿向小樓，每逢詞客重淹留。清魂已斷滕王閣，瑞色如存白鷺洲。巧䕓淡粧偏愛日，翠翹濃抹更宜秋。是誰解認爲蒉莢，欲往從之嘆末由。

聞遣將南征屬意期望

鼙鼓連朝動，烽烟異路生。立壇初拜將，横槊盡談兵。短劍揮霜出，長風破浪行。來歸期不伐，大樹更知名。

務農

務農長寓野廬中，過客鳴騶氣勢雄。族黨不知豪俠意，井欄團坐説年豐。

夏日閒居四首

城居巷僻人静，池塘日午荷香。出逢官吏不識，歸與鷺鷗相忘。

落落與人難合，寥寥在世無聞。樽虚奇字休問，晝永名香自焚。

一林荔子將熟，並蔕蓮花已成。遊賞愧無高士，詩篇徒有時名。

白酒初酣客散，黄鸝緩囀心閒。賣卜已辭朝市，藏書今喜名山。

泛厓次韻兼酬濬泉鄭使君見懷

逢厓大叫倚青天，望景哀吟吊昔賢。烟沒隔江誰鼓枻，月懸横浦自敲舷。悲涼別路思吴楚，凄斷離筵越歲年。書札幾回添白髮，更因臨雁益潸然。

送陳子入閩時有兵亂

四海風塵半未收，那堪冠劍去悠悠。武夷雲谷應懸榻，莫問元龍百尺樓。

返城南見詔書至有感

去國留鴻跡，還家狎鷺群。城居無識令，畎畝不忘君。玉郎開三殿，金函出五雲。白頭逢聖詔，感激復何云。

送客自勵

送客離杯淚未干，芰荷風雨動微寒。青山綠水知多少，誰謂江門行路難。

題扇景

移家釣海槎，荏苒歲云晏。木落烟水寒，菰蒲起征雁。

社日醉吟

薄暮誰將社肉分，闔閭清坐酒醺醺。詼諧似欠東方朔，寂寞真成揚子雲。

病起

起來猶自怯單行，簾捲朝暾廓翠坪。四海交遊緣病廢，千金文字倩誰評。

望圭峰寺

北望屏前第一峰，禪林龕閣影重重。上方得見殘徑月，下界曾聞半碣鐘。石磴盤蘿藏玉雁，雲崖瀑水掛銀龍。空門想像知無住，玄度還應問赤松。

謁丁公祠

丁令鳴琴憲廟時，流聲餘韻至今奇。沙村過客瞻遺像，墟里懷賢撫舊碑。落日鼎烟迷俎豆，踈林燈焰動靈旗。郎星錯寞空憐汝，泣向秋風奠一卮。

田父吟二首

田家父老話秋成，白酒黄雞盛有情。舊日梨園都不見，滿村惟是打場聲。

大醉巡廬擊壤歌，不知秋事竟如何。健兒忽報菑畬熟，阿母猶嫌萁稗多。

見李世卿先生昔寓遺址盡然念之

昔賢賓館比丘墟，一望雲烟三嘆餘。秋草已歸衡嶽雁，寒潭空沒楚江魚。微微野徑迷人遠，寂寂荒臺到客疏。天地往來吾道在，肯因凋謝更漣如。

七夕二首

河漢陰陰夜寂寥，閨中乞巧拜青霄。暫移翠管封蛛網，斜插金鈿望鵲橋。纖手穿針雲影動，露臺結彩燭光搖。一年一度長相會，縱有離愁亦易消。

經星飛月隔烟蘿，百子池前憶素娥。扇影漸隨秋色改，砧聲偏向夜涼多。人間此夕成奚事，天上仙槎已渡河。兒女歡逢磨喝樂，豈知淚雨又沾梭。

寄題梅田洞用唐人韻

山洞盤空石齒參，舊游奇絕思難堪。六朝芳草迷幽澗，萬井寒烟隔翠嵐。疎影枝枝留月下，暗香歲歲到江南。梅田況與匡廬近，飛錫歸來夢未酣。

九月十五夜坐即事

適聞挈榼沽村市，況又援琴對浦沙。三五清宵彈皓月，十千美酒醉黃花。剛風送暑催秋雁，落木迎寒宿暮鴉。獨有隱憂人不寐，坐觀星斗欲咨嗟。

會試回傳容靈先物故為之悵然賦此

惡說東家少，成名不獲年。去書猶望答，歸意豈堪傳。雁塔留春夢，麟臺負夙緣。呦呦聞野鹿，為爾淚潺湲。

晝陰二首

英英團蓋雲，輕移遮白日。曬髮圖未成，竹深留六逸。

蹲踞蕪亭中，望望晴光隔。衹愁風雨生，漂此高家麥。

白鴨篇

白鴨傳來歲月深，主人重之等南金。橫塘低岸日相逐，八足二螯時並尋。縞衣素裳鳳髻好，羅襪純青笛嘴皂。諧侶歡呼自己名，倦遊默坐王孫草。園丁擁篲荔圃中，授餐卜鄰事事工。鬥雞斷隔復幾許，馴雉徘徊將無同。君不見野性鵁狐俱妄動，至竟難辭弋獵弓。

行吟

行吟瓜地四無鄰，恍見長安萬斛塵。白社果誰能戀舊，青門猶自不嫌貧。

謝病用前韻

謝病歸來少識鄰，枕流漱石隔囂塵。慚無白酒堪為醉，賴有青山肯寄貧。

喜見白髮二首

予在都下得烏鬢方甚真，未及目，率爾遐遺。今甘裳白則悲絲染矣，方將焉用哉。因賦此以紀意。

昔年虛受染絲方，此日俄經點鬢霜。非為愁來生意早，衹緣憂入丈人行。

崇朝出訪轉須親，卯酒醉餘鶴髮新。滿路元來爭認我，方知不在鬢烏人。

孤雁

孤雁飄飄客異鄉，洞庭水落倍悲涼。黄蘆苦竹去何暮，朔雪寒雲飛已長。吊影自憐沙上月，鳴聲空咽路傍霜。白頭感汝偏相憶[一]，弟妹蕭條老更傷。

［一］偏，清顧嗣協岡州遺稿卷五作『翻』。

瑞壽冊

此冊連篇共韻，懼涉雷同，辭不獲已，強次之，愧尤不能一謝徽纏也。

白露橫江暑漸稀，膾鱸又是獻觴期。雁行數向華筵合，鸞步常先彩脈移。芝草商山留老鳳，玉桃漢室認偷兒。問年已料清時事，懷抱逢君可盡披。

秋夕見邑輔城新整完固肆筆以志喜

附郭一登臨，峨然望不禁。戍樓懸夜柝，驛路起寒砧。遠堞風聲樹，長濠月色深。何人重保障，思與結同心。

題畫二首

曉發行囊越小莊，月沉江閣霧烟黄。相看一語出不得，背馬悠悠長似忙。

沙渺雲長木葉稀，舉頭又見雁南飛。漁翁一路西江艇，經歲經年胡不歸。

秋日聞鶴

我屋南窗風更清，時逢仙鶴竹間鳴。憑誰傳與當途者，何不就陰懷好聲。

重陽後與陸懸齋觀菊

年來幽事力能支，園菊培成遍接籬。蜜蕊露晞裁欲早，香包霜薄拆應遲。凝烟秦女窺簾後，带雨楊妃賜浴時。幾度攜壺貪看爾，莫因佳節苦相疑。

視晢孫登傳

一弦清奏似誰論，蹤跡飄飄響絕塵。汲郡已行長嘯客，宜陽聊寄不言人。步兵罷叩空回首，中散深慚未識真。披卷竟迷君去所，仰山惟見月嶙峋。

鳴琴

虚堂正對一横琴，欵欵焚香意不任。三弄梅花添舊恨，廣陵散後孰知音。

藜照亭夜坐

流螢幾點耀空囊，太乙青藜照更光。高閣小亭開萬卷，疏慵真愧校書郎。

題游春圖

公子承恩出建章，梅梢遍綠柳絲長。當壚春色濃如酒，買醉歸來馬莫狂。

湪子入京龍曆承諸公盛贈以言因續四首於卷後

始射蓬弧緣底事，男兒要作四方奇。今朝世烈堂前宴，對酒何須惜别離。

多年我病歸牢落，奕世承恩入夢思。自分無能應賴汝，好將忠藎答清時。
堤上依依柳色青，驪駒初集此郵亭。臨行欲授傳家劍，出匣猶聞血縷腥。
碧海揚帆向玉京，勞勞青簡贈離情。歸來親友如相謝，莫學前驅負弩行。

次韻送蔡大理復入京

月卿自昔依巖廊，金龜銀魚居帝旁。入社欲同陶處士，知音何異蔡中郎。即看春水鴨頭綠，翻憶秋花鵝子黃。揮手又從燕北去，官河榆柳正蒼蒼。

河女章

即船繫柳樹，妾家對柳住。兩岸夾清流，脈脈常相顧。相顧不往來，含情空徘徊。

感春

芭蕉綻裂草蒙戎，榆莢楊花半碧空。倦鳥不知春蚤暮，悠然惟自啄青叢。

題張老隱居　聞郡縣表其宅里，故末聯尤致意焉

汝家最近江門灣，脩游盤桓雲水間。煮石春泉臨海屋，棲神導氣閲名山。郵筒酒熟常時醉，洛社詩成盡日閒。此外聲華都不管，惟留烟月護松關。（以上樾墩集卷四）

全粤詩卷三四〇

陶益五

山家春興八首

囊琴披鶴向山中，鳥自歌時花自紅。一榻浮雲飛不到，庚申常守萬緣空。

嫋嫋春風澗谷間，紫芝長護白雲閒。今來山閣無鄰并，笑殺山人不戀山。

茶烟縹緲鶴飛遲，正是初醒午夢時。開衲迎涼花氣入，繞籬黃蝶未曾知。

定息山齋不記年，花開花落自然然。翻嫌看曆渾多事，鶯燕時來已報先。

闔閭清坐酒全醒，習靜焚香養性靈。休道山房春色少，澗松池草正交青。

採藥山前懶著巾，孰知城市有閒身。回來獨對寒藤臥，不覺菖蒲綠已勻。

千村萬落總依微，山靄層層帶夕暉。入洞朝元無住著，花間眠犬待人歸。

觀海行逢有髮僧，芳崖翠壁拉同登。解衣推食雲中坐，御戢徒慚報未能。

白菜傳自吳今歲布諸近地心甚愛之因賦

玉質喜為鄰，窺園日欲親。鋤成江左綠，摘作嶺南新。葉淡調羹順，根香得味真。加餐常賴爾，肉食莫相嗔。

題西所見真圖

居近長庚隔遠堤，長庚盤阻照青藜。君王若畫真泉石，定是沙頭西復西。

懷關念齋

山人不欠買山錢，秖欠朱明吏隱賢。得句投囊無倚仗，問玄載酒隔風烟。菊花冉冉團秋露，梧葉蕭蕭落暮天。雁斷豈勝頻悵念，篝燈簷玩舊來箋。

聞兵戲答張忝戎二首

坐牛隨意出荊扉，聞道重宣大將威。雲鳥影來黄石路，踟躕叩角賦無衣。

兵戈擾擾雜風塵，苦憶魁梧一舊人。滿眼黄花排作陣，秖宜閒對白綸巾。

華陽巾製成題贈黄龍洞文道人

巾痕摺出華山雲，似識蓮花舊隱君。戴向羅浮觀海月，禮壇香繞動星文。

山居漫興次文道人韻

地僻通三島，雲閒接九疑。遨游能寄傲，檢束可酬知。乞火呼鄰叟，焚香宿鍊師。祇愁偏廢酒，吟詠不成詩。

漁夫吟

菰葉蘆花又一年，任從兒女釣江天。於今贏得閒無事，臥月狂歌但扣舷。

百歲丈人何石龜入夜見訪口占以贈

黄髮浮江舸，青笻向竹林。北窗初夢醒，南極一星臨。石枕雲烟潤，龜盤歲月深。期齡欣見汝，燒燭聽論心。

攬鏡歌

攬鏡徐徐向陸阿，目光牛背照無何。閒來閲世長松下，花品嗟如人品多。

喜菊花枕醉後漫成

秋英入手敢辭遲，製枕偏於與病宜。幽側但能貧事好，冷香惟恐異人知。暗聞恰似存三徑，渴睡真如傍一籬。巾漉未應論竹葉，也緣陶令起相思。

臘日代簡速鄭過齋

聯翩霜信指汀州，影亂停雲結客愁。子曰何其憐獨念，歲云暮矣憶同游。香焚古鼎琴初弄，葉掃寒堦霰盡收。便合開樽邀鄭谷，醉從鉛槧賦登樓。

迎春日書茅筆寄懷

惜昔迎春寺重游，珠林同詠壁間留。今朝獨試茅龍手，折取梅花寄隴頭。

醉吟二首

發狂形骸忘，長嘯天地杳。白眼向世人，知心良獨少。

不識王侯貴，無論世故多。陶然對松壑，笑月攬藤蘿。

送蕭廣文轉官延安

蕭字驚看惜解攜，清樽留戀綠楊堤。奎光入夜人爭仰，遍照江南又陝西。

人日江墩遣意

谷口鶯啼半畝春，榆錢繞屋未全貧。從將白髮衣冠舊，漫對青陽歲月新。當檻折梅懷驛使，隔籬呼酒話比鄰。九宵人勝金屏宴，不換江邊一釣綸。

樾下懷顧符臺並和所寄山泉隱居之作

沽壚不為秫無田，小築開雲望大賢。千里結言徒自信，十年稱病仗誰憐。亭亭夕照移幽澗，泯泯春流入響泉。霄漢歸來仙蹕斂，相思長詠考槃篇。

風雨短述

翡翠飄殘羽，冬青濕落花。閉關延坐客，攢竹煮新茶。

與鄭過齋詩話因憶林白庵林宦途近五老峰故以仙況之

憶汝仙人白兔公，雙鳧蹤跡寄飛鴻。詩囊盡納匡廬月，歸散江門夕釣中。

夢梁仲房感述二首

灌鋤稀菓今何在，羞恥空囊亦不存。遐想南塘還夢寐，白頭攲枕嘆黃昏。

舊游丘壑夢相尋，薤粥談玄坐綠陰[一]。醒後獨憐人去遠，五更風雨十年心。

[一]薤，清顧嗣協《岡州遺稿》卷五作「薺」。

城外舊居予大父方伯公所築也虛存七十餘載茲復以居之感賦

第宅新修數十秋，石樓丹勒日光浮。賜書寶動驪龍見，封誥函開彩鳳留。種德庭除時在念，渥恩霄漢世難酬。課兒學運齋前甓，猶似桓公在八州。

舍北新築水亭

開竹移幽徑，結茅占碧湍。魚苗驚乍暖，燕子送輕寒。野外留江檻，檐前護藥欄。卜鄰惟有仲，晨夕數相歡。

水亭紀夢用舊居韻

黄木灣前隔幾秋，偶憑清夢到羅浮。丹丘隱豹憎人上，石室遊僧並客留。回首鳳凰臺獨迥，快心鸚鵡賦相酬。又從蕉鹿乘江艦，霏雪寒風蟻帝州。

春日送人入京次過齋韻

白馬臨江潮欲生，青袍登舫棹將行。分霓作檻牽長纜，合海為罍酌巨觥。庾嶺雪消梅影瘦，蘆溝鴻截劍光横。何人折贈新楊柳，憶採蘋花訊玉京。

種瓜四首

小圃既鋤亦已耘，邵平留葉倩誰勤。烟霞掩映低業叢實，納履翻疑五色文。

接廬栽破一區雲，引畛捫林畫處分。三徑無資偏愛汝，丈人才力豈堪云。

近來呼雨鳩無靈，汲古灌成取次青。棚下夜涼瞻斗氣，流螢故故擬流星。
并蒂亞花照水明，林塘藤蔓總留情。不辭小摘邀鄰曲，習習薰風各又生。

事葵菊

春深臨別墅，草盛沒江籬。開徑分因菊，向陽灌為葵。琴樽期白幘，雨露憶清時。花意未全得，憑欄空賦詩。

蘭亭

愛蘭居士此披襟，不數流觴會竹林。畹上昔曾分異種，窗前今已結同心。娟娟暈月依文檻，細細香風散綺琴。更有木樨賢達甚，時張舒蕋伴清吟。

蒲雨

何物水石居，雲氣逼梁苑。青青滴硯池，竊補殘經卷。

賓館夜集

清宵花氣滿庭西，好是窗開對木犀。共引壺觴醒欲得，繩牀印月坐聞雞。

聽凱 三首

樓船背水鼓聲頻，殺氣連雲暗海濱。龍節經年屯虎旅，紅旗一旦捲黃巾。

躍馬闌街卸鐵衣，屠牛倒酒耀兵威。凱歌莫踏城頭月，猶有同仇逐夢歸。
胡塵千里雜蠻烟，大將功成控綺筵。游子獨能依樂土，愧無文采勒燕然。

鑑江亭步吴刺史韻

南望荒荒驛路迴，鑑江亭子定常開。仙帆影曳青霄出，漁榜聲隨白鳥來。楚客旅魂驚海嶠，梁園詞賦寄蒿萊。滿城擁篲迎征蓋，誰解當年倚馬才。

羽林曲二首

鐙雪西歸馬并飆，參差燕子又呢喃[一]。翠眉競認封侯相，羞解沙場濺血衫。
陰山險棧斷青蕪，結髮防胡持漢繻。老出玉關怡鬥草，勿論腰上有金無。

［一］參差，清顧嗣協岡州遺稿卷五作「差池」。

宫詞二首

節序驚心不自由，攀花趁蝶日悠悠。無端更倚長門樹，積葉閒看出御溝。
爐烟侵曉度簾櫳，夾道遥連左个風。飛盡桃花何意緒，會言鸚鵡在金籠。

喜何春元惠鶴

凰子庭前朱頂新，何當省識林逋客。顧侶負吭出緑陰，昂昂共刷排雲翮。

遇丈人

愛汝忘年叟，遺予不韻詩。自言曾著述，到老負襟期。懶去樵空葉，狂來釣廢絲。相逢何草草，一別即留思。

小海唱

雨霽長林碧，霞生空洞赤。湘江之水深千尋，湘水之魚廣數尺。魚腹曾留先生離騷篇，江頭不見漁父鼓枻跡。

寓郭外別業

江埻側徑雲一限，石壁歷亂懸莓苔。水長初逢鸂鶒浴，烟消遠辨辛夷開。賢人無來孤象緯，俗物難遣空徘徊。祇應黯黯客懷惡，尺牘細行誰與裁。

對雨

澤國初夏雲靄偏，一雨不絕晝凄然。山禽正返路轉杳，江草欲沒岸猶牽。小爐易沸忙進酒，單衣寒生催換綿。安得體輕奮八翼，躡風披日回午天

歸答林衢仲見貺

輕舟采采陂塘曲，蓮葉蓮花飛屬玉。返棹鬱蒸見密雲，移林疏快宜幽谷。漆園傲吏每無餘，栗里徵

君常不足。别駕念之叩吾廬，殷勤厚顧徒感觸。

留客

不惜崇朝飲，仍將舊事論。驛程同竄改，村市共卑喧。過客珠為履，歸人蓽是門。已拚形跡忘，耐可坐雲根。

恨别二首

昔年結轍與君游，今日胡然不少留。帆逆曲流回復去，惱懷最是木蘭舟。

惱懷最是木蘭舟，率意乘風天際浮。日暮江樓頻極目，微茫斜倚賦離愁。

遣使寄答余希傳

一緘書正發，三老棹偏行。路逐浮萍轉，思隨蔓草生。蘇湖君邁跡，鄭圃我逃名。不盡相期意，臨流歌濯纓。

有客

偶出登臺榭，相攜愛客賢。陰繁翠蓋柳，氣馥紅衣蓮。蕨採詩添料，葵烹酒滿筵。醉吟涼月夜，無用背花眠。

石榴

千葉風搖墻上出，數花雨洗眼邊明。多房多子人相問，罔覺流鶯並坐聲。

曉起戲和莊家

朝朝忙盥櫛，汲汲為桑麻。雞唱山沉月，燕銜霧看花。禁僚催盡漏，闞令放初衙。卻怪圖南懶，眠雲不少差。

贈小金山僧

忽憶靈州古寺間，江山曾識長公顔。禪參隱語知多少，惟有無生是大還。

郊行即事

郊外聯佳約，山中結靜緣。女墻斜隱霧，人境遠生烟。藉草為茶灶，紉蘭當酒錢。平生無長物，一任野情偏。

過郵亭有感

愁見郵亭倚道旁，那堪笄別重彷徨。十年作客非吾土，千里懷人是帝鄉。溪繞閒花全倒景，店垂弱柳半斜陽。回頭宿處清樽舊，說劍星流午夜光。（以上樾墩集卷五）

全粵詩卷三四一

陶益六

庚午歲端午書懷

記得常年五日朝，臨江鼓吹客愁消。浴蘭倒著荷衣綬，戲草回看苻帶遙。里閈競傳朱挽索，槨橈爭奪錦纏標。祇今寂寂緣何事，不久錢塘又弄潮。

馴鹿

馴鹿真無價，幽人似有緣。偕遊木石下，遠害林丘前。呈瑞毫方異，應圖毛轉妍。採薇懷獨穫，夾轂憶相聯。麌麌仍堪羨，儦儦亦可憐。何當鳴向野，遺響入賓筵。

墩中偶述

水國逢秋霽，山莊未夕昏。臨池書滿幅，入室酒盈尊。客子空彈鋏，兒童懶候門。祇惟常闃寂，愧比謝公墩。

懷吴下諸友

飄泊萍蓬念獨勞，百年塵路戀綈袍。雲停粤嶺江聲渺，雁落吴門劍氣高。季子得金還上國，長卿能賦拜仙曹。自憐貧病不相放，那覺四愁侵二毛。

送兒輩應試

遥見秋風接郡城，吾家諸少動長征。江門水長船同上，嶺表雲開雁并鳴。漫道騫騰應得意，須知温飽莫留情。夜來忽憶燒心地，桂影團圓離恨生。

寄白雲社諸丈

耆德雲中會，賢聲天下聞。酒添南海郡，詩續北山文。鶴駕思殊切，霓旌望每勤。何時聊恣訪，遍識紫陽君。

訪僧不遇二首

緑護屏前瘴霧開，尋幽問藥恨無媒。方袍自結人間社，祇有松聲戀玉臺。

寄跡圭峰秋正中，飄飄衣帶欲乘風。千章古木當人翳，禪室依然概是空。

擬古樵白雲歌

瞻彼樵蘇雲，出門天未曙。行行至山阿，雲寒衣罽絮。棄囊傾濁醪，兼之祛百慮。既醉詠而歸，不覺車馬庶。息肩呼良朋，更衣求執御。偶見憩雲人，氣盈誰與語。白雲白雲兮居何處，變化悠悠兮自來去。萬一不如雲兮，緊有情而堪恕。

睡起

書籤藥裹久忘懷，惟愛閒雲秋氣佳。一陣松濤驚午夢，卻疑風雨打山齋。

林氏廓然樓和吳刺史韻

江邊臨客棹，樓上聚奎星。酒酌莆陽綠，燈懸膽石青。留題驚海怪，恣賞忌山林。回首風潮起，村春響未停。

訪林明府舊里次韻

瞻海鯨波伏，沙村蜃氣開。居從雲外出，路逐柳邊迴。李賀攜囊至，王弘擁蓋來。主人歸便得，知近釣魚臺。

送文惟高歸鬱林 四首

惟高宋大忠文山公之後，予從侄貢士顏經元曾之妹婿也。

鬱林姻戚得逢君，積歲鄉心此夕勤。淚飲離杯藏燭跋，蔦蘿縈月白紛紛。

千里題書贈客行，悠悠魚雁轉含情。梧江桂嶺秋風利，早晚能無寄數聲。

萍蹤宦海各茫然，忠節人家見汝賢。葵藿綠陰留萬里，更宜向日上凌烟。

關河餞送且停驂，西北雲深鶴唳南。欲採芳蓀誰寄取，賴吾群從總能堪。

中秋月下懷鬱林諸侄

跡苦江山滯，心懸骨肉求。況當明月夜，又是白雲秋。不省袁宏艇，那知庾亮樓。更攜諸小阮，歡對一林幽。

少年行二首

仰天遙指挽絲鞭，索飲粗豪不計錢。立馬樹陰鄰市散，據床猶詠叔于田。

擊劍呼盧酒半醒，雕鞍斜跨餞長亭。欲尋世路難窮趣，蒲海蔥山一片清。

雙頭紅蕖

并蒂芙蓉出水中，丹霞翠霧擁簾櫳。夜來又見雙雙響，疑是東坡竹影紅。

白蓮歡

越女含羞出浴難，縞衣落盡曲雕欄。權將團扇偷相掩，祇恐橫眉隔社看。

哭少鉉譚兵憲

左江繡斧出師時，霜落遙聞失故知。卻憶叢蘭成獨恨，還驚宿草動深悲。聲靈異域猶能到，杖履名山不可期。淚灑椒漿聊一奠，斷腸空復四愁詩。

譚大夫挽詞

使節催秋日，良朋哭暮年。功名知有待，泉石惜無緣。世隔魚書絕，家藏豸服鮮。束芻隨執拂，爲爾各凄然。

夜酌問菊因憶方山人

木葉今蕭瑟，霜花近若何。樽前留一醉，籬下擬重過。剪燭幽懷切，敲棋逸興多。招邀不相及，高士在岷峨。

夢訪白鹿洞道人

白鹿懸新夢，黃冠戀舊情。烟霞猶駐足，雞犬若聞聲。唤酒調山藥，搜松煮栗羹。微言今不忘，獨是學無生。

酬少齡王使君

緇塵荏苒憶萍逢，燕柳隋堤別恨同。珍重遠書騫玩永，萋迷深夜夢魂通。相期鼓柁灣黃木，更許移家上祝融。何自話歸歸未得，幾回搔首嘆冥鴻。

夜泊

平頭雀舫雨初晴，弭棹移尊待月生。夜半斗牛涵海氣，村前山犬吠潮聲。寥寥野火開還合，遠遠漁燈滅復明。獨憶青藜高閣硯，柘黄新卷點殘更。

庚午生日

老病幽棲小樾林，每逢生日思難禁。野芹自弄清清色，寸草空含戀戀心。舊摘黄花隨黍釀，新傳白雪對梅吟。年過半百吾何事，祇愛吾廬與素琴。

詠漱泉

澗谷泠泠溜石音，濠梁披豁越層陰。祇餘曬髮閒無奈，更挹山瓢一洗心。

詠盤石

鑿鑿粼粼翠縷多，蒹葭遥隔枕江沱。葉聲未到垂綸上，吞影魚龍撼白波。

放浙魚

浙魚隨意放江干，東望扶桑到不難。莫弄鳳池蘋藻月，恐教長聽玉聲寒。

裹釣裘

重將袷絮澣清瀾，結網燈前仔細看。補綴敢辭針腳冷，有人常是服無完。

與書家夜話

鍾繇孟頫果何居，夜話聞君學有餘。坐惜流螢簾外去，不曾照得近時書。

招隱詞

登登山路何須忙，任率相留舊草堂。分葉煮泉日卓午，白雲幽澗松花香。

仲冬九日友人惠菊次韻

隆冬逢異菊，竟日想高人。學泛忘憂物，從更折角巾。狂吟方就錯，兀傲已成真。此意云誰解，潯陽舊有鄰。

擬古別離二首

蕭蕭蘆葉黃，良人戍朔方。冉冉歲云暮，四野肅寒蛩。褰帏露新月，擁褐有微霜。感此竟不寐，信是可憐傷。星言望天末，曉出問河梁。折柳差猶在，歧路靡或忘。何日胡塵滅，鳳兮歸故鄉。

風生戰馬鳴，貂裘冷如鐵。天子重邊陲，壯士輕離別。揮劍戰秦城，據鞍持漢節。日月忽已除，江山消積雪。梅花不堪折，閨中懷更切。占畢寫柔情，一行一哽咽。愿得大刀頭，于焉祛鬱結。

早出對雪三首

水落雲霾曙色微，岡城今見六花飛。翛然不作尋常路，欲就袁安一啟扉。

觚稜夢破怯衣單，颯颯漉漉曉更寒。墻外步疑東郭履，自歌黃竹儷幽蘭。
朝從歲事卜春華，逗嶺垂簷盡玉花。溝澮未知盈尺否，背驢試問舊田家。

辛未元日書事

迎春喜是新元日，試筆慚非白雪才。柏葉未隨杯斝動，梅花先傍硯池開。從官獵獵揚鞭過，舞伎翩翩擁索來。綺陌塵香遊冶客，盡情檀板按歌臺。

憶靈隱寺雪巖靜室二首

色界虛懸萬木封，暮寒誰動佛前鐘。舊傳鷲嶺無烟火，幽僻曾經照燭龍。
東林弟子接殷勤，雪煮團茶愜素聞。復說老師行道後，詩瓢流破剡溪雲。

元夜觀燈戲擬都人之作

社鼓聲連玉漏長，星橋無禁得徜徉。春城火樹生新色，夜市烟花簇異妝。月滿天街絃管沸，風回輦路綺羅香。何人不數華胥事，故國相攜樂未央。

春起以蘭邀客

淑氣初回睡癖殘，端居尤得育幽蘭。一花定擬開樽酌，并葉何妨促席觀。蝶夢獨疑無用作，鷗盟頻繹未應寒。當春預引重游興，紉佩垂垂數共歡。

草堂漫述

居閒成慵懶，地僻寡交親。著作難辭妄，模書易失真。蒼蒼苔疊砌，肅肅鳥窺人。門徑榛方好，能消結駟塵。

春日遣愁

虛閣晴光碧樹留，操觚何處遣春愁。風塵迴隔簾幃靜，世事稀聞几席幽。昔續茶經歸陸羽，今題竹譜愛王猷。可堪更讀閑情賦，欲寄相思不自由。

閒行口號

尋幽無伴郭邊還，世故茫然一笑間。物議非由疏懶得，任從步屧到雲山。

田方老馬圖為聶子追和文衡山

力破陰山雪，蹄穿塞草烟。微勞如見尋，垂老不須憐。

題王生畫春遊小景

輞川烟霧碧漫漫，公子行春錯意看。十里艷花連步騎，幽香疑亦在長安。

海珠寺晚晴期與胡僧泛月

憑虛遥望粤王臺，瀲灎霞光毒霧開。風定果聞飛錫去，夜涼應見弄珠回。紺園翳翳多修竹，碧殿陰陰半劫灰。欲結静緣滄海上，隨流乘月説如來。

粤臺懷古

粤秀山前白晝陰，粤王臺上獨登臨。城迷睥睨雲烟響，殿斂罘罳薜荔深。漢將豈能留甲帳，淮夷那復賂南金。英雄事業終難料，嘯向春風任陸沉。

褊性

褊性由來祗愛山，烽烟愁絶落城間。中宵清夢獨依舊，半榻白雲相對閒。懶學人前增態度，思求谷口聽綿蠻。何當又見亡羊路，春草萋萋客未還。

銀海釣臺為趙君賦

坐對澄江静，垂綸自觴詠。涼風吹白波，菰蒲相掩映。高士不用名，睠言跡當屏。

鄭社丈館三江寄懷二首

別時言不得，別後望空頻。最苦三江棹，來分一社人。春風誰獨坐，夜雨底相親。累月無音耗，搖搖憶子真。

篇章難自遣，棄置不堪論。跡滯空城路，情通隔水村。故人常看竹，稚子數迎門。準擬聞歸計，傾囊辦綠樽。

夢觀燈賦詩末聯由俗物敗意而罷醒後足之憶錄以紀異

龍城緩漏艷陽天，士女歡隨管與絃。一路月華揚白苧，千枝燈影綴紅蓮。傳柑學竊名方朔，鬥舞宣驕號小憐。夢裏壯遊空耿憶，牢將吟詠背窗前。

和諸父老喜晴四首

連朝烟霧失山城，魑魅窺人不可行。薄暮倚樓生遠思，是誰簫鼓動新晴。

雲斂巫山洗碧天，月涼讌集小樓前。葛巾皂帽尋常過，關吏曾無索酒錢。

凄風苦雨總堪傷，況復抽丁戍海旁。此際獨疑人世異，扶鋤遮路說農桑。

霽色遙瞻奪晚虹，衝星寶劍有雌雄。西鄰東老能相訪，共飲藏名酒肆中。

送張處士歸

果誰能脫俗，常自愛棲霞。下榻留難久，回車望更賒。清歌賢甯戚，博識老張華。此後相思夢，知從處士家。

西莊泛觴吟

西莊枕江側，頗足供釣弋。鶯揚上苑聲，柳露章臺色。知道早春回，欣陪上客來。脫屣坐曲岸，沿流命酒杯。

次韻答白雲社諸丈時有應徵而出者因並奉懷

烟霞搖映五羊城，解珮曾於此結盟。綠野追隨拚白髮，蒲輪軫念為蒼生。大賢別去空留跡，真隱從來不著名。復恐雲山難遽定，年年常似有人爭。

倦坐

柿葉書餘日未斜，東風猶自戀窗紗。閒來隱几添慵困，滿眼清香柚子花。

玄通館見海棠

抱甕玄園懶易消，惟嫌屏跡負漁樵。仙花似解揚雲宅，故遣紅妝慰寂寥。

送郡守戴公歸隱二首

皇華曾憶度梅關，雞舌香含霄漢間。正羨文翁能作郡，那堪五馬入名山。

行行慷慨辭車蓋，切切攀留擁路旁。料有小山叢桂好，鑒湖應不數知章。（以上樾墩集卷六）

全粵詩卷三四二

陶益七

夜直新草堂

小築向山尖，旁村路已添。賢人常欲至，象緯不勞占。樹杪雲連榻，藤梢月度簾。自慚惟偃仰，徒爾負書籤。

送熊郡博之雷州

香芹流影碧參差，賦代凌雲覺愈奇。倚馬才名懸上國，飛鴻宦跡寄天涯。圖書互擁催行色，冠蓋相連及餞時。此別定應多雨露，雷門聲動莫辭遲。

聞破虜道上有懷

十年曾結客，千里正飄蓬。露布傳將及，笠篌聽未終。當壚留去馬，倚劍望征鴻。中酒知狂甚，無端憶次公。

九日壽劉社丈七十一

鯉魚風灑綠筠莊，置酒相從控壽章。蓬矢昔曾期此日，海籌今又祝重陽。青筇出國誰爭長，黄菊當筵晚更強。況復劉郎親手種，崇蘭叢桂滿庭芳。

寄楚蕭蒙泉四首

昔年馳逐五陵間，邂逅無因憶舊顏。湘水岳陽誰漫浪，書崖今已并元山。

塵路匆匆對夕天，一封謀寄楚江前。顧予藝苑荒涼甚，空有懷沙是舊編。

虚舟曾觸洞庭秋，往事伶俜夢未休。知汝解題鸚鵡賦，好將繫雁到南州。

別去音書少得聞，秋來何處不懷君。眷然欲插凌風翅，與借衡山禮白雲。

館中戲筆二首

金風扇冷子雲亭，蕉葉臨池未變青。偃蹇不知當世務，抽毫思摹蕋珠經。

獨板門深少客過，餘閒無奈野狂何。書成一片瀟湘雨，又換園丁穀子茄。

和諸父老秋夜徐步詩

高秋雲物喜相迎，歌板聲隨夜月明。枌社近除勞擾俗，柳營遥仗奮揚兵。籬邊靜菊撩幽興，沙上眠鷗動野盟。達曙宴游人盡樂，隔林村犬不曾驚。

贈諸父老

辱索群章後，虚延兩月多。自疑詩作祟，誰遣字為魔。見説悲城市，懸知戀薜蘿。倉惶此相送，何日更能歌。

閲鬱林州志有感

三復春秋義，遍求史氏真。浮名慚小子，實録嘆先人。瑞水涵虚碧，容山吐曜新。按圖懷遠道，涕泗欲沾巾。

訪油溪詩社次津庵黄少府韻

油溪結社白蘋秋，舴艋牽蘋溪上游。向夕倚篷推李郭，崇朝臨徑覓羊求。風波不入南歸夢，鴻雁寧消北望憂。郢作孰能慚授簡，獨看漁父在江頭。

答黄少府

烟釣汀棲鶴夢遥，頻年虚負小山招。衹嫌叔度稀相見，鄙吝而今轉不消。

賦成對客短述

平生性僻苦難任，夢裹徒吞五色禽。作賦非才慚欲死，長楊奚翅萬黄金。

送别友人

出餞日將午，長途秋正清。山城臨水見，野鳥向人鳴。别淚雙行下，去帆五兩輕。贈言吾獨拙，難悉故交情。

途次感秋

濤聲齊碧落，曙色滿滄江。鷹隼雲間並，鳧鷖水上雙。行蹤猶未定，褊性已難降。欲輯悲秋賦，飄零就客窗。

送客還吴二首 春游卷韻

斷送意懸懸，吴山楚水連。飛仙曾見否，故老豈虚傳。竹徑清鳴珮，苔堦緑結錢。君歸多好事，新薺薦芳筵。

僕御促離筵，情殷添酒錢。春來人最可，此去事堪傳。善畫凌摩詰，能詩逼惠連。相思難盡處，江月夜窗懸。

贈東山寺圓覺上人

陰深誰遁跡，寂歷自為家。飯鉢供靈液，蔬盤具異瓜。鶴翻松頂露，天落佛前花。靜夜焚香炷，東林月未斜。

東方有一士

東方一士離人群，身不可見名可聞。使君地主休相迫，懶結鶉衣衹臥雲。

長飢至於老

長飢至老自堪貧，白屋青山舊卜鄰。不信秦樓歌舞地，年年改換意中人。

雞鳴歌對賓御作

汝南晨雞叫殘月，連城刁斗聲已沒。千門萬戶逐闢開，秣馬膏車臨路歇。主人但知留為好，僕夫勿謂行當早。

過鄉社戲和壁上韻

出郭遙聞下里歌，連年凋敝奈伊何。於今戍壘無烽火，又厭秋成樂事多。

觀朱使君家乘題贈二首

仙根爰自紫陽公，奕葉森森向浙東。越水霽涵雲谷月，嵩臺光接考亭風。清時喬木人皆仰，繼世名家孰與同。征蓋下臨應露冕，九重端見渥恩隆。

射堂淑氣滿堦除，散入川原物自舒。野鹿并馴隨遠旆，彩雲相映迓高車。家聲茂著千年在，世譜弘開萬帙餘。復羨使君才最睿，偏勞青史細行書。

先人琴磚從修宅得之感而賦此

吾親難得見，故物易湮沉。出土猶疑璧，揮鋤不視金。焦桐尋雅約，流水待知音。珍重歸堂上，緬焉思獨深。

寒宴樂

驟風鐵馬響不斷，吐烟寶鴨香仍滿。群英四座鸘鷞裘，飛觴舉白那能緩。

蟋蟀吟

唧唧愁聞床下急，颯颯又從窗外入。御寒無備欲何之，謀醉未能空獨立。

酒後偶成

鄰曲相邀入夜過，南風不競孰能歌。醉深獨據胡床月，懶向人前說話多。

暮冬病起對菊

剛風吹臘拂高臺，落帽參軍昔不來。斷酒卻嫌猶是病，孰令餘菊盡情開。

所思

有臺可登，有酒可增。云胡不樂，遠我良朋。

送人入楚受室

粵嶺劍光動，湘江春色濃。別時聊贈雁，到日即乘龍。路繞心千里，書回意萬重。趨庭知有筭，早晚得欣逢。

想像歌為燕使

舟耶車耶，同旅食者誰耶。

陪俠客夜飲有贈

月下長裙曳，樽前倒屣迎。風塵方滿眼，南北轉關情。結客金無論，談兵劍有聲。雞鳴遞魚鑰，起舞欲專征。

鸚鵡辭

身如楊白花，相去落人家。心似海岸石，由來那改易。

梅花曲

寒梅破臘花爭妍，香風偏惹小樓前。主人袖手推窗看，疏影橫斜月半圓。笛聲何處梅花落，武陵關山愁寂寞。對花送月抱朱絃，白雪清吟未忍眠。含情欲寄隴頭信，驛使不來倍黯然。長恨梅花苦相憶，不遣寒梅近窗植。

自遣

山中懶學惟耽枕，雲裏閒吟每閉關。隱約較來猶有礙，姓名奚自越雲山。

送徐十九部尉二首

征人牽馬促揚鞭，絃奏傾樽興杳然。目送欲隨心送遠，生憎榕葉渡頭烟。

告別匆匆劍氣雄，驪歌遥放海門東。不知仙尉家何處，香火情生慮轉蓬。

烟雨納悶思寄紀旭仁行臺

烟雨暗儲胥，歸人戀弊廬。薄游非所愿，端坐欲何如。妄擬閒情賦，訛抄定性書。信州有詞客，離索正愁予。

覩唐十州翰墨追思乃兄定江太守

出守多年胡獨逝，為郎數札舊相貽。交情不逐春雲散，夢想空隨曉角悲。鳳起碧霄曾比翼，桂明金屋已連枝。更傳爰弟詞章麗，此日驚看後汝期。

念遊羅浮

羅浮東望望空頻，近寄黄龍夢裏身。烟雨莫來迷極浦，鐵橋容有未歸人。

靜夜偶作二首

燈光懸榻步虛亭，自理瑶琴酒既醒。徙倚冒寒瞻斗柄，長林爭弄露華青。

客散徘徊夜更幽，房櫳月出在樓頭。胡奴睡美呼不得，隔竹茶烟手自抽。

次韻送別兼憶所知

惜别維舟酌亂巡，石鯨夜吼渺無津。兵戈滿月人千里，鼓角孤城月一輪。雲繞雁書歸太華，花迎魚珮入宜春。從今識得相思苦，不獨多吟白髮新。

垓下歌

有客有客來江東，説劍論交志氣雄。千杯入手快意盡，不惜萬死求建功。殺青標名非所懌，但願將壇高百尺。簡書親承顧重榮，金印煌煌照日赤。能令四海一時清，信是男兒那虛生。

子夜四時歌四首

清晨步遠莊，桑露濕衣裳。共道眠蠶起，尋枝摘葉忙。

采采入江圍，蓮船掩夕暉。祇愁風雨惡，不得傍潮歸。
砧聲起碧空，河裏浣花紅。照影入秋水，香囊裙帶中。
曉雪正颼颼，畏寒懶下樓。何當仍盥櫛，翠羽上貂裘。

獨坐

三竿紅日坐衡茅，頓有南山戀舊交。窗靜不嫌蠅擊紙，亭虛還許雀爭巢。遊絲遠逐爐烟杳，滴露頻研硯墨膠。寂寂寥寥何所似，玄真愧見少人嘲。

憶遊普光寺次棗岡姚寅丈所寄韻

寺頂光搖倚碧霄，曾逢仙侶坐相邀。瑚臺抱日自突兀，寶地堆雲何岧嶢。草色欲紉湘水佩，松聲疑弄浙江潮。莫言一別空追憶，命駕尋僧興未消。

寄題希夷觀姚韻

墜驢仙客愛烟霞，此是烟霞別一家。鼎在金壇青草沒，書留玉架白雲遮。椿芽樹下春菰米，石耳巖前煮雪茶。解道華陽牢晒處，有蓮子葉自能花。

贈杯流僧

雲游佛子常默然，難究何從復何極。但言了了即欲行，本來面目信能識。

倏然乘風不可攀，渺渺浮於湖海間。他年五嶽如遍覽，石髓延爾住羅山。

和西樵道中作二首

四峰盤結宰相園，松隱樓臺竹隱垣。小歇翳門斜石徑，青天白日雨聲繁。

杖拄樵雲步步高，東風吹緑舊庭皋。竹枝聲在雙魚嶺，誰採茶花不憚勞。

鶴峰

石岅霞流逼太清，瑤臺長自護題名。羽衣道士游何處，錫響峰前白鹿驚。

紫姑峰

霓裳翠黛向春風，鬥影晴嬌歲歲同。仙子不來環珮冷，嬋娟長伴水晶宫。

訪鄭隱君不遇二首

起病追尋白社前，清齋雲樹故依然。巾箱面壁茶瓶歇，自撥無絃對暮天。

高人曉出未曾還，石竹菖蒲自作閒。安得雲函開玉檢，即攜三絕候重關。

遷居得故人書

割席何多日，分春又一年。遷鶯聲競巧，五柳色爭妍。邐迤深山麓，棲遲小洞天。書來勞款密，同病酷相連。

壬申閏二月對雨

樓前曉望雨如絲，莽莽天涯感舊時。秦苑霧烟迷野徑，漢城鐘鼓滿江湄。群飛水鳥心偏逐，短綴藤蓑手自持。田父到來歡對語，好春從閏不妨遲。

代簡約諸丈復象岡書院

負笈遥思三十年，趨陪蹤跡已茫然。青山一別長為客，白髮重逢盡是仙。入望晴雲團舊帙，喚愁春草藉虚筵。俗圍破後還誰健，藜杖籃輿愿獨先。（以上樾墩集卷七）

全粤詩卷三四三

陶益八

寒食同豫章鄧徵君郊行

晨輿策東郭，雞聲開魚鑰。舊火斷村烟，野橋陰漠漠。勞者多渴饑，斗酒無由酌。行行至斯丘，松楸驚唳鶴。緬想介推賢，泉臺不可作。黽勉躡樵蹤，咨嗟懷更惡。矯首數峰尖，攬衣穿林薄。浮雲迷遠天，瀑水沉幽壑。山果擲猿猴，水魅潛相謔。日夕賦歸來，清辭慰寂寞。上根宿智人，予茲欣有託。（明張邦翼嶺南文獻卷二六）

臥病和社中志喜詩

春來苦旱百憂并，伏枕猶增感物清。近得田疇好消息，小池疎雨白蓮生。

別樵叟

採藥荒原撫斷碑，偶從樵叟坐移時。別來正想難尋處，岐路西風亂鬢絲。

送鬱林鄉親關少宰取道還家二首

滿城追餞出江潯，一水通潮向鬱林。北望未收遊子淚，西行偏動故鄉心。琴尊雅澹宜輕櫂，雲樹稀微隔遠岑。與報吾宗各努力，刺桐花發正相尋。

解纜江門未及秋，涼風先送木蘭舟。旆旌晚曳蒼梧路，冠劍晴輝綠水洲。杳杳停雲生遠思，青青蔓草結離愁。懸知此後南來鴈，繫足應多説壯遊。

與友人夜話次韻

前春傷一別，濺淚背花吟。此夕幸相見，開樽邀月斟。桑麻新事業，榆柳舊園林。世路風塵隔，雙鳴何處砧。

越堠二首

驛程臨堠堠臨溪，九曲風烟迴不迷。過至石橋題柱地，浮雲暝鳥隔城低。

厚貌亭亭向遠津，連天芳草沒緇塵。五噫一去關山暮，多少王孫認不眞。

曉發餞關少宰暮雨謾述以勉之

平明南望古層樓，樓外潮生送逆舟。去路芰荷臨上客，離筵簫管泛中流。雲山似黛晴偏出，江雨如絲暮未收。長孺病多須強飯，莫言吾道付滄洲。

奉和王少齡風雨敍懷之作

曾將蘭佩別金陵，此際相看意氣增。展席定期千日酒，論交翻憶十年燈。空城暮雨鐘聲濕，卒歲寒風樹色凝。庾信江南哀不淺，獨疑蕭瑟未應憑。

題華池精舍

池遶椒邱曲，書聲振空谷。流澌烟雨深，洗硯不成綠。

小睡

方書倦閲廢長篇，却掃眠雲只塊然。最惱殘陽不相量，穿簾還到石牀邊。

禪房暮雨懷許元一二首

蕭寺僑居夕啟扉，佛前燈燄遠微微。桄榔葉暗黃梅雨，苦楝寒生客未歸。

朝隨清夢憶中條，暮倚東林倍寂寥。欲寄賢哉舊玄度，可堪聽雨滴芭蕉。

江門餞別

有客西歸載酒從，離杯一擲恨重重。帆飛影盡滄江破，水色遙連若簡峰。

思逋遯黃丈人

倏篁臺榭俯通津，幽軋西歸别夢頻。惆悵倚闌文酒地，月痕還待舊時人。

仲冬與使客夜坐

漢使星軺雪色華，翛然乘興過山家。空園晚菊呈疎蕊，靜夜寒燈落細花。門外已迎鯨海月，鼎中還易虎邱茶。抱衾賡詠不須睡，明日片雲何處槎。

郊外暮回書事

策杖尋幽竟日閒，筍輿銜黑向城還。山含古寺虛無裏，路遶冥鴻滅沒間。刁斗遙聞消醉語，接羅倒著解愁顏。何人更弄桓伊笛，飛盡寒梅月滿關。

尋訪

一榻遙通曲徑斜，眞人曾此飲烟霞。元田落日無尋處，山杏山桃滿樹花。

詠賀長公枕溪新築

數畝園中獨樂身，別從青野結溪鄰。榆枝折罷吹藜火，柿葉書殘岸葛巾。避俗已拚人共棄，投閒還許鷺相親。鏡湖一曲能如否，解說風流老季眞。

夏日寄答友人

洛浦深交千里外，炎州僻處十年餘。問奇尊底元多字，彈鋏門前祇少車。愁極已拚玄髪變，病殘還遇白蓮舒。聞君欲理南風櫂，乘興寧忘慰索居。

送人還蜀

十載彈冠向粵遊，一朝斷送結離愁。行雲擁蓋晴偏急，鳴雨臨裝暮未休。劍閣微微連樹色，岷峨渺渺枕河流。亦知歸近揚雄宅，鉛槧尊前逸興幽。

晚泊江口別業兼答陳從事

四野荒荒一徑微，罩篷斜倚釣時磯。林間返照懸賓館，水上迴風動客衣。越草吳花看漸得，瀛山閩海願常違。多情多恨還多病，不為投閒生事稀。

招隱詩寄歐楨伯行臺

白雲芳草漫悠悠，太息王孫耐薄遊。洗竹巖前鄰虎豹，誅茅洞裏狎猿猴。桂枝偃蹇經年曠，山氣巃嵸為客留。莫道欲歸歸未得，鴟夷元自泛扁舟。

簡鄭山人三首

城西卜築十年餘，藩溷懸毫祇著書。翠竹陰陰迷谷口，有人能認鄭公廬。

忽憶逃名舊布衣，烹葵愛客共依依。何當一别將秋暮，菰米蓮房水上稀。
清齋高卧夢羲皇，常日攤書與世忘。不爲買山錢已散，故將餘詠寄空囊。

送人之交州集唐句

銜恩東守闔閭城，姚合誰料翻爲嶺外行。柳宗元彩筆昔曾干氣象，杜甫青袍今已誤儒生。劉長卿雁飛螢度愁難歇，宋之問冰簟銀床夢不成。温庭筠别後此心君自見，韓翃更堪江上鼓鼙聲。盧綸

江門與楚使留别集唐句

細草緑汀洲，李嘉祐滄江急夜流。孟浩然烟霞駐征蓋，楊炯人吏待行舟。岑參别路經花縣，王維饑烏集戍樓。杜甫贈君從此去，高適兼得瀟湘遊。郎士元（以上清顧嗣協《岡州遺稿》卷五）

（楊權整理）

全粵詩卷三四四

梁孜

梁孜，字思伯。順德人。儲孫。以蔭官禮部主事，轉員外郎。有梁中舍集。清溫汝能粵東詩海卷二一有傳。

梁孜詩，以國家圖書館藏盛明百家詩·梁中舍集为底本。

康裕卿潘象安管建初諸山人枉過雅集得雲字

長安何事集鷗群，四海論心絕世氛。紙上烟霞生嶽色，毫端蝌蚪落溪雲。雨餘旅館先秋至，月滿空階欲夜分。彈鋏歡歌忘去住，尊前休勒北山文。

都門餞別詹咫亭舊父母偕王儀甫太僕康裕卿管建初諸山人即席得山字

潞河秋色映西山，衰柳都門試一攀。萬里雲霄觀直諫，孤身滄海荷生還。楚騷未許歌漁父，宣召行看近聖顏。越水閩溪堪對酒，寄情暫與白鷗閒。

七夕偕許稚幹寮長童子鳴諸公集王太僕儀甫園亭得驚字

蕭蕭木葉總秋聲，巧夕長安試結盟。月滿樓臺人共倚，星迴河漢鵲還驚。風雲天上成良晤，蘭玉尊前此合并。慚愧一官依北斗，可能詞賦擬西京。

同諸公馬上望廬閣得城字

青山含霽色，聯騎入都城。梵閣雲中出，林鐘雨後鳴。風烟分勝地，歲月老塵纓。共抱登臨癖，重來不負盟。

送潘象安歸省八首

瑟瑟商飆劍色寒，家山俱入夢中看。長安元自知潘岳，莫賦閒居戀鶡冠。

籍籍聲華滿上京，秋來忽動綵衣情。松蘿舊社行吟處，應聽山鶯憶友生。

渭城一唱一魂消，昨夜秋風吹鵲橋。最是江楓惜離別，不堪片片舞行鑣。

傾蓋逢君春酒卮，黄金臺下細論詩。定知陟屺情偏劇，忽掛雲帆易水涯。

賦就長楊芳桂叢，隋珠早已動三公。新都雲樹懸孤夢，便泛秋槎逐轉蓬。

河橋柳色已蕭蕭，愁聽驪歌對泬寥。後夜相思如有句，好憑征雁寄雲霄。

長安擊筑幾高歌，朔雁吳雲奈爾何。東閣秖今虛席待，莫將書劍滯烟蘿。

鼓枻乘風萬里回，題詩獨上鳳凰臺。少微莫向青山隱，韋相明時正愛才。

陳春宇太史聞余談衡山之勝有作因次韻答之二首

當年楚澤采芙蓉，縱覽何如百二雄。夜半祝融觀海日，秋高彌勒御天風。披襟獨酌雲霄上，散髮狂歌瀑布中。曾與支公留偈別，願持杖屨再相從。

七十峰頭一探奇，素心元與白雲期。山僧解說談經石，樵父能傳治水碑。峭壁迎風蒼樹合，懸崖蔽日古藤垂。寰中勝絕應難賦，搦管多慚白雪詞。

秋夜陪童子鳴潘象安洪從周康裕卿管建初集許儀部長官宅送慶伯弟得流字

仗劍清歌達者流，薊門折柳向炎州。風塵萬里愁艱涉，歲月孤蹤可滯留。先澤遠貽分雁影，恩波新沐遲鵷儔。遙聞鄉國烽烟息，早賦雲篇拜冕旒。

陳春宇李秀巖王抑所諸公枉過得端字

芙蓉寂寞蓼花寒，詞客翩翩訪藥欄。身繫浮名依闕下，興憐孤調落毫端。漏傳宮掖因風至，雁度江門帶月看。零露瀼瀼清几席，金尊頻促待飛翰。

喜黎惟敬至偕童子鳴諸公攜酒訪之得雲字

搖落深秋一見君，都門握手更殷勤。別來白社孤燕月，重對青尊悵嶺雲。五嶽何年期謝屐，甘泉此日羨雄文。休嗟宦海羈雙鬢，鳳沼新題喜共分。

中秋夕同童子鳴集陳太史宅對月得飄字

皓魄盈盈出絳霄，金莖孤倚夜迢迢。尊前風露清磁起，笛裏關山一雁飄。楚客狂歌飛白雪，燕臺秋色晃銀橋。合歡況更逢知己，蔣徑梁園漫寂寥。

偕朱光山諸友登焦山寺

幾年京口三山夢，乘興招攜得暫遊。雲起半江浮遠岫，月明千里落寒流。僧扳絕頂看秋色，雁度輕陰下潤州。一自焦公棲息後，何人洞裏狎飛鷗。

石室紀遊

仙島懸幽夢，雲棲構宿緣。揮毫開霽色，把酒問青天。積翠霑衣袂，晴光泛綺筵。蒼苔千古刻，撫罷意茫然。

登高臺

四面山圍屋，三洲水繞城。帆檣樹杪出，樓榭鏡中明。古桂含霜色，長松隱浪聲。塵機盡寥落，堪與白鷗盟。

山中即事

名勝來何許，群仙跡尚存。瑤緘秘石室，金簡出雲門。避世迷桃谷，冥棲臥漆園。丹砂如可學，塵事詎堪論。

靈洲晚眺

靈洲延晚眺，月色滿長林。絕浦聞漁笛，空山響梵音。潮迴江岸遠，雁下水雲深。歌舞渾忘寐，扁舟塵外心。

送友人還家

十年高臥桂叢幽，此日驚看挾策遊。劍氣光芒連北斗，詞源丰采動南州。春深風雨三更夢，草綠江湖萬里舟。若到故園相憶處，也應回首仲宣樓。（以上盛明百家詩之梁中舍集）

藕花館

雨過湘雲捲，風迴翠浪平。蟬喧低岸柳，魚避泛舟萍。賞趣緣山水，忘懷得友生。如何五嶽去，方稱逸人名。（明張邦翼嶺南文獻卷二七）

雲谷書院題壁　雲谷書院即白沙書院

野客愛清秋，樵山覓勝遊。峰連五嶺色，泉瞰大江流。把袂雲隨杖，停杯月滿樓。谷中堪結侶，高

臥桂叢幽。（清梁善長廣東詩粹卷四）

（楊權整理）

遊南華寺

一入菩提境，飄然萬慮灰。歌從仙侶放，尊仗故人開。旛訣來何國，檀械秘法臺。禪居留信宿，幽夢繞雲隈。

翠華環四壁，絕勝隱巍宫。梵供青山響，鐘聲紫霧籠。虎跑曹水畔，猿嘯雨花叢。千里瞻依切，躋攀興未窮。（明郭棐、清陳蘭芝嶺海名勝記卷一一）

（陈永滔整理）

全粵詩卷三四五

張子翼

張子翼（一五二七——？），字汝臨，號事軒。瓊山人。明世宗嘉靖二十五年（一五四六）亞魁。授武昌縣教諭，陞廣西陸川知縣。在任五年，祀名宦。歸田後閉門課子，與海瑞、王弘誨詩簡往來，傳爲韻事。有事軒摘稿。海南叢書第五冊有傳。

張子翼詩，以民國二十年（一九三一）海口海南書局印行之海南叢書第五冊張事軒摘稿为底本，校以明陳是集溟南詩選所錄張子翼詩。

魚不食四首送栢山

魚不食，倚江磯。天頭雲樹晚依微，五湖烟艇雨霏霏。七月八月鱸魚肥，六物不具知者誰。君不見，玄真子，斜風江上一簑衣，春來春去不知歸。

魚不食，倚江干。笑盡人間行路難，青山白石水漫漫。頓覺此身天地寬，釣絲遠拂青瑯玕。君不見，羊裘子，桐江江上一綸竿，漢家九鼎安如磐。

魚不食，倚江皋。起弄山月霜天高，商歌激烈聲長號。仰俯天地此生豪，釣出三山繫六鰲。君不見，皤谿子，鷹揚八十奮時髦，何如東海趂春濤。魚不食，倚江淥。世事忘機如蕉鹿，有時上飲山頭犢。抱氣冲冲叩其角，燦爛歌聲振窮谷。君不見，栢山子，一輪明月一竿竹，長嘯長江江水綠。

春寒

三陽入星紀，萬里寒威逼。遲日何其淒，同雲淡無色。避戶谷回飈，幽林鳥斂翼。茅鷄午不鳴，屋烏時不食。凋謝時防花，馮陵憂害稷。龍蛇轉蟄深，牛羊歸徑黑。去去任飄零，行行歌偪側。氣候紀東南，風色看西北。災荒尚如此，邊聲況絕域。碧樹掩長楊，黃塵動荊棘。宮中落便乾，民間凍豈識。爐火擁妻兒，感傷中心畫。

贈海剛峯萱堂貞節卷

世道已波瀾，汩汩江長瀉。砥柱矻懸梁，誰是中流者。秋霜撼陵谷，艱哉慈母寡。斜月照孤幃，蒼鼠落殘瓦。縭結誓如初，課兒淚盈把。宣文還隔幔，潯陽時卻鮓。薄俗此挽回，內則今陶冶。令子奮桑弧，聲名動朝野。鄰卜喜王翰，弩負卑司馬。積善慶所餘，造物不忍舍。聖世重綱常，優詔將南下。列傳昭管彤，謳歌增大雅。嗟哉賢母心，褒旌非所假。千年桂水清，應照寒山舍。

感懷

世道已翻雲，人情多下石。笑語向芝蘭，胸次叢荊棘。所以高允心，猶恐負黑翟。然諾重千金，懷哉不可得。

代友人送別

送子別江滸，江迴雲浮浮。豈無別離酒，思子不能疇。岸北歸蕉笛，三弄山之幽。有懷正蕭瑟，何日慰淹留。

孔釋抱送圖送王忠銘

君不見，水晶之子生絕奇，乾坤覆載無窮期。龜蒙絡繹滙洙泗，泰山盤鬱糾青徐。闕里雖傳篤生地，尼山應記禱禋時。莫道西天無善果，卻於東魯有乘除。申甫昔殊嵩嶽降，傳說今看星宿離。從此人間渥洼種，多緣天上麒麟兒。天入南溟連地脈，東連建水漣且漪。尖峯矗矗凌霄漢，金鷄宛宛走蛟螭。阜鍾奇氣穿龜竇，江留古蹟瘞清泥。誕生異質歸青瑣，秀出雄文入鳳池。地靈自古人多傑，善積由來慶所餘。膠漆襟期傾海宇，雲龍意氣動親知。共傳荀氏龍初聚，誰云仙果子生遲。河東瑞麗徵玄鳳，馬氏賢良數白眉。周雅便須賡振振，史臣應自謬嶷嶷。騷人鬱悒忻摛賦，畫史繽紛預獻圖。

粟園歌遺王肖陽

去矣歸日擯空谷，帶月荷鋤忙種粟。茘陰宛宛牛力牷，春雨濛濛土膏沃。芒鞋箬笠爲誰忙，芳畦一一抽新緑。陰連蒼翠建江濱，也向藍田種美玉。君於世籍本通儒，十五年前薦賢書。相如獻賦擬金馬，曼倩待詔入公車。誰謂磻溪還未遇，出匣干將長淬礪。清宵課子慣然藜，曉日呼童多樹藝。隴上秋來遍地黄，沐雨櫛風何太忙。蘇君謾道無負郭，孔明始信有南陽。古來王業重衣食，有田陽羨豈易得。爾時乘屋急桑麻，異日臨軒陳稼穡。我亦張堪是後身，平生意氣落風塵。柴桑寄傲惟山海，錦里全收祇葛巾。九日風高雲出岫，江花江草簇如繡。一登一眺也含情，千壑千峯爭獻秀。世誼悠悠獨向君，看星按劍詎堪論。忘形苦思須雙局，擊鼓催花共一尊。百斛丁寧已貫朽，會看東棠須造酒。餽我從事有青州，莫作先生一烏有。

依太司成忠銘韻哭伯丈孝銘暨孺子莫氏

海上忽驚雙旅訃，親故聞耗泣如注。經筵退食寫哀詞，九歌壹似懸河訴。孔懷千里情未舒，臨殯不覺發長吁。浮雲世事原多幻，鬱結衷腸轉似癡。身世茫茫識不蚤，今古要離三尺草。東海豈能遏逝波，西崦誰復揮餘杲。枕上黄粱夢寐間，修文地下何漫漫。蒿里雲深埋玉樹，薤露歌殘裂肺肝。吁嗟孝銘遽止此，天道無知諒誰語。蛉長蟪短竟何裨，燕壁秦關良自苦。邸佩難招月下魂，空遺繐幃向黃昏。春生池草聊成夢，鶴唳霜天不可聞。黃壚碧水真難測，蒹葭倚玉情何極。我亦啣環未報君，慇勤更向楚些悉。憶曾結媾爲兒曹，獨慚齊大恐媒勞。群議於公最相協，締緣奚阻鳩嗷嗷。奕世藍田多遠籍，從此定祥憑月下。魯水遙憐贈別時，建江追記欣娛夜。薛家彩鳳最聯翩，天衢繼序相周旋。羯末封胡禰世系，以古方今何間然。平生耿耿負奇氣，宇宙翻爲分內事。然藜文史惜三餘，倚馬才華高七步。蘭臺思欲紹鴻休，關山千里雁橫秋。辭家敢恤風塵苦，仗劍兼爲竹帛謀。嗣徽夫人偕氏莫，尖嶺之陽曰望族。克相可以媲藻蘋，清操不啻如冰玉。爾來旅次效辛勤，鷄鳴遨遨告溫溫。懸知尺繩初繫日，亦仗夫人有裏言。田家荊樹念同育，濟濟雍雍又肅肅。實有姜被共寒暄，豈如漢家春斗粟。曼倩金馬豈隱淪，兵廚伯氏最相親。鴒行雁序無燕粵，弟勸兄酬似主賓。二仲延佇意更欸，星河忽逐流光轉。屈指風帆計驛程，樓前祇擬斟常滿。詎意泉臺成永別，昂霄梓杞俄中折。夫人先逝公已隨，前緣更向酆都結。太史離懷三載餘，遙睇天南祇劍書。一生世業成烏有，半世功名賦子虛。嘗膽懸螢何所用，刼灰盡付南柯夢。鄉評最惜寵元龍，卜居猶殊石駘仲。間關惟有仲兄來，長衿戢戢向書齋。連牀不覺更籌永，望柩何曾笑眼開。華堂何處追欣晏，蘇韶無地重相見。駒影真從隙裏過，鶺飛徒向原中羨。過客從來不易邀，風飄雨驟不終朝。三十年餘何僅僅，八千里外更寥寥。人生誰不邁陽九，丘首祇爭先與後。孤兒未育名未成，物論於公曾厭否。屬纊幸有伯在傍，萬里骨肉相扶將。家鄉回首知何處，行路聞之亦慨慷。京邸憂危曾遣僕，悲傷不覺公愈蹙。力疾猶能强致書，書中後事惓惓囑。太史捧之不忍忘，臨風秖自增悲傷。江州司馬擬長恨，海天寄我一哀章。公於塵世渾如寄，精英猶在佛光寺。從容召賦上玉樓，西天苦海何須避。公於昆季盡堪憑，豈論螽羽暨螟蛉。死若復生生不愧，泉路知公目已瞑。世德可傳還可繼，奕奕書香豈墜地。樵遊牧唱且隨緣，春雨秋霜永弗替。青青隴上有圭田，千年烟火自綿綿。縱於氣數曾乖舛，卻多人事肯周全。區區株守如匏繫，世上彭殤秖一致。誰能白日生羽翰，想當乘此終歸去。滕城鬱鬱雨瀟瀟，瓊海歸魂萬里遥。故鄉恒幹應棲止，帝遣巫陽不用招。嗟公此生長已矣，須悟莊生齊物理。古往今來逆旅間，水碧山青秋色裏。

題濱隱孔雀牡丹圖

良工奪巧恣幽獨，手執青湘展素幅。已從天上摘繁星，又向林間揮羽族。咫尺閒開孔雀屏，尋常便寫牡丹簇。淡如西子素粧時，濃似楊妃初睡足。春心促促蝶和蜂，生意紛紛紅間綠。突兀崎嶇石繡苔，絪緼變幻雲爲幄。畫工寫形又寫意，誰識丹心苦獨至。春鶯催曉箇箇忙，秋鳧顧影雙雙憩。粉本曾訝鶴騰空，點睛卻恐龍飛去。我從林下一探奇，到眼不覺開胸臆。細推物理妙入神，惟此丹青太逼真。滿園凋謝有桃李，四時結翠秖松筠。青山得意花與鳥，共看年年春不老。吁嗟乎，共看年年春不老，妙手真能奪大造。

雨中寓多尋山庄偶誦杜工部一徑野花落孤村春水生句即事十韻

其一一韻

峯頭雲樹微，竹裹榔陰密。牛背走兒童，村莊誰第一。

其二徑韻

燕語青春深，花飛白日静。村春細雨來，别業開三徑。

其三野韻

隴上簑笠翁，禮度何其野。花落不知秋，卻笑王侯假。

其四花韻

連封多沃土，跨海盡漁家。掛月榔榔影，映山桐刺花。

其五落韻

遠峯列石城，衆水護山郭。禾黍遍郊原，鷄聲暗籬落。

其六孤韻

楓葉藏蛋雨，春江作畫圖。谷迴諸徑淺，天遠數峯孤。

其七村韻

碧草侵環堵，江月醮柴門。三咽誰家笛，孤砧何處村。

其八春韻

天籟涼生竹，山鳩鳴向人。偶逢社日鼓，識破隴頭春。

其九水韻

細雨送秋聲，明蝶競春蘣。不見繞梁人，相思隔江水。

其十生韻

地闊炊烟集，年登米價輕。不知寬一分，猶似枉平生。

送陳仰坡景仁昆季八首

君家賜姓自姚虞，上舍學生上諫書。世系綿綿昌海岱，英聲濟濟動鄉閭。

少年昆季盡輝煌，自古元方又季方。宋氏風流今不遠，蘇家文史更誰强。

從遊函丈爲離經，自愧生兒盡景升。信到銅鑪無棄物，敢於藜火附傳燈。

窗開曉日荔陰濃，几迓薰風竹翠重。筆夢江淹添五彩，文思曼倩足三冬。

十載芸窗作卧龍，三春柳色映桃紅。驥逢伯樂群空北，經授康成道已東。
橫經徹夜多程石，草閣從人數問奇。滿座春風來玉案，一天時雨下蓮池。
雲龍蓂莢磐交歡，話到分歧去住難。天入渭陽將戀戀，路當烏石水漫漫。
侵堦歷歷池邊雨，結蓋亭亭隴上雲。抱病山齋頻徙倚，不堪鴻雁暫離群。

林介石送磁蓮盆喜賦二首

衡門盡日抱清虛，日午猶翻種樹書。從此盆荷開夏日，儂懷惟有葛天如。
石鼎何年勒篆文，烟花大半落苔痕。草堂一入誰爲主，詩句何妨改謝墩。

感懷四首

酒能養病懷偏拙，老愛看書目易昏。世事相違成寂寞，不堪惆悵倚柴門。
書拋滿篋從兒嬾，徑隱通衢任客踈。漸老看花成底事，暮雲天遠獨愁予。
農家歲熟兒猶哭，海上兵添賦豈堪。抱病杞人曾過計，春風疑不到天南。
清瀾海上血流盈，水寨猶屯防守兵。反側楊么渾未定，未知何日見澄清。

華堂天曉歌爲年丈居泉誕子作

漢家獲鼎已名年，寶篆羌傳出海邊。柱下金環君信不，有文掌上尚依然。

十里波光四面開，清秋銅鼓接蓬萊。嵩雲自昔鍾申甫，奇甸于今産異才。
座上嶺雲歸石峒，尊前漁火照江蘺。主翁抱子渾無事，點破江山數局棊。
充閭喜氣按歌長，江上歌聲皆繞梁。渺渺輕舟追范蠡，徐徐雲雨賦高唐。
百年事業此懸弧，倚席彈冠更獻圖。欲比荀家齊淑爽，先於屏上指之無。
清瀾海上綠於雲，閣上看雲坐夕曛。炯炯辰星勞望氣，彬彬詩禮萃人文。
草堂四壁繞圖書，杖倚松風曳短裾。解組賦歸生事足，老懷惟有葛天如。

漁

蒼茫慣宿江湖雨，汗漫長浮天地槎。夜夜絲綸收巨口，前灘呼酒送生涯。

樵

眼底岡山皆故主，擔頭天地一閒人。此生不用平津策，笑負初心有買臣。

耕

蚤向南山除蕪穢，更從負郭饒菑畬。長吟卻笑南陽子，三顧何勞到草廬。

牧

叩角冲冲短笛吹，此心不係得牛肥。行人笑問儂何事，日出山岑日暮歸。

九鷺蓮圖

一訣千金是九思，丹青獨羨奪胎奇。畫前若解先天意，始信羹墻有仲尼。

携琴訪友圖

松下迢迢一徑尋，絲桐自昔喜知音。丹青獨解無絃意，曲奏薰風太古心。

三水即事時有兵船二首

城郭曉烟人避戶，沙灣淺水客停舟。秋毫難道渾無犯，烽火驚心説未休。

將軍陣馬載樓船，夜渡潛移泊水邊。迅掃何時傳露布，杞人竊懼有凶年。

江漲

一夜水聲一丈騰，下江如箭上如登。世間兩利真難事，駊歷從今感慨增。

自良山中

沿澗穿溪一徑長，拂雲晴樹鬱蒼蒼。絕幽疑是天台境，隔水蟬聲送午涼。

過梅藍

官路迢迢榕樹標，眼前菽麥俯青郊。笑予林下忙何事，三過梅藍底自嘲。

寒雨二首

寒雨苦不止，同雲滿太虛。漓漓花易綻，脉脉歲將除。烹茗徐添火，扃門嬾著書。有懷多晝寐，淒寂欲何如。

雨寒霜氣襲，風急晝雲垂。歲暮陰陽短，庭空鳥雀飢。愁來詩未遣，老去鬢先知。奇字無人問，清齋信杖藜。

人日

紀時逢七日，雲物半陰晴。世事每如此，春風豈世情。流泉田澗落，當戶岫雲横。生事甘疎曠，江山結歲盟。

與甘文峯程質齋之建江即事

冥色衝寒雨，涼風度淺沙。村樵歸晚棹，江浦噪昏鴉。牧笛聲初渺，橋驢思轉賒。親知今並轡，談笑挹霜華。

贈李貞宇

雀噪人初至，披襟夜向闌。價原燕市重，盃慚粵中寬。秋圃窺黄菊，春衣紉紫蘭。江淹辭日富，彩筆夢中看。

建江阻雨

積雨何大劇，秋雲不肯明。雷霆驅魍魎，籬落乏鵁鶄。撥悶窮詩骨，衝泥拚酒兵。懷人多寂寞，徙倚向江城。

建江阻漲

秋水來天地，江波傾呂梁。臨流天有塹，欲濟河無航。世路每如此，人情安可量。淹留幽思積，長嘯發清狂。

九日

九日人間節，憑高何處登。山中甘寂寞，歲序任凋零。髮短羞簪菊，堂虛酷似僧。牛山成往事，吾計祇東陵。

枯椰

先祖移居，植椰成林。經八十餘載，僅存其四。今秋忽枯二株，感而賦之。

酒樹天涯種，經秋擁蓽門。松筠推玉液，風雨妬孤根。垂老肝腸折，先人手澤存。東園山月吐，猶憶掛梢痕。

與沈迎川石圃王肖陽會竹峯府時新月初霽即事

開簾諸老會，載魄一彎初。寂寂流雲外，纖纖密蔭餘。共憐人莫逆，休問夜何如。暫阻南頭轡，幽懷尚未舒。

曉行

丙午夏，翼與季父子賓、兄吉甫抵城黎村，暮矣。老者揖而舘之，曰：余有好夢兆。歇至夜分。此老亦解詩，相贈「有緣暫宿鳳凰臺」之句，因各賦曉行即事。後果以捷秋應兆云。

萬里暝烟靜，行人思不禁。釣船猶傍竹，山鳥未辭林。月照風生袖，星懸露濕襟。鳳凰臺上詠，休作憶山吟。

山莊即事

龍岡眠半月，石嶺出朝霞。遠水分還合，環山正復斜。椰椰森遠近，鷄犬接田家。樂土兒吹笛，村莊興正賒。

栢山劉工部送已上人韻次之

松風聊住杖，秋雨細論詩。日轉椰陰午，雲留客坐遲。榮枯驚塞馬，歲月看遊絲。綠水供垂釣，誰聯江上詞。

登栢山白水湖山舍四首

望氣開新麓，誅茅結草窩。水從方丈落，山似若耶多。白髮呦呦侶，青尊浩浩歌。洞門無俗事，長日掛魚簑。

龍盤白水地，上有堯夫窩。赤腳春遊壯，青山晚眺多。垂綸無俗事，扣角有長歌。江上斜風雨，玄真穩舊簑。

清遊移白晝，翹首見龍窩。驟雨雲雷合，晴江魚鳥多。長杯還自遣，短鋏不須歌。憑眺金臺近，江門未掛簑。

誰是子真谷，瑤林一畝窩。禪關看晝永，勝會得春多。喜和陽春曲，時聞水調歌。眼窮今古闊，烟雨幾番簑。

熱水亭

列岫層懸戟，溫泉泱溜渠。山川瀦異氣，天地此洪爐。溥博心源闊，炎涼世味殊。沍寒堪煖浴，萬里慰征途。

蜆岡舟中用姚侍御韻書懷二首

擊楫寒山月，高歌旅興增。黃雲連紫水，漁火伴螢燈。曙色明沙迥，烟圖入畫層。東南催去旆，子至曉霞蒸。

江山盤鬱壯，世路感懷增。旅憩雲爲席，灘明月是燈。東瞻天五尺，南跨嶺千層。夜色看牛斗，分明劍氣蒸。

遺表叔馮石塘縣尉 二首

作客楚天遠，同官粵嶠邊。獨憐葭倚玉，報最政聞絃。漁火明深夜，江村起暮烟。海天家何處，雲物總凄然。

暫停東楚轡，更泝北流江。草色迷孤嶼，清光接大邦。石壕無横吏，村落少驚尨。夾岸汀花發，遥遥送去艭。

鬱林四月見荔

楓葉藏梅雨，新紅綴綠荷。鄉心看汝在，旅食恨吾多。開國傳枸醬，荒臺指樹陀。楚猿兼粵鳥，頻唤奈如何。

文家人感文山事 鬱林人文山之後

秀野開堂舊，簪纓捧匣新。粵南求世系，宋室一孤臣。千里還喪日，三朝報主身。春來看杜宇，帶血瘴江濱。

秋雨

淫雨苦不止，山谿溜決隄。夏苗渾在水，秋稼總成泥。洪範推災異，衡門□杖藜。有懷多抱病，無計學鷄棲。

龍窩雨途即事寄迎川肖陽五首

積雨迷山谷，秋田半草萊。岡連村牧下，鳥拂凍雲來。時序悲黄葉，花陰長緑苔。懷人江浦上，松下欲徘徊。

林間風瑟瑟，山上雨霏霏。荒徑三家集，疏林一鳥歸。天寒雲慘淡，江迥樹依微。長嘯青陰合，彈冠白羽飛。

久爲林泉嬾，今胡夜雨來。偏將知己夢，一向故人開。細柳虚前府，平津有漢才。竹峯勞遠炬，拚醉習池迴。

徑黑泥偏滑，人疲路更遥。衝寒誰喚酒，出險漸停橈。雪興無明月，詩懷滅灞橋。相攜喜兒輩，昏暮屢相招。

夜雨忙如此，涼風動遠吟。雲龍懷舊侶，流水待知音。千古逍遥夢，百年兒女心。丈夫期意氣，尊酒喜同斟。

江漲

迅雷傾澍雨，溪吼漲驚濤。水鳥浮天闊，游鱗倚浪高。順流歌棹易，截葦泝舟勞。無限觀瀾意，浮雲與逝滔。

題黃會川退谷卷

樊口懸江迥，寒溪帶谷斜。捫蘿堪住杖，仄徑不容車。雪暗山陰舫，烟深處士家。樅篁含地籟，松檜閱年華。南郭徐躭鹿，東門憶種瓜。地容湖海側，春比武陵賒。綺里能辭漢，玄真盡痼霞。知雄機已黜，守黑道無差。嘲厭揚雄閣，舟聯漁父叉。丹爐方授火，歲夢忽驚蛇。逆旅難留客，盈虛總搏沙。人隨玄鶴渺，山剩白雲遮。執卷仍垂涕，臨風忽自嗟。我來尋古蹟，日暮集昏鴉。

宜章與大尹陳前峰邑博馮西郭遊艮巖

怪石通山骨，幽巖瀉玉泉。捫蘿深擷翠，燒燭細尋涓。法雨垂如線，崖花笑欲然。雲根渾不動，鍾乳渺難騫。古木千章集，金城百雉連。遠岡迎劍戟，活水下郊埏。六月疑無暑，諸峯別有天。客盃時泛白，僧定欲鈎玄。漏遠孤鍾應，聲幽一鳥傳。號林無定鹿，落樹有驚蟬。湘澤遙聯楚，關河盡拱燕。我來訪神秘，謝屐任輕便。興倚三春足，閒偷半日緣。日遲風荏苒，道夾柳連綿。宓父攜春菜，湖蘇入綺筵。閭閻還揖讓，桃李盡芳妍。雅況須拚酒，公餘日弄絃。谷神如有待，興溢謾濡箋。

明遠樓宴文學李半沙博士王雪溪用樓字韻

坐宴獨當午，舒懷共上樓。萬山收伏暑，一葉報初秋。海宇晴烟闊，乾坤翠黛浮。村春藜徑小，江畛麥雲稠。井灶千家曉，闤闠百雉收。東巖藏宿雨，北固隔龍湫。瀑布飛千尺，芙蓉插九州。劍峯摩碣石，滄海揖之罘。花下琴斻鹿，林間吹傍牛。簾櫳風色定，燕雀羽毛修。楚客能歌鋏，秦生本姓侯。看雲移白晝，舒嘯付滄洲。句向憑欄得，杯爲知己酬。賞心多欵曲，信美竟淹留。談笑庾公月，江湖范老憂。踟躕共回首，傷思仲宣儔。

寄劉清軒同年華居泉二公清軒戊子春元，恬退不仕

南郭憑虛日，東陵縱目秋。雲飛天更闊，地縮分相投。種竹依泉石，垂綸傍渚洲。商山朋綺季，箕潁揖巢由。菊種淵明徑，烟隨范蠡舟。性真聊自適，物外竟何求。煑石羅丹鼎，揮毫向海陬。生涯甘抱甕，別業老菟裘。鄰卜歸王翰，鄉評許太丘。詩書開萬卷，宇宙豁雙眸。誰是中流者，風波肯掉頭。校書多寂寞，脫網更夷猶。聽雨慳粱夢，隨陽祇稻謀。李斯悲溷豕，莊叟笑犧牛。樵牧隨新侶，星辰憶舊遊。軒乘休羡鶴，盟結便尋鷗。入座須拚酒，舒懷共上樓。

送王忠銘北上三十韻

冠冕開南極，文旌動海隅。琴書攜故里，劍珮曳天衢。柳眼窺春細，葵心向日鋪。五雲占太史，八駿馭皇都。青瑣蜚聲舊，銀臺入眷殊。詞臣銓玉檢，溫語下金樞。勳業緣時建，文章與道俱。寵班鄰禹稷，泰運遇唐虞。旅食休論客，彈冠肯負儒。康莊乘造父，大厦運公輸。珍席人皆寶，才名世所須。伊川留講幄，君實起龍圖。黄道開愈纚，蒼生望豈孤。金甌調玉燭，夜月湛冰壺。避世玄真子，躭霞蘄守株。松花三徑僻，窗草一庭迂。隴上眠貪犢，雲間羽羨凫。堪憐葭倚玉，奚啼璞於玞。野渡舟横浦，高岡鳳產梧。于門誇伯仲，錦里結陳朱。下邑能歌郢，賓筵盡履珠。舄趨還汎汎，甕抱獨區區。使客瞻星漢，郵亭唱驪駒。無心翻水鳥，有意逐檣烏。梅蕋疏官閣，榕陰覆草廬。皇風披宇宙，秋色落江湖。海闊鶯聲曉，天空雁信紆。九天牽別夢，萬里健征途。逖矣雲霄侶，懷哉招隱徒。江亭春草碧，登眺各踟躕。

夏日沈石圃雲靜野邢文臺陳仰坡夜宴石圃分韻二首

林下何人覓舊交，高軒帶雨歷荒郊。半尊遲月開花徑，午夜懸燈賦草茅。浮白且連徐孺榻，談玄未解子雲嘲。人生聚首渾難事，索句何緣竹外敲。

談心握手細論交，衝雨何妨曉出郊。空谷有緣頻倒屣，草堂無徑欲誅茅。且憑尊酒攄幽思，未暇炎涼與世嘲。此別思君無個事，山門惟許一僧敲。

七夕會仰坡不果書懷

鵲橋天上年年度，砧杵人間處處村。已分灌園甘抱甕，何須乞巧向天孫。邊聲漸覺防秋遠，漢使虛窮犯斗源。撫景懸燈懷往事，未緣月下倒芳尊。

會莫志完李瑤泉甘文峯宴岳丈溫泉宅時有歌妓在右

伏雨初收送晚涼，江南黏乳醖秋香。宦情不覺來滄海，山侶何緣入醉鄉。會有風光傳杜曲，何須雲雨賦高唐。他年待詔榮金馬，尚記彭宣鬢已霜。

文學莫志完見邀裁謝

雨蒸時序入新秋，美盡東南箭並投。清世誰憐陶處士，宦情曾是晉風流。綠簑正穩玄真子，絳帳先推古建州。珍重廟廊須遠略，勳階兼爲故人酬。

送林琴士

江上攜君理素琴，廣陵猶似振遺音。江山未斷鄉關夢，瓊海誰傾夜雨心。對月有緣時中酒，看花無偶獨沉吟。臨風莫唱陽關曲，雲樹迢迢隔遠林。

候仰坡不至偶成

抱病山齋坐夕曛，前林歸鳥暫催群。霜天薄暮堆紅葉，霞氣衝寒散綺文。花徑暝收藏谷雨，笛聲吹斷隔谿雲。六壬笑問占星者，何事歸驂屢誤君。

王肖陽雨中見訪

乍晴復落谷中雨，既去還屯嶺上雲。劍氣衝寒時攬轡，齋居煑茗細論文。撚髭句向池塘得，卻老方從靜夜分。世誼多君重問訊，不嫌丘壑日相聞。

除夕

南溟隱几劍光寒，節序難消此夜殘。荏苒韶光星物換，逍遙兒女歲時歡。塵緣已向知非度，春信還從索笑看。最有詩懷新思逸，長彈元是隔年冠。

冬日桃華

西桃手植會冬華，春色凌霜到海涯。山入武陵誰鼓棹，雲開若水看蒸霞。三千細數東方實，五斗今饒處士家。忽見成蹊憐著汝，頓令青鳥下枝斜。

春日桃華齊開子結如豆喜而賦之

山齋無事學東陵，春日桃華次第生。忙引粉牆雙蝶下，閒移蟾影一輪清。謾誇陶令籬邊採，肯負劉郎去後名。留得實垂甜似蜜，擬將芹曝獻承明。

落地桃華

東風披拂任飄零，新結離離擁翠屏。飛入草堂渾片片，照回簷日故盈盈。輕如天上霞初散，細似人間錦乍成。南北兵戈猶未息，武陵溪畔獨尋盟。

春燕

獻歲林間報早春，元宵堂上燕窺人。乍穿簾幕泥猶濕，似訴離腸語較頻。物候遥占宮柳細，葛巾重整粤臺新。自來自去堪憐汝，故壘依依伴隱淪。

江亭餞别四首送太史王忠銘北上

三春柳色催行旆，十里汀花照别筵。谷口行藏甘老廢，螭頭啓沃是華年。疏憐陸贄緣忠赤，嘲薄揚雄爲草玄。别後風帆頻數驛，神霄北望隔雲烟。

劍氣光騰海上舟，珮聲遥委鳳池頭。江亭造次須傾酒，鄭驛荒凉拚倚樓。舊侣盡陪金馬貴，新恩直傍袞龍浮。經綸意氣歸青瑣，遠浦誰馴不繫鷗。

建水青燈惜此筵，偶從種玉倚良緣。鄉關物色看兒女，朝野聲名附簡篇。春興暫隨歌管細，離懷多向暮雲牽。山人舊亦雲霄侣，遥逐旌旗到日邊。

南溟改纜逢春暖，北極瞻鳧傍日高。芳草茸茸迎劍旆，停雲漠漠倚江皐。三秋物候惟雙鯉，五柳吟身已二毛。事業兼爲新侶建，漁舟從此趁秋濤。

訪陳完軒不遇

春晴北郭訪元龍，槐市依依柳徑東。五夜書燈分太乙，十年詩案謝雕蟲。池塘倒影含雲氣，睥睨當軒送晚風。谷口未緣尋舊侶，孤尊湖海鬢雙蓬。

病中寄沈石圃沈竹峯

遙瞻車馬下林丘，抱病文園可自由。燈轉三更人寂寂，門懸午日夏悠悠。驟雷催雨乍傾谷，簾燕將雛半語樓。寤寐江亭思共榻，欲沿洲渚數輕鷗。

賀沈竹峯壽誕

山中歲熟酒盈尊，戲彩堂前慶有孫。燕入簾櫳香滿座，雀喧江滸客填門。東瀛細數桃重結，南海今推蔗倒飱。伏枕林塘惟藥餌，漁舟未訪武陵源。

書從子正之便面

蚤窺几上蠹魚篇，晚結山中綺季緣。香引梛陰風細細，清留花圃月圓圓。每於過客頻傾蓋，肯向鄰家負酒錢。子授一經君事足，三竿正好醉翁眠。

送舅弟李貞宇會試

青年東觀想燃藜，壯志懸知柱久題。欲把文章揮事業，便將科第作筌蹄。椿萱獨羡齡猶健，鴻雁堪憐羽未齊。太史奏書傳日下，泥金須蚤慰雲霓。

送王肖陽會試

世誼曾聯三十載，雲程今記九千餘。不堪抱病還分袂，肯爲將離惜引裾。荒徑偏宜陶處士，長門正倚漢相如。燕臺得意書勤寄，江樹亭亭慰倚閭。

送邢思軒會試

漢庭詞賦重相如，負弩曾乘駟馬車。欲向九霄摶六翮，先於萬卷惜三餘。何愁華國無文史，猶喜傳家有父書。春信憑梅須蚤寄，暮雲時倚北堂閭。

送林竹溪歸鬱林兼呈陽明府

窮經老負八閩才，簡授河汾絳帳開。桃李薰風栽象郡，琴書晴日渡瓊臺。堯封按治存三異，禹穴探奇遍九垓。别酒江亭春色晚，遥從南斗望中台。

遺馮子明

每緣舊業授齊陵，自計傳衣得上乘。飛隼忽垂千里翮，懸螢虛負十年燈。獨憐南北朱曾泣，共訝玄黃墨屢憎。阮籍往途今未遠，改絃從此莫因仍。

寄唐一軒

嬾與人間通姓氏，祇緣蹤跡落五湖。偶逢高誼來山舘，旋憶先翁會酒壚。三伏歲時驚荏苒，五更風雨集伊吾。懸知君是雲霄侶，不向山中訪釣徒。

訪貞宇不遇

江亭一别兩經秋，江上亭雲晚更悠。楚澤思湘虛遠佩，山陰訪戴負歸舟。澧蘭沅芷情何恨，廊廟江湖分未投。秋水林塘羌十畝，貽君杜若採芳洲。

寄陳菊莊二首

經綸意氣近何如，慧出西方事可知。垂釣正須東海闊，賦歸何用北山移。南窗負日偏宜嬾，秋水臨流正賦詩。珍重菊莊舊知己，獨能無夢到山池。

十載風塵一劍馳，勳階且莫嘆支離。介稱柳下緣三黜，名比關西爲四知。便把丹心酬北闕，莫將黄菊負東籬。五陵冠蓋浮雲裏，關尹何勞更卜居。

和喻可寄黄有才不遇韻

久知門外雀堪羅，詎意賢郎亦厭過。雪裏山陰非訪戴，飯中鉅鹿肯忘頗。臥聽簷雨頻移枕，望斷江雲倦撫柯。夢寐山齋懷往事，願將烏石比塘坡。

賀沈叅軍貤封榮歸

帝里新承晝錦回，天章燦爛五花開。山中煑石非新侶，海上傾尊有舊醅。雲水棲遲頻得句，藥欄檢點細添裁。與君共約三秋月，醉把諸唐爲品裁。

送從弟從戎函口

汝捐儒服習戎行，雁序分飛倍慘傷。行李蕭條僮在御，妻兒零落母誰將。離聲長滴三更雨，怨氣應飛六月霜。聞到此中多瘴癘，金鷄何日到炎荒。

九日旅懷

嚴城九日起寒烟，無客無朋祇晏眠。何處瀼西追杜甫，誰家莊上有藍田。授衣始覺催邊信，落帽何妨倚醉筵。人事天時成寂寞，牛山今古淚潸然。

送張古豪歸甌寧二首

江上西風吹白蘋，宦鄉歸思動秋旻。尊開北海無新好，松入南園有主人。琴鶴遠隨清獻旆，繭絲誰庇晉陽民。口碑到處傳陵谷，碧海重瞻峴首春。

南建旬宣最有聲，尊開江閣志澄清。民情不啻碑羊叔，宦況何如傳賈生。自古隨珠曾按劍，于今鄭谷且逃名。感君世事堪惆悵，肯爲清流便濯纓。

與雲靜野鍾冲宇同攜用扇韻

山中何意亦冠裳，攜手臨歧覺話長。馬渡晴橋衝野色，兔分仙桂摘秋香。雲翻石峒經瑤草，珠探驪龍得夜光。二妙相逢緣不淺，石渠今有漢文章。

賀文銘德銘遙想忠銘親家賦此

珮聲遙出鳳池頭，倚席彈冠喜氣周。萬里風雲瞻北極，九霄花萼壯南樓。秦關盡拱飛甍外，漢署堪憐並轡秋。莫向長安添別恨，冰天旭日照炎洲。

寓文銘書舘

別開清舘展山陽，在御琴書白晝長。五夜燈花郎授簡，一尊風雨客飛觴。松筠藹藹宜精舍，風雅恢恢想玉堂。山谷有懷傾信宿，蒹葭真箇倚琳琅。

盆梅忽抽長故尋許始華喜而賦之

曾向山亭手自栽，盤根傍石半生苔。初驚翠幹凌霄直，忽訝疎英破雪開。倚檻獨憐春信早，巡簷遲覺暗香來。老來種樹無他計，勝賞尊前日幾回。

登王文銘高明樓四景

高閣臨江俯玉寰，春宵乘興此躋攀。窗分曙色玲瓏裏，山帶晴雲杳藹間。雨淨綠楊穿別塢，舟移紅蓼下前灣。主翁栢酒尋仙侶，時有鶯笙入佩環。春景

海天時序入南訛，避暑賓朋取次過。江上闉闍躭晝永，空中樓閣受風多。傍花玉笛回楊柳，倚檻卿雲襲芰荷。梅雨初黃蒲泛白，援琴遲聽有虞歌。夏景

清秋清嘯欲登臺，爽氣悠然四望開。繡闥繽紛當睥睨，晴江隱約見蓬萊。蓴鱸薄採南中有，鴻雁遙瞻北地來。莫比仲宣登賦日，前驅曾是故鄉回。秋景

海上瓊樓碧透紗，當爐掃葉細烹茶。秦陶不數荊王被，黨妓無論太尉家。最喜銜寒無俗客，更欣索笑有梅花。山人自是山陰侶，訪戴乘流興未涯。冬景

寄邢用鳴

晚來愁緒向誰開，句對花陰祇漫裁。雲淡江天沉隻鯉，霜連秋宇點荒苔。村城有雨門常掩，山舘無人月自來。何日攜遊還秉燭，百年盡醉掌中杯。

送王時中歸隱侍養

招隱長辭世上名，臨流歸去濯長纓。春幃語燕人初暖，秋圃栽蔬月正明。自古瞻雲多攬轡，祇今抗表續陳情。燕臺老我空懸夢，鄭谷遲君晚結盟。

迎栢山

柴門日日倚雲開，風落霜榕點徑苔。山帶寒烟含雨過，畦連秋水挾鷗來。談玄正訝揚雄閣，覓句須憐子建才。花下久懸高士榻，遙聽車馬到蒿萊。

員墩書舘贈邢公

人間何處有蓬瀛，水色山光護短楹。晚結草廬無俗事，細穿螢火有書聲。一經遺子千金重，斗酒迎賓半榻清。春暖舞雩童冠集，松陰徐聽早鶯鳴。

謁栢山途述

荏苒薰風麗日遲，尋真直到武陵谿。客來畦墐春花笑，人傍松根山鳥啼。隴笛一聲江月小，磯綸數尺曉雲低。三秋綠水今猶健，謝展陶巾信杖藜。

程易軒八景迴文

窗綺綠荷涼午夏，几遙青竹護前楹。雙雙鷺宿晴林翠，疊疊峯回晚樹青。腔轉笛聲兒隔隴，水隨花泛客交觥。江搖白藻分魚躍，野遍黃雲曉種秔。

別蔡醫士赴武昌

十年京國風塵舊，五月沅湘草閣涼。抱病儒冠羞短鋏，逃名高士襲青囊。雲生石峒攀瑤草，月照丹爐檢秘方。早晚看君多感慨，誰憑天下起痍瘡。

送金三江二尹歸無錫

解組離亭送夕暉，哲人秋思趁鱸肥。好憑歲月邀猿鶴，莫向行藏認是非。鄂渚春雲還浩蕩，吳江晚樹尚依微。充充世界忙忙裏，烟艇聞君此日歸。

寓宜章寄武昌彭養忠

原知原憲道非窮，久在隆中識臥龍。燈向壁穿勞五夜，編從韋絕富三冬。停雲靉靉傾嶓谷，官柳依依夾岸容。回首西山共論劍，鳳臺何日慰重逢。

寄胡我溪昆仲

萬松亭下寒溪橋，走馬衝泥苦折腰。下榻何曾嫌造次，登堂原不費招邀。入簾庭草連荊樹，出谷鶯聲遍柳條。眼底江山分楚越，迎恩樓上夢魂遥。

寄錢洞潯

康成事業老傳經，十載松花點雪櫺。瑤草想當盈舊篋，寶刀擬待發新硎。道能守黑還知白，色訝出藍常倍青。早晚鳳臺知有識，泥金應爲寄南溟。

途中次同年黃韋軒遊南嶽不果韻

遠攜書劍渡三湘，路上寒衝過雨忙[一]。祇爲簡書趨粵嶠，頓令山色負衡陽。祝融尚未登峯碧[二]，岣嶁無由見字蒼[三]。回雁遥看鄉信斷[四]，楓林鳥影落寒塘。

[一] 路上，明陳是集溟南詩選作『塵屐』。

[二] 尚未登峰碧，明陳是集溟南詩選作『峰上虚懷古』。

[三] 無由見字蒼，明陳是集溟南詩選作『碑中未濺觴』。

[四] 遥看，明陳是集溟南詩選作『有峰』。

竇家道中

石城石磴何崔嵬，宦轍凌風費卷幃。峻壁臨江開徑小，孤村帶壘聚民稀。蒼茫漁艇含秋雨，窈渺禽聲入翠微。誰叱王陽經九折，錯分忠與孝相違。

代家父賞菊

花情最與逸相宜，十月霜風挾雨披。時序驚心頻北顧[一]，老夫即事向東籬。落英細數看雲久，尊酒同傾對客遲[二]。處處年年拚著汝，東西南北任吾之。

［一］頻，明陳是集滇南詩選作『回』。

［二］同，明陳是集滇南詩選作『頻』。

梧州喜報家君至陸川

獨行羈旅不遑將，詎意承顏此宦鄉。闌燭再燒疑是夢，彩簾初舞恰生狂。三孫提抱駭還笑，五載慇懃短更長。聞道畏途今且慰，矢心何以報穹蒼。

宴印唐宅留題

絲桐自昔向知音，過柳穿塘一徑深。洞口攀桃驚犬吠，山門弄月傍花陰。幽懷未展棊雙局，獨酌何妨酒半斟。旅邸軒楹多徙倚，思君不見發狂吟。

印唐宅效首尾吟

看竹何須問主人，東風和煦草堂春。如屏天遠諸峯出，傍戶聲幽一鳥馴。池向山頭分月曉，石於花圃繡苔勻。眼前佳景宜行樂，看竹何曾問主人。

迎春即事

露冕尋芳曉出封，淡桃細柳露華穠。人逢歲首春偏富，鳥囀枝頭花正濃。便遣佩刀來買犢，盡令編甲去歸農。旬宣近喜民風勝，飽煖謳歌處處逢。

藤縣中即事

徑轉田隈小竹籬，老翁七十自扶藜。烟籠古栢迷村火，雲擁前山失酒旗。馬歷崎嶇緣事棘，飯甘藜藿爲民疲。藤江僕僕重經地，松嶺輕陰粵鳥啼。

溫泉瀦暖 陸川六景

三台山下沸溫泉，泉上芳亭夕照懸。寶鼎香浮濃帶雨，石泓春暖瑞生烟。炎荒氣候原多熱，寰宇洪爐信有天。不用鄒生來協律，融融生意足藍田。

分水清環

雲氣秋深薄鷺汀，春風岸柳拂沙明。山從穿石分源迴，水入空江到海清。九曲菁茭諸派合，三台樓閣遠峯迎。粵南到此真形勝，如帶關河拱帝京。

後陽疊嶂

後陽山上鬱岑岑，萬籟松篁接洞陰。城市烟雲相結帶，山河表裏盡交襟。金湯虎豹横關塞，玉柱風嵐變古今。誰道陸川非陸海，憑虛回首一登臨。

前台列屏

文芒星宿列三台，鰲極方輿控海開。畫案雲横青嶂合，錦屏天遠碧峯回。靈洲已向南中出，間氣遥從北極來。自古嵩高能毓秀，篤生申甫濟時才。

西鳳朝陽

高崗西望産梧桐，儀羽婆娑訝許同。象郡有山皆拱北，鳳臺無日不朝東。彩懸苞竹千尋起，雲擁扶桑五色籠。並峙雲龍終不改，遥看劍閣淬天雄。

謝仙飛瀑陸川有崑崙山

崑崙源水碧嶕嶢，瀑布千尋界鵲橋。原有錫飛生羽翰，扔憐仙掌出雲霄。琪花未老桃先實，瑤草方零杏已條。自是山靈通望氣，嵩呼千載祝唐堯。

與李瑤泉甘文峯月夜投壺會飲因攜遊賦此

菖蒲初泛舟中綠，甘荔新傳席上丹。千里月來今夜共，百年壺送此盃寬。江雲獨縱南州遠，劍氣雙侵北斗寒。酒罷不禁還秉燭，樓頭容數四更殘。

寄符敬所

鄭野多年喜御君，憶從舘穀夜論文。垂綸水向石中落，扣角聲從隴上聞。藜火三冬勞舊夢，齋居百里望停雲。江村寂寞江天晚，欲借園林春幾分。

與謝崑陽唐舜封遊天寧寺

拂羽林中躭白晝，歸雲海上閣青山。偶從郭外逢知己，便向禪林說大還。松影清留孤鶴瘦，洞門深鎖一僧閒。追陪盛會緣非偶，細數虛名一笑間。

雨中迎川見訪時十一月一日

雁薄西風拂曉霜，故人車馬自丈鄉。山中帶雨遙催斾，竹徑呼童笑倒裳。念舊獨驚風木苦，攤詩不覺水雲長。東籬漏得春消息，冉冉韶光是小陽。

李南薰見訪李精堪輿曆日

雨澁涼生海嶠秋，石床花徑曉雲浮。清尊此日逢知己，策杖人間豈浪投。獨向先天分造化，遠從孤嶼覓丹丘。林間拚作堪輿子，欲向松�結晚儔。

再寄迎川 時書付與秀人來

客去遲遲主膾魚，催詩中酒共春初。高懷不覺老來壯，即事看移忙裏書。喬谷陰濃鶯得意，藥欄花茂蝶先舒。知君興溢彭宣外，祇恐安昌愧草居。

寓建江月夜聞笛有懷甘文峯

隔鄰風度入簾聲，午夜堪憐月色清。楊柳翩翩回海岱，梅花歷歷動江城。青衿咫尺何千里，碧浪三秋是五更。欲盡曲中無限意，須緣歌扇再班荊。

哭甘文峯

解綬歸來鬢未華，逍遥歲夢忽驚蛇。玉樓獨擅修文手，滄海誰憐綺季家。百里韶光留橘蔭，五更風雨惜荊花。登堂念舊人何在，拭淚臨風祇自嗟。

黄汝欽宅上

幽居正喜塵囂遠，出谷誰云生事稀。芳草留人清露濕，鶯花近眼暖風微。林間蕉鹿看成夢，海上沙鷗羡息機。信宿話君多感慨，石家金谷野禽飛。

初秋經莫東山舊宅

竹徑榔陰憶夜分，主翁掃榻細論文。獨憐碧水今黃土，祇有寒山對夕曛。滄海常連三伏雨，晴風不改四時雲。古今聚散尋常事，瞬息黃粱獨慨君。

次張業白韻二首

何須絕島問蓬瀛，水碧山青護草楹。夜月半將松影度，春風細捲釣綸輕。淵明松菊惟高枕，范蠡漁舟祇避名。黃鳥年來舊相識，綠陰時送隔溪聲。

世事清消一健忘，道心隨處浴滄浪。偶逢洞口刀圭訣，因識山中歲月長。百里棠陰分雨露，十年歧路嘆膏粱。憑誰尚友崆峒子，比屋于今共挽唐。

邀甘程二丈人

池上新亭獨倚欄，自臨釣石俯雲湍。賞心誰是高陽侶，閱險頻催杜甫鞍。濛雨細侵花徑滑，停雲濃帶舊山寒。涼風摧折堦前筍，驚作故人車馬看。

次張業白見訪二首

曉騎凌風乘興長，倒裳獨笑主人忙。感君舊是玄真侶，惠我兼遺肘後方。岸轉漁歌橫落日，春留燕語背斜陽。匏尊卻羨江亭好，獨愧高人元漫郎。
老去詩篇次第裁，興來魚鳥莫相猜。谷盤徐有松花落，徑遠惟宜隱者來。叩角有時歌白石，看花隨意踏蒼苔。莫將轉盼論陳跡，百歲相看能幾回。

登竹峯員墩書舘

松風拄杖訪蓬瀛，傍竹青青結草楹。水遶燈花山舘靜，江含秋色島雲清。每從盤谷躭幽隱，更向匡廬續令名。林下觀魚春睡足，頻聽午夜有書聲。

再勉舘中諸郎

松篁隔水護書臺，年少從今萬卷開。筆付江淹添五彩，文追燕許上三台。郎於燈下知勤讀，翁向江頭祇縱杯。諸暨源流今擬續，不論荀氏有群才。

石圃榮歸

淵明秋日賦歸來，書劍蕭蕭度粤臺。半畝林塘三徑在，五湖烟雨一尊開。梧山雲盡棠陰遠，桂水天空雁影催。戲彩有衣熊未夢，祝君擬泛慶兒盃。

賀陳少雲誕子

春時十月轉江梅，蓬矢初驚誕日開。降嶽英聲鍾海岱，充閭喜氣動樓臺。歌傳瓜瓞環珠履，慶溢萱堂泛紫盃。正擬古人何所似，眉山秀出小坡來。

夜席書美人便面

瓜入東陵五色饒，儵然青鳥下雲霄。瓊樓不用尋三島，銅雀何須數二喬。盡道扁舟歸范蠡，誰知金屋醉阿嬌。絲桐獨解無絃意，杜若芳洲憶楚騷。

酒換燈花載草堂，醉鄉不覺倚新粧。舞筵燦爛知傾國，歌舘輕盈羡繞梁。不用斗杓傾子夜，何妨雲雨妬朝陽。湘妃無恨懷沙意，欲向尊前學楚狂。

寄齊蘭野 三首

絲桐松下訪知音，藥甲青雲一徑深。祗謂龍驤閒豹略，誰知城市隱山林。詩吟子建須拚酒，賦薄長卿祗爲金。擬泛虚舟期汗漫，蕭然世味一何心。

歲晚看君共卜鄰，青山帶郭正宜人。終疑綺里曾歸漢，誰似桃源早避秦。階下蘭孫真次第，山中歲月太因循。星辰昨愧從遊地，江漢今誰笑隱淪。

闤闠得汝頻開徑，南北驅人錯問津。五柳逍遥彭澤外，三閭憔悴楚江濱。消除歲月惟尊酒，寄傲乾坤祗釣綸。莫道太平無補事，陶唐須有葛天民。

寄竹峯

元春雷雨動扶搖，對雨知君逸思飄。種玉堦前躭晝永，爭梨膝下看孫驕。塘陂命轡多防滑，江滸傾尊不費邀。病骨年來惟伏枕，可能窮巷一回軺。

元宵會飲昆季草堂

星橋元夜轉新晴，節序人間萬炬明。滿座催花荊樹合，半尊遲月斗雲橫。病懷不覺三分減，酒令須教萬斛傾。已報金吾弛夜禁，流連直待曉鐘聲。

吳梨園請書便面詩以付之

十載飄零滯遠遊，此生天地一虛舟。春隨歌扇人留榻，舞盡花妖客上樓。撫景從容登海嶠，懷鄉汗漫認并州。行邊莫折章臺柳，自古閨人咏白頭。

秋日寄舅弟貞宇

歷歷秋旻隱翠屏，高軒何處隔江城。山齋寂寞天涵影，谷口清泠澗有聲。聽雨懸燈蛩自語，看雲倚檻句還成。不嫌地僻回車馬，肝鬲拚爲信宿傾。

至蜆岡用戴公韻

岧嶢行盡蜆岡頭，李郭同登泛渚舟。會有鄉書頻寄雁，原無機事不驚鷗。水歸滄海潮偏急，岸隔漁歌思轉幽。月小山高真赤壁，烟波杜若採芳洲。

（韋盛年整理）

九峯寺用壁間韻

古寺周旋思更悠，十年懷抱此登遊。山尋絕巘雲盤閣，僧入參禪月滿樓。石磴列屏環且秀，小橋通徑曲還幽。卻慚無念瞿曇子，一衲傳燈何所求。（以上張事軒摘稿）

（史洪權整理）

與醫士蔣南山夜話江右人

綠蓋亭亭月色深，草堂留榻玉河沉。爐傳丹鼎知文武，經授青囊破古今。萍水看君多舊夢，余患目病，夢人告之曰：『得蔣生而愈。』金篦刮目是神鍼。炎州自古鍾瑤草，莫動匡廬夜雨心。（明陳是集溟南詩选卷二）

全粤詩卷三四六

佘世亨

佘世亨，字始大，一字山人。順德人。以子嘉詔（明世宗嘉靖四十四年進士）貴，贈南京福建道御史。著有佘山人集。清黄登嶺南五朝詩選卷四有傳。

題何武庫悔齋圖

聞有大人仙，幽居傲岩麓。清宵餐沆瀣，白日甘黄獨。年少焚銀魚，三冬萬卷足。白眼世途人，黄粱幾時熟。

與丘止山登高明亭

群陰漸以盡，微陽入短楹。岸幘觀雲物，悠然同丘生。所志豈凡近，誰甘絆浮名。睥睨寰宇中，滄浪濯吾纓。仰天誦九歌，答爾萬里聲。

憶金陵

天作興王地，神工豈偶然。潮從東海入，山與石城連。繡幕開朱戶，笙歌擁畫船。風流佳麗地，憶別又經年。

遊香山

地接宸光近，山高王氣浮。青雲連紫禁，白日照丹丘。閣俯中原極，河分大澤流。出關行欲去，策馬且夷猶。

過承天府

郢中今代邸，王氣昔來多。宮城自盤踞，陵廟鬱嵯峨。月下衣冠出，風前鐘磬和。野臣瞻望處，天保幾回歌。

寄唐內翰

北望薊門迥，龍樓旭日邊。我惟山澤老，君竟玉堂仙。魂夢常千里，音書動隔年。行藏各隨分，知有故人憐。

寄沈懋學

遥憶青門子，西湖久客年。孤山調玉鶴，龍井試新泉。灑落黃公望，風流葛稚川。相思空有夢，衰病更誰憐。

與歐敬齋夜酌高道士煉室

江柳依依水國春，眼中時序一番新。未誇石室逢仙客，且喜臨邛有故人。酒盞浸消千古恨，鶯花聊伴百年身。韶光轉瞬須臾事，莫漫停歌淚滿巾。

韶州登高

薄暮孤城逸興催，遠尋天半九成臺。風烟水石無今古，魚鳥帆檣自往來。去國未留王粲賦，悲秋空羨宋生才。迂癡老懶霜凝鬢，慚對黃花滿徑開。

夜宿紫霄宮紫霄武當首宮

欲從真境覓佺僊，暫借雲窗臥野翁。今夜石床青蕙帳，十年雲夢紫霄宮。簾櫳影落松蚪月，殿角寒吹鐵馬風。隱几吟餘方就枕，榔梅花外幾聲鐘[一]。

[一] 榔，清溫汝能粵東詩海卷三二作「玉」。

元日過黎氏清泉書院

冉冉春雲覆短牆，洞門天遠自風光。紅桃碧柳山初暖，翠竹黃鸝晝自長。南國陽和生瑞藹，西風浩蕩送幽香。小車莫厭頻來往，幾度尋芳恣老狂。（以上清黃登嶺南五朝詩選卷四）[一]

[一] 佘世亨詩，清溫汝能粵東詩海卷三二均歸為佘嘉詔之作，當誤。

（楊權整理）

梁柱臣

梁柱臣，字彥國，一字衡南。順德人。明世宗嘉靖二十五年（一五四六）舉人。官馬龍州知州、刑部員外郎。清溫汝能粵東詩海卷二六，清梁九圖、吳永南嶺表詩傳卷三有傳。

贈霍職方僉憲桂林在毗盧閣賦

燕郊木葉下，大漠氛埃滅。空門一樽酒，遠送萬里別。遠別欲何之，桂嶺炎荒絕。之子吾粵才，高視信雄傑。賜環蒙主恩，推轂冠朝列。玄成有世緒，嫖姚襲芳烈。骯髒多父風，倜儻見臣節。明當歷長途，絕足任馳軼。暫違司馬署，肅秉憲臺臬。高議自風采，奇勳待明哲。執手念當乖，臨岐悵勞結。何以慰相望，銅柱表巀嶭。

噴玉巖

層巒合沓嵐烟簇，玉虹臥斷蒼山隩。曉吸滄江百尺瀾，卻向巖前濺飛瀑。噴沫流珠下翠微，千巖錯落散明璣。聲傳石竇逶迤轉，白滿寒潭歷亂飛。精融液洩氣慘洌，萬古清秋長不竭[一]。初疑雲雨暗巫陽，轉訝梁園夜飛雪。遙空隱隱半如雷，坐令疊嶂無氛埃。直窺素練烟中起，卻似銀河天際來。濛濤洶湧拂絕壑，澗戶無風自揮霍。觸石浮雲凍不翻，當窗木葉先秋落。落葉亭亭亂晚霏[二]，絕憐空翠濕人衣。別有清流斷肌骨，龍吟石上涓涓出。紛披百道下松門，月明幾處翻蕭瑟。竭來濯足茲山頭[三]，恍惚如寄匡廬遊。水簾石室無溽暑，披襟兀坐清煩憂。下看涘滻一長嘯[四]，千山日暮斷猿愁。（以上明張邦翼嶺南文獻卷二六）

［一］清，清溫汝能粵東詩海卷二六作『千』。

［二］霏，清溫汝能粵東詩海卷二六作『暉』。

［三］頭，清溫汝能粵東詩海卷二六作『幽』。

［四］下，清溫汝能粵東詩海卷二六作『一』。

宿黎惟敬借樹軒同懷郭山人

高情憐郭泰，山水寄行蹤。杖策獨歸去，深杯何日逢。月明殘夜雪，風度曉霜鐘。復此成相憶，迢迢雲樹重。（明張邦翼嶺南文獻卷二七）

集梁比部拙清樓對菊

白水青山秋可憐，碧樓風物敞芳筵。交深傲吏形骸外，興逐詞人菊酒邊。歌罷海雲過暝色，坐來簷月掛寒烟。更為後會知能幾，江海萍蹤各渺然。

別燕京作

烟郊立馬獨躊躇，去國身悲萬里餘。燕市春光何日醉，潞河楊柳病中舒。高臺寂寞曾招駿，滄海歸來擬釣魚。誰向周南嘆留滯，風塵一望正愁予。

曉登甘露寺覽眺

北固斜臨鐵甕城，南徐烟樹望中平。山横海氣諸陵色，江咽寒潮萬里聲。書斷梁碑無舊蹟，寺荒吳構尚初名。不須更説興亡事，滿目雲霞無限情。（以上明張邦翼嶺南文獻卷二九）

別詩

攬別如昨日，桃花空復春。盈盈川上月，好為照征輪。
江風吹行色，遊子慘不發。惡見秋鴻飛，雙雙楚雲沒。
憐君璚樹姿，贈君萋葹草。心斷竟何言，夢繞燕關道。
相見能幾時，相思復萬里，願作南浦雲，隨君度江水。（明張邦翼嶺南文獻卷三一）

寄懷蘇霍雲谷逸士

吾鄉隱君子，質素古人風。性豈琴書癖，身將猿鶴同。捲簾山閣暮，策杖海雲空。一別麻源谷，相思桂樹叢。

京邸訪歐楨伯

春來聞爾客長安，尺素空傳欲見難。此日風塵欣把袂，明時詞賦獨登壇。吟邊景物年華暮，戰後河山暝色寒。官拙自傷寥落久，故人猶為罄交歡。（清梁善長廣東詩粹卷五）

初入西樵

夙昔慕遠壑，招攜展臨眺。掛席得名山，蒼翠落層嶠。谽谺自吞呷，巖穴深窈窱。天清瀑布聞，風集玄猿叫。桂松遞映鬱，日月隱光曜。盼衍既綿邈，攀崇復孤峭。皛皛浮雲馳，晶晶寒潭照。捨舟乍遊目，早覺心魂妙。況當振策遊，探奇入蘿蔦。緬懷麻源蹤，慨想蘇門嘯。誰云世代殊，引領冀同調。

宿雲谷聽天泉瀑布

枕石山房夜，翛然思不窮。泉聲千樹杪，雲臥九霄中。暗谷長驚雨，疏林不待風。爽侵江月冷，響徹海烟空。練影飄蘭幄，寒霏逼桂叢。幽懷真夢蝶，塵世已冥鴻。地即匡廬勝，才憐謝客雄。招攜良不數，巖壑此宵同。

朝斗壇

碧洞瑤壇淩紫清，真文縹緲斗邊明。何人夜半驂黄鶴，吹落雲中玉佩聲。（以上清溫汝能粵東詩海卷二六）

（楊權整理）

南園五先生

粵有五先生，風流邁千古。孫黄迭宕才，給事亦豪舉。長史倦遊客，潛心伊洛語。徵士甘肥遁，清風起巖戸。五君豈一時，分誼深鄉土。才情本相埒，意氣堪為伍。窮不困泥途，達豈耽簪組。遭逢國運初，聲名播寰宇。並登作者場，瑰琦擅詞賦。結社開南園，深心托毫素。白雪落人間，希聲在韶濩。一洗宋元陋，復古力何鉅。世遠跡易荒，社在誰堪主。前修挺芳躅，後代徒延佇。

光孝寺重修寶公殿成

寶殿秋高紺殿成，忽傳三秀向秋榮。璚枝乍捧慈雲出，玉朵遙分慧日明。色借菩提光燁燁，瑞開仙掌露盈盈。怪來龍象經行處，紫氣氤氲拂院清。（以上明郭棐、清陳蘭芝嶺海名勝記卷一）

春日浮邱

仙都挺靈島，宛自羅浮移。天迴紫烟閣，洞啟朱明扉。山以浮邱名，井記葛洪遺。仙跡久蕪沒，勝事逢今茲。結伴訪丹壑，探幽凌翠微。春光屬駘蕩，草樹鬱芳菲。遊覽歷瑤圃，命酌臨華池。魚鳥性自得，泉石色爭飛。耳目非人境，雲霞生客衣。緬邈神霄上，如聆笙鶴歸。共欣濠濮賞，載詠遊仙辭。久謝樊籠累，將從汗漫期。

浮邱社懷趙太史

葛洪丹井久蕪沒，浮邱羽人不可攀。萬里冥搜待仙吏，千秋靈跡出人間。地開玄圃非凡界，客是蓬萊最上班。獨立池臺挹遺韻，天風吹鬢放歌還。

浮邱八景

縹緲飛樓凌紫烟，水光山色自年年。月明笙鶴群仙過，雲鎖朱明一洞天。紫烟樓

仙客蓬萊侍直還，晚憐休沐得仙山。聊堪吏隱人間世，欲賦郊居未擬閒。晚沐堂

珊瑚洲上葛仙井，秋入銀床寒渫清。玉液煉成丹竈冷，竹梧冪歷彩烟生。珊瑚井

詞臣高唱柏梁臺，為采風謠海上來。載酒名山開雅社，賦成誰不羨仙才。大雅堂

有客何來自上方，曾留雙舄此徜徉。仙蹤去住元無定，時見飛鳧入帝鄉。留舄亭

羅浮門戶闢朱明，紫氣靈風散化城。此去昇真知有路，餐霞誰許學無生。朱明館

羽衣仙袂去飄飄，池上幽軒對泬寥。何日功成飛舄上，浮邱天路笑相邀。挹袖軒

王子吹笙學鳳鳴，緱山仙侶坐相迎。自從一入嵩高去，林壑長留靈籟聲。聽笙亭（以上明郭棐、清陳蘭芝嶺海名勝記卷五）

軒轅試劍石

羽客今何在，千秋劍氣存。古苔餘電影，斷石臥雲根。變化雙龍合，衝騰萬馬奔。憑虛望牛斗，仙樂下天門。（以上明郭棐、清陳蘭芝嶺海名勝記卷一三）

文筆峰

萬丈文峰插海隅，蒼茫五色絢蓬壺。怪來仙客揮神筆，幻作南天砥柱孤。

金雞嶺

夜半靈烏海底生，扶桑蔥鬱彩雲昇。金雞忽報龍樓曉，遙聽朝陽孤鳳鳴。

馬鞍岡

璚石崔嵬聳翠巒，依然金馬玉為鞍。名駒一入金臺去，萬古風雲勝地蟠。（以上明郭棐、清陳蘭芝嶺海名勝記卷一六）

（陈永滔整理）

金雞獻瑞

夜半靈烏海底生，扶桑葱鬱彩雲升。金雞忽報龍樓曉，遥聽朝陽孤鳳鳴。（清光緒定安縣志卷八）

（陳永正整理）

雲上行

雲上行，字鰲坡。順德人。明世宗嘉靖二十五年（一五四六）舉人。官懷集知縣。事見清道光广东通志卷七四。

閒居

寂寞簾垂地，隔林鷄犬鳴。灌園期雨足，清暑仗風生。釣艇橫珠浦，纖塵遠帝城。空悲青鏡裏，白髮戾人情。

波靜魚龍臥，秋高風露寒。蒼生有謝傅，白髮任潘安。娱老書千卷，高眠日兩竿。鱗鴻相問訊，多勉以加餐。

幸值時方泰，無論心苦長。衹調參术餌，更挹蕙蘭芳。話舊尋蓮社，移家近梓鄉。觀瀾看拾翠，羸

得聽滄浪。（明張邦翼嶺南文獻卷二七）

厓門吊古

宋室腥膻沸戰場，翠華漂泊幸炎荒。孤忠死國悲萍梗，萬乘隨潮溺葦航。俎豆祇今祠太后，漁樵猶自憶天王。可憐收淚朝衣濕，落日悲風易慘傷。

與何粵橋計部戴東岡山人集肖玄胡明府別墅

草玄新柳倚雲栽，寂寂山齋鎖綠苔。饒有牆頭濁酒過，不嫌花外小車來。瑤琴遺興時三弄，蘭艇穿城日幾回。幸爾隔鄰無隙地，好懷都在此中開。（以上明張邦翼嶺南文獻卷二九）

（楊權整理）

潘元翰

潘元翰，或作元瀚。番禺人。明世宗嘉靖二十五年（一五四六）舉人。官知縣。事見清道光廣東通志卷七四。

尋芝蘭湖故址

北郭新晴訪翠微，芝蘭遺址尚依稀。越岡井廢官蛙鬥，花圃時移蔓草菲。霸業銷沉何處問，國香搖

落竟誰依。南薰似愛狂吟客，相送呼鸞道上歸。（明張邦翼嶺南文獻卷二九）

（楊權整理）

朱明館

浮邱挹袖敞高臺，秋杪登臨共舉杯。清籟似聆笙韻杳，白雲如伴鶴飛迴。仙翁已去留丹井，詞客遲歸步紫苔。秋色娛人多逸興，尊前詩景不須催。（明郭棐、清陳蘭芝嶺海名勝記卷五）

（陈永滔整理）

陳宗魯

陳宗魯，揭陽人。明世宗嘉靖二十五年（一五四六）舉人。官臨江通判。事見清道光廣東通志卷七四。

憶潮陽東山

二十年前訪石泉，登臨曾得侍高賢。水簾不捲聊同坐，雲壑無關亦可眠。碧海周迴環大地，文峯聯絡峙中天。祇今風景寧殊舊，咫尺懷人思惘然。（明隆慶潮陽縣志卷一五）

（吕永光、張玲整理）

蘇黎庶

蘇黎庶，番禺人。明世宗嘉靖二十五年（一五四六）舉人，官大田知縣，擢平樂府同知。清同治番禺縣志卷四〇有傳。

寄懷延津門人李家宰劉侍御

歸來霜鬢幾經秋，念爾鴻裁侍玉旒。抗疏明光推起草，澄清畿甸見宣猷。斗間遙睹雙龍合，海外真成獨鶴遊。因憶談經寒署後，相思人在鳳池頭。（清溫汝能粵東詩海卷二六）

（楊權整理）

唐守明

唐守明，字允道。番禺人。明世宗嘉靖二十五年（一五四六）舉人，三十八年選官臨江府通判。同治番禺縣志卷三九有傳。

度大庾嶺

岧嶢千里外，相對且含杯。橫浦初含涷，庾關欲放梅。粵雲傾望杳，海燕際天來。共向賢祠拜，相

期入鳳臺。因為李林甫所嫉，曲江思親，作海燕詩。（明郭棐、清陳蘭芝嶺海名勝記卷一〇）

（陈永滔整理）

周坦

周坦，字仲履。博羅人。明世宗嘉靖二十五年（一五四六）舉人。官瑞昌、甯化知縣。清乾隆博羅縣志卷一二有傳。

蒼巡峒

四海相傳福地幽，天然勝概鎮炎州。百千萬狀山爭秀，三十六迴江轉流。巘下雞鳴玄圃月，雲邊雁度翠微秋。人間自有棲真地，何必浮槎海上遊。（明嘉靖廣東通志卷一四）

（陳永正整理）

高士蜚

高士蜚，字載翀。新會人。明世宗嘉靖二十五年（一五四六）舉人。官江西雩都知縣。事見清道光廣東通志卷七四。

讀厓志有感

舊跡荒涼何處尋，一從開卷見升沉。英雄萬死扶諸夏，天地三人共一心。奇石波濤銷宿恨，兩厓宮殿鎖殘陰。哀情吊古寒江遠，愁向蒼茫寄短吟。

嶺徼間關勤國日，北雲南樹望先宮。元戎督塞提孤旅，帝子扶天御六龍。夷夏堤防嗟此決，厓門風雨恨成空。只今正氣橫溟漠，千古迴狂障海東。（明黃淳厓山志卷五）

（陳永正整理）

陳一松

陳一松，字宗巖。海陽人。明世宗嘉靖二十六年（一五四七）進士，選庶吉士。除兵部主事，遷湖广僉事，歷官至工部侍郎。有玉簡山堂集。清光緒海陽縣志卷三七有傳。

擬西北有織婦

西北有織婦，寂寂深閨裏。朝朝弄機絲，紛紛不成理。霜月夜孤明，悲風四坐起。誰云無所思，良人在萬里。言欲穿寒衣，經緯亂如此。仰盼雙飛禽，妾身差可擬。借問從王師，烽火何年已。

李氏山亭宴別五侍御館丈分韻得柳字

餞別出郊亭，繫馬亭前柳。裊裊向南枝，折贈同心友。白日照飛霜，星軺下北斗。當路無豺狼，澄清志不負。昔登白玉堂，憶君同結綬。晨夕恣歡談，浪跡今何有。念之動中懷，況茲復分手。離弦促征鞍，殷勤更杯酒。共言別相思，寧辭坐云久。

永豐道中次雨泉使君韻

於役戒晨征，春入湘西路。方停永豐節，忽返黄茆馭。道有荷薪者，相驚問何故。豈急蒼生病，豈勤紫芝晤。使君自有真，勞勞非所悟。語終忽我辭，飄飄若鴻翥。因之念故人，伐木鳥聲數。感慨思其言，似知出與處。回首欲叩之，夜雨鳴空樹。

送吳之溪令宜章

飛旆楚南下，别筵河上秋。獨憐仙令去，君是故人流。門種五株柳，陰垂百里庥。眷予故相憶，何以慰離憂。

春日衡陽道中次陳雨泉使君韻

星軺臨嶽度，雲磴倚穹躋。雙旆凌空出，千山入望低。折梅驚歲換，燒竹訝春遲。瑞色搖書劍，瓊華照眼齊。

岳陽曉發大雨次韻寄雨泉使君時二月十五也

節序三春半，風塵一客來。雨藏巴國樹，雲暗岳城臺。雪浪翻猶沒，林花濕更開。商霖如可作，還擬遍窮垓。

同日舟中懷雨泉使君次韻

攬策逢朝雨，登艫欲夕曛。遠天浮楚水，白日散江雲。漁火岸將暝，鶯花春正分。有懷成獨坐，愁絕棹歌聞。

舟中有作

楚國晚山霽，巴江春水生。雨餘烟浪闊，天遠暮雲平。若濟慚非楫，臨風想濯纓。未能投組去，泉石負幽盟。

春日謁少鵠殿下燕飲復惠花醴侑以詩篇依韻奉謝

賢王有佳趣，詞客獨相過。園勝春披晝，林芳鳥競歌。餘尊沾後渥，名朵賞來多。不盡清狂興，其如候騎何。

午日謁屈賈二先生祠有感而賦歲嘉靖甲寅也

傷屈

去國已多恨，況乃宗將頽。大夫成自放，漁父謾相猜。白雨沉沙沒，清風激浪回，獨憐餘誅草，空作楚騷裁。

三閭不可作，千古有餘悲。精靈向何處，宗國竟墮之。頽風仍逝水，落日自荒祠。不盡臨湘意，含凄賦採蘺。

懷賈

漢文稱右士，太傅卻遐遷。豈謂才蒙忌，終於志轉憐。蜚鴻魂自愴，神鬼席空前。惟有治安策，猶能千載傳。

披策叩宸扉，瑰才近代稀。胡為湘水賦，空使壯心違。論惜過秦是，人憐事漢非。覯風訪遺廟，懷古不勝欷。

臘雪健齋方伯詩邀傅方伯邸中共賞倚韻奉答

瑤華紛可折，持向古人看。布地憐三白，賞心同一丹。預知農望愜，能使客懷寬。莫對傷搖盪，庭中有歲寒。

送曾碓庵大參之浙中

祖席停征蓋，瑤琴伴使車。隴梅差可折，津柳若為舒。白雪歌來鳳，青春客佩魚。不堪頻送別，況乃歲將除。

幸托蒹葭好，因攀玉樹姿。忽從分手處，轉覺渺心期。越國人占歲，楚鄉客問歧。獨憐漢川上，一鷁下江湄。

送蔡青山舅任豐泰倉

執鞭從委吏，徇祿豈辭卑。行道固如此，代耕良在茲。嶺郡蠻烟合，都亭別思滋。馳驅看軔發，珍重慰吾私。

通州旅懷

展告辭楓闕，倉茫問粵津。幾年為客夢，萬里獲歸人。冰合堪濡滯，時平足隱淪。無能生羽翰，利涉待江春。

幾載客京華，千山歸路賒。誤將忠作孝，敢以宦為家。壞土變陵谷，關河阻漢槎。不須嘆留滯，回首是天涯。

元日讀王摩詰逆旅佳節之句感而續之

逆旅逢佳節，征帆未可前。雪華添舊鬢，歲曆檢新編。湅浦凘仍結，春雲靄欲連。主恩同戀馬，清夢尚依然。

逆旅逢佳節，征帆未可前。帝郊回淑氣，客鬢入新年。野色千林幸，鄉心萬里懸。東風如可借，為上泛湖船。

人日自衡還潭道中次雨泉使君韻

天風乍起吹山雪，人日那堪匝地陰。自托身為蒼水使，何辭車度翠微深。乾坤客路三湘鬢，日月鴻霄萬里心。東望白雲生嶺外，鄉愁春思總難禁。

七日春來半風雨，況逢飛雪轉多陰。瑤華堪折美人遠，仙蓋欲臨湘水深。十載風塵愁作客，百年交誼幸同心。索梅本謂能供笑，對爾寒花更不禁。

次館壁韻

湘江如練帶平原，長沙自古稱雄藩。封疆萬里秦郡國，阡陌一望漢王孫。衡嶽南來負形勝，洞庭北走開戶門。感慨有懷洛陽少，治安策在何銷魂。

和賓岩太守夏日試士

郡國祥雲拂曙開，三千百戰亦雄哉。風塵正想飛霜劍，海國應憐獻賦才。長日鶯花隨彩筆，中天象緯落蓬萊。人文自昔看今勝，盡道曾經藻鑒來。

和吳軍門鎮海樓觴鄉大夫之什

十萬旌旗海上開，南征誰似武侯才。一時氛祲斂空盡，滿野歡聲動地來。天極扶桑看今出，雨餘窮谷自春回。臨觴雅有昇平詠，麗藻驚昭雲漢回。

和武岡殿下新樓落成之什

齊雲殿閣儼仙居，別有層樓俯萬閭。桐葉自承莖露渥，葵花元向日光舒。牙籤玉檢清相映，宮月簷星步獨虛。海內簪纓盡傾蓋，乾坤何必訪樵漁。

翼軫天臨帝子居，宮樓簾捲楚人閭。自憐劉向書能著，共識東平樂更舒。玉樹醉攀仙蓋集，朱弦獨抱夜堂虛。豈謂河山生遠思，畫圖時展問耕漁。

夏日苦熱和林梅墩使君納涼湧月亭

休沐炎蒸思不禁，江樓向夕足幽尋。露華向靳金莖下，熇氣偏從白屋侵。思鑿井冰沾道暍，謾揮毫雪傍欄吟。月明川上觀流水，愛爾澄然物外心。

如焚暑氣未曾收，我欲避之江上樓。今古人憐黃鶴去，乾坤身似白雲浮。鳥飛欲墮炎波里，魚躍頻驚火樹頭。擬倒銀河滌寰宇，衹悲漁父失滄洲。

中秋宴集洪山寺林梅墩大參以告不果作詩見示依韻奉答

楚天秋色滿山門，待月相邀野寺尊。梵閣雲移賓坐爽，鳳簫聲逐鳥歌繁。金波忽向杯中墮，雪調還從醉後論。萬里清光看不盡，瑤華猶傍紫微軒。

迎新進士志感

幾從芸閣事囊螢，今日瀛洲喜共登。奎聚早聞傳太史，龍飛況復際中興。願將鐘鼎酬三策，莫以筌蹄試六經。瓊宴醉歸人快睹，迂庸深愧百年曾。

獻賦明光俱妙選，茫茫道岸幾先登。三千正遘夔龍會，五百能無禮樂興。共羡宮花簪綠鬢，誰憐筍草續玄經。珍重恩榮何以報，科名應不愧王曾。

送鎮江推官黃復齋六安守吳肖渠清江令郭希宇三君之任

翩翩曾睹鳳聯飛，銜命初憐下禁闈。郡邑王圖全盛在，江南民力半嗟非。澤中歌雁聲應藉，天上班鵷願豈違。攬策都門何所贈，莫將鐘鼎付輕肥。

秩滿蔭子酬素原先生

虛糜忽奏虞廷考，殿最從將漢法持。豈謂恩叨延世澤，翻慚塵忝負明時。過庭祇望書能讀，報國那知孝可移。我已扁舟歸海上，逢人休說有垂絲。

送蘇阜山守許州用前韻

獨憐題柱際龍飛，新拜分符出鳳闈。政暇可堪棠閣臥，質成猶聽芮鄰非。春入中州花自好，雲騰北闕意偏違。欲知稼穡供調燮，且向民間問瘠肥。

賤日酬索原先生

五十五年初度日，蹉跎雙鬢愧浮生。每緣餐素多慚積，忽念劬勞百感並。陽至正逢吾代長，龍飛況直海波平。修齡有夢從天錫，不向金丹問九成。

送李屏山丞寶應

十年彩筆意何涯，此日承恩鬢未華。佐政風流唐少府，行春湖上漢仙槎。時艱民瘼堪垂涕，閥閲簪纓豈浪誇。正是枳林棲彩鳳，飛騰還向帝王家。

送洪穆庵守信陽用前韻

千里芳塵騎欲飛，一麾出守別皇闈。看花正愛青春好，剖竹寧論壯志非。草樹周南車下偃，風雲薊北客中違。政成他日承宣對，應有民圖寫瘦肥。

立春

天臨客鬢逢春日，歲逼青陽欲暮辰。雲物瑞占周太史，圖花巧剪漢宫人。旅懷尚覺滄洲遠，淑氣能催白髮新。休沐滿攜仙掌露，恩輝猶帶上林春。

除夕

側身忽感歲將換，去國那堪凍未消。鳳曆一年塵裏盡，心旌萬里夢中搖。趨朝恍若陪鵷侶，入社遲應訝海樵。短鬢有懷空對鏡，深慚冥鶴自寥寥。

集句自遣

江亭晚色靜年芳，皛皛行雲浮日光。白首相知猶按劍，青春作伴好還鄉。高車駟馬帶傾覆，行酒賦詩殊未央。舟楫渺然自此去，海天愁思正茫茫。

訪陰那山禪寺

二月那溪柳放梢，遲遲馬膝路巖磝。白蓮已罷來時社，烏鵲猶存舊日巢。更有飛幡龍缽在，空留卓錫虎泉泡。濛濛世界山如海，小雨猶酥密似醪。（民國溫廷敬潮州詩萃甲編卷四）

（楊權整理）

葉廷模

葉廷模，澄海人。明世宗嘉靖二十八年（一五四九）舉人。官奉新知縣。事見清嘉慶澄海縣志卷一七。

送左侯小洲歸寧德

荒雞喔喔天欲曙，驪歌初唱聲悲苦。強將杯酒慰斯須，舟人捩柁頻撾鼓。惡說南風五兩輕，吹帆直過韓江浦，子規啼破月三更，悄悄孤舟宿何許。河陽縣裏嘆春歸，萬樹桃花誰是主。回看時事轉愁多，摩挲雙石淚如雨。（清嘉慶澄海縣志卷二六）

（楊權整理）

全粵詩卷三四七

陳良珍

陳良珍，初名便殿，字在璞。南海人。明世宗嘉靖二十八年（一五四九）舉人。官永州丞。著有在璞文稿、在璞詩稿。清黄登輯嶺南五朝詩選卷四、清溫汝能粵東詩海卷二六有傳。

光孝寺對月

叢林宵坐月，脈脈若為情。雁影初移塔，蟾光漸透楹。轉添蟾魄靜，隱約佛燈明。皎皎菩提下，飄飄入定聲。（明郭棐、清陳蘭芝嶺海名勝記卷一）

遊海珠寺

金界擁鼇波，中流屹幽勝。樓臺駕烟虛，雲石相隱映。夜寂蓮燈幽，日出禪扉靜。波光入榱題，濤聲混鐘磬。境寂機事忘，慮澹厭心屏。仰見三島近，俯瞰十州迴。殷勤對惠休，陶然發觴詠。隱映雙林出，微茫紺殿浮。梵燈籠海霧，法鼓動江流。倚檻風雲入，登臺天地秋。塵纓如可濯，來

伴四禪遊。（明郭棐、清陳蘭芝嶺海名勝記卷三）

（陈永正整理）

飛來寺

建業梁朝古梵宫，沙彌南下訪禪宗。中分蓮宇三千界，飛度梅關百二重。松檜風濤開鷲嶺，薜蘿烟雨斷猿蹤。何時縱酒謀良夜，共聽禪門月下鐘。

遙空飛構倚長堤，瑤草金光路欲迷。刹影洞開三峽裏，江流縈繞萬山西。香殘象座僧初定，花落龍宫鳥自啼。金鎖玉環休更問，碧雲回首隔丹梯。（明郭棐、清陳蘭芝嶺海名勝記卷八）

過熊飛嶺

曲徑千回轉，盤雲疊嶺重。馬疲愁峻版，日夕下高舂。斷塹流衰草，崩崖遏古松。十年曾到此，石上有行蹤。（明郭棐、清陳蘭芝嶺海名勝記卷一〇）

（陈永滔整理）

公無渡河

公無渡河，河濁且波。公無渡河，亂石嵯嵯。朔風蕭蕭，祁雨滂沱。黿鼉出沒，蛟龍孔多。猗嗟公兮，汝無渡河。

長相思

長相思，在南山之側，脈脈情何極。雲琚月佩無消息，相從未有雲中翼。夢魂不到楚高丘，巫山雨暗生荊棘。思復思兮轉淒切，援琴欲奏冰絲結，滿地梨花飛作雪。來不來兮曾煩勞，東流飛燕各滔滔，銀河錯落霜天高。長相思，心如擣。秋風索漠蘼蕪老，明月涓涓為誰佼。明月流雲入綺寮，雁錦魚書兩地遙。千山歲晏紅芳歇，一夜相思華髮凋。

園中夜別友人

南園惜分襟，商聲夜未歇。池草澹微霜，風林墮纖月。殷勤盡霞觴，華舟戒明發。去矣增離憂，關河正倏越。

擬蘇李別詩二首

雙鳥辭南枝，翩翩投北林。繾綣長相依，歲月日以深。一鳥浩南飛，相顧懷悲吟。徘徊不忍別，望望獨傷心。傷心云如何，道遠力不任。相從憚羅網，相失霑衣襟。關河限南北，渺渺烟霜沉。如逢北歸翼，毋忘漢上音。

晨風暮栗烈，遊子戒行役。烟雲蔽四野，停車慘不發。臨河送將歸，戀戀難為別。飈塵倏聚散，日月遞盈缺。與君萬里外，恩情中道絕。明發不相待，展步即胡越。勉力樹令名，庶以慰藴結。

山居秋夕

大火倏西流，樵巖風力緊。林空蟋蟀喧，霜高百草隕。寒泉冽清澗，禾黍被秋畛。遊人戀深棲，歷覽勝頗盡。冉冉孤雲飛，悠悠凡慮軫。坐久月臨關，夜靜松飆隱。居人惜流光，相期保玄鬢。（以上明張邦翼《嶺南文獻》卷二六）

夏霽

無心閒杖屨，燕坐俯林丘。籬落時經雨，山河半入秋。高雲薄古木，殘暑送江樓。處處烟村裏，風蟬急暮流。

園中與鄉人酌別

傍簷開晚酌，移席憩幽軒。三月送歸客，一尊懷故園。日低松竹亂，鳥下薜蘿喧。寂寞羈棲者，蓬蒿正滿門。

東江僉憲少峰昔以符卿謫官

歸臥鄉溪日，相逢鬢已斑。留賓開北海，鑿牖對南山。畎畝丹心在，圖書白日閒。當年思用舊，休厭紫宸班。（以上明張邦翼嶺南文獻卷二七）

舟中月夜有懷曾繼夫

江水淒淒流白蘋，江城悄悄月華新。秦淮草綠鄉心折，建業山青客夢頻。逆旅依違悲鼓角，長途奔走倦風塵。美人勞致瑤華贈，牢落扁舟萬里心。

秋懷

寒入梧桐萬樹霜，天涯回首獨堪傷。風前畫角吹殘月，海上金戈蔽夕陽。北去程途多壅隔，南來時事盡倉忙。風塵滿目堪流涕，草奏無因入帝鄉。

落花

春色茫茫何處尋，洛陽臺榭錦成林[一]。三千紫蓋東風盡，一片蒼苔夜雨深。欲採幽香傳密意，難裁雲錦寄春心。憑闌睇望無消息，回首池塘盡綠陰。

［一］臺榭錦，清溫汝能粵東詩海卷二六作『珠翠舊』。

秋思

鶗鴂聲殘歇眾芳，紛紛桐葉滿銀床。門臨水國秋多雁，寒入金塘夜有霜。旅館蕭條依橘柚，故人迢遞隔瀟湘。浮雲萬里奄西北，目斷關河幾夕陽。

城南秋感

朝臺雲樹晚幽幽，霜老千林木葉稠。南國秋風吹客鬢，野人歸夢落滄洲。疏慵未赴公車召，放浪仍躭杞國憂。廊廟江湖俱寂寞，有懷空倚粵江樓。

棲遲猶自戀江城，社燕巢空木葉鳴。寒入關河催朔氣，秋來鴻雁送邊聲。已憐為客黃金盡，況復多愁白髮生。滿眼蓬蒿歸未得，故園搖落不勝情。

寄台州太守張少鄰

十載鳴珂入帝州，緇塵應滿鷫鸘裘。青綾暫輟諸郎直，畫戟新乘五馬遊。入計早徵朱北海，分符原屬漢東甌。追趨未得隨平子，何日天台訪阮劉。

寄呂巾石先生

銀魚焚卻碧山中，家住周郎舊宅東。高閣著書藜照夜，小山招隱桂成叢。楚天木落霜初到，湘水潮來信不通。幾度臨高重延佇，夕陽樓上送飛鴻。

赤壁圖

斷岸青天起暮潮，寒雲古木莽蕭蕭。江山萬里雄圖在，煨燼千年霸業銷。露白夜横孤鶴棹，月明風送紫鸞簫。三分割據知何在，不似臨皋一夢遥。

落花次汪山人韻

瀲灎斜依薜荔牆，華林瑶圃鬥芬芳。凌風欲解飛仙佩，帶雨疑頹墜馬妝。芳草一簾開罨畫，遊絲千尺綰垂楊。塌來醉訝春何處，片片紅霞入酒觴。（以上明張邦翼嶺南文獻卷二九）

明妃曲

漢有毛延壽，千古蛾眉妬。蛾眉豈乏千金筆，絕色人間畫不得。不信朱顔信畫工，一朝馬上泣西風。琵琶撥盡腰肢瘦，猶勝丹青畫裏容。玉顔皎皎如霜雪，萬里含淒辭漢月。漢月蕭蕭隴水鳴，胡笳吹淚落紅冰。佳人不向胡天去，胡地那知草亦青。（明張邦翼嶺南文獻卷三二）

卜居南桱

卜居鄰緑野，鑿沼面青蘋。垂釣風生檻，窺簾月近人。百年知己少，萬事酒杯親。未遣樊籠累，應慚野鶴身。

正覺寺

返照千峰出，飛烟萬壑沉。三秋逢令節，九日盍朋簪。花雨清禪榻，松風起梵林。廬山如可社，長此賦登臨。

中庭野色

絕壑驚濤接漢平，迢遙野色入郊坰。坐臨北渚芳蓀綠，簾捲南洲桂樹青。雨裏山河烟似織，霧中林薄翠為屏。同遊賦客皆陶謝，亭上遙看盡德星。

浦田觀秋稼

解組蕭條返故園。時來秋稼滿江村。郊原瑟瑟金風動，禾黍離離玉露繁。白髮盤餐供野老，清時簫管薦曾孫。江天一曲升平樂，擊壤重歌聖主恩。

蘆洲漁艇

列郡曾追鵷鷺群，早從湖海乞閒身。風生杜若雲隨櫂，歌罷蒹葭月滿輪。萬頃河山雙鶴鬢，百年烟雨一簑人。逢時好逐磻溪叟，擬把長竿釣渭濱。

題曾儲橋西別野

蕭蕭蓬戶隱蒿萊，仲蔚柴門鬱不開。鄰柵低連穿曲徑，石橋西斷隔纖埃。乘閒竹下題詩入，薄暮花間載酒回。莫道幽棲終寂寞，問奇長有故人來。

溪南書屋成卻賦

十二灣頭曲抱村，野人相對樂忘言。開函月照藏書室，揮翰雲生洗硯軒。自别小山松已長，歸來三徑竹猶存。白頭正憚緇塵染，幸有溪南可避喧。（以上清黃登嶺南五朝詩選卷四）

厓山弔古

南來無復帝王州，航海頻年事已休。鐵馬揚塵紛羯鼓，江豚吹浪覆龍舟。三人尚殫回天力，一旅焉能為國謀。寂寞厓山終古恨，斷煙衰草至今愁。

倒海排山力不任，趙家遺址獨沾襟。悲風蓄恨江濤惡，苦霧含淒島樹陰。百二雄圖歸草莽，三千王氣盡銷沈。野烏叫斷荒山月，厓上淒涼自古今。

神州回首盡飄蓬，萬疊樓船血戰紅。銀海有靈悲帝子，銅駝無路訪行宮。烽連草樹氛塵暗，雲掩河山殺氣濃。萬代忠魂多積憤，杜鵑啼恨哭春風。（清趙允閒等重修厓山志卷七）

（陳永正整理）

登見日臺

共倚層崖百尺巔，紅輪如在掌中懸。光搖紫翠千峰外，明動蒼茫萬國前。赤烏乍看飛粵海，燭龍徐覺轉鈞天。彤雲東望扶桑近，擬欲摻觚掛日邊。

再遊西樵得月樓

萬樹驚濤暝色幽，放歌曾憶昔年遊。窗開北斗經簷下，夜靜銀河入檻流。谷口雲霞疏作雨，山中風露迥如秋。野人素有幽棲興，一聽泉聲便倚樓。（以上清溫汝能粵東詩海卷二六）

（楊權整理）

雙頂松風

兩山如帶倚江濱，獵獵蒼虬捲翠鱗。林静濤聲傳澗谷，雲深竽籟隱韶鈞。登臺幾落參軍帽，奉播遥瞻刺史塵。授簡自慚非宋玉，披襟時爲賦青蘋。

鼉瀨湍流

鼉石粼粼障碧流，浴鳧飛鶩晚相求。三春錦浪東南下，萬壑濤聲日夜浮。江練遠鋪蘆渚月，波光寒浸蓼花秋。塵纓擬把隨君濯，鼓枻滄浪興未休。

龍灣雲氣

閒傍亭臺眺九圍，海前時復見雲飛。鄧林縹緲迷蒼野，珠樹微茫起白衣。五色蓬萊曾委佩，萬家霖雨昔霑霏。何心留戀蒼江裏，會見從龍入紫微。

石壁朝暾

峭壁層層倚漢青，輝輝朝旭弄新晴。千山共擁陽和出，萬壑遥看紫翠明。玄圃恍疑迎絳節，彤雲猶自憶神京。十年湖海丹心在，瞻戀長懷曝背情。

竹洞人家

結屋編茅野水濆，修篁滿地翠成林。數聲鷄犬雲中出，似隔煙波世外心。丹壑路緣芳草入，翠微門掩碧蘿深。採芳不羨商顔叟，種得琅玕已十尋。（以上清黎春曦九江鄉志卷一）

正觉寺

放浪躭丘壑，相羊到象山。高臺臨勝地，金界隔塵闤。酒别秋懷壯，緣偕夙願攀。商飆猶未老，籬菊爲誰斑。采藥逢三秀，尋僧問八還。天香飄宇外，梵影落雲間。空樂諸天奏，叢林碧殿環。日低禪榻静，鳥亂竹房閒。且戀區中樂，休嗟鏡裏顔。秋風如有約，時復扣松關。

迎曦樓

飛構憑高倚太清，扶桑流影入前楹。授書早謝平津謁，捲幔長懷曝背情。繞砌芝蘭香自馥，向陽花草易爲榮。江湖未老憂君念，矯首彤雲望帝京。

萃英閣

蘆管蕭蕭飛荻灰，喜從緹室見陽回。蹉跎時序三冬暮，留滯江湖兩鬢催。轉輓頻年悉雒越，捷書何日報蓬萊。大東杼軸空將盡，極目烽烟滿漢臺。

溪南書屋

卜築清溪畔，亭開擬草玄。古松鐃晚翠，叢菊净秋煙。散帙雲生榻，鉤簾水漾天。閒居無俗客，酣詠小牕前。

百花園

駑鈍真慚櫪下駒，十年蹤跡向樵漁。絶交中散書應懶，消渴相如病未蘇。落日風林銜晚照，野園霜色淨平蕪。五陵豪俠欣咸在，獨少高陽舊酒徒。（以上清黎春曦九江鄉志卷二）

初秋登萃英閣

野處將迎寡，逢秋興獨豪。乘閒攜杖履，登閣俯臨皋。落日沉山翠，驚風散海濤。九霄信寥落，萬里見鴻毛。（清馮宗栻九江儒林鄉志卷六）

（李永新整理）

區次顔

區次顔，字德輿。南海人。明世宗嘉靖二十八年（一五四九）舉人。初授新蔡教諭，擢廣西北流縣令，遷養利知州。未幾以丁憂歸。結廬粵秀山讀書凡二十年，人罕覩其面。著有寧野堂稿。清温汝能粵東詩海卷二六有傳。

懷歸呈林錦峰使君

敝裘憐歲月，羸馬倦西東。祇笑徇時拙，非關泣路窮。瞻雲千里目，去國一帆風。征逐渾何事，茫茫只夢中。

東西非遠道，何事未歸人。白髮猶能飯，青袍不任塵。驛梅春半落，野笛枕邊頻。轉憶珠江上，秋風幾白蘋。

山風腓卉木，瘴雨肅重陰。北闕孤臣淚，中原萬里心。放歌慚白雪，買賦少黄金。客舍悠悠恨，誰堪午夜砧。

邊關愁落日，況復鷓鴣啼。素食慚書劍，孤心許杖藜。五湖寰宇内，十畝水雲西。歲歲桃花發，誰云津路迷。（以上明張邦翼嶺南文獻卷二七）

容江舟中

望入青巒驛外樓，風烟迷目使人愁。嗟誰杳杳雲中鶴，愧爾翩翩江上鷗。斗酒笙歌聊説劍，宦情天地只虚舟。汀蘭岸芷猶相待，逝水無聲盡日流。

寄畢兆先梁幼徵二年丈

十年歧路雨霏霏，憶爾園林早息機。白社一尊萸菊酒，青山三月薜蘿衣。沙頭烟霽群鷗鷺，谷口雲深摘蕨薇。幾夜蒹葭秋水闊，漁竿遲我月明歸。（以上明張邦翼嶺南文獻卷二九）

（楊權整理）

謝良任

謝良任，字龍喬。番禺人。明世宗嘉靖二十八年（一五四九）舉人，官永定知縣。事見清道光廣東通志卷七四。

為胡家節孝婦蕭氏

我來偶問俗，得聞胡家婦。夫子兩無依，弱草搖零露。伊家四壁貧，安能恃親故。時婦且茂年，膏沐豈難去。而乃一醮心，凌厲歲寒樹。殷勤事舅姑，孤苦不自顧。終宵營繡刺，窮年理絲素。藉此供甘毳，仍餘送終具。為婦分已畢，年光忽衰莫。節與孝兩完，閭里共欽慕。堪以式頹風，女流有貞度。須憑太史筆，大書揭衢路。（明張邦翼嶺南文獻卷二六）

京邸偕劉文學集李刑部宅

最愛重陽後，相過有夙緣。酒逢知己醉，花向上公妍。有客攜公幹，何人是謫仙。興長那覺晚，寒月照歸鞭。（明張邦翼嶺南文獻卷二七）

謁選日久有懷舊遊

十年談劍意徐徐，此日相思嘆索居。生計每從愁處拙，故人多自病中疏。看花共逐緇塵裏，把酒翻憐綠鬢初。欲售長門還有價，恐將詞賦薄相如。

大庾會洪將軍招飲賦謝

蚤歲經生爾妙年，一朝提劍請燕然。驚人策上三千字，報主心懸尺五天。江表久知潛鰐蹟，邊庭須見靜狼烟。春風此際平原酒，尤愛山花對客妍。

九日懷武夷山人陳忠甫時忠甫出塞赴戚將軍幕下踰月矣

山人久已秘干將，感遇幡然出朔方。國士從來多意氣，世人難與論行藏。天邊白雁來何邈，籬外黄花晚並芳。覽勝可誰同雅詠，一尊聊且對重陽。

寄答宗兄南野並侄崇一

征軒暫止白雲鄉，愛爾瓊枝共一堂。緣鬢經年容易改，緇塵隨世未應忙。當筵月色留清曙，照眼春花舞翠裳。回首西園飛蓋處，風流寧論五陵狂。

寄劉内翰海樵

多君握手重相憐，桑梓情深念昔年。即墨謗書勞訪問，燕臺遊鋏感周旋。詩篇一起中原色，經術原居漢室先。别後青氊多閴寂，何因門下聽朱弦。（以上明張邦翼嶺南文獻卷二九）

題平寇偉績卷

五嶺連烽火，三軍擁節旄。專征分虎竹，上略用龍韜。地險兵聲合，天低殺氣高。炎荒開洞穴，瘴海息波濤。氣益干城壯，功摧敵愾勞。陰符資妙算，露布出詞曹。振旅聞闐鼓，休兵看韃橐。獻俘

飛奏凱，行見璽書褒。（明張邦翼嶺南文獻卷三一）

（楊權整理）

蕭應韶

蕭應韶，番禺人。明世宗嘉靖二十八年（一五四九）舉人。官湖廣寧遠知州。事見清道光廣東通志卷七四。

癸丑監中送謝寧灣南旋

憐君歸棹遠，握手強為歡。楓落驚秋早，江空覺夜寒。漁人即晚渡，詞客嘆時艱。莫羡烟霞好，蒼生憶謝安。（明張邦翼嶺南文獻卷二七）

和李侍御春遊

御李今朝出郭西，桃花源水洞門迷。階前蔓草因風偃，樹裏寒鴉帶日棲。十里清陰飄謝屐，千株濃綠擬蘇堤。登臨莫漫空歸去，隔岸雲邀翰墨題。

豸使霜威肅八荒，名園春日餞霞觴。驄輪無自永今夕，民瘼憑誰達未央。嶺徼艱危資倚仗，臺端丰采倍尋常。欲知無限東人意，都在鴻飛九罭章。

語水漁舟和督學郭公祖

淡雲汀芷翠相連，攜李灣頭短棹聯。白鳥狎人漁火靜，錦鱗驚餌浪痕圓。春來蓑帶吳涇雨，月出綸收越浦烟。笠澤鴟夷千古事，欸歌今屬打魚船。

七夕

七月炎方暑未歸，竹房清簟對荊扉。鵲橋度處雲猶濕，雁陣來時雨正霏。撫景每憐予獨拙，傾樽還喜客忘機。人間感恨知多少，歲歲相思空寄衣。（以上明張邦翼嶺南文獻卷二九）

（楊權整理）

羅兆鵬

羅兆鵬，一姓梁，字少南，號裕庵。新會人。明世宗嘉靖二十八年（一五四九）舉人。初選長樂教諭，擢長泰知縣，移治寧洋，卒以讒歸。著有滄溟一螺集。清言良鈺增岡州遺稿、清道光新會縣志卷六有傳。

同曹明府遊厓分韻得水字

藝祖弘開基，仁厚植國紀。列宗繩其武，寬仁日重累。武功良未振，聲容焉足恃。元豐勵精年，杜鵑來洛水。酷梗延紹聖，元氣遂以靡。宣和產玉芝，國是迷憂杞。霾雲掩鄂宮，鱷鯨困螻蟻。何俟逢厓日，天運已可揆。哀哉航海謀，飄飄竟何底。大廈勢既傾，一木能支爾。天命尚斯須，臣分何涯涘。況幸一旅功，百蹶時復起。直以瓣香誓，之死而後已。豈不知廢興，穹壤穢虺豕。念厥生不辰，值此非常否。目擊正氣歌，激烈猶在耳。一汴二杭時，何人紆青紫。節彼厓山岑，屹屹轟蒼峙。鄰鄰厓水石，洄瀾壯礪砥。往來詞墨客，千古切仰止。

我朝重勸典，春秋崇明祀。賢侯修厥常，靜嘉叶籩簋。鬱鬱祠畔松，湜湜澗中芷。微濤送我哀，遺芳猶濡軌。夙願獲追隨，扁舟向江艤。溪鳥傍旟鳴，際此風日美。

厓客怒濤尋丈起，中有柱石磊然砥。從前世變竟若何，亙古天植真如彼。吁嗟南渡事已非，宰臣奸回迷國是。和好翻成避敵鋒，頻徙那能延帝紀。汴杭閩廣下日南，海島巖厓逢即止。誰云瘴野與鯨波，堪作行朝兼草市。南人當國孽先萌，北虜入主運正否。旌旗蔽天日無光，樓船瀰海敵多壘。三千劍戟毒虺蛇，百萬生靈困螻蟻。三臣一節何為哉，孤后二王徒已矣。斷維奪港亦傳言，負璽沈江良信史。從容燕市分捐生，沈湎膻臊終朽死。只今往事獨傷心，長使英雄頻切齒。我來舟楫訪行蹤，目睹江山如歷履。大明旌節百代然，小醜亂華一時耳。忠烈如存不足悲，變故靡常只如此。海門潮動客初帆，回首興亡付流水。

厓山吊古

荒樹寒濤思惘然，斜陽空對舊山川。金牌痛哭朱仙日，玉璽飄零瘴海邊。赤地春回無過雁，青山月落有啼鵑。何人更覓前朝恨，草市行宮鎖斷煙。（以上明黃淳厓山志卷五）

（陳永正整理）

別董臨江二首

遵路踐寒雪，淩厲薄征衣。感時重慷慨，萍海各驅馳。顧爾鴻鵠侶，羈此鷦鷯枝。達士安所遇，寧能道戚施。分別歲且暮，悠悠鬢欲絲。

健翮不叢止，修鱗無澤圖。造車先斲輪，所事在遐途。丈夫出有為，安能繫一隅。泛軌戒晨作，悵望鬱以紆。分攜各努力，日月邁居諸。（明張邦翼嶺南文獻卷二六）

題南泉

混沌開坤軸，滔翻落九霞。靜通山下脈，流出洞中花。玉潤涵天碧，環聲入澗賒。美人曾洗耳，休更染塵沙。（明張邦翼嶺南文獻卷二七）

別盧平江之任景陵

江城蕭颯起金商，塵海萍蹤思渺茫。萬里間關成夢鹿，十年留滯嘆亡羊。白雲嶺外家鄉遠，青草湖邊客路長。孤舫與君談繾綣，夜深燈火下維揚。

鷄鳴山睡起寫懷次陳華山壁間韻

山房夜半酒初醒，浣浣階前竹露生。遠柝擊隨風斂陣，疏鐘鳴向月低楹。松峰畫布禪關峭，花徑雲封客夢清。吟罷忽驚秋事晚，厭聞塞雁向南聲。

別陳鶴林

策馬雙江擁客旌，草青沙白不勝情。為憐南北行蹤異，謾說陰晴世事更。幕府須籌征夢遠，花封多愛去身輕。月明鈴閣如相望，乘興還酬首石觥。

西湖

羽檄江門報險難，湖光瀲灩得身閒。窺春柳葉方青眼，隔岸桃花未破顏。檜劈囚秦忠武廟，亭開放鶴小孤山。笙歌不厭希文客，漫與遊人一醉還。（以上明張邦翼嶺南文獻卷二九）

山居

夾道青松十里賒，雲霞深處有仙家。藤蘿晝掩無人到，落盡春風幾樹花。

閨意回文

春去怨花飛曲徑，夜深窺月漾疏櫺。人離遠寄難成錦，繡罷慵妝晚閣憑。

琉璃井漢主劉知遠鑿

腥塵西望滿燕山，帝業河東指顧間。明月不關興廢事，夜深來照井潺湲。（以上明張邦翼嶺南文獻卷三一）

過三忠祠

武林地盡勢成空，勝負當收一戰功。大統山河難駐蹕，片帆溟海作行宮。窮荒共泣祥興詔，遺庶猶存烈士風。百戰一心終報國，貞魂長赴海門東。（以上清言良鈺增岡州遺稿）

（楊權整理）

黄夢説

黄夢説，字肖甫。增城人。明世宗嘉靖二十八年（一五四九）舉人。授邵武知縣，遷辰州府通判。丁外艱，服闕，不復有用世意。年九十二卒。有拾餘稿。清溫汝能粵東詩海卷二六有傳。

鯉橋春浪

劃然斷岸水連空，一色波光上下同。瞻眺尚餘題柱意，往來猶羨濟川功。漁舟歷亂晴霞外，雁塔嵯

峨夕照中。未許暴腮隨野浪，還看奮鬣薄蒼穹。（康熙增城縣志卷一三）

清明日同湯郡丞新之林刺史汝遂盧明府賢甫登豸山

一眺名山便息機，況逢佳節柳依依。翔風燕子穿松徑，盡日漁翁坐釣磯。夾岸蒼茫雲氣合，中流湍急浪花飛。憑欄共羨滄洲好，長嘯天門未忍歸。

同吳使君明卿遊海珠寺時明卿調守高州

孤寺懸珠跨碧流，水天一色四圍秋。波心龍起雲連檻，夜半僧歸月滿舟。神物何年離合浦，勝遊此地近浮丘。由來宦業憎才子，念舊聊為竟日留。

送同年郭篤周右轄滇中

賢書憶共奏明光，羨爾薇垣紫綬長。萬里風烟連弄棟，三秋道路下瓜陽。傳家舊識喬卿服，屏翰從看召伯棠。攜手預愁明發後，蒼茫何處問行藏。

同胡學憲伯賢集文昌閣

並轡江頭洗玉瓶，仙宮凝望壯懷生。寰中禹蹟河山麗，象外堯天日月明。杖點浮雲千慮破，花飛閒幔九愁輕。直須酩酊酬佳景，休問誰為眼獨醒。（以上明張邦翼嶺南文獻卷三〇）

單隱君行可招集來鳳亭

亭臺山次急，樓閣倚窗虛。瞻眺真來鳳，臨流豈羡魚。巖花明臘酒，庭草曳春裾。獨愧久搖落，相過意氣餘。

名園非獨樂，招我酌山泉。孤鳳翔丹閣，群貂集綺筵。花陰移席上，草色遍階前。興洽林塘晚，山城生紫烟。（以上清溫汝能粵東詩海卷二六）

（楊權整理）

徐鏗

徐鏗，字幼林。嘉應州（今梅州）人。明世宗嘉靖二十八年（一五四九）舉人。任廣西羅城、浙江汾水等縣知縣。後解組歸，優遊林下二十載。清张煜南、张鸿南梅水诗传卷一有傳。

陰那山紀遊

陰那寶刹早春歸，曲曲溪邊入翠微。朱閣疑從天際見，鳴泉誰道壁間飛。雲移遠岫峰遥碧，林引疏鐘韻拂徽。過客欲聞無上偈，攜笻獨叩老禪扉。（清張煜南、張鴻南輯梅水詩傳卷一）

（楊權整理）

王贊襄

王贊襄，字辰臺，號澄原。澄邁人。明世宗嘉靖二十八年（一五四九）舉人，由府學出中亞元。官中書舍人，歷仕廣西按察司分巡左江道副使。祀鄉賢。有澄原稿。清光緒澄邁縣志卷九有傳。

登邑東樓歌

登高佳節上高樓，步步高登樓上頭。萬里雲霄通眼望，四方風氣一腔收。天連海國偏多景，人趁時光好豁遊。轟轟新城增偉觀，溶溶秋水映林邱。願得天高卑也聽，為我餘黎蘇百病。願得山高泉也流，為我農時慶有收。堂高惟願清風爽，紅塵不到通清賞。城高惟願國威張，滄海鯨波永不揚。振步登樓萬古豪，從此皋夔相接跡，鳳池之上樂陶陶。

文筆峰

一峰屹立萬山低，造化生成筆一枝。銳穎常霑雨露澤，光芒直射斗牛墟。江山北去呈文字，海島南來作硯池。對此揮毫輕借力，青雲獨步到天衢。（以上光緒澄邁縣志卷一一）

（陳永正整理）

畢于禎

畢于禎，字兆先，號梅公。番禺人。明世宗嘉靖二十八年（一五四九）舉人，官至南京西城兵馬司正指揮使。民國花縣志卷九有傳。

朱明館

尋芳偶過粵城西，珊井丹邱舊有題。綠樹向人春自麗，青林迎曙鳥頻啼。浮邱紫氣三山上，葛令仙風五嶺西。最是懷賢心未已，一尊邀月手重攜。（明郭棐、清陳蘭芝嶺海名勝記卷五）

度大庾嶺

古廟儼松杉，遺容想佩環。黃樞聲烜赫，金鑒淚汍瀾。臣節丹心壯，時危蜀道難。千秋松頂鶴，猶自傍梅關。（明郭棐、清陳蘭芝嶺海名勝記卷一〇）

（陈永滔整理）

梁紹曾

梁紹曾，順德人。儲曾孫。明世宗嘉靖二十八年（一五四九）舉人。事見清道光廣東通志卷七四。

初冬過訶林寺淨隱禪房

地僻玄冬晝掩扃，山僧長誦法華經。碑傳晉代苔空沒，界入彌天草自靈。旛影近從孤塔動，鐘聲還就上方聽。乘酣共倚菩提樹，歲久霜殘尚帶青。（明郭棐、清陳蘭芝嶺海名勝記卷一）

（陳永正整理）

黄榴

黄榴，字樵溪，南海人。鵬子。明世宗嘉靖二十八年（一五四九）舉人。官莆田知縣。事見清道光廣東通志卷七四。

坡山

藥圃芝田縱一遊，人間元亦有丹邱。穗含春意千年在，石吐寒光萬丈浮。留客烏啼雲外樹，尋真人倚月邊樓。騎羊仙子今何在，蘆葉蕭蕭水自流。（明郭棐、清陳蘭芝嶺海名勝記卷一）

（陳永正整理）

峽山飛來寺

美哉江上亭，樂矣泉中水。挹泉識亭名，定心亦泉理。涓涓靡晦明，混混無終始。靜定蓄天光，疇能測茲汎。野猿啼向人，老衲臥隱几。至人獨冥會，對此屢徙倚。未論滌塵囂，酌之等石髓。云何柴桑詩，樂飢忘此止。我誦泉亭篇，惕然悟深旨。長歌震林木，大嘯驚鳥起。安得定心者，來共挹崖沚。（明郭棐、清陳蘭芝嶺海名勝記卷八）

（陈永滔整理）

陳光世

陳光世，字復振。惠來人。明世宗嘉靖二十八年（一五四九）貢生，入國學。穆宗隆慶元年（一五六七）謁選，授鉅野知縣。尋告歸，家居二十年而卒。有雪坡集四卷。清康熙潮州府志卷九上有傳。

赤山院

舊時羅浮月，今在赤山前。鬼定仍吹火[一]，官廉省度錢。逢人閒畫話，無事伴經眠。若問黃梅會，青牛下九天。

〔一〕此句，清雍正惠來縣志卷三作『僧定不添火』。

百花隱

百花山上四時花，堪稱休居隱士家〔一〕。獨步峯頭西北望，樵郎無路引皇華。（以上清康熙潮州府志卷一六）

〔一〕稱休，清雍正惠來縣志卷三作『羨幽』。

上元日

初春此日晴，庭院鬭紗燈。柳眼微微動，花神隱隱生。淡雲山外迴，新鳥葉間鳴。漸喜干戈息，笙歌對酒聲。

楊兵憲平寇志喜

先生壯志最堪多，一劍西揮逐靄魔。征騎嘶風閒寄閫，廟籌指日倒前戈。騰歡萬井横春色，奏捷重封謾凱歌。自古奇勛還節鉞，遙從仙仗祝鳴珂。

冬日桃花盛開

桃花此約為誰狂，早占陽春白雪妝。淡淡淺紅慵素粉，疏疏細影弄幽香。桂邊強作拖風片，菊後堪憐競晚芳。擬向仙蹤尋去路，津頭笑殺捕魚郎。

詠牡丹書郭經衛南門外花園

映日仙花絕代英，開元妃子喜相迎。古來惟有清平調，學士流中第一名。

吴節婦

滿天風雨怨嫠居，鉛飾香容怯暗疏。湘浦月明閒寶瑟，柏舟詩就泣仙圖。曾經玉粒吹公餗，每向金鬵煮霍餔。欲寄九泉貞骨誓，幾回燈下矢心書。

十二夜月

廣寒天府清虚樓，欲整玉盤尚未周。忽聽姮娥聲細細，翠華三日上皇遊。

二十三夜月

昨夜四更三點中，天閽開鎖洞瑤宫。嬋娟睡起無心緒，閒把銀鈎掛碧櫳。（以上清雍正惠來縣志卷一八）

（呂永光、張玲整理）

周政

周政，號媿齋。饒平人。明世宗嘉靖二十八年（一五四九）貢生。官福建古田訓導。事見清康熙饒平縣志卷七。

寇營時倭陷大城，置營其地。東里累世之積，凡家譜、典故，一時灰燼。媿齋傷之，而作是詩

變起倉皇事事非，謀身堪歎自依違。鼕鼕賊鼓城頭壯，落落官旗山色微。日暮角聲春意散，更深燈火旅魂飛。九原路杳知何在，默默願祈得早歸。

春草離離景象非，楚囚空泣故心違。風煙荏苒音書絕，形影凄其筋力微。白日劍光妖氣暗，清霄雨灑夢魂飛。自家繫累自家屋，謾訝是歸元未歸。（清康熙饒平縣志卷二四）

（呂永光、張玲整理）

倫貞一

倫貞一，字敢先，號曜石，晚更號玉宇。順德人。明世宗嘉靖二十八年（一五四九）舉人。官至鍾祥知縣，為權奸所忌，掛冠歸。事見鄒慶時、屈向邦合編廣東詩彙卷二〇。

七十一壽自述

衰朽無能強自歡，親朋猶作壽星看。雖然仕宦非崇秩，卻是朝廷一命官。六子戲衣楊柳色，諸孫進酒柏椒盤。年年但醉如今日，玄圃芝霞不用餐。（鄒慶時、屈向邦合編廣東詩彙卷二〇）

（李永新整理）

全粵詩卷三四八

海瑞

海瑞（一五一四—一五八七），字應麟，一字汝賢，又字開國，號剛峰。瓊山人，本貫番禺。回族。明世宗嘉靖二十八年（一五四九）舉人。初任福建南平教諭，後擢浙江淳安知縣。四十五年（一五六六）於戶部主事任上以忤世宗下獄。穆宗改元後獲釋復官。累擢尚寶丞，調大理。穆宗隆慶三年（一五六九），以右僉都御史巡撫應天十府。明神宗萬曆初張居正當國，閒居十六年。復起官南京吏部右侍郎、南京右僉都御史。兩年後卒於官，有海剛峰集。明郭棐撰粵大記、明史卷二二六、清道光廣東通志卷三〇二等有傳。

天威佑德倭犯鍾司徒佳城，雷迅遁去，詩以記之

既歸三尺樂斯堂，況有金函玉匣藏。誰謂蓋棺占定事，猶遺赫怒庇重岡。丹心貫石瑩俱古，赤電明心山亦蒼。千載智愚都幻化，到來賢德自洋洋。

樂耕亭為丘郊題

源頭活水溢平川，桃色花香總自然。海上疑成真世界，人間誰信不神仙。棋驚宿鳥搖深竹，歌遏浮

雲入九天。良會莫教輕作別，每隨流水惜芳年。

春日同許給諫諸文學登明昌塔絕頂[一]

縹緲丹梯此共登，側身雲壑擬飛騰。天連滄海懸孤嶼，人立青霄最上層。望氣幾年逢尹喜，傳衣何處是盧能[二]。摩空捧日屬吾黨[三]，雁塔龍門次第升。

[一] 此詩亦作為王弘誨之作，收入太子少保王忠銘先生文集天池草重編卷二五，題作『癸卯春日同林憲副許給諫楊邑簿鄭馮謝三文學登明昌塔絕頂』。

[二] 是，明王弘誨太子少保王忠銘先生文集天池草重編卷二五作『訂』。

[三] 屬，明王弘誨太子少保王忠銘先生文集天池草重編卷二五作『邀』。

午日卓明堂議修築北冲河口

五指參天五嶽呈，四州導水四山傾。地脈不緣滄海斷，中原垂盡覩全瓊。特起昆侖浮浩瀁，居然福地擬蓬瀛。鴻荒世遠不可辨，唐虞聲教朔南并。郡縣開疆始秦漢，輿圖一統歸皇明。玉旨一從褒甸服，珠崖千古表神京。海濱弦誦追鄒魯，天上夔龍翊治平。鄉里衣冠今不乏，登高望遠幾含情。爰稽往牒紀圖讖，大魁五解須彙征。數過時考今則可，後有作者誰先鳴。北冲河口尚未塞，女媧補煉須經營。裁成輔相固有道，望景覬卜希前旌。弱齡荏苒今衰晚[一]，去來吾黨欣逢迎。維時天中際佳節，嚶鳴求友羅群英。蒲觴彩縷紛競勸，玄談四座俱高聲。就席探韻陳風雅，稽首神天為主盟。卓明堂前一杯酒，上帝肹蠁一牆羹。肝膽鐫銘諧楚越，市義好德垂休名。從此山靈增氣色，風雲際會符嘉禎。五百名世應時出，三千禮樂對縱橫。政善民安歌道泰，風調雨順號時清。雍熙世擬華胥國，蠻荒時築受降城。逸史賡歌摘蘇句，載稱奇絶冠平生。（以上清康熙瓊山縣志卷一〇）

〔一〕『荏苒』二字原缺，據清咸豐瓊山縣志卷二七補。

謁先師顧洞陽公祠

兩朝崇祀廟謨新，抗疏名傳骨鯁臣。志矢回天曾叩馬，功同浴日再批鱗。三生不改冰霜操，萬死常留社稷身。世德尚餘清白在，承家還見有麒麟。（清康熙無錫縣志卷三六）

贈蕭珏

會向石蓮覓靜機，雲根法社自希夷。鏗然不盡春風詠，一曲高山遇子期。（清乾隆興國縣志卷二三）

峽山飛來寺

峽山奇勝擬蓬萊〔一〕，想是當年欲建臺。天恐此方窮土木，故令神物特飛來。（清溫汝能粵東詩海卷二六）

挽陳司訓应辰

破屋淒涼問故人，空遺正氣两間存。西風吹落棉花絮，後死何人付史論。（明陳是集溟南詩選卷二）

貞節周母莫孺人詩

寶鏡鸞分四十年，魂飛孤塚鎖雲烟。冰霜節操共姜苦，鐵石肝腸令女堅。萬古綱常天地久，一生貞白鬼神憐。朝廷有意敦流俗，早晚褒書下九天。（海南叢書本備忘集從文山周氏族譜補）

（楊權整理）

遊蜂嘆原注：以下各詩據光緒本增入，並用墨蹟覆校

日出蜂亂飛，花落春初歇。夜來風雨多，枝頭子初結。徘徊青山隅，群芳寧可掇。欲向泥中求，猶恐沓不潔。物態無終窮，天道有生滅。功成身乃退，何事小腸熱。

玄鶴篇

西臺歲云徂，獨立撫孤松。仰盼丹闕回，情眷玄鶴恫。玄鶴如訴言，感之惻餘衷。冥鴻遵北渚，振鷺集西雝。飛揚各乘運，翩翩厲高空。潔身豈離群，澹素乃無庸。留蹤破苔綠，露頂懸朱紅。永唳奮清夜，朗月何虛融。照此哀戀渫，耿耿殊未窮。亨嘉多夙遘，屯溺鮮英雄。敢以落魄懷，長鳴向

蒼穹。願祈圓景光，恒與今夕同。月不知天上，鶴不老樊中。

樵溪行送鄭一鵬給内

溯湃水流雲霧中，江翻急浪奔長虹。君侯覽之動高思，悠然若破馮夷宮。投鞭斷河洛，掛劍倚崆峒，松舟檜楫乘長風。棹歌依依明月小，帆影落落青天空。三吳宦子好狂者，夷遊海内靡所同。羡君高雅，為君和衷，百年意氣多豪雄。宓琴奏西響，喬島度南鴻。飛飛野雞春桑中。君胡為乎去歲違京師於千里，拜舜華而九重。答蘭陵之嘉命，奏蒲長之膚功。扁舟信於邁，落日吾追蹤。萬山雲來意不極，一尊酒盡情無窮。君亦不能語，吾亦不能從。忽聞前峯戰雷雨，乍聽別浦吟蜒龍。琅邪叟，漁陽童，群走江上呼明公。寇恂胡為不吾借，天閽欲叫誰能容。彼戀戀爾此黎赤，使我聞之為中激，民愚而神豈易得。道傍更有牽情者，楊柳依依漫垂碧。丈夫所志在經國，期使四海皆袵席。百里原非大賢居，鸞皇豈可終棲棘。泛三江，流七澤，愛爾真修萬里翮。吁嗟乎，別離可悲，惡何足惜。

贈竹園隱者

寂寂江村路，何煩命駕過。羊求忘地速，松竹到門多。野外常無酒，田間別有歌。洗杯深酌處，落日在滄波。

七夕立秋值雨

尊前細雨飛南山，坐隔牛女河之間。越歲佳期應自合，一望蕭瑟總虛還。螢垂碧草疏簾靜，燕入深紅畫棟閒。漫指白雲浮故國，忽因清夢落朝班。

遊歸上之滴水巖

露磴盤紆鬱萬岑，碧山飛映翠華臨。鼇飛玉棟浮雲爛，鵲際瓊巖對雪深。石頂有泉時滴滴，澗門無日晝陰陰。簿書多暇偏乘興，潦倒尊中月滿簪。

送諸生小試遇雨

電掣雷鳴酣野戰，水吟龍嘯鬱雲興。山南月暗全無路，岸北沙明僅有燈。海内英雄今並起，江中波浪此憑陵。商霖散滿焦枯發，野色新添萬里青。

秋日訪王龍津觀物園

碧苔山深草堂絜，王子情□野興悠。修竹烟霞凝玉扃，萬松風露接清秋。放歌劇飲不盡意，落日出林還泛舟。山童載酒更呼酌，天畔雷鳴翻白鷗。

呂梁洪

呂梁之險亦奇觀，石壁驚濤走萬灘。楚纜吳檣天上度，朔雲燕樹鏡中看。日黃山閣湖光皺，雪白江村草色寒。隔岸鞦韆春不歇，桃花開遍曲闌干。

春日阻風部中限韻

白晝日黃天欲浮，燕城三日似高秋。濤生宮掖沙驚樹，花覆苑牆春隱樓。朝馬不嘶金勒斷，塞鴻無路到關愁。卻思豐沛有遺恨，猛士雕殘蔓草稠。

陳子達院中賞榴限韻

露冶天階銀燭清，絳榴飛影斗間橫。繁花媚巳酬嘉節，多病愁兼劇世情。十里層臺齊月上，三城悲角繞雲生。與君未是清狂客，莫漫金尊盡夜傾。

晚霽謁張水南翰讀歸復簡此

宿雨不潦羲伯馭，晚涼堪曳玉堂裾。朱簾靜度燕山色，碧構清涵太史書。傾蓋幾回瞻相業，虛襟終日對文儒。臨風漫省瑤華遺，欲報瓊英愧不如。

聞警和顧以新三首

遼海風波偃將旗，狂奴操刀弄潢池。游魚釜熟應難久，縛虎籠深恨不支。營壘十年空節鉞，羽書千遍乞王師。請纓有志長沾臆，擊節終軍喜爾為。

百年遼左號精兵，負險誰知氣益横。一鼓日中飛炮火，三軍帳下拔霓旌。不聞西賊憂韓老，猶自長沙哭賈生。近事大同姑勿論，往年甘肅悔行成。六月王師曉出征，將軍李廣舊知名。燕然今去承推轂，天討由來是應兵。萬里若能褫逆膽，此生真不愧虛行。乘時勒石非難事，急為長楊一請纓。

病中立秋

伏三初收展病扉，夜深風露濕霏微。碧梧已應金空落，大火新隨斗柄飛。燕倦客思違緑野，蓮花老欲褪紅衣。玉簫萬里堪腸斷，何處滄洲映紫薇。

陸子還晉陵口母

東風上河津，萬里無流澌。遊子倦行役，逝將去天涯。執手出芳甸，言别更□□。白雲度南山，緑草含西暉。不有感物意，眷言懷母慈。壽域日以啟，遊子日已邇。母顔歡北堂，客星爛珠履。有鳥巢高林，將母違素心。翩翩空文翎，哀鳴無好音。羡兹反哺烏，孝養酬中湛。

塘上行

青青河邊柳，菀菀陌上桑。臨風似相向，道阻意以長。流鶯飛上楊，歸雉回東牆。翩翩曳文裾，水中雙鴛鴦。此為膠與漆，彼獨參與商。乾坤浩無垠，大化何茫茫。鳶飛與魚躍，各以適其常。鴻鵠滄溟棲，以俟風雲將。

晚霽行

山頭日欲黃，江上樹初碧。去人何怱怱，而不畏於役。鳥鳴入春林，雞棲掩屯柵。風波大如許，且止無遠適。我有十丈琴，與君永今夕。

白下即事

建康城壘舊邦畿，不斷青山萬國梯。樓櫓逼天寒月靜，帆檣帶雨暮雲低。北門宰相堪稱鑰，函谷將軍罷請泥。江上再來還走馬，秋香千里逐歸蹄。

原注：以上四首據墨蹟補。

〔一〕按：以上諸詩錄自陳義鍾整理之海瑞集，真僞待考。

（楊權整理）

全粵詩卷三四九

梁有譽

梁有譽（一五二一—一五五六），字公實，別號蘭汀。順德人。明世宗嘉靖二十二年（一五四三）舉人，二十九年（一五五〇）進士。授刑部主事，居官三載，『決獄務平反，時稱長者』。以嚴嵩柄國告歸，於鄉間築拙清樓，以圖書、彝鼎、花木、丹青自娛。與李攀龍、謝榛、吳維岳、王世貞、宗臣、徐中行、吳國倫共結詩社，並稱『後七子』。嘉靖三十五年與黎民表等游羅浮山，感風寒卒，年三十六。為諸生時曾與歐大任、黎民表、吴旦、李時行同結社南園，師事黄佐，世稱『南園後五先生』。有蘭汀存稿（亦稱比部集）八卷存世。清道光廣東通志卷二八〇有傳。

梁有譽詩，以清康熙二十四年梁氏詒燕堂刻本蘭汀存稿為底本，參校清乾隆二十七年刻本南園後五先生詩所收梁有譽詩。集外詩附後。

梁有譽一

雜詩

圓象無停晷，四序迭相循。曄曄春華敷，欻忽委埃塵。候蟲善審時，鳴鳥常伺晨。如何建名士，遲暮多苦辛。衝波鮮安舟，岐路恒摧輪。順風響易遠，卻行難及人。鐘鼎鐫峻功，竹帛垂逸民。靜操雖殊域[一]，德業終同倫[二]。慷慨感中情，高駕良可遵。

［一］操，南園後五先生詩卷七作『躁』。

［二］業，南園後五先生詩卷七作『樂』。

我行彼中野，靡靡令心憂。四顧漭無人，但見林與丘。高臺多悲風，滄海轉洪流。走獸駭叢莽，號鳥求匹儔。顧茲震心魄，欲去將何求。古來賢達人，高視隘九州。若士處大荒，邈然誰能侔。阮生蓬池上，於世若雲浮。嗟哉愚蒙者，眷戀區中謀。雍門泣孟嘗，牛山悲爽鳩。闔彼代謝理，泣物恒怨尤。黃鵠摩霄舉，螣蛇乘霧游。斥鴳爾何陋，枋榆徒啾啾。知自有大小，達觀德彌優。

秋懷

玉露泫庭柯，秋思悠哉紛。輕條戢柔風，密蔭垂層雲。蟋蟀鳴前除，鴻雁自成群。悼往憂無端，感來緒難分。繁詞將焉陳，新知詎相聞。手結芙蓉佩，佇立清江濆。欲奏清商調，長空零泰氛。

空庭木葉下，薤簟新涼歸。纖絺屏秋笥，綸縞授寒衣。火流桂將歇，霜至蕙已微。信矣感物化，願言捐塵機。流塵生綺疏，懷疴臥虛帷。引睇碧雲盡，攬茲明月輝。賞心非徒然，悠悠寄金徽。

夕霽涼氣發，曲房藹餘清。金風被蘭茝，白露浩已盈。密林謝陽彩，叢薄隕芳榮。迅商無緩調，征鴻懷苦聲。物候既易感，神理固難名。漢陰甘灌園，鹿門事躬耕。金張逐丹轂，王貢彯華纓。由來事不同，各以性自營。伊予秉微尚，恬曠諧夙情。柱下明守雌，漆園持達生。緬懷昔人訓，煩囂祇自驚。

虞卿

列國亂無象，說客競馳軼。虞卿信豪舉，躡蹻售奇術。藉藉入趙來，英風孰能匹。高談析世紛，眾辯欻如窒。見齊功莫當，搆秦慮何密。始獲雙璧酬，終居一城逸。誰悟論縱智，詎悔歸梁失。節高棄相年，書著窮愁日。嗟哉濁世士，徇時樹名實。榮臻朝享鼎，機伏暮塗鑕。何如舍之去，名成功亦畢。寄謝後世人，鑒觀存簡帙。

詠磬

製因無句巧，質從泗水旁。象物還同矩，論音本協商。治成觀獸舞，聲起應鸞翔。招仙鳴漢代，為靈鏘魯堂。鴻毛說本誕，石室辨難詳。唯有升歌際，能為眾樂綱。

送傅山人游羅浮

仙山矗遐嶠，緼奇信靈造。晻靄蹴重溟，巍峨冠窮昊。陰室引陽輝，霧谷通霞島。玄溜澤難枯，炎林蕊還早。故鼎無留丹，煮石有遺老。神境誰能躋，玄蹤爾方討。秘檢洞中尋，塵悰雲外掃[一]。陟霄搴若華，憑崖掇朱草。吹萬固不同，得一以為好。嗤彼蜉蝣士，夸毗喪其寶。何當策茅龍，吸景滌幽抱。

[一] 悰，清梁九圖、吳炳南嶺表詩傳作『蹤』。

同傅木虛黎惟敬游白雲寺

拂駕淩松梁，捫蘿依化城。望窮飛鳥前，殿瞰翔鶤平。蜿蜿峰相拒，漫漫海東傾。乘危悵有閱，耽寂欣寡營。良辰值秋期，霧罷天宇晶。素想挹逸風，玄辯觸深情。八解云無端，六喻本來精。真如夙締念，妙覺願投誠。光閃金輪湧，心動法鼓鳴。七燈韜晝焰，二鼠祛夕驚。浮歡空聚沫，沉照固無贏。業以清淨勝，理由沖寂行。靈氛欲有訊，相從究無生。

謁張丞相祠

開元治平日，英賢迩遊衍。夫君匡屯器，憂國持先見。詎慚伊呂科，實冠東南彥。朝直承明廬，夕下金華殿。楚臣傷江楓，漢女悲團扇。而君復何為，含情賦海燕。玉泉一以閉，微微市朝變。欃槍亙中天，長蛇衄畿甸。金根入蜀年，空餘淚如霰。我本慷慨士，懷古歲方晏。野烟羃歷起，祠樹何蒨蒨。搴杜寄芳情，掇蘋羞野薦。高芬誰復嗣，舊葉遙奔箭。唯留千載名，來哲同興羨。

登除州城樓北望[一]

朔風吹遊子，寒城倏以眺。乘高勢嶔崟，獨客情窈窱。皇州在何處，雙闕峙天表。中原割霜雪，星日蕩昏曉。雲氣莽空闊，一覽齊魯小。敗壁剝枯蘚[二]，土壕聚寒鳥。北有古戰場，落日行人少。跡豈陳項餘，閂想晉宋藐。王霸代淪踴，今古誰能了。濁世事豪舉，轂擊咽爭擾。嗤彼猰貐子，原澤徒劉剿。西北風塵昏，閃閃飛白旐。萬金購謀士，千金購騕褭。丈夫立功勳，無使殷憂繞。

〔一〕除，清梁九圖、吳炳南嶺表詩傳作「徐」。

〔二〕敗，清梁九圖、吳炳南嶺表詩傳作「散」。

濟上太白樓作

天寒霜雪繁，日沒城上樓。樓中謫仙人，玉立橫清秋。金龜換美酒，醉脫鷫鸘裘。玩弄青玉麈，長揖謝王侯。我來千載後，萬壑風颼颼。聞昔有丹鳳，不與凡鳥儔。朝食玉山禾，夕宿崑崙丘。銜圖將獻誰，鳴聲鏘琳球。始知空田雀，飲啄徒啁啾。營營嗤青蠅，楚楚嘆蜉蝣。請看黃河水，滔滔萬古流。

送傅木虛返閩中

遠遊返舊山，武夷何嶇崟。鑿戶印壁峭，搴蕊歷竇深。浮雲足擬志，澄淵可比心。誰言鮮歡娛，丘中有鳴琴。誰言巖處劬，桂樹有清陰。玉茹供晨餐，祥風披夕襟。隴泉多異脈，谷鳥多殊音。嗟哉還山人，沖夷難具尋。班麟倘可馭，遲爾羅浮岑。

瑤壇蘊靈符，十秘何紛賾。玉洞憶仙言，千歲今始謫。天縻紫烟横，地乳玄竅闢。驂鸞忽履漢，吸景蕩精魄。欲探冷暖池，終訪金銀宅。何事呼林央，非必餐水碧。暫憩倏以歸，居然霄漢隔。願從九仙隱，愧無三鳥翮。何以表不忘，歲晚松下石。

遊仙

九州非我鄉，撰念凌蓬瀛。騰蓋懸圃臺，投轡天墉城。紫府五香馥，丹丘四照榮。班麟何夭矯，青鳳來相迎。道逢王子喬，手翳芙蓉旌。靈風襲霓裳，邀我謁瑤京。天帝坐叢霄，群真列兩楹。羽節自飄揚，眾樂鏘然鳴。授我飛龜訣，錫我玉室名。渴漱沆瀣漿，饑餌瓊樹英。形忘思入玄，道在豈求贏。流覽神區盡，逍遥雲翮輕。棗花千樹結，桃核萬年成。海水揚塵竭，天衣拂石平。祈年本無分，望仙徒自營。寄謝樊籠士，那知遺世情。

結客少年場

宛洛富奇節，荊魏重才雄。玉軸千金劍，錦勒五花驄。朝馳下蔡北，夕過上蘭東。朱家曾見待，劇孟暗相通。能使石飲羽，還驚日貫虹。身徇一朝諾，心期萬里功。交河冰雪合，天山烽火紅。骨都躪絕漠，谷蠡入雲中。結交思報國，揮袂遠從戎。旌拂星芒落，營開月暈空。廓氛澄瀚海，摧枯捲朔風。日出事擒敵，歸來還射熊。勇冠嫖姚幕，勳將定遠同。欣當漢道盛，行令胡運窮[一]。共就長安邸，待拜未央宮。

［一］胡，南園後五先生詩卷七作「狄」。

黄司馬青泛軒

達人慕恬寂，開軒負西郭。芊綿引蕙田，逶迤通菌閣。積芳集隆墀，眈勝控遙壑。蕊氣通幽洞，湖光耿華薄。青桐帶露疏，翠羽銜花落。蜃月鏡疏櫺，鵬雲冠虛幕。真筌一以契，琴書聊爾托。鶴性在烟霞，鳳想存寥廓。即此願深棲，陋彼郊居作。

游白雲寺

崇岫控越徼，巍鎮峙郊甸。崒嵂億劫餘，迢遞百里見。疏嶺何岑峭，陽林鬱蓊蒨。峻擬元天平，俯瞰海日炫。化城依層顛，拂縈陟遙峴。逢槎舊術迷，遭石新磴轉。始至嵐陰豁，暫息崖光顯。露翳若木莖，風墮曇花片。鳥啼谷互答，竹亞露猶泫。沖襟挹恬寂，素想協遊衍。靜惟迦葉智，默溯龍樹辯。十喻總歸空，六塵原不眩。清朝意蕊凋，縞夜心蓮現。歲月紛遞馳，棟宇幾遷變。鶴往臺草荒，龍去井泉淺。刻桷鼯鼠啼，雕梁蛛網罥。感物置安排，看雲悟舒捲。結桂緒方遙，攀蘿情莫展。景協賞為美，慮澹機自遣。願總塵外轡，謝此區中戀。

雜興

長安繁盛地，甲第盡王侯。珠履三千客，金鋪十二樓。向晚歌鐘歇，楊花起暮愁。鳴轘三輔客，挾彈五陵兒。報讎捐性命，徇國感恩私。鹿塞烟塵合，何時斬月支。

送皇甫司勳謫開州

重淵產明璣，玄圃蘊奇璞。君子抗高誼，信矣邁前躅。摛辭燦國華，矯跡薦朝祿。淒風倏以飄，江海變涼燠。空抱長沙悲，誰知郢人曲。焉馬總柔轡，謁帝際明淑。魏闕承嘉惠，漢畿行佐牧。我有盈樽酒，將子眺平陸。亭皋雲漸繁，河橋草猶綠。客塗履澶淵，臨流想濠濮。紆組嘆徒勞，川原曠英矚。鄒枚列彤庭，班揚侍華轂。淫滯非所嗟，宣室行當復。辰哉不可違，清徽幸自勖。

五子詩

謝山人榛

矯矯被褐者，江海自淪跡。貧賤心所安，顑頷豈摧抑。用拙不求贏，憂在騷雅熄。窮來抱影居，澹詞藴古色。耿耿烈士心，更著排難力。恩銜越石徒，友道不荊棘。恥貸監河粟，甘從於陵食。俯首問妻子，汝胡飢寒逼。蹈海乃何人，長嘯吾自得。富貴與榮名，松菌固殊域。燕石誠可嗤，隋珠盡堪盡。今古自一時，鴻冥詎能弋。

李中郎攀龍

大雅日已遠，斯文競馳騖。如何舍周鼎，澒濁寶康瓠。李生奮東海，深湛托毫素。棄世吾不為，榮華吾不慕。智用修綆汲，道由斲輪悟。荒哉千載心，希聲在韶頀。刻商雜流徵，眾耳信驚怖。悠悠復何言，邯鄲踠其步。浮沉將安之，歲月不我顧。漢署共遨遊，相期保中路。璚佩紛偃蹇，美人恐遲暮。八極自揮斥，先民有遺度。

徐比部中行

徐子負逸氣，本自吳會奇。邂逅協心許，在昔未遇時。夙有餐霞情，空抱世網悲。揆余秉微尚，泔魚傷暮知。握手自高吟，一一金石辭。賦客盡傾倒，珠光炫陸離。詞園豈浪名，作者見於斯。立言多苦心，河清詎可期。荃蕙化為茅，陳詞欲訴誰。驂乘賦已遠，執戟志仍疲。感彼同懷人，愧無雜佩貽。勉哉體明德，歲暮良不欺。

宗考功臣

吏部慷慨人，早晚耽著作。所得皆經奇，鬱鬱濟世略。高視淩千載，詞賦悼寂寞。結藻燦國章，著論麗丹雘。感時賦長楊，菁華嘆昭爚。燭龍耀天街，蔀屋徒螢爝。復古力何雄，憐才意不薄。末俗振風騷，平生重然諾[一]。莫逆今昔希，詞盟欣有托。古來賢達士，道在從龍蠖。瞻彼肅肅羽，萬里翔寥廓。邴生宦業微，懷恩向丘壑。

〔一〕然，南園後五先生詩卷七作『言』。

王員外世貞

藉甚天下士，王生名日振。玄成有世業，江左挺斯人。早窺竹素園，賦賦揚馬倫。新篇扣哀玉，激烈吒鬼神。酒後雅吳詠，俠氣淩高旻。傲睨天地間，誰知肝膽親。詞人久衰謝，柏梁徒埃塵。生也抗高義，斯道不緇磷。鼎鉉期俊功，揚聲天路津。豈學蓬蒿子，白首徒苦辛。余慚梧臺石，君邁連城珍。用舍固殊轍，感贈以書紳。

就芝館爲潘少承賦

靈草生幽谷，無風還有香。雲霞九華發，露浥六英芳。褰衣往掇之，迢迢雲路長。願傍銅池側，持以瑞明王。（以上蘭汀存稿卷一）

全粤詩卷三三五〇

梁有譽二

歸自燕都貽諸弟

束髮屏丘壑，吟諷百氏書[一]。飲河期知足，擇木不願餘。中歲出干祿，幸侍承明廬。才非張廷尉，尺簡日夕劬。負疴蒙主恩，解組返里閭。是時秋冬交，草木亦扶疏。登堂展言讌，酌醴復烹魚。奈何三載睽，今喜奉潘輿。短劍尚菅蒯，被褐無完裾。相顧驚終寠，胡乃賦歸與。長嘆思古人，拙宦寧獨予。對珪返袂遯，瓶粟常晏如。貴或輕沙礫，賤或重璠璵。況茲蹇劣質，豈希萬石儲。物理互榮謝，天運有盈虚。北山足芝朮，歲晏聊荷鋤。

［一］百，南園後五先生詩卷八作「伯」。

詠懷

心星轉坤維，芳榮遽銷謝。玄蟬號樹間，蟋蟀吟幽榭。商飆蕩陵苕，物性隨時化。瞻彼孤飛鴻，遊戲清瀾下。霜霰既以違，咬藻何雍暇。微禽尚有適，而我獨悲咤。志士惜流光，哀歌達長夜。愧無魯陽德，何以迴羲駕。

明月鑒重幃，涼風吹綺疏。佳人揚清謳，顧影傷離居。昔别黄鳥鳴，倏忽秋蘭舒。繁華不再至，歡樂寧倩餘。迢迢牽牛星，萬古恒不渝。所思杳天末，日夕增煩吁。秦女善鳴箏，趙女亦吹竽。箏竽豈不哀，不如琴瑟娱。織縑常苦遲，織素常苦劬。嗟哉織作勤，淚下沾羅襦。

林居窺衡度，代謝良悠悠。玄化豈不仁，物情各恩讎。怨生豈必微，倚伏難瞬休。尺坂能摧輪，積羽自沉舟。衝波激宣房，起自涓涓流。螢爝不見滅，柏梁遂成丘。蓼虫習忘返，桂蠹昧淹留。所以達士懷，委運復何求。壺丘説持後，商容明守柔。道喪邈中古，何以銷我憂。

楚王稱令尹，樊姬笑非才。穰侯擅關中，畏見客子來。咄咄婦人者，忠懷良可哀。相國食重禄，日久伏嫌猜。王稽車中士，談鋒豈藉媒。惜哉智苦遲，窺關終見摧。千秋秦人居，函谷空崔嵬。霸圖與詭謀，倏忽成黄埃。

阮生嘆廣武，陶子詠荊軻。豈知達士懷，感慨更繁多。飲酣匪甘放，身窶匪術疏。冥鴻游四海，所畏在虞羅。高車與駟馬，不如南山阿。時議徒紛紜，其如珪璋何。

白日匿大谷，驚風飄無時。猛虎前噬人，玄熊嘷聲悲。悵彼遠行子，嚴霜履嶮巇。朝征裹糈精，日昃不知疲。問客何方來，王事有程期。結髮事明主，捐軀誠不辭。群龍翔天路，皇風肅以夷。樹澤周荒裔，蠕息咸熙熙。奈何彼行客，歲晏恒苦饑。上天垂末光，白骨銜恩私。

漢武伐匈奴[一]，軍聲讋八垓。遂令雞鹿塞，萬里無塵埃。漢道豈不盛，胡運有興衰[二]。當其中葉時，雄略亦摧頽。李廣恒數奇，失落空徘徊。馬邑竟無成，東市棄王恢。李陵負英風，仗劍單于臺。飲血苦百戰，悲風從天來。志欲吞狼望[三]，輕謀貽禍胎。一旦隴族沉，徒興壯士哀。

楚楚繁華子，出入銅龍門。綢繆蕭貢交，肝膽金張援。豪舉傾里閭，彯纓服華軒。廣庭一流盼，咸稱國士恩。鼎鼎百年盡，身名復奚論。東海魯連子，拂衣笑平原。寂寂張仲蔚，蓬蒿日滿園。當年既無營，世遠道彌尊。春華豈不艷，不如樹蘭蓀。秋風豈華屋，零落馨香存。

燭龍騰遐輝，離照亙天衢。室隙受餘光，徒能耀一隅。物理固殊鑒，各隨賢與愚。楚客倒滄海，提攜得明珠。重寶不見賞，抱價增煩紆。掩袂臥空谷，孰知中所須。

逸士慕同調，自昔有求羊。尚子志遁棲，禽慶與翱翔。川谷莽徑復，阡陌亦相望。歲晏耕穫餘，田父為舉觴。念彼素心人，盈盈天一方。倦翼思弭林，悲鳴戀匹行。緯蕭與貨藥，毋乃揚孤芳。斯人今則違，侘傺申此章。

至人襲氣母，所餐唯沆瀣。朝衡暮華嵩，神游八區外。遺言庶可詮，至寶良在內。一氣中夜神，德門貴虛待。廣成說豈誕，鴻寶術斯在。誰其齊死生，斯理或不昧。

昔游黃金臺，酒酣臥燕市。哀歌傍無人，泣下擊筑子。黍谷生悲風，易水何瀰瀰。豈無英雄者，翻覺霸圖恥。白日忽復易，脫冠藝枌梓。良覿邈山河，撫劍中夜起。

南州桂冬榮，先民嘉炎德。明珠貢彤庭，翡翠生顏色。淑往化斯竭，物變胡叵測。苦桃雜馬蘭，中路叢剡棘。壺蜂飛螫人，沙蟲巧為射。茫茫烟液委，回風蕩鰲極。智士多苦懷，觸覽熱中臆。河漢無津梁，奮飛嘆奇翼。

美人洵無度，山川險且深。輕鯨前導翔，輜乘從湛湛。結宇樹申椒[四]，菌桂藹成林。羅幬掛曲瓊，寶瑟流哀音。道阻莫從之，因風托微吟。白璧欲投誠，青蠅驚我心。愧無黃鵠翰，空悲商與參。袖中金錯力，遲回歲將陰。因思湘妃嘆，重華不可尋。

槐嶺光熊熊，崟山列丹樹。中有神仙人，乘鸞駕烟霧。明霞結為裳，玄玉瑑為宇。方與三辰遊，豈復計寒暑。鶉籠棲鳳鳥，局促鎩其羽。放神凌八荒，將與斯人遇。

［一］匈奴，南園後五先生詩卷八作『四夷』。

［二］胡，南園後五先生詩卷八作『國』。

［三］望，南園後五先生詩卷八作『烟』。

［四］申，南園後五先生詩卷八作『中』。

湖口夜泊聞雁

北風夜泊蘆花渚，篷底青燈雁啼雨。水宿雲翻路幾千，更闌月落知何處。風塵澒洞誰非客，憐汝南飛霜霰隔。哀鳴卻似畏矰繳，塌翅胡能傳尺帛。嶺樹重重是故鄉，故園諸弟日相望。寒宵聽汝應欹枕，兩地相思魂夢長。

燕京俠客吟

翩翩俠客出燕京，長筵廣宴羅簪纓。艷姬呈趙舞，少女擅秦聲。庭前萬樹鶯花明，眼看世事鴻毛輕。百遍飛觴歡未足，半酣更進伊涼曲。嫣然一轉開心顏，卻笑草玄謾幽獨。楊花亂撲鷫鸘裘，誰能不飲空自愁。醉來拔劍起自舞，天邊斫斷黃河流。不肯斂衽事七貴，不學低眉謁五侯。向天長嘯振林木，俯仰今古皆浮漚。萬金築成走馬埒，盡道繁華人共悅。昨日車騎游如龍，今朝桃李飛成雪。桃李飛飛黃鳥哀，酌酒且上燕昭臺。憶昔燕昭下士日，高談霸略吞九垓。郭隗當師位，樂毅抱奇來。黃金銷歇威稜失，千載雄圖安在哉。又聞鄒衍生，挾策事豪舉。矯首聊將玉律吹，茫茫寒谷生禾黍。莫言造物不可期，人力迴旋有如許。今人古人不相待，行樂莫使朱顏改。志何苦而隱南山，憤何深而蹈東海。有霞不堪餐，有芝不堪採。俠客豪來還自吟，長風日暮吹蘭茝。

文泉為梁少傅作

君家舊住文泉側，泉水泠泠深莫測。紋蹙三春蘋葉風，波連一道桃花色。天畔為河跡不同，人間到海情無極。望中時見白霓飛，深處恐有驪龍匿。嗟君生來文藻雄，寤寐猶在泉水東。尋源解識先世事，臨淵遠慕古人風。君不見昆侖四水名神泉，轟雷噴雪翻層顛。珠光璚屑紛紛落，時有仙子來翩躚。又不見玉膏之泉味如酒，沿洄迴是群真有。金闕銀宮俯上游，飲時億萬八千壽。乃知天下之水多靈奇，寄語世人何用疑。惡燋猶苦洪濤灌，大壑獨有死風知。泝玄洩秘那能已，萬派千流無盡期。君雖夢繞泉水上，吞若滄溟窮蕩漾。乘槎上漢路非遙，擊楫中流情更壯。我昔滄浪理短蓑，蹩躠風塵今奈何。垂釣何年向泉水，為君且作文泉歌。

虹澗採蒲歌

一徑入松筠，千秋餘洞壑。雲氣相縈環，山光自回薄。巖前泉水涓涓流，石上松子紛紛落。就中幽景何最奇，百丈銀虹下寥廓。銀虹灑落散明璣，菖蒲九節當春肥。靈根奇卉不易得，吾聞仙客持療肌。憶昔安期生，餐蒲得道凌空飛。至今玉舄遺山下，往往神光橫翠微。我本山中人，石壁為窗雲作扉。一望仙風幾延佇，摘蒲飲澗披雲霏[一]。行尋仙子上升處，滿地落花掃不去。澗道陰陰山鳥啼，恍惚似聽山靈語。山靈笑我非仙才，安期去後誰復來。王烈洞章嘆不識，空餘石髓生塵埃。手把菖蒲花，長嘯拂衣起。蓬萊一謫今幾秋，世人視我尋常耳。我昔驂鸞遊太清，金闕瓊宫相對起。玉女授我東方桃，金童食我韓眾李。五芝三秀尚不論[二]，況復菖蒲那足比。此日餐蒲憶太清，服食何年羽翼成。會須共約安期子，霧蓋霓裳朝玉京。菖蒲正堪食，採蒲還嘆息。仰招黄鶴鶴不來，萬壑寒嵐生暝色。蓬萊咫尺不須愁，玉禾朱草當親植。君不見安期生，東海初來人不識。

[一] 霏，清梁九圖、吴炳南嶺表詩傳作「衣」。
[二] 芝，清梁九圖、吴炳南嶺表詩傳作「枝」。

送梁少熙南還兼寄懷思伯

昨年君自鄉園至，雪夜對談如夢寐。送君此日玉河西，楊柳絲絲黄鳥啼。人生蹤跡安可常，且向燕市傾離觴。狂風吹我鄉心去，樹繞關河愁更長。愁亦不足道，别亦不足惜。看君骯髒非凡姿，腰間寶劍蛟龍飾。人生富貴等驚塵，世上機關徒刻棘。請看錦繡廟中犧，何似飄飄雲外翼。去矣風烟難重陳，得失何須掛胸臆。浮山道人冰雪顔，白日揮麈來人寰。夢中曾寄相尋處，生綃一幅圖秋山。燕越迢迢離别久，别後新詩料千首。暫脱荷衣愧爾閒，碧桃花發相思否。

酬同年陳子憲卿

陳琳才莫敵，投我郢中吟。客舍悠然獨披玩，能使清風生我襟。陳君本是南嶽奇，連城照乘重當時。筆間解掃烟雲氣，海內爭看鸞鳳姿。古來楚國多豪彥，風流文藻生光炫。景差宋玉已寂寞，崔什羅含俱不見。事往無嗟作者非，祇今又識陳君面。十載讀書雲夢潯，一朝獻賦金華殿。天子臨軒賜顏色，詞場投筆齊嗟羨。登龍君已擅芳名，附驥予慚接歡宴。歡宴相過帝苑東，長條短條花蕊紅。彩毫夜賦氍毹月，錦勒朝嘶楊柳風。與君相逢恨不早，握手相看即傾倒。題詩正值好春時，論交況復長安道。綠綺那能吟妙音，青尊且共開懷抱。許身稷契何慷慨，努力班揚看揮掃。梁棟須為大廈求，珪璋終作明堂寶。我本烟波漁釣儔，一出風塵空浪遊。東山高臥敢自許，北闕上書今見收。結廬夢憶山中桂，採藥心懸江上洲。戀闕思親情共切，忽誦清詞消我愁。如君高誼古無有，瀝膽披心憐獨厚。嗟我虛拋竹籜冠，看君早曳桃花綬。青霄比翼昔同欽，黃金結交世應醜。人生會合自有時，按劍當年悲白首。芳草淒淒春已過，送春更有新詩否。

懷羅浮吟

長劍欲倚昆侖丘，深杯欲吸滄海流。古人意氣徒為爾，今人局促隨犧牛。我生胡為苦百憂，三湖卜築仍淹留。側身天地箭滿眼，令我東望懷羅浮。此山往往精靈聚，朱明耀真通十洲。七十石室二石樓，鐵橋虹起陵炎陬。地脈潛連洞庭口，天臺下瞰溟澥頭。九陽倒掛扶桑折，朱光反射巖巒幽。軒轅纔及熊相返，大禹九山封即休。惜哉神聖跡不到，秘訣隱文如可求。憶昨夢遊青岧嶢，天雞亂號日生潮。鯨魚東來觸山動，星斗破碎隨波漂。羽衣金節排風下，或騎麒麟坐泬寥。白榆歷歷手可摘，朱鳳嗷嗷同見招。自言洞壑長為主，烟霞萬古堪逍遥。覺來失卻飛雲頂，天樂隱隱離叢霄。搔首仙人不可逮，桃水麻源幾千載。東池萬壑西飛鳥，乾坤莽莽誰相貸。道開室已蕪，葛洪井何在。金光石髓不遇人，一望仙山幾悲慨。北有恒霍東海岱，嵩華衡巫俱域内。凌風直上倒景臺，我欲因之餐沆瀣。

霜夜樓中聞笛有感

醉倚高樓望明月，天河無梁正愁絶。忽聞横笛起天涯，吹落江梅滿城雪。往者北上黄金臺，明月歌殘胡笛哀。數聲啾吒關榆折，大野無人鐵騎來。畿輔澒洞心膽摧。天地慘澹忽異色，吁嗟此聲胡為哉。自後乞身南國臥，悲歌苦調何人和。哀弦豪竹徒聒耳，海思雲情獨無那。此夜聞笛神揚揚，星斗闌干霜暗墮。曲飛碧落雲不流，響入空山石應破。山鬼悲吟萬木震，蛟龍吐沫洪濤簸。東家蕩子倚箜篌，南國佳人梳倭髻。聽此應復為感動，况乃志士多坎軻。懷人永夜頭堪白，感舊當年計仍左。聽餘三弄月東出，攬衣復向藜床坐。氣酣酒盡天宇晶，人間憂樂何瑣瑣。丘仲季長不可作，後來賦者徒么麽。我聞東南産箭蕳，風梢露篠鸞鳳過。擬裁數節手中吹，獨向寒江放孤舸。

秋風行送同年柯正之之任留都

秋風嫋嫋起燕城，千樹萬樹涼蟬鳴。山川蕭瑟雁南度，客子當歌空復情。更聞鹿塞馳胡兵，旄頭未落太白明。羽書夜入蒲萄觀，鐵騎朝屯細柳營。對此感慨那能平，況復客裏送君行。憐君素負出群材，一尊岐路重徘徊。空山落日意自遠，拔劍驅車何壯哉。金陵樓閣倚天開，到時知眺鳳凰臺。莫忘薊北烟塵日，中夜遥應望上台。（以上蘭汀存稿卷二）

全粤詩卷三五一

梁有譽三

送業師泰泉先生赴任留都

曳玉趨鵷署，鳴珂入鳳城。雲隨珠履集，花傍彩衣明。學海摛文教，詞園振雅聲。還瞻承睿渥，六宇仰升平。

畫鷁移江滸，文虹貫斗躔。青宫思羽翼，黄閣待忠賢。事業雲霄上，聲華日月前。懸知多實録，石室秘瑶篇。

謁梧窗先生祠

廟宇崇前哲，儀刑肅後來。凄清瑶瑟在，想像絳帷開。海岳標芳躅，雲霞焕綺才。惟憐薦蘋意，懷仰獨悠哉。

秋月

誰言千里外，光景每相從。且看一輪内，山河自幾重。透林驚曙逼，鋪砌訝霜濃。蕊闕春風好，仙槎何處逢。

豐城道中

風烟杳無際，孤棹去悠悠。多病長為客，思鄉況屬秋。樹圍平野闊，江湧眾山浮。卻望雲中雁，緘書寄遠愁。

登湖口諸山

湖山回合處，吟眺旅懷清。偶會高深趣，因知魚鳥情。江帆隨雁過，島樹入雲平。明發自茲去，看山又幾程。

清源山房為晉江石申卿

洞壑肅陰陰，幽居詎可尋。松筠閱世古，雞犬隔雲深。塵滿床頭易，風鳴壁上琴。知為蒼生出，那能甘陸沉。

高人卜築處，山水寂無喧。散帙夜焚蒳，帶經時灌園。窗中列巖岫，原上種蘭蓀。睠此多幽曠，空憐微尚存。

山氣日氤氳，冥心謝世氛。新成子虛賦，閒著太玄文。松靜鶴歸晚，山空鸞嘯聞。超然不可企，遙睇東山雲。

雅志在林壑，高齋常晏如。看鳧羞汜汜，夢蝶覺蘧蘧。洞有大羅客，山藏小酉書。憑君話風景，何似上皇餘。

夜宿雞鳴山寺

獨宿山齋裏，空林殘雪明。風泉宜客聽，江海動離情。罷磬棲禽起，開門落葉平。無生如可學，從此脱塵纓。

江上望五老峰

停艫傍曲渚，試望匡廬岑。霞生七嶺秀，日落三湖陰。蒼島龍朝出，青崖猿夜吟。攀蘿不可即，結桂愁余心。

舟次胥江悵然有恍别之作

鳴榔曉漲後，掛席水雲鄉。樹繞江流曲，天隨客路長。懷鉛慚適洛，挾策異游梁。怪爾南來雁，翩翩故作行。

秋日越臺登眺

越臺枕郊郭，吟眺喜逢秋。山向庾關斷，江從鬱水流。菊湖荒蘚没，花塢夕陽愁。極目鴻圖外，蒼蒼雲樹浮。

南國新秋至，憑高憶所歡。欲裁芳杜曲，遥寄碧雲端。落木城邊暮，孤鴻天際看。危岑一以眺，滄海正漫漫。

詠鏡

神工鑄金液，揚彩秦王宫。菱花秋不落，冰魄照踰空[一]。鵲起瑶臺上，龍盤寶匣中。無嗟形影隔，皎潔與心同。

[一] 踰，南園後五先生詩卷九作『還』。

與林邦陽夜話

旅館時相訪，憐君情最親。明燈話鄉土，把酒嘆風塵。雁叫霜來早，烏翻葉墮頻。誰知今夜裏，同是憶歸人。

送吴山人遊北岳兼謁舜澤蘇公

爾作西京客，還尋北岳遊。黄雲經紫塞，白髮憶丹丘。久謝區中累，行參幕下籌。懸知登覽罷，長嘯拂吴鈎。

答皇甫稽勳子循

飛雲傳麗藻，披霧協深情。宦覺潘郎拙，人憐謝客名。折麻今日意，汗竹幾時成。對此芳春色，無嗟白髮生。

秋日游山時約同遊者不至

白社期空阻，青山我獨尋。看雲因出谷，聽鳥謾披林。索莫知秋意，清幽得道心。忘機信所適，松下且長吟。

喜雪

彤雲蔭四野，瑞雪下層霄。遠自龍沙度，紛疑兔苑飄。幽蘭曾共曲，黄竹謾傳謠。佳此豐年象，皇穹格帝堯。

石申卿挽詞

一辭京國去，策蹇意如何。獻璧淚還在，沉珠恨不磨。旅魂隨露草，生計盡烟蘿。嗟爾清源下，秋風山鬼歌。

萬化終有盡，如君獨可傷。途窮人共惜，命促志空長。白鶴歸何歲，青蠅吊異鄉。愁魂招不得，幾欲問巫陽。

鬱鬱青霞志，冥冥玄壤悲。聚螢生獨苦，夢蝶去何之。山雪開尊夜，江波共棹時。山陽鄰笛賦，千載動愁思。

四溟山人往邊郡出詩相示有感

行行到邊郡，白首氣何豪。馬上横修槊，風前看寶刀。遥聞徵虎旅，謾道識龍韜。籌策何年獻，長歌心獨勞。

早春同李于鱗王元美華巖上人庵訪謝茂秦

偶訪高人至，開門松雪殘。春光到薝蔔，客況寄旃檀。白髮風前短，青山江上寒。東歸定花發，誰共把杯看。

雙林喜並過，謝客近如何。散帙山雲入，攜笻野色多。緇塵凋鶴氅，滄海問魚蓑。暫此松間酌，春風一放歌。

于鱗子與子相元美過訪共懷謝山人茂秦

三年臥燕市，幾月隔漳河。漢署詞人憶，王門病客過。乾坤信短褐，歲序送酣歌。他日盧敖杖，嵩丘訪薜蘿。

如何千載意，不見一書回。白日風騷短，青山鬢髮催。世情終汩沒，賢達幾蒿萊。狂憶羊何侶，應登銅雀臺。

宇宙何寥闊，斯人窮至今。交遊四海意，去住百年心。兔苑跡空在，鹿門期可尋。詞源甘計拙，衰白況知音。

把酒情猶昨，風塵路渺漫。交深任朝野，名重有飢寒。花鳥愁邊賦，山川亂後看。西園幾遊眺，景物豈長安。

離別誰堪惜，艱危共愴神。白鷗江海狎，玄鳥歲時頻。地迥韓陵暮，天空漳水春。無為岐路泣，老至逐時人。

過清遠江口

斷靄迷青嶂，寒湍滾白沙。地荒空置戍，城古尚棲鴉。今昔殊瞻眺，江山感歲華。壯遊良可賦，擊楫思無涯。

江上望匡廬

聞道匡君宅，神蹤不記年。先春靈草長，入夜聖燈燃。漫憶千株杏，空餘五色烟。終然脫塵網，來誦綠苔篇。

秋堂夜集聽雨

岸幘坐清夜，冥冥山雨過。微涼生密竹，急響亂衰荷。即事易成感，會心寧在多。不須憐骯髒，客醉且狂歌。

山雨晚仍急，虚堂秉燭看。星河秋影斷，巖壑夜聲寒。粉署終何補，金尊幸不乾。西風悴百卉，誰與採幽蘭。

息心聊掩徑，池竹澹孤清。藥裹逢秋減，詩篇愜夜評。倚樓寒雁過，燒燭候蟲鳴。幽意惟君會，烟霞莫負盟。

新秋寄懷友人

高柳自鳴蟬，秋風急灑然。擬尋東海釣，聊就北窗眠。芸架有遺帙，草堂無俸錢。物情關百慮，轉覺愧前賢。

相思歲華晚，相望海雲深。明月青山夢，秋風白石吟。軒窗倚桂樹，道路入楓林。遙想梅花下，翛然獨抱琴。

歲暮集黎惟仁紫芝山房

雲木自蕭疏，何慚大隱居。雨殘三徑菊，塵滿一床書。開戶鳥聲過，移尊竹色虚。滄江復歲晏，誰念病相如。

梁思伯雨青樓對月得風字

詞客感秋風，登樓望朔鴻。移尊山月上，捲幔海雲空。世事狂歌外，交情痛飲中。佳期不易得，況對菊花叢。

游羅浮阻風大唐田舍

曾聞漢鮑靚，海上阻秋風。我亦羅浮去，飄飄烟雨中。魚龍舟子懼，雞黍野人同。暫憩茅檐下，滄洲興不窮。

海色莽空闊，江村何寂寥。田家具燈火，野客候風潮。漫傍丹楓宿，應期黄鶴招。如逢葛仙令，知我狎漁樵。

送譚友人南歸

譚生湖海士，長鋏賦歸來。燕市當春別，江帆幾日回。宦情真自拙，鄉思若為裁。為問山中桂，秋風應復開。

過金溪石觀望絕頂

江瞰龍宫迴，藤懸鳥道賒。蒼崖秘玉液，丹壁走金蛇。去似尋源客，人疑上漢槎。還瞻九霄上，應有五雲車。

寄梁仲登兼訂遊山之約

作賦聲何早，憂時意獨迷。君應狗監薦，吾擬鹿門棲。野樹連愁暗，江雲逐望低。避喧窺鳥過，憶遠怯猿啼。溟海一書札，秋山幾杖藜。風塵還白社，歲月謾丹梯。玄草心從苦，黄華手阻擕。橘洲斜日裏，茅屋斷鴻西。谷口隱真得，濠梁樂與齊。茹芝能不薄，靈岳共扳躋。

詠秋雁

朔氣正淒淒，南飛路不迷。聯翩高柳北，搖曳上林西。薄霧行時斷，穿雲影乍低。不愁霄漢迥，自顧羽翰齊。風急還雙起，沙寒不獨棲。堪悲覆笥者，相向繞湖堤。

賦得臨池柳

拂岸青陰合，縈堤翠色稠。聲從笛裏聽，影傍鏡中浮。水與柔情漾，波將舞態留。腰肢憐楚細，眉黛學孫愁。濯濯恒籠霧，依依詎奈秋。堪憐張緒去，誰復擬風流。

峽山飛來寺

碧流環黛壑，琪樹隱珠宮。佛影諸天近，空香下界同。懸峰吐日月，古壁淡烟虹。開鑿元神造，飛棲嘆鬼工。雲屯山欲墜，潭靜水恒空。勢倚乾維外，形盤地軸東。覺花常捧露，忍草自含風。寶筏迷川迥，金繩慧景融。八平明淨業，七滿表慈衷。聽法趨鮫女，傳經侍海童。日城虛不昧，星劫運無窮。塔湧青冥外，輪浮色界中。人寰三島近，天路十洲通。龕岫攢雕拱，蓮崖暎綺櫳。冥搜情詎已，遐覽意何雄。仙客餐靈薤，羈人嘆轉蓬。玉毫如可照，於此脱塵蒙。

妙高臺謁蘇文忠公像

長公不可作，遺像見丰標。臺接丹丘月，門臨滄海潮。一官空白首，十載為青苗。玉簡芳名紀，瑤編綺思饒。感時真慕賈，著論每凌晁。伊昔金蓮遇，何年斷梗飄。投珠人共惜，毀璧禍難銷。舊跡嗟夷漫，荒祠更寂寥。砌閒衰草積，牖暗暮雲彯。哀些難成調，忠魂詎可招。丹青猶藹藹，松檜已蕭蕭。漁火連江暗，霜鐘振壑遥。旅懷多感激，行矣寄長謠。

題横涇草堂

吴中有高士，家傍具區潯。水石娱幽趣，圖書諧素襟。披軒山翠入，頫檻海雲深。自愛愚名谷，翛然竹作林。興來時命翰，賓至或彈琴。有道還同昔，懷材諒在今。霧深聊豹隱，風迴更鸞吟。玉樹為家寶，瑤華是國琛。佇看朱紱貴，寧遂紫芝心。

送同年黄亨夫宰宣城

茂邑今為宰，春風此送行。離筵看柳色，立馬聽鶯聲。霄漢期勳業，風塵念友生。把杯情獨切，贈策意非輕。此日辭燕甸，何時到楚城。山標敬亭勝，水寫宛溪清。謝朓詩無敵，江淹賦有名。昔賢嗟寂寞，才子繼崢嶸。製錦休聲遠，彈琴美政成。天邊鳬舄去，日下鳳書迎。久客那堪别，臨岐祗自驚。飛騰萬里志，聚散百年情。努力崇芳績，遲君翊聖明。

喜雨

朱明始戒節，旱魃勢方隆。麥隴嗟民瘼，桑林軫聖衷。瑤壇卜禋祀，玉署肅群工。香滿三千界，靈祈太一宫。明星歆紫極，甘澤降玄穹。灑自嚴城北，飄從禁籞東。濯枝初淅瀝，觸石轉微濛。灌溉三陔合，歡呼萬姓同。薊門山色淨，榆塞戰塵空。樓閣青溟外，川源泱漭中。雲藏苑樹綠，花泛御溝紅。細濕王孫草，輕翻少女風。烏皮微潤上，鶴氅暗涼通。有道占天貺，無能喜歲豐。子桑歌正澀，謝客句徒雄。忽動山中興，清霄憶桂叢。

宗子相宅

燕嶠正人日，朋簪復此筵。青尊共良夜，彩勝感流年。北地寒應減，上林春較先。雁歸殘雪後，梅落晚風前。世事嗟知白，吾生謾守玄。愁深詩草短，興洽燭花燃。宫闕祥光滿，郊原景色鮮。更期恣游賞，莫負艷陽天。

喜歸述懷留別李于鱗徐子與宗子相王元美四子 一百韻

天地炎州外，雲濤漲海邊。為儒嗟世業，結社斷塵緣。髻齔超先子，榮枯憶往年。時推騘馬使，人避鐵冠賢。吳越歡奔走，江湖獲泝沿。沙蟲讒倏及，野鵬禍翻纏。菊落哀霜徑，松寒泣露阡。承家悲蹇薄，生業苦憂煎。寂寞誅茅地，荒涼種秫田。文章愧作者，丘壑擬終焉。野市山珍集，江橋海錯鮮。歲時聊汩沒，形役謾拘攣。北海樽虛倒，東山屐屢穿。敝囊緘綠綺，故物惜青氈。拙自甘鶉服，貧還蓄蠹編。年華驚似箭，世事嘆如弦。早已輕衣食，其如困塹鉛。賈生元起洛，郭子遂遊燕。射策終何術，公車獨未捐。茂才叨辟選，上國接周旋。帝業雄豐鎬，祥基陋澗瀍。紫宸清佩侍，赤縣瑞珪聯。開闢天人合，中興嶽瀆全。扼關分虎竹，踰嶺貢龍涎。豪俠傾畿內，聲明暨海堧。烟花春浩蕩，車騎日喧闐。公子回金勒，佳人拾翠鈿。風塵驅匼匝，時節出鞦韆。盛極人情異，憂來物態遷。中秋入虜騎，內郡卷戈鋋。豈謂建瓴地，俄驚飲馬川。軍聲摧戊己，災變動璣璇。讎恥誰嘗膽，承平祗控拳。士奔綿帢破，胡舞粉題妍。氣概吞三輔，憂疑盡八埏。射生群騕褭，送酒泣嬋娟。天鑒扶靈祚，皇威赫怒權。殿前籌不少，閫外略誰專。俄覺胡宵遁，潛窺將晝跧。穹廬充子女，宇宙厭腥羶。蚊弱山能負，禽微海欲填。傷心見黔首，感舊問華顛。廟算時方倚，天驕惡詎悛。瘡痍未蘇息，戈甲轉綿延。增賦梯航湧，徵兵郡國連。歲輸海陵粟，日費水衡錢。不見飛黃至，空嗟太白懸。西南猶戰壘，春夏更烽烟。大將持牙纛，孤兒跨錦韉。謀臣詫舌在，重鎮悼眉燃。瑞檢張天步，妖氛襲斗躔。時難同闢室，國計坐臨淵。慟哭看中土，哀歌仰上乾。謨猷楓陛切，祀典竹宮虔。寸勇俱收錄，微才盡採甄。幽人心耿耿，烈士涕漣漣。華省陪持戟，塵途競著鞭。賦慙狗監薦，官冗馬曹員。法網徒苛屑，刑書衹痛悁。凝脂誰合解，刻木便應蠲。結轖聲何藉，含毫意獨堅。長楊千載意，汗竹幾人傳。詞賦堪哀矣，交遊敢泛然。徐陵同握管，宗愨對談玄。抗節還元禮，憂時實仲宣。開軒頻促膝，授簡不虛筵。藝苑宜藏氣，名家愧比肩。尚書期不顧，國士意相憐。句逐法曹得，狂隨吏部眠。論心各磊落，附尾喜翩躚。事業浮生外，衣冠薄俗前。蘇門應避地，杞國謾憂天。吳客思蓴鱠，騷人詠蕙荃。物情增慘淡，吾道合迍邅。鴻雁何方別，蟾蜍幾度圓。材迂五石匏，心慕九疑蓮。咄咄懷虛積，冥冥志孰詮。潘輿伏臘喜，姜被夢魂牽。性僻甘人後，愁深讓隱先。乞身頻疏上，辭職荷恩偏。詩興行豪甚，交情去勉旃。潛鱗終放蕩，健翮任騰騫。勳烈旗常重，聲名琬琰鐫。猖狂終歲是，消渴幾時痊。多病成吾懶，無才免世愆。寧能念婚嫁，且去弄潺湲。心賞同寥廓，羅浮愜靜便。峰巒窺四百，世界俯三千。天入金沙洞，烟飛鐵柱泉。松蘿亦娟娟，石瀨故濺濺。獨鶴凌星嶠，群真下霧軿。形骸原土木，景物自茅椽。葛令還成藥，曹溪更悟禪。遙探小酉籍，閒訪大羅仙。幻妄蒙蕉鹿，清虛飲露蟬。世情付濁酒，朋好共清弦。五嶺雲隨杖，三江月送船。臨岐淒把袂，相憶料揮箋。聚散非人意，襟期失俗筌。乾坤一俯仰，長詠四愁篇。

西園雅集為趙王作

魏氏富文雅，鄴宮常宴遊。賢王開邸第，異代繼風流。地即三台舊，人疑七子儔。彯纓俯漳水，散帙對嵩丘。珍木環書閣，仙禽去畫樓。開尊明月夜，授簡白雲秋。景物寰中勝，烟霞象外幽。竹園空讚述，桂樹謾淹留。奕葉屏藩重，宗支禮數優。清時多賦誦，況乃集應劉。

送陸子韶使南

星使出西署，行行劍氣雄。青驪踏秋草，蒼隼擊霜空。吳楚寒雲外，關山夕照中。旅程隨白雁，鄉露隔丹楓。憂國情應切，悲秋意不窮。士衡有詞賦，早晚寄江東。

送張肖甫之官滑縣

相送滑城去，人歡得茂先。艱危希令宰，經略賴時賢。地勢九河會，風光三輔連。丁男方築塞，甲士欲防邊。土俗嗟勞止，登臨幾慨然。聽鶯到花縣，駐馬問桑田。遙拂衝星劍，閒揮流水弦。君才堪製錦，吾意謾思玄。倚玉慚多拙，投珠貴自全。鶺鴒應有賦，鴻雁早須傳。

仲冬朔日修復山中舊社得寒字

白社何年別，青山此日看。風塵雙鬢短，江海一尊殘。猿鶴驚人去，松筠掩徑寒。馬卿遊獨倦，羊仲過同歡。帙向風林散，琴迎露菊彈。幽居知節换，拙養見交難。今古徒蟲技，乾坤自鶡冠。登樓共詞客，疏豁望飛翰。

秋夜山樓對月與黎惟敬梁思伯諸君同賦

月上江城夜，人悲故國秋。關山寧改色，今古自生愁。玉露蕭蕭下，金波澹澹流。霜鐘飄大壑，風笛倚高樓。棲鵲還無定，賓鴻各自求。詩題桐葉晚，杯就桂華秋。兵氣纏中土，仙期阻十洲。暫為鴝鵒舞，莫問鷫鸘裘。詞賦誰青簡，勳名易白頭。物情空鹵莽，朋好且綢繆。顧兔終虛擣，蟾蜍亦浪遊。因風訊靈魄，茲夕可淹留。

閒居漫述

大雅悲前代，虛懷任此生。長楊空有作，小草竟何成。窮嘆鼯藏技，才憐雁善鳴。江湖風物改，容鬢壯心驚。自昔倦持戟，於今羨濯纓。風騷情屢感，山水意先傾。野飯供菰米，幽居葺杜衡。忘機知鳥性，取適聽泉聲。露井猶飄葉，霜籬自落英。長鑱為歲計，短褐謝時名。永日香增爇，清宵茗續烹。購書無積俸，閱史有新評。擾擾哀時事，悠悠見物情。虎頭癡獨絶，龜手術徒精。祇益交期若，難忘世網嬰。願逢調玉燭，詎意賜金莖。閒就君平卜，沉思孺子耕。仰賢慚竊祿，對客厭談兵。達士還觀妙，玄風豈在嬴。河濱能授道，柱下戒持盈。仙與餐霞法，僧尋住嶽盟。高秋望雲物，終作十洲行。

喜梁李二山人入社

騷壇稱二妙，名自早年知。磊落看前代，飛騰羡此時。黄初窺製作，緑綺共襟期。浪跡猶存古，高談亦解頤。賦才愁裏逸，俠氣醉來奇。霜下梅花詠，風前桂樹詞。握珠君自惜，投璧我無疑。南國空舒笑，東方謾嘆饑。古人何寂寞，吾道豈磷緇。秉燭星垂戶，開尊竹蔭池。藥闌齊染翰，花塢半彈棋。更擬持竿去，長歌滄海湄。

送沈惟順戶曹北上

為問淮南士，何如沈隱侯。三墳看藴藉，八詠見風流。花憶上林日，梟飛炎海秋。驅雞才獨展，馴雉效全收。夙繫蒼生望，能寬白屋愁。新恩持戟貴，舊俗攬車留。泗水懸情劇，燕雲滿目浮。行無陸賈橐，去有李膺舟。亂後趨庭意，時來報國憂。人方輕楚調，君獨佩吴鈎。四海猶傳箭，千官擬借籌。握蘭知思苦，起草見深謀。名向鴛行重，功從麟閣求。周南留滯者，相憶倚江樓。

觀音閣望海上諸山得城字

紺閣幾臨眺，翛然出世情。僧無説蓮偈，客有聽松聲。海闊衆山小，天空萬籟鳴。沃焦何縹渺，員嶠自崢嶸。樹入窮荒盡，峰銜元氣平。暝烟沉大野，寒磬落孤城。下界悲塵劫，空門悟此生。青尊聊一醉，何必問蓬瀛。（以上蘭汀存稿卷三）

全粤詩卷三五二

梁有譽四

燕京感懷

周室翦基横地軸，漢家開業扼河源。梯航萬國龍圖壯，禮樂千年鳳扆尊。白玉殿中芝正茂，黄金臺下草初繁。周南未用嗟留滯，故國風烟欲愴魂。

東風旭日轉觚棱，極目神州紫翠升。北海波濤三島近，西山樓閣五雲凝。牙璋鐵戟迷秦壘，玉勒金羈出漢陵。督漢廣陽俱莫問，暮天回首壯懷興。

山翠成圍連積石，河流如帶接崆峒。北巡終協成龍瑞，南幸曾看飲馬功。彩仗參差垂象外，烟花繚繞畫圖中。獨憐旅食真何補，帝苑風光自鬱葱。

塵塞戈鋋血未乾[一]，龍庭烽火報長安。擬擒可汗先開幕[二]，欲拜嫖姚更築壇。青海月明胡馬動，黄榆風急皂雕寒。材官羽騎多如雨，夜夜旄頭倚劍看。

躍馬卻憐當日事，聞雞忽憶十年時。思親夢逐看花劇，去國情添折柳悲。天遠更為招隱賦，路危空詠卜居辭。上林春色應無恨[三]，誰遣江湖憶釣絲。

[一] 塵，南園後五先生詩卷一〇作「麈」。

[二] 可汗，南園後五先生詩卷一〇作「頡利」。

[三] 恨，南園後五先生詩卷一〇作「限」。

瓜步眺望

殘虹慘淡已黃昏，江上烟波獨愴魂。京口樹濃藏雨氣，海門風急長潮痕。西來暮色連三楚，北望浮雲隔九閽。正值旗亭須買醉，憂時懷土不堪論。

揚州悼隋離宮

李花歌罷益淒其，正是迷樓縱樂時。夜月遼魂哀鐵騎，春風淮柳拂鸞旗。斗邊蛇起妖誰識，帳裏鵑來事可悲。千載故基何處覓，杜鵑啼上野棠枝。

藻井雕甍駐彩霞，錦帆一去已無家。淒涼夜月樓前舞，零落春風仗外花。殘燒繞原碑臥草，夕陽依岸柳藏鴉。可憐河水滔滔逝，不識人間有歲華。

吳宮

月墮平湖漫不流，烟波何處可消愁。千年人傍要離塚[一]，百頃誰尋范蠡舟。廊上悲風聞響屧，堂前清宴憶傳籌。竹枝似寫當年恨，聲起吳江葉葉秋。

〔一〕塚，清黃登嶺南五朝詩選卷四作「墓」。

姑蘇懷古

看山幾日到吳中，遊客登臨感慨同[一]。金虎跡荒靈氣滅，水犀軍散霸圖空。春歸茂苑烏啼月，花落橫塘蝶怨風。誰識倦遊心獨苦，扁舟長憶五湖東。

〔一〕遊，南園後五先生詩卷一〇作「詞」。

秋日游蒲澗贈丁戊山人

紫巖曲曲隱晴天，萬壑涼生珠箔前。訪古時扳偃蹇樹，談虛獨飲清泠泉。跡緣遁世尋三秀，心為逃名得四禪。一自白鸞飛去後，到來應是幾千年。

澗道秋生松桂風，泉聲飛下綠雲中。何時天外招黃鵠，此日巖前看白虹。露濕野壇丹井合，苔昏荒徑菊湖空。興來負笈歸何處，五嶽迢遙路不窮。

心遠亭探梅得陽字

招攜欣過水雲鄉[一]，祇為尋芳興倍長。偶傍池中微見影，忽從林裏暗聞香。菟園飄處隨殘雪，漢苑開時帶夕陽[二]。羨爾浮丘山畔宅，歲寒千樹得徜徉。

［一］過，南園後五先生詩卷一〇作『遇』。

［二］帶，南園後五先生詩卷一〇作『見』。

粵洲草堂泛舟得明字

蕩漾金塘霽色明，蓼花風起木蘭輕。共懸霄漢乘槎興，忽動江湖擊楫情。載酒客來鳧雁起，采芳人去芰荷平。就中更有悠然思，滿壑寒林作水聲。

出郭小園

澹澹波光漠漠天，汀蒲沙柳故依然。驅馳未卜宜瓜地，貧病猶營種秫田。杜宇聲殘花似雪，鵓鳩啼急雨如烟。朋遊共棄嵇生懶，誰棹江湖載酒船。

新水斜通浴鷺洲，蒼蒼孤嶼鏡中浮。黄花未綻江南景，紫蟹先成水國秋。舊路忽驚芳草合，高臺獨上暮雲稠。郊居豈為棲遲計，堪笑人間沈隱侯。

漢宮詞

雲匝蓬萊迎玉輦，星連閣道閃朱旗。仙娥引燭祈年夜，內使催詞禮斗時。赤雁新傳三殿曲，青鸞多集萬年枝。蕊宮別有歡娛處，春色人間總未知。

聞邊報

朔氣飛霜塞草凋，胡兒飲馬夜過遼。陣臨古戍多探騎，獵近平原見射鵰。空聞蒲壘為秦地，漫說莎車屬漢朝。遂使遐方疲戰伐，將軍誰是霍嫖姚。

夜宿清遠江口

短棹依依繫晚風，壯懷離思浩無窮。荒村夜急菰蒲雨，遠戍秋悲鼓角風。白雁影斜江樹暗，青猿聲斷嶺雲空。更堪處處征輸急，深籌休論戰伐功。

題隱居圖

結茅栽樹倚巖幽，避跡甘從麋鹿遊。屋外青山通短徑，門前修竹蔭寒流。看雲時隱烏皮几，對客閒披鶴氅裘。可是淮南招隱地，西風蕭瑟桂叢秋。

寄丁戊山人二首

遙憶翛然鸞鶴姿，暫來倏去本無期。曹溪此日應傳偈，衡嶽何人共采芝。堪嘆尚平辭累早，誰言弘景住山遲。他年紫氣朱陵畔，知爾初成玉液時。
昔從蕭寺接風流，把酒相看賦遠遊。海上十年還浪跡，山中一別復驚秋。野烟細繞盧敖杖，夜雪難乘剡曲舟。空寄詩篇慰岑寂，知君心為白雲留。

崖門吊古三首

殺氣空濛下赤霄，胡塵捲地翠華遙。舟膠楚澤誰來問，魂溺湘潭詎可招。淚血歲添崖上蘚，靈風暮湧海邊潮。獨憐島樹猶含恨，不待秋來卻盡凋。
誰悟當年讖已真，汴杭回首總成塵。憤無勾踐三千士，死恨田横五百人。海上乾坤春夢短，崖前風雨客愁新。貞魂若作啼鵑去，葛嶺山頭哭萬巡[一]。
煉石銜沙昔日心，千年猶為一沾襟。朔方駿沒金甌缺，滄海龍歸玉璽沉。雲斷野烏翻夕照，雨餘芳樹鎖秋陰。風光不似西湖景，空使英雄感慨深。

[一] 巡，清黄登嶺南五朝詩選卷四作『旬』。

梅華堂雅集

蓬扉散帙渾忘暑，竹塢相期迥絕凡。雨過橘陰團曲徑，風來桂子落幽巖。泉聲入戶嵐扉潤，岫影當窗紫塞銜。瀟灑不知歸路晚，繞山涼籟起風杉。

瑤石山房夜話

窗外鳥啼黄葉墮，井邊蟲響綠蕪寒。石床雲滿無人掃，山笥書成只獨看。伏櫪漫慚千里志，巢林猶羨一枝安。空將瑤草傷遲暮，江海冥冥嘆羽翰。

竹塢蕭條夜漏遲，更堪剪燭話幽期。葉聲四起催山雨，澗溜斜分到石池。松菊喜逢三徑日，風塵憶共五陵時。憑闌莫奏招商曲，零落芙蓉越水湄。

無題次唐人韻

歡承恩寵冠椒風，醉倚金屏玉殿東。吟罷卻愁鸚鵡聽，書成還藉紫鸞通。霧拖蟬鬢匀新綠，花拂鴛裾落膩紅。獨有羅敷矜艷色，采桑南陌嘆飄蓬。

未央前殿按歌來，花外輕車殷夕雷。豹尾喜隨芸閣度，雁燈深照竹宮回。諫因方朔恢諧得，賦捷枚皋扈從才。一曲霓裳千歲樂，粉香飛作茂陵灰。

桐廬道中

日暮烟嵐路欲迷，山櫻落盡見鼯啼。林藏宿雨諸溪長，峽束長江萬木低。野老移家依碧嶂，松門無路訪丹梯。漂零卻憶當年事，一曲勞歌越水西。

登城上樓

木落城頭風怒號，百年形勝自周遭。碧窗日曉滄溟闊，畫栱雲開象緯高。目斷層霄無雁字，夢淹南國有漁舠。登臨一笑成今昔，彈劍酣歌愧爾曹。

庚戌八月虜變

白草蕭蕭大野間，單于獵火照秋山。坐令鳴鏑侵周甸，不見封泥守漢關。郡邑瘡痍嗟正苦，邊庭供餉轉多艱。九重已命嫖姚將，為報蒼生一解顔。

胡騎朝驅度黑河，射雕還傍帝城過。四郊此日慚多壘，三輔何時遂息戈。出塞衛青猶荷戟，從戎魏絳漫論和。漢家會見平胡績，願聽回中橫吹歌。

朝中候旨呈同事諸公

曉望銅龍闕曙輝，曳裾趨候掖垣扉。西山雲霧開黄甸，北闕星辰護紫微。地迥遥瞻天仗肅，時平驚説羽書飛。腐儒通籍慚何補，擬獻甘泉願轉違。

送莫祠部督學貴州

獻歲星軺出漢京，南中鳥道入雲平。遥經遷史浮湘處，肯讓文翁化蜀名。戀闕夢懸春署月，登高詩滿夜郎城。莫嗟萬里風烟迥，攬轡應憐報主情。

送同年施欽甫宰蕭山二首施與余同座主

羨君墨綬去翩翩，茂邑風流此日傳。綠樹人家漁浦外[一]，白雲官舍鳳山前。琴彈單父庭稀訟，花發河陽賦幾篇。共是鄭莊門下客，報恩應擬在何年。

看花上苑春同醉，折柳都門意不勝。帆帶夕陽過北固，鳥隨秋色入西陵。中朝共愛才華逸，百里還聞歌頌興。莫謂徒勞寡奇思，知君心有玉壺冰。

[一] 浦，南園後五先生詩卷一〇作「火」。

送吳仁卿南歸因附家信

獻策名成出帝鄉，高才不愧漢賢良。趨庭彩服生春色，過里儒冠帶御香。粵社交遊空歲月，燕臺去住各烟霜。寒梅欲發聊持贈，消息憑君寄八行。

寄同年卓見可時卓宰新昌

薊門一別愴驪歌，天姥峰南茂宰過。邑裏花香當晝遠，琴邊山色入秋多。蜚聲早重明珠價，抱病慚同片玉科。為問舊時王謝郡，風流文藻近如何。

送鄺和仲之任廣德

公車待詔幾經秋，桐汭今乘五馬游。烽火頻年堪涕淚，循良此日慰誅求。山連白石橫朝靄，溪下丹陽急暝流。如此風光殊不恶，相思吾倚仲宣樓。

春日病起得家書悵然有感

苑柳宫槐生曉烟，起看佳節倍堪憐。天涯尺素經殘臘[一]，客裏分陰似小年。愁病可堪歸雁後，春心空負落花前。西山爽氣朝來好[二]，擬把琴尊眺遠天。

［一］經，南園後五先生詩卷一〇作『驚』。

［二］好，南園後五先生詩卷一〇作『可』。

送同年張子畏使代

使星遥指晉陽城，曉度郊原鐵騎迎。孤塞天低横殺氣，雁山秋早動邊聲。書生倚劍心徒切，諸將揮戈意未平。若過北堂稱慶罷，還將籌策獻承明。

征馬長嘶起朔風，獨憐平子思無窮。烟塵正值蕭條候，世事空歸感慨中。雲暗故關聽斷角，日沉殘壘見孤鴻。懸知吊古經行處，好問當年李牧功。

秋日謁陵眺望

清秋霜露肅祠官，帝里山川此鬱盤。上谷風塵通大漠，居庸紫翠落層巒。七陵松掩金鋪暝，萬壑中流玉殿寒。香霧濛濛候靈蹕，星辰還仰太微看。輦道松楸玉露晞，鬼神肅穆儼旌旗。鼎湖寂寂龍時下，銀海冥冥雁不飛。中國地形當塞險，單于秋色入關微。千年雉殿雄燕嶠，九廟精靈護漢畿。

送羅山甫還潤州

羅含長笑出燕都，負笈空藏五嶽圖。搔首風塵悲燕雀，浪遊詩卷滿江湖。人憐玉樹秋雲遠，家對金陵海月孤。為問戴顒棲隱處，烟霞還似昔年無。

五月五日雷雨時于鱗子與子相元美過訪共賦

臥病長安愁毒熱，雨來爽氣滿乾坤。西山雷過蛟龍鬬，北極雲垂海嶽昏。萬里鄉心還促膝，百年風物謾開樽。彩絲艾葉隨時俗，彈劍酣歌愴客魂。

聞董原漢臥病作此訊之

春來愁緒日冥冥，燕嶠風光自草亭。入塞戰塵天外黑，隔城山色雨中青。驅馳歲月憐同病，骯髒江湖笑獨醒。南北亂離災不細，漢家誰問董生經。

送文子還吴

湖海蕭條劍氣孤，吟邊白髮歲華徂。馬卿四壁愁酤酒，張翰三江擬釣鱸。月下潮聲過建業，雨中秋色上姑蘇。掛冠余亦滄洲去，遲爾烟霞倒玉壺。

送胡比部文徵之留都

西都詞賦見才豪，此日風塵攬佩刀。吴楚地當瓜步拆，東南山擁秣陵高。潮邊春草吟騷客，城上秋雲對法曹。六代繁華應涕淚，況堪天地戰爭勞。

秋夜與謝山人茂秦

永夜風林怒未平，不眠烏鵲自多驚。清霜滿樹禁鐘斷，缺月低空鄰杵鳴。燕趙浪遊今日意，乾坤長笑古人情。黄塵鬱鬱俱無賴，擬共漁樵過此生。

張掖門送座主朱公旅櫬還歸德

丹旐遥馳睢水濱，都門慟哭起行塵。乾坤尚想凌雲賦，烽火空傷報國身。季子劍留悲異日，中郎書在與何人。南湖烟水秋應慘，不過西州亦愴神。

病中于鱗子與子相元美過訪得寒字

青尊病裏罄交歡，況復風塵旅思寬。天地秖憐詞客在，鶯花懶逐世人看。邊關鼓角春聲慘，宮闕星河夜色寒。牢落他年垂釣者，白雲猶自憶琅玕。

送周一之出塞

薊門蕭瑟雁鴻秋，王粲從軍事遠遊。俠客臨岐贈匕首，故人把袂問刀頭。龍沙旌閃胡塵斷，鹿塞笳鳴漢月流。搔首乾坤俱涕淚，古來國士幾封侯。

九日文德承吳子充二山人過訪

燕臺佳節遇重陽，詞客經過共舉觴。魏代風流頌菊蕊[一]，漢家故事佩萸囊。空瞻沆瀣金莖上，漫接烟雲石闕旁。不用登臨頻悵望，暮天鳴雁自成行。

［一］代，南園後五先生詩卷一〇作「氏」。

送崔同年掌教建昌

獨騎匹馬出風埃，盡道儒官得異才。星渚月當鳴瑟處，匡山雲繞讀書臺。珪璋早為明時用，桃李還從暇日栽。莫道青氈長寂寞，石梁飛瀑好徘徊。

寄黎惟敬

故人家傍青山曲，千樹梅花數畝池。愧我昔為三徑客，憶君今賦四愁詩。旅窗月照焚香處，水閣風清染翰時。兩地幽懷不同賞，朝簪空自負歸期。

晚泊小金山禪寺

梵王寶殿鬱重重，萬疊烟花繞鷲峰。珠樹獨棲玄圃鶴，瑤壇長起法池龍。繡檽虛映江光入，殘碣真看野蘚封。直北彤雲瞻望迴，江湖何用嘆萍蹤。（以上蘭汀存稿卷四）

全粵詩卷三五三

梁有譽五

暮春病中述懷[一]

花落長安春事過，側身天地甲兵多。馬卿消渴空成賦，阮籍佯狂獨放歌。病起春風吹鬢髮，酒醒寒月上關河。憑欄卻憶十年事，長嘯誰持返日戈[二]。

萬方雲氣護蓬萊，春色蒼茫紫極開。天闊高臺招駿去，風生大漠射雕來。明時病益江湖思，佳節愁深鼓角哀。堪笑腐儒通籍晚，艱危心折請纓才。

頻年烽火滯天涯，隱几蕭條感物華。萬里春衣空過雁，千村寒食自飛花。人間謾憶衝星劍，海上虛疑貫月槎。自惜不才成傲吏，一辭神武即烟霞。

含香朝退每從容，一眺乾坤極漢封。三輔地形通王氣，五陵春色入邊烽。西南戰檄何時息，吳楚軍儲此日供。病憶羅浮塵夢裏，斷雲晴掛海門松。

〔一〕中，清梁九圖、吳炳南嶺表詩傳作「起」。

〔二〕嘯，清梁九圖、吴炳南嶺表詩傳作「笑」。

送潘尚書改調南京

曾向東山起謝公，自憐籌策幾人同。清時心跡行藏裏，白首詩篇感慨中。曳履漢庭虚夜月，鳴珂江左自秋風。懸知銅柱銘勳後，天畔還看劍氣雄。

送同年沈儀曹之任留都

清秋分袂重躊躇，客裏那堪更索居。薊北風塵嗟對酒，江南鴻雁已傳書。片雲孤月三山外，衰草寒原六代餘。到日休文應吊古，閒成八詠意何如。

少峰草堂卷為商中丞作

江上孤峰紫翠深，百年天地幾登臨。秋來雨送三湘色，日落雲垂七澤陰。橘樹素封非俗累〔一〕，桂叢招隱見幽心。勳名豈負烟霞約，蘭佩空傷楚客吟。

〔一〕俗，南園後五先生詩卷一〇作「客」。

豫章遇時睿夫行人時奉使兹地

岐路蒼茫驚把袂，問余何事楚天來。倦遊客似相如病，奉使人疑博望才。海内風烟虚倚劍，江中秋色獨登臺。滄洲後夜瞻銀漢，縹緲仙槎北斗迴。

王元美席上賦得懷羅浮得餘字

縹緲丹梯萬仞餘，風塵回首列仙居。石樓積翠臨滄海，鐵柱飛泉落紫虛。鸞鶴凌霞時自度，松苓滿地日堪鋤。何當歸訪葛洪去，四百峰頭好結廬。

感秋

一望關河夕照孤，商聲蕭瑟起平蕪。漢畿四塞稱天府，周室千年紀瑞符。承露金莖凌縹緲，迎風琳觀倚虛無。悲歌感慨人何在，莫向時平說霸圖。

玉露團團凋紫蘭，風塵空嘆別離難。美人挾瑟歲云暮，客子當歌月正寒。塞北千金求騕褭，越南萬里貢琅玕。夔龍勳業還今日，搔首雲天愧羽翰。

江湖此日復何如，謾向天南賦卜居。京國念歸懷陸橘，鄉園行樂想潘輿。候蟲聲起燈花落，社燕巢空木葉疏。一出碧山秋已晚，慚隨時哲待公車。

碧紋冰簟正宜秋，臥看銀河淨欲流。鳷鵲觀前清露滴，盧龍塞下暮雲稠。臨風長想蘇門嘯，多病徒懷杞國憂。諸弟故園應北望，相思知上海邊樓。

佳節聊登郭隗臺，長空澹澹鳥飛來。客衣未授寒砧急，羽檄遙傳暮角哀。樹色依微臨睥睨，雲光浮動近蓬萊。可堪多難當搖落，卻憶東籬菊又開。

薊北風烟驚壯心，感時應覺二毛侵。功名共羨虞卿璧，世事徒憐季子金。戰後關山生暝色，雨餘城闕澹秋陰。即看節候堪杯酒，徙倚聊為越客吟。

秋聲和同年胡伯賢

河漢迢迢天宇開，靜聞靈籟起高臺。千峰涼雨窗前急，萬壑驚濤樹杪來。燕塞乍飄清角斷，漢宮時動暮砧哀。思鄉越客情偏切，中夜披衣聽幾回。

中秋前一夕雨過黎惟敬山房

青山闃寂偶尋君，斗酒哀歌思不群。天上陰晴渾莫定，人間弦管轉愁聞。梧桐聲急千家雨，巖壑寒生四壁雲。明夜月圓誰共看，露荷風竹對秋分。

山館秋日陳公載黎惟敬二子過訪

高秋嶽色翠嶙峋，搔首雲天眺望新。詞客共題青玉案，浮名空愧白綸巾。即愁魑魅窺人過，況復風烟墮淚頻。莫向西風感搖落，濁醪相過任吾真。

五仙觀眺望

歲晏琴尊聊縱賞，況逢高閣俯長川。孤城海氣霾寒日，萬壑鐘聲出暝烟。遼鶴歸來空異代，石羊化去不知年。滄桑自古何須問，腸斷江湖落雁前。

秋夜

瑟瑟西風吹眾芳，多情宋玉自悲傷。誰家笛弄千山月，半夜烏啼萬樹霜。豈有勳名思汗竹，敢將詞賦擬長楊。憑闌一笑秋將晚，白石清泉興不忘。

登黎氏山樓

樓前山氣日氛氳，偶為看山一訪君。下榻微風吹石壁，當歌明月出江雲。斷鴻遠向沙頭落，孤磬低從樹杪聞。祇道避喧非避世，他時休勒稚圭文。

苔徑雲泉松十尋，風迴眾壑自龍吟。謝家群從多詩興，蘇嶺高人發嘯音。樹色夾城春雨暗，江光吞壁夕陽沉。生涯卒歲渾疏豁，望逐金莖使不禁。

翠微丹壑倚疏楹，散帙焚香豈世情。吟罷獨看河岳色，客來同聽桂松聲。三春簾捲城雲入，半夜窗臨海日明。擬把釣竿終遠去，即憑高閣瞰東瀛。

初夏與陳公載黎惟敬惟和梁思伯游北郭諸山

性癖甘從猿鳥群，出郊風物謾紛紛。村前花逐諸溪水，雨後人耕滿壑雲。桂樹幾同騷客賦，松醪遙自野僧分。共期結屋開青壁，為愛流泉盡歲聞。

登白雲山頂

報導春光出郭殘，謾攜樽酒上層巒。澗泉雜雨鳴山閣，空翠因風濕客冠。陰壑冥冥宵見日，長松落落夏生寒。誰知一別含香署，遮莫青峰獨耐看。

石梁天畔駕晴霓，況復風光且杖藜。春藹樹迷秦嶺北，夕陽山滿漢臺西。數龕荒蘚諸僧散，一徑飛花獨鳥啼。莫向塵寰嗟白髮，好從靈嶠問丹梯。

野客尋幽春暮來，懸崖曲磴斷氛埃。天橫五嶺空青出，日射重溟素練開。陰井尚聞龍化去，古壇不見鶴飛迴。浮雲滿目殊無定，莫厭登臨數舉杯。

安期巖

東南紫氣動江關，玉舄飄飄遂不還。謾憶鶴歸華表柱，更傳仙在沃焦山。松梢花落禽銜去，石上芝生客到扳。今古蒼茫俱莫問，何如散髮弄潺湲。

山館燕集憶梁彥國仲登二山人作此招之

憶賦思玄意獨深，山川蕭瑟幾登臨。百年祇合持螯醉，萬事何妨擁鼻吟。海上斷雲秋漠漠，天邊落木歲陰陰。稽山廬嶽風流遠，此日詞人可共尋。

門巷蕭條轍跡回，病餘空愧草玄才。竹林已喜群賢集，蘿徑還期二仲來。寒日隱山孤磬起，殘霞臨水暮鴻哀。江邊歲晚梅花發，應對幽香數舉杯。

暮秋登鎮海樓

丹梯裊裊虛無裏，下界遙看紫翠重。星斗暮懸溟海樹，烟霞秋斷越山鐘。杯前風景非秦代，鴻外關河盡漢封。搔首白雲應可掇，誰騎黃鶴躡仙蹤。

寄宗吏部子相

野館西風叢桂開，天長猶阻朔鴻來。憂時應念山公啟，作賦空慚水部才。一臥烟霞違漢署，幾看烽火望燕臺。清秋河嶽堪藜杖，莫動江南庾信哀。

九日寄大崙衡南二山人

抱病獨吟霜樹根，亂餘風物倍驚魂。清秋遠道豺狼過，落日浮雲海岳昏。餐菊可堪騷客怨，佩萸猶憶漢宮恩。滄江歲晏清楓冷，烟艇魚竿許共論。

一別高樓烟月空，可憐尺素滯孤鴻。潮平人隔秋雲外，日落山明海氣中。三徑蕭條應自往，五噫感慨復誰同。重陽獨酌真無賴，愁絕高臺落帽風。

送盧郎中少明之京

朔風吹雁過江皋，送客悲秋且濁醪。抱病已拚滄海釣，含香猶憶白雲曹。西京露滴金莖冷，北極星垂彩仗高。到日故交如問訊，為言仲蔚自蓬蒿。

壬子長至

曾侍朱衣獻履辰，驚看此日物華新。中原天地猶寒色，南國山川自戰塵。鴻雁塞遥恒避臘，柳梅谷暖暗生春[一]。劚苓採藥原吾分，一醉江樓笑此身。

[一] 暗，南園後五先生詩卷一〇作『自』。

歐楨伯貽桂樹

嶺嶠空傳八桂林，汝多雙榦自丹岑。高枝寒拂星榆影，側葉晴分若水陰。仙客偶從廬嶽遇，詞人謾向小山尋。何如歲晚幽窗下，金粟香飄對苦吟。

寄南昌尹張鴻與

西山秋色鬱嵯峨，茂宰時停白玉珂。南國梯航催貢賦，中原天地憶提戈。鳴琴此日人應頌，下榻昔年事若何。滿目秋風送征雁，暮天回首一悲歌。

送同年劉朝宗之任瑞安

日出城烏啼不休，長安客子苦難留。寒烟滿路轉征蓋，衰草連天生別愁。共道風塵辭北極，獨憐山水得東甌。飛雲渡口千家樹，梅雨潭邊百丈流。海氣蒸人長似夏，山光依郭迥宜秋。晝閒烏影下廳事，夜靜潮聲到縣樓。羨爾花前飛舄去，與誰峰際抱琴遊。蒼生貢賦嗟方劇，赤縣循良看獨優。燕越迢迢相憶否，天涯遙望白雲浮。

寄贈許解元殿卿

聞道清標東郡奇，李生倜儻共襟期。論交早逐牛醫子，作賦寧要狗監知。歸臥岱宗霞起處，獨觀滄海日生時。翛然自惜雲鴻羽，去矣誰憐霧豹姿。天路驊騮終蹀躞，丘樊蘿薜且棲遲。折麻此日心徒切，汗竹他年事莫宜。搔首關河增悵望，側身天地笑支離。任公亦有垂綸興，揚子空嗟執戟疲。擬把仙山尋玉液，謾從京國憶瓊枝。鵲湖燕嶠成修阻，感慨長吟梁父詞。

送王中丞出鎮山東

憶昔乘驄出漢畿，急難才籍九重知。胡來節領襟喉地，塞上功高保障時。詔下雲霄移斧鉞，霜飛海岱佇旌旗。自憐籌國身非遠，人羨憂時鬢未衰。日落北庭仍戰戟，烽傳東郡更瘡痍。轅門月下軍書動，憲府秋深戍角悲。獨倚青萍堪涕淚，坐揮白羽繫安危。懸知長嘯烟塵靜，公望於今合鼎彝。

寄吴舍人明卿

故園伏枕感居諸，楚粵相思萬里餘。尺素不傳衡岳雁，寸心空念武昌魚。才高宋玉還成賦，價重荊金祇校書。落日浮雲聊望遠，秋花春草倍愁余。東方待詔官仍拙，北海開尊歲不虛。驤首雲霄懷諫獺，側身江島願為漁。祗憐後會形容老，轉愧前賢德業疏。郎署昔時堪浪跡，干戈何地可安居。忘憂豈有中山酒，抱病長乘下澤車。知己相逢如問訊，朱明洞口一茅廬。

東林寺前作

山色斜依寺，江流曲抱村。時有山僧出，殘陽獨掩門。
寒日照流水，晚風吹古樹。遙聽暮鐘聲，依依度江去。

期友人不至

寂寞蓬蒿者，誰能載酒過。眼看花落盡，蝶夢繞烟蘿。
月色射西壁，林烏棲不定。窗間人獨眠，葉滿青苔徑。

秋夜雨中過黎氏山房以唐人『雨中山果落，燈下草蟲鳴』為韻

偃蹇復何為，把經倚庭樹。忽驚山鳥喧，登樓看秋雨。
如何落塵網[二]，歲歲感秋風。偶共息心侶，徘徊一壑中。
竹徑通松塢，幽人自往還。焚香寂無語，落葉滿空山。
蕭蕭嘉樹林，霜來還結果。每避山猿窺，時向窗前墮。
忽憶還家時，俯仰空成昨。有酒當共持，黃華開且落。

雲端發清磬，松裏耿疏燈。欲識心中事，還應出世僧。
步屧越臺上，誅茆越臺下。越王復何在，松風自瀟灑。
浪遊不得意，豈似羅浮好。君平能相從，荷鋤種朱草。
風枝翻夜鵲，露井響秋蟲。安知灌園者，不與漢陰同。
瑤琴不復理，空餘山水情。棄置石床上，風來時一鳴。

［一］如何，南園後五先生詩卷一〇作「何如」。

北山訪梁思伯諸子不遇

竹塢無塵日已曛，數聲啼鳥隔花聞。平蕪一望涼風起，吹落江城萬樹雲。
此日相期汗漫遊，獨尋猿鶴北山頭。池塘花落無人管，空鎖蟬聲一院秋。

越江曲

柳絲長繫木蘭船，別浦風光莫浪傳。貼水新荷空蕩漾，露珠終日不成圓。
橫塘風起送新涼，蒲葉拍波江水長。莫道春歸花落盡，中流還有杜蘅香。
新裁白苧惜嬌嬈，向晚相將度畫橋。碧水溶溶山宛宛，年華多在此中消。

閨情

萬里關山無盡期，年光春色使人悲。柳花只似悠揚夢，日逐東風少住時。（以上蘭汀存稿卷五）

（楊權整理）

盤江驛阻雨寄門人汪維

天連益部長多雨，路出盤江況毒淫。春早蟄龍烝赤水，夜深山鬼嘯青林。已憐道遠妻孥累，更恐年衰瘴癘侵。吹笛袁生今何在，懷予應和武溪吟。（清羅学鵬廣東文獻初集卷一五）

（史洪權整理）